DIANA PALMER

Entre el amor y la venganza

Sueños de medianoche

Editado por Harlequin Ibérica.
Una división de HarperCollins Ibérica, S.A.
Núñez de Balboa, 56
28001 Madrid

© 2015 Harlequin Ibérica, una división de HarperCollins Ibérica, S.A.
N.º 6 - 1.11.15

© 2004 Susan Kyle
Entre el amor y la venganza
Título original: True Colors

© 2005 Susan Kyle
Sueños de medianoche
Título original: Night Fever
Publicadas originalmente por HQN™ Books
Estos títulos fueron publicados originalmente en español en 2006

Todos los derechos están reservados incluidos los de reproducción, total
o parcial. Esta edición ha sido publicada con autorización de Harlequin
Books S.A.
Esta es una obra de ficción. Nombres, caracteres, lugares, y situaciones
son producto de la imaginación del autor o son utilizados ficticiamente,
y cualquier parecido con personas, vivas o muertas, establecimientos
de negocios (comerciales), hechos o situaciones son pura coincidencia.
® Harlequin, HQN y logotipo Harlequin son marcas registradas por
Harlequin Enterprises Limited.
® y ™ son marcas registradas por Harlequin Enterprises Limited y sus
filiales, utilizadas con licencia. Las marcas que lleven ® están
registradas en la Oficina Española de Patentes y Marcas y en otros
países.
Imagen de cubierta utilizada con permiso de Dreamstime.com.

I.S.B.N.: 978-84-687-6712-3
Depósito legal: M-27166-2015

ÍNDICE

Entre el amor y la venganza 7

Sueños de medianoche 329

ENTRE EL AMOR Y LA VENGANZA

DIANA PALMER

1

Meredith estaba de pie junto a la ventana, observando cómo la lluvia azotaba Chicago, mientras su socio la observaba con mirada de preocupación. Sabía que su rostro mostraba la tensión que le producía el trabajo y, una vez más, había vuelto a perder peso. Con solo veinticuatro años, debería tener una visión más despreocupada de la vida, pero la presión que soportaba era un peso dos veces mayor del que podrían cargar la mayoría de las mujeres.

Meredith Ashe Tennison era vicepresidenta de las empresas nacionales de Tennison International, mucho más que una figura decorativa que evitaba la publicidad como a la peste. Tenía una mente astuta y unas aptitudes innatas para las altas finanzas que su difunto esposo había cultivado cuidadosamente durante el tiempo que había durado su matrimonio.

Cuando él murió, Meredith ocupó su lugar con tanta eficiencia que los directivos revocaron su decisión de pedirle que abandonara el cargo. Dos años después de aquel momento, los beneficios de la empresa subían como la espuma y los planes de expansión que Meredith tenía en los campos de reservas de minerales, de gas y de metales estratégicos estaban muy avanzados.

Esto explicaba la tensión que atenazaba los frágiles hombros de Meredith. Una empresa del sur de Montana estaba enfrentándose a ellos con uñas y dientes sobre los derechos que ellos poseían en aquellos momentos. Sin embargo, Harden Properties no solo era un rival a tener en cuenta. Al frente de la empresa estaba el único hombre que Meredith tenía razones para odiar, una sombra de su pasado cuyo espectro la había acosado durante los años que habían pasado desde que se marchó de Montana.

Solo Don Tennison conocía todos los detalles. Henry, su difunto hermano, y él habían estado muy unidos. Meredith se había presentado ante Henry como una adolescente asustada y tímida. Al principio, Don, para el que los negocios eran la preocupación fundamental, se había opuesto al matrimonio. Terminó cediendo, pero se había mostrado bastante frío desde la muerte de Henry. Don era en aquellos momentos el presidente de Tennison International y, en cierto modo, también un rival. Meredith se había preguntado con frecuencia si él se lamentaba del puesto que ella ocupaba en la compañía. Conocía sus propias limitaciones y la brillantez y la competencia de Meredith habían impresionado a huesos más duros de roer que él mismo. Sin embargo, la observaba atentamente, en especial cuando Meredith sentía el impulso de hacerse cargo de demasiados proyectos y aquel enfrentamiento con Harden Properties le estaba pasando factura. Aún estaba tratando de superar una neumonía que había contraído después del intento de secuestro de Blake, su hijo de cinco años. Si no hubiera sido por el inescrutable señor Smith, su guardaespaldas, solo Dios sabía qué habría ocurrido.

Meredith estaba pensando en su próximo viaje a Montana. Sentía que tenía que realizar una breve visita a Billings, la sede de Harden Properties y la ciudad en la que ella había nacido. La repentina muerte de Mary, su tía abuela de ochenta años, le había reportado una casa y las escasas pertenencias de la anciana. Meredith era el único familiar que le quedaba, a excepción de unos parientes lejanos que aún vivían en la reserva de los indios crow, que estaba a pocos kilómetros de Billings.

–Organizaste el entierro por teléfono, ¿no puedes hacer lo mismo con la casa? –le preguntó Don.

–No, no puedo. Tengo que regresar y enfrentarme a ello. Enfrentarme con ellos –corrigió–. Además, sería una oportunidad de oro para espiar a la oposición, ¿no te parece? No saben que yo soy la viuda de Henry Tennison. Yo era el secreto mejor guardado de mi esposo. Desde que lo sustituí, he evitado las cámaras y he llevado pelucas y gafas oscuras.

–Eso era para proteger a Blake –le recordó él–. Tú vales muchos millones de dólares y en esta última ocasión sí que estuvieron a punto de secuestrarlo. Pasar desapercibida en público es muy importante. Si a ti no se te reconoce, Blake y tú estaréis más seguros.

–Sí, pero Henry no lo hizo por esa razón, sino para evitar que Cy Harden descubriera quién soy yo y dónde estaba, por si acaso se le ocurría venir a buscarme.

Cerró los ojos, tratando de olvidarse del miedo que había sentido después de tener que marcharse de Montana. Embarazada, acusada de acostarse con un hombre y de ser su cómplice en un robo, se había visto empujada a marcharse de la casa acompañada de la dura voz de la madre de Cy y de la frialdad y la complacencia de este. Meredith no sabía si se habían retirado los cargos. Cy había creído que ella era culpable. Aquello había sido lo más duro de todo.

Estaba embarazada del hijo de Cy y lo amaba a él desesperadamente. Sin embargo, Cy la había utilizado. Le había pedido que se casara con él, pero, más tarde, Meredith había averiguado que solo había sido para que ella estuviera contenta con su relación. «¿Amarte?», le había dicho con su profunda voz. El sexo había sido agradable, pero, ¿qué iba a querer él con una adolescente tímida y desgarbada? Se lo había dicho delante de la víbora de su madre y, en aquel momento, algo en el interior de Meredith se había muerto por la vergüenza. Recordaba haber salido corriendo, cegada por las lágrimas. Su tía abuela Mary le había comprado un billete de autobús y ella se había marchado de la ciudad. Se había marchado acompañada por las sombras, sumida en la infamia, con el recuerdo de la sonrisa burlona de Myrna Harden turbando cada minuto del día...

–Podrías olvidarte de esa OPA –sugirió Don–. Hay otras empresas en el sector de los minerales.

–No en el sureste de Montana –replicó ella, mirándolo tranquilamente con sus ojos grises–. Además, Harden tiene subcontratas en la zona que nos impiden hacernos con material en esa zona.

Se dio la vuelta y sonrió. Su rostro oval y su cremosa piel estaban enmarcados por una elegante melena rubia. Tenía el aspecto de una princesa, gracia y clase. La seguridad que tenía en sí misma era legado de Henry Tennison, quien, a su muerte, le había dejado mucho más que el control de un imperio. Había contratado tutores para que le enseñaran etiqueta y cómo ser una buena anfitriona, para que la educaran en el mundo de las finanzas y de las relaciones comerciales. Ella había sido una alumna dispuesta y con muchas ganas y tenía la mente tan abierta como una esponja.

–Ese hombre luchará –dijo Don.

Meredith sonrió. Delgado y calvo, Don se parecía mucho a Henry, sobre todo cuando fruncía los labios de una cierta manera. Era diez años menor que Henry y diez años mayor que Meredith, competente en los negocios, pero muy conservador. Por el contrario, Meredith era muy agresiva. Se habían enfrentado en más de una ocasión sobre la política de la empresa. Las operaciones nacionales corrían a cargo de Meredith y no iba a permitir que Don le dijera lo que tenía que hacer al respecto.

–Que luche, Don –respondió–. Así tendrá algo que hacer mientras me adueño de su empresa.

—Necesitas descansar —suspiró Don—. Blake te ocupa mucho tiempo y has estado enferma.

—La gripe es inevitable con un niño que va a la escuela —le recordó ella—. No esperaba que se convirtiera en una neumonía. Además, esa OPA es fundamental para mis planes de expansión. Por mucho tiempo o energía que requiera, tengo que darle prioridad. Mientras decido lo que hacer con la casa de mi tía Mary, podré recabar mucha información.

—No debería haber ningún problema. Ella dejó testamento y, aunque no lo hubiera hecho, Henry le pagó la casa.

—Eso no lo sabe nadie en Billings —dijo Meredith. Se apartó de la ventana—. Yo la escribía y ella vino a verme en varias ocasiones, pero yo no he regresado a Billings desde... Desde que tenía dieciocho años.

—De eso hace seis años, casi siete. El tiempo lo cura todo.

—¿Tú crees? —replicó ella—. ¿De verdad crees que seis o siete años son suficientes para olvidar lo que me hicieron los Harden? La venganza no es digna de una persona inteligente. Henry me repetía eso constantemente, pero no puedo evitar lo que siento. Ellos me acusaron de un delito que no cometí y me echaron de Billings embarazada y rodeada de ignominia —añadió, cerrando los ojos y echándose a temblar—. Estuve a punto de perder a mi hijo. Si no hubiera sido por Henry...

—Estaba loco por Blake y por ti —comentó Don, con una sonrisa—. Jamás he visto a un hombre tan feliz. Fue una pena lo del accidente. Tres años no es tiempo suficiente para que un hombre pueda encontrar y perder todo lo que más quiere.

—Se portó muy bien conmigo. Todo el mundo creyó que me casaba con él porque tenía dinero. Era mucho mayor que yo, casi veinte años. Sin embargo, lo que nadie supo jamás es que no me dijo lo rico que era hasta que me convenció para que me casara con él. Estuve a punto de salir huyendo cuando me enteré de lo que valía. Todo esto –comentó, señalando la elegante sala y las valiosas antigüedades–, me aterrorizaba.

–Por eso él no te lo dijo hasta que no fue demasiado tarde –musitó Don–. Se había pasado la vida haciendo dinero y viviendo para esta empresa. Hasta que tú apareciste, ni siquiera sabía que quería una familia.

–Y se encontró con una ya hecha –suspiró Meredith–. Yo deseaba tanto poder darle un hijo... –susurró. Se dio la vuelta sabiendo que pensar en todo aquello no le serviría de nada–. Tengo que ir a Billings. Quiero que te ocupes de Blake y del señor Smith, si no te importa. Después del intento de secuestro, estoy muy preocupada por los dos.

–¿No te gustaría que el señor Smith te acompañara? Después de todo, allí hay indios, osos Grizzly, felinos de las montañas...

–No –repuso ella, riendo–. El señor Smith vale su peso en oro y cuidará muy bien de Blake. No hay necesidad de tener mucho contacto con él, dado que él te molesta. Blake lo quiere mucho.

–Blake no es lo suficientemente mayor para darse cuenta de lo peligroso que es ese hombre. Sé que vale su peso en oro, pero es un hombre buscado por la justicia...

–Solo por la policía de un país de África del Sur. Y de eso hace mucho tiempo.

–Muy bien, como tú quieras. Trataré de estar al tanto, pero, si yo estuviera en tu lugar, no permitiría que ese animal estuviera cerca de mí.

–Tiny vive en un terrario. Y es muy mansa.

–Es una iguana gigante.

–Las iguanas son animales vegetarianos y no es tan grande. Además, está muy apenado por la muerte de Dano.

–Estamos hablando de una iguana de más de metro y medio a la que acariciaba. Creo que se comió a mi perro ese día en el que Blake y tú vinisteis a visitarme con esa cosa.

–Tu perro se escapó. Las iguanas no comen perros.

Además, se trata solo de unas semanas, hasta que me ocupe de la casa de tía Mary y encuentre el modo de derrotar a los Harden. Primero, tendré que investigar un poco. Quiero ver cómo les va a los Harden hoy en día. Quiero ver cómo le va a él –añadió con el rostro sombrío.

–Probablemente ya sepa quién eres, así que ten cuidado.

–No, no lo sabe. Me he preocupado de descubrirlo. Al principio, Henry se mostró muy protector conmigo, por lo que no le dijo a nadie nada sobre mí. Dado que siempre me llamaba Kip, existen muy pocas probabilidades de que Cyrus Harden sepa el vínculo que tengo con Tennison International. Tan solo me conoce como Meredith Ashe. Si me dejo el Rolls aquí y no presumo de diamantes, no sabrá quién soy. Y, más importante aún, su madre tampoco lo sabrá –añadió con frialdad.

–Jamás se me hubiera ocurrido pensar que Cyrus Harden fuera un niño de su mamá.

–Y no lo es, pero su madre es una manipuladora. Yo entonces solo tenía dieciocho años y no era rival para su astuta mente. Se libró de mí con una facilidad casi ridícula. Ahora me toca a mí manipular. Quiero Harden Properties y voy a conseguirlo.

Don abrió la boca para advertirla, pero volvió a cerrarla. Meredith había conocido a Cy Harden como hombre y como amante, pero no sabía nada sobre la mente empresarial que se apoyaba sobre aquellos anchos hombros. Si insistía en adueñarse de Harden, podría salir escarmentada. Otras personas se habían enfrentado a Harden y habían salido perdiendo. Él podía ser un enemigo formidable, el más cruel de los hombres de negocios. Probablemente no sabía por qué Tennison lo odiaba tanto o por qué trataba deliberadamente de estropear sus acuerdos. Había sorprendido a todos cuando Henry había sido invitado a tomar parte en la junta de accionistas de Harden Properties. Harden lo había planeado todo para poder vigilar los acuerdos comerciales de Tennison, pero esto también había beneficiado a Henry, por lo que había aceptado. Naturalmente, Don iba a las reuniones, pero jamás se mencionaba el nombre de Meredith.

–No crees que pueda hacerlo, ¿verdad? –le preguntó ella.

–No –respondió Don con sinceridad–. Harden es una empresa familiar. Él tiene el cuarenta por ciento y su madre el cinco. Eso significa que tendrás que hacerte con el diez por ciento de su tío abuelo y con el resto de las acciones. No creo que ninguno de ellos sea lo suficientemente valiente como para enfrentarse a Cy.

–Espero tenerlas cuando se vuelvan a reunir en la próxima junta –afirmó ella–. Seguro que el señor Harden se sorprenderá mucho cuando me presente allí, acompañada de ti.

–Ten cuidado de que no te salga el tiro por la culata. No lo subestimes. Henry jamás lo hizo.

–No lo haré. Bueno, ¿qué tenemos esta tarde? Tengo que irme de compras –dijo, señalando el caro traje que llevaba puesto–. Meredith Ashe jamás se podría permitir prendas así. No quiero que nadie piense que he prosperado.

–El que engaña se enreda en una tela de araña.

–Te aseguro que no hay peor enemigo que una mujer burlada. No te preocupes, Don. Sé lo que hago.

–Eso espero –replicó él, encogiéndose de hombros.

El tono de voz de Don estuvo persiguiendo a Meredith durante todo el día. Mientras metía las ropas que se había comprado en una maleta que le había prestado el señor Smith, Blake la contemplaba tumbado en la cama con el ceño fruncido.

–¿Por qué tienes que marcharte? –le preguntó el pequeño–. Siempre te estás marchando. Nunca estás aquí.

Meredith sintió el aguijonazo de la culpabilidad. Su hijo tenía razón, pero no podía admitirlo.

—Por negocios, cariño mío —respondió, mirándolo con adoración.

El niño no se parecía en nada a ella. Era el vivo retrato de su padre, desde el cabello oscuro a los profundos ojos castaños y la piel cetrina. Suponía que, también como Cy, iba a ser muy alto.

Cy. Meredith suspiró y se dio la vuelta. Lo había amado tanto, con toda la pasión de su joven vida. Él le había arrebatado castidad y corazón y, a cambio, le había dado sufrimiento y vergüenza. La madre de Cy había hecho todo lo posible para terminar lo que podría haber sido una historia de amor sincero. Cy siempre se habría sentido culpable por ella. Probablemente lo habría estado aún más si hubiera sabido que solo tenía dieciocho años comparados con los veintiocho de él. Ella le había mentido y le había dicho que tenía veinte, aunque, incluso así, él había dicho que era como si estuviera sacándola de la cuna. No obstante, la pasión que sintió por ella había conseguido derrotar su autocontrol. En ocasiones, Meredith había pensado que la había odiado precisamente por eso, por hacerlo vulnerable.

Con toda seguridad, la madre de Cy la odiaba. El hecho de que Meredith hubiera estado viviendo con sus tíos abuelos en la reserva crow y el hecho de que su tío abuelo fuera un anciano muy respetado en ella había resultado completamente escandaloso para la señora Myrna Granger Harden. Myrna pertenecía a la flor y nata de la ciudad y no dejaba de hacer gala de ello. Que su hijo se atreviera a avergonzarla saliendo con la sobrina de uno de sus empleados había sido demasiado para ella, en especial cuando ya había elegido una esposa para él. Se trataba de una tal Lois Newly, una muchacha cuya familia tenía muchas propiedades en Alberta, Canadá, y que podía remontar sus orígenes hasta los tiempos en los que estos aún vivían en la regia Inglaterra. Myrna ni siquiera se había molestado en preguntarle a Meredith si era india. Lo había dado por sentado, cuando, en realidad, no la unían lazos de sangre alguno con el tío Cuervo Andante.

En la familia de Cy había personas de piel muy oscura. Myrna juraba que eran franceses, pero Meredith había escuchado en una ocasión que entre los antepasados de Cy había siux de pura raza por parte de su padre.

Algún día, Blake Garrett Tennison tendría que saber la verdad sobre quién era su padre. Meredith no ansiaba en absoluto que llegara ese instante. Por el momento, el niño aceptaba que Henry Tennison había sido su padre y, en muchos sentidos, así había sido. Se lo había ganado por derecho propio.

A menudo se había preguntado por qué Cy aparentemente jamás se había parado a pensar en la posibilidad de que Meredith se quedara embarazada durante su breve romance. Suponía que todas las mujeres con las que él había estado habían tomado la píldora, por lo que había dado por sentado que lo mismo le ocurría a ella. En realidad, jamás había estado en condiciones de preguntar, ni la primera vez ni las otras. Algunas veces, Meredith soñaba con él, en el fiero placer que él le había enseñado a compartir. Jamás le había hablado a Henry de aquellos sueños ni quería compararlo con él. No habría sido justo. Henry era un amante generoso y hábil, pero Meredith nunca había alcanzado con él el placer que Cy le había proporcionado sin esfuerzo aparente.

Blake se abrazó a su lagarto de juguete.

–¿No te parece que Barry el lagarto es muy bonito? –le preguntó–. El señor Smith me ha dejado acariciar a Tiny. Dice que deberías dejarme que tuviera una iguana, mamá. Son muy buenas mascotas.

Al oír a su hijo hablar tan maduramente, Meredith se echó a reír. Su hijo tenía casi seis años y aprendía muy rápidamente. Sabía que Cy no se había casado. Durante un instante, se preguntó lo que Myrna Harden pensaría de su nieto, aunque sabía que resultaba poco probable que la mujer lo apreciara. Después de todo, era hijo de Meredith. Además, un nieto estropearía la imagen de juventud que estaba dispuesta a transmitir.

—¿No puedo tener una iguana? —insistió el niño.
—Puedes acariciar a Tiny cuando te lo permita el señor Smith.
—¿El señor Smith no tiene nombre?
—Nadie tiene el valor de preguntárselo —respondió Meredith, riendo.

Blake se echó también a reír. Meredith se preguntó si ella habría sido tan feliz de niña como su hijo. La prematura muerte de sus padres había dejado sus secuelas. Por suerte, había tenido a la tía Mary y al tío Cuervo Andante para que cuidaran de ella.

—Ojalá pudiera marcharme contigo —se quejó el niño.
—Ya lo harás algún día muy pronto. Luego, te llevaré a la reserva crow para que puedas conocer a tus primos indios.
—¿Son indios de verdad?
—Sí. Quiero que te sientas orgulloso de tus antepasados, Blake. Uno de ellos luchó en la batalla de Little Big Horn contra el general Custer.
—¡Caray! ¿Y quién era el general Custer, mamá?
—Bueno, ya tendremos tiempo de explicarte todo eso cuando seas un poco mayor. Ahora, tengo que hacer la maleta.
—¡Blake!

La estruendosa voz resonó por el rellano.
—Estoy aquí, señor Smith —respondió el niño.

Se escucharon unos pesados pasos en el pasillo y, entonces, un hombre muy corpulento entró en la habitación. El señor Smith era el hombre más feo y más amable que Meredith había conocido nunca. Tenía una hoja de servicios impecable. Había pasado de trabajar en la CIA para ponerse a las órdenes de Henry. Él había conseguido abortar el intento de secuestro de Blake. Cuando estaba con ella, nadie se atrevía a molestar a Meredith. Además de Blake, él era la persona que más apreciaba.

—Ha llegado la hora de marcharse a la cama, señorito —le dijo el señor Smith a Blake sin pestañear—. En marcha.

—¡Sí, señor! —exclamó Blake, respondiendo con un saludo militar y una sonrisa. Entonces, echó a correr hacia él y dejó que lo tomara en brazos.

—Yo me ocuparé de acostarlo, Kip —le dijo él a Meredith—. No deberías marcharte. Necesitas otra semana en la cama.

—No me vengas con esas —replicó Meredith, con una sonrisa—. Estoy bien. Ya sabes que tengo que ocuparme de las cosas de mi tía Mary y es una oportunidad de oro para investigar a nuestra oposición. Que duermas bien, mi cielo —añadió, inclinándose para darle un beso a su hijo—. Iré enseguida a arroparte.

—El señor Smith va a hablarme de Vietnam —comentó Blake muy animadamente.

Meredith frunció el ceño. Las historias de la guerra de Vietnam no le parecían adecuadas para que un niño las escuchara antes de marcharse a la cama, pero no tuvo corazón para oponerse.

—Quiero que me cuentes la de la serpiente.

—¿La de la qué? —preguntó ella.

—La de la serpiente. El señor Smith me está hablando de todos los animales que había en Vietnam.

Meredith se sonrojó. Había pensado que la temática de las historias era otra muy distinta.

El señor Smith se percató de su reacción y sonrió.

—Te hemos engañado, ¿verdad? Eso es lo que te encuentras por juzgar a la gente inocente.

—Tú no tienes nada de inocente —replicó ella.

—Soy inocente de varias cosas. Jamás he disparado a una persona dos veces.

—Mi guardaespaldas es un santo —comentó ella, mirando al techo.

—Sigue así y regreso a la CIA. Allí sí que saben cómo tratar a la gente

—Estoy segura de que ellos no te compran mocasines de piel de cabritillo ni te regalan un *jacuzzi* para ti solo.

—Bueno, eso no.

–Y que tampoco te dan tres semanas de vacaciones pagadas ni te ofrecen habitaciones de hotel gratis y carta blanca en los restaurantes.

–Tampoco.

–Ni tampoco te abrazan como lo hago yo –exclamó Blake, rodeando el cuello del guardaespaldas con tanta fuerza como pudo.

El señor Smith se echó a reír y le devolvió el abrazo.

–En eso tienes razón –admitió–. En la CIA no me abrazaba nadie.

–¿Ves? –le preguntó Meredith, muy sonriente–. Te va muy bien y no te das cuenta.

–Claro que me doy cuenta, pero es que me gusta ver cómo me hacéis la pelota.

–Uno de estos días –dijo ella, con un dedo muy amenazador...

–Ese gesto nos indica que ha llegado el momento de marcharnos, Blake –dijo el señor Smith, dirigiéndose con el niño hacia la puerta.

Meredith sonrió y siguió preparando la maleta.

Dos días más tarde, Meredith llegó en autobús a Billings. Además de que no quería demostrar que tenía dinero, la estación de autobuses estaba al lado de Harden Properties, Inc.

Llevaba el cabello suelto sobre los hombros, un par de vaqueros y una cazadora también vaquera sobre una sudadera. Se había puesto unas botas muy usadas que utilizaba para montar a caballo y no se había maquillado. Más o menos, parecía la misma que se había marchado de aquella misma estación seis años atrás, aunque tenía un secreto que iba a disfrutar guardando hasta que llegara el momento de revelarlo.

En un edificio de oficinas que había justo enfrente de la estación, un hombre observaba el movimiento de pasajeros en la estación. De repente, se levantó del sillón para poder mirar mejor a través de la ventana. En los ojos tenía un gesto de sentimientos enfrentados.

—¿Señor Harden?

—¿Qué ocurre, Millie? —preguntó, sin darse la vuelta.

—Su carta...

Tenía que apartarse de la ventana. No podía ser ella. Le había parecido verla antes, encontrándose con el rostro y la mujer equivocada cuando se acercaba. El corazón empezó a latirle con el fiero ritmo que ella le había enseñado. Por primera vez en seis años se sintió vivo.

Tomó asiento. Su alto y atlético cuerpo reflejaba sus treinta y cuatro años, pero en ocasiones su rostro parecía tener mucha más edad. Tenía líneas de expresión alrededor de los ojos y las canas ya habían empezado a teñirle el espeso cabello negro.

—Olvídese de la carta. Encuentre la dirección de Mary Raven. Su esposo era un indio crow, John Cuervo Andante, pero aparecen en la guía de teléfonos como Raven. Se mudaron a la ciudad hace dos o tres años.

—Sí, señor —dijo Millie, antes de marcharse de la habitación.

Cy siguió sentado, tratando de repasar sus informes sobre las intenciones de Tennison International pero sin conseguirlo. Los recuerdos se habían apoderado de él, los recuerdos de hacía seis años, cuando una mujer lo había traicionado y se había marchado de la ciudad envuelta en la sospecha.

—Señor, he encontrado un obituario aquí —le dijo Millie, regresando con el periódico local en la mano—. Lo vi la semana pasada y me llamó la atención. Me acordé de la muchacha que estuvo implicada en el robo que ocurrió hace seis años.

—Dámelo.

Agarró el periódico y lo examinó atentamente. Mary había muerto. A la muerte de su esposo, Mary se había trasladado a la ciudad. Solo Dios sabía cómo había conseguido comprar una casa con su pensión. Cy sabía lo de la casa porque se la había encontrado un día. La había interrogado muy bruscamente sobre Meredith, pero ella se había negado a contarle nada. Cy hizo un gesto de dolor al recordar la desesperación que sentía por encontrar a Meredith. La anciana prácticamente había salido huyendo. Cy pensó en seguirla, pero decidió que no merecía la pena. El pasado estaba muerto. Seguramente, Meredith ya se habría casado y tendría una casa llena de niños.

Aquel pensamiento le dolía. Seguramente ella regresaría. De hecho, podía haber sido la propia Meredith la que acababa de ver. Alguien tendría que ocuparse de todos los asuntos de Mary tras su muerte. Sabía que Meredith era el pariente más cercano de la anciana.

Se sentó y frunció el ceño. Sabía que Meredith estaba en Billings. No sabía si lamentarse o alegrarse por ello. Solo sabía que, una vez más, su vida se iba a volver a poner patas arriba.

2

Era demasiado esperar que Cy saliera del edificio para encontrarse con ella. Tal vez ni siquiera estuviera en la ciudad. Como le ocurría a ella, sus negocios requerirían frecuentes viajes.

Haría falta una gran coincidencia o la ayuda del destino para que ella se encontrara en aquellos momentos con el que había sido el objeto del deseo durante su adolescencia.

Tomó un autobús para dirigirse a la casa de su tía. Por suerte, aquella casa no tenía recuerdos para ella. Cuando vivía en Billings, su tía vivía en la reserva. Cuando salía con Cy, los dos se veían en el ático que él tenía en el Sheraton, el edificio más alto de la ciudad. Los recuerdos le hicieron apretar los dientes. Tal vez había cometido un error al regresar. En la ciudad en la que había pasado su juventud, los recuerdos le dolían más.

Abrió la puerta con la llave que el señor Hammer, el de la inmobiliaria, le había mandado. El mes de septiembre era muy fresco en el sureste de Montana. No faltaba mucho tiempo para que empezara a nevar. Esperaba haberse marchado mucho antes de que cayeran los primeros copos.

La casa estaba fría, pero, afortunadamente, el señor Hammer le había encendido la estufa de gas. Incluso le había comprado algunos víveres. «La hospitalidad típica de Montana», pensó con una sonrisa. Allí, la gente se preocupaba de los demás. Todo el mundo era amable y simpático, hasta con los turistas.

Observó los muebles de su tía, viejos pero funcionales, y los objetos tradicionales de la cultura india que habían pertenecido a su tío. Había macetas por todas partes, pero las plantas que contenían estaban muertas dado que habían tenido que pasar sin agua desde la muerte de su tía. Solo quedaba con vida un philodendron, que Meredith llevó a la cocina para regarlo. Entonces, lo colocó sobre la encimera.

Cuando vio el teléfono en la pared, lanzó un suspiro de alivio. Iba a necesitarlo. También iba a depender de su máquina de fax y del ordenador. Smith podría llevárselo todo allí y ella podría colocarlo todo en la biblioteca. La puerta de esta tenía llave, lo que protegería su secreto en caso de que los Harden se acercaran por allí.

A Meredith le preocupaba el tiempo que aquel proyecto fuera a llevarle, aunque era consciente de que los contratos de minerales eran su máxima prioridad en aquellos momentos. La empresa no podía expandirse sin ellos. Le llevara lo que le llevara, tendría que seguir adelante. Tendría que mantenerse al día con el negocio a través de Don y esperar que todo siguiera su curso sin ella.

Lo peor de todo era estar separada de Blake. Se estaba convirtiendo en un niño hiperactivo en el colegio. Aparentemente, su estilo de vida estaba afectando al pequeño más de lo que había pensado. El trabajo se había interpuesto entre ellos hasta el punto de que Meredith no podía ni siquiera sentarse a cenar con su hijo sin que el teléfono los interrumpiera. El niño estaba muy nervioso, igual que ella. Tal vez podría aprovechar el tiempo que iba a pasar en Billings para su propio beneficio y adelantar algo de trabajo para así poder disponer de más ratos de ocio con su hijo cuando regresara a casa.

Preparó café y sonrió al ver lo ordenada que estaba la pequeña cocina. Los tapetes de ganchillo, que su tía era tan aficionada a hacer, estaban por todas partes. Mientras se servía una taza de café, Meredith decidió que no iba a venderlos con la casa. Se quedaría con algunos objetos personales de la casa y, por supuesto, con el legado que el tío Cuervo Andante había dejado para el pequeño Blake.

Mientras observaba con cariño la hermosa bolsa de flechas que había sacado de un cajón, recordó cuando se sentaba sobre las rodillas de su tío y él le contaba historias del pasado. Había tantas cosas inexactas sobre la cultura india... Lo que recordaba con más claridad eran las enseñanzas sobre dar y compartir que su tío le había explicado y que eran inherentes a la cultura de los indios crow. La riqueza se compartía entre los componentes de cada tribu. El egoísmo resultaba prácticamente desconocido. Nadie pasaba hambre o frío en el pasado. Hasta los enemigos recibían alimento e incluso se les dejaba marchar si prometían no volver a enfrentarse a los crow. Ningún enemigo era atacado si entraba en un asentamiento desarmado y con intenciones de paz porque se admiraba profundamente el valor.

Valor... Meredith derramó el café. Iba a necesitar mucho valor. Recordó el rostro de Myrna Harden y se echó a temblar. Tenía que recordar que ya no era una adolescente muy pobre. Tenía casi veinticinco años y era rica, mucho más que los Harden. Debía tener en cuenta que, económica y socialmente, era igual a los Harden.

Pensó que resultaba irónico que su gente pareciera obsesionada en creer que el dinero y el poder eran las respuestas que podían hacer soportable la vida. Sin embargo, a su tío jamás le habían importado las posesiones o el dinero. Se había sentido siempre muy satisfecho de trabajar como guardia de seguridad para los Harden y había sido uno de los hombres más felices que Meredith había conocido jamás.

—*Wasicum* —murmuró, utilizando una palabra siux con la que se denominaba a los blancos.

Literalmente, significaba «No te puedes librar de ellos». Lanzó una carcajada. Parecía ser completamente cierto. La palabra con la que los crow denominaban a los blancos era *mahistasheeda*, que literalmente significaba «ojos amarillos». Nadie sabía por qué. Tal vez al primer blanco que vieron tenía problemas de hígado. Ellos mismos se llamaban absaroka, el pueblo de los pájaros con cola de tenedor. De niña, a Meredith le encantaban los enormes cuervos de Montana. Podría ser que a los antepasados de los crow les hubiera ocurrido lo mismo.

Se terminó el café y se llevó la maleta al dormitorio de invitados. Meredith jamás había dormido allí. Había tenido demasiado miedo de volver a encontrarse con los Harden como para regresar a Billings.

Cuando colocó todas sus cosas, Meredith salió de la casa y tomó el autobús para ir a una pequeña tienda de ultramarinos que había a poca distancia de allí y adquirir algunas viandas. Hacía años que no había hecho algo tan ordinario. En su casa tenía doncellas y un ama de llaves que se ocupaban de ese tipo de cosas. Sabía cocinar, pero no practicaba muy a menudo. Sonrió al recordar que la tía Mary solía regañarla por su falta de habilidades domésticas.

Decidió regresar andando. Al pasar por el enorme parque de Billings, suspiró por su belleza. En verano, allí se celebraban conciertos y cenas al aire libre. Siempre había algo programado. Billings era una ciudad bastante grande, que se extendía entre los Rimrocks y el río Yellowstone. Al oeste, estaban las montañas Rocosas, al sureste, el Big Horn y las montañas Pryor.

A Meredith le gustaban mucho los campos que rodeaban la ciudad, adoraba la ausencia de hormigón y acero. Las distancias resultaban aterradoras para los del este, pero ciento cincuenta kilómetros no eran nada para un habitante de Montana.

Al llegar a la calle en la que se encontraba la casa de su tía, agarró con fuerza la bolsa de la compra. Se acababa de percatar de que el elegante Jaguar que estaba aparcado allí no lo había estado cuando se marchó. Tal vez el de la inmobiliaria había ido a buscarla.

Se sacó la llave de los vaqueros. No vio la figura que la esperaba en el porche de la casa hasta que subió los escalones. Entonces, se detuvo en seco. El corazón le dio un vuelco.

Cyrus Granger Harden era tan alto como el señor Smith, pero las comparaciones terminaban allí. Cy resultaba misterioso y peligroso, a pesar del traje de tres piezas que llevaba en aquel momento. Cuando dio un paso al frente, Meredith sintió una oleada de calor por todo el cuerpo a pesar de la angustia de los últimos seis años.

Estaba mucho más viejo. Tenía algunas arrugas en el delgado y enjuto rostro, coronado por espesas cejas negras y ojos marrones. La nariz era recta, la boca sensual. Llevaba un sombrero vaquero ligeramente inclinado sobre la ancha frente. En los dedos sostenía un cigarrillo. No había podido dejar de fumar.

—Me pareció que eras tú —dijo sin preámbulo alguno, con voz dura y cortante—. Desde la ventana de mi despacho se ve la estación de autobuses.

Tal y como Meredith había esperado. Se recordó que era más madura, más rica y que Cy no tenía ya ningún poder sobre ella.

—Hola, Cy —dijo—. Me sorprende verte aquí, en los barrios bajos.

—Billings no tiene barrios bajos. ¿Por qué estás aquí?

—He regresado a por la plata de tu familia —le espetó ella—. Se me olvidó la última vez.

Cy realizó un gesto de incomodidad. Se metió una mano en el bolsillo y se pegó un poco más la fina tela de los pantalones a los poderosos músculos de sus largas piernas. Meredith tuvo que esforzarse para no mirar. Desnudo, aquel cuerpo era un milagro de perfección, piel y vello oscuro, que dibujaba el contorno del torso y del esbelto vientre y que le espolvoreaba las piernas...

–Después de que te marcharas –admitió de mala gana–, Tanksley le dijo a mi madre que tú no habías tenido nada que ver con el robo.

Meredith recordó que, supuestamente, Toby Tanksley era el cómplice del que ella había estado enamorada y con el que se había estado acostando. Solo un estúpido celoso podría haberse imaginado que ella hubiera podido pasar de Cy a Tony, pero, dado que Myrna había pagado a este último para que se inventara la historia, los detalles que ella le había dado eran casi perfectos. A pesar de lo evidente que resultaba todo, Cy la había creído capaz de cometer una infidelidad y actos criminales. El amor sin confianza no era amor. Incluso había llegado a admitir que el único interés que había sentido por ella había sido puramente sexual.

–Me pareció extraño que la policía no viniera detrás de mí –replicó ella.

–Resultó imposible encontrarte.

No era de extrañar. Henry se la había llevado a una isla del Caribe durante su embarazo, acompañada del señor Smith. Nadie había sabido su verdadero nombre. Todos la conocían como Kip Tennison. Se alegraba de que se hubieran tomado aquellas medidas. Había tenido miedo de que los Harden trataran de encontrarla aunque solo fuera para avergonzarla.

–Me alegra saberlo –dijo ella, con un cierto sarcasmo–. No me habría gustado ir a la cárcel.

El rostro de Cy se hizo más severo. Frunció el ceño mientras estudiaba el rostro de Meredith.

–Estás más delgada de lo que yo recordaba –dijo–. Mayor.

–Voy a cumplir veinticinco año. Tú ahora tienes treinta y cuatro, ¿no?

Cy asintió y, entonces, la miró de arriba abajo. Se sentía como si volviera a morirse por dentro. Seis largos años. Recordaba haber visto lágrimas en aquel joven rostro y el sonido de su voz despreciándolo a él. También recordaba los exquisitos momentos en la cama con ella, cómo el cuerpo de Meredith se encendía bajo el calor del suyo y la voz se le quebraba al gemir de placer contra su garganta...

–¿Cuánto tiempo vas a quedarte? –le preguntó.

–Lo suficiente para deshacerme de la casa.

–¿No la vas a conservar? –quiso saber, odiándose por haber sentido la curiosidad suficiente como para hacer aquella pregunta.

–No, no creo que me quede. Tengo demasiados enemigos en Billings como para sentirme cómoda.

–Yo no soy tu enemigo.

–¿No, Cy? –replicó ella, levantando la barbilla–. No es así como lo recordaba.

–Tenías dieciocho años. Eras demasiado joven. Jamás te lo pregunté, pero estoy seguro de haberte quitado la virginidad.

Meredith se sonrojó. Cy recibió aquella reacción con una ligera sonrisa.

–Veo que así fue.

–Fuiste el primero –dijo ella–, pero no el último –añadió con una sonrisa–. ¿O acaso creíste que iba a ser imposible encontrarte un sustituto?

Cy sintió un aguijonazo en su orgullo, pero no reaccionó. Se terminó el cigarrillo y lo arrojó al jardín.

–¿Dónde has estado los últimos seis años?

–Por ahí. Mira, la bolsa me pesa bastante. ¿Tienes algo que decir o se trata tan solo de una visita para ver con cuánta rapidez me puedes echar de la ciudad?

–He venido a preguntarte si necesitabas trabajo. Sé que tu tía no te ha dejado nada más que facturas. Yo tengo un restaurante. Hay un puesto libre para una camarera.

Meredith pensó que aquello era demasiado. Cy le estaba ofreciendo un trabajo de camarera cuando, sin ningún esfuerzo, podría comprar el restaurante entero. Se preguntó si lo haría por remordimientos de conciencia o por renovado interés. Fuera como fuera, no le haría ningún daño aceptarlo. Le daba la sensación de que así iba a poder ver con frecuencia a los Harden, lo que encajaba perfectamente con sus planes.

–Muy bien –dijo ella–. ¿Tengo que rellenar una solicitud?

–No. Solo tienes que presentarte a trabajar a las seis en punto de la mañana. Me parece recordar que, cuando nos conocimos, trabajabas en un café.

–Así es.

Los ojos de Meredith se cruzaron con los de Cy y, durante un instante, los dos compartieron el recuerdo de aquel primer encuentro. Ella le derramó café encima y, cuando fue a secarle la ropa, las chispas saltaron entre ambos. La atracción fue instantánea, mutua y... arrebatadora.

–De eso hace mucho tiempo –comentó Cy, con gesto ausente y una cierta amargura en sus ojos oscuros–. Dios mío... ¿por qué tuviste que huir? Yo recobré el sentido común dos días después y no pude encontrarte por ninguna parte, maldita seas...

¿Que recobró el sentido común? Meredith prefería no pensar en aquello.

–Maldito seas tú también por haber escuchado a tu madre en vez de a mí. Espero que los dos hayáis sido muy felices juntos.

–¿Qué tuvo mi madre que ver con Tanksley y contigo?

¡No lo sabía! A Meredith le costaba creerlo, pero su sorpresa parecía completamente sincera. ¡No sabía lo que había hecho su madre!

–¿Cómo conseguiste que él confesara?

–Yo no lo conseguí. Le dijo a mi madre que tú eras inocente. Ella me lo dijo a mí.

–¿Te dijo algo más?

–No. ¿Qué más podía haberme dicho?

«Que yo estaba esperando un hijo tuyo. Que tenía dieciocho años y que no tenía ningún sitio al que ir. Que no podía arriesgarme a quedarme con mis tíos estando acusada de un robo», pensó ella con amargura.

Bajó los ojos para que Cy no pudiera ver la amargura que había en ellos. Aquellas primeras semanas habían sido un infierno para ella, a pesar de que también la habían madurado y fortalecido.

Se había hecho dueña de su propia vida y de su propio destino y, a partir de entonces, jamás había vuelto a tener miedo.

–¿Había algo más? –insistió él.

–No, nada más –respondió Meredith, levantando el rostro.

Sí lo había. Cy lo presentía. Notaba un brillo peculiar en los ojos de Meredith, algo parecido al odio. Él la había acusado injustamente y le había hecho daño con su rechazo, pero la ira que ella parecía sentir iba mucho más allá.

–El restaurante se llama Bar H Steak House –dijo–. Está al norte de la veintisiete, más allá del Sheraton.

Meredith sintió una oleada de calor al escuchar la mención del hotel. Apartó los ojos rápidamente.

–Lo encontraré. Gracias por la recomendación.

–¿Significa eso que, al menos, te vas a quedar unas semanas?

–¿Por qué? Espero que no estés pensando en volver a retomar lo nuestro donde lo dejamos porque, francamente, Cy, no tengo por costumbre tratar de remendar relaciones rotas.

–¿Es que hay alguien más? –preguntó él muy serio.

–¿En mi vida? Sí.

El rostro de Cy no mostró nada, aunque pareció que se le reflejaba una sombra en el rostro.

–Tendría que habérmelo imaginado.

Meredith no respondió. Simplemente se le quedó mirando muy fijamente. Vio que él le miraba la mano izquierda, por lo que ella le dio gracias a Dios por haber recordado quitarse su anillo de boda. Sin embargo, aún llevaba su anillo de compromiso, una alianza de esmeraldas y diamantes muy pequeños. Recordó que Henry se había reído cuando ella eligió algo tan barato. Él había querido regalarle un diamante de tres quilates, pero ella había insistido en aquel anillo. Parecía haber pasado tanto tiempo ya...

–¿Estás comprometida? –quiso saber Cy.

–Lo estuve.

–¿Ya no?

–No. Tengo un amigo especial y lo aprecio mucho, pero ya no quiero compromisos.

Deseó poder cruzar los dedos. En dos minutos había dicho más mentiras y verdades a medias que en los dos últimos años.

–¿Por qué no ha venido tu amigo a acompañarte aquí?

–Necesitaba pasar un tiempo a solas. Además, solo he venido para disponer de las cosas de la tía Mary.

–¿Dónde vives?

–En el este. Ahora, si me perdonas, tengo que meter estas cosas en el frigorífico.

–Hasta mañana –dijo Cy, tras un momento de duda.

Presumiblemente, él comía en el restaurante en el que ella iba a trabajar.

–Supongo que sí. ¿Estás seguro de que no les importará darme trabajo sin referencias?

–Soy el dueño del restaurante –replicó él–. No tiene por qué importarles. El trabajo es tuyo, si lo quieres.

–Claro que lo quiero –contestó Meredith. Abrió la puerta de la casa y dudó. Dado que Cy no conocía sus circunstancias, probablemente lo hacía por pena y culpabilidad, pero se sintió obligada a decir algo–. Eres muy generoso. Gracias.

–Generoso –repitió él con una amarga risa–. Dios mío... Jamás en toda mi vida he dado nada a menos que me conviniera o que me hiciera más rico. Tengo todo y no tengo nada.

Con eso, se dio la vuelta y se dirigió hacia su coche. Meredith se quedó allí, mirándolo con ojos tristes.

A continuación, entró en la casa. La había turbado bastante volver a verlo después de tantos años. Dejó la bolsa sobre la mesa de la cocina y se sentó. Sin poder evitarlo, recordó la primera vez que se vieron.

En aquel momento, ella tenía diecisiete años. Tan solo le faltaba una semana para cumplir los dieciocho. Siempre había parecido más mayor de lo que en realidad era y el uniforme de camarera que llevaba se le moldeaba a cada curva de su esbelto cuerpo.

Cy se la había quedado mirando desde el primer momento, mientras ella servía las mesas. Meredith se había sentido muy nerviosa ante tantas atenciones. Él irradiaba confianza y una cierta arrogancia. Solía entrecerrar un ojo y levantar la barbilla como si estuviera declarando la guerra a la persona a la que estuviera estudiando. En realidad, tal y como Meredith descubrió más tarde, se debía a la dificultad que tenía para enfocar objetos lejanos, pero era demasiado testarudo para ir al oftalmólogo.

La mesa en la que él estaba sentado estaba asignada a otra camarera. Meredith vio cómo fruncía el ceño al ver que se le acercaba la otra muchacha. Después de decirle algo a la joven, se trasladó a otra mesa que estaba en el territorio de Meredith.

La idea de que un hombre como Cy pudiera estar interesado en ella le produjo un hormigueo de excitación por todo el cuerpo. Ella se le acercó con una suave sonrisa y se sonrojó al ver que él le devolvía el gesto.

—Eres nueva aquí —le dijo con voz profunda y sensual.

—Sí —susurró ella—. He empezado esta misma mañana.

—Me llamo Cyrus Harden. Desayuno aquí casi todas las mañanas.

Meredith reconoció el nombre inmediatamente. Casi todas las personas de Billings sabían quién era.

—Yo soy Meredith.

—¿Eres ya mayor de edad?

—Tengo... tengo veinte años —mintió ella. Sabía que, si le hubiera dicho su verdadera edad, él no se habría interesado por ella.

—Eso me vale. Ahora, tráeme un café, por favor. Después, hablaremos de adónde vamos a ir esta noche.

Meredith se marchó rápidamente a la barra para servirle el café y se chocó con Terri, la camarera de más edad del café.

—Ten cuidado, niña —le dijo ella cuando Cy no estaba mirando—. Estás flirteando con el diablo. Cy Harden tiene una cierta reputación con las mujeres y los negocios. Que no se te suba a la cabeza.

—No pasa nada. Él... Solo estábamos hablando.

—No lo creo, a juzgar por lo ruborizada que estás —afirmó Terri muy preocupada—. Tu tía debe de vivir en su propio mundo. Cielo, los hombres no piden matrimonio a las mujeres a las que desean, en especial los hombres como Cy Harden. Él está muy por encima de nosotras. Es muy rico y su madre mataría a cualquier mujer que tratara de llevarlo al altar a menos que tuviera dinero y posición social. Es de la clase alta. Esos se casan entre ellos.

—Pero si solo estábamos hablando —protestó Meredith, forzando una sonrisa a pesar de que todos sus sueños se habían hecho pedazos.

—Pues ocúpate de que sigáis solo hablando. Ese hombre te podría hacer mucho daño.

El sonido de aquellas palabras hizo que a Meredith se le pusiera el vello de punta, pero no quiso demostrarlo. Se limitó a sonreír a su compañera y terminó de preparar el café de Cy.

—¿Te estaba advirtiendo contra mí? —le preguntó él cuando Meredith le dejó la taza encima de la mesa.

—¿Cómo lo sabes?

—Invité a Terri a salir en una ocasión —respondió—. Se puso demasiado posesiva, por lo que rompí con ella. De eso hace mucho tiempo. No dejes que te afecte lo que ella te diga, ¿de acuerdo?

Meredith sonrió. De repente, todo tenía sentido. Cy simplemente estaba interesado y Terri celosa.

—No lo haré —prometió.

Al recordar la ingenuidad de aquel día, Meredith lanzó un gruñido. Se levantó de la silla y se puso a guardar las cosas que había comprado. ¿Cómo podía haber sido tan estúpida? Con dieciocho años, había sido una completa ignorante. Para un hombre tan de mundo como Cy, ella no había sido más que una niña. Si se hubiera imaginado cómo iban a salir las cosas, jamás habría...

¿A quién estaba engañando? Lanzó una amarga carcajada. Habría hecho lo mismo porque Cy la fascinaba. A pesar del dolor y del sufrimiento, aún seguía haciéndolo. Era el hombre más guapo que había visto en toda su vida y recordaba los momentos de intimidad como si hubieran ocurrido el día anterior.

Acababa de volver a entrar en su órbita y había aceptado un trabajo que no debía. Estaba viviendo una mentira. Al recordar las razones que la habían llevado de vuelta a Billings, la sangre comenzó a hervirle. Cy se había deshecho de ella como si fuera basura, de ella y del hijo que llevaba en sus entrañas. Le había dado la espalda y la había dejado sola, con una acusación de robo pendiendo sobre la cabeza.

No había regresado para volver a prender la llama de un viejo amor. Había vuelto para vengarse. Henry le había enseñado que todo el mundo tenía una debilidad de la que uno podía aprovecharse para los negocios. Algunas personas eran más hábiles que otras a la hora de ocultar su talón de Aquiles. Cy era un maestro. Tendría que tener mucho cuidado si quería localizar el de él, pero, al final, terminaría derrotándolo. Tenía la intención de arrebatárselo todo, de colocarlo en la misma posición en la que él la había puesto a ella hacía seis años. Entornó los ojos y consideró las posibilidades. Una fría sonrisa le frunció los labios.

Meredith ya no era una ingenua muchacha de dieciocho años, profundamente enamorada de un hombre que no podía tener. En esta ocasión, tenía todos los ases en la mano y, cuando ganara la partida, iba a experimentar el placer más dulce desde los traicioneros besos de Cy.

3

Meredith se había llevado algunas prendas viejas para no despertar las sospechas de Cy. Al vestirse para su nuevo trabajo, se alegró de ello.

Se puso una falda vaquera y una blusa blanca de manga larga. A continuación, se calzó unos zapatos bajos y tomó un bolso de piel sintética. A continuación, se recogió el cabello y se marchó de casa para tomar un autobús.

Mientras aspiraba el aire de la mañana, pensó que Billings era un lugar muy hermoso a primeras horas de la mañana. No tenía nada que ver con Chicago. Echaba de menos a su hijo, pero el cambio había resucitado su espíritu de lucha y le hacía sentirse menos deprimida. La increíble presión a la que su trabajo la sometía había podido con ella últimamente.

Se bajó del autobús delante del restaurante. Era grande y parecía muy prospero. Estaba pegado a un hotel. A través de la ventana, vio que todas las camareras llevaban unos impolutos uniformes blancos. Había pasado mucho tiempo desde la última vez que se sintió nerviosa en compañía de la gente, pero allí, sin su riqueza para protegerla, se sentía incómoda. Entró y preguntó por la encargada.

–La señora Dade está en ese despacho –le respondió muy educadamente una mujer–. ¿La está esperando?

–Creo que sí.

Meredith llamó a la puerta y entró.

–Me llamo Meredith... Ashe –dijo. El nombre le parecía muy extraño. Estaba tan acostumbrada a que la llamaran Kip Tennison...

–Oh, sí –respondió la señora Dade, poniéndose de pie–. Me llamo Trudy Dade. Me alegro de conocerte. Cy me dijo que acababas de perder a tu tía y que necesitabas trabajo. Por suerte para todos, tenemos una vacante. ¿Tienes experiencia como camarera?

–Bueno, un poco. Trabajé en el Bear Claw hace algunos años.

–Ya me acuerdo. Me pareció reconocerte –comentó la mujer, entornando la mirada–. Siento mucho lo de su tía.

–La echaré de menos. Era la única pariente que me quedaba en el mundo.

La señora Dade la miró atentamente, observando todos los detalles de su atuendo.

–El trabajo es duro, pero las propinas son buenas y yo no soy una negrera. Puedes empezar ahora mismo. Te podrás marchar a las seis, pero tendrás que trabajar algunas tardes. Eso es inevitable en este negocio.

–No me importa –respondió Meredith–. No necesito tener las tardes libres.

–¿A tu edad? Por el amor de Dios, ¿no estás casada?

–No

Meredith utilizó un tono de voz que, sin caer en la grosería, hizo que la otra mujer se sintiera incómoda.

–¿Cansada de los hombres, entonces? –comentó la mujer con una sonrisa, pero no insistió en el tema. Pasó a explicar los detalles de los honorarios de Meredith y su sueldo, junto con información sobre los uniformes y las mesas.

Meredith no hacía más que recordarse el papel que debía representar. Se obligó a olvidarse de que era Kip Tennison y a sonreír y escuchó atentamente todo lo que se le decía. No obstante, no dejaba de pensar en cuánto tiempo iba a pasar hasta que Cy Harden volviera a mover ficha.

Aquella tarde, Cy entró en los jardines de la enorme casa de los Harden. Miró sin muchas ganas las columnas de imitación clásica que adornaban el porche de entrada. Recordaba que, de niño, había jugado en aquel porche con su madre muy cerca, observándolo. Ella siempre se había mostrado demasiado posesiva y protectora con su único hijo, algo que, con los años, había causado algunas fricciones entre ellos. De hecho, su relación se había desmoronado con la marcha de Meredith Ashe. A partir de entonces, Cy había cambiado.

Colgó el sombrero en el perchero del vestíbulo y entró con aire distraído en el elegante salón. Ella estaba sentada en su sillón habitual, haciendo ganchillo. Levantó los ojos oscuros y le sonrió.

–Llegas temprano, ¿no?

–He terminado antes que de costumbre –contestó, sirviéndose un whisky solo antes de sentarse en su propio sillón–. Esta noche cenaré fuera. Los Peterson van a celebrar una charla sobre los nuevos contratos de minerales.

–Negocios, negocios. En la vida hay mucho más que ganar dinero. Cy, deberías casarte. Te he presentado a un par de chicas muy agradables que acaban de presentarse en sociedad y...

–No pienso casarme –dijo con una fría sonrisa–. Estoy curado contra eso, ¿te acuerdas?

–Eso... eso fue hace mucho tiempo –respondió su madre, palideciendo.

–Como si hubiera sido ayer. Ha regresado a la ciudad, ¿lo sabías?

—¿Ella? —preguntó su madre después de un silencio casi sepulcral.

—Sí. Meredith Ashe en persona. Le he dado trabajo en el restaurante.

Myrna Harden llevaba viviendo con su terrible secreto, y con su sensación de culpabilidad, desde hacía tanto tiempo que se había olvidado de que no era la única que lo sabía. Meredith también lo conocía. Irónicamente, la información que había utilizado para expulsar a Meredith de la ciudad podría volverse en su contra con resultados devastadores. El escándalo podía terminar de destruir la relación que tenía con su hijo. El pánico se apoderó de ella.

—¡No puedes hacer eso! Cy, no debes volver a relacionarte con esa mujer. ¿Acaso has olvidado lo que te hizo?

—No, madre, no me he olvidado. Ni pienso empezar una relación con ella. Una vez fue más que suficiente. Su tía ha muerto.

—No lo sabía —dijo Myrna, no sin cierto nerviosismo.

—Estoy seguro de que tiene facturas que pagar y cabos sueltos. Seguramente se marchará al lugar del que ha venido tan pronto como lo arregle todo.

—Ella va a heredar esa casa —comentó Myrna, que no parecía tan segura.

—Sí. Por lo menos tendrá donde resguardarse. No sé dónde ha estado todos estos años, pero sé que no tenía nada cuando se marchó de la ciudad —concluyó, tomándose el whisky como si fuera agua.

—Eso no es cierto. Tenía dinero.

—¿Acaso se te ha olvidado que Tony devolvió el dinero que, supuestamente, ella había robado?

—Estoy segura de que tenía algo de dinero —insistió, cada vez más pálida—. Segura.

—Jamás me creí que ella hubiera podido tomar parte en algo así. Tony nos contó la historia como si se la hubiera aprendido de memoria y Meredith me juró que él jamás la había tocado, que nunca habían sido amantes.

—Una chica así podría tener muchos amantes...

Los ojos de Cy se oscurecieron al recordar los momentos compartidos con Meredith, el fuego que había ardido entre ellos. Aún la veía temblando por lo mucho que lo deseaba. ¿Habría sido así con otro hombre? Se había sentido demasiado celoso y enojado para escucharla cuando su madre la acusó. Cy empezó a dudar de su participación en el robo solo dos días después de que ella se marchara de la ciudad. Tony devolvió todo el dinero robado y Myrna insistió en que el muchacho no fuera arrestado. Todo muy conveniente. Todo después de que Meredith se marchara de la ciudad. Sin embargo, ella jamás había parecido culpable sino... derrotada.

Tal vez debería haber cuestionado todo lo ocurrido, pero se arrepentía de la atracción que sentía hacia Meredith en aquellos momentos. Casi había sido un alivio que ella saliera de su vida. Desde entonces, había tenido un par de breves relaciones, pero ninguna mujer había hecho que él perdiera el control como lo había conseguido Meredith. No creía que pudiera volver así. Se sentía muerto por dentro, igual que Meredith cuando se marchó de la ciudad. Parecía que algo había muerto dentro de ella. Los ojos acusadores le habían dejado una huella indeleble en el pensamiento. Seguía viéndolos incluso después de seis años.

—Todo es pasado. Aunque me sintiera tentado, no queda nada. Ella solo fue una aventura, nada más.

—Me alegro de oírte hablar así —dijo Myrna, algo más relajada—. Cy, una camarera con un indio de pura raza por tío. No es nuestra clase de gente.

—¿No te parece un comentario algo esnob para la descendiente de un desertor británico?

—¡De eso no se habla!

—¿Y por qué no? Todo el mundo tiene una oveja negra en la familia.

—No seas absurdo. Las ovejas no se suben a los árboles —comentó Myrna, dejando su ganchillo—. Iré a decirle a Ellen que no vas a cenar aquí.

Salió del salón. No dejaba de sentir miedo por las posibles nuevas complicaciones. No sabía lo que iba a hacer. No podía consentir que Meredith Ashe estuviera en Billings, sobre todo cuando estaba tratando de conseguir que Cy se casara. Tendría que conseguir que Meredith se marchara de la ciudad y rápido, antes de que ella pudiera hacerle ver a Cy lo que había ocurrido.

El niño... ¿Se lo habría quedado? Myrna apretó los dientes al pensar que un hijo de Cy pudiera haber sido adoptado. El niño era un Harden, sangre de su sangre. Entonces, no pensó en ello, sino tan solo en lo que sería mejor para Cy. Sabía que Meredith no era la mujer más adecuada para su hijo y decidió extirparla de su vida con precisión quirúrgica. Si Meredith no había abortado, podría haber algún modo de conseguir al niño. Lo pensaría adecuadamente y trataría de encontrar el modo de explicárselo a Cy sin que este volviera a empezar una relación con ella. Tras haber superado la amenaza una vez, estaba segura de tener la capacidad suficiente para volver a hacerlo.

El día pasó muy rápidamente para Meredith. Fue ganando confianza en su trabajo y le gustaban las personas con las que trabajaba. Sentía especial predilección por Theresa, que tenía veinte años y era una crow, como el tío abuelo de Meredith.

No obstante, la hora de las comidas suponía mucho trabajo. Incluso atrajo una cierta atención de uno de los clientes masculinos, que no solo se presentó a almorzar, sino también a cenar. A pesar de todo, Meredith no le prestó atención. Los hombres ya no ocupaban lugar alguno en su vida.

Estaba tratando de deshacerse de él una vez más cuando vio que un rostro familiar tomaba asiento en una mesa cercana. Era Cy. Y no estaba solo. Myrna lo acompañaba.

Admitió que, en el pasado, habría hecho cualquier cosa para que una compañera le cambiara la mesa y no tener así que atender a Myrna Harden. Ya no. Se dirigió directamente a la mesa, aunque sin poder evitar una cierta mirada de fría crueldad cuando sus ojos se cruzaron por primera vez con los de Myrna por primera vez desde hacía años.

–Buenas noches, ¿les gustaría tomar algo antes de cenar?

–Yo no bebo –respondió Myrna, muy secamente–. Seguro que lo recuerdas, Meredith.

Ella la miró directamente, sin prestar atención alguna a Cy.

–Le sorprendería mucho lo que soy capaz de recordar, señora Harden –dijo–. Y me llamo señorita Ashe.

Myrna se echó a reír.

–Vaya, vaya. Eres demasiado arrogante para ser una camarera –afirmó, aunque no dejaba de juguetear con los cubiertos–. Me gustaría ver el menú.

Meredith les entregó dos.

–Yo tomaré una copa de vino blanco –dijo Cy.

–Enseguida.

Se dirigió hacia la barra del bar y, desde allí, tuvo oportunidad de observar a sus dos enemigos. Cy iba vestido con un traje oscuro y una corbata muy conservadora. Había dejado el sombrero sobre una de las sillas que no estaba ocupada y llevaba el cabello peinado hacia atrás. Su rostro carecía por completo de expresión. Por el contrario, su madre no se estaba quieta. No dejaba de mirar nerviosamente de derecha a izquierda. El lenguaje corporal era tan explícito como una conversación. Meredith sonrió.

Justo en aquel momento, Myrna se volvió para mirarla. Vio algo en el rostro de la joven que la heló por dentro. No era la misma muchacha a la que había ordenado hacer las maletas. No. El cambio le producía náuseas.

Meredith llevó la copa de vino a la mesa y, entonces,

sacó su cuadernillo y el bolígrafo con una tranquilidad pasmosa. Mentalmente, dio las gracias a Henry por la seguridad en sí misma que le había dado.

–Yo tomaré un filete con ensalada –anunció Cy–. El menú no será necesario.

–Yo también –dijo Myrna con voz seca–. Poco hecho, por favor. No me gusta la carne muy hecha.

–Lo mismo para mí –afirmó Cy.

–Dos filetes poco hechos.

–Poco hechos, no crudos –reiteró Cy, como si sospechara lo peor–. No quiero que se levanten del plato y empiecen a andar.

Meredith tuvo que contener una sonrisa.

–Sí, señor. No tardaré mucho tiempo.

Ella se marchó y, tal y como había prometido, les sirvió su comida minutos más tarde.

–Es muy eficiente, ¿verdad? –dijo fríamente Myrna mientras comía–. Aún me acuerdo de una vez que me vertió café encima cuando me llevaste a aquel horrible restaurante para almorzar.

–La pusiste nerviosa.

–Aparentemente ya no –afirmó Myrna, sintiendo una ligera aprensión–. Tal vez se haya casado. ¿Se lo has preguntado?

–No he tenido que hacerlo. Evidentemente, no lo está.

–Si tú lo dices... Es un poco raro, ¿no te parece? Una chica joven y bonita aún soltera.

–Tal vez yo sea difícil de superar...

–No seas grosero, cielo. Pásame la sal, por favor.

Cy obedeció y terminó rápidamente de cenar aunque sin saborear ni un solo bocado. No hacía más que observar a Meredith. Se movía con la misma gracia de siempre, aunque con una seguridad y una falta de inhibición completamente nuevas. No se parecía en nada a la tímida e insegura muchacha que se había llevado a la cama hacía tantos años. Sin embargo, aún le hacía vibrar. Trataba de oponerse con todo lo que podía porque sabía que no podía dejar que Meredith volviera a conquistarlo. Estaba libre de ella y quería seguir estando así. No volvería a dejarse llevar por aquella dulce locura.

Meredith les llevó la cuenta y les dio las gracias con una agradable sonrisa. Incluso añadió que tuvieran una agradable velada. Sin embargo, el modo en el que lo dijo, mirando directamente a los ojos de Myrna, convirtió aquellas palabras en una amenaza en vez de en una despedida.

Durante el trayecto a casa, Myrna permaneció en completo silencio. Decidió que, a pesar de haber heredado la casa de su tía, Meredith no era una mujer de recursos. Tal vez un poco de dinero y unas palabras de advertencia sirvieran para que la amenaza desapareciera de una vez por todas.

Por su parte, Cy trataba de no pensar en lo bien que le quedaba el uniforme al tiempo que intentaba no dejarse llevar por los recuerdos.

Cuando se marchó a su casa, Meredith estaba agotada y los pies le dolían mucho. Hacía mucho tiempo desde la última vez que había estado de pie todo el día.

Le gustaba aquella ciudad. Ella había crecido al norte, en las afueras de Billings. Sus padres no eran más que sombras en su recuerdo, dado que murieron en un accidente cuando ella solo era una niña. Sus recuerdos se centraban en sus tíos, que la habían acogido sin reservas y la habían criado como si fuera su propia hija. Como vivían en la reserva, algunos de los recuerdos implicaban celebraciones y ceremoniales indios. De todo eso, parecía haber pasado una eternidad.

Se bajó del autobús cerca de la casa de su tía. Era una hermosa noche de septiembre, muy apropiada para dar un paseo. Hacía fresco y solo faltaba un mes para que empezara a nevar. Pensó que resultaba sorprendente cómo había pasado de ser una niñita que vivía en una reserva india a ser una mujer rica. Ya no tenía vestidos hechos a mano ni zapatos de segunda mano. A pesar de todo, su infancia había estado llena de amor.

Abrió la puerta de la casa y, tras cerrarla con llave, se sentó en el sofá. Estaba muy cansada, pero no podía dormirse. Tenía que llamar a su casa. Le había prometido a Blake que lo haría. Rápidamente, marcó el teléfono directo del señor Smith.

—Residencia de los Tennison —dijo la voz grave del guardaespaldas.

—Hola, señor Smith. ¿Cómo va todo?

—Blake ha tirado su patito de goma al retrete —comentó entre risas—. No hay que preocuparse. He salido corriendo para comprarle otro y el fontanero solventó el atasco. Todo va bien. ¿Y cómo estás tú?

—Estoy trabajando. He conseguido un trabajo de camarera en un restaurante. Tengo el salario mínimo más propinas. ¿No te parece genial?

—¿Que tienes un trabajo?

—Solo temporalmente. Es el restaurante de Cy Harden. La proximidad al enemigo podría darme una pequeña ventaja mientras trato de encontrar sus puntos débiles.

—Ten cuidado de que no sea él quien encuentre los tuyos. Don está aquí. Tenía que recoger algunos papeles de tu escritorio. ¿Quieres hablar con él?

Meredith frunció el ceño. Le extrañó que Don estuviera en su casa a aquellas horas de la noche.

—Sí.

Don tomó el auricular. Parecía algo inseguro.

—Me alegro de poder hablar contigo —dijo—. Yo... He venido a buscar el expediente Jordan. Te lo trajiste a casa.

—Yo estaba trabajando en la fusión con Jordan —replicó Meredith—. Ya lo sabes. ¿Por qué lo quieres?

—Jordan y Cane insisten en que terminemos con el trato esta misma semana. A menos que tú quieras venir aquí para ocuparte de todo...

—No, por supuesto que no. Adelante. Te debería haber llamado antes al respecto, pero se me ha pasado.

—Es la primera vez.
—Supongo que sí. Necesitas mi firma, ¿verdad?
—Sí. Puedes enviarla por fax.
—No tengo máquina de fax. Envía los papeles por mensajería. Te los devolveré en un día.
—Muy bien. Necesitas un fax.
—Lo sé. Le pediré al señor Smith que me lo traiga la semana que viene, junto a algo más de equipamiento de oficina. Puede que me tenga que quedar aquí algunas semanas, pero el negocio no sufrirá por ello. Puedo ocuparme de mi parte por las noches. Llamaré todos los días para comprobar cómo va todo.
—¿Estás segura de que resulta aconsejable una ausencia tan larga?
—Sí, estoy segura. Escucha, Don. No soy una mujer sin sentido común que no sabe nada de negocios. Ya lo sabes. Henry me enseñó todo lo que sabía.
—Sí. Ya lo sé.
Había un cierto tono de amargura en su voz. A veces, Meredith se preguntaba si no le molestaba que parte de la empresa de su hermano estuviera dirigida por una persona ajena a la familia. Se mostraba agradable, pero siempre había una cierta distancia entre ellos, como si no terminara de confiar en ella.
—No te defraudaré —afirmó Meredith—. Este asunto es lo más importante que tengo en mi agenda, por lo que no importa el tiempo que me lleve. Si puedo encontrar una debilidad en Harden, me aprovecharé de ella.
—¿Estás segura de que lo que te preocupa son los intereses de la empresa y no vengarte de ese Harden?
Meredith no respondió a esa pregunta.
—Me alegro de que te vayas a ocupar de la fusión Jordan. ¿Puedes decirle al señor Smith que vuelva a ponerse, por favor?
—Por supuesto. Siento haber sonado brusco contigo. Estoy muy cansado. Ha sido un día muy largo.
—Sí, lo sé.

–Meredith, ¿estás segura de que Smith puede tener a esa iguana corriendo por la casa? Ese bicho pesa casi cinco kilos y tiene unas garras y unos dientes...

–Tiny es parte de la familia. No molesta. Simplemente permanece sentada en la silla del señor Smith hasta que tiene hambre. Entonces, se va a la cocina y se come sus verduras. Tiene una caja con arena en el cuarto de baño, que utiliza perfectamente y nunca ha atacado a nadie. Blake la adora.

–Resulta muy poco natural tener a un reptil corriendo por todas partes. El fontanero lanzó un grito cuando vino a desatascar el retrete. Ese bicho estaba sentado debajo de la ducha, dándose un baño.

–Pobre fontanero –murmuró ella, ahogando una risita.

–Sí, bueno, me dijo que no volviéramos a llamarlo. ¿Ves a lo que me refiero? Ese reptil es una amenaza.

–Díselo al señor Smith, aunque yo lo haría detrás de una puerta.

–Muy bien. Es tu casa y es tu problema.

–Debería haber sido tu casa, Don –dijo Meredith, inesperadamente–. Siento que las cosas hayan salido así. Tú eres el hermano de Henry, su único pariente de sangre. La mayor parte de sus propiedades deberían pertenecerte a ti.

Don suspiró.

–Henry tenía todo el derecho a hacer lo que quisiera con sus propiedades –afirmó. De repente, la hostilidad había desaparecido de su tono de voz para verse reemplazada por un tono que resultaba casi de arrepentimiento–. Después de todo, tú eras su esposa. Te amaba.

–Yo también lo amaba a él.

Era cierto. Henry había sido su refugio en la terrible tormenta de angustia que Cy había provocado. No era la clase de amor que había sentido hacia Cy, pero era amor. Con tiempo, y viéndose permanentemente apartada de la presencia de Cy, podría haber amado a Henry con el mismo fervor que él le ofrecía a ella.

–¿De verdad estás segura de que quieres enfrentarte a

Harden? Es un hombre de negocios formidable. Podrías estar arriesgando más de lo que crees.

–Una expansión sin riesgo es como el pan sin mantequilla. No hay sabor. Cuídate, Don. Ahora, déjame volver a hablar con el señor Smith, por favor.

–Muy bien. Lo llamaré. Cuídate.

–Claro.

Unos minutos más tarde, Smith volvía a estar al otro lado del aparato.

–Se ha ido –dijo el guardaespaldas muy secamente–. No confío en él, Kip. Y tú tampoco deberías hacerlo. Creo que está tramando algo.

–Estoy segura de que eres el hombre más suspicaz que hay sobre la faz de la tierra. Debe de ser que tu experiencia en la CIA te está afectando el cerebro. Don es un tipo legal.

–Me ha dicho que Tiny debería de estar fuera.

–Tiny no podría vivir fuera –comentó ella riendo–. Es mi casa y, mientras así lo sea, Tiny vivirá dentro. ¿De acuerdo?

–De acuerdo –dijo el guardaespaldas, mucho más relajado–. Gracias.

–Quiero que vengas aquí la próxima semana –le pidió, dándole a continuación un listado con todo lo que debería llevarle–. Ahora, llama a Blake, por favor. Sé que es muy tarde, pero quiero hablarle.

–Estará encantado. Te echa mucho de menos.

–Viajo mucho, ¿verdad? –suspiró–. A veces demasiado.

–Sí. Sobre Tiny...

–Conseguiré otro fontanero. No te preocupes.

–De acuerdo.

Segundos más tarde, su hijo se puso al teléfono.

–Mamá, ¿cuándo vas a regresar? –preguntó el niño con voz somnolienta–. Se me ha caído el patito de goma en la taza y el señor Smith me lo ha tirado. Me ha comprado uno nuevo. ¿Me has comprado un regalo? Sé contar hasta veinte, sé escribir mi nombre...

–Eso es estupendo. Estoy muy orgullosa de ti. Vas a venir a verme muy pronto y tendré un regalo para ti.

–¿No te puedes quedar en casa y jugar conmigo algunas veces? La mamá de Jerry lo lleva al parque a ver a los patos. Tú nunca me llevas a ningún sitio, mamá.

Al escuchar aquellas palabras, Meredith apretó los dientes.

–Cuando regrese a casa, hablaremos al respecto.

–Eso es lo que me dices siempre, pero luego te vuelves a marchar –musitó el niño muy enojado.

–Blake, este no es momento de discutir –dijo ella con firmeza–. Ahora, escúchame. El señor Smith te va a traer aquí muy pronto. Hay muchas cosas que ver, vaqueros de verdad... Podremos pasar algún tiempo juntos.

–¿De verdad? –preguntó el niño encantado.

–Sí –prometió ella.

–Muy bien, mamá. ¿Podemos llevarnos a Tiny? El tío Don dice que deberíamos comérnosla. Creo que el tío Don es malo.

–Venga, venga... No nos vamos a comer a Tiny. El señor Smith puede traérsela cuando os vengáis aquí a verme, pero todavía no, ¿de acuerdo?

–De acuerdo –suspiró Blake–. ¿Puede Tiny sentarse conmigo cuando vayamos?

–Tiny se puede sentar en su transportín a tu lado –le corrigió ella.

–Te quiero mucho, mamá.

–Yo también te quiero, cariño mío. Te llamaré mañana. Obedece al señor Smith y sé un buen chico.

–Lo haré. Buenas noches.

–Buenas noches.

Meredith colgó el teléfono sin dejar de acariciar suavemente el auricular. Blake era lo más importante de su vida. A veces, lamentaba amargamente el tiempo que tenía que pasar lejos de su pequeño. Estaba creciendo y ella se estaba perdiendo los momentos más preciosos de su vida. ¿Le habría dado Henry tantas responsabilidades en la empresa si se hubiera dado cuenta de cómo iba a afectar a su relación con Blake?

No. Lo habría organizado todo de manera que ella hubiera podido pasar más tiempo con su hijo. Él mismo habría estado a su lado, ayudándola con el niño. Henry adoraba a Blake.

Mientras se apartaba del teléfono, admitió que, a veces, la vida sin Henry resultaba muy dura. Se preguntó cómo habría sido su existencia si Cy hubiera ignorado las acusaciones de su madre y se hubiera casado con ella. Habrían estado juntos cuando Blake naciera y, tal vez, la delicia de tener un hijo habría unido a Cy más a ella.

Se echó a reír. Eso jamás habría ocurrido.

La presión que sentía por todo lo que estaba ocurriendo a su alrededor era tal que subió a su habitación y se tomó un tranquilizante. No los utilizaba a menudo, pero a veces la presión era tan terrible que no podía soportarla. Por suerte, el alcohol jamás la había atraído. En cuanto a las píldoras tampoco. Solo las tomaba cuando no le quedaba otra opción. Aquella era una de esas noches.

Se duchó y se puso el pijama. No le servía de nada pensar constantemente en sus problemas. Henry se lo había enseñado. El único medio de enfrentarse a una situación era la acción, no la gimnasia mental.

Se tumbó y cerró los ojos. El tranquilizante empezó a funcionar. Empezó a dejarlo todo atrás y empezó a deslizarse en el crepúsculo de la inconsciencia. Decían que, algunas veces, un buen descanso nocturno era lo único que separaba a una persona angustiada del suicidio. Ella no tenía tendencias suicidas, pero, a pesar de todo, el sopor resultaba de lo más agradable...

4

A medida que el alba iba colándose a través de las cortinas de la inmaculada habitación de su tía, Meredith se estiró entre las sábanas de la cama con dosel. Volvía a recordarlo todo. La frialdad de Cy. Las acusaciones de Myrna. La confesión de Tony... Aún podía sentir la amargura que experimentó mientras corría desde la casa de los Harden a la de su tía Mary. Ni siquiera pudo contarle a la anciana la verdad de lo que había ocurrido. Le daba demasiada vergüenza.

Recogió sus cosas y se fue directamente al banco para sacar sus escasos ahorros. Sin saber muy bien lo que iba a hacer cuando llegara allí, sacó un billete de ida a Chicago, se despidió de sus preocupados tíos y se montó en el autobús. En silencio, se despidió de Cy.

Había esperado que fuera tras ella. Estaba esperando un hijo suyo. Incluso había esperado que Myrna cediera y le dijera la verdad porque Myrna lo sabía todo sobre su embarazo. Sin embargo, nadie fue a la estación para detenerla.

Al llegar a Chicago, se aferró a su raída maleta y luchó

contra el miedo instintivo de verse sola en una ciudad tan grande y sin medio alguno de mantenerse. Encontraría algún lugar en el que alojarse. Sin embargo, se sentía enferma y sola.

Pasó las tres primeras noches en el YMCA sin dejar de llorar. Echaba de menos a Cy y la vida que podría haber tenido. Entonces, le hablaron de una casa en la que solo había unos pocos inquilinos. Decidió probar suerte allí, esperando encontrar un poco más de intimidad para poder llorar su pena.

Recordó haberse marchado del YMCA y caminar por la acera envuelta en el frío del invierno. Cuando empezaron a caer unos copos de nieve, se preguntó qué era lo que podría hacer.

El destino intervino cuando se bajó de la acera sin mirar y se cayó al lado de una carísima limusina. Un minuto más tarde, un rostro amable e inteligente se hizo visible a pocos centímetros del de ella. Era un hombre de profundos ojos azules y cabello castaño claro.

–¿Se encuentra bien? –le preguntó–. Está muy pálida

–Sí –murmuró ella–. Supongo que me he caído.

–Supongo que sí, pero nosotros hemos contribuido un poco, ¿verdad, señor Smith?

Vio a un segundo hombre. Aquel era un gigante de cabello oscuro, ojos verdes y una imponente nariz. Iba ataviado con el uniforme de chófer.

–No pude frenar con suficiente rapidez –dijo–. Lo siento mucho. Ha sido culpa mía.

–No –insistió Meredith–. Yo me siento algo débil. Estoy embarazada...

Los dos hombres intercambiaron una mirada.

–¿Y su marido? –le preguntó el primero–. ¿Está con usted?

–No tengo marido –susurró ella. Sin poder evitarlo, los ojos se le llenaron de lágrimas–. Él no lo sabe.

–Vaya. Bueno, en ese caso, es mejor que se venga con nosotros.

En su ingenuidad, Meredith relacionaba las limusinas negras con el crimen organizado. Aquel hombre iba muy bien vestido y el chófer parecía un matón.

–No puedo hacer eso –dijo, sin dejar de mirar a los dos hombres.

–¿Serviría de algo si nos presentáramos? Me llamo Henry Tennison. Este es el señor Smith. Soy un hombre de negocios. Ni siquiera somos italianos –añadió con una sonrisa.

De repente, la aprensión que Meredith sentía desapareció por completo.

–Eso está mejor. Ayúdame a meterla en el coche, Smith. Creo que nos estamos convirtiendo en el centro de atención de todo el mundo.

Meredith se dio cuenta entonces de que estaban bloqueando el tráfico. Permitió que la metieran en la parte posterior de la limusina. A continuación, el señor Smith metió su maleta en el maletero.

Al verse en el interior del vehículo, Meredith miró atónita a su alrededor. Piel auténtica, por no mencionar un bar, una televisión, teléfono, ordenador e impresora.

–Debe usted tener una fortuna –dijo ella, sin pensar.

–Así es –musitó Henry–, pero no es oro todo lo que reluce. Soy un esclavo de mi trabajo.

–Efectivamente, todo tiene su precio –comentó Meredith con cierta tristeza.

–Eso parece –afirmó él mientras Smith arrancaba la limusina–. Háblame del niño.

Sin saber por qué confiaba en él, Meredith comenzó a hablar. Le habló sobre Cy, sobre su incipiente historia de amor, de la interferencia de la madre de él y de su precitada huida de Billings.

–Supongo que le debo parecer una vagabunda.

–No seas tonta. ¿Crees que el padre va a venir a buscarte?

–No. Creyó la historia de su madre.

–Es una pena. Bueno, puedes venirte a mi casa por el

momento. No te preocupes. No soy ningún pervertido aunque esté soltero. Te cuidaré hasta que puedas valerte por ti misma.

–Pero yo no puedo...

–Tendremos que comprarte algo de ropa –comentó él, como si estuviera pensando en voz alta–. Y también te tienes que arreglar el cabello.

–Yo no he dicho...

–Delia, mi secretaria, te cuidará mientras yo esté fuera. Haré que se venga a vivir a mi casa. También necesitarás un buen tocólogo. Haré que Delia se ocupe también de eso.

–Pero...

–¿Cuántos años tienes?

–Dieciocho.

–Dieciocho... –murmuró–. Eres un poco joven, pero servirá.

–¿Qué servirá?

–No importa –respondió él. Entonces, se inclinó hacia delante y la miró atentamente a los ojos–. Sigues enamorada de él, ¿verdad?

–Sí.

–Bien. Cruzaré ese puente cuando sea necesario. ¿Te gusta el quiche?

–¿El qué?

–El quiche. Es una especie de tortilla francesa. Ya lo verás cuando lleguemos a casa.

Su casa era un ático en uno de los hoteles más caros de Chicago. Meredith se quedó atónita y encantada al ver tanto lujo. Estaba en medio del salón, como sumida en un trance.

–No dejes que todo esto te intimide –dijo Henry, sonriendo–. Te acostumbrarás enseguida.

Así había sido. Sin saber cómo, se convirtió en una de las posesiones de Henry Tennison. Semanas más tarde, la convenció para que se casara con él y la envió a una de sus casas en las Bahamas, cerca de Nassau. Se convirtió en Kip Tennison. Henry se ocupó de educarla en todo lo referente al mundo de los negocios entre las clases de parto natural con una enfermera que había contratado para que viviera con Meredith y cuidara de ella. Vivió el embarazo con la delicia de un verdadero padre, mimó a rabiar a su joven esposa y rejuveneció los veinte años que los separaban.

Al recordar cómo había sido aquella época, Meredith suspiró. Lentamente, había empezado a reemplazar el rostro de Cy por el de Henry, a confiar en él. Empezó a quererlo. Cuando el niño nació, él presenció el parto en Nassau y, cuando le colocaron al niño en brazos, lloró de felicidad.

Más tarde, Meredith descubrió que Henry era estéril. Esa era la razón de que aún siguiera soltero a la edad de treinta y ocho años. Sin embargo, ser padre resultaba algo innato en él y trató a Blake como si el niño fuera su propio hijo.

En los meses del embarazo, jamás tocó a Meredith. Ella no lo habría rechazado. Era más amable que ninguna de las personas que había conocido. La adoraba y, lentamente, ella empezó a corresponder a su cariño, a desear que estuvieran juntos.

Entonces, casi inevitablemente, acudió al dormitorio de Meredith una noche. Le dijo que la amaba y, aunque no compartieron la misma pasión que ella había tenido con Cy, resultó muy agradable. Henry era un amante experto y tierno. Le gustaron sus caricias. Si él sospechó alguna vez que, cuando cerraba los ojos, pensaba en Cy al entregarse a él, jamás lo dijo. Eran compatibles, se llevaban bien y sentían un respeto mutuo. Además, Blake era su mundo.

Todo se desmoronó el día en el que el avión en el que Henry viajaba se estrelló en el Atlántico. Justo la noche anterior, había sentido una profunda unión con él. Por fin había podido decirle que lo amaba.

Durante el entierro, se mostró tan apenada que incluso

Don, que siempre se había mostrado muy distante hacia ella, se apiadó de ella al ver que su pena era auténtica.

Henry había muerto, pero había sido un profesor excelente para ella, lo mismo que Meredith había sido una alumna aventajada. Durante el primer mes, asombró a todos los directivos por su habilidad en el mundo de los negocios. A pesar del deseo inicial que tuvieron de deshacerse de ella, se convirtieron en sus más fervientes defensores para desesperación de Don, quien en secreto se mostraba muy resentido por el poder que Meredith iba acumulando día a día.

A medida que iba aumentando su poder y cuidando de su hijo, Meredith no dejó de pensar nunca en Cy y en su madre. Don tenía razón en una cosa. Su interés por Harden Properties iba mucho más allá de la adquisición de derechos sobre minerales. Quería arrinconar a Cy y hacerlo pedazos mientras su arrogante madre veía cómo lo destrozaba. Tanto si a Don le gustaba como si no, no pensaba marcharse de Billings hasta que no hubiera puesto a los Harden de rodillas.

Se levantó y se vistió. Antes de marcharse, decidió tomarse una taza de café.

En aquel momento, sonó el teléfono.

—¿Sí?

—Me alegro de que estés en casa —dijo el señor Smith—. Don ha hecho que venga personalmente con los papeles de Jordan para que los firmes. Dijo que hasta una mensajería es demasiado lento. Estaré allí dentro de cinco minutos.

—Muy bien —contestó ella muy sorprendida. No era propio de Don mandar el avión privado para entregarle unos papeles. Tal vez la fusión era más complicada que lo que había creído en un principio.

Recibió al señor Smith en la puerta con una taza de café solo muy fuerte.

—Aquí tienes —dijo él con una sonrisa, mientras cambiaban papeles por café. Entonces, le entregó el ordenador, la impresora, el fax y cajas de papel. Meredith hizo que lo colocara todo en la biblioteca, que, a continuación, cerró con llave.

–Ahora ya no tengo excusa para no trabajar –comentó con una sonrisa–. ¿Cómo está Blake?

–Bien. Lo he dejado con Perlie. Regresaré antes de que me eche de menos. También te he traído esto –añadió Smith, entregándole una caja de zumo de naranja recién exprimido–. Necesitarás mucha vitamina C para recuperar tus fuerzas.

–Bueno, supongo que esto podría considerarse parte del equipamiento necesario –dijo ella, riendo.

–Esencial, si vas a vivir en Billings durante un tiempo –afirmó Smith. Entonces, mientras ella firmaba los documentos, se tomó el café–. ¿Has tenido noticias de Harden?

–Hoy no. Su madre y él cenaron anoche en el restaurante.

–¿Cómo va todo?

–Resulta muy doloroso, pero espero que el resultado merecerá la pena.

–No dejes que vuelva a atraparte. Al señor Tennison no le gustaría verte sufrir en dos ocasiones.

Meredith sonrió al recordar lo mucho que Henry la había protegido. El señor Smith hacía lo mismo, por lo que era casi como tener a su marido a su lado.

–Eres muy bueno conmigo, señor Smith.

–No me cuesta nada serlo con alguien como tú. Ahora, firma esos papeles para que me pueda marchar de aquí. Tu cuñado está muy impaciente por dar por finalizada esa fusión.

–Ya lo veo –comentó. Leyó rápidamente los papeles para ver si había una razón oculta para tanta prisa por parte de Don, pero los documentos eran rutinarios. Comprendió que Don había decidido arrebatarle la fusión para dejarla en evidencia.

–Pareces preocupada.

–Bueno, Don se muestra muy competitivo.

–Eso es algo innato en la familia Tennison.

–Sí. Resulta muy extraño que no me diera cuenta antes, ¿verdad?

–Tienes mucho en qué pensar. No te preocupes. Tal vez solo intente echarte una mano. Dios sabe que te vendría bien en algunas ocasiones. Trabajas demasiado.

–¿De verdad? Bueno, te llamaré esta noche –dijo mientras lo acompañaba de nuevo hacia la puerta–. Dile a Blake que lo quiero mucho.

–Ya lo sabe.

Con eso, Meredith observó cómo el señor Smith se metía en el taxi y se marchaba. Una vez más, volvió a quedarse sola.

Diez minutos más tarde, alguien volvió a llamar a la puerta. Pensando que tal vez el señor Smith se había olvidado algo, abrió rápidamente. Se encontró con una visita muy inesperada. Myrna Harden.

–Te estaba esperando –dijo Meredith con fría tranquilidad–. Entra.

Myrna entró en la casa y miró a su alrededor con desdén. Se sentó en una de las sillas del salón y cruzó las piernas.

–Iré directamente al grano –dijo, sacando un cheque del bolso–. Creo que con eso bastará para que te marches de Billings para siempre.

Meredith no lo aceptó. Se limitó a sonreír.

–¿Te apetece un café?

–Gracias, pero no. El cheque es por un valor de diez mil dólares. Tómalo y márchate.

Meredith se sentó en el sofá.

–Ya lo hice en una ocasión.

–¿Y por qué has tenido que regresar? ¿Qué es lo que quieres? ¡Mi hijo ya no siente nada por ti! Jamás lo sintió, porque si no habría ido detrás de ti. Supongo que lo comprendes, ¿verdad?

Por supuesto que lo comprendía. Estuvo a punto de hacer una mueca de dolor.

–Mi tía ha muerto.

–Lo sé. Lo siento mucho. Seguramente te habrán ofrecido ya algo por la casa.

–No quiero venderla. Tiene muchos recuerdos muy agradables para mí. Tampoco me quiero marchar aún de Billings. Te aseguro que hará falta mucho más de diez mil dólares para sacarme de aquí. Mucho más de lo que tú tienes.

–¡Mocosa arrogante!

–Te suplico que te guardes tus insultos. Veo que no has envejecido muy bien –comentó, tras estudiar atentamente el rostro de la otra mujer–. No me sorprende. La culpabilidad debe de haber sido terrible.

–Yo no me siento culpable.

–Le mentiste a tu hijo, me acusaste a mí por una falsedad, me obligaste a marcharme de mi casa en un momento en el que necesitaba desesperadamente quedarme aquí... ¿No te sientes culpable de todo eso?

–Solo eras una niña jugando.

–Era una mujer, profundamente enamorada y embarazada de tu nieto. Mentiste.

–Tenía que hacerlo. ¡No podía dejar que mi hijo se casara con alguien como tú!

–Jamás le contaste a Cy la verdad, ¿no es cierto?

–Te daré veinte mil dólares.

–Cuéntale la verdad.

–¡Nunca!

–Ese es mi precio –concluyó Meredith, poniéndose en pie–. Cuéntale a Cy lo que me hiciste y me marcharé de aquí sin que me tengas que dar un centavo.

–No puedo hacerlo –susurró Myrna, poniéndose de pie. Le temblaban los labios.

–Cuando haya terminado contigo desearás haberlo hecho. ¿De verdad creíste que te ibas a escapar de todo lo que has hecho sin pagar por ello?

–Hoy en día los abortos son muy fáciles –susurró, mientras se sacaba un pañuelo del bolso–. Te di el dinero suficiente para uno. Lo suficiente para que te marcharas.

–Y yo te lo devolví junto con los regalos de Cy, ¿no es verdad? –le espetó Meredith. Myrna no respondió–. Le dijiste a Cy que yo había robado miles de dólares a la empresa. Tony y yo. Hiciste que Tony le contara que habíamos sido amantes, que yo lo había traicionado.

–Era el único modo de librarme de ti. Mi hijo jamás te habría dejado marchar si yo no lo hubiera hecho. ¡Estaba obsesionado contigo!

–Sí, obsesionado, pero nada más –admitió Meredith con amargura–. No me amaba. Si lo hubiera hecho, todo lo que tú le hubieras podido contar no le habría afectado en absoluto.

–Entonces lo sabes, ¿verdad? –dijo Myrna con una cierta satisfacción.

Meredith asintió.

–Era muy ingenua. No me di cuenta de cuanto hasta que no me echaste de aquí.

–No parece que te haya ido muy mal. Aún eres joven y tienes buen aspecto.

–Había un niño por medio, Myrna.

–Así es. ¿Lo tuviste? –preguntó la mujer con mirada calculadora–. ¿Lo entregaste en adopción? Te daré lo que quieras. Cy no tiene por qué saberlo. ¡Ese niño no carecerá de nada!

Meredith observó a la otra mujer con incredulidad.

–¿Qué habrías hecho tú si alguien te hubiera hecho esa oferta cuando estabas embarazada de Cy?

De repente, una extraña expresión se reflejó en los ojos de Myrna, pero desapareció. Una incertidumbre. Una angustia.

–Todos esos años... Jamás supiste dónde estaba ni lo que tuve que hacer para salir adelante. No te importó. Y ahora, entras en mi casa y tratas de chantajearme para que me marche de la ciudad. Incluso tienes la audacia de tratar de comprar un nieto que no te importó lo más mínimo hace seis años.

–Eso no es cierto. Yo... traté de localizarte.

—¿Porque te sentías culpable de que yo fuera a dar en adopción a un Harden? —comentó ella con una sonrisa que se profundizó al ver que Myrna se sonrojaba—. Tal y como me había imaginado.

—Lo diste en adopción, ¿verdad? —insistió Myrna—. Aún podemos encontrarlo. A él o a ella. ¿Qué fue?

—Eso es algo que no sabrás. No sabrás si aborté o si tuve al niño y lo entregué en adopción. Y te puedes quedar con tu dinero. Sigues sin poder comprarme.

—Todo el mundo tiene un precio. Incluso tú.

—Eso es cierto. Y tú ya sabes cuál es mi precio.

Con eso, Meredith abrió la puerta para indicarle que deseaba que se marchara.

—Tu visitante masculino era formidable —comentó antes de irse—. ¿Vives con él? —preguntó. Sorprendida, Meredith no pudo encontrar una respuesta con suficiente rapidez—. Estoy segura de que a Cy le interesará saber que lo has sustituido por otro. Que tengas un buen día.

No había nada que Meredith pudiera hacer para que Myrna no le hablara del señor Smith a Cy. En realidad, no le importaba. Probablemente reforzaría la opinión que tenía de ella, que seguramente no era muy buena.

Se marchó a trabajar y, afortunadamente, el día fue muy ajetreado. No tuvo tiempo para pensar. A la hora de la cena, Cy se presentó en el restaurante. Su actitud rezumaba problemas.

—¿Te apetece algo de beber? —le preguntó ella, cortésmente

—¿Quién era el hombre al que tu vecina vio marchándose de tu casa esta mañana temprano?

—No era una vecina, sino tu madre.

Cy frunció el ceño. Aparentemente, su madre no le había contado su visita. Meredith sonrió.

—¿No te ha dicho ella que vinieras a verme? Una pena. Me ofreció diez mil dólares para que me marchara de la ciudad.

—Eso es mentira.

—Como tú quieras. ¿Qué vas a cenar?

—Mi madre no tiene que pagarte para que te marches de la ciudad. Yo puedo librarme de ti cuando quiera.

—¿De verdad? Resultaría fascinante ver cómo lo intentas.

—¿Acaso no me crees? —preguntó él con una sonrisa muy calculadora—. Por ejemplo, podría comprar la hipoteca de la casa de tu tía.

—La casa no tiene ninguna hipoteca —replicó ella. Efectivamente, Henry la había comprado al contado.

Cy pareció muy sorprendido.

—En ese caso, podría despedirte.

—Puedo conseguir otro trabajo. Ni siquiera tú puedes controlar todos los negocios de esta ciudad. De hecho, podría ir a ver a tus enemigos para que me dieran trabajo.

—Inténtalo.

—¿Por qué no le preguntas a tu madre por qué quiere que me marche?

—Sé por qué. Cree que tú encontrarás el modo de volver a meterte en mi vida y que volverás a hacerme daño, como lo hiciste hace muchos años. Me engañaste y ayudaste a otro hombre a que me robara.

—¿Y yo? ¿Acaso no cuenta lo que me hicisteis tu madre y tú?

—Nosotros no te hicimos nada, aunque podríamos haberlo hecho. Te podríamos haber enviado a prisión por robo.

—No lo creo. Un buen abogado hubiera hecho pedazos a Tony. Por cierto, ¿dónde está ahora?

—No lo sé.

—Es una pena. Me gustaba Tony, a pesar de lo que tu madre y él me hicieron.

—¡Mi madre no te hizo nada!

—¿Nada? Pregúntaselo a ella. Pregúntale por qué estoy aquí. Por qué no quiero marcharme. Pregúntale la verdad.

—Sé cuál es la verdad —afirmó él, levantándose de la

mesa y arrojando la servilleta sobre el mantel–. Esta vez no me encontraras tan vulnerable.

–Ni tú a mí tampoco. Puedes decirle a tu madre que mi precio ahora está más allá de lo que ella puede pagar.

–Ten cuidado –le advirtió él–. Ahora estás en mi terreno. Lucharé hasta ganar.

–En ese caso, es mejor que vayas puliendo tu espada, hombretón –replicó Meredith–. Esta vez vas a tener que esforzarte un poco más. Buenas noches.

Con eso, Meredith se dio la vuelta y se dirigió a la mesa de al lado sin pestañear.

5

Aquella noche, Myrna Harden no cenó nada. Su entrevista con Meredith no había ido tal y como ella esperaba. No había tenido intención de realizar amenazas, pero la joven la había asustado. No se estaba enfrentando a la adolescente asustada de hacía seis años. No. Aquella nueva Meredith tenía cualidades desconocidas y, cuando ella no había podido quebrantar su compostura, le había dicho cosas que jamás había tenido intención de decir.

Había deseado decirle a Meredith lo desesperadamente que la había buscado, lo mucho que se había disgustado por sus actos irracionales. No había deseado abandonar a una muchacha joven y embazada. Cuando Meredith le devolvió el dinero que ella le había dado, junto con los regalos de Cy, había tenido aún más miedo. Los familiares de Meredith no tenían mucho que darle. La joven, sola y embarazada en una gran ciudad, habría estado a merced de cualquier desconocido que hubiera deseado hacerle daño.

Horrorizada por lo que había hecho, Myrna había contratado detectives privados en un desesperado intento por encontrar a Meredith y ocuparse de ella. Solo pensar que hubiera podido abortar a su nieto o darlo en adopción la torturó durante años. Todos sus esfuerzos no produjeron ni una sola prueba del paradero de Meredith. Parecía que la muchacha había desaparecido de la faz de la tierra.

Cuando comprendió que no iba a poder comer nada, apartó el plato. Aquella noche estaba sola, como ocurría frecuentemente. Cy le había dicho que tenía negocios de los que ocuparse. La actitud de su hijo también había cambiado durante aquellos años. Ya no era el hijo considerado y cariñoso que había sido antes. La huida de Meredith había matado algo dentro de él y lo había convertido en un hombre duro e incluso cruel. Culpaba a la muchacha, cuando habían sido las manipulaciones de su madre las que habían causado tanto dolor.

Meredith la había acusado de sentirse culpable y, en realidad, así era. Aquella noche en especial sentía el peso de todo lo malo que había hecho. Su hijo había sufrido mucho y, aunque había logrado capear el temporal, no había vuelto a ser el mismo. Ella tampoco lo era. Había causado tanto dolor por entrometerse en lo que no debía... Pensó en el niño y deseó de todo corazón saber si Meredith lo tenía aún. Durante años no había podido dejar de preguntarse si sería feliz, si estaría en manos de personas que lo amarían de corazón. Aquellos pensamientos no le habían dejado tener paz desde que Meredith se marchó.

Se levantó de la mesa y se dirigió al salón. Sabía que Meredith la odiaba. Se lo merecía. En realidad, no había esperado salir indemne de sus pecados. Nadie conseguía jamás escapar. El castigo podía tardar años, pero la penitencia llegaba tarde o temprano.

Al sentir que se acercaba una tormenta, se echó a temblar. No podía comprar a Meredith. No podía intimidarla. Tampoco podía obligarla a marcharse y, si se quedaba, lo más probable era que Cy terminara sabiendo la verdad.

Cerró los ojos y se echó a temblar. Su hijo la odiaría cuando supiera lo que había hecho.

Se acercó a la ventana y contempló el oscurecido horizonte. No podía confesar sus delitos. Aún no. Tenía que esperar, ganar tiempo. Había tanto que Cy no sabía sobre su pasado, sobre las razones por las que luchaba tan enconadamente por ser una persona respetada. Para eso incluso se había casado con Frank Harden a pesar de que no lo amaba. El hombre del que verdaderamente se había enamorado se había marchado a Vietnam por sus incansables y frías manipulaciones y había muerto allí. Eso también tenía que cargarlo sobre la conciencia. Había sacrificado el amor de su vida por el deseo de tener riqueza y poder, para rodearse de todas las cosas que pudieran proteger a su hijo de la destructiva infancia que ella había tenido.

Nadie sabía lo que ella había tenido que soportar de niña por su madre. Se había jurado que nadie lo sabría nunca. Sin embargo, lo que le había hecho a Meredith, a Cy, al hombre al que había amado... Su corazón sufría con las heridas que ella misma se había causado.

Tal vez aún tuviera tiempo de librarse de la humillación de que Cy se enterara de lo que había hecho. Si suplicaba, podría ser que lograra la compasión de Meredith y que lograra que ella se marchara de Billings. El daño estaba hecho. El niño se había perdido. Estaba casi segura de que Meredith lo había dado en adopción. Lo único que podía hacer era convencerla de que no iba a ganar nada con la venganza.

La rebajaría en su orgullo, pero era lo que se merecía. Había hecho tanto daño por tratar de conseguir que Cy se casara con la mujer adecuada... Su necesidad de aceptación social seguramente le había costado la esperanza de tener nietos, porque Cy se negaba a pensar en el matrimonio. Había perdido el único nieto que había tenido por su propia arrogancia. Cerró los ojos y se echó a temblar. Sus sueños hechos pedazos. ¡Qué fríos podían llegar a ser los sueños muertos del pasado! Se dio la vuelta muy lentamente y se sentó.

No era muy tarde cuando Meredith se marchó del restaurante. Cy se había marchado inmediatamente después de su breve discusión. ¡Qué estúpida había sido al esperar que él pudiera preguntarle la verdad a su madre, cuando, desde el principio, había creído a pies juntillas lo que Myrna le había dicho!

Si sentía algún consuelo, este provenía de la incertidumbre que sentía Myrna por el destino de su único nieto. Era un placer con regusto amargo, dado que a Meredith no le gustaba hacer daño a la gente, ni siquiera a personas como Myrna. Toda esa angustia, todo ese dolor... ¿Por qué? Myrna había deseado que su hijo se casara con una mujer de la alta sociedad y, evidentemente, no lo había conseguido. Cy seguía soltero y no mostraba intención alguna de querer casarse. Había en él un frío cinismo que Meredith no reconocía, una dureza que cubría completamente la sensibilidad que recordaba. Como ella, Cy había cambiado. Solo Myrna permanecía siendo la misma: fría, arrogante y segura de poder salirse con la suya. No lo conseguiría en aquella ocasión. No pensaba marcharse de la ciudad hasta que Cy supiera toda la verdad, costara lo que costara. Y, para ese día, ella misma tenía también unas sorpresas para él.

Meredith llamó a su despacho en cuanto llegó a la casa de su tía. Trabajar la aliviaba. Tenía que encontrar el punto débil de Cy. Había notado que la mayoría de sus ejecutivos comían en el restaurante en el que ella trabajaba. Sonrió ante la ironía. Él le había dado un trabajo en el mejor lugar para poder espiar sus negocios. ¿Cómo se sentiría cuando lo descubriera?

Durante los días siguientes, se esforzó en ser especialmente cortés con sus ejecutivos y hacerse amiga de ellos. Así, dado el caso, se mostrarían mucho menos cuidadosos con lo que hablaban delante de ella. Por la información que fue adquiriendo, dedujo que uno de sus ejecutivos trabajaba en contra de él y estaba tratando de obtener que una mayoría de los accionistas votara contra Cy para echarlo de su propia empresa. Se lo contó a Don por teléfono la misma noche que se enteró. Él estuvo de acuerdo en tratar de conocer al ejecutivo en cuestión y tratar de labrarse su amistad.

Por su parte, Cy no había regresado al restaurante desde la noche en la que discutieron, lo que era un alivio. Tampoco lo hizo Myrna, por lo que Meredith empezó a preguntarse si estaría ocurriendo algo raro.

Mientras tanto, la señora Dade se percató de la especial atención que Meredith dedicaba a los ejecutivos, por lo que llamó a su empleada una noche a su despacho para hablar del tema.

—Eres muy buena camarera, Meredith —le dijo la señora Dade—, pero no me gusta que les dediques tanta atención a los empleados de Cy Harden. No solo no queda bien, sino que quedas en evidencia delante de las otras camareras.

—No sabía que estuviera prestándoles una especial atención, señora Dade —replicó ella, inocentemente—. Me dan muy buenas propinas...

—Entiendo. Bueno, si solo se trata de eso, lo comprendo. Sin embargo, no debes prestarles tanta atención. No queda bien. No me gustaría tener que despedirte.

—Tendré mucho cuidado de que no vuelva a ocurrir, señora Dade —afirmó Meredith, aunque sabía que la señora Dade jamás podría despedirla sin el consentimiento de Cy.

—Muy bien. Sé lo mucho que dependéis de las propinas que os dan los clientes y realizas muy bien tu trabajo, Meredith.

—Gracias, señora Dade.

—Entonces, hasta mañana.

Meredith se marchó del restaurante y se dirigió hacia

la parada del autobús. Se preguntó qué diría la señora Dade si supiera qué clase de empleada era en realidad.

El viento estaba arreciando y hacía frío. Meredith cerró los ojos y aspiró la fuerza del viento. Hasta que había regresado a Billings, no se había dado cuenta de lo mucho que lo había echado de menos. A pesar de las largas horas de trabajo, aquel empleo como camarera era como unas vacaciones, una válvula de escape a la presión que estaba poniendo en peligro su salud. Se había recuperado completamente de la neumonía y se sentía más fuerte día a día, tal vez porque había recuperado sus raíces. Aunque echaba mucho de menos a Blake, le gustaba estar de vuelta en Billings.

Mientras estaba esperando el autobús, se detuvo ante la parada un elegante coche gris. Cuando reconoció al conductor, apretó los dientes.

—No tienes por qué estar aquí sola a estas horas de la noche —le dijo secamente Cy—. Es peligroso.

—Estamos en Billings, no en Chicago —replicó sin pensar. Sin darse cuenta, le había dado una información que jamás hubiera querido divulgar.

—¿Conoces Chicago?

—Conozco muchas ciudades y Chicago es una de ellas, sí. Todas las ciudades se parecen mucho, si sabes qué calles son las mejores.

—¿Y tú lo sabes?

—¿Qué te parece a ti?

El rostro de Cy se endureció. Solo pensar que Meredith hubiera tenido que echarse a la calle con solo dieciocho años para ganarse la vida le provocó náuseas, sobre todo porque sentía que había sido él quien la había empujado a ello.

—Por el amor de Dios... No es lo que estás pensando. No me hice prostituta.

Cy se relajó visiblemente. Meredith se odió a sí misma por el hecho de que le hubiera importado lo que él pensara.

—Entra —sugirió él—. Te llevaré a tu casa.

Meredith no quiso discutir. La noche era oscura y solitaria y no le gustaba estar allí sola. Normalmente, el señor Smith siempre estaba con ella.

–¿Quién es él? –preguntó Cy mientras arrancaba el coche.

–¿Él?

–No juegues conmigo. El hombre que se marchó de tu casa aquella mañana.

–Se llama señor Smith.

–¿Es tu amante?

–¿No te parece que hace una noche preciosa? –replicó ella–. Siempre me ha gustado mucho Billings por la noche.

–No me has respondido.

–Ni pienso hacerlo. No tienes ningún derecho a hacerme preguntas sobre mi vida personal y mucho menos después de lo que me hiciste.

–¿Por qué no te fuiste con él?

–Él trabaja en Chicago. Yo trabajo aquí. Por el momento.

–¿Va en serio?

–No. En realidad es un amigo. ¿Por qué te importa tanto quién pueda ser? –preguntó Meredith, al notar que él contenía el aliento–. Lo nuestro... lo nuestro terminó hace mucho tiempo.

–Cada vez que te miro ardo de pasión –susurró él, mirándola lenta y posesivamente–. Te deseo. No ha habido ni una sola mujer que pudiera apartarte de mi mente durante tan solo cinco minutos.

–Eso es lujuria –replicó ella con las mejillas cubiertas de rubor–. Eso es lo que yo siempre fui para ti. Me deseabas y no te cansabas nunca. Si yo te lo hubiera pedido, te habrías levantando de tu lecho de muerte solo para venir a mi lado. Sin embargo, eso no era suficiente entonces ni lo es ahora.

–No recuerdo que tuvieras tantos escrúpulos morales hace seis años.

–No los tenía –admitió Meredith–. Estaba enamorada de ti.

Cy lanzó un gruñido. Aquella afirmación lo había sorprendido profundamente. Jamás se había parado a pensar en los motivos de Meredith para estar con él. Siempre había dado por sentado que ella sentía la misma pasión que él.

–Claro –dijo, después de una pausa–. Por eso te acostaste con Tony.

–Era virgen cuando estuve por primera vez contigo –le espetó ella con una fría sonrisa–. Estaba tan enamorada de ti que no podría haberme ido con otro hombre ni borracha.

–Tal vez fue así como conseguiste que él robara el dinero –insistió él con mirada calculadora.

–Tony devolvió todo el dinero, ¿no? –replicó ella con una carcajada–. Y, si le hubieras presionado un poco, te habría dicho que ni teníamos una conspiración ni una relación.

–Cuéntamela, Meredith –dijo Cy, de repente.

–¿Que te cuente qué?

–La verdad. Cuéntame todo.

–Te la ofrecí hace seis años y entonces no la quisiste –repuso Meredith, sonriendo.

–Ahora sí la quiero.

–En ese caso, pregúntale a tu madre.

–No vas a llegar a ninguna parte tratando de implicar a mi madre en esto. Los dos sabemos que no sentía ningún aprecio por ti.

–Me odiaba. Tengo parientes indios, ¿recuerdas? Mis orígenes son humildes. Mis padres tenían una pequeña granja. Yo recuerdo tener que llevar zapatos de segunda mano antes de que mis tíos se hicieran cargo de mí. Ni siquiera entonces tuve dinero o clase social, que era precisamente lo que tu madre quería para ti. Tenía que ser una mujer de sangre azul.

Cy detuvo el coche delante de la casa de la tía de Meredith.

—La mayoría de las madres quieren lo mejor para sus hijos.

—Es cierto —afirmó ella, pensando en Blake—, pero no todas las madres se entrometen en los asuntos de sus hijos hasta el punto de tomar decisiones que les conciernen solo a ellos. Yo no lo haría jamás.

Cy apagó el motor y las luces, y se giró para mirar la casa.

—¿Por qué sigues aquí? —le preguntó—. Si hay un hombre esperándote en Chicago, ¿por qué no regresas con él?

—Tengo mis razones.

Cy deslizó el brazo sobre el respaldo del asiento. Meredith recordó lo que había sentido al estar entre aquellos brazos.

Él pareció sentir esos recuerdos porque, cuando volvió a hablar, lo hizo con voz muy ronca.

—La primera vez fue debajo de un árbol al lado del lago de mi rancho —dijo, como si le hubiera leído el pensamiento—. Habíamos salido a montar a caballo, pero, los dos ardíamos de deseo. Yo te quité la camiseta. Tú me dejaste. Te tumbé sobre la hierba. Te desnudé, me desnudé... Ni siquiera pude esperar lo suficiente para excitarte. Te penetré con un único y rápido movimiento.

—¡No digas eso! —exclamó ella, sonrojándose.

—¿Te avergüenza? —le preguntó, aprisionándola contra su pecho—. Estabas muy tensa y tenías miedo. Cuando empecé a temblar de placer, me preguntaste si me dolía algo —añadió, susurrándole las palabras contra el cabello, contra la boca—. La segunda vez te besé de la cabeza a los pies, te mordí el interior de los muslos y los pezones. Cuando te poseí, tú estabas lista para recibirme. Aquella vez fue tan explosivo... Tú alcanzaste el orgasmo después de mí, sentada encima. Yo te observé...

La lengua de Cy siguió el camino de las palabras hasta alcanzar los suaves labios. Meredith sintió que los ojos se le llenaban de lágrimas y se abrazó a él. Cy abrió la boca, insistente, mientras las manos se le perdían en la blusa de

Meredith, tratando de alcanzar la suave calidez de su cuerpo.

Ella no pensó en los cambios que seguramente iba a encontrar. Era inevitable que notara ciertos cambios de madurez.

Cy le introdujo una mano por debajo de la copa del sujetador y se lo levantó. Entonces, levantó la cabeza y la miró con pasión.

–Los tienes más grandes.

–Soy mayor.

Antes de que Meredith se diera cuenta de lo que él tenía intención de hacer, Cy le levantó la blusa y el sujetador y la miró extasiado. La voz se le ahogó en la garganta ante lo que vio.

–Oh, nena...

–Ya no... ya no soy una niña –susurró ella, tratando de desviar su curiosidad.

–Eso ya lo veo, Dios Santo. Te convertiste en una mujer entre mis brazos. ¿Acaso creíste que podría olvidarlo nunca? –le preguntó, mientras le acariciaba los pezones al hablar–. Meredith...

Bajó la cabeza y atrapó entre los labios un erecto pezón. Entonces, el brillo de los faros de un coche y el rugido de un motón le obligaron a levantar la cabeza. Meredith se aprovechó de ese momento para bajarse la ropa y apartarse de él. Cuando el coche había desaparecido al otro lado de la calle, ella ya había salido del coche.

Cy consiguió alcanzarla mientras ella subía los escalones del porche.

–Te deseo –dijo él con la voz desgarrada.

–Eso ya lo sé –replicó ella muy secamente–. Sigo siendo tan vulnerable como lo era con dieciocho años y, aparentemente, igual de estúpida cuando me acerco a ti. Sin embargo, eso ya no te va a volver a funcionar. No pienso volver a ser tu amante una segunda vez. He aprendido muy bien la lección.

–Sé que sigues deseándome –susurró él con la respiración entrecortada–. Podría conseguir que te pusieras de rodillas para suplicarme. De hecho, ya lo hice. ¿Te acuerdas?

Por supuesto que lo recordaba. Había sido justo antes de que su madre le llenara la cabeza con mentiras sobre Tony. Él la había humillado y la había excitado, pero Meredith había estado demasiado enamorada como para resistirse. Había cedido porque estaba profundamente enamorada de él y porque creía que Cy también lo estaba de ella. No había sido así. Cy solo la deseaba.

–Lo recuerdo –replicó muy tensa–. Ahora, suéltame.

–No quieres que lo haga.

–Tu madre sí –replicó ella, jugando la única carta que le quedaba. Esperaba que esta sirviera para distraerlo, porque su cuerpo estaba empezando a traicionarla. Habían pasado tantos años desde la última vez que había estado con Cy... Lo deseaba profundamente, pero no se atrevía a dejarse llevar.

Él dudó y ella se echó hacia atrás.

–¿Te acuerdas de tu madre, Cy? –le preguntó Meredith, fríamente–. Nada ha cambiado. Ella sigue odiándome.

–Ella no tiene que apreciar a la mujer con la que yo me acuesto –replicó, echando mano de la crueldad al sentir que la frustración y el dolor se apoderaban de él.

–Yo no me estoy acostando contigo –afirmó ella.

–Dime que no lo deseas, Meredith –dijo Cy en tono de burla.

Ella se acercó hacia la puerta y rebuscó las llaves en el bolso.

–Lo que yo desee no viene al caso –repuso. Abrió la puerta, entró y se volvió para mirarlo–. No quiero volver a pasar por esa locura. Y tú tampoco. Vete a casa, Cy. Estoy segura de que tu madre agradecerá la compañía.

–No ha venido a verte, ¿verdad? Me has mentido.

–No sé por qué me sorprende aún que pienses que, si alguien ha hecho algo malo, esa debo de ser yo. Myrna debería de estar orgullosa. Te ha enseñado muy bien que es ella la que tiene la única verdad.

–Al menos, ella es capaz de hacerlo.

Meredith sonrió.

–En una ocasión, pensé que serías capaz de amarme –dijo ella–, pero, en el momento en el que te pusiste del lado de tu madre comprendí que era solo deseo. El amor y la confianza son dos lados de la misma moneda.

–No puedes aceptar el hecho de que mi madre tiene muchas virtudes, ¿verdad?

–Tú no sabes todo lo que ella me costó porque no quieres saber la verdad. Algún día lo conocerás todo. Te lo juro y, cuando sepas lo que ella te costó a ti, desearás de todo corazón haberme escuchado. Ahora, buenas noches, Cy.

Meredith entró y cerró la puerta antes de que él tuviera tiempo de responder. No se sorprendió al ver que estaba temblando.

En el exterior, Cy regresó a su coche, lleno de furia y frustración. Como siempre, Meredith lo convertía en un ser débil. Era tan mujer como entonces y su propia respuesta ante ella era poderosa e inmediata.

Trató de deshacerse de las neblinas del deseo mientras conducía hasta su casa. Sin embargo, algo de lo que Meredith le había dicho le turbaba. Le había dicho que no sabía lo que su propia madre le había costado a él. ¿Quería decir dinero? Tal vez se refería a su propio amor. Sin embargo, ya sabía lo traicionera que podía ser. Ella lo había engañado.

Entró en la casa y se dirigió al salón.

–Oh, ya estás en casa –dijo Myrna, levantándose del sofá–. Te estaba esperando. Te he visto muy preocupado desde hace unos días y pensé que... tal vez querrías hablar.

–¿Sobre qué?

–Bueno, sobre lo que te está preocupando –respondió su madre, tragando saliva.

–¿Has ido a ver a Meredith? –le preguntó con mirada amenazadora.

–Sí –admitió ella, tras un momento de duda. No quería mentir.

–¿Por qué?

–Sabes que no siento ninguna simpatía por ella. Solo trataba de convencerla de que despertar viejos recuerdos no os va a venir nada bien a ninguno de los dos. Le pedí que se marchara.

–Yo le he dado un trabajo –le recordó Cy.

–Oh –musitó su madre, retorciéndose las manos–. Cy, esa mujer no es para ti. No empeores las cosas.

–¿Empeorar qué? ¿Qué es lo que sabes tú que desconozco yo?

Su madre palideció.

–Cy...

Él dio un paso al frente, decidido a sacarle toda la verdad. Justo en aquel momento, el teléfono empezó a sonar. Afortunadamente, se trataba de un asunto de negocios, Myrna se excusó rápidamente y se marchó.

Cuando llegó a su dormitorio, el corazón le latía con fuerza. Todo era como una pesadilla. ¿Por qué no se había dado cuenta de las implicaciones de lo que había hecho seis años atrás? No sabía cómo iba a sobrevivir si Meredith no se marchaba rápidamente de la ciudad.

6

Blake estaba muy enfadado cuando Meredith llamó a Chicago.

–¿Por qué no vienes a casa? –le preguntó–. Me dijiste que solo serían unos días.

–Este asunto está llevándome más de lo que había anticipado. Mira, Blake, no me presiones. Ya sabes que estaría en casa si pudiera. Tengo que mantenernos, hombrecito. Tengo que trabajar.

–Ya lo sé, mamá, pero te echo de menos.

–Yo también te echo de menos a ti –susurró ella. Era cierto. Ver a Cy era como contemplar una imagen más madura de Blake–. A ver qué te parece esto. Mi secretaria me ha recordado cuando la llamé que tengo que ir a un banquete el sábado por la noche en Chicago. ¿Qué te parece que tome un avión el viernes y pasemos el fin de semana juntos?

–¡Oh, mamá! ¡Es chupi! –exclamó el niño muy contento.

–Bueno, supongo que eso significa que te alegras de que yo vaya a ir. Ahora, dile al señor Smith que se ponga, por favor.

–Sí, mamá.

–Deduzco que vas a regresar a casa –le dijo el guardaespaldas con una cierta sorna.

–A pasar el fin de semana. Tengo que recoger algunas cosas y visitar a algunos clientes a los que parece que he estado descuidando –dijo, repitiendo lo que la secretaria le había dicho referente a algunos comentarios de Don–. Organízalo todo para que uno de los aviones me recoja en los Rimrocks a las seis en punto del viernes por la tarde. Ese día salgo pronto de trabajar.

–No creo que puedas hacer mucho en el fin de semana.

–Ya lo verás. ¿Acaso no recuerdas que Henry realizaba la mayoría de sus tratos en las fiestas? Los Harrison van a celebrar un banquete en honor del senador Lane el sábado por la noche. Don prometió acompañarme. Recuérdaselo.

–Lo haré. ¿Cómo piensas ocuparte de todos tus negocios, de la OPA y de tu trabajo como camarera al mismo tiempo?

–No te preocupes por nada. Nos veremos el viernes.

Colgó antes de que el señor Smith pudiera seguir hablando. Efectivamente, sería una gran presión, pero así había sido desde la muerte de Henry. Era joven, fuerte y dispuesta y, además, no sería para siempre. Además, el hecho de pensar en la humillación que les iba a provocar a Cy y a su madre le proporcionaba tanto placer que compensaba la frustración por estar lejos de su hijo.

El miércoles siguiente, Cy fue al restaurante a cenar. No acudió solo. Lo acompañaba una belleza pelirroja de largas piernas y con un vestido que debía costar una fortuna. Ella sabía que estaba tratando de vengarse de Meredith por haber perdido el control. A pesar de todo, Meredith se armó de valor y, con la mejor de sus sonrisas, se acercó a ellos y les entregó los menús.

–¿Les gustaría beber algo antes de cenar? –les preguntó cortésmente.

—Yo tomaré una cerveza alemana —dijo la pelirroja, antes de nombrar específicamente la que quería—. Asegúrate que no sustituyen cerveza con espuma. Detesto que me escatimen mi bebida.

—Sí, señora. ¿Qué va a tomar usted, señor?

—Vino blanco —respondió Cy, secamente.

Ni siquiera la miró. La alegría con la que Meredith los había saludado le desinfló las velas. Había llevado allí a Lara para poner a Meredith celosa. No estaba del todo seguro de los motivos que lo habían empujado a hacerlo más que la deseaba. La deseaba más que nunca, pero ella no parecía dispuesta a ceder. Le iba a costar un triunfo volver a tenerla entre los brazos. La presencia de Lara ni siquiera parecía incomodarla. La Meredith de antaño se habría echado a llorar.

Ella les sirvió con el impecable autocontrol que Henry le enseñó. Por su parte, Cy parecía más molesto y enojado a cada minuto que pasaba. Lara se quedó tan impresionada con su servicio, que insistió en que Cy le dejara una enorme propina. Cy se limitó a mirar con frialdad a Meredith y a prometerle venganza.

Con aquel gesto, Cy había querido demostrarle que era capaz de atraer a otras mujeres. De pasada, Meredith había sido capaz de ponerle riendas al deseo que sentía hacia él. Nada había cambiado. Cy se había convertido en un *playboy* y no tenía interés alguno por el compromiso. Meredith haría muy bien en recordar que él la había arrojado a los leones antes para evitar que ese hecho se volviera a repetir.

El viernes por la noche, cambió el turno con otra compañera y llamó a un taxi para que la llevara al aeropuerto. Se puso una peluca negra y un carísimo abrigo, para que nadie en el aeropuerto la confundiera con Meredith Ashe. Solo era una medida de precaución, por si alguien la veía subiéndose al avión privado de Tennison International.

Se subió rápidamente al avión y, en cuestión de minutos, iba en dirección a Chicago. Blake la estaba esperando en el aeropuerto con el señor Smith. Al verla, echó a correr en su dirección. No tuvo ninguna dificultad para reconocerla a pesar de su disfraz.

–¡Mamá! –gritó.

Meredith se inclinó y lo tomó en brazos. Entonces, empezó a dar vueltas con él, riendo de pura felicidad. Había echado tanto de menos a su pequeño...

–Bienvenida a casa –dijo el señor Smith, observando atentamente los raídos vaqueros y la sudadera que ella llevaba por debajo del abrigo.

–No querrás que vaya a trabajar con un traje de diseño, ¿verdad?

–Tienes razón. Tu cuñado aún está fuera de la ciudad, pero prometió llegar a tiempo para el banquete de mañana por la noche.

–Bien. ¿Cómo va la fusión Jordan?

–Todo salió a la perfección.

–Oh, mamá. No habléis de negocios –suplicó Blake mientras se metían en el coche.

–Muy bien. Lo intentaré –prometió ella, dándole un beso–. Hasta mañana por la noche, haremos lo que tú quieras.

–¿De verdad? ¡Genial!

Cuando se puso a jugar con su hijo, comprendió de verdad lo mucho que había echado de menos a su pequeño. Después de cenar, vieron juntos un documental y, entonces, Meredith le leyó un cuento para que se fuera a la cama. Cuando el niño se quedó dormido, lo contempló con infinita ternura. Había tanta similitud entre los rasgos de Blake y los de Cy. El parecido era aún más llamativo cuando el niño abría los ojos oscuros. Era el hijo de Cy, aunque él no lo creyera nunca.

Meredith lo arropó y se dirigió al despacho. Allí, se sentó frente a su escritorio y empezó a repasar todos los asuntos que requerían su atención. Estuvo trabajando hasta altas horas de la noche sin poder ponerse al día.

Tendría que llevarse el resto de los papeles a Billings para poder terminarlos. Esperaba poder conseguirlo sin tener que moverse de Billings, porque no quería que se viera con demasiada frecuencia el avión privado de Tennison International en el aeropuerto de Rimrocks.

A la mañana siguiente, Blake quiso ir al parque. Madre e hijo se dirigieron al más cercano acompañados del señor Smith. Los dos se sentaron en un banco mientras el niño jugaba.

—¿Cómo va todo? —le preguntó el guardaespaldas.

—Sobrevivo. No me resulta fácil. Traté de sacarles información a algunos de los ejecutivos de su empresa y estuve a punto de que me despidieran por confraternizar demasiado con ellos.

—¿Vas a rendirte? —preguntó el señor Smith. Su duro rostro se había arrugado para esbozar una sonrisa.

—¿Tú que crees?

—Creo que Don tiene razón. Te has topado con un adversario formidable —contestó, apartando bruscamente la mirada después de contemplarla durante un segundo—. No hay nada malo en recortar las pérdidas.

—Aún no he empezado... —dijo. Sin embargo, no pudo mentirle a su querido guardaespaldas—. Está bien. Tengo que admitir que me acerqué demasiado al fuego y que estuve a punto de quemarme. Sin embargo, te aseguro que no volveré a cometer la misma equivocación dos veces.

—Eso espero. Aún recuerdo lo destrozada que estabas la noche que te encontramos.

—Me salvaste la vida...

—Estuve a punto de quitártela. Ni siquiera te vi.

—¿Te he dicho alguna vez que Henry y tú me devolvisteis los deseos de vivir? —le preguntó—. Los dos me cuidasteis tanto hasta que Blake nació. Hicimos juntos tantas cosas... Lo echo mucho de menos...

—Yo también —admitió el guardaespaldas—. Él me dio trabajo cuando nadie más lo habría hecho. Yo estaba acusado de asesinato. Nadie me habría contratado. Sin embargo, Henry creyó en mi inocencia. Me contrató, me encontró el mejor abogado criminalista de la ciudad y consiguió que me absolvieran.

–Lo sé. Henry me lo dijo.

–Al principio, recuerdo que te escondías de mí.

–Creía que habías sido miembro de la Mafia. Sin embargo, después de que Blake naciera, te convertiste en una persona muy querida para mí. Jamás te habría imaginado cambiando pañales a un niño.

–Yo tampoco –comentó con una sonrisa–. Y ahora que sí me imagino haciéndolo, no tengo con quién –añadió lentamente, sin mirar a Meredith.

–Claro que sí. Nos tienes a Blake y a mí –afirmó ella, tocándole la mano muy brevemente.

–El niño esta sufriendo algunos problemas de acoso –confesó él, cambiando rápidamente de tema–. Me he tomado la libertad de enseñarle artes marciales.

–¿Vas a enseñarle a mi hijo como matar a la gente?

–Voy a enseñar a tu hijo a no matar a nadie. También le enseñaré a tener confianza en sí mismo y posturas con las que disuadir a los que le acosan. Aprenderá concentración y, sobre todo, disciplina. Eso es muy importante para un chico.

–Sí, lo sé. Muy bien, no me importa.

Aquella noche, Don llegó muy temprano para recogerla. Le saludó con su sonrisa más cortés. Su cuñado estaba muy elegante, aunque no tanto como lo hubiera estado Henry. Don siempre había estado un poco a la sombra de su hermano.

–Estás preciosa –le dijo.

Meredith sonrió. Se había puesto un diseño original de París, de terciopelo y raso verde esmeralda, con un corte muy moderno que enfatizaba su esbelta figura y destacaba su cabello y sus ojos.

–Gracias, Don. Tú tampoco estás nada mal.

–¿Has leído mi informe sobre la adquisición de Camfield Computers?

—Sí —respondió ella, mientras se dirigían a la limusina—. Eres muy bueno en tu trabajo, Don. Henry estaría muy orgulloso del modo en el que has firmado ese acuerdo.

Don pareció sorprendido.

—No sabía que te fijaras en lo que hago.

—Bueno, técnicamente no debería hacerlo. Después de todo, las operaciones internacionales no son asunto mío, pero admiro la habilidad empresarial cuando la veo. Oigo muchos comentarios. Tu gente te seguiría al fin del mundo.

—Me abruman tus halagos —dijo él con una leve sonrisa.

—Te los mereces —repuso ella, mientras los dos entraban en la limusina—. Don, ¿no te cansas nunca de la presión?

—No —contestó él, algo sorprendido—. Los negocios son mi vida. Supongo que me gustan los desafíos. ¿Y tú?

—Algunas veces me gustaría tener más tiempo para estar con Blake. No es que no disfrute con mi trabajo, pero es que, a veces, exige demasiado.

—Tal vez deberías delegar más —sugirió Don, sin mirarla.

—A Henry no le parecería bien.

—Henry está muerto

—Sí, lo sé —observó Meredith, sorprendida por la frialdad con la que había hablado—, pero yo se lo debo todo.

—Sé que le estás muy agradecida por lo que hizo por ti, pero tienes que considerar también lo que tú hiciste por él. Estaba solo. Completamente solo. Literalmente, se estaba matando a trabajar. Tú lo cambiaste. Blake y tú. Murió siendo un hombre muy feliz.

—Ya sabes que yo lo quería mucho. Al principio no, aunque le estaba muy agradecida por lo que había hecho por mí, pero le tenía mucho cariño. Cuando... entonces había empezado a convertirse en todo mi mundo.

Don la miró.

—Es una pena que muriera cuando lo hizo. Yo tendría que haber estado en ese avión. Él me estaba sustituyendo.

—Oh, Don, no digas eso. Yo soy una fatalista. Creo que

tenemos contados los minutos y los segundos de nuestras vidas, que tenemos asignado el momento de nuestra muerte. Si no hubiera sido en ese avión, podría haber sido de otro modo. No sufrió. Fue muy rápido. Si le hubieran dado a elegir, así lo habría querido.

–Supongo que sí.

–No estás resentido conmigo, ¿verdad? –preguntó ella, de repente.

–¿Resentido? ¿Por qué?

–Por haberme quedado con parte de la empresa cuando tú, con todo derecho, deberías haberte quedado con todo.

–No, claro que no...

Meredith no creyó sus palabras. Don no la miraba a los ojos.

–De todos modos, lo siento, Don. Fueron los deseos de Henry, no los míos.

–Eso ya lo sé. ¿Cómo te va con el asunto Harden?

El cambio de tema la pilló completamente desprevenida. Rápidamente, le contó todo lo que sabía hasta el momento.

–El único modo es tener más votos que él en la junta de accionistas y, para hacerlo, tengo que conseguir los suficientes apoyos como para conseguir que nos ceda todos los contratos o que deje de ser el presidente de su propia empresa. Sigo trabajando en los apoyos. Creo que podré conseguirlos antes de que él se dé cuenta de lo que está pasando.

–Siempre es un error mezclar los negocios con los asuntos personales –dijo Don suavemente–. Aunque los motivos sean muy nobles.

Meredith parpadeó.

–Esto... Esto no es un asunto personal –replicó, poniéndose a la defensiva–. Tengo que conseguir esos contratos para mi programa de expansión.

–Sí, pero podríamos conseguirlos en Arizona, en Wyoming o en Colorado –comentó Don con una sonrisa–. No tiene que ser Montana.

–¿Podríamos? Las operaciones nacionales son mi dominio, Don –afirmó con autoridad–. Yo tomo las decisiones que haya que tomar. Así lo quiso Henry. Otra cosa más –añadió, entornando los ojos–. Me he enterado de que algunos de nuestros clientes mutuos creen que estoy de vacaciones a cargo de la empresa.

–Me preguntó por qué pensarán eso –comentó él con aspecto inocente.

–Yo no lo sé –observó ella, furiosa consigo misma por no poder conseguir que confesara–. Bueno, a menos que tengas la intención de dejarme en evidencia delante del resto de los accionistas bajo acusación de mala dirección, no tienes autoridad alguna para desafiar mis decisiones.

–No seas absurda –replicó Don.

–Las expansiones siempre implican un módico riesgo. Henry era como yo. Le gustaba arriesgar. Tú eres más conservador. Jamás hemos estado de acuerdo en cómo ocuparnos de los proyectos, razón por la cual Henry decidió ponernos a cargo de dos campos completamente distintos. Cuando consiga esos contratos, obtendré muchos beneficios. Tú no tienes que darme tu aprobación, Don.

–Me parece que podrías terminar siendo víctima de tu propia trampa. Ya te he dicho que ese Harden es un tipo muy duro. Él ya se movía en este mundo cuando tú aún estabas aprendiendo. En el mundo de los negocios no se puede confiar en nadie. ¿Es que no lo has aprendido ya?

–Estoy segura de poder confiar en ti, Don –dijo Meredith con una calculadora sonrisa.

–Por supuesto –replicó él, apartando el rostro–. Después de todo, yo soy familia tuya.

–Lo sé.

–Tienes razón, Meredith. No tengo ningún derecho a decirte cómo ocuparte de tu parte de la empresa, pero, si necesitas ayuda, podría ponerme en contacto con los de la costa este.

Meredith sonrió. Don le estaba ofreciendo una rama

de olivo. Ella la aceptó encantada. Don tenía contactos de los que ella carecía.

–¿Tendrías tiempo?

–Sí. ¿Tienes un listado de los accionistas?

–Por supuesto. Te enviaré una copia esta noche.

Después de eso, Don pareció mucho más relajado.

–Te agradezco mucho tu ayuda –reiteró Meredith cuando llegaron a la casa de los Harrison.

–Yo estoy de tu lado, Kip. Ya lo sabes.

Sin embargo, no parecía haber pronunciado aquellas palabras de un modo muy convincente. Meredith estuvo recordando la conversación durante gran parte de la noche.

Una vez en la fiesta, saludó a los anfitriones y a los invitados. Cuando fue a buscar a Don, se lo encontró inesperadamente. Oyó un trozo de conversación que la dejó atónita.

–Ah, Kip –dijo en voz demasiado alta cuando se dio cuenta de su presencia–. Este es Frank Dockins. Dirige Camfield Computers.

Meredith extendió la mano y sonrió.

–Encantada de conocerlo –afirmó–. Esta es la primera oportunidad que tengo de decirle lo contentos que estamos de que se hayan fusionado con nosotros. Sin duda, Don le habrá dicho que voy a enviar a uno de nuestros mejores ejecutivos en el campo de los ordenadores para que trabaje con ustedes. Queremos que la transición sea tan fácil como sea posible.

–Oh, sí –replicó el señor Dockins–. Don me estaba hablando precisamente de eso. Usted se ocupa de las operaciones nacionales, ¿verdad?

–Así es. Henry me preparó para hacerlo. Descubrió que yo tenía una habilidad natural para escoger empresas que encajaran con nuestra estructura empresarial. Solía decir que yo había sido una de sus mejores adquisiciones.

Dockins se echó a reír.

–Don me ha contado que tiene usted un hijo pequeño. ¿No hace la presión que la vida en casa resulte difícil?

—Más de lo que se imagina. Supongo que voy saliendo adelante, pero la infancia de Blake está pasando demasiado deprisa. No se me da muy bien delegar en otras personas. En realidad, no confío en la gente, excepto en Don, por supuesto —añadió, mirando a su cuñado. Él frunció ligeramente el ceño y apartó la mirada.

—Bonita fiesta —comentó el señor Camfield—. ¿Conoce usted al senador Lane?

—No muy bien, pero le voté.

—Es muy trabajador. Y no se le puede sobornar —comentó Don. Al ver la expresión de Camfield, se echó a reír—. No. Te aseguro que no lo sé por experiencia.

Camfield se echó a reír y la extraña tensión que se había acumulado entre ellos desapareció como si jamás hubiera existido.

Aquella noche, cuando regresó a casa, Meredith fue a ver a su hijo. Una vez más, le sorprendió el parecido que había entre el pequeño y Cy. Era la viva imagen de su padre. Si Myrna lo viera, no dudaría ni un instante sobre quién era, aunque jamás podría admitirlo sin permitir que su hijo supiera lo que había hecho. Eso sería su castigo. Ver al nieto que había deseado tanto y saber que lo había perdido para siempre.

Meredith sintió un escalofrío al recordar una línea de las Sagradas Escrituras. «La venganza me corresponde a mí». Si la venganza era dominio de Dios, ¿no utilizaba Él en ocasiones a las personas para llevarla a cabo? Se negó a ver ninguna otra interpretación. Había esperado demasiado tiempo.

El domingo se despidió de Blake y prometió permitir que el señor Smith lo llevara a Montana para una breve visita. Entonces, se puso su peluca y su caro abrigo y se montó en el avión para regresar a Billings.

Tras llegar a la estación de autobuses en taxi, se metió en los servicios para quitarse la peluca y ponerse las ropas de trabajo de Meredith Ashe. Salió de la estación con el aspecto de acabar de bajarse de un autobús y se dirigió a la otra parada para tomar el que la llevaría a casa.

Miró con adoración la ciudad en la que había pasado su infancia. Billings era muy especial para ella. Había acallado el amor que sentía hacia aquellas calles durante sus años de exilio, pero, tras haber regresado, se sentía como si nunca se hubiera marchado. Casi sin darse cuenta, se preguntó cómo sería criar a Blake allí. Podría contarle las historias que su madre, su padre y sus tíos le habían relatado sobre sus antepasados irlandeses y escoceses, al igual que lo que el tío Cuervo Andante le había dicho sobre los indios crow.

Montana era su hogar. Deseó que también pudiera ser el de Blake. Solo el tiempo diría si eso sería posible.

7

Meredith estaba muy cansada del fin de semana. Se fue a la cama muy temprano, pero aún se sentía agotada cuando se levantó a la mañana siguiente para prepararse el desayuno.

El hecho de que alguien llamara a la puerta trasera la pilló completamente desprevenida y despertó dolorosos recuerdos.

Cuando Cy iba a buscarla, muchos años antes, siempre acudía a la puerta trasera de la cabaña que su tía tenía en la reserva india. Decía que era menos formal cuando Meredith le preguntaba los motivos. Se preguntó quién podría ir a verla a una hora tan temprana.

Se arrebujo bien en el albornoz de color rosa porque hacía algo de fresco, se apartó el cabello del rostro y levantó la cortina para ver de quién se trataba.

Igual que en los viejos tiempos. Era Cy, con el sombrero en una mano. Estaba vestido para ir a trabajar, con un traje oscuro y una corbata muy conservadora.

Meredith abrió la puerta.

–¿Te has perdido? –le preguntó, sin expresión alguna

en el rostro ni en la voz–. El restaurante está por allí – añadió, señalando una calle.

–Sé donde está. Lo que quiero saber es dónde has estado todo el fin de semana.

–¿Quieres decir que has tenido tiempo para pensar en mí? Yo habría pensado que tu actual novia te mantendría lo suficientemente ocupado como para evitarlo.

–Así es –dijo él con la boca muy tensa.

–Bien. Para responder a tu pregunta, te diré que fui a ver al señor Smith.

–Pensaba que solo erais amigos –replicó él con los ojos llenos de furia.

–Y lo somos. Nos visitamos de vez en cuando. El autobús resulta muy agradable para los viajes largos, ¿no te parece?

–No lo sé. Yo viajo en avión. ¿Has hecho ya café?

Entró en la cocina, tomó una taza y se sirvió café antes de tomar asiento frente a la mesa de la cocina.

–Espero que te sientas como en tu casa –comentó ella sarcásticamente.

–Así es. Me estás ocultando cosas.

–¿De verdad? ¿Qué clase de cosas? –preguntó ella con el rostro impasible.

–No lo sé, pero lo descubriré. ¿Vas a preparar el desayuno?

–Esto es el desayuno –contestó, colocando unas tostadas en la mesa.

–No me extraña que estés tan delgada.

–De todos modos, lo quemo todo.

–Igual que entonces. No había quien te parara –comentó con una expresión de suavidad en el rostro–. Casi no podía mantenerte quieta durante cinco minutos.

–Soy demasiado inquieta para eso –admitió ella mientras se tomaba su tostada.

–Una de tus vecinas vio a una morena marcharse de aquí. Muy elegante con un abrigo muy caro. Tomó un taxi.

–Sí –mintió ella, sin inmutarse–. Era la hermana del señor Smith. Iba de camino a Chicago y paró aquí para pasar la noche.

–Te llevas muy bien con su familia, ¿eh? –preguntó él, tragándose la mentira.

–Más de lo que me llevé nunca con la tuya.

–Mi madre vio muy bien lo que eras. Eras una ladronzuela que, desde el primer momento, solo había ido a por mi dinero –comentó él con voz burlona.

–Me llevé mucho más que tu dinero –repuso Meredith, pensando en Blake.

–Sí –afirmó Cy, pensando en una cosa completamente diferente–. Mi cuerpo, mi autoestima y muchos regalos muy caros.

Meredith lo había devuelto después de marcharse de Billings. Por supuesto, Myrna no se lo había dicho nunca.

–¿De verdad sigues creyendo lo del dinero?

–Te dije que Tony lo devolvió. Sin embargo, jamás me dijo quién era su cómplice.

–No se habría atrevido a hacerlo –repuso ella, riendo.

–Jamás me escribiste. Ni siquiera trataste de hacerme entender la verdad por última vez.

–Pensé que se me podría acusar de robo si te decía dónde estaba. Yo no podía saber que Tony había confesado y que había devuelto el dinero.

–Por supuesto. Jamás se me ocurrió pensar en eso.

–Tal y como ocurrió, fue lo mejor que me pudo pasar. Encontré muchos amigos en Chicago.

–Te busqué en Chicago –admitió él, sorprendiéndola–. Y en otras ciudades. Jamás pude encontrarte.

–Pero no me buscaste en Nassau, ¿verdad? ¿Y por qué ibas a hacerlo? Yo era joven, pobre y estúpida. No era la clase de mujer que puede vivir rodeada de lujos.

–¿Como qué estabas allí? ¿Cómo la acompañante de un hombre rico?

–¿Cómo lo has adivinado? –observó ella con una gélida sonrisa.

–¿Eras la acompañante del señor Smith?

–El señor Smith no es un hombre rico.

–Supongo que ya has aprendido que el dinero no puede comprar la felicidad.

–Lo sé hace mucho tiempo. Bueno, ¿vas a marcharte? El fin de semana ha sido muy largo y tengo que estar en el restaurante dentro de treinta minutos.

Cy se terminó su café.

–Tienes medio día libre el jueves –dijo–. Te llevaré al campo de batalla de Custer y te compraré un par de pendientes.

Lo habían hecho en una ocasión, cuando habían estado prometidos. Los pendientes eran de estilo indio. Meredith aún los tenía en su joyero, junto a los diamantes y esmeraldas que poseía. Jamás se los había vuelto a poner.

–No quiero pendientes.

–Acompáñame de todos modos. No se puede volver atrás en el tiempo, pero solo por un día...

–¿No le importará a tu novia? –preguntó ella, aunque sin sarcasmo alguno. No sabía qué hacer. No confiaba en Cy.

–Ella, como todas las demás, no era más que una atracción pasajera –replicó él–. Ninguna de ellas se parecía a ti.

–No vayas por ese camino, Cy. No he regresado a Billings para reavivar antiguas brasas. Simplemente estoy descansando. Tengo una vida en Chicago que estará esperándome cuando haya terminado aquí.

–¿Descansando dices? ¿Trabajando en un restaurante para cobrar el salario mínimo?

Meredith guardó silencio durante unos minutos. Había estado a punto de delatarse.

–Comparado con el trabajo en una fábrica de ropa, es como unas vacaciones –mintió.

Los ojos de Cy la observaron muy cautelosamente durante un instante, pero, después de un minuto, perdieron el brillo de sospecha que había en ellos. Se levantó y agarró el sombrero.

—No volveré a arrinconarte, si es eso lo que te detiene —dijo—. Reavivar el pasado no sirve de nada. No debería haber permitido que volviéramos al terreno físico. Sé que no puedes evitar el modo en el que reaccionas ante mí, Meredith —añadió con resignación—. Tal vez no te lo creas, pero yo tampoco puedo. Sigo deseándote. Me imagino que te desearé siempre.

—Lo único que ha habido siempre entre nosotros ha sido el deseo —afirmó ella—. No tengo espacio en mi vida para volver a experimentar esa atracción física.

—Cuando estábamos juntos, a mí me costaba mucho más. Jamás podía controlar lo que sentía. A veces, ni siquiera podía contenerme lo suficiente como para satisfacerte a ti. Dios mío, iba más allá de la obsesión. No pensaba en nada que no fueras tú.

—A mí me ocurría lo mismo —confesó ella—. Era demasiado joven para controlarlo y tú no dejabas de sentir resentimiento por mí al respecto.

—Tú me embrujaste —dijo él—. No podría haberte negado nada.

—Yo tampoco te lo pedí.

Cy odiaba recordar aquella época. Él la había acusado de robo, la había hecho huir, había destruido su juventud. Ni siquiera podía culparla por haberse quedado con todos los regalos que le había dado. Meredith no tenía nada. Sin embargo, sabía que había sido su propia obsesión la que había motivado todo. Se había aferrado a cualquier excusa para echarla de su vida, para romper el compromiso. Se había sentido aterrado al descubrir que él no era más que un esclavo indefenso ante la pasión que sentía por ella.

—Yo no te di nada más que pena —susurró con voz profunda.

Meredith quiso contárselo todo en aquel momento, sacar su cartera y mostrarle al niño que era su vivo retrato. Él le había dado a Blake. No obstante, sabía que aquel camino conduciría al desastre. Tenía que recordar el dolor.

–No me dirás que te sientes culpable a estas alturas –comentó entre risas.

–Me he sentido culpable todos los días de mi vida desde que te marchaste de Billings. Espero seguir sintiéndome así en mi lecho de muerte. Tú eras inocente. Incluso eso te robé.

–No me robaste nada –dijo ella, acercándose a él y extendiendo la mano para tocarle la mejilla–. Tú no pudiste evitar lo ocurrido más que yo. Te deseaba tan desesperadamente, Cy.

–¿Me deseas ahora?

Ella deslizó los dedos hasta la firme boca y los apretó contra los labios.

–No puedo permitirme desearte –contestó, al recordar sus responsabilidades y lo que tenía que hacer para llevarlas a cabo–. Oh, Cy, es demasiado tarde...

Él le colocó las manos sobre los hombros y la abrazó, sin que ella se opusiera.

No trató de besarla ni de abrazarla íntimamente. Simplemente la estrechó contra su cuerpo y colocó la mejilla contra el suave cabello de Meredith. Entonces, cerró los ojos.

–No te apartes, cielo –susurró, al notar que ella se movía–. Concédeme esto.

Ella se irguió cuando sintió la erección de Cy contra el vientre.

–Muy bien, no te gusta sentirlo, pero no hay nada que yo pueda hacer al respecto –musitó Cy, apartándose de ella–. La pobrecilla no sabe pensar.

Meredith se echó a reír muy a su pesar.

–Vete a trabajar –le dijo.

–Es lo mejor –admitió él. Se colocó el sombrero. Estaba tan guapo que Meredith tuvo que hacer un esfuerzo para no arrojarse sobre él.

–Cy... –lo llamó. Él se detuvo en la puerta, cuando ya tenía la mano sobre el pomo–. Iré al campo de batalla contigo el jueves.

Los ojos de Cy brillaron tan solo durante un instante. Entonces, asintió y, sin decir palabra, se marchó.

Meredith permaneció inmóvil durante unos segundos, disfrutando del aroma de Cy que flotaba en el aire. Al final, se terminó su café y fue a vestirse.

Era una semana muy larga. La señora Dade parecía sentir mucha curiosidad por el fin de semana de Meredith, pero no preguntó nada. Meredith trabajaba más horas de lo que había trabajado la semana anterior, pero lo que más la agotaba era lo que hacía después de marcharse del restaurante. Se quedaba levantada hasta la una o las dos de la madrugada leyendo informes, redactando faxes o estudiando estadísticas. La presión a la que estaba sometida le estaba pasando factura. El jueves estaba agotada y casi se dormía de pie.

Cy la recogió en el restaurante y frunció el ceño al ver lo desganada que ella parecía.

–Estás agotada –musitó–. ¿Quieres ir a casa y cambiarte?

Meredith se miró los vaqueros, las zapatillas y la blusa de rayas que llevaba puestos.

–No, así estoy bien –dijo–. ¿Podemos parar en Hardin y comprar algo caliente para beber? No me he tomado un café antes de marcharme.

–¿Has comido?

–No he tenido tiempo.

–No quiero que te mueras de hambre. Podemos parar en un restaurante y...

–No, por favor. En realidad no tengo hambre. Me apañaré con cualquier cosa.

–Bien.

La carretera a Hardin era larga y no había demasiado que ver por el camino excepto pastos y campos de trigo. El horizonte llegaba hasta el cielo y hacía que los campos parecieran inmensos. A Meredith le encantaba aquella sobriedad

–Aquí hay tanto espacio vital –comentó.
–Por eso no me he marchado. Odio las multitudes.
Meredith asintió, pero no dijo nada.
–¿A qué se dedica el señor Smith?
–Es guardaespaldas profesional.
–Dado que, evidentemente, no necesitaría trabajar para ti, ¿quién lo emplea?
Meredith tuvo que contener la risa al darse cuenta de que, inevitablemente, Cy iba a terminar sabiendo para quién trabajaba el señor Smith.
–Viaja mucho.
–Si trabaja para la clase alta, no lo dudo –comentó. No le gustaba pensar en el señor Smith. Se sacó un cigarrillo del bolsillo de la camisa de franela. Aquel día llevaba unos vaqueros y una pelliza porque hacía bastante frío en el exterior.
–Sigues fumando –dijo ella.
–Lo dejé durante un tiempo –contestó, sin especificar que solo había empezado a hacerlo cuando Meredith había vuelto a entrar en su vida.
–¿Cómo te van los negocios?
–Bien.
–Supongo que resulta agradable no tener nubes en el horizonte.
–Yo no he dicho eso. Siempre hay problemas en una empresa. Últimamente nos pasamos el tiempo evitando absorciones.
–¿El qué? –preguntó ella, fingiendo ignorancia.
–Las empresas rivales ven potencial en nosotros y tratan de absorbernos.
–No te pueden absorber así como así.
–No, pero compran acciones y entonces tratan de convencer a los accionistas mayoritarios para que los apoyen.
Frunció el ceño al pensar en los rumores que había escuchado sobre Tennison International. Henry Tennison había muerto, pero su hermano Don seguía vivo y se decía

que la viuda de Henry tenía un increíble genio para los negocios y unos nervios de acero. Resultaba extraño no haber visto una foto suya nunca. Se decía que no le gustaban las fotografías. Había hecho que uno de sus ejecutivos comprobara aquel rumor, pero Bill le había asegurado que no había nada de verdad al respecto. No obstante, no sabía qué pensar. Bill llevaba un tiempo oponiéndose sistemáticamente a todo lo que él decía.

—No has vuelto desde que te marchaste de aquí, ¿verdad? —le preguntó a Meredith de repente.

—No. Me habría gustado hacerlo. Echaba de menos a mi tía. Las llamadas telefónicas y las cartas no son lo mismo.

—Jamás le dijiste por qué te habías marchado.

—No. No habría servido de nada más que para disgustarla.

—Eso no habría evitado a la mayoría de las mujeres llorar encima de ella.

—Yo no soy como la mayoría de las mujeres. No necesito castigar a otras personas por mis propios problemas.

—¿Es eso una puya?

—Dímelo tú, Cy. Jamás te sentiste feliz por el modo en el que estabas conmigo. No te gustaba que tuviera tanto poder sobre ti y no querías ningún compromiso. Creo que estabas buscando una excusa para mandarme a paseo. Tony te lo puso en bandeja. Con un poco de ayuda.

—¿De quién?

—No soy yo quien te debe responder a esa pregunta...

—A mi madre no le gusta tenerte en Billings —dijo él, después de una pausa.

—No me sorprende, pero no puede echarme. Esta vez no.

—¿Qué quieres decir con eso de esta vez?

Meredith sonrió, pero no se dignó a contestar.

—¿Has estado en el campo de batalla desde que estuvo allí el equipo arqueológico?

—Sí. El fuego que arrasó la zona fue muy útil. Las excavaciones que se llevaron a cabo arrojaron una nueva luz sobre lo ocurrido en la batalla. Como ya sabes, Custer envió a un mensajero a Benteen para que llevara más munición en unas mulas. Eso fue lo último que se supo de él hasta dos días después de la batalla, cuando se encontraron los cadáveres.

—Y por eso, nadie sabe cómo dispuso Custer a sus hombres o cuál era su posición cuando montó el ataque contra las fuerzas combinadas de siux y cheyennes —comentó Meredith. Su tío le había contado muchas cosas sobre la batalla. Uno de sus antepasados había sido explorador para el Séptimo de Caballería en el momento de la batalla de Little Big Horn.

—Así es. Los relatos de los exploradores crow indican que Custer fue advertido de que había un gran agrupamiento de indios en el Little Big Horn, pero, aparentemente, no les hizo caso. Ni siquiera lo creyó cuando vio el campamento, dado que solo vio mujeres y niños. Tal vez pensó que los guerreros estaban lejos, cazando, y que contaba con el elemento sorpresa.

—Pero, según parece, fueron los indios los que contaron con ello.

—Sí. Los exploradores crow y arikara dijeron más tarde que Custer se vio abrumado por el gran número de indios.

—¿No empleaban muchos oficiales dos traductores para asegurarse de que, cuando hablaban con los indios, estos no cometían ningún error a la hora de descifrar el lenguaje de signos de los indios? —preguntó ella.

—Así es, pero se sabe que Custer entendía bastante bien el lenguaje de los signos.

—Fascinante.

—A mí la historia me parece fascinante. Jamás me canso de ir al museo o de recorrer el campo de batalla.

Cuando por fin llegaron al desvío, tomaron un pequeño camino asfaltado que los conducía al lugar histórico. Aparcaron frente al museo y subieron caminando hasta el lugar. Un gran número de tumbas aparecían marcadas por cruces blancas en una gran zona delimitada por una verja de hierro forjado.

En lo alto de la colina estaba el monumento que enumeraba los nombres de los soldados que murieron en la batalla. En un tiempo pasado, todos los soldados del Séptimo de Caballería estaban enterrados en una fosa común, a excepción del cadáver del general Custer, que se llevó a West Point para enterrarlo allí. Al otro lado del museo, había tumbas de muchos otros hombres, como veteranos de Vietnam. El comandante Marcus Reno estaba enterrado allí.

–¿Y el capitán Benteen? –preguntó Meredith.

–Falleció y está enterrado en Atlanta –respondió Cy mientras contemplaba en paisaje–. ¿Recuerdas lo que hicimos cuando regresamos a mi apartamento?

Por supuesto que Meredith lo recordaba. Cy los había desnudado a ambos y entonces la llevó al cuarto de baño. La metió en el *jacuzzi* antes de tumbarse a su lado. La colocó de manera que los chorros le provocaran un orgasmo arrollador y, mientras aún estaba temblando de puro placer, unió su cuerpo al de ella en uno de los actos sexuales más satisfactorios que habían compartido nunca. A continuación, Cy la poseyó en el suelo del cuarto de baño, en la moqueta del dormitorio y en la cama. Meredith había tardado días en recuperarse de la experiencia. Eso tan solo había ocurrido unos pocos días antes de que Myrna la acusara de robo.

–Fue la última vez que hicimos el amor –dijo Cy, mientras contemplaba el campo de batalla y el cuerpo se le atenazaba con los recuerdos del placer–. Después de eso, no pude tenerte durante días por haber sido tan insaciable. Antes de que pudiéramos volver a estar juntos, surgió lo del tema del dinero... Te aseguro que me moriré sin volver a experimentar algo como lo de aquella tarde, Meredith. No encontré lo que tuve contigo en el resto de las mujeres.

–¿No? –preguntó ella con un cinismo que no correspondía a su juventud–. Yo creía que, para un hombre, el sexo resultaba satisfactorio con cualquier pareja.

–¿Acaso encontraste tú un placer así con otro hombre? –le espetó él.

Meredith pensó en Henry y en lo mucho que él la había amado. Recordó la noche antes del accidente de avión, cuando notó los primeros despertares del amor por su marido.

–Estuve muy cerca...

Los celos se apoderaron de Cy. No había esperado aquella respuesta por parte de Meredith ni tampoco el brillo que se le había pintado en los ojos.

–¿Y él?

–Él me amaba –dijo llena de orgullo y respeto por la figura de Henry–. Yo era su mundo. Si él no hubiera muerto, yo aún seguiría a su lado y jamás habría vuelto a pensar en ti durante el resto de mi vida.

Cy palideció. Apretó las manos y soltó una maldición.

–Adelante, pierde los estribos –le dijo ella muy tranquila–. Ya no te pertenezco. Ya no soy tu esclava. Por eso me has traído aquí, ¿verdad? Para ver si seguía amándote, para ver si aún era vulnerable hacia ti –añadió, colocándose las manos en las caderas. Por suerte, estaban prácticamente solos–. Me gusta besarte, Cy. Tal vez incluso disfrutara pasando una tarde en la cama contigo, pero podría marcharme después sin mirar atrás –añadió con una sonrisa de pura malicia–. Pierde el control si quieres. Eso no cambiará nada. No conseguirás que vuelva a amarte.

–¿Acaso me amaste alguna vez?

–¿Y eso qué importa ya? Como lo que ocurrió en este campo de batalla, es historia. Los detalles han quedado ocultos en el pasado. Todo está muerto, Cy. ¿A quién le importa analizar ahora lo que ocurrió?

Cy no respondió. Encendió un cigarrillo, atónito por los intensos sentimientos que aún tenía hacia ella. Su propio comportamiento lo intranquilizaba.

—Vayámonos —dijo, dándose la vuelta.

Recorrieron el museo, donde estaba una copia de la última orden que Custer había enviado a Benteen. También había una réplica del traje blanco que Custer llevaba aquel cálido día de junio de 1876, cuando se marchó a Little Big Horn con su columna. También se presentaban coloristas objetos indios y el equipamiento que los nativos llevaron a la batalla.

—Cuando un siux iba a la batalla —le dijo a Cy—, siempre se ponía sus mejores galas, o al menos las llevaba consigo para que, si moría, pudieran enterrarlo con ellas. Se decoraba el cuerpo y la cara con los símbolos sagrados y, en ocasiones, decoraba a su caballo del mismo modo. Mientras cargaba, entonaba su cántico de guerra. Era una ocasión muy importante cuando un guerrero entablaba batalla. No obstante, luchaban individualmente. No aceptaban órdenes de sus superiores, como en el ejército. Los siux y los cheyennes pertenecían a una sociedad guerrera, en la que había jefes y subjefes. Durante la batalla, las sociedades atacaban juntas, pero se destacaba a guerreros individuales en los cánticos que se entonaban después en el campamento.

—Sabes mucho sobre la cultura india —observó Cy—. A menudo se me olvida que creciste en una reserva. Supongo que los indios te enseñaron muchas de estas cosas.

—Sí, pero también he leído al respecto. La cultura crow es fascinante. Su estructura social es idílica para la cooperación y la armonía mutuas.

—Las flechas siempre me han fascinado —comentó Cy conduciéndola a otra vitrina del museo—. Cada tribu tenía su modo de fabricar las flechas, al igual que cada guerrero. Por la manufactura, se sabe perfectamente quién ha disparado la flecha. Un indio era capaz de disparar ocho flechas antes de que la primera tocara el suelo y sin errar en su blanco. Sin embargo, no eran muy buenos tiradores de rifle.

—Eso le pasaba a mi tío. Me preguntó por qué.

–Supongo que es porque el modo en el que se mira un rifle y un arco para disparar es muy diferente

Meredith volvió a pensar en la batalla de Little Big Horn. Suspiró al pensar en lo que debían de haber sentido los soldados cuando se vieron rodeados de un número tan ingente de indios y supieron que iban a morir. Y después de eso, vio los indios corriendo para salvar la vida, eternamente amenazados por lo que le había ocurrido a Custer, tanto si su tribu había estaba relacionada con la batalla o no.

–Muchos de los soldados acababan de llegar del este y no habían visto en su vida a un indio –comentó Cy–. Los indios iban pintados, como sus caballos, gritaban sin parar mientras disparaban rifles y arcos. Había polvo y gritos de los heridos por todas partes. Además, los indios eran todos guerreros muy experimentados en la batalla. Los reclutas no tuvieron posibilidad alguna.

–Sin embargo, Custer sí que tenía experiencia –afirmó Meredith.

–Sí. También había algunos oficiales con experiencia, como Reno y Benteen. Custer era veterano de la Guerra Civil, en la que luchó contra antiguos compañeros de West Point como Robert E. Lee o J.E.B. Stuart. Fue un hombre muy afortunado en el campo de batalla, pero su suerte se terminó aquí. Había dejado la artillería porque no quería ir demasiado despacio y o no creyó a los exploradores indios o no valoró lo suficiente sus comentarios sobre la fuerza del campamento indio. Entonces, dividió las fuerzas entre el comandante Reno, el capitán Benteen y él mismo... Los historiadores no se ponen de acuerdo en lo que realmente ocurrió. Solo lo saben Custer y sus hombres si hubiera podido evitarse una tragedia así. Algunos dicen que Reno y Benteen deberían haber acudido en su ayuda, pero que los aislaron y no pudieron hacerlo.

–Reno sufrió un juicio militar, ¿no?

–No. Él mismo acudió a declarar, cansado de que se

dudara de él. Quedó libre de cargos. También Benteen fue exonerado de toda culpa en la muerte de Custer. Los rumores los persiguieron durante todas sus vidas

Meredith guardó silencio a partir de entonces. El contenido de las vitrinas la entristecía profundamente, tanto por los soldados como por los indios. Siempre le había sorprendido que Cy supiera tanto de la batalla. Tenían aquel interés en común, junto con muchos otros. Por fin, abandonaron el museo.

En el exterior, Meredith se fijó en que había unos indios vendiendo sus mercancías.

–Son cheyennes –dijo Cy–. Resulta irónico, ¿verdad? El campo de batalla está en territorio crow. En el pasado, los crow y los cheyennes eran enemigos a muerte, como los crow y los siux.

–Quedan tan pocos miembros de todas las tribus que ya no tiene sentido pelear. Les cuesta mucho mantener los pocos derechos que aún tienen y deshacerse de los especuladores que les quieren comprar las tierras. Ni siquiera pueden venderlas sin consentimiento del gobierno. Hay grupos trabajando en su favor en Washington, pero es un asunto muy complicado...

Se detuvo en seco. De nuevo, había estado a punto de revelar un secreto y decirle a Cy que ella financiaba uno de esos grupos.

Regresaron a Billings en silencio.

–Aún no has comido –comentó Cy cuando detuvo el coche delante de la casa de Meredith.

–No tengo hambre.

–Podría ir a comprar algo de cenar –insistió, tras apagar el motor–. Podríamos hablar un poco más.

El corazón de Meredith latía tan rápidamente... Recordaba tan bien la última vez que habían ido a visitar el campo de batalla y lo que había ocurrido después. Tenía que pensar en su nueva vida, en su hijo.

–Meredith...

La voz de Cy era de terciopelo. Prácticamente ronroneaba. La electricidad seguía presente entre ambos. El deseo no había desaparecido. Él era el único hombre al que había amado en toda su vida.

–Yo... Prepararé algo de comer –susurró. Sin embargo, el significado de lo que había dicho iba mucho más allá y él lo sabía.

Cuando los dos entraron en la casa y Cy cerró la puerta, pareció de repente que no habían transcurrido tantos años. Meredith estaba allí, no era un sueño. Las razones por las que no debía tocarla se desvanecieron como si se tratara de humo.

–Te deseo –susurró–. ¡Oh, Meredith, te deseo tanto!

Meredith empezó a temblar atenazada por su propia necesidad. Jamás había pensado en precauciones ni en consecuencias en lo que se refería a Cy. No importaba nada más que él y el amor que sentía.

–Yo también te deseo –admitió ella.

–No hay mañana, Meredith –dijo él–. No hay ayer. Solo el día de hoy.

–Sí –dijo Meredith suavemente. Entonces, Cy la tomó entre sus brazos.

8

En silencio, Meredith no hacía más que repetirse todas las razones por las que debía detener a Cy. Sin embargo, la boca de él se apoderó de la suya y se encajó perfectamente contra ella. De repente, fue como si los años volvieran hacia atrás y ella volviera a ser la muchacha con su primer amor, su único amor, entre los brazos.

–No te resistas –susurró él, tomándola en brazos–. No te resistas. ¡Te deseo tanto!

Cy la llevó sin esfuerzo al dormitorio y la tumbó sobre la cama. A continuación, se tumbó a su lado.

Era como la primera vez. Cy se movía con lentitud, con cuidado, con ternura infinita. Ella se rindió por completo tras una pequeña protesta y observó cómo él la iba desnudando. La miró atentamente, descubriendo las sutiles diferencias que había entre el cuerpo de la muchacha que había poseído y el de la mujer que tenía ante sus ojos. Frunció ligeramente el ceño y le tocó el vientre, donde se apreciaba una ligera cicatriz. Meredith había sufrido una cesárea para tener a Blake. Contuvo el aliento y se preguntó si Cy reconocería a qué se debía aquella intervención.

–¿Tuviste un accidente? –le preguntó suavemente.

–No. Es una operación. Yo... tuve un problema femenino –mintió.

–¿Te encuentras bien ahora? ¿Te has recuperado por completo?

–Sí.

Con la mano, Cy le trazó el vientre hasta llegar a los hermosos y rosados pechos, coronados de malva. Notó que se había incrementado su tamaño.

–Siempre fuiste muy hermosa –dijo–, pero eres mucho más voluptuosa ahora que entonces.

Cuando él comenzó a acariciarla, Meredith sintió despertar las sensaciones de entonces. Había transcurrido tanto tiempo...

Los minutos fueron pasando lentamente. Cy le devoraba ansiosamente los pechos, el vientre e incluso el interior de los muslos, excitando plenamente a Meredith. De repente, ella le agarró la camisa y se la quitó. Cy sonrió y colaboró a la hora de desnudarse. Era mucho más corpulento de lo que lo había sido entonces, mucho más atlético.

Cy sonrió cuando empezó a penetrarla.

–Es casi como si fuera la primera vez. ¿Es que tu último amante no estaba tan dotado como yo?

–No –respondió ella, sonrojándose ante la intimidad del comentario.

–Siempre encajé dentro de ti como si fueras un guante –susurró, mordisqueándole seductoramente el labio inferior–. Incluso la primera vez, cuando te hice daño. No dijiste ni una palabra. Jamás me dijiste que yo había sido el único hombre que habías conocido. A pesar de todo, yo lo supe de todos modos –añadió. Entonces, la animó a que separara las largas piernas un poco más–. Así, cielo. Trata de relajarte un poco. No quiero que te sientas incómoda.

–Ha... ha pasado mucho tiempo –susurró ella, mientras Cy la poseía sin dejar de mirarla a los ojos.

—Ya lo veo. ¿Quieres que me detenga y te excite un poco más? ¿Te resultaría así más fácil?

—No. Ya estoy bien.

Levantó un poco más las caderas e hizo un gesto de dolor al sentir cómo él la llenaba tan plenamente. Sin embargo, no se apartó. Se arqueó y empujó hacia él. Entonces, oyó el profundo gemido de placer que Cy exhaló cuando ella lo acogió plenamente. Antes de que Blake naciera, jamás había podido hacer algo así.

—Jamás... —susurró él—. Jamás antes había sido así...

El inesperado movimiento de Meredith lo sorprendió de tal manera que se vio presa de las convulsiones del placer. Se agarró con fuerza al cabecero de la cama y empujó con fuerza, ciego, sordo y mudo a todo lo que no fuera la agonía de su necesidad.

Meredith permaneció tranquila, observándolo, gozando al ver su placer. Sin embargo, en el último momento, Cy salió del interior del cuerpo de ella, librándola así de la posibilidad de un embarazo. Segundos más tarde, se desmoronó encima de Meredith, completamente empapado de sudor.

—No has tenido tiempo. Lo siento —susurró.

Meredith no respondió. Siempre había sido así. La necesidad lo empujaba de tal modo que le hacía perder el control. Sin embargo, siempre la compensaba. Era un hombre muy generoso.

Efectivamente, segundos más tarde, Meredith sintió los delicados labios de Cy sobre los pechos. No dejaba de besarlos, torturándolos hasta que los pezones se irguieron por completo. Siguió besándola y mordisqueándole la piel hasta que el deseo de Meredith volvió a despertarse. Al mismo tiempo, le colocó la mano en la entrepierna y encontró hábilmente el centro de su feminidad. Lo estimuló hasta que este se convirtió en una llama tan cálida que hizo que Meredith gritara de placer.

Estaba empezando a sentir los primeros temblores del orgasmo cuando sintió que él se colocaba encima de ella.

Se agarró con fuerza a él y abrió los ojos justo en el mismo instante en el que Cy la penetró con un firme y único pujo.

La sonrisa que tenía en los labios se convirtió en fuego cuando empezó a moverse dentro de ella. Meredith se aferró a él y se dejó llenar, luchando desesperadamente para alcanzar el orgasmo. Este llegó con la fuerza de una tormenta, levantándola y matándola con su cálido placer.

Se arqueó hacia Cy y emitió un sonido que no había pronunciado desde la última vez que hicieron el amor. Entonces, gritó de puro éxtasis al notar que sus músculos se atenazaban de pura tensión y se soltaban de repente como si fueran una goma elástica.

Sin saber por qué, se echó a llorar. Aquellas lágrimas reconocían la brevedad del paraíso, la negra angustia de volver a perderlo, el dolor de todos los años que había pasado sin él.

Cuando Meredith abrió los ojos, él estaba fumando un cigarrillo. Se cubrió con la sábana y se sentó en la cama. Se sentía barata y fácil. Se había entregado a él sin oposición alguna.

–No estás tomando la píldora, ¿verdad? –dijo él.

–No. No había tenido que hacerlo durante mucho tiempo.

–Ya lo he notado. Esta vez he evitado que te quedes embarazada, pero no te puedo prometer que me pueda volver a contener. Me aseguraré de llevar un preservativo de ahora en adelante.

–¿Toman la píldora el resto de las mujeres con las que estás? –preguntó ella con frialdad.

Cy se echó a reír. Entonces, se levantó de la cama y empezó a vestirse.

–Hoy en día las mujeres están más liberadas que los hombres. Normalmente, no tengo que preocuparme de tomar precauciones, aunque, en realidad, no sé si las habría tomado contigo. Jamás te dejé embarazada en los viejos tiempos, cuando no utilizábamos nada.

Meredith no se molestó en responder.

—Tal vez seas estéril —comentó él, aunque odió aquellas palabras en el momento en el que las pronunció. En realidad, no comprendía por qué.

—Sí, supongo que sí —dijo Meredith, disfrutando de una ironía que no quiso compartir con él.

—Al mismo tiempo, no deseo correr riesgos. No quiero hijos.

—¿Nunca? —le preguntó Meredith mientras él se abotonaba la camisa.

—No —respondió él, terminando de vestirse—. Los hijos suponen un compromiso. Ya te dije hace mucho tiempo que yo no buscaba compromisos.

—Lo recuerdo —susurró ella. ¿Qué había esperado? ¿Que cambiara en aquellos seis años?

—Y, aparentemente, tú tampoco los quieres. No te has casado.

—Me gusta estar sola —mintió. No quería decir que sí lo había estado.

—¿Sí?

Cy soltó una dura carcajada. Una parte de él estaba muy alegre al ver que Meredith seguía deseándolo, que su cuerpo revelaba el tiempo que había estado sin tener relaciones sexuales. Sin embargo, otra parte odiaba la facilidad con la que ella se había sometido, el modo en el que él mismo había reaccionado ante ella. Con Meredith no podía controlarse. Perdía la perspectiva. Era como un niño.

—Ahora que ya tienes lo que habías venido a buscar, ¿por qué no te marchas a tu casa? —le preguntó ella.

—Creía que me ibas a dar de cenar.

—Yo no tengo ganas de comer.

—Siempre tenías hambre después de que hiciéramos el amor.

—De eso hace mucho tiempo.

—Bueno, si has conocido a otros hombres en este tiempo, veo que no han dejado una profunda huella en ti. Te morías de ganas porque te poseyera.

–Eso también se podría decir de ti, ¿no te parece? ¡La primera vez ni siquiera pudiste contenerte!

El rostro de Cy se volvió completamente rígido. Sin decir ni una palabra más, se colocó el sombrero y se marchó.

–Vaya, vaya con el hombretón. Si no puedes soportar el calor, no te acerques a la cocina.

Se levantó y se dio una larga ducha para tratar de borrar el aroma de Cy, el tacto de sus manos. No pudo conseguirlo. Cy seguía odiando la idea del matrimonio y no quería tener hijos. Meredith no había esperado otra cosa, pero le dolía. Cy tenía un precioso hijo. Se preguntó cómo reaccionaría cuando supiera lo de Blake porque, inevitablemente, se iba a enterar de ello.

Lo que más le molestaba era la facilidad con la que se había entregado a él. Sin duda, Cy esperaría una sumisión fácil cada vez que le apeteciera. Iba a tratar de utilizarla una y otra vez. Ella tendría que dejarle muy claro que eso no iba a ser así. Aunque eso significara privarse del éxtasis que sentía a su lado.

Cuando Meredith fue a trabajar a la mañana siguiente, vio a Cy en el restaurante. La observaba orgulloso, como si fuera una posesión suya, con un deseo fiero y urgente.

Meredith se presentó ante él con un menú y su acostumbrada sonrisa.

–Buenos días, Cy. ¿Quieres pedir ya o prefieres que te dé unos minutos para que puedas estudiar el menú?

–Preferiría tenerte a ti que cualquiera de los platos que están en esta carta.

–Te recomiendo el jamón asado –dijo ella cortésmente, sin prestar atención a las connotaciones de la frase–. Y el café está recién hecho. ¿Te apetece que te traiga una taza?

Cy suspiró muy enojado. Así que esa era la actitud que iba a adoptar. Le entregó rápidamente el menú.

–Sí, tráeme una taza de café. Y tomaré beicon, huevos y tostadas.

–Sí. Enseguida.

Meredith le sirvió lo que había pedido minutos más tarde, tras haberle hecho esperar el café. Cy se sentía muy molesto y se le notaba. Se quejaba por todo, incluso sobre lo fuerte que estaba el café. Sin embargo, ella no dejó de mostrarse cortés y educada, aunque nada más.

Cy se marchó sin mirar atrás. Y, tal y como Meredith notó, sin dejarle una propina. Ella sonrió y siguió con su trabajo.

Aquella noche, llamó a Chicago y estuvo hablando con el señor Smith y con Blake. Echaba de menos su casa, especialmente después de lo que había pasado con Cy. Quería salir corriendo, pero no podía hacerlo.

El hecho de que alguien llamara a la puerta no la sorprendió. Había esperado que Cy tratara de volver a hablar con ella después de horas. Ella le dejó pasar y frunció el ceño al ver que él traía una enorme caja y la dejaba encima del sofá.

–¿Qué es eso?

–Algo para ti. Te voy a llevar a un baile benéfico mañana por la noche.

No lo iba a hacer, porque el señor Smith iba a acudir con unos contratos urgentes al día siguiente por la tarde. No obstante, no podía darle todos los detalles.

Abrió la caja y palideció al ver el vestido que él le había comprado. Era de un llamativo color cereza, con lentejuelas y sin espalda, con una abertura muy larga a un lado. Era la clase de vestido que se compraría para una amante, pero no para la mujer por la que tenía sentimientos de cariño.

–¿Estás tratando de darme un mensaje? –le preguntó, mirándolo.

Cy la miró de la cabeza a los pies. Parecía muy cansada, como si su trabajo la estuviera matando. Se aseguró que no podía ser. Después de todo, solo estaba sirviendo mesas. Desconocía lo que Meredith hacía después de su horario de trabajo.

–¿Te refieres al vestido? No es más que eso.

—Es un vestido muy caro. La clase de vestido que un hombre le compra a su amante para ir a bailar.

—¿Acaso no era eso lo que eras hace seis años? –le preguntó con voz insolente. Lo que ella acababa de decirle le hacía sentirse incómodo.

—Hace seis años yo estaba enamorada de ti –replicó ella–. Por eso me acosté contigo.

—Tonterías. Te gustaba mi dinero, el lujo de mi apartamento y las cosas bonitas que yo te compraba.

—Estás plenamente convencido de eso, ¿verdad?

—Ni siquiera eras una mujer adulta, cielo. Yo no esperaba amor por parte de una niña. Tu cuerpo era lo único que yo deseaba.

—Desgraciadamente, me lo dejaste muy claro. ¿Por qué no me dejaste en paz? No tenías nada que ofrecerme, pero me arrebataste todo lo que yo podía tener de valor. Mi amor, mi virginidad...

—Me lo entregaste todo porque quisiste –le espetó él–. Me lo diste con una pasión que me dejó sin aliento y sin que yo tuviera que pedírtelo. Aparte de desnudarte en público, hiciste todo lo posible por llamar mi atención.

Aquello era cierto. Meredith no pudo responderle porque ciertamente le había dado aquella impresión. Bajó los ojos y contempló el vestido en su elegante caja.

—La vida nos enseña lecciones muy duras –murmuró.

—¿Por qué no aceptas el vestido?

—Porque yo no soy tu amante.

Cy sonrió, pero sus ojos transmitían una mirada fría y enojada.

—¿No?

—No –replicó ella firmemente. La tranquilidad que había en su voz detuvo en seco a Cy.

—Me deseas.

—Por supuesto que te deseo, Cy –replicó ella–, pero soy lo suficientemente mayor como para tomar decisiones sensatas. Lo último que necesito es sacar del baúl una relación del pasado.

–¿Por tu maravilloso señor Smith? –preguntó él con un tono burlón de voz.

–No. Porque tengo demasiado orgullo. Tú me utilizaste una vez. No voy a permitir que vuelvas a hacerlo. Lo de ayer fue un accidente. Un error. Dejé por un instante que el pasado cegara el presente. Sin embargo, no volverá a ocurrir.

–Tú me deseas –insistió él.

–Supongo que te desearé siempre –confesó Meredith–. Tú y yo sufrimos de adicción mutua en la cama. Es una pena, porque no podemos hacer nada al respecto. Sin embargo, yo necesito mucho más que unas horas de pasión. En el pasado, era pura magia y yo no tenía que pensar en el futuro. Ahora sí.

–No tienes verdaderas ataduras –dijo, suavizando el tono de su voz–. Ni yo tampoco.

–Eres un Harden –replicó ella–. Tu madre me considera de una especie diferente. Ella volvería a separarnos, si tú no me dejaras de lado por una razón u otra. No hay futuro en lo que siento por ti, Cy. Tendría mejor suerte en lo que siento por el señor Smith.

–En primer lugar, mi madre jamás nos separó. ¡Lo hizo tu propia avaricia!

–Piensa lo que quieras, pero vete a tu casa –le espetó ella. Tomó la caja y se la entregó–. Y llévate eso. No tengo ningún lugar al que ir en el que me pueda poner algo tan llamativo.

–Tan elegante. Dios sabe que seguramente no hayas visto un vestido tan caro en toda tu vida y tú lo estás rechazando.

De hecho, Meredith había visto vestidos así de caros antes. Su armario estaba lleno de diseños originales que eran incluso más caros que el que ella le estaba devolviendo a Cy.

–Me gusta el regalo, pero no me gustan las ataduras que implica.

–Quién lo hubiera dicho. Orgullo de una mujer como tú –musitó.

Meredith se irguió. No le gustaba aquella insinuación.

–¿Acaso te sientes insultada? ¿Y por qué ibas a estarlo? Las mujeres que no tienen moralidad no pueden permitirse el lujo de tomarse demasiado en serio.

–Crees que me conoces muy bien –susurró ella con voz dura. Prácticamente estaba temblando de la ira.

–Te conozco de la cabeza a los pies –replicó Cy en un tono similar–. Dios mío, lo único que tengo que hacer es rozarte para que seas mía.

–Fuera de aquí.

–Es mejor que no vengas a ese baile conmigo –murmuró–. Probablemente no has adquirido modales en los últimos seis años. Estoy seguro de que ni siquiera sabes que tenedor utilizar en una mesa bien puesta o dónde poner la servilleta.

En aquellos momentos, Meredith estaba temblando de la ira.

–Te aseguro que sé dónde me gustaría poner uno de esos tenedores en estos momentos. ¡Fuera de aquí he dicho!

Cy dudó, aunque solo durante un instante. Entonces, lanzó una fría carcajada.

–Buenas noches, Meredith. Que duermas bien –dijo antes de marcharse y cerrar la puerta a sus espaldas.

Sin embargo, cuando estuvo en su coche e iba de camino a casa, se maldijo por todas las cosas que había dicho. No había nada que Meredith, igual que él, pudiera hacer cuando se tocaban, pero él la había hecho parecer una zorra. No había sido su intención hacer algo así, pero le había dolido mucho que ella lo rechazara. Había pensado que habían vuelto a empezar, pero Meredith le había dado con la puerta en las narices.

«Mejor», pensó, tratando de aliviar así su orgullo. Su padre le había demostrado que a un Harden no le resultaba posible serle fiel a una única mujer. Había visto cómo la vida de su madre quedaba destruida por la constante infidelidad de su esposo. Eso había cambiado su opinión del matrimonio, del amor. Nada duraba para siempre y mucho menos la atracción. Eso era lo único que había habido entre Meredith y él. Atracción.

Sin embargo, al recordar la pasión que los dos habían compartido, no le parecía así. La necesidad que los dos habían sentido el uno por el otro había durado muchos años y el modo en el que ella había vuelto a acogerle le había dejado atónito. Jamás había sentido con ninguna mujer lo que sentía cuando estaba con Meredith en la cama. Era como morir del modo más exquisito.

Gruñó al sentir que el placer se apoderaba de él. Iba a perderla una vez más y no sabía si podría soportarlo una segunda vez. Si por lo menos ella pudiera tolerar lo que había entre ellos sin promesas de eternidad... ¿No había comprendido ya que nada duraba para siempre?

No hacía más que pensar lo que ella le había dicho. No hacía más que insinuar que su madre había tenido algo que ver en la ruptura. Cy sabía que eso no era cierto. Su madre lo adoraba. Ella jamás haría nada que pudiera hacerle daño.

El vestido que llevaba en el asiento de al lado lo enojaba. Siguiendo un impulso, detuvo el coche en un puente, lo sacó de la caja y lo arrojó al río. Mientras observaba cómo se alejaba flotando sobre las aguas corriente abajo, se sintió como si estuviera viendo el pasado. No le debería haber dicho aquellas cosas a Meredith. Iban a hacer que todo resultara mucho más complicado.

Meredith estaba considerando sus opciones mientras estaba sentada sola en el sofá. Una parte de ella quería regresar inmediatamente a Chicago y tirarlo todo por tierra, pero no podía hacerlo.

Don le había dicho que estaban avanzando con sus contactos de la costa este. La ira que sentía por Cy le dio ímpetu a su determinación. Sacó la lista de contactos y vio que el cuarto nombre era el de un tío de Cy, uno de sus enemigos más acérrimos. Jamás había fingido sentir simpatía alguna por Cy. Por supuesto, ningún amigo podía ser mejor que un enemigo común, pero no sabía si podría confiar en aquel hombre hasta que lo conociera.

Tomó el teléfono y marcó un número. Dio un nombre falso y preguntó por las acciones que el anciano tenía. Por último, mencionó algo sobre una sorpresa que quería darle a Cy. El viejo le dijo poco, pero Meredith consiguió una reunión con él a la mañana siguiente muy temprano.

Cuando colgó el teléfono, pensó en la reunión que Cy había organizado con sus accionistas para dos semanas después. Si todo salía bien, ella iba a darle una gran sorpresa a él y a su madre.

No se lamentaba de ello. A lo largo de los años, los Harden le habían proporcionado mucho sufrimiento. Era justicia poética poder tener un papel muy activo en ver cómo lo perdían todo.

No obstante, le entristecía que Cy y ella no pudieran tener una relación permanente. Habría sido muy agradable para Blake, pero no iba a ser posible. Ya no habría más encuentros románticos entre ellos. Había llegado la hora y le quedaba muy poco tiempo para terminar de extender la red.

9

Lawrence Harden tenía setenta y dos años. Vivía en una casa situada en más de cuatro mil hectáreas de pastos en el sur de Montana. Dio la bienvenida a Meredith con una cortesía ya pasada de moda y le ofreció café y pastas.

–Ahora –dijo él, cuando estuvo cómodamente sentado en su mecedora y Meredith en el sofá–. ¿Qué desea usted saber sobre mi acciones?

Meredith sonrió. Iba vestida con un traje gris y una camisa azul. Llevaba el cabello recogido en una trenza que le caía por la espalda. Tenía el aspecto de la exitosa mujer de negocios que era. Notó que su aspecto le daba más puntos con el tío abuelo de Cy. Ya había contado con ello.

–¿Puedo confiar que no se lo dirá a Cy si se lo cuento? –preguntó sin andarse por las ramas.

–Por supuesto. Me gusta su sinceridad. Sí, claro que puede confiar en mí. Le doy mi palabra.

–En ese caso, le diré que voy tras la empresa de su sobrino –afirmó–. Lo quiero todo y estoy dispuesta a pagar mucho dinero por las acciones. Lo que no pueda comprar, deseo controlarlo a través de poderes.

—Y cuando tenga la empresa, ¿qué es lo que piensa hacer con ella?

—Incorporarla a la mía.

—¿Usted tiene su propia empresa? —preguntó, impresionado.

—Sí.

—Los tiempos cambian.

—Por supuesto —afirmó ella. Rápidamente pasó a describir lo que quería hacer con los contratos de minerales que tenía Cy y por qué los necesitaba.

—Entonces, no quiere venderlos. No es propio de él dejar pasar un negocio como ese. Ninguna empresa se puede permitir rechazar esa cantidad de dinero.

—Estoy segura de que tiene sus razones. Según tengo entendido, a la junta de accionistas tampoco le pareció correcto su línea de razonamiento. Sin embargo, yo necesito esos minerales y haré todo lo que esté en mi mano para conseguirlos.

—¿Por qué? —preguntó el anciano, frunciendo el ceño—. No se debe simplemente a negocios, ¿verdad?

—Usted sabe demasiado. No, también es un asunto personal. Su madre y él me hicieron mucho daño hace ya algunos años. Me echaron de la ciudad y me dejaron sola en el mundo.

—Tú eres Meredith, ¿verdad?

—¿Cómo lo ha sabido?

—Se enteró toda la familia de lo ocurrido, a pesar de los esfuerzos de Myrna por ocultarlo. Te tendió una trampa, ¿verdad? Myrna es una mujer fría y dura. Lleva toda la vida fingiendo ser algo que no es. Se casó con el padre de Cy, que era un *playboy*. Jamás ha amado a nadie a excepción de su hijo. Una mujer no debería ser tan posesiva con un niño. No puede acarrear nada bueno.

—Eso dicen —murmuró Meredith, pensando en lo protectora que era para con su propio hijo. En aquel sentido, odiaba comprender a Myrna Harden.

–Siempre supe que regresarías algún día. ¿Sabe Myrna que estás aquí?

–Sí. A pesar de que lo ha intentado, no puede comprarme.

–Es una mujer muy dura. Algún día pagará por lo que hizo. Sin embargo, eso no depende de ti, sino de Dios. Resulta muy peligroso tomarse la venganza por la propia mano de uno. Las consecuencias podrían volverse contra uno.

–Si puedo hacerme con sus acciones no –replicó ella, riéndose–. ¿Qué me dice?

–Muy bien –respondió él, tras considerarlo durante un minuto–. Puedes disponer de ellas.

–¿No se lo dirá a Cy o a Myrna?

–No. Cy habría sido mejor persona si Myrna no lo hubiera apartado de mí. Pensaba que yo no era lo suficientemente bueno como para asociarme con él. Vivo aquí, en el campo, tengo ganado y cosas así. En los viejos tiempos, los míos podrían haber comprado y vendido a los suyos. Ahora, soy una vergüenza para ella.

–Mi tío abuelo era indio –dijo Meredith con orgullo en la voz–. Tengo primos en la reserva y no me avergüenzo de ellos.

–Bien hecho. No hay que avergonzarse de las personas decentes, sean ricas o pobres. Es una pena que Myrna se haya hecho tan arrogante. Yo sé cosas sobre ella que Myrna no querría que se supieran. No siempre ha sido una dama rica de la alta sociedad.

–Se dice que los pecados acaban por pasar factura. Ya lo veremos.

–Muy bien. Te firmaré los papeles que quieres, pero te advierto que no trates de erigirte en juez. Uno termina pagando lo que hace.

–Eso lo sé muy bien.

Con el poder en la mano, regresó a Billings en el

coche que había alquilado. Había sido algo arriesgado hacerlo, porque seguramente Cy la estaba vigilando. Sin embargo, ya no le importaba. Tarde o temprano terminaría por descubrir su secreto.

Se cambió y se fue a trabajar. Allí, se enteró a través de uno de los ejecutivos de Cy que él se había marchado el día anterior y que no iba a regresar en una semana. Se había preocupado por nada. A Cy no le importaba lo suficiente como para que sintiera la necesidad de vigilarla. No sabía si sentirse aliviada o desilusionada por la noticia.

A la hora de almorzar, Myrna Harden entró en el restaurante y se sentó en una de las mesas que le correspondían a ella. Con la ausencia de Cy, parecía que se sentía lo suficientemente segura como para ir a ver a Meredith a su terreno.

Meredith se acercó a la mesa y le ofreció el menú con su habitual cortesía. Las manos de Myrna temblaban cuando lo tomaron.

–Solo quiero un café y un pastel de manzana –dijo, dejando el menú a un lado–. También quiero que me digas cuánto tiempo piensas quedarte. Sé que fuiste con Cy al campo de batalla el jueves. Regresó a casa muy disgustado y ayer se marchó sin decirme ni una palabra.

–Tiene treinta y cuatro años –replicó Meredith–. Creo que ya tiene la suficiente edad para marcharse sin pedir permiso.

Myrna la miró con una mezcla de odio y de súplica.

–Te daré lo que quieras si te marchas. ¡Lo que quieras! Mi hijo es lo único que me queda. Seguramente necesitas dinero. Aún eres joven y seguramente podrás encontrar a alguien de quien enamorarte. Te puedes casar y tener una familia. Yo te ayudaré a volver a empezar en otra parte.

–Es demasiado tarde para eso –replicó Meredith, sin inmutarse–. Ya conoce usted mis condiciones.

–No se lo puedo contar a Cy. ¡No puedo! Él me odiaría...

—Usted es su madre. No puede odiarla.

—Meredith, por el amor de Dios... No me hagas esto –suplicó Myrna con lágrimas en los ojos. Entonces, se agarró con fuerza al delantal de Meredith–. Es mi hijo. Solo quería lo mejor para él.

—Y yo no lo era.

—Tenías dieciocho años. Eras pobre. Yo quería una igual para él, alguien que pudiera reportarle estabilidad, seguridad y un futuro feliz. Él te deseaba, pero la lujuria le impidió ver lo que eras en realidad. No habría durado. Él estaba resentido contigo. No quiso comprometerse contigo, pero me dijo que tuvo que hacerlo para seguir viéndote, que solo estaba jugando contigo...

Meredith hizo un gesto de dolor y cerró los ojos. Siempre había dado por sentado que Cy la amaba. Ya lo sabía todo. Solo había sido deseo. Jamás había pensado en algo permanente entre ellos a pesar de lo que le dijo cuando le pidió que se casara con él.

—No me di cuenta de lo que había hecho hasta que fue demasiado tarde –prosiguió Myrna–. Unos detectives privados te estuvieron buscando durante más de un año, pero no pudieron encontrarte. De algún modo, te habría compensado.

—Hay cosas que no se pueden compensar.

—¿Tuviste al niño? ¿Lo diste en adopción?

Meredith no respondió. Se limitó a mirar a Myrna con el odio reflejado en la mirada.

—Tendrá que pasarse el resto de su vida preguntándoselo y ni siquiera entonces sabrá el infierno por el que tuve que pasar.

—No, supongo que no lo sabré nunca –dijo Myrna. Durante un instante, se reflejó en sus ojos algo parecido a la comprensión–. No debería haber venido. Sin embargo, Cy está sufriendo. Sufre de verdad. Si no sientes pena por mí, ¿no la puedes sentir por lo menos hacia él?

—La única razón por la que está sufriendo es porque le he negado mi cama –le espetó Meredith, viendo como la otra mujer se sonrojaba–. Jamás me amó. Solo era deseo, como usted misma ha dicho. Cuando me vaya, encontrará a otras mujeres –añadió con una fría carcajada–. Igual que hizo cuando me marché la primera vez.

–Desde que te marchaste, es un hombre muy diferente. Tantas mujeres... Te busca por todas partes y no puede encontrarte. Si hubiera permitido que te quedaras, tal vez se habría cansado de ti. Tal vez hubiera terminado por hartarse.

–Ya se había cansado de mí. Estaba buscando una razón para deshacerse de mí. Usted se la dio, eso es todo. Bueno, ¿quiere que le traiga algo? Mi turno termina dentro de veinte minutos y me espera un montón de trabajo en casa.

–Limpieza, supongo –replicó Myrna con una sonrisa–. Yo ya no tengo que hacer ese tipo de cosas, pero recuerdo... Bueno, si cambias de opinión, en lo de marcharte... Te podría dar veinte mil.

–Ya le he dicho que no puede comprarme.

Myrna se levantó de la silla.

–Eso es cierto. Era una de las cosas que más admiraba sobre ti. Yo fui como tú... una vez. Sigues enamorada de él, ¿verdad? –le preguntó, tras recoger el bolso–. Eso empeora la situación...

Se marchó antes de que Meredith tuviera tiempo de considerar aquella frase tan enigmática. Sin embargo, Myrna se había equivocado en aquella ocasión. Meredith no amaba a Cy. Lo odiaba. Durante el camino a casa, no dejó de repentirse esas dos palabras. Al llegar a la casa, vio que el señor Smith ya estaba esperándola con un montón de papeles.

–Eso es, mátame con un montón de informes, entiérrame en estadísticas –protestó ella, mientras el guardaespaldas colocaba todas las carpetas sobre la mesa.

–Tú eras la que quería ser la mejor ejecutiva –bromeó.

–Es cierto. ¿Cómo está mi niño?

–Te echa mucho de menos, por supuesto –respondió. Entonces, le entregó un sobre cerrado–. Don me dijo que te diera esto. Es el informe sobre los progresos que ha estado haciendo en la consecución de los poderes sobre las acciones. Me dijo que te comunicara que a Harden le han soplado lo de la OPA. Sabe que va a producirse y de dónde viene.

–¿Sabe algo sobre mí? –preguntó Meredith muy pálida.

–¿Y cómo iba a saberlo? –replicó el señor Smith–. Kip Tennison es tan solo un nombre para él, como lo es para la mayoría de las personas. Nadie sabe quién eres en realidad.

–Espero que tengas razón –afirmó Meredith. Abrió el sobre y leyó el listado de hombres y de poderes que Don había conseguido obtener–. Escribiré una nota para que se la lleves a Don. Yo he conseguido las acciones del tío abuelo de Cy. Creo que con eso nos va a bastar. Ahora, lo que necesito es que Don se dirija directamente a uno de los miembros de la junta de accionistas, el que se llama Bill. Va en contra de Cy. Don los conoce a todos. Yo aún no me atrevo a meter la nariz.

–¿Cuándo es la reunión anual?

–Faltan dos semanas –replicó Meredith, mientras escribía rápidamente la nota para Don–. La señora Harden ha estado haciendo todo lo posible por comprarme. Me ha ofrecido veinte mil.

–Calderilla, pero ella no lo sabe, ¿verdad?

–No. En realidad, casi lo sentí por ella. Cuando Cy se entere de lo que ha hecho, jamás la perdonará.

El señor Smith aceptó la nota que ella le había escrito a Don y la guardó en su maletín.

–No apruebas lo que estoy haciendo, ¿verdad, señor Smith?

–No. La venganza es algo ridículo y muy caro. Son sentimientos desperdiciados. Si obligas a esa mujer a contarle todo a Cy, destruirás la relación que tiene con su hijo. Además, le vas a quitar su empresa y a mandarle a hacer las maletas. Entonces, ¿qué?

–¿Qué quieres decir con eso?

–Cuando lo tengas de rodillas, ¿qué vas a hacer?

–Tendré la satisfacción de ver cómo su madre y él pagan por lo que me hicieron.

–¿Acaso crees que tú no hiciste nada? Saliste huyendo. No trataste de defenderte ni de enfrentarte a esa mujer. No le diste a Harden la oportunidad de saber lo de Blake o de que se arrepintiera de lo que había hecho. No estoy diciendo que Henry no te ayudara a ocultarte tras una cortina de humo, pero él tenía sus motivos para no desear que Harden te encontrara.

–Traté de hablar con Cy, pero él no quiso escucharme.

–Su madre no se lo permitió. Comprendo por qué quieres destruirla a ella, pero a mí me parece que ese Harden también es una víctima. Tiene un hijo de cinco años al que no conoce. Cuando lo descubra, si lo descubre algún día, es mejor que su madre y tú busquéis un hoyo en el que esconderos.

Meredith no se había parado a pensar en aquello. Trató de imaginarse cómo Cy se sentiría y se dio cuenta de que el señor Smith tenía razón. La absorción iba a ser la menor de sus preocupaciones si Cy se enteraba del embarazo que la había llevado directamente a los brazos de Henry Tennison. El hecho de que Henry hubiera adoptado legamente a Blake iba a ser otro punto de la contienda.

–Es mejor que te lo pienses muy bien antes de seguir adelante –le aconsejó el señor Smith–. Si deseas tanto esa empresa, tómala. Sin embargo, es mejor que dejes en paz el pasado, a menos que quieras sacrificar también a Blake. ¿O acaso no crees que Harden se enfrentaría contigo cuando descubra que tiene un hijo?

Por supuesto que lo haría. Meredith palideció. Si llegaban a los tribunales y él demostraba su paternidad, existía una posibilidad de que pudiera arrebatarle al niño. Myrna haría todo lo que estuviera en su mano para ayudarlo.

–¿Y qué voy a hacer? –le preguntó al señor Smith.

Él se acercó a ella y la miró con los ojos llenos de compasión.

–Marcharte mientras puedas.

–Lo he puesto todo en movimiento. No puedo detenerme ahora. Es demasiado tarde.

–Entonces, apártate hasta una distancia segura. Deja que el pasado muera.

Aquel pensamiento le provocaba náuseas. Su pasado era Cy. Iba a tener que marcharse de Billings para regresar a una vida que no suponía más que la adquisición de poder y riqueza. Había sido suficiente cuando la venganza la había empujado, pero después de escuchar las palabras del señor Smith, le parecía que le esperaba un enorme vacío, solo con Blake para poder mantenerse cuerda.

–Veo que te he disgustado. Lo siento –susurró el señor Smith, acariciándole suavemente el cabello, algo que raramente hacía–. Kip, no quiero ver cómo te destruyen. Has subestimado a Harden desde el principio. Él no es ningún estúpido. Márchate.

–Muy bien. Puedo utilizar los poderes para obligarle a cedernos esos minerales, amenazarle con la absorción y llevarla a cabo si tengo que hacerlo, pero dejaré a Myrna en paz.

–Buena chica. Las personas pagan sus errores. Si se hace sufrir a alguien, se termina sufriendo tarde o temprano.

–¿Termina alguna vez el sufrimiento? –se preguntó Meredith, recordando el amor que sentía hacia Cy y sabiendo que él no la amaba a ella.

–No lo sé –replicó el señor Smith. Entonces, se levantó y se dirigió a la puerta–. Creo que no. Come un poco más. Estás perdiendo peso.

–Estoy cansada –admitió ella–. Dos trabajos al mismo tiempo podrían dejar a la mayoría de la gente en los huesos.

–Podrías dejar el restaurante.

–¿Y quedarme sin el salario mínimo? ¡Ni hablar!

El señor Smith se echó a reír.

–Muy bien. Ya no te daré más consejos. Me mantendré en contacto.

–Gracias, señor Smith.

–Tú eres la única familia que tengo –respondió él, encogiéndose de hombros–. Tengo que cuidarte.

Cuando él se marchó, Meredith tuvo que reprimir las lágrimas. El señor Smith la apreciaba mucho. Esa era la única razón por la que ella no le había quitado la palabra cuando él le señaló la locura que estaba a punto de llevar a cabo.

Cerró la puerta y regresó al salón. El estómago se le había hecho un nudo al darse cuenta de las consecuencias que podría sufrir por lo que iba a haber hecho. No podía arriesgarse a perder a Blake. Cy podía ser muy cruel. No le importaba dar golpes bajos. Myrna se lo había enseñado a hacer.

Al recordar que Myrna ni siquiera sabía de la existencia de Blake, comenzó a tranquilizarse. En el peor de los casos, siempre podía marcharse del país. No tenía que preocuparse de la custodia mientras tuviera medios económicos para defenderse y así era. Henry se había ocupado de ello.

Sonrió aliviada. Había sufrido un ataque de pánico. No había razón para preocuparse. Todo saldría bien.

Estuvo trabajando gran parte de la noche. Al día siguiente, llamó a casa para hablar con Blake y se metió en la cama muy tarde, aunque casi no pudo dormir.

El domingo, se despertó casi a mediodía. En Chicago, llevaba con frecuencia a Blake a la iglesia, pero no había asistido a ninguna misa desde que llegó a Billings. Le resultaba turbador entrar en una iglesia cuando estaba pensando solo en vengarse.

Estaba terminando de peinarse cuando oyó que alguien llamaba a la puerta trasera. Se quedó completamente inmóvil, preguntándose si podía negarse a abrir. Cuando insistieron, tuvo que ir a abrir a pesar de que ya sabía de quién se trataba.

—Es domingo —dijo Cy con un gesto de crueldad en los labios—. No vas a la iglesia —añadió. Evidentemente, él sí que había estado porque iba muy elegantemente vestido con su sombrero vaquero y botas.

—¿No está tu madre contigo?

—No. La mandé a casa con una de sus amigas. ¿No me vas a ofrecer una taza de café? —le preguntó con un gesto de pura malicia.

—Café es lo único que tengo —replicó con voz firme, a pesar de que las rodillas le temblaban—. Entra.

Cy tomó asiento mientras ella se ponía a preparar el café. Al final, puso dos tazas en la mesa.

—¿Estás buscando algo? —preguntó, al ver que Cy no dejaba de mirar a su alrededor.

—En realidad no. Eres una buena ama de casa. Siempre lo fuiste. Mary te enseñó bien.

—También me enseñó cómo cocinar. Pareces muy cansado —dijo ella, tras mirarle más atentamente al rostro.

—No puedo dormir —respondió él con una amarga sonrisa—. No hago más que pensar en ti.

—No es más que deseo —afirmó ella, apretando los dientes—. Nada más. Ya lo sabes.

Cy lanzó un suspiro. Entonces, sacó un paquete de cigarrillos y encendió uno. Entonces, se guardó el mechero rápidamente, pero Meredith lo reconoció. Era uno que ella le había regalado mientras estuvieron juntos hacía seis años. Era muy barato, porque entonces no tenía mucho dinero. Resultaba sorprendente que siguiera utilizándolo, aunque no fuera consciente de su significado.

—Aún te sonrojas. En el pasado eras muy tímida. Toda inocencia y generosidad.

—Demasiado ignorante y estúpida —le corrigió ella con una amarga sonrisa—. Hábitos que tú te encargaste de corregir.

—El sarcasmo no te sienta bien.

—Te sorprendería de lo letal que puede ser como arma en el contexto adecuado.

—A veces te conviertes en un anacronismo. Me da la impresión de que no te conozco.

—¿De verdad? Tal vez haya cambiado.

—Por supuesto que has cambiado, Meredith, de un modo que no puedo comprender —dijo él, lanzando el humo entre los labios—. Jamás te hablé de mi padre —añadió de repente—. Era solo dos años mayor que mi madre, un astuto hombre de negocios con buen ojo, según decían. No había nada que él no fuera capaz de hacer para conseguir dinero. Estaba decidido a morir siendo un hombre rico. No comprendes por qué te estoy contando ahora esto, ¿verdad? —añadió, tras contemplar el rostro de Meredith—. Lo comprenderás. A mi padre no le parecía mal acostarse con la esposa de un ejecutivo para tener más enchufe con él. Era capaz de cualquier cosa, lo que fuera, por salir adelante. No le importó lo que su actitud pudiera hacerle a mi madre.

—Ella permaneció a su lado.

—En su día, las mujeres ricas no trabajaban. El divorcio era una vergüenza. Creo que mi madre no quería a mi padre. La familia de ella era muy pobre y ellos la animaron a irse con mi padre cuando vieron que él estaba interesado. Aparentemente, no era muy diferente de las otras mujeres porque yo nací un mes antes de tiempo.

Meredith se quedó asombrada. De algún modo, no se podía imaginar a la siempre digna Myrna Harden quedándose embarazada fuera del matrimonio.

—Mi padre tuvo una amante detrás de otra a lo largo de toda su vida. Se murió en brazos de una de ellas. Todo el mundo lo sabía. El escándalo estuvo a punto de destruir la vida de mi madre. El daño que mi padre le hizo a su orgullo duró casi veinte años.

—Por eso no te has casado nunca, ¿verdad? —dijo ella.

—En realidad, no. Jamás encontré a ninguna mujer con la que quisiera pasar el resto de mi vida —afirmó con intención, sin dejar de observarla a ella–. Sin embargo, he aprendido que la fidelidad no existe. Creo que no podría sentar la cabeza aunque solo pensar en el compromiso no me resultara repulsivo.

–Entiendo –susurró Meredith, bajando los ojos.

–Nunca antes te hablé de esto. Entonces, solo eras una niña. Eras demasiado joven para comprender lo cruel que puede ser la vida. Tú buscabas un final feliz.

–Mientras que tú solo querías sexo sin ataduras –comentó ella, llena de cinismo–. Que poco comprensivo por mi parte. Por supuesto, por eso me pediste que me casara contigo –añadió, sorprendiéndolo–. Porque sabías que me negaría a seguir viéndote si me enteraba de que lo único que tú buscabas era una aventura.

–Eras especial, más de lo que te imaginas...

–Sin embargo, no tenías nada que darme. Todos estos años te he culpado por el modo en el que me trataste, por haberme convertido en poco más que un objeto sexual. En todo este tiempo, no he tratado de ver las cosas bajo tu punto de vista. Yo solo era una chica sin educación, sin modales y, aparentemente para ti, sin moralidad. No habría encajado en tu mundo ni en un millón de años.

–Igual que ahora –le espetó él–. Lo siento. No quería sonar superior, pero tú no tienes ni idea de mi estilo de vida, de cómo vivo normalmente. Tú eras cálida y dulce y te deseaba. Aún te deseo. Eso no terminará nunca. Sin embargo, no tengo más propensión al matrimonio ahora de la que tenía hace seis años. No quiero ataduras ni permanencia. Quiero mi libertad más que nada. Incluso más de lo que te deseo a ti.

–Comprendo.

–¿No tienes nada que decirme?

–Tampoco tengo nada que darte, Cy –replicó ella, encogiéndose de hombros–. Nada más que lo que tuvimos el otro día y se trata de algo completamente inútil. Soy demasiado mayor para esa clase de relación.

–Sí...

Estuvieron en silencio varios minutos. Meredith se sentía carente de todo sentimiento. Cy se lo había robado todo. No sabía qué decir. Cy acababa de decir que no sentía por ella nada más de deseo, un deseo que dejaba en el pasado, donde debía estar, y que jamás podría sentar la cabeza. Meredith se lo había imaginado, pero no había querido creerlo. Sus sueños secretos de formar una familia con Cy y Blake acababan de morir ante sus ojos.

Al ver su tristeza, Cy se sintió culpable. Estaba tratando de luchar contra ella, tal y como lo había hecho seis años atrás. Sabía que Meredith podría adueñarse de él tal y como lo había hecho en el pasado. Tenía que evitarlo porque ella se podía convertir en su vida. La había perdido una vez y había estado a punto de morir entonces. Ya no podría prescindir de ella, por lo que era mucho mejor no empezar algo que no se podría terminar. Meredith jamás podría encajar en su mundo.

—Quiero que comprendas —dijo él de repente—. No debería haberte obligado a meterte en la cama conmigo aquella tarde que fuimos al campo de batalla. Yo no tenía ningún derecho.

—No fue solo culpa tuya —afirmó ella—. Yo también lo deseaba. ¿Te importaría darle a tu madre un mensaje de mi parte? —añadió. No podía evitar sentirse algo culpable de lo que estaba planeando para él. Su venganza, que tan dulce le había parecido hacía un mes, se estaba volviendo más amarga a cada minuto que pasaba.

—¿De qué se trata? —preguntó él, extrañado.

—Dile que no tiene nada de lo que preocuparse. No preguntes de qué se trata. Es algo personal. Díselo. Ella lo comprenderá —concluyó. Se puso de pie. Tenía un aspecto elegante y frágil—. Adiós, Cy.

Él se puso también de pie.

—He perdido el paraíso —susurró—. Me arrepentiré toda la vida, pero sería una insensatez invitar de nuevo a la locura.

—Tienes razón —afirmó Meredith. Entonces, lo acompañó hasta la puerta–. Yo... no estaré aquí durante mucho tiempo más.

–¿Adónde irás?

–Aún no lo he decidido.

–¿Te marcharás con el hombre que te espera en Chicago?

–¿Y por qué no? –replicó ella con ironía–. Hay hombres en el mundo que desean algo permanente.

–Idiotas.

–No. Simplemente hombres corrientes que están cansados de vivir solos.

–Yo no tengo por qué estar solo, cielo –dijo él con una fría sonrisa–. Lo único que tengo que hacer es chascar los dedos.

–Lo sé. Mientras el dinero te dure, no pasará nada. Sin embargo, ¿quién acudiría a tu lado cuando estuvieras enfermo si no tienes dinero? ¿Quién te leería si te quedaras ciego o te tomaría la mano si te estuvieras muriendo?

Cy cerró los ojos brevemente. Casi no podía soportar el dolor. Meredith habría hecho todas esas cosas porque lo amaba. Sin embargo, no podía corresponderle del mismo modo. No se atrevía...

–Tengo que marcharme –anunció con voz firme.

No miró hacia atrás. Se dirigió directamente al coche y se metió en él. Meredith observó cómo se marchaba antes de cerrar la puerta. Suponía que debería estarle agradecida por haberle dado la posibilidad de romper con el pasado. A partir de aquel momento, podía seguir con sus planes, con su vida, sin seguir soñando sueños imposibles. Acababa de darse cuenta de lo imposibles que habían sido.

Necesitaba desesperadamente marcharse durante un par de días. Además, tenía reuniones con clientes que no podía posponer. Llamó a la señora Dade a su casa y le pidió que le diera el lunes libre para poder ocuparse de la venta de la casa de su tía. No era cierto, pero sirvió para evitar que tuviera que ir a trabajar.

Minutos más tarde, llamó para que le enviaran el avión a recogerla. Se puso la peluca y el abrigo dos horas más tarde, llamó a un taxi y ya estaba esperando en el aeropuerto cuando el avión llegó. Aquella misma tarde estaba en su casa con Blake entre sus brazos. Al menos, así tenía tiempo para aceptar el rechazo de Cy. Y pensaba aprovecharlo todo lo que pudiera.

10

Aquella noche, Blake estaba sentado en el regazo de su madre mientras ella veía por televisión las noticias de economía. Su hijo. Solo con mirarlo, se sentía cálida y femenina. Cy le había dicho que no quería tener hijos. Una pena. Él jamás conocería la alegría de ver generaciones de su familia en el rostro de Blake ni de verse amado por el niño.

—Mamá, ¿por qué tienes que ver eso tan aburrido?

—Mi niño —comentó ella entre risas—. Eso tan aburrido me ayuda en mi trabajo.

—¿Eres un hombre de negocios?

—No. Soy una mujer de negocios —le corrigió ella—. Ya lo sabes.

—Supongo que sí. He sacado un diez en ortografía —dijo—, pero le tiré un bloque a Betty y tuve que ir al despacho para hablar con el señor Dodd.

—¿Llamó él aquí?

—Sí. Llamó al señor Smith. Él dijo un par de palabras feas y le soltó al señor Dodd que si Betty me volvía a pegar, yo tenía su permiso para tirarle otro bloque. También le dijo al señor Dodd que si me volvía a regañar por defenderme, él le daría al señor Dodd un buen bocadillo de nudillos. Al día siguiente, el señor Dodd estaba muy nervioso.

Meredith tuvo que ahogar una carcajada. El señor Smith ejercía aquel efecto en la mayoría de las personas.

–A pesar de todo, no deberías pegar a nadie.

–¿Por qué no si me pegan a mí primero?

En aquel momento, el teléfono empezó a sonar, librando a Meredith de tener que encontrar una respuesta. Smith asomó la cabeza por la puerta.

–Es McGee. Quiere saber si estarás en el despacho mañana.

–Dile que sí y pregúntale... No importa. Ya se lo preguntaré yo. Volveré dentro de un momento, hijo.

–Claro –repuso el niño, sabiendo que no sería así.

A la mañana siguiente, estaba en el despacho antes de que abriera oficialmente. Utilizó su llave para entrar. Por su aspecto, parecía la ejecutiva que en realidad era con su traje oscuro, blusa blanca y zapatos muy elegantes. Se sentó a su escritorio y empezó a leer los informes que tenía encima. Mientras trabajaba, no podía dejar de pensar en el pequeño discurso que le había echado Cy. En resumidas cuentas, la dejaba porque no podía consentir que ella fuera la dueña de su mundo. Se permitió una sonrisa. ¿Qué diría Cy cuando descubriera que tal vez fuera él quien no encajaba en el de ella?

La posibilidad de que él se negara a cederles los contratos de minerales y que hubiera que absorber por completo su empresa empezó a preocuparle. ¿Lo haría solo por venganza o por el bien de su propia empresa? Si tenía que obligar a Cy a renunciar a la empresa que era su vida entera, ¿podría cargar con esa culpa? Don le había dicho que podrían conseguir aquellos minerales en otra parte, y probablemente así era. Sin embargo, los costes se incrementarían espectacularmente, sobre todo en transportes. Ese esfuerzo podría terminar pasándoles factura a ellos. Don no lo sabía, pero Meredith sí. No había dejado ningún cabo suelto en aquel proyecto. Efectivamente, no le quedaba más remedio que seguir adelante con su plan.

McGee llamó a la puerta y entró en el despacho, cerrando la puerta a sus espaldas.

–¿Cuánto tiempo vas a quedarte aquí?

–Solo hoy. Tal vez mañana si llamo para decir que estoy enferma. ¿Qué es lo que querías?

–Saber si te has dado cuenta del tiempo que tu cuñado se pasa en este despacho y lo que está sacando de tus archivos.

–¿Sabes lo que estás diciendo?

–Por supuesto. Te estoy diciendo que Don Tennison está trabajando en tu contra a cada oportunidad que tiene. Con esta pelea que has entablado con Harden Properties, le has puesto un arma en las manos y te va a destruir con ella si no tienes cuidado.

Meredith entornó los ojos. Acababa de comprobar que sus sospechas no eran totalmente infundadas.

–Cuéntamelo todo.

–Se ha aprovechado de tu ausencia y les ha dicho a los clientes que estás de vacaciones. Ha desviado varios asuntos a su propio despacho, ha convencido a tu antigua secretaria para que se vaya a trabajar con él y, en su tiempo libre, está cultivándose a tus ejecutivos en fiestas. Además, ha ido hablando con todos los accionistas de Harden Properties, no solo con los que tú le pediste que contactara.

–Me pregunto con qué fin.

–Creo que lo sabes. Nosotros creemos que va a pedir un voto de «no» confianza para ti en la próxima reunión de accionistas.

–¿Crees que lo conseguirá?

–De mí no. Los beneficios que has reportado a la empresa resultan difíciles de ignorar, aunque este asunto de los minerales no esté muy claro. Estoy contigo. Y también cinco de los otros. Sin embargo, Don tiene mucho peso con algunos de los restantes y lo está ejerciendo. Ten cuidado.

—Lo haré —dijo, poniéndose de pie—. Esos minerales son necesarios, ¿sabes? He estado trabajando en un informe que explica mi posición. Te lo dejaré y asegúrate de que todo el mundo tenga una copia. No quiero que nadie piense que solo busco venganza. Tenía razones personas para querer echar a Cy Harden, pero ya están superadas. Ahora, se trata estrictamente de negocios. El coste de transportar los minerales que necesitamos de otros estados sería exorbitado. Además, Harden no tiene razones legítimas para negarme esos contratos y sus directores lo saben. Si puedo conseguir que se deshaga de ellos, lo haré. Con Don o sin Don.

—Bien dicho —afirmó McGee con una sonrisa—. Jamás creí que te interesara la venganza. Eres demasiado sensata —añadió. En silencio, Meredith dio las gracias porque McGee no lo supiera todo—. Has perdido un poco de peso, ¿no?

—Probablemente. Siempre me ocurre con el frío. Tráeme las cifras de la fusión con Camfield Computers, ¿quieres?

—No puedo. Las tiene Don.

—Pero si le estamos proporcionando personal de apoyo. Tenemos todo el derecho del mundo a tener acceso a los detalles del contrato.

—Veré lo que puedo hacer —dijo McGee—. No sabes lo mucho que se ha implicado en todo lo que hacemos aquí. Tu ausencia, aunque necesaria, le ha dado la oportunidad que necesitaba para venir aquí y meter la nariz en todas partes.

Meredith contuvo el aliento. Se trataba de una red en la que ella y las personas que trabajaban para ella se encontraban atrapadas. Don la había tejido muy hábilmente.

—En ese caso —afirmó—, suponte que descubrimos exactamente lo que sabe y le tendemos una trampa.

—Cuéntame más —le pidió McGee, mucho más alegre.

—Espero que sigas soltero.

–¿Cómo dices?
–¿Sigues soltero?
–Bueno, sí...
–¿Sigue bebiendo los vientos por ti la secretaria personal de Don?
–Dios mío... No me puedes pedir que haga eso.
–Claro que puedo. Haz unas reservas en el mejor club que puedas encontrar y sonsácala. Te dirá todo lo que sepa.
–Eso no me parece muy ético.
–No lo es, pero tampoco que Don esté tratando de echarme de mi propia empresa. El fuego se combate con fuego. Hazlo.
–Muy bien. ¿Qué más?
–Realiza una lista alternativa de todos los socios de Harden Properties y ve a ver personalmente a los que vivan en Chicago. Cena con ellos, muéstrales los beneficios que podemos darles. Sin embargo, no se lo digas a Don. Yo haré lo mismo en Billings. Encuentra otra persona en la que puedas confiar y adjudícale otros accionistas. Vamos a tener que darnos prisa, pero creo que lo conseguiremos a pesar de los intentos de Don por interferir. ¿Estás tú conmigo?
–¡Qué pregunta más estúpida! Aquí estoy, dispuesto a sacrificarme con esa Sanderson por la empresa y tú cuestionas mi lealtad. ¿La has visto?
–Sí –admitió Meredith–. Y admiro tu coraje.
–Bien. ¿Algo más?
–Nada. Gracias, McGee.
–De nada.

Meredith se pasó el resto del día hablando por teléfono con clientes y colegas. Cuando llegó a casa, Blake ya estaba en la cama. Lo peor de todo era que se le había olvidado llamar a la señora Dade. Podría hacerlo a la mañana siguiente. Se metió en la cama y se quedó dormida antes de tocar la almohada.

El día siguiente fue una repetición del anterior. Convenció a la señora Dade de que estaba medio muerta por un virus y le suplicó a la buena mujer que no mandara a nadie a verla dado que era terriblemente contagioso. Como tenía una buena excusa, disponía de dos días más. Por lo que había sido capaz de sacarle a la mujer, Cy seguía fuera de la ciudad. Todo bien.

Al final del tercer día estaba completamente agotada. No le ayudó en nada que Don pasara por la casa aquella tarde para que ella le firmara otro contrato que debería haber sido ejecutado por el departamento de Meredith.

–Esto ocurre con mucha frecuencia, ¿no? –le preguntó, después de firmar el contrato.

–¿El qué? –preguntó Don, inocentemente.

–El hecho de que tú negocies contratos de empresas nacionales.

–No has estado aquí –respondió él, encogiéndose de hombros–. Solo estaba tratando de darle salida al trabajo.

–La junta de Harden se reúne la semana que viene. Te espero allí. No me desilusiones. Y, mientras tanto, todo lo que surja a nivel nacional tiene que ser supervisado por mí, por mi equipo. Espero que se me consulte, aunque solo sea para comprar papel higiénico para los porteros de una pequeña firma de ordenadores, ¿de acuerdo?

Don ya había tenido algunas oportunidades de ver a Meredith enojada. Notó el hielo en su voz y en sus ojos. Pensó que, al menos, no tenía ni idea de lo que estaba intentando hacer. Tenía garantías de varios accionistas de Harden e iba a conseguir más. De hecho, incluso había hablado con Cy Harden, le había prevenido sobre la absorción y le había ofrecido su ayuda. Cy no sabía nada sobre Meredith. Don no se había atrevido a divulgar aquel punto, pero Harden había accedido a cooperar. Aquella sería su caía. Don tenía intención de terminar echando a Harden de su empresa. Así, tendría el control de la empresa, y con los suyos en los puestos directivos, contaría con los contratos de minerales. Entonces, cuando pudiera demostrar que Meredith había ido a por Harden para vengarse, tendría también la cabeza de su cuñada. Terminaría siendo dueño de todo. Lo único que tenía que hacer era conseguir que Harden y Meredith desconocieran sus planes durante un poco más de tiempo.

–Está muy claro –afirmó–. Trataré de no volver a excederme en mis límites.

–Así lo espero.

Aquella noche, cuando le dijo a su hijo que tenía que volver a Billings, el pequeño empezó a gritar.

–Ya casi he terminado –le dijo, secándole las lágrimas–. Además, el señor Smith y tú vais a venir conmigo. Nos marchamos a primera hora de la mañana.

–¿De verdad que me marcho yo también? –preguntó el niño, completamente incrédulo.

Meredith no había tenido intención de llevarse a su hijo. Tenía miedo de que Myrna Harden o un vecino lo vieran. Que lo viera Cy. Sin embargo, su hijo estaba muy disgustado y no podía consentirlo. Decidió que iría dos días más a trabajar y que, después, le contaría su pequeña sorpresa a Cy. Y también a Don. Había hecho sus deberes y estaba segura de poder soportar bien la prueba.

Horas más tarde, el señor Smith, con Tiny en un transportín, Blake y ella se montaron en el avión de Tennison. La trampa estaba preparada. Lo único que Meredith tenía que hacer era esperar que cayera la presa.

11

El fin de semana pasó muy lentamente. Meredith estuvo dos días trabajando en el restaurante. Después, regresaba a la casa de su tía por las tardes. El señor Smith se ocupaba de organizar las comidas y la casa y de ocuparse de Blake.

Mantener ocultos al señor Smith y al niño en la casa era lo más difícil. El coche de alquiler tenía que aparcarse lejos de la casa. Blake solo podía jugar en el jardín trasero, que tenía una valla muy alta y contaba con gran intimidad. Ni siquiera se podía asomar por la ventana. Eso provocaba que las cosas resultaran muy difíciles, pero Meredith estaba tan contenta de tenerlo a su lado que no le importaba.

Mientras tanto, seguía trabajando en el restaurante y en su escritorio por las noches, coordinándose constantemente con McGee. A pesar de tanto ajetreo, tener a Blake a su lado, poder leerle cuentos y jugar con él le proporcionaba una intimidad con su hijo que estaba disfrutando plenamente. No dejaba de preguntarse cómo sería vivir allí, criar a su hijo en aquel lugar tan maravilloso.

Por suerte, Cy no se había presentado en el restaurante desde que ella había regresado. Sin embargo, Myrna apareció el sábado. Meredith tuvo que esforzarse mucho para disimular que todo iba bien. No obstante, la mujer, que siempre se mostraba desafiante, tenía un aspecto asustado.

–¿Por qué has cambiado de opinión? –le preguntó en cuanto ella se acercó a la mesa.

–Porque Cy ya no me desea –respondió Meredith, sin andarse por las ramas. No podía admitir los temores que tenía sobre lo que podría ocurrir si Cy descubriera la existencia de Blake.

–Está muy raro –comentó la mujer–. Y esta última semana es mucho peor. Me mira, pero no me ve. No escucha lo que le digo. Me dijo... me dijo que te contó lo de su padre.

De eso se trataba. Myrna tenía miedo de que Meredith pudiera hablar y dañar así el impoluto apellido de los Harden.

–No tiene que preocuparse –le dijo Meredith, muy fríamente–. Los secretos de su familia no me interesan lo suficiente como para chismorrear sobre ellos.

Myrna frunció el ceño ligeramente y levantó la mirada.

–¿Acaso no es eso por lo que ha venido? –le preguntó Meredith–. ¿Para asegurarse de que yo no iba a decir nada?

Myrna abrió la boca para hablar, pero, antes de que pudiera hacerlo, Cy entró en el restaurante con su pelirroja del brazo. Se obligó a parecer completamente enamorado de Lara mientras la conducía a la mesa en la que su madre estaba sentada. Myrna pareció tan sorprendida como Meredith, aunque esta última no se dio cuenta.

–Aquí estás –dijo Cy, mirando a su madre–. Tenías que almorzar con Lara y conmigo en la casa. La comida está esperando.

–¡Oh! –exclamó Myrna. Era la primera vez que se le

olvidaba algo así. En realidad, aquella Lara no le parecía mucho mejor que Meredith. Tenía dinero, pero carecía de educación y de buenos modales.

Meredith observó con un gran peso en el corazón cómo los tres se marchaban. Bueno, sabía que Cy estaba saliendo con Lara. ¿Por qué tenía que sentirse herida? Además, ella tenía cosas mucho más importantes en la cabeza.

Alegó un dolor de cabeza y se marchó del restaurante. Ya no importaba que la señora Dade la despidiera. De todos modos, aquel era su último día en el restaurante. Solo había aguantado hasta entonces para acallar sospechas en aquel momento tan delicado.

En la elegante casa de los Harden, Cy acomodó a Lara al lado de su madre y se sentó. Las doncellas empezaron a servir la comida mientras Lara se quejaba de lo flojo que era el café.

–¿Por qué estabas en el restaurante? –le preguntó Cy a su madre–. ¿Sigues intentando protegerme?

–No, yo...

–Creía que íbamos a ir al ático para almorzar –musitó Lara, ignorando la conversación que estaba teniendo lugar–. Además, no mencionaste que íbamos a venir aquí hasta que viste el coche de tu madre en la ciudad.

Myrna se quedó atónita. Entonces, no se había olvidado. Se preguntó cuáles eran los motivos de Cy y se preguntó si el hecho de que Meredith lo viera con Lara había tenido algo que ver.

–No importa, cielo –le dijo él a la pelirroja–. Respóndeme –le espetó a su madre–. ¿Por qué estabas en el restaurante? ¿Qué me estáis ocultando Meredith y tú?

–Solo quiero una ensalada –le pidió Lara a una de las doncellas–. Con aliño de queso azul, pero no lo quiero encima de la ensalada. Y quiero Perrier para beber.

–Te vas a morir de hambre solo con eso –comentó Cy.

—Y tú vas a engordar con eso —replicó ella, señalando la carne con patatas y judías—. La carne de buey es muy mala. No deberías comerla.

—¿Te has olvidado de que soy el dueño de un rancho? —preguntó él, apretando los dientes.

—Es una crueldad. Me apuesto algo a que marcas el ganado. Yo pertenezco a varias organizaciones de derechos para los animales y....

—Ahora no —le ordenó él. La amenaza que vio en sus ojos hizo que Lara se detuviera en seco—. Y no me hables así. Ya no soy ningún niño.

—Sí que lo eres —ronroneó ella.

Myrna parecía completamente escandalizada.

Cy miró a Lara lleno de ira. No había tenido intención de llevarla a la casa. Ni siquiera al restaurante. Había querido que Meredith pensara que estaba teniendo una aventura con ella, pero no era cierto. No había tocado a ninguna mujer desde que Meredith había regresado a Billings. No podía. Sin embargo, no estabas dispuesto a admitirlo aunque se lamentaba profundamente de lo que le había dicho a ella. En lo único en lo que podía pensar era en cómo se iba a sentir cuando ella volviera a salir de su vida. Había llevado a Lara al restaurante en un último intento por dilucidar los sentimientos de Meredith, para ver si ella aún sentía algo por él a pesar del daño que él le había hecho. Si hubiera visto una indicación de interés, un gesto, lo habría dejado todo a un lado para darle a su relación una verdadera oportunidad. Sin embargo, Meredith ni siquiera parecía haberse fijado en que Lara lo acompañaba.

La fría mirada de su madre interrumpió sus pensamientos.

—Tengo que ocuparme de las invitaciones de esa merienda benéfica que voy a celebrar —dijo Myrna, poniéndose de pie—. Que disfrutes del almuerzo, Cy. Yo... espero que nos volveremos a ver en alguna ocasión, Lara.

Cy observó cómo su madre se marchaba con una mezcla de sentimientos.

—Ojalá supiera lo que está pasando.

—Supongo que yo la he avergonzado –comentó Lara con una carcajada–. ¿Acaso no sabe tu madre que te acuestas con chicas?

—Yo no me acuesto contigo y lo sabes muy bien –le espetó él con tono amenazante. Entonces, se levantó–. Te llevaré a tu casa.

—Por el amor de Dios, yo solo he dicho que... –protestó Lara cuando él la tomó del brazo.

—Vamos –musitó él.

Durante el resto del día, Meredith estuvo pensando en la visita de Myrna Harden. No dejaba de preguntarse qué habría querido decirle la madre de Cy. Sin embargo, ya no importaba. Lo único que quería era hacer saltar la trampa para atrapar a Cy y poder marcharse de Billings. Ya había desperdiciado mucha energía y mucho tiempo en un plan que apenas le reportaba credibilidad en su empresa. Henry se habría sentido avergonzado de ella por consentir que los asuntos personales interfirieran con los asuntos de trabajo. Además, Don había aprovechado su ausencia para reforzar su posición en la empresa.

Lo telefoneó el domingo por la noche.

—¿Vas a venir a la reunión mañana?

—Así es. Tengo los poderes y he estado hablando con los accionistas. Soy bastante optimista al respecto.

Meredith esperaba que él no la vendiera, junto con Cy, en la reunión. En ese sentido, tenía que confiar en su suerte.

—Yo me conformo con la capitulación –dijo–. Si podemos utilizar los votos para conseguir los contratos y obligar a Cy a aceptarlo, estaré más que satisfecha.

—Yo creía que el motivo de todo esto era la absorción de Harden Properties.

—En realidad, ya no me preocupa demasiado, sobre todo si ello puede significar el sacrificio de la mitad de nuestros beneficios para conseguirlo. Lo que necesitamos de verdad son los derechos sobre los minerales y, por lo que he podido descubrir, Cy tiene la confianza de sus accionistas. Aunque yo gane el control, no podré echarlo e instalar a mi gente. Además, su empresa está en una situación económica lo suficientemente buena como para resistir una OPA. Sus acciones alcanzan buenos precios en los mercados y la empresa es solvente.

–Veo que has hecho tus deberes. Sí, todo eso es cierto. Tendríamos que ofrecer veinte o treinta dólares por acción para comprar esa empresa. No sería una jugada muy inteligente en la situación actual.

–Estoy de acuerdo. Sin embargo, aumentando los contratos de minerales que tenemos en la actualidad, podríamos terminar con el déficit de la empresa y recaudar buenos beneficios.

–¿Estás segura de que quieres seguir adelante con esto, Kip? –le preguntó Don.

–No, pero he desperdiciado demasiado tiempo y energías para dejarlo ahora. Ya no se trata de una venganza, si eso ayuda. Ya no necesito tener la cabeza de Cy Harden colocada en una pica. Solo quiero los derechos que él tiene sobre los minerales.

–En ese caso, estoy seguro de que todo saldrá muy bien –dijo Don, tras una pausa–. Estaré allí mañana. ¿Quieres que te lleve algo?

–No, gracias. Hasta mañana.

El día siguiente pasaba tan lentamente que resultaba insoportable. Meredith salió al jardín, en el que el señor Smith y Blake estaban jugando con una pelota.

–¿No te parece genial, mamá? –le preguntó Blake, riendo–. El señor Smith me ha dicho que hay un parque cerca. ¿Podemos ir?

–Hoy no –respondió Meredith sin sonreír–. Dentro de un par de días.

–Vaya... Bueno, está bien.

Blake no comprendía que su madre no podía arriesgarse a que lo viera nadie. Cy no sabía nada sobre él. Tenía que encontrar el modo de sacarlo de Billings antes de que Myrna revelara el secreto. Sin embargo, en aquel momento, tenía sus prioridades.

Miró el reloj. Don llegaría en menos de una hora. Tenía cosas que hacer.

Subió a su dormitorio y preparó meticulosamente la ropa que iba a ponerse. Aquella noche tenía que estar muy elegante. A pesar de todo, se sentía como si tuviera las piernas de goma.

Cuando Don llegó, el ambiente se hizo un poco más tenso, especialmente porque Tiny entró en el salón para ver quién había llegado.

–¿Por qué no haces una cinta de sombrero con ese bicho? –musitó Don.

El señor Smith recogió a Tiny y se la colocó encima del hombro. Entonces, le dedicó a Don una gélida mirada antes de marcharse con Blake para ayudarle a vestirse.

–No ha sido un comentario muy diplomático –comentó Meredith.

–Odio a esa cosa –replicó Don antes de mirar la hora en su Rolex–. ¿No deberías estar vistiéndote?

–Supongo que sí. Resulta extraño... Uno persigue con encono algo que desea mucho y, cuando por fin lo consigue, sabe a basura.

Don la miró con curiosidad.

–No tenías elección. Harden la tomó por ti cuando se negó a cederte los contratos. He leído tu informe. Estoy de acuerdo en que sería improductivo económicamente tratar de conseguir esos minerales en otros estados, porque aquí en Montana todo resulta más accesible.

–Me sorprendes.

–Sé distinguir un buen negocio cuando lo veo. Tal vez tus motivos para empezar esto no fueron muy loables, pero tienes un buen olfato en los negocios. Harden Properties supondría una valiosa incorporación a nuestro conglomerado de empresas.

—Así sería.

En realidad, Meredith no quería la empresa de Cy. ¿Y Don? Entornó los ojos. Tendría que vigilarlo muy cuidadosamente. Tal vez se lo debía a Cy, aunque solo fuera por los buenos recuerdos del pasado.

Se duchó y se cambió de ropa. Se vistió con un traje de seda hecho a medida de Guy Laroche en color azul claro, con una delicada blusa a juego. Se puso unos zapatos de cuero y se realizó un elegante recogido en el cabello. Cuando se miró en el espejo, quedó muy satisfecha con su apariencia.

Blake también llevaba puesto un traje. Cuando su madre se reunió con él en el recibidor, junto con el señor Smith y Don, el niño le dedicó una fría mirada.

—¿Por qué me tengo que poner un traje, mamá? —musitó— Además, no quiero salir. Quiero ver la tele.

—Lo siento, cariño, pero yo necesito al señor Smith y tú no puedes quedarte aquí solo. Me aseguraré de que pasamos mucho tiempo juntos después. ¿De acuerdo?

—Bueno.

Don le dedicó una mirada de apreciación cuando la vio.

—Estás muy bien —dijo—. La ejecutiva de Tennison en persona.

—Me alegro de que me des tu aprobación —replicó ella con una sonrisa—. Bueno —añadió, tras mirar su Rolex de oro—, son casi las siete. ¿Nos vamos?

—Creo que sí. Deduzco que no querías estar en el principio de la reunión.

—No hay necesidad —repuso Meredith—. Como tú dijiste, nos llamarán al móvil cuando llegue el momento de votar. Presentaremos nuestros poderes y realizaremos nuestra oferta a ver qué ocurre.

—Me parece bien.

El edificio en el que Harden Properties tenía su sede estaba completamente iluminado. Cy y Myrna ya estaban en la sala de juntas, tras haber disfrutado de un delicioso bufé.

A pesar de todo, él no hacía más que pensar en Meredith. Con estar lejos de ella, solo había conseguido desearla aún más. Sabía que no iba a poder sustituirla, por lo que se estaba preparando para volver a conquistarla. Cuando hubiera zanjado aquel absurdo tema de la absorción, su atención se iba a centrar plenamente en recuperar a Meredith.

Quería volver a intentarlo, pero, antes de que pudiera ir a casa de Meredith para decírselo, los negocios le habían obligado a marcharse de la ciudad. Cuando regresó, se enteró de que estaba bajo la amenaza de una OPA hostil por parte de Tennison International y que esta había obtenido poderes sobre una gran cantidad de acciones. La empresa se encontraba en una situación muy delicada, por lo que el hecho de tratar de bloquear la OPA le había llevado todo su tiempo.

—¿Has podido hablar con Don Tennison? —le preguntó a uno de sus ejecutivos.

—Estará aquí —respondió el aludido—. ¿Crees que está detrás de esta OPA?

—No lo sé —contestó Cy—. ¿Tienes idea de quién está manejando los hilos?

—Por supuesto. Estoy seguro de que se trata de la viuda de Henry Tennison. Es una mujer muy inteligente. Se ocupa de la rama nacional de la empresa y gana dinero a raudales. Dicen que el propio Henry la preparó. Es muy inteligente y está empeñada en conseguir los contratos de los minerales. Nosotros le estorbamos para sus planes de expansión, lo que podría ser una desventaja para ella en su propia empresa. Ellos quieren resultados.

—Y yo estoy empeñado en no cedérselos —replicó Cy—. Que me aspen si permito que una viuda rica venga aquí y me diga lo que tengo que hacer con mi propia empresa.

—Te aseguro que es muy inteligente. Si no lo fuera, Don se estaría ocupando por completo del negocio. Dicen que él está a la sombra de ella.

—No me parece un lugar muy cómodo —musitó Cy.

El hombre asintió y se volvió para saludar al resto de los asistentes a medida que estos iban ocupando sus puestos.

En el exterior del edificio, los ocupantes de una enorme limusina negra esperaban una llamada de teléfono. Cuando el aparato sonó, Meredith le dio un beso a su hijo y salió del coche.

Llevaba un abrigo de cachemir de color grisáceo que enfatizaba aún más la belleza de su piel. Entró por delante de Don en el edificio y se dirigió hacia la sala de juntas.

—¿Estás nerviosa? —le preguntó él cuando se detuvieron frente a la puerta cerrada.

—Ahora no —replicó ella—. Irónico, ¿verdad? Tendría que estar temblando, pero no es así. Casi me da pena ese hombre.

Don asintió. Entonces, abrió la puerta y los dos entraron en la sala.

Meredith vio a Cy y a su madre sentados en la cabecera de una larga mesa de reuniones. La sala estaba repleta de personas. Al ver a Meredith, Cy frunció las cejas, lo mismo que su madre.

El ejecutivo que estaba hablando indicó a Don con un gesto de la cabeza.

—Esta noche tenemos un punto diferente —dijo, refiriéndose a Cy—. Tennison International se ha dirigido a nosotros para realizar una oferta de absorción. Le doy la palabra a Don Tennison, si no hay objeciones, para que escuchemos su oferta.

—No hay ninguna objeción —dijo Cy, sin dejar de observar a Meredith completamente asombrado—. Sin embargo, me gustaría saber por qué necesitamos una camarera esta noche —añadió, muy molesto al encontrarla en compañía de Don Tennison. ¡Meredith era suya!

Aparte de Myrna y de Don, Meredith fue la única que comprendió el comentario. No respondió. Se limitó a sonreír a Cy sin dejar de pensar en sus insultos, en su hábil seducción y en su traición. De repente, la tarde se había llenado de malignas posibilidades y Meredith estaba deseando tomar parte en ellas. La ira que sentía por Myrna adoptó un segundo plano para centrarse en Cy. Se lo merecía. Ya le había hecho suficiente daño en el pasado.

Cy colocó la manos sobre la mesa cuando vio que Meredith no contestaba.

–Hará falta mucho más que una oferta para quitarme mi empresa, como muy bien va a descubrir todo el mundo.

–Cy, no es tu liderazgo lo que se está cuestionando –comentó Bill, muy rojo–. Simplemente se trata de que muchos de nosotros creemos que estás muy empecinado con estos contratos de minerales.

–Tengo derecho a ello –rugió él–. ¿O acaso se te ha olvidado que Henry Tennison hizo todo lo que pudo para apartarnos del negocio antes de su muerte?

Meredith desconocía aquel detalle. Miró a Don, pero él no le devolvió el contacto visual.

–Esto no tiene nada que ver con los negocios de hoy –continuó Bill–. Al menos, deja que el resto de nosotros sepamos lo que Don tiene que decir.

Cy se reclinó en su silla, consciente de la curiosidad de su madre por la presencia de Meredith. Él también la miró.

–Creo que he mencionado que esta reunión es solo para accionistas –dijo con la amargura por haber visto a Meredith en compañía de Tennison y vestida de aquel modo, con unas prendas que no se podía permitir con el sueldo de camarera que recibía en el restaurante. ¿Sería Don su pareja, el amigo especial que tenía en Chicago? Sabía muy bien que Meredith no tenía acciones en su empresa, entonces, ¿por qué estaba allí?

–Estás un poco fuera de tu elemento, ¿no te parece, Meredith? –le dijo muy fríamente.

–¿De verdad? –preguntó ella muy dulcemente.

–¿Viene ella contigo? –le inquirió a Don.

–Me temo que más bien es al revés –contesto Don.

Entonces, se sentó y dejó que Meredith colocara su maletín encima de la mesa y se dirigiera a todos los presentes.

–Siento abordarlos de esta manera, caballeros –dijo con voz fría y clara–, pero su presidente, Cy Harden, me tiene contra la pared. Tenemos que diversificarnos y necesitamos esos minerales para hacerlo. Por lo tanto, no me ha quedado más alterativa que negociar en secreto para obtenerlos.

Cy se irguió en el asiento. Era consciente de la sorpresa que se había llevado su madre.

–¿Qué es lo que quieres decir con eso de «nosotros»? –preguntó en tono amenazante.

–¿Es que no me he presentado? Lo siento –dijo con una fría sonrisa en los labios–. Me llamo Kip Tennison –añadió, tomándose una pequeña pausa para dejar que aquellas palabras surtieran su efecto–. Soy la viuda de Henry Tennison, vicepresidenta y directora ejecutiva de las operaciones nacionales de Tennison International.

El gesto que se reflejó en el rostro de Cy fue un poema. Compensó complemente los seis años de angustia y sufrimiento. De dolor. Myrna palideció y estuvo a punto de desmayarse.

Meredith se ocupó de sus asuntos y detalló tranquilamente la absorción, los cambios que se producirían y el precio.

–Tú no absorberás mi empresa –dijo Cy.

–Claro que lo haré –replicó ella con voz fría–. Tengo los poderes necesarios. Puedo derrotarte en una votación.

–No tienes las acciones de mi tío abuelo...

Meredith lanzó el poder por encima de la mesa con increíble eficacia.

–¡Eso es imposible! –exclamó Myrna.

–El hermano de su padre no tiene muy buena opinión de ninguno de los dos, señora Harden –observó Meredith–. Me temo que lo ha hecho. Ese papel me concede los votos que necesito para hacerme con el control de la empresa, a menos que sus abogados puedan sacarse un conejo de la chistera –añadió. Recogió los papeles y volvió a introducirlos en el maletín. Estaba muy tranquila–. Deseo los contratos de minerales. Me haré con ellos aunque para ello tenga que absorber toda la empresa. Ya me harán saber su decisión. Agradecería mucho que fuera a primeros de semana cuando me dieran la respuesta. Tengo una serie de contratos que dependen de esto y que no pueden demorarse más –concluyó. Le hizo una indicación a Don–. Muchas gracias por su tiempo. Buenas tardes.

Salió de la sala seguida por Don. Cuando hubo atravesado las puertas, escuchó el revuelo que se montaba en la sala.

Cy no se movió. Casi no podía ni respirar. Se había dado cuenta de cómo Meredith había estado jugando con él. Su madre le tocó suavemente la mano, pero él se sobresaltó por la tensión que acumulaba en su interior.

–Ella es la razón por la que Henry Tennison trató de destruirnos –susurró Myrna–. ¡Fue por Meredith!

–Dios... –susurró Cy. Comprendió que, de algún modo, ella había conseguido casarse con uno de los hombres más ricos del mundo y se había convertido en su peor enemiga. Si no tenía cuidado, terminaría por destruirlo.

–Lo siento –musitaba Myrna entre lágrimas–. Es culpa mía...

Cy casi no escuchaba a su madre y, de todos modos, no entendía lo que decía. Su sufrimiento era casi insoportable. Le había dicho a Meredith que ella jamás encajaría en su estilo de vida, que nunca tendría la suficiente sofisticación, pero resultaba que Meredith podía comprarlo y venderlo. Ella se debía de haber reído mucho... Era la viuda de Henry Tennison. Tenía un imperio propio y una fortuna increíble. Tenía en sus manos las herramientas necesarias para la venganza y las había utilizado aquella noche. Cy cerró los ojos. Había pensado que tal vez ella seguía queriéndolo a pesar de todo. Sin embargo,

Meredith acababa de demostrarle lo que sentía. Seguramente en lo único que había pensado, incluso mientras se entregaba a él, era en la venganza. Él se había vuelto a enamorar mientras que Meredith había estado simplemente preparándose el terreno para realizar aquella OPA hostil. Se levantó y se dirigió hacia la ventana. De algún modo, el dolor que sentía por la posibilidad de perder su empresa no era nada comparado al que sentía por la traición de Meredith.

El señor Smith llegó treinta minutos más tarde de lo acordado para recoger a Don y a Meredith por culpa de una rueda pinchada. Eso significó que los dos estaban esperando aún cuando Cy y Myrna Harden salieron de la sala de juntas. Meredith necesitó mucho valor para no achantarse cuando vio que Cy se dirigía a ella con unos ojos tan fríos como el hielo.

–¿Formaba todo parte del plan? –le preguntó.

Ella sabía perfectamente a lo que se refería. Sonrió, levantó una ceja y lo miró atentamente.

–¿No eras tú el que solía decir que, en el mundo de los negocios, nada es sagrado?

–¡Contéstame, bruja!

Meredith observó a una destrozada Myrna Harden. Sintió una profunda pena por ella. En cierto modo, se avergonzaba de sí misma.

–Sí –dijo, sin sentimiento alguno–. Todo formaba parte del plan.

El odio que se reflejó en el rostro de Cy resultó casi insoportable, pero Meredith no podía permitir que él supiera lo mucho que aún sentía por él. Además, tenía que proteger a su hijo. Dejar que Cy se le acercara demasiado podría costarle a Blake. Entonces, horrorizada, contempló cómo el señor Smith se acercaba con el niño a la puerta. A continuación, la abrió y dejó que el pequeño entrara en el vestíbulo antes que él.

–¡Mamá, hemos tenido un pinchazo! –exclamó el niño, levantando los brazos para que su madre lo levantara.

–Mi niño, ¿te preocupaba no llegar a tiempo? –dijo, tratando de disimular, aunque sabía que Cy y Myrna estaban atónitos de ver al niño.

–Sí. El señor Smith dijo unas palabras muy malas. Tienes que hablar con él –comentó el niño con voz de adulto.

En otras circunstancias, Meredith se habría echado a reír. En aquel momento, no había tiempo alguno para el humor.

Cy la observaba con una ira incontenible. No solo se había ido con otros hombres, sino que había tenido un hijo con él. Tenía en brazos al hijo de Henry Tennison y la odiaba por ello.

–Usted es Smith, por supuesto –le espetó al guardaespaldas, al reconocerlo.

–Y usted Harden, por supuesto –replicó Smith con voz tensa.

Sintiendo que se avecinaban problemas, Meredith se interpuso entre los dos hombres. Le había dado muchas sorpresas desagradables a Myrna aquella noche, pero no había pensado en Blake. Había sido un accidente. Si no hubiera sido por el pinchazo, Myrna jamás habría visto al pequeño.

Cy no parecía haberse dado cuenta del parecido, pero su madre sí. Además, sabía que Meredith estaba embarazada cuando tuvo que huir de Billings, Cy no. No dejaba de mirar al niño con ojos como platos. De repente, se desmayó.

Cy se arrodilló al lado de su madre, muy preocupado. Meredith se sintió muy culpable, porque todo había sido culpa suya. Le entregó rápidamente el niño al señor Smith y se arrodilló para tomarle el pulso a la mujer. Aunque débil, este era constante y regular.

–Ha sido la impresión –dijo Cy, mirándola con frialdad–. Dios sabe que ya ha sufrido bastante esta noche. Eres tan fría como el hielo, ¿verdad, Meredith?

–El mundo de los negocios no es para los débiles de

corazón –replicó ella–. Henry me enseñó las reglas del juego. Yo fui una estudiante muy aplicada.

Cy no se molestó en responder. Se levantó y llamó rápidamente a una ambulancia para su madre, dejando que Meredith la cuidara. Myrna abrió los ojos muy brevemente.

–El niño... –susurró–. El niño... ¡Meredith!
–Trate de no moverse. Se pondrá bien.
–Lo siento –musitó Myrna con los ojos llenos de lágrimas.
–Yo también...

Meredith comprendió que le iba a resultar muy difícil justificar sus actos. Si le ocurría algo a Myrna, no habría modo alguno de detener a Cy. Lo que antes había parecido muy sencillo, se había tornado un asunto muy complicado.

La ambulancia pareció tardar una eternidad. Cuando llegó, Cy se ocupó de que los camilleros metieran a su madre en el vehículo y luego subió a su lado.

Mientras se dirigían hacia el hospital, agarró con fuerza la mano de su madre, aunque no podía dejar de pensar en lo que acababa de averiguar. Meredith era Kip Tennison, el tesoro oculto de Henry Tennison. Tal y como su madre había dicho, probablemente la razón por la que Tennison se había esforzado tanto en hundirlo era para vengar a Kip, a Meredith, por el dolor y la angustia que él le había causado.

Y eso que ella le había dicho lo mucho que lo amaba... Tan profundo era su amor que se había casado casi inmediatamente con otro hombre y había tenido un hijo con él. Había visto cómo aquel pequeño de cabello oscuro se dirigía hacia ella con los brazos extendidos y la llamaba mamá. Él casi nunca había pensado en niños, pero cuando lo había hecho, habían sido siempre los niños que tenía con Meredith. El dolor que sintió al comprobar lo completa que había sido la venganza de Meredith lo dobló en dos.

—Mamá —susurró, tomando entre las suyas la mano de su madre.

Ella gimió. Las lágrimas le caían abundantemente por las mejillas.

—Cy, ese niño... ¿Has visto al niño?

—Madre, ¿cómo te encuentras? —le preguntó él, sin saber a qué se refería su madre.

—Me he desmayado... —dijo ella, abriendo los ojos.

—Así es. Vamos de camino al hospital.

—Pero si solo has sido un desmayo...

—Dejemos que sean los médicos los que digan eso. Ahora, túmbate y quédate muy quieta. Te pondrás bien.

—Meredith —musitó Myrna, agarrando con fuerza la mano de su hijo.

—Menuda sorpresa, ¿eh? Y yo le di un trabajo como camarera cuando ella podría comprarme el restaurante con la calderilla que le sobra.

Myrna comprendió en aquel momento lo mucho que debió de haberse divertido Meredith cuando ella trató de sobornarla con veinte mil dólares. Jamás habría podido imaginarse quién era Meredith. Ademas, no solo había tenido al hijo de Cy, sino que aún lo tenía a su lado. Cy no lo sabía.

Había dado por sentado que el niño era el hijo de Tennison. Si le decía la verdad, tendría que revelarle sus propias culpas.

¿Sería capaz de consentir que los dos se enzarzaran en una guerra por la custodia del pequeño? ¿Podría permitir que el niño se convirtiera en un peón solo porque el niño llevara el apellido Harden? ¿Por tener un nieto?

Se cubrió el rostro con la mano. Tantas mentiras. Meredith había dicho que todo había terminado. Que su deseo de venganza se había aplacado. Evidentemente, pensaba volver a llevarse al niño a su casa y a olvidarse de Cy y de ella. Sin embargo, ella ya no podía olvidar. Cy tenía un hijo cuya existencia desconocía. Eso era culpa suya. No sabía qué hacer...

–No te preocupes tanto –le dijo Cy–. No voy a consentir que Meredith nos arrebate la empresa.

–Jamás pensé que lo harías, aunque eso sería precisamente lo que yo me merecería.

Cy frunció el ceño. Le preocupaba el comportamiento de su madre. Desde que Meredith había regresado a Billings, no era la misma. Se preguntó qué secreto compartirían las dos mujeres, secreto que había convertido a su madre en un manojo de nervios. Antes de que pudiera seguir pensando en el asunto, llegaron al hospital.

–Esa señora se ha desmayado –dijo Blake, mientras iban en el coche de camino a la casa de la tía Mary–. ¿La he asustado yo?

–Por supuesto que no, cariño. Se ha llevado un gran sobresalto. Ahora, cállate como un niño bueno y escucha tu cinta nueva –añadió, colocándole ella misma los cascos.

–¿Sabía ella lo de Blake? –le preguntó Don.

–Hasta esta noche, no –respondió ella–. De hecho, no pensé que fuera a saberlo nunca. Si no hubiera sido por el pinchazo, así habría sido. ¿Crees que la junta aceptará nuestra oferta?

–Lo dudo –contestó Don, aunque con una extraña intranquilidad–. Tratarán de convencer a Cy sobre esos contratos, pero no creo que acepten una nueva dirección o que se rindan ante una OPA hostil, ni siquiera ante el precio que estamos ofreciendo.

Sin embargo, Don tenía sus planes, planes que ni Meredith ni Cy sabrían hasta que él estuviera listo para sorprenderlos a ambos.

–Mientras salga algo bueno de todo esto, no me importa.

–Pareces agotada –murmuró él con una expresión ligeramente culpable–. Todo esto ha sido muy duro para ti, ¿verdad?

—Sí. No quería disgustar a la señora Harden. No creí que...

—Se pondrá bien.

—Eso espero, Don —afirmó. Dada la tensa situación en la que estaban las cosas entre Cy y ella, no quería empeorarlas más.

Aquella noche, llamó al hospital. Le informaron que la señora Harden simplemente sufría de agotamiento y que estaba muy bien. Fue el único momento de alegría en un día aciago. Al menos, la madre de Cy no había sufrido un ataque al corazón. Sin embargo, tenía otro problema entre manos. Myrna había visto a Blake. ¿Le diría a Cy la verdad? Si lo hacía, ¿qué ocurriría entonces?

12

Meredith había tratado de conseguir que Don se quedara a pasar la noche, pero él insistió en regresar a Chicago para una reunión muy importante que tenía a la mañana siguiente. «Menos mal», pensó Meredith. McGee se podría ocupar de vigilarlo cuando estuviera en Chicago. Ella no deseaba su compañía más de lo que su cuñado deseaba la suya.

El señor Smith había dejado la limusina aparcada frente a la casa. Ya no había necesidad de fingir.

Blake seguía dormido cuando Meredith se levantó de la cama a la mañana siguiente para preparar el desayuno.

—Deberías traerte una doncella —le dijo el señor Smith, mientras se tomaba un trozo de beicon—. Estás fuera de lugar en la cocina.

Ella lo miró con una sonrisa en los labios. Él también parecía estar fuera de lugar en la cocina, con sus vaqueros y una camiseta color caqui. Sin embargo, al menos él sabía cocinar mejor que ella.

—Hacemos lo que podemos —le recordó ella. Sacó una bandeja de galletas del horno y se sentó a la mesa. Como él, iba vestida con unos vaqueros y una camiseta, aunque ya eran de diseño–. Tómate una galleta.

El señor Smith tomó una justo en el momento en el que alguien empezó a llamar muy insistentemente a la puerta trasera.

—Yo abriré –dijo el señor Smith.

Cuando abrió la puerta, Cy le dedicó una fría mirada y entró en la cocina. Arrojó el sombrero sobre la encimera y se sentó.

Meredith estaba completamente atónita. Ni siquiera era capaz de hablar. No había esperado volver a ver a Cy, y mucho menos en su propia casa, después de lo ocurrido el día anterior.

—Ponte cómodo –le espetó.

—¿Acaso no lo he hecho siempre? –le replicó él. Frunció el ceño al ver que el señor Smith se sentaba con su habitual imperturbabilidad y seguía desayunando–. ¿Interrumpo algo?

—Solo el desayuno. Toma un plato si quieres comer algo –le dijo Meredith. Para irritación del señor Smith, lo hizo–. ¿Cómo está tu madre?

—Saldrá adelante. Gracias a Dios, no ha sido un ictus.

—Me alegro.

—¿Qué diablos está pasando entre vosotras dos? –preguntó él, directamente, sorprendiendo a Meredith–. Jamás he visto desmayarse a mi madre, pero anoche se quedó más pálida que la muerte después de... sorpresa. ¿Qué está ocurriendo entre vosotras que hace que te tenga tanto miedo?

—Nada que debiera preocuparla. He renunciado a las venganzas. Son demasiado agotadoras.

—Siento escuchar eso. Estaba deseando que empezaran los fuegos artificiales cuando trataste de arrebatarme mi empresa.

—¿Acaso no crees que pueda hacerlo? –preguntó ella

—No, pero puedes intentarlo.

—Gracias por darme permiso. Tú creaste una especie de

monopolio sobre esos minerales en contra del consejo de tu abogado y de sus socios. Y lo hiciste por razones muy poco comerciales.

–Por supuesto –afirmó él–. No comprendía por qué Henry Tennison se tomaba tantas molestias por enfrentarse a mí. Al menos no lo comprendí hasta anoche. Yo no hago favores a mi enemigo.

–El enemigo te ha superado en esta ocasión, Cy. Yo diría que te he pillado desprevenido.

–En eso tienes razón. Me distrajeron bastante –replicó. Meredith se sonrojó vivamente.

–¡Mamá!

La alegre voz resonó en la cocina al mismo tiempo que Blake, vestido aún con su pijama, entraba en la cocina arrastrando un conejito de peluche por una oreja y frotándose los ojos.

–Mamá, me he despertado –murmuró, apoyándose contra ella.

Ella se lo colocó tiernamente en el regazo y lo abrazó con una sonrisa en los labios.

Cy tuvo que refrenar su mal genio por ver al hijo de Henry Tennison y el amor que se reflejaba en el rostro de Meredith al abrazarlo. En aquel momento, empezó a comprender lo que había rechazado. No le gustaba sentirse el segundo en nada.

Smith vio la expresión que se había reflejado en el rostro de Cy. Celos. Conocía muy bien aquel gesto.

Cy lo miró con los ojos relucientes. Smith le disgustaba más de lo que envidiaba al niño. Le molestaba verlo sentado con Meredith, viviendo con ella.

–Tiny está en la lavadora, señor Smith –murmuró el niño–. ¿Quiere que lo bañemos?

–Vamos a ver –afirmó el guardaespaldas. Tomó al niño en brazos y le dedicó una sonrisa–. Iré a vestirlo – añadió, refiriéndose a Meredith.

–Gracias.

Cy observó cómo se marchaban. Pensó que, si hubieran seguido juntos, tarde o temprano Meredith y él habrían tenido un hijo. Tal vez habría si como aquel niño. Estuvo a punto de hacer un gesto de dolor. Dudaba que tuviera un niño alguna vez. El matrimonio no estaba en su vocabulario.

A pesar de todo, no dejaba de preguntarse por qué Meredith no le habría dicho que tenía un hijo. Se sentía traicionado, herido.

–¿Quién es Tiny? –preguntó.

–La iguana del señor Smith –respondió ella–. ¿Por qué has venido?

–No tengo otro sitio adonde ir –contestó Cy.

Meredith decidió que no podía dejar que aquellas palabras le afectaran. No se atrevía. Ella le miró las manos, largas y de piel oscura. Recordó las caricias que aquellas manos le habían proporcionado.

–Siento mucho lo de tu madre.

–Saldrá adelante. ¿Amaste a tu marido?

–Sí. Resulta muy fácil amar a las personas que se preocupan por ti. Henry me trató como a una reina. Me mimó, me protegió y me amó con todo su corazón. Estaba tan solo...

–Él te escondió, ¿verdad? Por eso no pude encontrarte.

–Así es. Supongo que podría haber solucionado fácilmente los cargos que pudiera haber habido en contra de mí, pero, tal y como mi cuñado dijo en una ocasión, Henry tenía sus motivos para no querer que tú me encontraras. Habría hecho cualquier cosa para mantenerme a su lado.

A Cy no le sorprendió. Apenas si podía apartar los ojos del rostro de ella.

–Entonces, ya estabas embarazada, ¿verdad?

Aquel era terreno peligroso. Tenía que andarse con mucho cuidado.

–Sí. Blake lo suponía todo para Henry.

–¿Y para ti?

—Por supuesto. Para mí también. Es el motor de mi vida.

—¿Te deja él mucho tiempo para el estilo de vida que llevas? Reuniones, viajes, conferencias, convencer a los accionistas para que voten en favor tuyo... Eso lo hago yo todos los días, pero no tengo un niño del que ocuparme.

—Te aseguro que no descuido en absoluto el cuidado de mi hijo.

—Llevas aquí más de un mes.

—Y he hablado con Blake todos los días por teléfono.

—Qué agradable para él.

—Mira, esto es justo lo que necesito —le espetó ella—. Un soltero diciéndome lo que tengo que hacer para criar a mi hijo.

—Si yo tuviera uno, me aseguraría que no creciera solo.

—¿Acaso estás insinuando...?

—¿Cómo se llama el conejo?

—¿Cómo dices? —preguntó ella, atónita.

—Quiero saber cómo se llama su conejo de peluche.

Meredith lo sabía, pero él la había turbado tanto que era incapaz de recordarlo.

—Bien, eso lo dice todo, ¿no te parece? —añadió, levantando una ceja.

—Mi hijo no es asunto tuyo.

—En eso estoy de acuerdo. El hijo de Henry Tennison es la menor de mis preocupaciones en estos momentos —afirmó él—. Mi madre quiere verte.

Esa era la razón de su visita. No quiso ni siquiera pensar que Cy había ido por cualquier otra razón.

—¿Por qué?

—No tengo ni idea. Está en observación y le van a realizar pruebas al menos durante dos días más y quiere hablar contigo. Le dije que te lo preguntaría.

—No tenemos nada que decirnos —repuso ella.

—Ella dice que sí. Meredith —dijo, mientras empezaba

a trazarle líneas sobre el reverso de la mano–, dime lo que está pasando.

–No tiene nada que ver contigo –afirmó ella, retirando rápidamente la mano.

Cy le atrapó los dedos entre los suyos y la miró a los ojos.

–¿No quieres que vuelva a tocarte? Ahora que crees que me has derrotado, no sientes la necesidad de desearme. ¿Es eso?

Ella lo miró sin saber qué decir.

–No ha sido por eso –susurró. No quería que pensara que se había acostado con él tan solo para evitar que se enterara de que tenía intención de absorber su empresa.

El rostro de Cy pareció perder tensión. Los dedos empezaron a proporcionar caricias. Los miró, sin apartar los ojos del anillo de compromiso que ella aún llevaba en la mano.

–Eras mía antes de que fueras de Henry. Te hice daño y lo siento. Supongo que tenías derecho a tratar de vengarte de mí.

Meredith no lo sabía, y él no lo mencionó, pero el hecho de haberle dado un hijo a Tennison había sido la más sofisticada de las venganzas.

Le soltó la mano y se puso de pie. El fuego que le brillaba en los ojos pareció apagarse un poco.

–Ve a ver a mi madre, te lo pido, para que así ella pueda dejar de pensar en lo que sea lo que haya entre vosotras. Ella es lo único que me queda.

Meredith cerró los ojos. No le gustaba la idea de tener que volver a ver a Myrna, pero no iba a poder evitarlo sin levantar sospechas y, tal vez, sin empujar a Myrna a hacer algo desesperado.

–Muy bien –dijo ella–. Iré.

El rostro de Cy reflejaba tanta amargura como el de ella tristeza. Recogió su sombrero y la miró con profunda intensidad.

–Supongo que te marcharás de Billings.

—Sí. Tengo que regresar a mi trabajo. Como tú has dicho, mi vida se compone de una reunión de negocios tras otra. Me ha resultado difícil ocuparme de mis asuntos desde aquí, a pesar de la tecnología.

—Creo que lo mejor será que le diga a la señora Dade que ya no vas a volver a trabajar en el restaurante —comentó él con sorna—. Debes de haberte reído mucho.

—Disfruté trabajando. Después de mis ocupaciones habituales, servir mesas ha sido como unas vacaciones.

—Yo creía que llevaba las de ganar, pero tú tenías todos los ases en la manga —susurró Cy sin dejar de mirarle la boca.

—Tenía que conseguir esos contratos. Mis planes de expansión dependen de ellos.

—Hay minerales por todas partes. ¿Por qué no fuiste a Arizona por ejemplo a buscarlos?

—Porque tú no estabas allí —dijo ella con los ojos brillantes.

—Es verdad. En realidad, tú no ibas detrás de los contratos, sin que querías colocarme una cuerda alrededor del cuello. Crees que lo has conseguido, pero no sabes lo mucho que me apoyan mis accionistas y lo dispuesto que estoy a luchar para recuperar la confianza de los que me la han retirado. Me gusta la lucha. Si quieres mi empresa, ven a buscarla, pero prepárate a luchar.

—A mí también me gusta pelear. Henry me enseñó cómo hacerlo.

El hecho de que se mencionara al marido de Meredith endureció el rostro de Cy.

—Él tenía instinto asesino. Yo también, pero creo que tú no, Meredith. Hace falta mucho más que tu apellido de casada para asustarme.

—Recuerda que tengo los poderes.

—Ya han cambiado de manos una vez —replicó él con voz arrogante—. En los viejos tiempos no competías conmigo. Dabas, no pedías.

—Los tiempos cambian.

–Ni que lo digas –afirmó él colocándose el sombrero–. No me rindo fácilmente y tampoco cedo. En estos momentos tienes las de ganar, pero me gustaría ver cuánto tiempo puedes aguantar así.

–Te enviaré una postal desde Chicago, Cy.

–¿Te vas a marchar inmediatamente? –dijo. Entonces, se acercó a ella con un gesto insinuante–. Quédate un poco más. Te llevaré al ático y haremos el amor sobre la alfombra.

–No quiero...

Se interrumpió cuando él le colocó la mano sobre un seno y empezó a acariciarle un erecto pezón con el pulgar. Inmediatamente, Cy le cubrió la boca con la suya. Meredith lo empujó, pero notó que estaba tan echada hacia atrás que estaba a punto de perder el equilibrio. Tuvo que agarrarse a él con fuerza para no caerse. Mientras tanto, Cy la besaba apasionadamente, introduciéndole la lengua en la boca tan profundamente que Meredith no pudo resistirse a las chispas de electricidad que le recorrieron todo el cuerpo.

Cy apartó la boca de la de ella y puso recta la silla.

–Eres mía –le dijo–. Siempre lo has sido y siempre lo serás. Corre mientras puedas, pero no vas a poder escapar. Esta vez no te dejaré marchar.

Con eso, se dio la vuelta y salió por la puerta. Lo había dicho en serio. Ni siquiera el niño lo disuadiría. Tenía a Meredith en su poder y no iba a soltarla, le costara lo que le costara. Los últimos seis años habían sido un infierno por el que no iba a volver a pasar. Don lo ayudaría a sacarla de su despacho para siempre. Entonces, Meredith sería suya para siempre. Ya se preguntaría más tarde el lugar que ocuparía.

La risa de Blake resonó por toda la casa mientras el señor Blake y el niño bajaban por la escalera. Cuando entraron en la cocina, el señor Blake frunció el ceño al verla tan arrebolada.

–¿Lo has echado? –le preguntó.

—Se marchó voluntariamente —respondió ella, levantándose—. Su madre ha preguntado por mí. Tengo que ir al hospital a verla. Lo he prometido.

—¿Y qué crees que quiere su madre?

—No lo sé. Estoy casi segura de que tiene algo que ver con ya sabes el qué —añadió, sin mencionar el nombre de Blake—. No creo que se lo haya dicho, pero no puedo estar segura.

—¿Y si se lo ha dicho?

—Tú mismo lo dijiste. Tendremos que encontrar un agujero. Sin embargo, tal vez no tengamos que llegar a eso. Primero, tengo que saber lo que tiene pensado Myrna —comentó, mirando el reloj—. Se supone que Hamilton tiene que llamar esta mañana. ¿Puedes llamar a Don en mi nombre y pedirle que interceda?

—Claro.

—Gracias.

Meredith le dio un beso a Blake y dejó que él señor Smith le diera de desayunar mientras ella se iba a su dormitorio. Le quedaba un vestido que no se había puesto, uno estampado de seda. Se lo puso, se peinó y se calzó unos zapatos de tacón.

Decidió no pensar en lo que Cy le había dicho. Aún se le notaba en la boca la huella de los labios y su sabor le turbaba aún el pensamiento. Cy la deseaba. Eso no había cambiado. Sin embargo, no podía volver a entregarse a él. Tenía que sacar a Blake de Billings antes de que Cy descubriera la verdad.

Myrna Harden estaba sentada en la cama. Tenía muy mal aspecto. Al ver que Meredith entraba por la puerta, se incorporó en la cama.

—Gracias por venir —le dijo—. Por favor, siéntate.

Meredith se sentó elegantemente en una de las sillas y levantó la barbilla. Tenía los ojos muy tranquilos.

—¿Qué es lo que quiere?

—¿Se lo vas a decir a Cy? —le preguntó Myrna.

—Le dije a él que le dijera que no tiene nada de lo que

preocuparse. Y lo digo en serio. No. No se lo voy a decir. Está usted a salvo.

Myrna se sonrojó y se miró las manos, que descansaban sobre la sábana.

—¿Qué es lo que vas a hacer?

—Nada. Me marcharé a Chicago y usted podrá seguir con su vida.

—¿Y la absorción?

—Necesito esos contratos —respondió Meredith, sin pestañear—. Y los tendré, sea lo que sea lo que tenga que hacer.

Myrna estudió a la joven con intensidad.

—Eres muy fuerte, ¿verdad?

—Sí, gracias a usted —le espetó—. Crecí muy rápidamente cuando tuve que marcharme de Billings. Verme en la calle, embarazada, con solo dieciocho años me hizo muy fuerte.

—He vivido con eso todos estos años —susurró Myrna—. He visto cómo mi hijo se desmandaba cuando no estaba medio matándose a trabajar. He pensado mucho en ti y me he preocupado por tu hijo. Al final, conseguí olvidar en algunas ocasiones. Estaba... estaba aprendiendo a vivir con ello cuando regresaste.

—Los pecados acaban por pasarnos factura. ¿No es eso lo que se suele decir? —preguntó Meredith.

Myrna suspiró.

—Sí. Y los míos definitivamente me la han pasado. Sin embargo, estás haciendo que sea Cy el que tiene que pagar. Deberías estar castigándome a mí y no a él.

—¿No es eso lo que he hecho?

—Entiendo —dijo Myrna, apartando la mirada.

—Los pecados de la madre los paga el hijo. La odiaba tanto... Vivía esperando el día en el que pudiera hacerle pagar lo que me había hecho. No pensaba en otra cosa. Cuando Henry murió, la venganza se convirtió en la chispa de la vida para mí, en lo más importante. ¡Me lo debe!

Myrna apretó con fuerza las manos e hizo un gesto de

dolor. Meredith se detuvo un instante y respiró profundamente para tratar de recuperar la compostura.

–Perdí mi casa, mi seguridad, el único hombre del que he estado enamorada en toda mi vida. Perdí mi honor, mi reputación... ¡Lo perdí todo! Si no hubiera sido por Henry Tennison, podría haber perdido la vida.

–¿Adoptó él al niño? –preguntó Myrna.

–Sí. Blake era la luz de su vida. En el certificado de nacimiento de mi hijo, él aparece como su padre –respondió. Se dio cuenta de que aquel documento era su salvavidas contra cualquier intento de los Harden por arrebatarle a su hijo–. A todos los efectos, mi hijo es un Tennison –añadió con gesto triunfante–, así que no tiene que preocuparse de que Cy pueda descubrir la verdad. No se lo diré. Y usted no tendrá que hacerlo.

–Pensé que eso era lo que yo quería. Evitar que mis pecados quedaran al descubierto –dijo Myrna–. Sin embargo, ¿te has parado a pensar en lo que ellos significan? ¿En lo que le estás negando a Blake?

–No se puede evitar. Es demasiado tarde.

–Cy... Lo amaría con todo su corazón.

–Sí –susurró Meredith con los ojos cerrados.

–Oh, Meredith... Pensé que Cy se olvidaría de ti. Estaba segura de que encontraría otra mujer, se casaría y tendría hijos. No me di cuenta de lo... de lo mucho que te necesitaba emocionalmente.

–En su caso, se trata más bien de atracción física. De obsesión física.

–No –afirmó Myrna–. Ha durado demasiado tiempo para tratarse simplemente de eso. Se le refleja en los ojos cuando te mira, incluso cuando habla sobre ti.

–No lo comprende. Antes de la reunión, vino a mí y habló de su marido para así hacerme comprender que no quiere ninguna clase de compromiso. Me dijo que jamás ha querido estar casado o tener hijos. No cree que la fidelidad pueda existir.

Myrna se quedó atónita.

–Él jamás me ha dicho a mí esas cosas.

–Usted es su madre. La quiere mucho. Siempre la ha querido. Sin embargo, me estaba diciendo la verdad. Yo solo era una novedad para él. Sabía que yo no encajaba con su estilo de vida y jamás quiso casarse conmigo. En eso tenía usted razón. El compromiso solo fue una tapadera para evitar que yo lo abandonara.

–Siente algo por ti –insistió Myrna.

–Seguramente, pero yo no lo quiero. No pienso pasarme el resto de mi vida siendo utilizada como si fuera un objeto. Tengo mis propias responsabilidades y un hijo del que ocuparme. No deseo ser la amante de Cy Harden.

Myrna se sonrojó, pero no apartó la mirada.

–¿Te casarías con él si mi hijo te lo pidiera?

–No –afirmó Meredith, poniéndose de pie–. Él me ha arrojado de su vida en dos ocasiones. No tengo intención de darle la oportunidad de hacerlo en una tercera ocasión.

–Sin embargo, él no lo sabe. Meredith, él no sabe que tiene un hijo, lo que yo he hecho...

–Ni lo sabrá. Señora Harden, la venganza es una estupidez. Alguien trató de decírmelo, pero yo me negué a escuchar. Quería vengarme de ustedes dos, pero ahora solo quiero recuperar mi vida y seguir con ella lo mejor que pueda. Siento haberles puesto las cosas difíciles a usted y a Cy.

–No me puedo creer que me estés pidiendo perdón después de todo lo que te he hecho.

–Tengo un hijo por el que sería capaz de hacer cualquier cosa para protegerlo, para evitarle sufrimiento. La... la comprendo.

–Sí –suspiró Myrna–. Una madre sería capaz de hacer cualquier sacrificio por su hijo. Cy era lo único que tenía. Y sigue siéndolo. Tal vez lo quise y lo protegí demasiado. Ahora, mis buenas intenciones me parecen muy egoístas, considerando el precio que él ha tenido que pagar por ellas. Tiene que saber lo del niño, Meredith. Aunque me odie cuando sepa lo que hice. Tiene todo el derecho a saber que tiene un hijo.

—No se lo diré —insistió Meredith—. Ya le he dicho que es demasiado tarde. No serviría de nada más que para trastornar la vida de Blake.

—Te puedo llevar a los tribunales —la amenazó Myrna—. Hay pruebas para demostrar la paternidad.

—Sí, pero para realizarlas tienen que contar con mi permiso y no se lo daré. No dejaré que Cy tenga a mi hijo. Ninguno de los dos quería tener nada que ver conmigo hace seis años. Ahora yo soy la que no desea nada.

—¿Te parece justo castigar al niño por los errores que cometí yo?

—Usted no es la persona adecuada para hablarme de justicia —le espetó Meredith.

—Muy bien. Tú puedes hacer lo que quieras, pero se lo voy a contar a Cy.

Meredith sintió que el miedo se apoderaba de ella. No quería admitir lo asustada que se encontraba. Además, aún existía la posibilidad de que Myrna estuviera lanzando un farol.

—Haga lo que quiera.

Myrna dejó escapar un suspiro.

—¿No crees que quiera decirle a mi hijo lo que he hecho con su vida por un amor exagerado? —le preguntó la mujer—. Yo soy la mala de la película y aceptaré lo que me sobrevenga. Sin embargo, no consentiré que Cy no sepa que tiene un hijo.

—¿Y Blake? —preguntó Meredith—. ¿No se ha parado a pensar lo que va a hacer con su vida? Él cree que su padre es Henry Tennison.

—Blake tiene todo el derecho a saber quién es su verdadero padre, ¿no te parece? Tal vez, si un día descubre la verdad, te odiará por no habérselo dicho.

Meredith ya había pensado en aquel detalle.

—No pienso perder a mi hijo.

—Nadie te está pidiendo eso. ¿No te das cuenta de que esto es tan difícil para mí como para ti? Cy me va a odiar.

–Usted es su madre. No la odiará. Me odiará a mí. Le dará una razón más, aunque no la necesita.

–A ti no te odia tampoco –afirmó Myrna, sorprendentemente.

–No conseguirá la custodia del niño.

–Hablas como si creyeras que él se irá a los tribunales en el momento en el que descubra la verdad sobre Blake. Meredith, estoy segura de que mi hijo comprenderá lo que has pasado. No va a culparte de nada. Creo que ya se imagina el daño que te ha hecho. No te lo imagines tan malvado. Aunque sea mi hijo, no es una persona sin sentimientos.

Meredith se miró el bolso. De nuevo, se sentía muy insegura, muy joven.

–Blake es lo único que tengo.

Los ojos de Myrna se llenaron de lágrimas.

–Meredith...

–Tengo que irme. Yo....

Meredith se levantó y salió corriendo de la habitación, dando así a Myrna la victoria en aquella batalla. No tenía fuerzas para seguir luchando.

Myrna observó cómo se marchaba. No había querido disgustarla tanto. Existía la posibilidad de que se marchara y se llevara a Blake. No sabía lo que hacer. Cy tenía que saberlo, pero con ello solo iba a conseguir que Meredith sufriera una vez más. Lo sentía. Su actitud hacia Meredith había cambiado completamente a lo largo de las últimas semanas. No quería volver a hacer daño a Meredith, pero no le quedaba elección. Tenía que decir la verdad. Si Cy la odiaba por ello... Bueno, eso sería precisamente lo que se merecería. Al menos, conseguiría tener la conciencia tranquila y habría dado un paso para lograr enmendar las cosas.

Tomó el teléfono y marcó el número del despacho de Cy.

13

Había pasado mucho tiempo desde la última vez que Cy había estado preocupado por la salud de su madre. Sin embargo, el pálido rostro que lo miraba desde la cama del hospital le hacía sentirse muy intranquilo. Myrna parecía más débil que nunca, a pesar del hecho de que el médico acababa de darles los resultados de las pruebas y había declarado que Myrna estaba muy sana y que se podía marchar a su casa.

–No te pedí que vinieras al hospital por esto –murmuró Myrna, mientras Cy la metía en el coche. Ya casi había anochecido cuando él fue a buscarla.

–No me ha venido mal –respondió él antes de arrancar el coche–. Me alegro de que no haya sido nada serio. Me habías asustado mucho.

–Fue una noche de muchas sorpresas –afirmó Myrna, mirando por la ventana–. Imagínate, la pequeña Meredith Ashe resulta ser la famosa señora de Henry Tennison.

–Y yo le di un trabajo como camarera –musitó Cy–. Supongo que ella aún no habrá parado de reírse. ¿Ha venido a verte?

–Sí. Por eso... por eso te llamé a tu despacho.
–¿Y bien?
–Es una historia muy larga. ¿Podemos esperar hasta que lleguemos a casa?
–Como quieras.

Recorrieron el resto del trayecto hasta la elegante mansión en silencio. Durante el mismo, Myrna trató de reunir el coraje suficiente para contarle lo que había hecho. Cuando Cy la ayudó a salir del coche, las manos le temblaban considerablemente.

Hizo que el ama de llaves, la señora Dougherty, les llevara una bandeja con café al salón. Allí, se sentaron y esperaron que la mujer los sirviera antes de hablar.

–Si es por lo de los poderes, no tienes que preocuparte –le dijo Cy cuando se quedaron a solas–. Meredith no lo sabe, pero su propio cuñado está contra ella. La quiere echar de la empresa. Me ha ofrecido su cooperación para conseguir el control del resto de las acciones antes de que la junta tome una decisión sobre la absorción.

–Pero eso no es justo –comentó Myrna, frunciendo el ceño–. Es una traición.

–Creía que eras la peor enemiga de Meredith.

–En muchos sentidos, lo he sido –admitió ella, tras respirar profundamente. Entonces, miró a su hijo con los ojos llenos de tristeza y arrepentimiento–. Cy, he hecho algo muy malo.

–Únete al club.

–Hablo en serio –afirmó ella, dejando la taza sobre la mesa–. Cy, yo pagué a Tony Tanksley para que robara ese dinero e implicara a Meredith. Yo le di la combinación de la caja fuerte.

Cy no pareció reaccionar en absoluto. Se limitó a mirarla fijamente.

–¿Que hiciste qué?

–Yo le tendí una trampa –contestó Myrna, tras tragar saliva–. Cy tenía solo dieciocho años, era una ingenua y carecía de sofisticación...

—Yo no sabía que tenía dieciocho años. No lo supe hasta que Tony y tú os enfrentasteis a ella aquel día. Ella me dijo que tenía veinte años.

—No lo sabía...

—Cuando supe la verdad, me sentí un idiota. No tenía ningún derecho a hacerle daño del modo en que se lo hice. ¿Sabías que se marcharía?

—Me imaginé que así lo haría —admitió Myrna, muy pálida—. Era una muchacha muy orgullosa y no se habría atrevido a pedirte ayuda cuando... cuando tú creíste las mentiras que Tony y yo te contamos sobre ella.

—Ella no necesitaba ayuda, ¿verdad? Me imagino que tú le diste suficiente dinero como para poder escapar de la ciudad.

—Sí, pero me lo devolvió, junto con todos los regalos que tú le diste y yo nunca te lo dije. Todas las joyas están en uno de los cajones de mi cómoda.

—¿Cómo pudiste hacerle eso, madre? —le preguntó Cy, incrédulo—. ¿Acaso no sabías el daño que yo le había hecho ya?

—Tenía miedo de que te casaras con ella. Que Dios me perdone. Yo quería una muchacha de la alta sociedad, alguien de buena familia, con educación, dinero y respetabilidad. Yo había sacrificado tanto para meternos en sociedad, para mantenernos allí... Pensé que te olvidarías de ella —concluyó, cerrando los ojos.

—Lo intenté, pero no pude hacerlo.

Myrna vio el dolor que se reflejaba en los ojos de su hijo y sintió una profunda pena.

—Al final, casi no pude soportarlo. No podía dejar que acusaras a Tony por miedo a que él pudiera contarte la verdad y le di un billete de avión para que se marchara antes de que tú pudieras interrogarle. Incluso entonces, tenía miedo de que fueras a ir detrás de ella.

—Y lo dice. Contraté detectives privados, pero pareció que ella se había desvanecido.

—Sí... Yo también contraté a varios detectives por mi

cuenta –confesó, sonriendo cuando Cy la miró sorprendido–. Me sentía tan culpable por lo que había hecho... No podía vivir sin saber si ella estaba bien, especialmente dadas las circunstancias –añadió. Entonces, respiró profundamente antes de continuar–. Cy, cuando Meredith se marchó de Billings, estaba embarazada.

Cy se sintió como si se le cortara la respiración. Pareció que los pulmones se le paralizaban. Sintió el horror de aquellas palabras en cada célula de su cuerpo mientras miraba a su madre sin saber qué hacer. Embarazada. Meredith estaba embarazada cuando se marchó. ¡Embarazada de su hijo!

Myrna lanzó un gemido y enterró el rostro entre las manos.

–Perdóname, hijo –susurró–. ¡Cy, perdóname! Debí de volverme loca. Jamás me perdonaré por lo que hice.

–¿Acabas de decirme que la obligaste a marcharse sabiendo que estaba embarazada de mi hijo? –le preguntó él con voz ronca. Entonces, se puso de pie. Estaba muy pálido–. ¿Dejaste que se marchara así?

–¡Tú me dijiste que no querías casarte ni tener hijos! –exclamó ella, temerosa al ver el odio que se reflejaba en el rostro de su hijo.

–¿De verdad creíste que rechazaría a mi propio hijo? –le espetó. De repente, recordó el rostro de un niñito vestido con un pijama y arrastrando un conejito de peluche–. ¡Dios mío! El niño de Meredith no es el hijo de Henry Tennison, sino que es el mío...

La realidad le resultaba imposible de soportar. No era de extrañar que Meredith lo odiara. De repente, recordó lo mucho que el niño se parecía a él y se maldijo por no haber podido reconocer unos ojos y un cabello que eran idénticos a los suyos.

Myrna se mostraba completamente derrotada.

–Sí... Es tu hijo.

Cy apretó los puños. Trató de hablar, pero las palabras se le ahogaron en la garganta. Se dio la vuelta y salió del salón sin mirar atrás. El cerebro le ardía por lo que acababa de averiguar.

Myrna echó a correr hacia la puerta para detenerlo, aunque no pudo conseguirlo. No sabía lo que él era capaz de hacer. Tenía una expresión tormentosa en el rostro.

Cy se montó en su Jaguar e hizo rechinar la grava al arrancar. No era capaz de pensar ni de sentir. Se sentía completamente insensible. Meredith estaba embarazada de su hijo y su madre lo había sabido. La había acusado injustamente, la había hecho huir de la ciudad... En cuanto a él, su miedo al compromiso había contribuido a destruir la vida de la joven. Si hubiera tenido menos miedo a las cosas permanentes, tal vez Meredith se habría sentido con fuerzas para decirle que estaba embarazada. Si lo hubiera hecho, se habría casado con ella enseguida a pesar de sus propios miedos. Sin embargo, ni siquiera había tenido la oportunidad de hacerlo. Myrna se había asegurado de que Meredith saliera de sus vidas. El destino la había colocado en manos de Henry Tennison.

Tenía un hijo que no lo conocía, un hijo que llevaba el apellido Tennison y que crecería como tal. Meredith no se lo había dicho. ¿Cómo podía culparla? Ella era la verdadera víctima de todo esto, la única que había sido sacrificada. Se la había apartado solo porque su madre creía que no era lo suficientemente buena como para ser una Harden.

Salió a la autopista sin saber en realidad adónde iba. Tenía que asimilar lo que acababa de averiguar

¿Lo odiaría Meredith? Dios sabía que tenía todo el derecho a hacerlo. Debía de haber planeado muy cuidadosamente aquella OPA contra su empresa, preparado todo para poderles tender una trampa sin que se enteraran. Habría funcionado si el cuñado de Meredith no hubiera estado tan sediento de poder. Él era la clave para la victoria de Harden Properties.

Recordó el aspecto que el niño había tenido aquella mañana en brazos de Meredith. Era un muchacho de cabello oscuro con ojos como el terciopelo marrón. Sintió que algo se despertaba dentro de él al recordarlo. Jamás se había fijado demasiado en los niños. Acababa de darse cuenta de lo vacía que había estado su vida. Cuando escuchaba a sus ejecutivos hablar de sus hijos, de la rutina de la vida familiar, se sentía superior porque él era libre para hacer lo que quisiera. Sin embargo, a pesar del glamour y la riqueza de su estilo de vida, se encontraba completamente solo. El corazón se le había enfriado desde que Meredith huyó. Él la había acusado de robo, de haberle dado una puñalada por la espalda cuando Meredith estaba embarazada de su hijo y ni siquiera podía decírselo.

Lanzó un gruñido en voz alta y apretó con fuerza el acelerador. ¿Cómo había podido Myrna haberle hecho algo así a Meredith? A pesar de todo lo que le había dicho, del miedo que había tenido al compromiso, cuando Meredith se marchó, se dio cuenta de lo que había perdido. A pesar de las pruebas, de la supuesta confesión de Tony, no había logrado creérselo porque sabía lo mucho que Meredith lo amaba.

Amor. Jamás le había dicho que la amaba. Sin embargo, cuando tenía a Meredith gimiendo entre sus brazos, lo sentía. Lo que ella le daba a sus sentidos no tenía precio. Le hacía sentirse seguro y querido. No había querido llamarlo amor, sino que lo había etiquetado como obsesión y se había odiado a sí mismo por ceder, por sentirse prisionero de aquel éxtasis. Sin embargo, el modo en el que había arraigado en él era innegable. Durante seis años lo había mantenido preso en su embrujo y aún seguía así. Solo tenía que mirar a Meredith para saber que moriría solo por tenerla. ¿Solo deseo? No le parecía probable.

Tenía que hacer que Meredith lo comprendiera. Tenía que demostrarle que sentía algo por ella, no porque fuera Kip Tennison y tuviera los suficientes poderes como para poder arrebatarle su empresa o porque tuviera dinero y poder, sino porque era la única mujer por la que había sentido algo y porque ella le había dado un hijo.

Tenía que haber algún modo de convencerla de que había cambiado. Ya no le asustaba el compromiso. Quería conocer a su hijo, aprender cómo se ejercía de padre. Sabía que Meredith, a pesar de todo lo que le había dicho, lo amaba. Podía conseguir que ella lo perdonara si se esforzaba lo suficiente. El amor no moría... No podía morir. ¿Acaso no había sido Meredith su mundo entero durante aquellos largos y vacíos años?

El corazón se le aligeró al considerar las posibilidades. Si mantenía la cabeza en su sitio, todo podría solucionarse. Por el momento, no podía pensar en su madre. Iba a pasar mucho tiempo antes de que pudiera perdonarla por los años que le había privado de Meredith, de su hijo. En aquellos momentos, lo único que ocupaba su mente era llegar a casa de Meredith todo lo rápidamente que pudiera para decirle lo que sentía y pedirle que le diera una última oportunidad.

El Jaguar ronroneó cuando tomó la última curva antes de bajar una colina. Solo le faltaban unos minutos para llegar...

Seguía pensando cuando los faros de otro coche lo deslumbraron. Dio un volantazo, pero fue demasiado tarde. Las luces se transformaron en una terrible oscuridad y no vio nada más.

Myrna Harden no hacía más que recorrer de arriba abajo el salón después de que Cy se hubiera marchado de la casa. Tenía los nervios desquiciados porque no hacía más que preguntarse adónde se habría ido. Probablemente estaba de camino a casa de Meredith, para hablar con ella. Myrna no sabía cómo iba a vivir con el odio que su hijo había demostrado hacia ella después de saber la verdad. Sin embargo, había tenido que decírselo. Tal y como le había dicho a Meredith, se lo debía a su hijo.

Tenía un pañuelo entre las manos. Seguía llorando. No lograba olvidar el gesto atormentado que se había reflejado en el rostro de su hijo. Habría dado cualquier cosa por poder dar marcha atrás en el tiempo y permitir que Cy viviera su propia vida, pero era ya demasiado tarde. Había hecho tanto daño...

El timbre sonó. Normalmente, la señora Dougherty abría la puerta, pero Myrna estaba poseída por una energía demasiado destructiva. Fue a abrir ella misma.

En la puerta, se encontró con dos policías de Billings. Los hombres la miraban con rostros serios y solemnes.

–¿Es usted la señora Myrna Harden? –le preguntó uno de ellos.

–Sí. ¿Se trata de Cy? –replicó ella, retorciéndose las manos–. ¿Le ha ocurrido algo a mi hijo?

–Me temo que sí, señora –contestó el segundo oficial–. Es mejor que venga con nosotros. La llevaremos al hospital.

–¿Está vivo? Por favor, díganme si está vivo –preguntó frenéticamente. Las lágrimas le corrían por las mejillas mientras tomaba su bolso y seguía a los dos agentes.

–Lo estaba cuando la ambulancia llegó al lugar del accidente, señora. Estoy seguro de que harán todo lo que puedan.

Myrna entró en el coche patrulla. Cy iba a morir. Aquello también sería culpa suya. Lo había dejado marchar, tras haber hecho pedazos su tranquilidad. ¿Habría tenido razón Meredith al decir que era mejor guardar silencio? ¿Habría matado a su propio hijo?

Una retahíla de preguntas la atormentó durante el trayecto al hospital. Entró en Urgencias y permaneció de pie, temblando, mientras la persona responsable de admisiones realizaba preguntas sobre Cy. Las respondió casi sin pensar, esperando que alguien le dijera algo sobre su hijo.

El doctor Bryner, el médico que estaba a cargo de su hijo, salió para hablar con ella cinco minutos después. Se sentó a su lado en la sala de espera.

–Cy está vivo –dijo, aliviando sus peores temores–.

Sin embargo, está en estado crítico. Tiene la espina dorsal muy contusionada y heridas internas, además de ligamentos rasgados y daños en los nervios. Ni siquiera sé por completo la complejidad de sus heridas. Si quiere dejarnos un número de teléfono, la llamaremos en cuanto sepamos algo.

–No me voy a ir a casa. No podría.

–¿Tiene algún pariente a quien podamos llamar para que venga a estar con usted?

Myrna negó con la cabeza. Entonces, se dio cuenta de que sí tenía familia. Más o menos. Cy tenía una familia, aunque acabara de conocer su existencia.

–Sí, sí –respondió.

El señor Smith acababa de meter a Blake en la cama. Meredith estaba sentada en la cocina cuando el teléfono empezó a sonar.

–No hagas caso –le dijo él–. Vete a la cama.

–Seguramente es Don –respondió ella con una sonrisa–. No me puedo permitir ignorarlo –añadió, levantando el auricular–. ¿Sí?

–¿Meredith?

Parecía Myrna Harden.

–Sí –repuso con un cierto tono de curiosidad.

–Meredith, ha habido un accidente –le susurró la voz con voz apesadumbrada–. Estoy en el hospital. ¿Puedes venir, por favor?

Meredith sintió un peso en el estómago. Se sentó y trató de tomar aire.

–¿Ha sido Cy? ¿Ha muerto?

–No –respondió Myrna–, pero... pero está muy grave. Por favor, ¿puedes venir?

–Estaré allí dentro de cinco minutos –dijo Meredith. Rápidamente colgó el teléfono–. Es Cy. Ha tenido un accidente.

–Vestiré a Blake y te llevaremos. No hay discusión –

añadió el señor Smith cuando vio su gesto–. Toma un abrigo.

Meredith obedeció automáticamente, dejando que el señor Smith se hiciera cargo como siempre ocurría en las emergencias. Casi sin que se diera cuenta, él los había llevado al hospital. Allí, en la sala de espera, estaba una llorosa Myrna esperando noticias.

Meredith dejó a Blake a cargo del señor Smith mientras ella se sentaba al lado de Myrna.

–Dime lo que ha ocurrido –le pidió. Entonces, muy pálida, escuchó todos los detalles.

–Tenías razón. No se lo debería haber dicho –susurró Myrna muy triste–. No quise escucharte... ¡Mi hijo se va a morir y eso también va a ser culpa mía!

–No digas eso. No se va a morir –afirmó Meredith.

–Está tan mal herido...

Meredith se levantó y pidió hablar con el médico.

–Soy el doctor Bryner –le dijo el médico, presentándose mientras le daba la mano–. ¿Es usted amiga del señor Harden, señora Tennison?

–Una amiga de muchos años –replicó ella–. ¿Qué se puede hacer?

El médico le dio una explicación abreviada de las lesiones que sufría Cy y los resultados que habían dado las primeras pruebas, que eran mucho peores de lo que había imaginado en un principio.

–Se necesita operar inmediatamente, antes de que su estado se deteriore. Tenemos un cirujano ortopédico, pero a él le parece que lo que el señor Harden necesita es un neurocirujano.

–¿Quién es el mejor especialista en ese campo?

–El doctor Miles Danbury, de la clínica Mayo.

–¿Puede conseguir que venga él a operarlo?

–Si usted se puede permitir sus honorarios y conseguirme un avión privado, sí.

–Llámelo ahora mismo.

Meredith reflexionó sobre la importancia de lo que el

dinero y las influencias pueden conseguir. En pocos minutos, Danbury había accedido a hacerse cargo del caso y Meredith lo había organizado todo para que un avión de Tennison fuera a recogerlo para transportarlo a Billings.

–Acaba de mejorar sus posibilidades de volver a andar en un setenta por ciento –dijo el doctor Bryner.

–Lo que necesite. Lo que sea, doctor –afirmó Meredith–. El dinero no es un problema.

–La mantendremos informada. ¿Estará usted con la señora Harden?

–Sí. Gracias.

Myrna había contemplado la escena con un profundo asombro en los ojos.

–Eres muy eficiente –dijo la mujer–. Yo... yo no habría sabido qué hacer.

–Estoy acostumbrada a tener que organizar las cosas –respondió Meredith–. Se trata simplemente de hacer lo que hay que hacer.

–Yo habría podido pagar los honorarios, pero lo del avión privado... Por supuesto, te lo pagaremos todo –añadió con frío orgullo.

–Cy es el padre de mi hijo –replicó Meredith, igual de tensa–. Yo tengo tanta culpa como tú en ese accidente.

–Estaba furioso conmigo –susurró Myrna con tristeza–. No lo culpo. Sin embargo, tal vez no quiera volverme a hablar.

–Estoy segura de que lo superará con el tiempo –afirmó Meredith–. Yo estoy en el mismo barco que tú. No solo le he ocultado la existencia de su hijo, sino que también he tratado de despojarle de su empresa. Creo que, en puntos, tengo algunos más que tú.

–Si se pone bien, no me importará que me odie –susurró Myrna con una sonrisa.

–A mí tampoco –admitió Meredith.

En aquel momento, Blake se le acercó y le colocó una mejilla sobre el regazo.

–Mamá, quiero irme a casa –musitó.

–El señor Smith te llevará, tesoro –dijo ella suavemente, besándole la cabeza.

–No, el señor Smith no puede –musitó el guardaespaldas–. ¿Cómo si no vas a regresar tú a casa?

–No me voy a marchar hasta que termine todo esto –afirmó Meredith–. Estaré aquí mientras dure. Llévate a Blake y acuéstalo y duerme tú también un poco. Tendrás que cuidarlo mientras yo no esté a su lado.

–¡No puedes quedarte en una sala de espera toda la noche! –explotó el señor Smith.

–Claro que puedo –le espetó Meredith–. No me voy a marchar hasta que no sepa cómo está. Hasta que no sepa que se va a poner bien.

–¡Mujeres! –bufó el guardaespaldas.

–¡Hombres! –replicó ella–. Márchate.

–Muy bien –suspiró él–. Espero que todo vaya bien.

–Y yo también –observó Meredith. Entonces, abrazó a Blake y le dio un beso en la mejilla, consciente del modo en el que Myrna estaba mirando al niño–. Que duermas bien, mi cielo. Mamá estará en casa por la mañana, ¿de acuerdo?

–De acuerdo –repitió el niño. Entonces, dejó que el señor Smith lo tomara en brazos y se lo llevara.

–Es un niño precioso –dijo Myrna, suavemente.

–Sí. Por dentro y por fuera. Tampoco está mimado –añadió–. No tiene juguetes carísimos ni ropas de diseño ni lujos que yo considere innecesarios. Quiero que crezca comprendiendo que el dinero no lo puede comprar todo.

–Bien hecho –replicó Myrna–. Ojalá alguien me lo hubiera dicho a mí cuando era más joven. Acabo de darme cuenta de la maldición que puede suponer el dinero.

–O, en este caso, una bendición –dijo Meredith, pensando en las posibilidades que Cy tenía por su dinero.

–Se pondrá bien, ¿verdad? –preguntó Myrna, muy preocupada–. ¿Crees que sobrevivirá?

—Por supuesto que sí –afirmó Meredith con firmeza.

Permanecieron sentadas en silencio, tomando café y hablando sin ganas. Horas más tarde, casi al amanecer, llegó el neurocirujano. Como había dormido en el avión, estaba completamente despejado. Le dio la mano a Meredith y a Myrna y se fue directamente para hablar con el doctor Bryner sobre el caso. Menos de dos horas después, llevaron a Cy al quirófano. Estaba sometido a sedación profunda. Solo se había despertado durante unos segundos, pero había estado demasiado dolorido como para poder hablar. Al verlo tan magullado y herido, Myrna no había podido contener las lágrimas. Meredith había tenido que contenerse para no llorar. Tenía que ser fuerte.

Sin poder evitarlo, recordó el día en el que murió Henry. Permaneció mirando por la ventana, sumida en sus recuerdos.

Había estado lloviendo. Estaba sentada al lado de la cama de Blake, porque el niño tenía un ligero resfriado y estaba preocupada por él. No había dejado de pensar en la dulzura de los momentos vividos la noche anterior. Por una vez, Cy Harden no había ocupado sus pensamientos y se había dado cuenta de la suerte que tenía de tener a alguien como Henry para que cuidara de ella. Hacía ya tres años que se había marchado de Billings, casi tres años desde que Henry y ella se casaron. Había aceptado ya el hecho de que no volvería a ver a Cy y que su única lealtad estaba al lado de Henry. Estaba tratando de sacar lo mejor de su situación, pero ya no era tan difícil como había imaginado. No había pensado en Cy durante una noche entera. Aquel hecho, le había dado esperanza de que al fin podría encontrar la felicidad con Henry.

Cuando el teléfono empezó a sonar, sonrió. Seguramente era Henry, que la llamaba desde el aeropuerto para despedirse de ella. Dejó a Blake jugando en la cama y echó a correr hacia su dormitorio para contestar el teléfono.

La voz que le habló desde el otro lado de la línea de teléfono era Don. No quiso hablar con ella. Le pidió que le dijera al señor Smith que se pusiera al aparato.

Atónita, Meredith llamó a su guardaespaldas y esperó mientras el rostro estoico del señor Smith reflejaba primero sorpresa y luego pena. Colgó.

Como si hubiera ocurrido el día anterior, Meredith recordó con todo detalle la secuencia que se produjo a continuación.

–Siéntate –le había dicho el señor Smith. Entonces, se arrodilló ante ella y le tomó las manos entre las suyas–. Sé fuerte. El avión de Henry acaba de estrellarse. Ha muerto.

Al principio, no había logrado comprender las palabras. Se había quedado mirando fijamente al señor Smith.

–¿Que se ha muerto?

–Sí, Kip. Lo siento mucho...

En aquel momento, la angustia la sumió en un mundo de insensibilidad absoluta. Empezó a gritar cuando por fin consiguió darse cuenta de lo que había ocurrido. El señor Smith la tomó entre sus brazos y trató de calmar su pena. Ella estuvo llorando hasta que estuvo completamente agotada. Entonces, el señor Smith la llevó a la cama y la arropó como si fuera una niña, dejándola tan solo el tiempo suficiente para ir a llamar al médico y comprobar cómo estaba Blake.

Los largos y terribles días que se produjeron a continuación fueron como una pesadilla. Don y el señor Smith la apoyaron constantemente hasta el día del entierro y el de la lectura del testamento. Ni siquiera eso le produjo una gran impresión. Había perdido a Henry justo cuando estaba empezando a amarlo. No le parecía justo. Tenía la impresión de que su vida estaba destinada a no ser otra cosa más que una interminable tragedia. Y, ya en el presente, existía la posibilidad de que perdiera también a Cy.

Myrna le tocó suavemente el brazo y, cuando ella se dio la vuelta, la mirada que vio en sus ojos la asustó.

–¿Te encuentras bien? –le preguntó suavemente.

–Estaba recordando el día en el que murió Henry. Me sentía... así. No creo que pueda seguir viviendo si Cy muere –susurró, mirando a Myrna con ojos asustados.

Myrna leyó en su mirada la profundidad de sus sentimientos y no supo qué decir. Amaba a su hijo, pero hacía una eternidad desde la última vez que había amado a un hombre. Su esposo le había hecho tanto daño... Sin embargo, no le había importado nunca, no como el otro hombre... Sus rasgos se suavizaron al recordar el adorado rostro oscuro que aún turbaba sus sueños. Ella había amado también en una ocasión con toda la pasión que Meredith sentía por Cy y comprendía perfectamente cómo se sentía.

–Saldrá adelante –le dijo–. Lo sé.

Meredith respiró profundamente y desvió la mirada. Se sentía algo avergonzada. No confiaba mucho en Myrna y temía haber revelado demasiado sobre sí misma. Regresó a su asiento y tomó la taza de café. Estaba frío, pero el gusto amargo la reanimó un poco. No podía ceder ante la debilidad. Tenía que ser fuerte por el bien de Blake.

No se permitiría pensar sobre cómo sería la vida si Cy moría en el quirófano. Su orgullo, su venganza, su necesidad de devolverle el sufrimiento que él le había causado... Todo pasó a un segundo plano. El pasado no importaba cuando el presente podría arrebatarle al único hombre que había querido de verdad. No se atrevía a pensar en el futuro. Si Cy moría, ni siquiera lo tendría.

14

La operación duró varias horas. La falta de sueño finalmente arrastró a Meredith a un estado de semiinconsciencia.

Tuvo unos sueños alocados y turbadores. Finalmente, una mano la sacudió suavemente.

–Meredith, ha salido del quirófano –le dijo Myrna. Tenía los ojos muy brillantes y estaba sonriendo–. ¡Todo ha ido muy bien!

–Oh, gracias a Dios –exclamó Meredith, ocultándose el rostro entre las manos. Tuvo que esforzarse para contener las lágrimas–. Gracias a Dios.

Myrna se sentó a su lado. Tenía los ojos enrojecidos y el rostro agotado.

–No podremos verlo hasta que salga de la sala de reanimación, pero el doctor Danbury dice que está casi seguro de haber arreglado la mayor partes de los daños. Al menos, Cy no quedará paralizado por completo.

Meredith se puso en pie lentamente. Al asimilar aquel último comentario, abrió mucho los ojos.

–¿Qué quieres decir con eso de «por completo»?

Myrna dudó. Entonces, tomó la mano de Meredith entre las suyas.

–Tal vez no pueda volver a andar.

Meredith empezó a llorar casi sin darse cuenta.

–Pero la operación...

–Todo depende de lo bien que él se recupere –le informó Myrna–. No lo sabrán durante varios días.

El pensamiento resultaba aterrador. Cy era un hombre tan vital y animado... Verse confinado a una silla de ruedas lo anularía más mental que físicamente.

–No se lo pueden decir –dijo Meredith–. No debe saber que existe la posibilidad de que pueda quedarse paralítico.

–Ya se lo he dicho a los médicos –afirmó Myrna–. Lo conozco tan bien como tú. Aunque no sea tan buena madre como debiera ser, es mi hijo y lo quiero mucho.

–Yo jamás he dudado de eso.

Myrna dudó. Buscó un tono de sarcasmo, pero no lo encontró. Como ella misma, Meredith estaba demasiado agotada para discutir.

Cuando por fin se les permitió entrar en la unidad de cuidados intensivos para ver a Cy, Meredith estaba prácticamente dormida de pie. Permaneció al lado de la cama, viendo como Myrna le acariciaba el cabello y la pálida frente. Tenía los ojos cerrados, por lo que unas largas y espesas pestañas le caían por las mejillas. Los pómulos aparecían enfatizados por la palidez del rostro. Estaba enganchado a innumerables tubos y cables, por lo que parecía formar parte de las máquinas que lo rodeaban.

–Cy, ¿me oyes? –susurró Myrna–. Cariño, ¿me oyes? Soy tu madre.

No hubo respuesta alguna. Ni siquiera un pestañeo. El pecho subía y bajaba suavemente, pero no había ningún otro movimiento. Meredith lo observaba con una cierta desesperación. Cy era un hombre muy fuerte, pero ¿querría vivir sabiendo las condiciones en las que tendría que estar el resto de su vida? ¿Lo presentiría aunque no se lo dijeran? Había oído que hasta los pacientes que están en coma oían lo que pasaba a su alrededor.

Se acercó un poco más a la cama y le tocó el pecho suavemente.

–Volverás a andar –le dijo con voz fuerte–. Te volverás a poner de pie porque eres un luchador. Tienes que serlo, a menos que quieras que te arrebate Harden Properties.

–¡Meredith!

Sin embargo, Meredith se llevó un dedo a los labios. Estaba observando atentamente el rostro de Cy. Él no se movió, pero frunció el ceño e hizo un gesto de dolor.

–Sí, puedes oírme, ¿verdad? –prosiguió Meredith, acercándose un poco más–. Tendrás que salir luchando de esta situación. Si quieres, puedes hacerlo. Y claro que vas a querer, ¿verdad? Un Harden no se queda tumbado para morir mientras haya batalla.

Sin articular palabra, Cy formó una palabra con los labios.

–Luchar...

Myrna siguió a Meredith al exterior de la sala.

–¿Crees que le deberías haber dicho eso? –le preguntó.

–Sí. ¿No has notado cómo ha respondido al desafío? –replicó Meredith–. Tiene una razón para seguir con vida. Yo se la he dado.

–¿Serás capaz de hacerte con la empresa?

–Aún no he decidido si quiero hacerlo. Lo que sí deseo son los derechos sobre los minerales. Cy y yo estamos casi iguales. Las operaciones nacionales de Tennison International y del alcance de Harden Properties son prácticamente iguales. Todo depende de quién consiga más votos.

–Él jamás te perdonará.

–No me perdonara por Blake –replicó Meredith, encogiéndose de hombros–. ¿Qué tiene de malo un pecado más en mi conciencia?

—Me odiará a mí, no a ti.

—Yo no estaría tan segura. Cuando salga de la anestesia, se acordará de todo, incluso del hecho de que yo lo dejé en evidencia cuando conseguí todos esos poderes delante de sus narices. Tampoco le gustará mi apellido ni mi talento para los negocios. Cy se acuerda de una muchacha de dieciocho años que jamás hablaba de cosas más importantes que la comida o el tiempo. Yo ya no soy esa mujer.

Myrna recogió su bolso y su abrigo.

—Cy no sabía que tú tenías dieciocho años. Aquel día en la casa, cuando yo te di mi sorpresa...

—¿Cómo dices? —preguntó Meredith.

—Tú le dijiste que tenías más edad, ¿no?

—Sí. Sabía que él jamás habría querido tener nada que ver conmigo si hubiera sabido que yo acababa de cumplir los dieciocho. Yo no sabía si él descubriría la verdad alguna vez. Después de que empezamos una relación, tuve demasiado miedo de perderlo si decía nada.

—Él me dijo que se quedó asombrado cuando supo la verdad. Fue una de las razones por las que te dejó marchar. Menos de dos días después, estaba prácticamente seguro de que Tony había mentido, pero, para entonces, Tony ya estaba fuera del país y él no pudo encontrarlo. Yo me ocupé muy bien de todos los detalles. Sabía que no desayunabas porque tenía espías en el café. Sabía que el uniforme te quedaba demasiado ceñido por la cintura y que estabas teniendo náuseas. No me hizo falta mucha imaginación para saber que estabas embarazada y la expresión de tu rostro me lo confirmó cuando te lo pregunté. Traté de justificar de mil maneras lo que había hecho, pero no fue fácil. Una cosa era echarte de la ciudad y otra muy distinta apartar a mi nieto. Debí de volverme loca... Cerré la mente a todo menos a lo de buscarle una esposa adecuada a mi hijo para asegurarme de que a él nunca le faltara el dinero.

—Recuerdo que el dinero era una obsesión para ti.

—Crecí rodeada de pobreza —confesó Myrna—. Mi madre era... era prostituta —añadió, cerrando los ojos—. No puedo hablar de ello. Vamos. Te dejaré en tu casa de camino a la mía.

Meredith se había quedado asombrada por aquella confesión. Se preguntó si se lo habría dicho también a Cy. Tal vez la falta de sueño y la preocupación le habían hecho bajar la guarda. Meredith estaba segura de que se lamentaría por lo que acababa de hacer. Sin embargo, decidió que no podía tenerle compasión a Myrna. Después de todo, ella quería arrebatarle a su hijo. Eso la convertía en un ser peligroso.

—Yo puedo llamar al señor Smith para que venga a por mí.

Myrna se volvió y miró a Meredith con una expresión de perplejidad en el rostro.

—Acabo de darme cuenta de que no tengo coche —dijo—. Vine aquí con la policía.

Meredith sonrió.

—Bueno, en ese caso, tendrá que recogernos el señor Smith.

El guardaespaldas llegó en la limusina unos minutos más tarde. Cuando Meredith y la señora Harden se montaron en el asiento trasero, se encontraron con un sonriente Blake.

—Toda la noche y la mitad del día —gruñó el guardaespaldas—. Necesitas que te examinen la cabeza. No puedes pasar sin comer ni dormir.

—Tenía otras prioridades —le dijo Meredith mientras abrazaba a su hijo—. Espero que te hayas portado bien, Blake.

—Sí, mamá.

—¿No has vuelto a tirar más patitos de goma por el retrete?

—No, solo trapos.

Meredith lanzó un gruñido.

—Cy solía hacer eso —murmuró la señora Harden—. Y, en

una ocasión, metió la marcha del coche y se deslizó en su interior colina abajo. Cuando conseguimos parar el vehículo, estábamos frenéticos, pero él no hacía más que reírse y repetir que quería volver a hacerlo.

Meredith sonrió. Trató de imaginarse a Cy de niño, pero no pudo. Sabía muy poco de su vida privada o de su pasado. En realidad, nunca habían hablado. En el pasado, él la había deseado demasiado. Se la metía en la cama o la llevaba a cenar y poco más. Cuando hablaban, lo hacían casi siempre sobre algo impersonal. Jamás hablaban de sí mismos o del futuro. Cy parecía pensar que no existía.

–Me dijiste que Cy no sabía que yo tenía dieciocho años... ¿Le importó cuando se enteró? –le preguntó a Myrna.

–Le importó mucho. Las muchachas de dieciocho años se enamoran y se desenamoran con mucha facilidad. También estaba el hecho de que tú no supieras mucho sobre los hombres. Él había dado por sentado que tú tenías experiencia, según creo.

–Sí, es cierto... Yo quería salir con él. Las otras chicas me dijeron que él no tendría nada que ver con las buenas chicas.

–Oh, Meredith...

–Resulta maravilloso poder mirar atrás –susurró, besando distraídamente el cabello de Blake–. Cometí muchos errores, pero estaba muy enamorada de él.

–Él no lo sabía.

–No quería saberlo. Me dijo una y otra vez que huía de los compromisos. El matrimonio significaba fidelidad y él no creía en ella... –dijo Meredith. Reclinó la cabeza sobre el asiento y cerró los ojos–. Estoy tan cansada...

–Yo también. ¿Vas a regresar al hospital?

–¿Cómo no voy a hacerlo? Él necesitará un chivo expiatorio. De hecho, el señor Smith me dijo hace unos días que era mejor que tú y yo encontráramos un buen agujero para escondernos cuando supiera la verdad.

—Bueno, supongo que yo podría comprar la pala –comentó Myrna con una sonrisa–. Eso si tú me ayudas a cavar.

—Mientras Cy esté lo suficientemente bien como para arrojarnos a las dos dentro –replicó Meredith riendo–, no me importa.

—Claro que no.

Dejaron a Myrna en su casa y, a continuación, se dirigieron a la de Meredith.

—¿Cómo está? –le preguntó el guardaespaldas, cuando Blake estuvo sentado delante de la televisión viendo un programa educativo.

—Su estado es crítico, pero sobrevivirá. Entré en la UCI y le desafié a que me dejara hacerme con su empresa. Creo que eso le hizo reaccionar. Cuando nos marchamos, estaba luchando.

—Buen incentivo.

—Espera hasta que recupere el conocimiento. No me gustaría estar cerca de él entonces. Y su madre va a sufrir las consecuencias.

—No has conseguido olvidarlo, ¿verdad? –le preguntó el señor Smith.

Meredith se dio la vuelta, negándose a responder.

—Necesito dormir unas horas. ¿Te importa llamarme sobre las cinco?

—Claro. Yo cuidaré del niño. Por cierto, Don ha llamado.

—¿Le dijiste lo de Cy?

—No. Eso es asunto tuyo.

—Me gusta tu sentido de la lealtad, señor Smith –comentó ella con una sonrisa.

—Yo trabajaba para Henry, no para su hermano. Además, Don está tramando algo.

—No estoy ciega –replicó ella–. Llevo semanas escuchando retazos de conversación y he descubierto muchas cosas la última vez que he estado en Chicago. Sé lo que está tramando. Está negociando a mis espaldas. Cuando esté más despierta, voy a comprobar esos poderes. Si está tratando de negociar con Cy, tendrá que tener firmes promesas de apoyo para su posición.

–¿Crees que hablará alguno de sus contactos?

–La mayoría no se atrevería. Sin embargo, el tío abuelo de Cy es un hombre de palabra y lo hará. Siente simpatía por mí.

El señor Smith sonrió ante el aspecto que ella tenía, aun estando mal peinada y medio dormida.

–No lo culpo. A mí también me gustas.

–Eso jamás le ocurrió a Cy –comentó Cy, frunciendo el ceño–. Me deseaba. Estaba obsesionado conmigo, pero no me conocía de verdad. Yo sé más sobre tu pasado que sobre el de él. No creo que jamás habláramos de nada personal.

–Hace seis años eras una persona muy diferente.

–Sí. Efectivamente, ya no soy la mujer que él recuerda. Me pregunto si se ha dado cuenta.

–Dale tiempo y lo hará.

–Espero que tenga tiempo. Espero que pueda volver a caminar.

–El tiempo lo dirá.

–Sí.

Meredith subió la escalera. Estaba muy cansada. Sin embargo, cuando se tumbó en la cama y trató de dormir, los recuerdos se lo impidieron.

La primera vez que hicieron el amor, Cy la había llevado a montar a caballo al rancho familiar, que estaba en las afueras de la ciudad. A Myrna no le parecía lo suficientemente aceptable para vivir, pero a Cy le encantaba.

Meredith había conocido a Myrna Harden aquella mañana, en la mansión que la familia tenía en Billings. La mujer se había mostrado inmediatamente fría y hostil. Había dejado muy claro que no tenía ningún interés por una de las muchas chicas con las que salía su hijo y no había dejado pasar la oportunidad de mencionar que, aquella noche, su hijo tenía una cita con una muchacha de buena familia.

El incidente le había provocado un mal sabor de boca a Meredith. Había empezado a sospechar que ella no era la única chica para Cy y sabía que no podía competir con una chica de la alta sociedad. No tenía ni la educación, ni las ropas ni el dinero. Lo único que tenía era un cuerpo que él deseaba. Sin embargo, si se lo daba, podría ser que no volviera a verlo después. No sabía qué hacer.

Cy había atado los caballos a unos árboles y había llevado a Meredith a la orilla de un arroyo que partía en dos la finca. Él iba vestido con unos vaqueros, como ella, una camisa de franela y un sombrero. Meredith completaba su atuendo con una blusa de color rosa. Era verano y hacía mucho calor. Estaban a una gran distancia de la casa o de cualquier lugar habitado.

–Pensé que me habías dicho que este era un rancho muy pequeño –murmuró secamente Meredith, sonriendo al ver cómo él se apoyaba sobre un árbol con el sombrero en los ojos.

–Es pequeño, cielo –dijo él–. Comparado a los ranchos que suele haber en Montana, la tierra cabe en un dedal.

–Pues a mí me parece muy grande.

Se rodeó las piernas con los brazos y apoyó la barbilla sobre las rodillas. El viento le alborotaba el cabello. De repente, notó que la mano de Cy se lo agarraba y tiraba de ella hacia atrás, de modo que la hizo caer al suelo. Entonces, colocó una pierna sobre las de ella y la miró con sus relucientes ojos oscuros.

Era como un sueño para ella... Olía la cara colonia que él llevaba, el del cuero... Era alto y fuerte.

La presión de aquella pierna sobre las de ella era muy íntima, como el modo en el que el torso aplastaba los pechos. A Meredith le encantaba aquella postura. Le encantaba él. Llevaba días deseando que él la tocara, pero Cy había mantenido las distancias. Aquella era la primera vez que estaban cerca y eso provocaba que el cuerpo le vibrara de un modo muy peligroso.

Cy estaba sintiendo algo parecido. Ya no podía contener más el deseo. La necesitaba. Meredith se mostraba sumisa y dulce y era lo suficientemente mayor como para saber lo que quería. No había razones para seguir conteniéndose.

—Llevo días esperando esto —dijo él con voz ronca—. ¿Tienes miedo de mí, Meredith?

—No. No te tengo miedo —susurró ella, a pesar de que sí estaba asustada. Jamás había conocido la pasión de un hombre y, en la postura en la que estaban en aquellos momentos podía sentir la fuerza de la erección de Cy contra la pierna.

Se le ocurrió que algunos hombres debían de estar más generosamente dotados que otros y sintió un momento de pánico al preguntarse si podría acogerlo dentro de su cuerpo, dada su falta de experiencia.

Cy no sabía que ella era virgen, porque Meredith le había hecho creer algo muy diferente. Pensaba que tenía veinte años, cuando solo contaba con dieciocho. Tantas mentiras...

Cy se inclinó sobre la boca de ella e hizo que se abriera de un lametazo.

—Muy suave —susurró—. Y dulce como el azúcar.

La lengua se introdujo hasta los más oscuros recovecos de la boca de ella con un lento y sensual ritmo que produjo un extraño efecto en el cuerpo de Meredith. Los pezones se le irguieron y sintió una cálida humedad entre las piernas. Poco a poco, la larga pierna de Cy se fue colocando entre las de ella y comenzó a moverse con el mismo ritmo que la lengua. De repente, la tortura se detuvo. Instantes después, él le quitó la blusa y el sujetador y la boca se prendió en un seno desnudo con una ferocidad que la llenó de un profundo placer. Meredith no tuvo tiempo de avergonzarse porque él le viera los senos desnudos. Se vio sumergida en una pasión tan profunda en la que no importaba nada más que el placer que Cy le estaba proporcionando.

Después de eso, todo se fundió en un puro éxtasis. Cy

los desnudó a ambos casi sin que ella se diera cuenta. Entonces, mientras la miraba el rostro y los ojos, la penetró con un único y furioso movimiento.

El agudo dolor que Meredith experimentó se vio superado por el increíble placer que experimentó con la penetración. A pesar de todo, notó que no podía acogerlo por completo dentro de ella.

–Dios, eres virgen –susurró él.

Sin embargo, los involuntarios movimientos de Meredith desataron su deseo con una fuerza casi explosiva. Empujó hasta completar su satisfacción, apenas lúcido como para agarrarle las caderas y moverla al mismo ritmo que él. Alcanzó el orgasmo casi inmediatamente y gruñó de placer al escalar las laderas del placer más completo que había experimentado jamás. Tembló contra el cuerpo de Meredith durante una eternidad y, de repente, se relajó y cayó encima de ella, cubierto de sudor.

–Lo siento –musitó. Con la boca, notó que ella tenía los ojos húmedos, pero sonrió, pensando que las lágrimas eran porque no la había satisfecho. Le mordisqueó suavemente la boca–. Esta vez te esperaré, pequeña.

Y así fue. La segunda vez, la besó y la acarició de un modo que ella solo había podido imaginar. El cuerpo empezó a arderle antes de que la estrechara contra su cuerpo y empezara a transportarla a un éxtasis impensable. Meredith gritó de placer, porque este era tan terrible que le pareció estar a punto de morir.

Cuando terminaron, él la abrazó durante un largo tiempo. Meredith tenía la mejilla contra el húmedo y velludo torso de Cy mientras él se fumaba un cigarrillo. No se vistieron porque no había necesidad. El disfrute de Cy por la desnudez de Meredith era evidente. Se terminó el cigarrillo y permaneció mirándola, como si estuviera viendo en ella una belleza que jamás había pensado experimentar. Meredith no se mostró avergonzada. El placer que había encontrado había terminado con todas sus inhibiciones. Su primera vez había sido maravillosa.

La besó con una lenta ternura y la ayudó a vestirse. Aquella había sido la primera de muchas tardes y noches de pasión. Cy jamás hablaba de sus sentimientos ni hacía promesas. En su ingenuidad, Meredith asumía que él había dado por sentado que se casarían, dado que ella se le había entregado. No sabía que Cy solo deseaba su cuerpo y no una vida juntos.

Le tocó llorar cuando, después de que él la llevara al ático y se pasara la tarde haciéndole el amor tras visitar el campo de batalla de Custer, le acusó de haberla convertido en su amante, de avergonzarse de ella y de hacerla sentirse barata.

Tal vez la conciencia había empezado a molestar a Cy porque le dijo que se casarían si eso era lo que ella quería. Sin embargo, no lo dijo de corazón ni mencionó anillo alguno. No quiso pronunciarse en una fecha a pesar de que la llevó a su casa y le dijo a su madre que Meredith y él estaban pensando casarse. Myrna murmuró algo y se marchó de la sala. Cy le prometió que su madre cambiaría de opinión y la llevó a su casa.

Tres días más tarde, por la mañana temprano, Myrna la telefoneó y le pidió que fuera a la casa. Incluso le envió un coche. Meredith pensó que se trataba de una rama de olivo. Sus esperanzas se desvanecieron pronto, cuando entró en la casa y se encontró a una fría Myrna esperándola.

–Sé que estás embarazada, pequeña vagabunda –le susurró Myrna con furia–. Sin embargo, no te va a servir de nada decírselo. Vas a tener que romper con él.

Entonces, acompañó a la asombrada Meredith a otra sala. Cy estaba dentro, acusándola con la mirada. Tony Tanksley, que trabajaba para Cy, estaba también presente. Meredith, que sentía simpatía por Tony, le dedicó una sonrisa. No había hablado nunca con él, pero había ido en algunas ocasiones al café en el que ella trabajaba. Aquella sonrisa ayudó a colocarle la soga alrededor del cuello.

Con voz fría, Myrna Harden comenzó las acusaciones contra ella. Ella había ayudado a Tony a robar una caja fuerte que Cy tenía en su despacho. Meredith había estado allí con frecuencia y había visto cómo Cy la abría. Empezó a palidecer al darse cuenta de que estaba condenada de antemano. Trató de protestar, pero Cy la hizo callar con una brusca voz que le causó tanto impacto como la bala de una pistola.

La señora Harden repasó el robo con pelos y señales e implicó a Tony en la conversación. Él dijo que Meredith le había ayudado a entrar en el despacho de Cy con una llave maestra que habían realizado tomando una impresión en cera de las llaves que Cy tenía en el bolsillo. Además, añadió que Meredith y él habían tenido relaciones íntimas en muchas ocasiones, cuando Cy estaba fuera de la ciudad.

Myrna no le dio oportunidad a Meredith de defenderse. Reveló la edad que la joven tenía en realidad, esperando que Cy no supiera la verdad y explicó que Meredith había estado presumiendo en el café del novio tan rico que tenía y de cómo iba a camelarlo para casarse con él.

Cuando Meredith trató de defenderse, Cy la interrumpió con los ojos llenos de furia y los puños apretados por la rabia y los celos. Le dijo que no era más que una zorra y que quería que saliera inmediatamente de su vida y que se llevara a su amante con ella. Además, prometió que iba a hacer que la arrestaran por robo para que se pudriera en la cárcel.

Por fin, comprendió qué habían significado las amenazas de Myrna. Aunque le dijera a Cy que era inocente, él jamás la creería. Ni siquiera se atrevió a decirle lo del niño porque seguramente pensaría que era de Tony. ¿Cómo podía haber sido tan cruel Myrna Harden con alguien a quien no conocía?

Salió huyendo. Le dolía tanto que Cy hubiera creído todas aquellas mentiras... Antes de que pudiera salir por la puerta trasera, Myrna Harden la alcanzó y le colocó un puñado de billetes en la mano para que se marchara de Billings. Prometió contener a Cy para que pudiera escapar, pero tenía que recibir la promesa de que jamás regresaría. Si lo hacía, la arrestarían con toda seguridad.

Meredith estaba histérica y asustada. Tenía miedo de que Cy llamara a la policía. Decidió que tenía que huir. Dejó que la limusina la llevara a su casa y allí, no le dijo nada a su tía. Se limitó a darle un beso y a recoger sus cosas. Prometió que escribiría muy pronto y que lo explicaría todo. Antes de marcharse, envolvió los regalos de Cy y el dinero que Myrna le había dado en un paquete y le pidió a su tía que se lo enviara a Cy. Entonces, se marchó a la estación de autobuses y tomó el primero que se marchaba, que casualmente se dirigía a Chicago. Allí, el destino le tendió una mano y le cambió la vida.

Abrió los ojos y miró el techo. El círculo se había completado. Su vida había empezado allí y terminaba allí. Tal vez Cy no volviera a andar. Eso no importaba, porque ella lo hubiera aceptado de cualquier manera, pero la amargura y el remordimiento eran pobres cimientos para una relación. La pena lo era aún peor. Cuando él volviera a estar bien, ella podría empezar a enfrentarse a sus sentimientos.

Además, estaba Blake. No sabía cómo iba a reaccionar Cy al saber que tenía un hijo. Podría ser que culpara a Myrna y a ella o que se culpara a sí mismo por aquellos seis años de la vida de Blake que se había perdido. También existía la posibilidad de que, fiel a lo que había dicho de no querer niños, rechazara a su hijo por completo.

Meredith cerró los ojos y trató de relajarse. Tendría que enfrentarse a aquellos problemas cuando surgieran. Mientras tanto, era Kip Tennison y no podía dejar de trabajar solo porque tuviera los nervios destrozados. Tenía trabajo que hacer.

El trabajo le hizo pensar en Don. Frunció los labios y sonrió. Su cuñado estaba tratando de hacerse con la empresa de su hermano y con la de Cy al mismo tiempo. Bien. Tal vez Don tenía derecho a quedarse con Tennison International, pero no iba a conseguirla sin tener que luchar.

Si el desafío era lo que iba a conseguir que Cy se levantara para pelear, lo mismo le ocurría a ella. De repente, se sintió preparada para afrontar todo lo que el destino le pusiera en su camino. En silencio, dio las gracias a Henry, quien le había enseñado cómo salir adelante.

15

Si las sospechas que tenía Meredith sobre su cuñado no habían estado fundadas, la llamada que Don le realizó a última hora de la mañana las habría reforzado por completo.

–Escucha –le dijo después de que ella le contara el accidente que había tenido Cy–, ¿por qué no te tomas unas semanas de vacaciones? No hay nada urgente y yo puedo ocuparme de lo que surja. Enviaré a Foster de viaje en mi lugar y me ocuparé en tu nombre de la absorción de Harden Properties.

–Estoy en mejor posición para ocuparme de la absorción que tú –le recordó ella secamente.

–Bueno, por supuesto. Está la proximidad y todo esto –admitió él–. Yo me refería al papeleo.

Ella casi podía leerle el pensamiento.

–Muy bien. Sin embargo, quiero que me informes de cualquier decisión que tomes y yo me ocuparé de la correspondencia. Nell me la puede enviar diariamente y yo le enviaré las respuestas por fax.

–Muy bien –dijo Don, tras una pausa y un suspiro.

–Don, gracias por tu apoyo. Sé que Henry estaría muy contento con el modo en el que me estás apoyando.

–Te llamaré muy pronto –afirmó él, aclarándose la garganta–. Cuídate.

–Tú también.

Meredith colgó el teléfono y se rio. No se podía confiar en nadie. Henry maldeciría a Don desde la tumba si supiera el modo en el que estaba tratando de controlar la operación.

Sin embargo, mientras se dirigía a la cocina para prepararse un café, reconsideró su postura. Después de todo, Don era el hermano de Henry y tenía todo el derecho a estar resentido porque la mitad de la empresa estuviera en manos de una mujer muy joven. Henry estaba muy enamorado de ella, pero Don no. La empresa era su vida entera.

Frunció el ceño y se tomó el café. En aquel momento Blake y el señor Smith, que habían estado jugando con la pelota en el jardín trasero, entraron en la cocina.

–¡Hace mucho frío, mamá! –le dijo Blake–. Sin embargo, el señor Smith y yo hemos entrado en calor muy rápido con la pelota de rugby.

–Se le da muy bien –afirmó el señor Smith, revolviéndole el cabello al muchacho–. Es un campeón.

–¿Puedo tomar café, mamá? –le preguntó Blake.

–¿Qué te parece si te tomas un chocolate caliente? El señor Smith se tomará uno también.

–Al señor Smith le encantaría, pero lo preparará él –dijo el guardaespaldas–. Tú siéntate. Has tenido una noche muy larga.

–¿A quién fuiste a ver? –le preguntó Blake.

–A un hombre que está en el hospital –respondió Meredith, sin saber qué decir.

–¿Se va a morir?

–No. Espero que no.

Estuvieron unos minutos en silencio, mientras el señor Smith preparaba el chocolate caliente.

—Deja ya de preocuparte y tómate el café —le recomendó el señor Smith—. ¿Vas a regresar esta noche al hospital?

—No lo sé.

Como había llegado la hora de comer, el señor Smith insistió en preparar unos bocadillos. A pesar de que no tenía mucho apetito, Meredith accedió. El teléfono empezó a sonar casi cuando hubieron terminado. Fue Meredith quien contestó.

—¿Meredith? —dijo Myrna—. Solo te llamo para saber si quieres regresar al hospital conmigo.

—Sí —respondió ella sin dudarlo—. Haré que me lleve el señor Smith.

—No hay necesidad. Yo pasaré a recogerte de camino. Llegaré dentro de unos quince minutos.

—Estaré preparada.

Colgó, muy sorprendida de que la madre de Cy quisiera su compañía. Mientras se vestía, pensó que la mujer estaba tan disgustada que solo quería verse acompañada y no tenía a nadie más.

Blake la acompañó a la puerta cuando Myrna llegó. Ella lo observó atentamente mientras el niño se despedía de su madre.

—Es tan guapo —suspiró Myrna con una sonrisa—. Está muy grande para su edad, ¿no?

—Sí, creo que va a ser muy alto.

Blake miró con curiosidad a la recién llegada, sin mostrar timidez alguna.

—Me llamo Blake Tennison —dijo—. Tengo cinco años.

—¿De verdad? —le preguntó Myrna, muy emocionada—. ¿Y vas al colegio?

—Sí, señora.

—Lo llevo a una escuela de Chicago —dijo Meredith.

—Nuestra Iglesia Presbiteriana tiene un buen programa para niños —sugirió Myrna.

—Si nos quedamos lo suficiente, tal vez lo considere. ¿No deberíamos marcharnos?

–Sí, claro. Ha sido un placer conocerte, Blake –concluyó Myrna, estrechando la mano del niño.

Meredith intercambió una mirada con el señor Smith y siguió a la mujer hasta su coche.

–Blake Tennison... –susurró Myrna, mientras arrancaba el coche. No le gustaba que su nieto hubiera crecido con otro apellido. No culpaba a Meredith, pero el dolor que sentía era terrible–. ¡Oh, Meredith!

–Henry me acompañó durante todas las etapas de mi embarazo –le dijo Meredith–. Estaba en la sala de partos cuando di a luz a Blake. Me ayudó a cambiar pañales y a darle biberones. Quería a Blake mucho más de lo que me quería a mí. Si alguien se merecía ser padre, ese era Henry Tennison. Sí, por supuesto que le puse a Blake su apellido. En aquel momento, no creí que volvería a ver a Cy. Estaba decidida a pasarme el resto de mi vida con Henry.

–Sí, lo sé. Hiciste lo único que podías hacer. Simplemente me duele que Blake haya crecido hasta ahora sin conocer a su verdadero padre.

–Tal vez Cy no quiera saber nada de él. ¿No te has parado a pensar en eso?

–No. Cy adora a los niños.

–A los de otras personas.

–¿Acaso no crees que vaya a querer a su propio hijo?

–En realidad, no conocí nunca a Cy, más que de un modo muy evidente. Él no me dejó acercarme nunca a él.

–No le ha dejado nunca a nadie. Supongo que eso es por su padre. Mi esposo era un maestro en lo de encontrar debilidades y atacarlas. Jamás quiso tener un hijo, pero yo me quedé embarazada de Cy y le supliqué que se casara conmigo, que le diera a mi hijo un apellido.

–¿Lo amabas?

–No –admitió–. El único hombre que he amado... murió en Vietnam. Era militar de carrera. Era amigo de mi esposo. Frank Harden tenía dinero y perspectivas y yo quería respetabilidad y seguridad. Lo arrojé todo por conseguirlas. Incluso me quedé embarazada para que se casara conmigo, pero el precio que pagué...

—¿Has tenido noticias del hospital? —le preguntó Meredith, tras una pequeña pausa.

—Sí. Me dijeron que Cy estaba descansando cómodamente y que estaba fuera de peligro. Ahora, solo rezo para que se recupere por completo. Lo que le dijiste ha debido de surtir efecto, porque la enfermera me dijo que estaba consciente.

Cuando llegaron al hospital, se dirigieron a la habitación en la que se encontraba Cy. Ya había salido de la UCI y tenía los ojos abiertos, adornados con una mirada acusadora. El dolor que sentía a pesar de los analgésicos que estaba tomando era tan evidente como su ira.

—¿Cómo te sientes? —le preguntó Myrna con miedo.

—¿Cómo diablos te crees que me siento? —le espetó él—. Dios mío, eres valiente. En tu lugar, yo estaría haciendo las maletas.

—Cy, trata de comprender —suplicó Myrna.

—Lo he estado intentando desde que me he despertado de la anestesia. ¿Sabes lo que me has hecho?

—Sí —susurró ella casi temblando—. Lo sé muy bien, pero pensaba que hacía lo que creía que era mejor para ti.

—Era yo quien tenía que haber tomado esa decisión, no tú.

—Cy...

—Y tú —le dijo a Meredith, que había guardado un segundo plano hasta entonces—. ¿No te paraste a pensar que habría merecido la pena que me hicieras escuchar?

—Tenía miedo de que me arrestaran.

—¡Me podrías haber escrito!

—Lo hizo —intervino Myrna—. Yo rompí la carta.

Cy lanzó una maldición. Su madre tuvo que contener las lágrimas.

—Fuera —le ordenó a su madre.

—No hagas eso —intercedió Meredith—. Todo esto es

agua pasada. Nadie sufrió daños más que yo. No tienes que fingir que estabas muerto de amor por mí. Me deseabas y me habías tenido. Todo había terminado antes de que yo me marchara de Billings y lo sabes. Te alegraste de poder tener una excusa para sacarme de tu vida. Ciertamente, tuviste mucho consuelo cuando yo me marché.

–¡No sabía que había un niño! –exclamó él.

–¿Y si lo hubieras sabido? –le preguntó Meredith–. Tú no querías tener nada conmigo. No creo que hubieras querido a Blake.

–¿Y tu esposo sí?

–Sí. Henry lo quería muchísimo.

Cy lanzó un suspiro y, tras realizar un gesto de dolor, cerró los ojos.

–Oh, Cy –murmuró Meredith.

–Sobreviviré –musitó él. Entonces, abrió los ojos y contempló a las dos mujeres–. Desgraciadamente para vosotras dos.

–¿Necesitas algo? –preguntó Myrna, como si él no hubiera dicho nada.

–No –le espetó él.

Meredith asintió para sí misma y llamó a la enfermera. Ella le puso una inyección y volvió a marcharse. Myrna decidió bajar a comprar un café para las dos. Meredith, por su parte, tomó una silla y se sentó al lado de la cama de Cy. Entonces, le tocó suavemente la mejilla.

–Seis años –susurró él.

–Sí.

–No lo sabía... Oh, Dios, Meredith, yo no lo sabía...

Los ojos se le llenaron de lágrimas durante un instante. Meredith se inclinó sobre él y le acarició suavemente el cabello con una mano.

–No... No puedo soportarlo, Cy...

Con los labios, le acarició suavemente la mejilla, la barbilla, la comisura de la boca...

–Cariño... Cariño, lo siento. Lo siento tanto...

Cy movió la cabeza lo suficiente para que ella pudiera

alcanzarle los labios. Ella los besó con ternura, un breve roce que pareció borrarle del rostro parte del dolor que él sentía. Entonces, Meredith apoyó la frente sobre el hombro de Cy.

–¿Podré andar?

–Por supuesto que sí –respondió ella, rezando para que aquello no fuera una mentira–. Ahora, trata de dormir. Necesitas descansar todo lo que puedas.

–Mi madre... mi madre me mintió...

–Una madre es capaz de hacer cualquier cosa por un hijo. Por favor, no pienses más en ello. Tienes que mejorarte. Trata de no culparla.

Cy trató de hablar, pero estaba demasiado débil y demasiado dolorido. Cerró los ojos cuando la medicina empezó a surtir efecto. En silencio, Meredith empezó a llorar.

Myrna se detuvo en la puerta, haciendo un gesto de dolor al ver la angustia que se reflejaba en el rostro de Meredith. Se marchó de la habitación, decidida a darles intimidad a ambos. Qué bien había comprendido aquella mirada. Hacía que su sentimiento de culpa fuera aún mayor...

Pasó otro día antes de que Cy pudiera sentarse en la cama. Estaba muy pálido y débil. Había perdido peso, pero nada de eso parecía surtir efecto alguno en su mal genio. Resultaba grosero y completamente hostil a cualquiera que estuviera a su alrededor. Había empezado a comprender el alcance de sus heridas y la posibilidad de que tal vez no volviera a andar.

–Me mentiste –le acusó a Meredith–. Tú me dijiste que podría andar, pero el cirujano no está seguro.

–Sabes muy bien que él dijo que eso depende de lo bien que te recuperes de la operación y lo mucho que estés dispuesto a trabajar con el fisioterapeuta cuando te den el alta. El doctor Danbury cree que tienes muchas posibilidades.

—Danbury vino aquí procedente de la clínica Mayo en un avión privado de Tennison International.

—Le gané la partida a tu madre, eso es todo. Ella habría hecho lo mismo.

—Tú y yo somos adversarios. Te agradezco mucho lo que has hecho, pero no va a suponer diferencia alguna en el sentido empresarial. Lucharé contra ti con uñas y dientes para que no me arrebates mi empresa.

—No esperaba menos –musitó ella–. Me gusta pelear.

Cy se movió en la cama e hizo un gesto de dolor.

—Estos malditos puntos me tiran.

—Te los quitarán dentro de pocos días y te podrás ir a casa.

—Tendrán que instalar mi dormitorio en la planta baja –susurró, cerrando los ojos. Entonces, los abrió de repente y la miró. Inmediatamente, notó las señales de fatiga–. No te has marchado del hospital desde que me ingresaron excepto para dormir.

—Myrna necesitaba a alguien. No tienes más familia.

—Jamás podría haberte imaginado cuidando de mi madre.

—Yo también tengo un hijo. Tal vez la comprendo mejor ahora que antes.

—¿Tienes una fotografía de él?

—¿De él?

—Sí. De mi hijo.

—Sí, claro –afirmó ella. Había notado la nota de posesión que llevaban aquellas palabras. Inmediatamente, rebuscó una foto de Blake en su bolso.

Cuando se la enseñó a Blake, él la estuvo mirando durante mucho tiempo sin hablar.

—Tiene tus ojos –dijo por fin–, aunque tengan mi color. Sin embargo, la nariz y el cabello son míos.

—También va a ser muy alto.

—¿Cuándo lo hicimos? –preguntó. Ella sintió que el cuerpo se le acaloraba. No quería recordar–. ¿Cuándo?

—La primera vez.

–Dios mío...

Cy volvió a mirar la fotografía con una expresión que Meredith no le había visto nunca. Tenía los ojos marcados por una expresión de tristeza y dolor. Le devolvió la fotografía a Meredith.

–Tal vez no lo hubiera conocido nunca...

–Se lo habría dicho algún día –afirmó Meredith, mientras volvía a guardar la fotografía en el bolso–. Henry y yo acordamos que él tenía derecho a saber quién era su verdadero padre.

Myrna entró en la habitación mientras Meredith estaba hablando. Permaneció en la puerta, escuchando.

–¿Tan pronto vuelves? –le preguntó Cy lleno de sarcasmo–. Si es para mí, estoy cansado de café.

Myrna le entregó la taza a Meredith y se sentó con la suya al lado de la ventana sin articular palabra.

–Me siento fatal –musitó Cy–. La empresa se me va a ir al garete mientras yo estoy aquí sin hacer nada.

–Tu vicepresidente lo está haciendo estupendamente –le informó Myrna.

–¿De verdad? ¿Está consiguiendo mantener alejados a los depredadores? –añadió, mirando a Meredith.

–Esta depredadora está cansada de tratar de comerse tu empresa –replicó Meredith–, al menos por el momento. Esperaré hasta que vuelvas a estar en forma.

–Qué deportivo por tu parte. ¿Y si no vuelvo a ponerme de pie?

–El doctor Danbury dice que sí. Y es el mejor en su campo.

Cy la miró durante un largo instante, como si estuviera analizando si había verdad en aquellas palabras.

–Muy bien.

–Podrás volver a casa dentro de unos días –dijo Myrna.

–He decidido que me voy a ir al ático –anunció Cy. Su madre palideció.

–Ni hablar –afirmó Meredith–. Te irás a tu casa, que es donde debes estar.

—¿Me vas a obligar tú? –quiso saber Cy.

—No, pero el señor Smith sí. Voy a prestárselo a tu madre durante una semana o así, hasta que tú estés instalado. El señor Smith es muy buen fisioterapeuta.

—¡No pienso tener a tu amante en mi casa!

—El señor no ha sido nunca mi amante ni lo será –contestó tranquilamente Meredith–. Es mi guardaespaldas. A principios de año Blake sufrió un intento de secuestro. Si no hubiera sido por el señor Smith, no sé que habría ocurrido.

—¿Secuestro?

—Cy, no tienes ni idea de la fortuna que he heredado. Esa cifra de dinero convierte en blanco a todos los que están cerca de mí. En especial a Blake. El señor Smith no lo abandona ni por un momento, a menos que esté seguro de que el niño está a salvo.

—¡Menuda vida para un niño!

—Y para su madre –afirmó ella–. También acaba con mis nervios. Por suerte, el señor Smith es exagente de la CIA y conoce muy bien su trabajo.

Cy pareció relajarse un poco. Myrna no hacía más que pensar en lo ocurrido. Se le ocurrió una solución que terminaría con todos los problemas y que incluso la protegería de la ira de su hijo.

—Meredith –dijo–, ¿por qué no te vienes a vivir con nosotros mientras Cy se recupera?

Meredith la miró boquiabierta.

—Sí, ¿por qué no? –le preguntó Cy–. Es una casa muy grande. Hay mucho sitio para todos. Incluso te puedes traer al señor Smith –añadió–, mientras lo mantengas alejado de mí.

—A mí me parece que es ideal –insistió Myrna–. Tenemos una cocinera y un ama de llaves excelentes. Tú puedes trabajar desde la casa. Tenemos todas las nuevas tecnologías...

—Sí, Meredith. Puedes trabajar en la absorción de mi empresa desde mi propia casa –dijo Cy con ironía, mirando con odio a su madre.

—Eso sí que es un trabajo interno –bromeó Meredith.
—Piénsalo –le suplicó Myrna.

Meredith empezó a sopesar las alternativas que tenía. Cy había mejorado mucho al oír la sugerencia de Myrna. Tal vez así se aceleraría la recuperación. Sin embargo, Myrna estaría cerca de Blake y eso era un riesgo. Por supuesto, también Cy estaría cerca de su hijo...

—Muy bien –dijo–, pero hay una condición. Blake no puede saber nada del pasado.

Myrna dudó, pero sabía que no le quedaba elección. Cedió porque aquella era la única manera en la que iba a conseguir ver a su nieto.

—De acuerdo –respondió.

Meredith asintió. La conversación cambió, pero, durante el resto del día, Meredith no dejó de preguntarse si aquello sería lo correcto. Además, aún le tenía que dar la noticia al señor Smith, que ciertamente no apreciaba demasiado a Cy.

16

La mansión de los Harden era tan elegante como Meredith la recordaba. Resultaba difícil no recordar la angustia que había sentido la última vez que había estado en aquella casa. El señor Smith no dejaba de protestar mientras acomodaban sus cosas en las habitaciones que Myrna les había asignado.

–¿Estás loca? –le preguntó–. ¿Es que no sabes lo que esa mujer está planeando?

–Quiere conocer a su nieto –replicó Meredith–. Y yo quiero evitar que Cy se la coma viva. Sí, claro que sé porque estamos aquí.

–Sigues loca por él, ¿verdad? –afirmó el señor Smith, después de exhalar un suspiro. Meredith sonrió y asintió–. Muy bien. Te informo de que la señora Harden acaba de apropiarse de Blake y se lo ha llevado a la cocina. Me apuesto algo a que está pensando en atiborrarle a dulces. No es bueno para él. Necesita alimentos saludables.

–Iré a decírselo ahora mismo. Te suplico que me ayudes. Es una situación muy difícil. No puedo abandonar a

Cy mientras esté en este estado. Está convencido de que no va a volver a andar, aunque siente las piernas. Está débil y no se puede poner de pie y cree que eso es permanente.

—¿Qué es lo que ha dicho de verdad el especialista?

—Uno de los discos de la espalda de Cy resultó muy dañado. Si los nervios lo están también, no podrá volver a andar. Tiene un gran hematoma y daños en los músculos. El doctor Danbury lo solucionó, pero va a tener insensibilidad, hormigueos y debilidad durante algún tiempo.

—Pobre hombre...

—Cy no cree que vaya a mejorar, por lo que necesita todo el apoyo del que pueda disponer en estos momentos. No puedo dejarlo. A pesar de lo que haya ocurrido en el pasado, es el padre de Blake.

—De eso no hay ninguna duda. Es igualito que su hijo.

—Así es —admitió ella con una sonrisa.

Cuando entró en la cocina, vio que Myrna estaba supervisando la preparación de unos pastelillos para Blake.

—¡Mira lo que me está haciendo la señora! —exclamó el niño entusiasmado—. ¡Pastelillos! La señora Harden dice que solía hacérselos a su niño.

—Bueno, su niño ya no lo es tanto —comentó Meredith, sonriendo—. No quiero que causes problemas.

—No los causaré, te lo prometo. Me gustan los pastelillos.

—¿Te importa? —preguntó Myrna algo tarde.

—A mí no, pero al señor Smith sí —contestó sin dejar de sonreír—. Sin embargo, ojos que no ven corazón que no siente.

—Es como tener un duplicado de Cy —dijo Myrna con cierta tristeza—. Es... fantástico. ¿Te apetece una taza de café?

—Sí. ¿Quieres que le lleve una a Cy?

—Vayamos juntas. Tal vez podamos llevar también a Blake.

—No sé...

–¿No crees que sea adecuado, Meredith?

–Considerando el lenguaje que le he oído nada más entrar, no estoy segura.

A pesar de todo decidieron que el niño las acompañara. Blake no hacía más que preguntar mientras se dirigían a la habitación que Cy ocupaba en la planta baja y que, como el resto de la casa, estaba llena de antigüedades, entre las que se encontraba una cama con dosel. Cy estaba apoyado contra las almohadas con una sábana sobre las caderas y el torso desnudo. Se sentía incómodo por el trayecto en ambulancia y por la dureza del colchón.

–Esta era la cama de mi abuelo –dijo, sin molestarse en saludar–. No me extraña que se muriera tan joven.

Meredith tuvo que ahogar una carcajada.

–Tú viniste a ver a mi madre –recordó Blake, acercándose a la cama.

Cy se sorprendió al ver al niño tan cerca. Miró fijamente el joven rostro, que era casi una copia del suyo y sintió una extraña sensación en la garganta. Su hijo. Hasta aquel momento, los niños habían sido una vaga noción. Sin embargo, aquel pequeño era de su carne y su sangre, una parte de él. Y de Meredith.

–Eres Blake, ¿verdad? –le preguntó, tratando de dominar su alegría al ver al niño.

–Me llamo Blake Garrett Tennison –afirmó el niño, sin darse cuenta del dolor que provocaba en Cy su apellido–. Tengo cinco años y sé deletrear mi nombre. ¿Te gustan las iguanas? El señor Smith tiene una. Vive con nosotros.

–Y ahora vive con nosotros –comentó Myrna, que sorprendentemente, se había sentido fascinada por el enorme lagarto.

–Le gusta Tiny –dijo Blake con una sonrisa–. ¿Y a ti te gustan los lagartos?

–No lo había pensado nunca –respondió Blake–. Supongo que podría acostumbrarme.

–Tiny tiene su propia jaula. Por las noches, duerme en

ella, pero algunas veces lo hace en la barra de las cortinas.

—A las iguanas les gustan los lugares altos, ¿no? –afirmó Cy con el tono de voz más tierno que Meredith le había escuchado nunca.

—¿Estás enfermo? –le preguntó Blake.

—He tenido un accidente. Tengo que permanecer en la cama durante un tiempo.

—Lo siento. ¿Te duele?

—Sí.

Meredith supo instintivamente que Cy no estaba hablando del dolor físico. No supo qué decir. Cuando Cy la miró, lo hizo de un modo tan intenso que ella no pudo evitar sonrojarse.

—Vamos a ver cómo van tus pastelillos, Blake, ¿quieres? –le sugirió Myrna con una sonrisa. Entonces, le extendió la mano. Blake la tomó.

—Volveré a verte si quieres. Siento que estés malito –le dijo a Cy.

—Gracias.

La puerta se cerró tras de Myrna y Blake.

—Dejaste que te diera un hijo –susurró él.

—No sabía nada sobre el control de natalidad. Tenía miedo de admitir que siempre había creído que los hombres se ocupaban de eso.

—Di por sentado que estabas tomando la píldora. En realidad, jamás se me ocurrió pensar en el control de natalidad y mucho menos la primera vez. Te deseaba tanto que ni siquiera sé cómo te coloqué sobre el suelo.

Meredith se sonrojó. A ella le había ocurrido lo mismo.

—Podrías haber abortado.

—Jamás lo consideré siquiera.

—¿Ni siquiera después de lo que yo creí sobre ti? ¿Ni siquiera cuando creías que te odiaba?

—Cuando llegué a Chicago, una de las primeras cosas que hice fue desmayarme delante de las ruedas del coche de Henry –dijo–. El señor Smith y él se hicieron cargo de mí. Antes de que me diera cuenta, ya estaba casada.

–Dijiste que me habías escrito.

–Henry insistió en que lo hiciera. Sabía muy bien lo que yo sentía por ti. Quería que me asegurara que no había posibilidad alguna de que tú aún me desearas. Cuando no recibí respuesta a mi carta, di por sentado que no querías nada conmigo.

–Yo jamás vi esa carta.

–¿Y si la hubieras visto?

–No creo que eso tenga importancia ahora –replicó él.

Al ver que él no quería seguir hablando, Meredith decidió cambiar de tema.

–¿Quieres comer algo? Te podría traer una ensalada o un bocadillo.

–¿Vas a hablarle al muchacho sobre mí?

Meredith dudó. No sabía ni siquiera lo que ella misma sentía.

–No lo sé.

Cy trató de moverse un poco contra los almohadones, pero sintió un fuerte dolor. Le habían quitado los puntos y estaba tomando analgésicos, pero el dolor le hacía sentirse muy incómodo. Lo peor era que aún no se podía poner de pie.

–¿Por qué no puedo levantarme de esta cama? –preguntó, golpeándose un muslo de impotencia–. ¿Por qué tengo las piernas tan débiles?

–Has sufrido un accidente terrible. No puedes esperar superarlo de la noche a la mañana. Los músculos quedaron muy dañados.

–Igual que la columna vertebral. Por eso me operaron. Sin embargo, mi madre y tú hablasteis con el médico antes que yo. No quiso decirme nada.

–Te dijo la verdad.

–¿Volveré a andar?

–Sí –respondió Meredith. No podría haberle mentido.

–Tú no lo sabes. Ni siquiera tienes la más mínima idea.

–¡Eso no es cierto! ¿Vas a escucharme? No te habrían dejado que regresaras a casa si no estuvieras seguro de que no volverías a caminar.

–Eso es lo que me dices constantemente.

–Es la verdad.

–¿Por qué estás tú aquí? ¿Porque sientes algo por mí o porque soy el padre de Blake?

–Por las dos cosas.

–¿Te dijo mi madre que iba de camino a tu casa cuando esto me ocurrió? ¿Es esa la razón de que te sientas culpable?

–No. Ella no me dijo adónde ibas, sino solo que... que acababa de decirte lo que ocurrió hace seis años.

–Me volví loco –rugió él–. Me resultó difícil tragar la verdad. No quise escucharte cuando trataste de decirme que eras inocente. Eso fue lo que te dolió, ¿verdad? El hecho de que yo fuera tu pareja y, a pesar de todo, prefiriera creer las afirmaciones de otras personas.

–Así es –dijo Meredith. Se sentó en una silla que había al lado de la cama–. Yo te amaba. Supongo que tenía la alocada noción de que tú sentías lo mismo por mí y que lo habías dicho en serio cuando me dijiste que nos casaríamos. Tendría que haberme imaginado que no sería así, pero yo tenía solo dieciocho años y era la primera vez que estaba enamorada. No veía las cosas con claridad.

–Yo tampoco. Creía que tenías veinte. Me dije que tenías experiencia, aunque sabía la verdad de que era tu primera vez... No pude asimilar tu inocencia. Hasta que apareciste tú, no estaba seguro de que existiera entre las mujeres.

–Sabía que tú no querrías tener nada que ver conmigo si sabías lo verde que estaba. Por eso te mentí...

Cy le miró el rostro, la boca y los dulces senos, que se destacaban bajo la ceñida camiseta que ella llevaba puesta.

–Era adicto a ti. Soñaba contigo, no dejaba de pensar

en ti. Cuando estábamos separados, no pensaba en otra cosa. Y también estaba muy celoso. La acusación de Tony solo enfatizó los temores que yo sentí cuando descubrí tu edad. Creía que eras demasiado joven e inestable para una relación duradera. Esa fue la principal razón por la que te dejé. Después, me arrepentí de ello. Me pregunté si mi propio temor al compromiso te habría empujado a los brazos de Tony. No tenía ni idea de que mi madre lo había orquestado todo. Cuando empecé a sospechar la verdad, era demasiado tarde. No podía encontrar a Tony. Ni a ti.

–Henry me envió a las Bahamas cuando nos casamos, a la casa que tenía allí. Me pasé allí todo el embarazo.

–Mi detective no estaba buscando a Kip Tennison... ¿Por qué elegiste el nombre de Kip?

–Bueno, Henry me empezó a llamar así cariñosamente y me quedé con ello. Después, se me olvidó cómo me llamaba.

–Mi madre dijo que lo pasaste muy mal con Blake.

–Sí. Tuvieron que hacerme una cesárea. Aún no sé lo que pasó. Dejaron que Henry entrara en el quirófano, algo que no se suele hacer, porque pensaron que iban a perderme.

Cy frunció el ceño. Había algo más, algo que Meredith no quería decirle.

–¿Por qué?

–¿Acaso importa?

–Ven aquí.

Meredith dudó. Él tenía la mano extendida. Estaba esperando. Al fin, cedió y se sentó en la cama a su lado.

–¿Por qué creyeron que podrían perderte?

–Yo no quería vivir –susurró–. Henry lo sabía. Él... él estuvo a mi lado, hablándome todo el tiempo. Me describió a Blake y me dijo lo perfecto que era y me pidió que siguiera con vida porque Blake me necesitaría. Por eso te hable a ti cuando estabas en la UCI. Me acordé de lo que Henry me decía a pesar de que yo estaba anestesiada y me di cuenta de que probablemente habrías podido escuchar lo que los médicos habían dicho sobre tu espalda. Tenía que darte razones para vivir, igual que Henry me las dio a mí.

–¿Pensaste en mi cuando viste a Blake? –le preguntó él, tomándole la mano.

–Sí. Eso me dificultó las cosas. Henry me amaba desesperadamente. Sentía tal sensación de culpa que no podía corresponderle. La noche antes de que él muriera fue la primera vez en tres años de matrimonio que yo... que yo realmente lo deseé. Y me alegro. Me alegro de haberle dado ese recuerdo y la esperanza de que yo podría amarlo para que no se muriera sin nada.

Cy contuvo el aliento ante la amargura que ella mostraba en sus atormentados ojos.

–Dios, qué te hice...

La estrechó entre sus brazos y dejó que ella llorara con fuerza contra su torso desnudo. Le acarició suavemente el cabello y le besó dulcemente la frente. Involuntariamente, la sangre empezó a caldeársele y comenzó a sentir las llamas del deseo.

–Dios... –susurró.

–Lo siento, ¿te he hecho daño? –le preguntó ella, secándose las lágrimas.

–No se trata de eso –dijo. Le llevó la mano debajo de la sábana y la colocó suavemente sobre la fuerza de su deseo. Cuando ella trató de apartar la mano, se la sujetó con fuerza.

–No –musitó–. Tócalo. Al menos, sigo siendo un hombre, aunque no pueda ponerme de pie.

Meredith relajó la mano. A pesar de todo, no pudo evitar sonrojarse cuando él comenzó a moverle la mano suavemente y a gemir delicadamente.

–Cy –protestó ella. Por fin, consiguió apartar la mano.

–Hace mucho tiempo...

–Estoy segura de que no es así –murmuró. Aún se sentía algo avergonzada–. Tu amiga Lara parece perfectamente capaz de darte lo que necesites en este aspecto.

–Ella no es tú. Nadie lo ha sido nunca. No puedo conseguir con otras personas lo que me das tú. Jamás me acosté con Lara. Cuando tú regresaste, habría sido imposible.

Los recuerdos le iluminaron los ojos de deseo. De repente, Cy se echó a reír cuando notó que su cuerpo había vuelto a experimentar una erección. Meredith miró la sábana. Entonces, él la apartó, dejando que ella lo observara.

–¿Ves lo que me haces? Un hombre de veinte años puede hacer el amor una y otra vez sin descanso. Esa es la teoría. Mi cuerpo no sabe que se supone que ya no puede tener orgasmos múltiples.

–Jamás fue así –susurró ella–. Hace seis años, no parecías cansarte nunca. Recuerdo que, en una ocasión, hicimos el amor tres veces seguidas sin parar.

–La última vez. La noche antes de la sorpresa de mi madre. No sé si podré perdonarla por eso –susurró con la amargura reflejada en el rostro.

–Tienes que hacerlo. La vida sigue. Ya no se puede cambiar el pasado.

–Cuando regresaste a Billings, tú sentías una gran amargura. Estabas dispuesta a vengarte, costara lo que costara.

–Así es. Sin embargo, creo que tu accidente de coche me ayudó a reordenar mis prioridades. Desde que Henry murió, había vivido solo para vengarme. Quería que tu madre te confesara sus pecados... ¡Si hubiera sabido lo que ocurriría cuando lo hiciera!

–Te habrías ido. Yo jamás habría conocido a Blake. Jamás te hubiera vuelto a ver...

–Te ha ido muy bien en estos seis años sin mí.

–Eso no es cierto. Las relaciones que he tenido han sido físicas, no emocionales. Cuando tenía un orgasmo, era de ti de quien me acordaba. Y me sentía culpable. Como si estuviera cometiendo adulterio.

–Así era como yo me sentía con Henry.

Cy la miró durante un largo instante.

–Aún te deseo.

–Sí, lo sé, pero no puedes. No en las condiciones en las que tienes la espalda.

–Tú me dejarías, ¿verdad? Si yo no pudiera hacer el amor, tú me lo harías a mí si yo te lo pidiera...

–¿Acaso no te lo he demostrado ya?

–Sí... –susurró Cy. La estrechó con fuerza contra su cuerpo de modo que la boca de Meredith quedó justo encima de la suya–. Me has devuelto mi hombría. No estaba seguro de que aún funcionara...

–Yo sí –dijo ella sonriendo.

–Bésame...

Los labios de Meredith rozaron los de él. Cy le agarró la cabeza y la sujetó donde él quería para así poder besarla lenta y apasionadamente.

–Te deseo tanto –susurró, mordisqueándole el labio inferior–. Quiero verme rodeado por esa cálida y sedosa suavidad...

Meredith gimió de placer en la boda de él. Aquellas palabras le habían caldeado la sangre. Se aferró a él, viviendo con aquel beso mientras el mundo daba vueltas a su alrededor.

–Quítate la ropa y túmbate conmigo –musitó Cy.

–No puedo.

–Claro que puedes. Cierra con llave la puerta.

–No estás en forma.

–Claro que lo estoy –replicó él. La obligó a deslizarle la mano por el vientre y se lo demostró.

–Eso sí, pero no el resto de tu cuerpo. Podrías deshacer todos los buenos esfuerzos del doctor Danbury.

–¿Qué es lo que me hizo?

–Te arregló las vertebras dañadas y te realizó una laminectomía para aliviar la presión de los nervios.

Mientras hablaba, Cy le deslizó la boca por la garganta y, antes de que ella pudiera reaccionar, le quitó la camiseta para envolver entre sus labios el erecto pezón de Meredith.

—¡Cy! —exclamó ella, experimentando enseguida la cruel puñalada del placer.

Con la mano que él tenía libre, le desabrochó el sujetador sin dejar de alimentarse de ella. Segundos más tarde, Meredith sintió el aire sobre su piel cuando él se lo levantó y empezó a mordisquearle suavemente los pechos.

—¿Le diste de mamar a mi hijo?

—Sí... —gimió ella.

—¿Dejaste que él te viera? —le preguntó, sin dejar de chuparle los senos.

—Sí...

—Maldita seas...

No dejó de lamerla de un modo fiero y completo por lo que, cuando él se hartó, ella estaba temblando y sonrojada con la fuerza del placer que Cy había despertado en su cuerpo.

—Vas a darme otro hijo —dijo bruscamente—, pero esta vez no vas a salir corriendo. Voy a ver cómo engordas con él dentro. Voy a estar presente cuando nazca. Este va a ser mío desde el momento en el que lo concibas. Jamás te dejaré marchar.

—Cy, no puedes...

—Claro que puedo —replicó él con una sonrisa—. Tal vez aún no, pero sí podré dentro de unas semanas, cuando las fracturas y las cicatrices hayan curado. Aunque no pueda ir de acá para allá, podré hacer el amor. Así que, si permaneces aquí, va a ocurrir.

—¿Por qué? —preguntó ella, mientras se colocaba el sujetador y la camiseta.

—Quiero a mi hijo, Meredith. Si te quedas embarazada, será mucho más posible que te quedes a mi lado.

—Entiendo —replicó ella con los ojos oscurecidos por el dolor.

—No, no lo entiendes, pero terminarás entendiéndolo. Mientras tanto, tú y yo podríamos conocernos un poco. Conocernos de verdad.

—Jamás hemos hablado...
—Eso ya lo sé. Los dos hemos cambiado mucho en seis años. Creo que podría ser una aventura. Si encima te quedas embarazada, será fantástico. Tú me perteneces —afirmó con gesto duro—. Eso no ha cambiado.

Meredith no quería pensar en eso. Otro hijo la ataría por completo a él. Sin embargo, aún no comprendía los motivos. ¿La deseaba solo a ella o quería a Blake y estaba dispuesto a tener al niño a su lado a cualquier precio? No podía confiar en él.

—¿Te apetece una taza de café recién hecho? —le preguntó ella, notando que el que le había llevado se le había enfriado.

—Sí. Y un filete.

—Veré lo que puedo hacer.

—Meredith...

Ella se dio la vuelta cuando ya tenía la mano sobre el pomo de la puerta. Cy dudó. Apretó el puño contra el colchón y trató de imaginársela embarazada de Blake.

—Nada.

—Volveré enseguida —dijo ella. Entonces, se marchó rápidamente de la habitación.

Aquella noche, Meredith se quedó con él. En el hospital, Myrna y ella se habían ido turnando. Una dormía mientras la otra permanecía despierta por si Cy necesitaba algo o empeoraba.

Poco antes del alba, Cy se despertó gimiendo por el dolor que tenía en la espalda y en las piernas. Meredith abrió los ojos inmediatamente y le acarició suavemente la frente para tranquilizarlo. Entonces, le dio un analgésico y un relajante muscular que el médico le había recetado con un poco de agua.

Cy hizo un gesto de dolor insoportable y agarró con fuerza las sábanas.

—Lo siento, Cy. Lo siento tanto...

Él abrió los ojos y vio el tormento en los de ella. Extendió la mano y le acarició suavemente la mejilla casi maravillado, como si acabara de darse cuenta de la profundidad de los sentimientos que ella tenía hacia él. Jamás se había parado a pensar lo vacía que había estado su vida sin ella. Meredith conseguía que hasta el dolor resultara soportable.

–Ven aquí. Túmbate conmigo...

–Pero la espalda...

–No puede dolerme más de lo que ya me duele. Déjame abrazarte...

Meredith dudó, pero, en su estado, no podía negarle nada. Se tumbó a su lado y dejó que la acurrucara contra su cuerpo por debajo de la sábana. Estaba desnudo, como dormía siempre, mientras que ella aún llevaba puestos los vaqueros y la camiseta de antes. Cy moldeó el cuerpo de Meredith contra el suyo y suspiró.

–La seda de tu camiseta contra la piel desnuda resulta muy seductora, ¿lo sabías? Además, hueles a flores.

–Es mi perfume.

–Yo jamás... jamás he dormido con nadie –dijo él, acariciándole suavemente el cabello–. He hecho el amor, pero jamás me he quedado con una mujer toda la noche. No he querido hacerlo.

–Lo recuerdo.

–Supongo que tú dormías con él, ¿no?

–No toda la noche. Teníamos dormitorios separados.

Sintió que Cy se relajaba. Entonces, le besó suavemente la frente y le tomó la mano.

–Háblame de Blake. ¿Le gusta jugar al béisbol? ¿Cómo es?

–Es un niño en todo el sentido de la palabra. Le gusta jugar al fútbol, ver programas infantiles en televisión y que le lean libros. Es algo testarudo y tiene mucho genio cuando no sabe hacer algo bien a la primera. Le encantan los pasteles y el helado de chocolate, las visitas al zoo y los picnics.

–¿Lo llevas tú?

–El señor Smith y yo. Resulta muy peligroso que los dos vayamos solos en Chicago.

–No me gusta la presencia constante de ese señor Smith, sea necesaria o no.

–Tú tampoco le caes muy simpático a él, pero os tendréis que acostumbrar el uno al otro si yo me quedo por aquí mucho tiempo. Es como si fuera parte de la familia.

–¿Qué quieres decir con eso de si te quedas?

–Cuando puedas ponerte de pie, tal vez no me quieras aquí.

Cy frunció el ceño. ¿Significaba eso que Meredith deseaba marcharse, que solo estaba con él por pena?

Al ver que él no respondía, Meredith dio por sentado que él estaba de acuerdo, que solo la necesitaba mientras no pudiera valerse por sí mismo.

–Abrázame... –le dijo.

–No creo que así estés muy cómoda –comentó él–. Coloca la pierna entre las mías.

–No puedo. Te podría hacer daño en la espalda.

–No me harás daño. Hazlo.

Meredith obedeció. Con mucho cuidado, colocó una larga pierna entre las de él y las obligó a separarse. Oyó que él contenía el aliento y, segundos más tarde, supo por qué.

–Ten cuidado de cómo te mueves –dijo él, riendo.

–¿Eres tímido? –le provocó ella, moviendo deliberadamente la mano para que le rozara la parte inferior del cuerpo.

Cy gruñó y se echó a temblar. Le agarró la mano y se la volvió a colocar encima del torso.

–Eres una bruja... Estate quieta.

–Podrías mostrarte algo más agradecido –replicó Meredith con una sonrisa–. Ahora sabemos que no eres impotente.

–Ten en cuenta que no estoy en condiciones de demostrarlo.

–Sí. Estoy intentándolo.

—¿Te entregarás a mí cuando pueda volver a ponerme de pie?

—Por supuesto que sí —respondió ella, sin dudarlo.

—Prométemelo.

—Te lo prometo.

—Te tomo la palabra. Ahora, apaga la luz, cielo. Vamos a intentar dormir un poco.

Meredith apagó la luz y volvió a acomodarse contra él. Notó la boca de Cy contra la suya un segundo antes de que volviera a cerrar los ojos.

—Esto es el paraíso —murmuró antes de quedarse dormido.

A pesar de que casi no lo oyó, Meredith sonrió.

17

Meredith estaba tumbada sobre el cuerpo de Cy cuando se despertó. Notó la mano de él sobre la base de su espalda y algo muy incómodo contra el vientre. Se movió ligeramente, solo para descubrir que estaba completamente tumbada sobre el cuerpo de él.

–Cy –murmuró.

–¿Qué? –susurró él.

–Tengo que levantarme. Esta postura no es buena para tu espalda.

–Es genial para otras partes de mi cuerpo. Quítate los pantalones y ayúdame a liberarme de esto –la animó, moviéndose insinuantemente debajo de ella.

–No –replicó ella–. Hasta que estés bien no.

–¿Y si no me pongo bien? –le espetó Cy–. A pesar de los ejercicios, casi no me puedo poner de pie...

–Tienes que darte tiempo –susurró ella, inclinándose sobre él para besarle los labios–. Ahora, deja que me levante antes de que te hagas más daño.

–Te necesito –susurró él, agarrándola con fuerza–. Dios...

Tembló tanto de deseo como de dolor. Meredith se sintió culpable, pero no se atrevió a permitirle que hiciera lo que deseaba realizar. Era un riesgo demasiado grande.

–Hace... semanas. Semanas desde que te tuve por última vez. ¿No lo comprendes? –suspiró Cy.

–Lo comprendo muy bien, pero no podemos.

Se inclinó para besarle suavemente los ojos cerrados, la nariz, los pómulos y la boca.

–¿Qué estás haciendo?

–Besándote para que te cures. ¿Te importa?

Cy sonrió y abrió los ojos.

–No, no me importa.

Ella le mordisqueó la bota, la barbilla y dejó que sus labios se le deslizaran hasta el torso de Cy.

–Aquí –dijo él, guiándole los labios hasta un pezón.

Meredith sonrió al recordar cómo le había excitado siempre que ella le hiciera eso. Sin embargo, sabía que estaba jugando con fuego y que debería parar antes de excitarlo aún más.

Se incorporó sobre la cama.

–Lo siento. Creo que he empeorado la situación.

–No creo que pudiera hacerse mucho peor –susurró él, resignado–. Necesito algo, cielo.

–Te traeré un poco de agua –se ofreció ella.

Se levantó y se dirigió al cuarto de baño para llenarle un vaso de agua. Se lo entregó junto a la medicina y esperó que él se lo tomara. Cuando terminó, vio que él estaba muy pálido y se preguntó si el dolor sería buena señal.

–No me mires tan preocupada –murmuró–. No me voy a morir.

–No me gusta verte sufriendo.

–Ya te dije lo que necesitaba, pero no has querido aliviarme.

–No tienes la espalda para algo así.

–Supongo que no –susurró él haciendo otro gesto de dolor.

—Lo siento. ¿Quieres comer algo o prefieres esperar a que la medicina haga efecto?

—Beicon y huevos —murmuró—. Galletas con mantequilla y café con leche y azúcar.

—Eso es un cambio.

—He cambiado —afirmó él riendo—. Por primera vez en mi vida, sé lo que quiero —añadió. Le tomó la mano a Meredith y tiró de ella hasta que se volvió a sentar sobre la cama—. Has dormido entre mis brazos. Es la primera noche que he dormido bien desde que me ocurrió el accidente. Me desperté en una ocasión y te vi a mi lado. Quería despertarte y hacer el amor dulcemente en la oscuridad...

—Ya sabes que aún no puedes realizar esa clase de ejercicio —respondió ella, sonrojándose.

—Con la mente sí que puedo —dijo. Entonces, se frotó la mejilla con los nudillos y comprobó que la barba le había crecido mucho—. ¿Cómo voy a ir a trabajar en este estado? —preguntó, de repente con un gesto muy duro en el rostro.

—Toma el teléfono y échales una buena charla a tus directivos por haberme dejado que consiga esos poderes —comentó ella, recordándole deliberadamente que estaba tratando de hacerse con la empresa.

—Los recuperaré —prometió.

—Cuento con ello —susurró ella. Entonces, le acarició suavemente la barbilla—. Oh, Cy, eres más hombre sin el uso de tus piernas que la mayoría de los hombres con ellas, ¿es que no lo sabes? Sin embargo, esto no va a ocurrir. Estás más fuerte cada día. Los ejercicios te están ayudando.

—¿Vas a quedarte hasta que me ponga bien?

—Sí —contestó ella, sin dudarlo ni pensar en las consecuencias.

—¿Y tu empresa? ¿Y tus obligaciones?

—Don se está ocupando de todo. Yo me mantengo al día con el resto gracias al teléfono y al ordenador. Es como si me estuviera tomando unas semanas de vacaciones.

–Por tu aspecto te vendrían bien. Mi madre me ha dicho que no te has apartado de mi lado desde que me ingresaron.

–No tenía nada más que hacer y tú necesitabas cuidados. Tu madre no podía hacerlo sola.

–No la perdonaré...

–Claro que sí. Ahora, túmbate y descansa. Iré a por tu desayuno.

Antes de que pudiera marcharse, Cy la tomó entre sus brazos y tiró de ella para besarla. Lo hizo apasionadamente con una necesidad febril.

–Te deseo...

–Yo también te deseo. Ahora, cierra los ojos y trata de descansar.

Cy la soltó con un suspiro.

–Pensé que disminuiría a lo largo de los años –musitó, recorriéndole el cuerpo con los ojos–. Se hace peor.

–Eso es lo que ocurre con las adicciones hasta que se toma la cura –repuso ella.

–Tú no eres una adicción –afirmó él, molesto por aquella insinuación–. Tú lo eres todo.

Meredith se sonrojó al escuchar aquellas palabras. Sabía que Cy estaba herido y que ella lo estaba cuidando. Tal vez no era nada más que gratitud. El pasado le había enseñado a no confiar en él. Aquello no debía cambiar.

–Volveré dentro de unos minutos.

Se marchó sin decir nada más. Cy apretó el puño y golpeó el colchón de pura impotencia. Meredith no estaba dispuesta a ceder. Era dueña de sí misma y tenía una seguridad que lo ponía nervioso. En el pasado podría haberla hecho suplicar con solo tocarla. En aquellos momentos, ella podía marcharse de él sin mirar atrás. Sabía que ella lo deseaba, pero esperaba mucho más. Los años que había pasado sin ella habían sido un infierno de soledad y angustia. Incluso en aquellas circunstancias, era una bendición volver a tenerla a su lado. A ella y al hijo que le había dado.

Gruñó al recordar los años que se había pasado sin él. Una vez más, maldijo a su madre por lo que le había dicho. Habría sido capaz de arrojar a su madre de la casa, pero, desde su accidente, parecía otra mujer. Menos fría y menos arrogante. Desde que el niño estaba en la casa, reía. Era una mujer completamente diferente.

Consideró también el cambio que se había producido en Meredith. Ella era todo lo que él deseaba. No podía consentir que volviera a marcharse. Tenía que mantenerla a su lado, tanto si su espalda sanaba como si no, porque ya no estaba seguro de que pudiera vivir sin ella.

Sin embargo, no estaba seguro de tener nada que ofrecerle. A pesar de la fisioterapia, casi no podía andar. Se maldijo y se juró que no sería jamás objeto de pena. Antes de eso, sería capaz de volarse los sesos. Como no estaba dispuesto a hacerlo para no perder a su hijo para siempre, decidió que tendría que volver a andar. No le quedaba otra salida.

Meredith se dirigió a la cocina, donde Blake, la señora Harden y el señor Smith estaban preparando el desayuno.

—La cocinera tiene hoy el día libre —dijo Myrna con una sonrisa—. Meredith, ¿sabes hacer galletas?

—Por supuesto.

Se puso a trabajar mientras el señor Smith freía beicon, Myrna preparaba huevos revueltos y Blake colocaba las servilletas encima de la mesa.

—¡Esto es muy divertido, mamá! —exclamó Blake muy emocionado—. Esta señora dice que puedo jugar con los soldaditos de su hijo después de desayunar.

—Cy solía tener unos de plomo —explicó Myrna—. Están en una caja. Si no te importa, me pareció que Blake podría quedárselos.

—Claro que no —respondió ella. Entonces, siguiendo

un impulso, le extendió a su hijo una servilleta y un tenedor–. ¿Te gustaría llevárselos a Cy?

–¿Al hombre de la cama?

–Sí.

–Muy bien –afirmó el niño, saliendo corriendo de la cocina.

Myrna miró a Meredith con gesto preocupado.

–Confía en mí –repuso Meredith–. Todo va a salir bien.

–Ha dicho muy poco sobre Blake –comentó la mujer.

–Siente curiosidad por él –observó Meredith–. Quiero que Blake conozca a su padre, Myrna.

–Entonces, ¿se lo vas a decir?

–Sí. Tiene derecho a saber la verdad. No puedo negarle su familia y sus verdaderos antepasados.

Myrna se mordió el labio. Meredith vio una gran angustia reflejada en sus ojos oscuros. Algo la estaba atormentando.

El señor Smith, que siempre era muy sensible a los cambios de tensión, terminó de preparar el beicon.

–Tengo que ir a por gasolina –dijo–. ¿Estaréis bien el niño y tú hasta que yo vuelva?

–Sí.

Inmediatamente, el señor Smith se marchó de la cocina, dejando solas a las dos mujeres.

–¿Qué es lo que pasa? –le preguntó Meredith a Myrna–. ¿Quieres hablar al respecto?

–Eres muy perspicaz –respondió Myrna, retorciéndose las manos–. ¡Qué ironía que yo pueda hablar de mis problemas contigo, cuando yo soy la causa de la mayoría de los tuyos!

–Eso es ya pasado. Cuéntame.

Las dos mujeres se sentaron. Myrna dudó durante un instante.

–Tengo que contarte por qué te obligué a marcharte –dijo–. Cy no sabe nada de mi pasado. Jamás le he contado la verdad. Yo... Yo siempre creo que he hecho lo mejor con él, pero... Parte del problema de Cy es que no cree en la fidelidad. Cree que su padre y yo estábamos profundamente enamorados, pero que su padre no podía serme fiel. ¡A mí no me importaban las aventuras de Frank! Dios mío, ni siquiera podía soportar que me tocara y él lo sabía. Cuando murió, fue casi un alivio. Era un hombre sin escrúpulos, avaricioso y egoísta. Un seductor empedernido. Yo crecí rodeada de una terrible pobreza. Peor que la tuya. Mi madre se prostituía cuando estaba lo suficientemente sobria. Mi padre... Ni siquiera sé quién fue. Y tampoco estoy segura de que mi madre lo supiera. Me quedé embarazada a propósito del hijo de Frank para que él tuviera que casarse conmigo. Era el mejor amigo del hombre del que yo estaba verdaderamente enamorada, pero mi soldado era un indio crow y él vivía en una pobreza casi tan profunda como la mía. Se marchó a la guerra odiándome por lo que yo había hecho, por haberle traicionado con su amigo. Jamás le dije que me aterrorizaba ser pobre el resto de mi vida. Me casé por dinero y me lo gané. ¡Jamás amé a Frank Harden! ¡Jamás! Su amigo era mi mundo. Una de las razones por las que me opuse a que Cy estuviera contigo era por tu tío abuelo. No podía soportar los recuerdos y había personas en la reserva que aún recordaban lo que yo le hice al hombre que amaba, cómo lo traicioné por ser rica. Temía que Cy se pasara en la reserva el tiempo suficiente como para enterarse de todo...

–Entiendo –susurró Meredith. Sentía escalofríos por todo el cuerpo.

–Si tú te hubieras casado con Cy, tu tío se habría convertido en parte de nuestra familia. Él... él conocía al hombre al que yo amé muy bien. Te evité porque te tenía miedo. Me aterraba que alguien pudiera recordar los días en los que yo solía ir a la reserva ante de casarme con Frank...

–Yo jamás me imaginé...

–No se lo puedes decir a Cy. Él no puede saberlo.

–¿Por qué?

–Porque eso le dará una razón más para odiarme.

Llevo viviendo toda mi vida con esta carga. Ya le he hecho mucho daño. ¡No podría soportar que él supiera lo de su abuela!

–Myrna... ¿acaso no sabes que el amor lo perdona todo? No se deja de amar a la gente por sus carencias. Se los ama a pesar de ellas. El amor no es condicional. ¿Cómo es posible que hayas vivido tantos años sin comprenderlo?

–¿De verdad crees que Cy me perdonará? He cometido tantos errores...

–Podrías tratar de explicarle por qué lo hiciste. Creo que Cy te sorprendería. Le podría suponer una gran diferencia saber cómo fue tu infancia y la verdadera razón de tu matrimonio. Ahora, anímate –añadió, levantándose para darle un beso a Myrna en la mejilla–. ¿Por qué no terminas de preparar esos huevos mientras yo saco las galletas del horno?

Myrna se sonrojó. Miró a Meredith y sonrió.

–Ahora me siento mucho mejor. Gracias. Sabes cómo convencer a la gente.

–Mi junta de accionistas estaría seguramente de acuerdo contigo. Espero que Blake no esté saltando encima de la cama de Cy.

–Estoy segura de que Cy no se lo permitiría –comentó ella mientras servía los huevos–. Dicen que la confesión es buena para el alma. Debe de serlo, porque me siento mejor de lo que me he sentido desde hace años.

Mientras las dos mujeres hablaban de Cy, él estaba observando cómo su hijo colocaba meticulosamente los cubiertos y la servilleta sobre la mesilla de noche. Sonrió al ver que el niño fruncía el ceño con un gesto muy similar al suyo.

–¡Ya está! –exclamó Blake por fin–. Mi mamá está preparando galletas. ¿Te gustan?

–Mucho –respondió Cy.

Blake se acercó un poco más a la cama y observó a Cy con abierta curiosidad.

–Te pareces a mí –dijo.

–Sí. ¿Te gustan los caballos? –le preguntó para cambiar de tema.

–Sí, pero nosotros no podemos tener un caballo. Vivimos en la ciudad.

–¿Tienes alguna mascota?

–Solo a Tiny. Quería tener un perro, pero mi mamá me dijo que tendríamos que esperar hasta que yo fuera un poco mayor. Tu mamá me ha dicho que puedo jugar con tus soldaditos de juguete. ¿Te parece bien?

–Claro.

–Supongo que tú no querrás jugar también, ¿verdad?

–Tal vez.

–¿De verdad? –preguntó el niño muy contento.

–Sí.

–¡Iré a por ellos!

–Espera un minuto, chaval –le dijo Cy, riendo–. Vamos a desayunar primero. Estoy muerto de hambre.

–Muy bien. Te pareces a mi mamá.

–¿Quieres desayunar aquí conmigo?

–¿Me dejas?

Cy se sintió muy alegre. A su hijo le gustaba su compañía.

–Si tú quieres, claro que sí. Sin embargo, es mejor que se lo consultes primero a tu madre.

–A ella le caes muy bien –confesó el niño–. Lloró cuando dijeron que tú estabas en el hospital. ¿Está enamorada mi mamá de ti?

Al escuchar aquella pregunta, Cy sintió que algo se despertaba dentro de él porque conocía la respuesta como si la tuviera grabada en el alma.

–Sí, mucho. ¿Te importa?

–Bueno, supongo que no. ¿Te caigo yo bien?

–Oh, sí.

–Entonces, está bien. Ahora, iré a decirle a mi madre que voy a desayunar aquí.

–No le digas de lo que hemos hablado.

–Muy bien.

Cy se recostó contra los almohadones, vibrando con las nuevas sensaciones. Meredith lo amaba. No estaba seguro de cómo lo sabía, pero estaba convencido de ello. Cerró los ojos y pensó que, pasara lo que pasara, al menos le quedaba aquello.

Blake regresó minutos más tarde seguido de Meredith. Ella llevaba una bandeja con dos platos, leche y café. Parecía muy divertida.

–Blake dice que no te importa que tome su desayuno contigo.

–Es cierto –afirmó él. Se bajó de la cama para sentarse en su silla. Al darse cuenta de que los ejercicios estaban ayudando, lanzó un suspiro.

–¿Te duele la espalda? –le preguntó Blake.

–Sí, hijo –respondió él sin pensar–, pero no demasiado –añadió. Miró a Meredith y captó la mirada de preocupación que se le había dibujado en el rostro–. Estoy bien – afirmó–. En realidad, se trata de espasmos más que de verdadero dolor. Creo que está sanando.

–Muy bien –comentó Blake–. Así podremos jugar con los soldados más tarde.

–Te lo prometí, ¿verdad? –musitó Cy, revolviéndole el cabello al niño–. Yo siempre mantengo mis promesas.

–Igual que mi mamá. Ella siempre me dice que tengo que hacer lo que digo que voy a hacer para que la gente pueda confiar en mí.

Cy miró a Meredith y asintió.

–El poder confiar en una persona es muy importante. Si se pierde la confianza, uno tiene que esforzarse mucho para poder recuperarla.

–¿Puedo traeros algo más? –preguntó Meredith, sin comentar nada al respecto.

–No. Yo estoy bien –afirmó Cy–. Conseguiré levantarme de esa maldita cama de un modo u otro. Entonces, ten cuidado, señora Tennison. Iré a por esos poderes en el momento en el que pueda caminar sin ayuda.

Meredith se echó a reír.

—Eso no significa que los vayas a conseguir —le desafió.
—Espera y verás.
—El doctor Bryner ha llamado para decirte que tienes que ir una vez a la semana para que su fisioterapeuta compruebe que el señor Smith y tú estáis haciendo bien los ejercicios —comentó mientras colocaba los platos en la mesa.
—Odio los ejercicios —replicó él—. Espero que no tenga que sufrir más porque el señor Smith ya me hace trabajar más que un caballo todos los días.
—Bueno, al menos os estáis acostumbrado el uno al otro.
Con eso, Meredith salió de la habitación antes de que Cy pudiera decir lo que estaba pensando.
Después de que Blake y él terminaran sus desayunos, el niño fue a por los soldaditos de juguete. Jugar con su hijo lo ayudó a olvidarse de sus problemas. Mientras le explicaba a Blake los uniformes, se sintió como si hubiera dado un paso atrás en el tiempo y hubiera regresado a su infancia.
Miró al niño y se preguntó cómo reaccionaría el pequeño si supiera que Henry Tennison no era su verdadero padre. Solo había un medio de averiguarlo, pero no se atrevía a hacerlo sin el consentimiento y el conocimiento de Meredith.
Le molestaba pensar también que ella decidiera marcharse a Chicago. Evidentemente, no podía dirigir sus negocios desde Billings. No obstante, Cy prefería no pensar en ello. No podía pedirle que dejara su herencia y su trabajo. Comprendió que, si ella decidía marcharse, tendría que dejarla ir. No pudo evitar pensar que sin la intervención de su madre, nada de aquello hubiera ocurrido jamás. Meredith y él se habrían casado y Blake llevaría su apellido. Resultaba sorprendente que él, que jamás había deseado el matrimonio, pensara tan positivamente en él pensando que así Meredith y Blake estarían a su lado para

siempre. Sin embargo, podría ser que fuera demasiado tarde. Tenía ya muy poco que ofrecerle a Meredith en comparación con lo que ella ya tenía.

Además, estaba el señor Smith. Sentía celos de la intimidad que compartía con Meredith y Blake. ¿Se habría acostado Meredith con él? ¿Estaría enamorada de él? Blake lo quería mucho. Lo nombraba constantemente.

De repente, recordó que, originalmente, había estado ya a las órdenes de Henry Tennison. No sabía si eso presentaría un problema si Cy se atrevía alguna vez a pedirle a Meredith que se casara con él. ¿Qué harían con el señor Smith?

No merecía la pena pensar en ello. Tal vez jamás estuviera en situación de pedirle a Meredith que se casara con él. Además, en aquellos momentos tenía otras preocupaciones, entre las que se encontraba evitar que Meredith se quedara con su empresa.

18

Los días que Meredith pasó en la mansión de los Harden transcurrieron tan rápidamente que, casi sin que se diera cuenta, habían pasado ya dos semanas desde su llegada.

Por primera vez desde la muerte de Henry, había tenido tiempo de jugar con Blake, de dar largos paseos y de tomarse el tiempo necesario para examinar su vida.

Como estaba pasando mucho tiempo en Billings, había apuntado a Blake en la escuela presbiteriana, a la que el señor Smith lo llevaba todos los días. El niño parecía haberse adaptado muy bien y llegaba muy contento a la casa todos los días. Este hecho agradaba mucho a Meredith, para la que Billings se estaba convirtiendo de nuevo en un hogar. Por el momento, los negocios parecían muy lejanos.

No se había dado cuenta del tiempo que se había pasado trabajando. Blake crecía muy rápido y, al tener la oportunidad de pasar más tiempo con su hijo, empezó a darse cuenta de que sus gustos e intereses habían cambiado sin que ella se diera cuenta.

Si Meredith estaba disfrutando con el tiempo que

tenía para relajarse, Cy lo llevaba cada vez peor. Empezó a gritarle a todo el mundo, en especial al señor Smith, que seguía ocupándose de la fisioterapia.

Meredith no estaba segura de cómo enfrentarse a aquella situación. El doctor Bryner le había dicho que el estado de Cy mejoraría rápidamente si seguía las instrucciones, pero Cy se negaba a hacerlo. Se esforzaba demasiado y se mostraba demasiado impaciente por ver resultados. Ni Meredith ni su madre podían conseguir que se lo tomara con más calma.

El que se llevaba la mejor parte era Blake. Después de volver de la escuela, se pasaba la mayor parte de la tarde con su padre, jugando, coloreando o leyéndole a Cy. A Meredith le divertía que aquello era lo único de lo que Cy parecía disfrutar.

–Es muy listo, ¿verdad? –le preguntó a Meredith una noche, después de que Blake hubiera terminado de leerle un cuento y se hubiera marchado con el señor Smith a prepararse para la cama.

–Sí.

–Le gusta mucho el colegio.

–Sí. Se está integrando muy bien.

–¿Vas a dejar que se quede o vas a volver a desarraigarlo de nuevo? –le preguntó–. ¿Estás echando ya de menos tu trabajo?

–Me gusta estar ocupada. Por otro lado, me había distanciado un poco de Blake y eso no me gusta. Había estado cambiando bajo mis narices sin que yo me diera cuenta. Me avergüenza darme cuenta de que había estado demasiado preocupada con mis negocios para verlo.

–Los negocios te pueden dejar completamente ciego. Yo lo sé. Yo también he estado completamente ciego para la mayoría de las cosas más importantes –dijo. Se miró las piernas. Estaba sentado y completamente vestido–. Odio verme así. No hago más que preguntar cuándo podré conducir y cuándo podré irme a trabajar, y no hacen más que decirme que pronto. ¡Han pasado ya tres semanas!

—El doctor Bryner lo sabe. Has hecho muchos progresos, pero no puedes esforzarte demasiado, Cy.

—Si no lo hago, tal vez no vuelva a salir de la casa. Odio la inactividad. Además, ya sabes que la paciencia jamás ha sido mi fuerte. ¡Lo peor de todo es que me siento tan débil!

—Cy...

—¿Por qué no te marchas a tu casa? —le preguntó él, de repente, lleno de frustración y furia—. No te necesito.

—Si yo me marcho, Blake se viene conmigo. ¿Quién te leerá si él se va?

Cy no quiso pensar en esa posibilidad. Suspiró profundamente y apartó la mirada.

—Me he acostumbrado a tenerlo cerca.

—Eres su ídolo. Antes, nombraba al señor Smith a cada palabra. Ahora eres tú. Tal vez deberías tomarte las cosas con un poco más de calma. Estás progresando. Ahora, ya puedes andar bastante bien.

—Sí —admitió él—, pero Smith se ríe de mí.

—No se ríe de ti. Resultó muy malherido en una de las últimas acciones de la guerrilla en las que participó. Tuvieron que hacerle la cirugía estética. La mejilla no le quedó del todo bien.

—¿Guerrilla?

—Era mercenario profesional y también trabajó para la CIA —le recordó ella.

—Es cierto. Supongo que él también habrá recibido fisioterapia en alguna ocasión... Seguramente tienes razón. No creo que me hiciera daño tomarme las cosas con más calma. Solo un poco.

—Estoy segura de ello —afirmó Meredith.

A la mañana siguiente cuando el señor Smith se presentó para la sesión de fisioterapia, Cy no le dedicó miradas malhumoradas ni ácidos comentarios. Cooperó plenamente. Por primera vez.

Myrna no se lo podía creer.

—Jamás pensé que accedería —dijo, aliviada.

–Aún no hemos pasado lo malo –le recordó ella–. Si Cy no ve resultados a corto plazo, se desilusionará y volverá a apretar el ritmo.

–¿Se te ocurre algo para ese caso?

–Tengo una última carta en la manga. Ha estado tan deprimido últimamente que ni siquiera parece él mismo.

–Lo sé. Conmigo solo habla con monosílabos. Creo a veces que me odia por lo que hice.

–Lo superará, Myrna. Dale tiempo. Se ha llevado demasiados sobresaltos en las últimas semanas y la mayor parte de ellos son culpa mía. Vine aquí a vengarme. A los directivos de mi empresa no les va a gustar cuando se enteren. Y se enterarán. Mi cuñado se encargará de ello porque me quiere fuera de la empresa. Sin embargo, no voy a consentírselo. Él aún no lo sabe, pero estoy pisándole los talones. No va a poder quitarme las riendas de las manos hasta que yo las suelte. No estoy segura de querer hacerlo. La posible absorción de Harden Properties por parte de mi empresa es lo que mantiene a Cy alerta. Cada vez que menciono la absorción, se anima.

–Sí, pero si no empieza a mejorar, me temo que no le servirá ni eso.

Meredith sabía que Myrna tenía razón, pero ella aún tenía más temores que no se atrevió a comentar delante de la madre de Cy. Él no era la clase de hombre que pudiera aceptar que una mujer le arrebatara su empresa. Sin embargo, ella no podía zafarse de sus responsabilidades. ¿Cómo iba a afectar su relación con Cy si tenía que utilizar Harden Properties para controlar a Don? McGee y ella habían estado hablando constantemente por teléfono sobre los poderes sin que Don lo supiera. Meredith tenía la mayor parte de las acciones. Sin embargo, utilizar ese control iba a ser complicado.

Los ejercicios resultaban agotadores.

–Vamos, sigue –le dijo Smith, sin perturbarse por las

miradas asesinas que Cy le enviaba–. Sé que son incómodos y también sé que aún no ves los resultados que deseas. Yo también estaría harto si estuviera en tu lugar.

–Dios mío –susurró Cy, limpiándose la frente y apartándose el cabello de la cara–, no sé por qué te dejo que me hagas pasar por esto. Llévate a Meredith a Chicago y olvidémonos de todo. Así, ella podrá retomar la vida que tenía antes.

–No, no puede –le espetó Smith–. Tú no la viste la noche que te trajeron aquí, pero yo sí. Apartarla de ti ahora sería tan doloroso como cortarle un brazo. Además, no se marcharía. Ella no abandona.

–¿Significa eso que yo sí?

–No lo creo. Simplemente eres humano.

Cy retomó los ejercicios con un pesado suspiro. Estaba tan cansado... Cada día le resultaba más fácil caminar, pero requería tanto esfuerzo... Entonces, se levantó sin pensar conscientemente en lo que estaba haciendo y, por primera vez, se movió con facilidad.

–Vuelve a hacer eso –le dijo Smith.

–¿El qué?

–Eso –afirmó Smith, sonriendo–. Mira, estás caminando sin cojear.

Cy contuvo la respiración. Recorrió la habitación, sorprendido de la fluidez de sus movimientos. No le dolía. Sonrió abiertamente y miró muy contento al señor Smith.

–¡Eso sí que está bien!

Se puso recto. Dobló las rodillas y volvió a incorporarse. Tenía la espalda menos flexible que antes, pero los movimientos ya no le dolían. Suspiró de alivio. Después de todo, tanto trabajo no había sido en vano.

–Estás curado. Creo que deberíamos informar al médico.

–Dame el teléfono –dijo con una enorme sonrisa en los labios.

–Aquí tienes. Si no te importa –comentó Smith–, voy a darles las noticias a las mujeres.

Cy dudó. Después de un momento, asintió. Smith salió de la habitación.

Meredith hizo que el señor Smith le repitiera lo ocurrido dos veces antes de comprenderlo de verdad. Myrna empezó a llorar como una niña. Cy se iba a poner bien. Cuando las dos mujeres llegaron corriendo a la habitación, él estaba hablando por teléfono.

–Voy a ir a ver a Bryner –les dijo–. Cree que estoy haciendo unos progresos notables –añadió muy contento.

–Genial –comentó Meredith con una sonrisa–. Ahora podremos quitarte la empresa.

–Te aseguro que ganaré yo –afirmó él, sonriendo también a pesar de la fatiga.

–Ni hablar. No sin los poderes –replicó ella. Se sentía llena de vida.

–Ya tendremos tiempo para hablar de ese pequeño problema cuando yo haya regresado al trabajo.

–Eso no te va a servir de nada.

–Depende de la clase de conversación que tengamos –murmuró. La mirada que había en sus ojos provocó que el corazón de Meredith latiera con más fuerza.

–Fuera mientras se ducha –les ordenó el señor Smith abriendo la puerta–. No queremos que el médico tenga que esperarnos.

–¿De qué lado estás? –le preguntó Meredith al pasar por su lado.

–Del tuyo. Del suyo. Son el mismo –comentó Smith, riendo.

Meredith no se atrevió a mirar a Cy, pero oyó unas carcajadas a sus espaldas.

Le hicieron pruebas interminables, pero los resultados merecieron la pena. La espalda se le estaba curando maravillosamente, al igual que los músculos y los nervios. Les dieron unos ejercicios nuevos que hacer y les dijeron que podían marcharse.

Cy estaba contentísimo. Ya no se veía amenazado por el miedo de la invalidez permanente, por lo que se empleó muy metódicamente en su nueva terapia. Sabía que debía volver a estar bien antes de poder poner en práctica el plan que tenía para conseguir que Meredith y su hijo se quedaran junto a él. Salvar su empresa era casi un añadido, porque sabía exactamente lo que quería. Lo único que tenía que hacer era convencer a Meredith de que ella también lo deseaba.

Él ya no tenía dudas de sus sentimientos. Meredith había teñido de colores un mundo en blanco y negro. La necesitaba, pero de un modo que era mucho más que físico. El problema sería arreglar el daño que había hecho en el pasado y convencerla de que ya estaba completamente seguro de su relación. Para conseguirlo, iba a tener que darse mucha prisa.

—Supongo que te das cuenta de que el doctor Bryner no te ha dado permiso para irte a practicar *skateboard* mañana mismo, ¿verdad? —le preguntó Meredith una mañana, cuando Cy estaba trabajando con fuerza en sus ejercicios para fortalecer la espalda.

—Lo sé. Si hace falta tiempo, que lo haga —dijo él.

—Perdona que te diga que no eres el mismo hombre que echaba espuma por la boca para realizar sus ejercicios hace cuatro días.

—Eso era antes de que supiera que tenía algo que esperar con impaciencia —replicó Cy con una sonrisa. Entonces, la miró a ella de arriba abajo—. ¿Por qué no te quitas esa ropa y te tumbas aquí conmigo? —añadió, dando unos golpecitos sobre la colchoneta de ejercicios.

—Todavía no —murmuró ella—. Y deja de decir cosas así. ¿Y si entraran Blake o tu madre?

—Me importa un comino lo que piense mi madre. Y Blake está en la escuela.

—La venganza se sirve fría —comentó ella, agachándose para tocarle suavemente la mano—. Resulta vacía e insatisfactoria y termina haciendo que la culpabilidad te corroa por dentro. Yo podría escribir muchos libros al respecto.

—¿Significa eso que me vas a devolver mis poderes? —le preguntó él, enredando los dedos con los de ella.

—Por supuesto que no. Si los quieres, tendrás que levantarte y luchar por ellos.

—En cuanto pueda. Ven aquí —susurró, tirando de ella.

Meredith se sentó a su lado y dejó que él la tumbara. Con la mano que le quedaba libre, empezó a acariciarle el rubio cabello, gozando con su suavidad.

—Me gusta que lo lleves suelto —dijo.

—Esta mañana no he tenido tiempo de recogérmelo.

—Mientras estés aquí, no lo hagas. Me gusta tanto su tacto...

—Cy...

—Calla —susurró él, antes de tirar de ella para poder besarla.

Meredith se dejó llevar por la calidez de aquella boca. Cerró los ojos y se entregó. Cy la besó suavemente durante mucho tiempo. Ni incrementó la presión ni se dejó llevar por la pasión que normalmente prendía entre ellos segundos después de tocarse. Le acarició dulcemente la garganta, las mejillas y la comisura de la boca mientras saboreaba la dulzura de los labios de Meredith.

Cuando la soltó, ella parecía maravillada. Tenía los ojos vivos, ardientes y la boca suavemente henchida.

—La próxima vez que hagamos el amor, no va a parecerse a nada de lo que hayas experimentado nunca. Va a ser como ese beso, suave, lento y tan tierno que vas a llorar entre mis brazos.

Meredith se echó a temblar. Aquellas palabras la excitaban, igual que la mirada que veía en sus ojos oscuros. Cy jamás había sido tierno con ella. Lo que habían experimentado siempre había sido explosivo y urgente, casi demasiado apasionado.

—No comprendo —susurró ella.

—¿No? —musitó Cy. Tomó la mano de Meredith y se

llevó la palma a la boca besándola con lenta y perezosa pasión.

La tenía embrujada una vez más. Meredith lo miró y volvió a enamorarse de él. Aunque se marchara de Billings, aquel sentimiento no se detendría. Iba a pasarse el resto de su vida amándolo y jamás sería suficiente. Lo único que él podía ofrecerle era una ardiente aventura.

–No –exclamó ella, apartando la mano y poniéndose de pie–. ¡No! ¡Que me aspen si te permito que me vuelvas a hacer esto!

–Meredith, no es lo que tú crees...

–¿No? Tú me deseas –replicó ella, riendo amargamente–. No te cansas de mí. Soy una especie de zombie sexual cuando estoy contigo. No tengo el suficiente orgullo para decirte que no.

–No lo comprendes –insistió él, desesperado por hacerle comprender que no estaba tratando de meterla en la cama para tener una aventura más.

–Sí, claro que lo entiendo. Ahora, tengo que ir a ayudar a preparar el almuerzo. Hasta luego.

–¡Meredith!

Ella se marchó sin contestar. No la vio durante el resto del día, porque Meredith se encerró en su despacho y se negó a abrir la puerta.

Efectivamente, tenía mucho trabajo. Sin embargo, se sentía preocupada. Hasta Blake lo notó. Sin embargo, fue Myrna quien la arrinconó en el comedor a la mañana siguiente, mientras esperaba que la señora Dougherty terminara de preparar el desayuno. Estaban tomando un café mientras que el señor Smith y Blake desayunaban con Cy.

–El mundo es de los hombres –comentó Myrna–. No esperaba que Cy me hablara, pero no creí que te apartara a ti también.

–No lo ha hecho –respondió Meredith–. Me he apartado yo. No voy a consentir que siga utilizándome.

–Entonces, por eso ha estado tan explosivo últimamente. Pobre Cy.

–Pobre yo –la corrigió Meredith–. No voy a ser el juguete de tu hijo. Ya no soy la camarera de entonces.

–Por supuesto que no. Eres una ejecutiva muy capaz con independencia y riqueza. Sin embargo, la vida es muy solitaria y vacía así, Meredith.

–Así no se hace una ilusiones. He estado viviendo en el limbo, mostrándome perezosa, pasando tiempo con mi hijo, observando cómo Cy se recuperaba. Sin embargo, ahora que va para arriba, ya no me necesita.

–Eso no es cierto. Tal vez a mí me haya desterrado, pero no estoy ciega. No te mira del modo en el que solía hacerlo. Algo ha cambiado.

–Es solo porque ha estado indefenso.

–No. Te mira como yo solía mirar a Garson Hathaway, el hombre al que amé de verdad. Él era trece años mayor que yo, pero la diferencia de edad no importó jamás. Nos enamoramos. Cuando yo salía con Garson, mi madre lo hacía con un ferretero. Él le dijo que yo estaba saliendo con un indio y se enfadó mucho conmigo. Llegó a encerrarme en mi dormitorio. Garson le pidió a Frank que viniera a ver si yo estaba bien. Mi madre y mi hermana, al ver lo rico que era Frank, me animaron a que me liara con él. Yo miré a mi madre y vi en lo que podía convertirme sin dinero. Sentí pánico. Empecé a salir con Frank y no volví a ver a Garson. Garson se marchó a Vietnam odiándome. Murió dos semanas después. Yo entonces ya estaba embarazada. Frank se casó conmigo y yo no volví a ver a mi madre. No podía soportar quién era. Me pasé el resto de mi vida de casada cuidando de mi hijo y tratando de ser una mujer de la alta sociedad... Meredith, mi vida es una mentira. Yo deseaba ser respetable más que tener comida en el estómago. Frank me dio riqueza y poder, pero su comportamiento me hizo una desgraciada. Yo creí que si Cy se casaba bien, podría asentar aún más mi lugar en la sociedad. Sin embargo, ser respetado no es algo que se pueda comprar. Hay que ganárselo.

–¿No crees que te lo has ganado ya en todos estos

años? —le preguntó Meredith—. He averiguado mucho desde que llegué aquí. Formas parte de una docena de comités benéficos, vas al hospital y a las residencias, trabajas en los programas de alfabetización... Por el amor de Dios, ¿qué importa lo que fueran tus padres o si estabas casada o no cuando te quedaste embarazada? Como yo, tú vas a la Iglesia. ¿No crees que Dios comprende cómo nuestra propia naturaleza humana nos empuja a tomar las decisiones equivocadas? Somos humanos porque Él nos hizo así. Sin embargo, tú no puedes aceptar que lo eres.

—Creo que estoy aprendiendo a hacerlo. Gracias a ti —añadió con una sonrisa—. Tú me has hecho mirarme y ver que la verdad es dolorosa, pero que limpia. Me siento una mujer nueva.

—Me alegro. Siento que te desmayaras en la reunión de vuestra empresa. No me habría perdonado nunca que te hubiera ocurrido algo terrible.

—Hemos aprendido a comprendernos. Y lo mejor es que Cy se va a poner bien.

—Sí. Ahora, lo único que tenemos que hacer es conseguir que él comprenda que las personas no son perfectas.

—Creo que lo conseguiremos, Meredith. Sabe que yo lo quiero, pero me culpa por el pasado... Le he supuesto muchos problemas...

—De eso hace mucho tiempo. Ahora, tienes un nieto al que le encantan los pastelillos y leerle a su padre.

—Es más de lo que merezco —susurró Myrna—, pero gracias por el tiempo que me has dado con Blake. No sabes lo especial que ha sido para mí. ¿Permitirás que me escriba cuando os vayáis?

—Por supuesto —dijo Meredith, aunque no quería ni pensar en volver a Chicago.

Estuvo pensando todo el día en este detalle y en sus responsabilidades laborales. No ayudaba en nada que Cy no preguntara por ella.

Se sentía culpable por no verlo, pero se volvía demasiado vulnerable en su presencia. No le gustaba estar fuera de control.

Blake no la ayudó mucho en aquel respecto.

–Ese hombre dice que no vas a verlo –le dijo el niño con mirada acusadora–. Está enfermo. ¿Es que no te importa?

–Claro que sí –respondió Meredith–, pero él no me necesita. Disfruta mucho más de tu compañía.

–Eso no es cierto. El señor Smith y él discuten constantemente. ¿Por qué se parece ese hombre a mí?

Blake no hacía más que realizarle aquella pregunta. Meredith estaba pensando en qué decirle cuando el niño volvió a preguntar.

–Henry Tennison no era mi verdadero padre, ¿verdad?

–¿Quién te ha dicho eso?

–El señor Smith. Bueno, yo se lo pregunté. El señor Smith jamás dice mentiras. Ese hombre se parece tanto a mí...

Meredith apretó los dientes. Se sentía furiosa con el señor Smith. Además, los niños inteligentes resultaban más difíciles.

–Efectivamente, ese hombre es tu verdadero padre, cariño.

–Por eso se parece a mí –observó el niño, aceptando la información sin ninguna reacción visible.

–Sí.

–Me alegro –dijo con una sonrisa–. Me cae bien. ¿Podemos vivir con él?

–Mira, Blake...

La repentina aparición del señor Smith la libró de contestar.

–Es hora de irse a la cama, Blake –anunció el señor Smith. Meredith agradeció la llegada del guardaespaldas, pero se sentía muy molesta con él y no lo ocultó–. ¿A qué viene esa mirada?

–Ya sabe que Henry no era su padre.

–Jamás me dijiste que no se lo dijera. Yo no miento nunca.

–Eso ya lo sé, pero lo has complicado todo. Ahora quiere saber por qué no vivimos con su papá.

El señor Smith le dedicó una sonrisa.

–Buena pregunta. ¿Por qué no?

Antes de que Meredith pudiera encontrar una respuesta, el señor Smith se marchó con Blake.

19

Meredith tenía que realizar muchas llamadas de teléfono, por lo que quedó levantada más tarde que de costumbre. Cuando terminó, permaneció sentada tras su escritorio durante un largo tiempo, pensando. Había dejado que su vida se enredara tanto con la de Cy que ya no sabía cómo iba a desenredarla. Además, Blake ya sabía lo de su padre. Una mayúscula complicación.

Se marchó a la cama mucho después de que todos estuvieran dormidos. Todos menos Cy. Cuando Meredith pasó por delante de su dormitorio, la llamó. Como tenía la puerta entreabierta, no había podido pasar de largo.

—¿Sigues escondiéndote de mí? —le preguntó con una sonrisa burlona.

—Yo no me estoy escondiendo.

—Cuéntame otra historia.

Meredith se acercó a la cama, cansada, triste y algo pálida por las noches que había estado acostándose muy tarde.

—Dios, pareces agotada —dijo él—. ¿Por qué no duermes?

–No he podido desde tu accidente. Supongo que es como estar subida en un tiovivo.

–¿Quieres dormir conmigo?

Los latidos del corazón de Meredith se aceleraron. Solo el pensamiento le ruborizó el rostro y caldeó su frío espíritu.

–No hay ataduras, Meredith. Ni presiones.

–No tiene por qué haberlas, ¿lo sabes? –replicó–. Lo único que siempre has tenido que hacer era tocarme.

Cy extendió la mano y tomó la de ella. Entonces, tiró y la hizo caer sobre la cama con él.

–Ahora, escúchame –dijo muy serio–. ¿Se te ha ocurrido alguna vez que yo me siento tan indefenso como tú?

–No –confesó ella–. Supongo que jamás me he parado a considerar tu lado de la historia. Siempre he sabido que me deseabas, aunque odiaras ese mismo deseo.

–Mírame.

Meredith se obligó a mirarlo y quedó fascinada por la expresión que vio en sus ojos. Como había dicho Myrna, parecía un hombre nuevo.

–No va a haber más sexo –dijo–. Al menos, no por un tiempo. Además de porque no puedo hasta que se me cure del todo la espalda, existe otra consideración. Quiero tener una relación contigo, una relación de verdad, basada en intereses comunes y en el placer por tener la compañía del otro. Quiero conoceros a ti y a mi hijo.

–¿Hablas en serio? –preguntó ella, asombrada.

–Sí. Durante mi recuperación, he tenido mucho tiempo para pensar. Supongo que, a lo largo de los años, me he vuelto muy cínico sobre las mujeres por lo que creía que me habías hecho. Desde que he averiguado la verdad, el mundo ha cambiado. ¿Me perdonas?

Meredith se echó a llorar.

–¿No... no debería ser al revés? –susurró–. Regresé aquí con la intención de vengarme. Destruí tu relación con tu madre y amenacé tu empresa. Hasta te negué a tu propio hijo...

–Oh, cariño –musitó Cy, estrechándola contra su torso–. Daría cualquier cosa por poder volver atrás en el tiempo, por deshacer lo hecho. Si hubiera sabido lo del niño, jamás te habría dejado marchar. ¡Jamás!

–Tú no me creíste –murmuró ella entre sollozos.

–Lo sé. No quería creer que pudiera haber otra cosa que no fuera deseo. Entonces, descubrí lo joven que eras y la culpabilidad comenzó a corroerme por dentro. No tardé ni dos días en darme cuenta de lo que había desperdiciado, pero entonces ya no pude encontrarte.

–Cuando yo te escribí y no recibí contestación, me rendí –susurró Meredith, colocando suavemente la mano sobre el pecho de él–. Estaba empezando a recuperar mi vida cuando Henry murió. Después de eso, mi trabajo se convirtió en todo, junto con la venganza.

–¿No hubo más hombres?

–No –respondió ella–. ¿Acaso no sabes que es muy difícil compararse contigo? Por mucho que Henry me amara, siempre... siempre estabas tú.

–Meredith –musitó Cy, acariciándole suavemente el cabello–. Para mí también eras siempre tú...

–¿De verdad? –preguntó ella con una carcajada–. ¿Cuántas mujeres te hicieron falta para darte cuenta?

–No digas eso... No sabes lo mucho que me avergüenzo de esas mujeres. Además, a pesar de lo que tú puedas pensar, hubo muy pocas. Me culpo por esos años perdidos. No sabía lo mucho que me amas y temía arriesgarme...

–Tal vez tuvieras razón. Desde entonces, han pasado muchas cosas.

–Sí. Tú creciste y te convertiste en una magnate de los negocios.

Meredith se echó a reír. Entonces, le rozó el torso con los labios y sintió que él se tensaba. Le deslizó la mano sobre un pezón y se lo cubrió suavemente.

–¿Es así con el resto de las mujeres?

–Ya sabes que no. Meredith, yo... yo no he estado con

una mujer desde hace dos años, al menos hasta aquel día que fuimos al campo de batalla. El sexo ya no me resultaba satisfactorio. Perdí interés. Hasta que tú regresaste... Por eso te deseaba tanto. Recuerdo que muchas veces te he tratado sin ternura ni respeto. Eso también se ha terminado. Decía en serio lo que te dije antes. La próxima vez que hagamos el amor, voy a ser tierno y exquisito contigo. No seré rápido ni brusco.

–Ten cuidado, Cy. Si sigues así, me vas a hacer pensar que sientes algo por mí –comentó ella con una temblorosa sonrisa.

Cy no le devolvió la sonrisa, sino que se le pintó un extraño brillo en los ojos.

–¿Y por qué no lo ibas a pensar? Es cierto. Siento algo por ti.

Meredith se sintió como si estuviera volando. Cy jamás le había dicho algo así antes. Entonces, él le tiró del cabello e hizo bajar la boca de Meredith sobre la de él. Tierna y suavemente, comenzó a besarla. Ella se rindió antes de que él le separara los labios. Cy le enmarcó el rostro entre las manos y fue haciendo que el beso fuera apasionándose hasta que ella comenzó a sentir pequeñas sacudidas en el cuerpo. Entonces, se reclinó y suspiró

–Jamás lo habíamos hecho así, ¿verdad? Más y más. Es como si dos almas se estuvieran tocando.

–Sí –susurró ella.

–Ahora, es mejor que te vayas a la cama –le dijo–. No quiero estropear lo que estamos construyendo juntos. Te deseo desesperadamente, pero no es el momento.

–Yo también te deseo –afirmó Meredith, sonriendo–, pero... Quiero lo que me prometiste. Jamás hemos sido tiernos el uno con el otro.

–Lo que quieres decir es que yo jamás he sido tierno contigo. Sin embargo, creo que ahora puedo serlo. Tu placer es más importante para mí que el mío propio. ¿No te pareces que eso es el principio del amor?

Meredith contuvo las lágrimas. Era amor. Jamás había

esperado que Cy se lo ofreciera. Jamás había esperado más que el deseo que él prendía en ella.

—Ahora, dame un beso y vete a la cama —dijo él.

Meredith se inclinó y obedeció.

Cuando lo besó, la boca le temblaba desesperadamente.

—Te amo tanto... —susurró con un hilo de voz.

—Lo sé —dijo Cy, tirando de ella para poder besarle los párpados con infinita ternura—. Esta vez no permitiré que te marches. Si lo haces, te seguiré sin dudarlo. Hasta los confines de la tierra si es necesario.

—¿Estás seguro de que no son los analgésicos los que te hacen hablar así?

—Espera hasta que me ponga de pie y te deje responder esa pregunta por ti misma.

—Muy bien —afirmó ella, suspirando de puro placer—. Cy... se lo he dicho a Blake.

—¿Decirle qué?

—Que eres su verdadero padre.

—¿Crees que ha sido una buena idea?

—Aparentemente, el señor Smith le dijo hace mucho tiempo que Henry era su padrastro. Yo no lo sabía. Pensé que tenía todo el derecho de saber la verdad. Henry siempre me dijo que tendría que decírselo algún día. Me pareció el momento adecuado.

—¿Y qué dijo?

—Que se alegraba mucho, porque te pareces a él.

—Eso es cierto, ¿verdad? El mismo cabello y los mismos ojos...

—Y el mismo mal carácter —murmuró ella secamente.

—Es cosa de familia. Mi madre también lo tiene. ¡Maldita sea!

—Tu madre ha sufrido también mucho. Ella no es el ogro que yo solía creer que era. Tal vez deberías considerar sus sentimientos. No ha tenido una vida fácil.

—¿Acaso sabes tú algo que yo no sepa? —le preguntó Cy, frunciendo el ceño.

—¿Sabes algo de su infancia o del hombre del que estaba enamorada?

—No.

—En ese caso, es mejor que tengas una larga charla con ella —replicó Meredith—. Por su bien y por el tuyo. No conoces en absoluto a tu madre y es una pena. Es mucho más agradable de lo que parece.

—Es culpa de mi padre, ¿sabes?

—No del todo. Estaba desesperadamente enamorada de otro hombre. Decidió olvidarse de él y casarse con tu padre porque tenía miedo de la pobreza.

—¿Era pobre? ¿Mi madre? —repitió él, atónito.

—Pobre y poco querida. No debes decirle que lo sabes. Tiene que contártelo ella. Me dijo que te había guardado muchos secretos, pero que este te haría odiarla.

A continuación, Meredith le contó a Cy todo lo que Myrna le había dicho a ella sobre su infancia, sobre su amor perdido... Cy escuchó atentamente. Cuando Meredith terminó, estaba muy pálido, pero había una luz nueva en sus ojos.

—Jamás pude querer a mi padre —susurró—. Lo culpaba por la infelicidad de mi madre. Creo que ni siquiera lloré cuando lo enterraban. En aquellos momentos, me pareció extraño. Hubo ocasiones en las que me pareció que yo podría ser adoptado, pero sabía que tenía que ser mi verdadero padre porque yo siempre lo favorecía, igual que Blake hace conmigo... ¿Querrás darme algún día otro hijo cuando pueda ayudarte a concebirlo? Tal vez, en esta ocasión podríamos tener una hija con tu cabello rubio y ojos grises.

—Yo... Me gustaría —susurró Meredith, muy emocionada—, pero, en estos momentos, las cosas son muy complicadas.

—Solo hasta que yo vuelva a ser el mismo de antes —afirmó Cy—. Entonces, te quitaré esos poderes y nos casaremos.

—No me lo has pedido...

–Ni te lo pediré. Lo pondremos en la forma de una apuesta. Si yo recupero el control de mi empresa, te casarás conmigo. Si tú consigues echarme, podrás poner tus propias condiciones.

Meredith sonrió.

–Entonces, ¿voy a tener que pelear con Don y contigo a la vez?

–¿Qué quieres decir con Don también?

–¿No sabías que mi estimado cuñado quiere echarme a patadas de la empresa de Henry? También me vengaré de él. No me gusta que me apuñalen por la espalda personas que fingen quererme. Especialmente los que son parientes.

–Sabía que Don iba a mover ficha, pero no sabía que tú lo supieras.

–¿Me lo habrías dicho?

–Puede ser –respondió Cy, entrelazando los dedos con los de ella–. Me estaba gustando imaginarte verte abandonando el mundo de los negocios para dedicarte exclusivamente a tener mis hijos.

El rostro de Meredith dejó de reflejar ira y se le iluminó.

–¿Y dejar las altas finanzas y el poder hacer dinero?

–Tienes dinero más que suficiente, pero solo un hijo. Blake no debería ser el único.

–Bueno, tendrás que esperar primero a que se te cure la espalda –le recordó–. Además, no pienso rendirme sin presentar batalla. No te voy a devolver los poderes. Tendrás que quitármelos. Y Don también.

–No me importa –comentó él, riendo–. Un hombre necesita unos cuantos desafíos para mantenerse vivo. ¿Te gustaría dormir entre mis brazos esta noche? –añadió, tras apartarle un mechón de cabello de la frente.

–Más que nada en el mundo, pero es demasiado pronto.

–Muy bien. Nos lo tomaremos con calma –dijo él, muy sensualmente.

—Eso será un buen cambio.

—¿Sabes que, de todas las mujeres con las que he estado y que, en mis días de adolescencia fueron bastantes, tú eres la única que pudo acogerme por completo? –le preguntó. Meredith se sonrojó y desvió la mirada–. ¿Te sientes avergonzada? ¿Por qué? A mí siempre me pareció que significaba algo el hecho de que fuéramos tan compatibles en la cama. Y eso que no sabía ni la mitad. Que teníamos un hermoso hijo. Te prometo hablar con mi madre –añadió, cambiando de tema–. No le digas nada de lo que me has dicho. Dejaré que sea ella quien se sincere conmigo.

—Eres un buen hombre –afirmó Meredith con una sonrisa–. Siempre sabía que así era, aunque, por supuesto, me costó sacarlo.

—¿Quieres ver el resto de lo que has sacado? –sugirió él, tocando suavemente la sábana que le cubría las caderas.

—Me lo imagino. Ahora, descansa un poco.

—No habrá posibilidad de eso a menos que te metas aquí conmigo.

—Si lo hiciera, no descansarías.

—Sigues siendo tan hermosa como lo eras hace seis años –suspiró él–. Cuando estemos casados, podrás despedir a Smith.

El repentino cambio de tema la hizo reaccionar.

—¿A qué te refieres con eso de despedir al señor Smith? Ni hablar.

—No pienso vivir con él. Mi hijo va a tener un padre, no un sustituto lleno de cicatrices.

—Las tendrás si tratas de despedir al señor Smith.

—¿Es tu amante?

—Creo que podrías responderte esa pregunta tú solo –le espetó ella–. ¿O acaso no recuerdas lo mucho que me costó el día después de que fuéramos al campo de batalla?

Cy apretó la mandíbula. Por supuesto que se acordaba.

Le había hecho daño y lo había hecho demasiado rápido, demasiado bruscamente.

—No será así la próxima vez –le prometió–. No te volveré a hacer daño.

—Oh, Cy... No me lo hiciste...

—No sé que extraña fiebre se apoderó de mí. Dos años de abstinencia, los recuerdos de cómo había sido en el pasado... Todo eso me abrumó. Sin embargo, no tenía derecho alguno a poseerte de esa manera. Ni siquiera te pregunté si lo deseabas. Lo tomé.

—Sabías que sí lo deseaba. No me importó. Te amo...

—El amor no incluye esa clase de insensibilidad –afirmó él, apretando la mandíbula–. Significa dar placer al igual que tomarlo –susurró, acariciando el rostro de Meredith con infinita ternura–. Quiero amarte. ¿Lo comprendes? No me refiero al sexo por el sexo o a la pasión febril. Quiero amarte con mi cuerpo.

Meredith se echó a temblar. Lo que Cy decía, lo que hacía, era tan profundo que el cuerpo empezó a arderle con ello.

—Cy... –susurró.

—Maldita sea mi espalda... ¿Te importaría marcharte? Tengo algunas partes de mi cuerpo sometidas a una completa agonía.

—Lo siento. Si estuvieras en mejor forma, podría hacer algo al respecto... –susurró ella con mirada pícara.

—Lo que deseo que hagas ahora es que me prometas que no te vas a volver a marchar –le preguntó él con la mirada muy preocupada.

—Voy a tener que regresar a Chicago –dijo ella–, al menos durante un tiempo. Tengo obligaciones y responsabilidades.

—En ese caso, deja a Blake conmigo.

Aquel pensamiento no se le había ocurrido. No estaba segura de cómo podría funcionar, aunque Blake adoraba a su padre y parecía estar muy feliz con su abuela. Al mirar a Cy, se preguntó si no sería otro complot contra ella, un modo de quedarse con Blake. ¿Habría sido sincero en todo lo que le había dicho?

–Estoy viendo lo que estás pensando –dijo él, observándola atentamente–. Que te voy a robar a Blake y te voy a apartar de su lado. ¿No es así? –añadió. Meredith se quedó completamente atónita–. Eso me había parecido. Tenemos un largo camino por recorrer, ¿verdad, cielo? No confías en mí.

–No te conozco.

–Eso es cierto. Muy bien, me esforzaré en eso. Tal vez pueda encontrar el medio de convencerte de que lo único que quiero no es solo Blake. También te quiero a ti, y no solo por el delicioso cuerpo que me da tanto placer.

–Te advierto que no acepto órdenes.

–Lo harás –afirmó él con una sonrisa.

Aquellas palabras enfurecieron a Meredith. Se levantó y se dirigió hacia la puerta, maldiciéndose por la debilidad que él le provocaba.

–Estás frustrada, mujer –dijo Cy, recostándose sobre los almohadones–. Te aseguro que me puedo ocupar de ese problema con relativa facilidad cuando pueda volver a mover bien la espalda...

–¡Eres un presumido!

–Voy a mirarte todo el tiempo –susurró, recorriéndola de los pies a la cabeza con una mirada de posesión que la dejó atónita–. Te dejaré agotada, y cuando termine, no querrás dejarme. Jamás volveremos a separarnos.

–No estás jugando limpio...

–No estoy jugando, cielo –replicó él con expresión sombría.

Meredith no pudo encontrar una respuesta a aquella afirmación. Se sentía demasiado vulnerable en aquellos momentos.

–Que duermas bien –dijo. Entonces, abrió la puerta.

–Tú también. Buenas noches, mi niña.

Meredith se detuvo y se volvió para mirarlo. Vio que él estaba sonriendo.

Después de un momento, ella también sonrió. Cerró la puerta y subió a su cuarto.

A la mañana siguiente, Blake entró corriendo en el salón, en el que Myrna y una somnolienta Meredith estaban desayunando. La señora Dougherty ya les había llevado a Blake y a Cy una bandeja a la habitación de este.

–Mamá, ese hombre me ha dicho que me puedo quedar con él mientras tú te vas a Chicago. ¿De verdad que puedo?

–¿Ese hombre?

–¡Sí! ¡Mi papá!

Al escuchar aquellas palabras, la mano de Myrna, que estaba sujetando una taza de café, empezó a temblar. La dejó sobre la mesa y los miró a ambos.

–Sí, claro que te puedes quedar con tu papá.

Blake miró a Myrna y frunció el ceño.

–Tú eres la mamá de mi papá. ¿Significa eso que eres mi abuela?

–Sí –murmuró Myrna casi sin poder hablar.

El niño se acercó a ella y se le apoyó contra las piernas, mirándola con inocente fascinación.

–Jamás antes he tenido una abuela. ¿Me quieres?

–Oh, sí... Claro que te quiero.

–También te puedo leer historias, si quieres –dijo el niño–. A mi papá le gusta que le lea.

–Estoy segura de ello –musitó Myrna, casi sin poder respirar.

Blake sonrió y salió corriendo del comedor, dejando solas a las dos mujeres.

–Se lo dije anoche –le explicó Meredith.

Myrna se estaba secando las lágrimas con una servilleta.

–Gracias –dijo–. Dadas las circunstancias, no esperaba...

–¿Qué circunstancias? –preguntó Meredith–. No eres tan mala. De hecho, me gustaría contar contigo en mi equipo de trabajo. Tú y yo podríamos hacerle pasar un infierno a Don.

Myrna consiguió esbozar una sonrisa.

—¿No se lo vas a poder hacer pasar tú sola?

—Claro —afirmó Meredith—. Voy a hacer que el señor Smith me lleve a ver al tío de Cy para hablar con él sobre una oferta que probablemente haya recibido. No se lo digas a Cy, ¿quieres?

—Debería hacerlo, ya lo sabes.

—No, no deberías. Voy a asegurarme de que tu nieto tenga una empresa que pueda heredar. Eso tampoco se lo puedes decir a Cy.

—¿Que es lo que estás tramando?

—Espera y verás.

Al otro lado del pasillo, Cy estaba gritando al señor Smith cuando este lo ayudó a levantarse de la colchoneta en la que había estado haciendo ejercicios.

—No protestes —le dijo el señor Smith con voz imperturbable—. Vas a disgustar al niño.

—Es mi hijo. No creo que mis protestas vayan a disgustarlo.

—Bueno, tal vez no, pero no te excedas. Vas bien y volverás a andar perfectamente dentro de nada.

Cy miró a Blake, que estaba tumbado sobre la moqueta, leyendo un libro con fascinación.

—Es estupendo —dijo.

—Es cierto. Espero que pienses tener tiempo para él cuando vuelvas a la normalidad. Necesita un padre.

—¿De verdad? Ya te tiene a ti —le espetó Cy.

—Yo no soy su padre —replicó el señor Smith—. Soy su guardaespaldas. A principios de año, trataron de secuestrarlo. Yo estaba en el lugar adecuado en el momento adecuado y conseguí impedírselo. Sin embargo, ese niño va a heredar más dinero de lo que tú tienes y eso lo convierte en un objetivo. Tú no puedes vigilarlo constantemente. Yo sí.

Cy estaba cambiando muy lentamente la opinión que

tenía del señor Smith. Le molestaba el hecho de estar empezando a admirarlo.

—Aquí está seguro —dijo.

—¿Sí? —replicó el señor Smith con una risotada—. Nadie tan rico está seguro en ninguna parte.

El señor Smith se marchó a hacer un par de cosas antes de llevar a Meredith a ver al tío abuelo de Cy. Sin embargo, se sentía menos preocupado. Resultaba evidente que Cy adoraba al niño y tenía muchas razones para creer que adoraba a Meredith aún más. Todo iba a salir muy bien. Mientras avanzaba por el pasillo, empezó a silbar.

20

A Meredith le divirtió que Lawrence Harden no se sorprendiera de verla. El anciano sonrió cuando la encontró de pie en el porche de su casa.

—Vaya, vaya —murmuró—. Ya me imaginé que vendrías. Supongo que querrás saber si te he vendido.

Meredith se echó a reír.

—Ni siquiera tengo que preguntar. Me marcharé a mi casa.

—No sin un café. ¿Quién es tu amigo? —preguntó, señalando al señor Smith, que estaba apoyado contra la limusina.

—Mi guardaespaldas.

—Que entre también. Así se podrá tomar un café con nosotros.

Cuando los tres estuvieron tomando café, el señor Harden le habló a Meredith de la llamada de teléfono y la visita que había recibido de uno de los ejecutivos de Cy, Bill, el que Meredith recordaba por su actitud crítica hacia su jefe.

—Se muere de ganas por tener ese poder —comentó

Lawrence riendo–. Creo que tiene lo que hace falta para echar a Cy y ocupar su lugar. Yo le he dicho que me lo pensaría. Me imaginé que tú también vendrías a verme.

–Te agradezco mucho lo que estás haciendo por mí y Cy lo apreciará también, aunque me imagino que eso no te importa.

–No es mal chico cuando está lejos de Myrna.

–Hay muchas cosas que no sabes sobre ella –dijo Meredith, frunciendo el ceño–. No te haría mal conocerla algún día. Ella no es lo que parece.

–Creía que era tu peor enemiga –replicó Lawrence, sorprendido.

–Y yo también, pero ya no me lo parece.

Estuvieron charlando unos minutos y entonces, el señor Smith y ella se marcharon tras haberle dado las gracias a Lawrence por su apoyo y tras prometerse que se mantendrían en contacto.

–Es un buen tipo –dijo el señor Smith, de camino a casa.

–Sí, un verdadero ganadero, en el mejor sentido de la palabra –comentó–. Creo que me gustaría tener un rancho propio.

–Cómpratelo. Te lo puedes permitir.

–Sí, pero no me puedo permitir vivir en él. Mi vida se hace más compleja día a día. Si dejo la empresa, estaré defraudando a Henry. No puedo hacerlo. Por otro lado, no estoy dispuesta a que Don, o Cy, me la quiten.

–Maneja los hilos como tú quieras. Recoge los ases y luego negocia con tus propias condiciones. Puedes hacerlo. Por cierto –añadió, tras una pequeña pausa–, Cy quiere casarse contigo.

–Lo sé.

–Te podría ir peor.

–Y a él también. Soy muy rica.

–Esa no es la razón por la que quiere casarse contigo. Adora al niño. Hasta un ciego sería capaz de verlo.

—Quiere que deje a Blake con él cuando regrese a Chicago.

—No es mala idea. Yo me puedo quedar con ellos.

—Cy y tú os mataríais el uno al otro.

—No lo creo. Estamos empezando a comprendernos. Además, él me necesita para terminar su recuperación. No me dará muchos problemas.

El señor Smith iba a lamentar muy pronto sus palabras. En cuanto Cy supo que Meredith empezaba a hablar de marcharse, empezó a mostrarse muy impaciente y malhumorado en las sesiones de fisioterapia. Deseaba regresar al trabajo. Se sentía furioso porque el médico no le dejaba conducir. Entre queja y queja, no hacía más que lanzar maldiciones. No excluía a Meredith ni a su hijo. Estaba de muy mal genio y este degeneraba cada hora.

—Tienes a toda la casa desquiciada —le dijo Meredith, furiosa con él—. ¡Tienes que dejar de gritarle a todo el mundo!

—No estoy gritando a nadie. Simplemente quiero volver a trabajar. ¡No puedo ocuparme de mis asuntos por teléfono!

—¿Y por qué no? Así es como lo estoy haciendo yo.

—Smith no hace lo que le pido y ni siquiera me deja ir a mi ritmo.

—Eso se debe a que tu propio ritmo te devolverá de cabeza al hospital. Quieres ir demasiado deprisa.

—No soporto no avanzar... Me siento tan débil, Meredith.

Aquel era el problema. Principalmente, Cy odiaba depender de otras personas. Como sabía que ya no se iba a quedar paralítico, se iba poniendo cada vez más irritable e impaciente.

Meredith sonrió y se acercó a él.

—¿Por qué no descansas un poco? Es muy temprano y el señor Smith se acaba de marchar para llevar a Blake al colegio —dijo ella. Se acercó a él y le rodeó la cintura con un brazo—. Has perdido peso —comentó, mientras se dirigían hacia la cama. Al menos, ya podía andar bien. Había hecho muchos progresos.

–He estado enfermo. Tú también estás más delgada –observó él, apretándole los hombros con un brazo–. ¿Es que no comes lo suficiente?

–Claro que sí. La señora Dougherty y tu madre nos están mimando demasiado a Blake y a mí.

Cy no comentó nada al respecto. Las cosas aún seguían muy tensas entre Myrna y él. Cy no había hecho ningún esfuerzo por mostrarse amistoso hacia ella.

–Blake me lee una historia todas las noches –murmuró secamente–. Estoy deseando que llegue el momento de que se marche a la cama.

–Te adora, Cy.

–Sería difícil no darse cuenta de ello –dijo cuando llegaron a la cama. Entonces, se giró para colocarse cara a cara con Meredith–. ¿Me adoras tú también?

–Con todo mi corazón –contestó ella. Se puso de puntillas y le besó suavemente.

Cy le mordisqueó los labios con exquisita ternura y lentitud, sonriendo al ver que ella le seguía el movimiento de la boca y trataba de mantenerla contra la suya.

–Te gusta esto, ¿verdad? A mí también, Meredith. Me encanta el modo en el que abres la boca cuando te la toco, el modo en el que tiemblas cuando sientes la lengua entre los labios...

Meredith gimió de placer con solo oírlo. Entonces, él le colocó las manos sobre las caderas y la colocó de manera que sintiera la excitación de su cuerpo.

–Es tan agradable –murmuró él, estrechándola con más fuerza–. Levántate contra mí.

–Te haré daño.

–No, no me harás daño. Hazlo.

Meredith lo obedeció, intentando no hacerle perder el equilibrio. El deseo que sentía hacia Cy había empeorado, no mejorado. La abstinencia les estaba resultando muy dura a ambos, pero ella había comenzado a sentir el efecto en sus propios nervios. Una noche entre los brazos de Cy probablemente solo serviría para empeorar las cosas, pero lo necesitaba como nunca lo había necesitado antes.

Cy se colocó la frente de Meredith sobre el pecho y le besó suavemente el cabello.

–Podrías tumbarte a mi lado –susurró–. Te podría guiar las manos sin que me supusiera un gran esfuerzo para la espalda.

–Solo que al final... no podrías –musitó ella, sonrojándose–. Quiero decir que cuando...

–¿Cuando empezara a sentir el orgasmo quieres decir? No, no podría controlar el cuerpo –murmuró, pensando en el placer que podría tener–. Oh, Dios, es tan dulce... Es como morir...

–Sí...

Meredith se aferró a él, dejando que los senos se aplastaran contra su duro torso. Cy le besó suavemente ojos, nariz y boca. Mientras lo hacía, le metió las manos por debajo de la sudadera que ella llevaba puesta. No llevaba sujetador, por lo que él sonrió al notar lo que encontraban las manos. Finalmente, le levantó la sudadera para poder verle los pechos.

Meredith contuvo el aliento al notar cuán suavemente la acariciaba Cy. Con los pulgares estimulaba los pezones sin dejar de mirarla, para ver cómo ella reaccionaba ante aquellas caricias tan sensuales, temblando y gimiendo.

–Siempre has tenido los senos muy sensibles. Me encanta notarlos contra los labios. Solía soñar sobre el aspecto que tenías la primera vez que te besé en ellos, la mezcla de sorpresa y placer que se te reflejó en los ojos, los febriles temblores del cuerpo.

–Tú no sabías que era mi primera vez...

–Al principio no. A la mayoría de las mujeres les cuesta aceptar mi cuerpo. Unas cuantas tuvieron miedo al verme excitado. Sin embargo, aprendí que si iba lento y suave, la mayoría podía terminar acogiéndome. Por eso, no me di cuenta al principio de que eras virgen.

—Yo no sabía... Yo jamás había visto a un hombre así, a excepción tuya.

Cy se inclinó para besarla.

—Ve a cerrar la puerta con llave —susurró—. No discutas, por favor —añadió—. Vamos a tumbarnos juntos unos minutos, nada más. No pienso arriesgar los progresos que he hecho, pero te necesito desesperadamente.

Meredith no pudo negarse. Resultaba tan agradable tener intimidad con él... Fue a la puerta y la cerró con llave. Al darse la vuelta, vio cómo Cy se desnudaba muy lentamente. Tenía una erección plena y ella lo miró adorando tan descarada masculinidad, que encajaba a la perfección con su bronceado y musculoso cuerpo.

—No puede haber otro hombre tan perfecto como tú.

—Ni una mujer tan perfecta como tú. Desnúdate...

Con manos temblorosas, Meredith empezó a desnudarse. Cy no apartó los ojos ni un solo instante, para no perderse detalle. Mientra lo hacía, el cuerpo le vibraba de pura necesidad.

—Hace ya tanto tiempo, mi niña.

—Sí...

Meredith se acercó a él y gimió de placer al notar el contacto con su caldeada carne. Muy tiernamente, él comenzó a acariciarla, haciéndola rotar contra la evidencia de su deseo.

—Túmbate conmigo...

Los dos se acostaron. Entonces, ella se colocó frente a él, acariciándole el torso, los hombros y los fuertes brazos con las manos.

—Deslízate un poco —susurró él mientras le besaba un seno.

—¿Hacia arriba?

—No.

Meredith se deslizó hacia abajo y entonces se dio cuenta de lo que él tenía en mente. Con una mano, le agarró el muslo y le colocó la pierna por encima de su propia cadera. Al mismo instante, con la mano que le quedaba libre, la apretó contra su cuerpo y, un segundo después, ella notó cómo se hundía en su cuerpo.

–Cy, no, es demasiado pronto.

–Calla. Estoy dispuesto a correr el riesgo...

Le besó los párpados, cerrándoselos así. Sin dejar de acariciarla, impregnó a su cuerpo un ritmo tan lento como las mareas.

–Siénteme... Siente cómo te lleno tan completamente...

Cy sonrió y le besó suavemente el rostro, sin dejar por ello de moverse con el mismo y suave ritmo.

–No me duele –afirmó.

De todos modos, habría olvidado cualquier dolor al sentir cómo el cálido cuerpo de Meredith lo acogía. Oyó sus suaves gemidos a medida que fue incrementando el ritmo y notó que ella se le agarraba con fuerza. Levantó la cabeza porque quería verle el rostro. Era una máscara de indescriptible placer, con los ojos medio cerrados y ciegos por la necesidad.

–Cy... –susurró ella. De repente, abrió los ojos–. Te amo...

–Sí... Sigue, cariño... Suave... Tan suavemente... Acógeme por entero, Meredith.

Cy iba profundizando lentamente sus movimientos. Ella empezó a gemir de placer a medida que empezó la espiral de gozo. Se olvidó de todo menos de lo que él le estaba dando. La ternura era deliciosa, el éxtasis increíble. Jamás habían compartido algo similar. Meredith jamás había creído que dos personas pudieran unirse tan completamente, que cuerpos y mentes pudiera fundirse en un colorido torbellino de perfección.

–Déjate llevar, cariño –susurró él–. Déjate llevar, Meredith... Está bien, está bien... ¡Está bien!

Meredith gimió de placer y se dejó llevar. Entonces, oyó que él gritaba, pero lo único que ella podía hacer era concentrarse en el propio placer de su cuerpo al sentir las sacudidas del placer. Sabía que le estaba haciendo daño con las uñas. Estaba segura. Se obligó a soltar la manos.

Estaba temblando completamente. Ni siquiera era capaz de respirar sin gemir. Había perdido por completo el control de su cuerpo.

—Cy... —susurró. Abrió los ojo y vio que él estaba temblando y que tenía los ojos aún cerrados—. Cy, ¿te encuentras bien?

—Sí —respondió él, abriendo los ojos fin. Su voz sonaba completamente agotada por el placer—. ¿Y tú?

—Bien.

—¿Solo bien?

—En realidad, no puedo encontrar las palabras.

—Yo tampoco. El amor debería ser así, Meredith. Una unión increíble. Lo que acabamos de hacer es mucho más que sexo. Es la entrega total.

—Lo sé. Me asustó un poco...

—No tienes por qué —afirmó Cy, acariciándole el cabello—. No quiero que vuelvas a tener miedo. Ahora nos pertenecemos tan completamente que ya no puede haber nadie más para ninguno de los dos.

El corazón de Meredith estuvo a punto de detenerse. Cy parecía estar sugiriendo un compromiso total, pero ella tenía miedo de fiarse de él. Si era verdad lo que decía, no podría desear nada más en su vida. Sin embargo, no estaba del todo segura.

Cy notó sus dudas, pero se limitó a sonreír. Ella se le había entregado por completo, sin reservas. Meredith era suya. Sintió que la alegría le llegaba hasta lo más profundo del alma.

—¿De verdad que no te duele la espalda?

—No. Ya te dije que podríamos hacer el amor si lo hacíamos suavemente. Además, esto era precisamente lo que te prometí... Has llorado de placer —comentó, al ver que ella tenía los párpados húmedos.

—Sí. Jamás me había ocurrido.

—Lo sé —dijo Cy. La miró y sintió que el deseo volvía a prender su llama en él—. Dios mío, a pesar de todo, sigo teniendo hambre...

—Como siempre —comentó ella, riendo.

—Así no. No es lo mismo. Antes, solo se trataba de satisfacción física.

—¿Y ahora?

—Ahora —susurró él, acariciándole los labios con el pulgar—, es por algo que ni siquiera sé expresar en palabras... Lo siento. Me acabo de dar cuenta de que no me aparté en el último momento. No pude hacerlo. Rubrico lo que te dije antes, no quiero dejarte embarazada a propósito.

—Oh, Cy, si sale un niño de esto, yo...

—No te importaría, ¿verdad?

—No.

—A mí tampoco. Siento algo muy fuerte por ti. Has tardado mucho en darte cuenta.

—No soy la única. Tú mismo no te creíste capaz.

—Ahora sí. Me lo demostraste cuando te quedaste conmigo noche tras noche... Cásate conmigo.

Meredith lo deseaba firmemente. Más que nada en el mundo. Sin embargo, aún quedaba el asunto de los poderes, de los planes de absorción y de la traición de Don.

—Es el trabajo, ¿verdad? —comentó él, muy irritado, al ver que ella no contestaba. No le gustaba pensar que, para Meredith, el trabajo significara más que él—. Muy bien, haz lo que tengas que hacer, pero hazlo rápido —añadió, tocándole el vientre—. No quiero que vayas al altar con un vestido de premamá. Si no me equivoco, dijiste que con Blake te quedaste embarazada la primera vez que hicimos el amor.

—Tal vez ahora no sea tan fértil.

—Puede que no. De todos modos, tienes muchas cosas sobre las que pensar. No puedes vivir en Chicago cuando te quedes embarazada de tu segundo hijo. Te quiero a mi lado. Quiero ver cómo engordas y dormir a tu lado, sentir cómo el bebé te da patadas. Quiero todas las cosas que no tuve cuando estabas embarazada de Blake.

Meredith suspiró. Ella también lo deseaba.

—Dame unas semanas –dijo con una sonrisa.

Cy asintió. Sabía que Meredith lo amaba. Podía darle cuerda. Si ella quería pelear por conseguir el control de la empresa, que lo hiciera. No era demasiado pronto para demostrarle que él siempre iba a llevar las de ganar en los negocios.

Meredith comprendió lo que estaba pensando y sonrió al pensar que Cy tenía muchas cosas que aprender sobre ella. Le molestaba tener que ganarlo, porque no quería herir su orgullo masculino. Estaba segura de que era lo suficientemente hombre como para no sentirse amenazado por ella y aceptar la derrota graciosamente si se daba el caso.

No podía darle los poderes porque Don estaba tras ellos. Le resultaba muy importante mostrarle a su cuñado que no era una figura decorativa y que se había ganado a pulso el puesto que Henry le había dado. Se lo pedía su propio orgullo y, además, no iba a consentir que Don se saliera con la suya.

Cuando hubiera recuperado el control de su división, se podría retirar y darle a Cy los hijos que quisiera. Seguramente, Harden Properties podría darle un trabajo si lo deseaba. Mientras tanto, dispondría del lujo de ver crecer a Blake y de criar al niño que tal vez ya había engendrado. Los negocios eran muy emocionantes, pero un niño era una responsabilidad muy valiosa. Se merecía todo el tiempo que pudiera dedicarle su madre para empezar bien en la vida.

—Tengo que marcharme –dijo, a pesar de que no sentía deseo alguno de abandonar los brazos de Cy.

—¿De verdad?

—Sí. Cuando llegue el señor Smith, tal vez venga a verte o puede que incluso tu madre decida venir a hablar contigo.

—Supongo que eso último es inevitable, ¿verdad?

—Lo agradecerás. Tu madre es una buena mujer. Tiene mucha justificación para sus actos.

—No me puedo creer que precisamente tú seas la que cante las bondades de mi madre.

—Así es. Le va a doler mucho decirte la verdad, porque ella no sabe que yo ya te la he contado. Estás haciéndole lo mismo a ella que cuando yo traté de hablar contigo. Yo tenía razones que tú desconocías. Lo mismo le ocurre a Myrna.

—Supongo que sí. Sueña conmigo esta noche...

—Ojalá pudiera dormir contigo...

—Ven aquí cuando el resto se hayan ido a la cama. Te volveré a hacer el amor...

—No puedo. De verdad que no puedo. No quiero que vuelvas a correr un riesgo. Si te ocurriera algo ahora, Cy, no podría soportarlo.

—Muy bien –dijo él, muy emocionado por la preocupación que ella mostraba–. Me conformaré con besos robados y fantasías por el momento.

—Cuando estés completamente bien, haré que te alegres de haber esperado.

—No sé si podré soportarlo...

—Por supuesto que sí.

Meredith se levantó y se vistió. Cy no dejó de observarla ni un solo instante.

—¿Quieres que te ayude a vestirte a ti?

—Solo si quieres que yo te desnude –replicó con una sonrisa–. Márchate.

—Genial. Ahora que te has desfogado conmigo, ya no soy persona grata para ti, ¿es así? –bromeó.

—Jamás –afirmó Cy–. Tráeme algo de comer. A un hombre le entra hambre cuando tiene que gastar tantas energías. Lo único que me tomé para desayunar fue un café.

—¿De verdad? –preguntó ella encantada–. ¿Qué es lo que te apetece?

—El doctor Bryner me dijo que mucha proteína ayuda a fortalecer los músculos. Tráeme un filete. Tengo que ponerme fuerte muy pronto.

—En ese caso, te traeré uno bien grande –prometió ella–. Ahora, descansa.

—¿Quieres que llame al doctor Bryner y le pregunte si hacer el amor puede considerarse como parte de tu terapia?

—Es mejor que no. Podría creer que tienes malas intenciones con respecto al señor Smith.

—¡Maldita seas! —exclamó, arrojándole una almohada.

Cuando salió de la habitación, se encontró con el señor Smith por el pasillo y tuvo que ahogar una sonrisa al imaginarse a Cy echándole miraditas al corpulento guardaespaldas.

—¿Guerra de guerrillas? —preguntó Smith.

—No, solo una pelea de almohadas —respondió ella, sonriendo.

El señor Smith sonrió también mientras entraba en la habitación de Cy. Si eran capaces de reírse juntos, las cosas estaban camino de solucionarse.

21

Cy le había prometido que la espalda no le dolía, pero no era así. A Meredith podía ocultárselo, pero no al señor Smith.

—Te has estado excediendo —lo acusó el guardaespaldas.

—Tal vez un poco —murmuró Cy, sin admitir nada.

—De ahora en adelante, piénsatelo antes de doblar el número de ejercicios, ¿quieres?

Cy asintió con una pícara sonrisa. Sin embargo, cuando el señor Smith le mencionó lo ocurrido a Meredith, ella se sintió muy culpable. Evitó ir a ver a Cy, encontrando una excusa muy legítima en sus asuntos de negocios.

Cy se dio cuenta y se enfadó por ello. Igual ocurrió con una llamada que realizó a su despacho al día siguiente por la mañana. Estuvo hablando con Brad Jordan, su vicepresidente.

—Existen rumores de que nos van a absorber —le recordó Jordan—. Los empleados están presa del pánico y alguien está extendiendo el rumor de que tú no puedes venir a trabajar.

–¿De quién se trata? –preguntó, furioso.

–No lo sé. Estoy tratando de descubrirlo. Los poderes y las acciones cambian de manos diariamente. Yo ya no puedo mantenerme al día.

–Pues es tu trabajo –le recordó Cy–. Estaré allí la próxima semana, me autorice o no el médico. Díselo a todo el mundo. Te aseguro que van a rodar cabezas si descubro quién está tratando de hacerme esto.

–Eso lo haré yo mismo. ¿Estás mejor?

–Sí. Ya casi no tengo dolor y me pondría a correr si me lo permitieran los malditos médicos.

–Me alegro de que te lo hayan dicho. No me gustaría llevarte a la próxima reunión del consejo en un ataúd.

–Muy gracioso. Bueno, como sí puedo utilizar el teléfono, me pondré a trabajar con algunos de esos poderes. Tal vez pueda convencer a Lawrence de que me apoye si le prometo un toro nuevo.

–Eso es chantaje.

–Lo que sea, si funciona. No puedo perder mi empresa ahora. Mantenme informado.

–Lo haré. Que te mejores.

Myrna fue a ver a Cy minutos más tarde. Lo encontró triste y deprimido. Cuando le preguntó qué le ocurría, él no quiso contestar. No quería implicar a su madre en aquella pelea. Encendió un cigarrillo, el primero desde que había regresado a casa.

–Tráeme un cenicero, por favor.

Myrna se lo llevó y se sentó en la silla que había enfrente de la que ocupaba él.

–He estado posponiendo esto –dijo–. Pensé que era mejor para ti ocultarte la verdad. Eso es lo único que parece que he hecho en los últimos años. Algunas veces, resulta difícil recordar que el niño que solía mecer por las noches se ha convertido en un hombre hecho y derecho que ya no necesita protección. Algún día te ocurrirá a ti lo mismo con Blake.

–No lo dudo. Estoy recibiendo un curso intensivo

sobre cómo ser padre. Decías que tenías que contarme algo.

–Sí... es sobre tu padre.

Cy se echó a reír fingiendo ignorancia.

–¿Me vas a decir que tenía otros pecados aparte de la infidelidad?

–No, pero yo sí.

Durante la siguiente media hora, Myrna le contó todo lo que ya le había contado Meredith. Cuando terminó, Cy contuvo el aliento.

–¿Y por qué no me dijiste todo esto hace años?

–Tenía mucho que aprender. La lección ha sido larga y difícil. Lo siento. Te he costado mucho más de lo que te podré pagar nunca.

–¿Amaste a mi padre?

–No. Lo siento. Jamás lo quise. Sin embargo, a ti sí que te quise mucho. Tanto como Meredith, aunque con un sentimiento más maternal.

–Entonces, debe de tratarse de un sentimiento muy poderoso.

–¿Acaso sabes ya lo que siente por ti?

–Siempre lo he sabido. Últimamente ha sido un poco más evidente. Creo que ni siquiera durmió cinco minutos durante la semana que me pasé en el hospital ni cuando me trajeron a casa. Sí, claro que sé lo mucho que me quiere –añadió con los ojos oscurecidos por los recuerdos.

–Tienes mucha suerte de ser amado así.

–Yo no sabía nada sobre tu infancia –dijo Cy, tras mirarla con nuevos ojos y nuevo respeto–. No recuerdo que lo mencionaras nunca.

–Estaba demasiado avergonzada, aunque solo soy responsable de mis propios pecados, no de los demás.

–No estás tan mal –comentó Cy con una sonrisa–. Blake te adora.

–Lo he notado –afirmó Myrna muy contenta–. También me lee por las noches.

–Mi hijo es un niño muy especial.

–Así es. ¿Os vais a casar Meredith y tú?

–Por supuesto. Espero que sea pronto. Tal vez haya alguna pequeña complicación.

–¿Te refieres a la empresa?

–Por supuesto. A pesar de todo, tengo que evitar que Meredith se quede con mi empresa, aunque no creo que pueda hacerlo. De hecho, estoy seguro de que va a perder esta batalla.

Myrna guardó silencio, pero le daba la sensación de que Cy podría estar subestimando las capacidades de Meredith. Tras haber visto cómo solucionaba todo en el hospital, se imaginaba perfectamente cómo sería en los negocios. Iba a ser una competidora formidable.

–Estoy segura de que ella se casará contigo ocurra lo que ocurra. Blake y ella te quieren mucho.

–Y yo a ellos. Por cierto, ¿dónde está Meredith? Estaba esperando que viniera a ver cómo estoy.

–Lleva casi toda la mañana hablando por teléfono. El señor Smith comentó algo de que tal vez tuviera que regresar a Chicago.

–Sabía que eso ocurriría muy pronto. Dile que tengo que hablar con ella, ¿quieres?

–Muy bien.

Cuando Myrna se puso de pie, Cy le agarró la mano.

–Te quiero mucho, mamá. A pesar de todo, eso no ha cambiado nunca.

–Lo mismo digo yo –dijo ella con una temblorosa sonrisa.

–No pienso volver a pensar en el pasado. Tal vez Meredith tenía razón cuando dijo que la verdad lo limpia todo.

–Es una mujer muy especial –afirmó Myrna–. Siento no haberle dado una oportunidad hace seis años.

–Al menos, ahora comprendo por qué.

Myrna sonrió y se marchó de la habitación. Efectivamente, Cy había comprendido por fin lo que había empujado a su madre a hacer lo que hizo y tenía explicación para todos los pequeños misterios que había vivido a lo largo de su vida. Cerró los ojos y se dio cuenta de que lo único que le quedaba era solucionar el tema de su empresa.

Pasó media hora antes de que Meredith entrara en su habitación. Estaba pálida y se mostraba algo tímida.

–Entra –le dijo él. De repente, comprendió el porqué de su actitud–. Smith te ha dicho que tenía la espalda peor, ¿verdad? Solo me duele un poco. No me hiciste daño. ¿Es esa la razón por la que te has mantenido alejada? ¿Creíste que tendría que regresar al hospital?

–Sí –susurró ella. Entonces, se echó a llorar. Se sentó en el brazo del sillón y dejó que él la abrazara–. Lo siento mucho. No podía enfrentarme a ti. Pensé...

–Soy más duro de lo que piensas. No llores, mi niña...

–A pesar de todo, me siento tan culpable...

–No tienes necesidad. Ya ni siquiera me duele. ¿Convencida? –le preguntó. Ella asintió y se enjugó las lágrimas–. ¿Qué es eso que he oído sobre Chicago? Pensé que ibas a esperar un poco más.

–Te lo ha dicho tu madre, ¿verdad?

–Sí. Me ha contado todo. Le ha resultado muy difícil, pero es valiente. Ahora, nos comprendemos mucho mejor el uno al otro.

–Me alegro, Cy.

–Me pregunto si el bebé que hicimos ayer se parecerá tanto a ti como Blake se parece a mí.

–Pareces estar muy seguro –comentó ella, sonrojándose.

–¿Tú no?

Efectivamente, Meredith estaba casi segura. Lo presentía. Era como si Cy y ella, gracias a la intimidad que habían compartido, tuvieran un vínculo mental entre ambos.

–Sí. Espero que esta vez tengamos una hija.

–Yo también. ¿Tienes que marcharte a Chicago?

–Sí, lo siento. Hay muchos cabos sueltos de los que tengo que ocuparme –respondió, sin mencionar de qué se trataba.

–Muy bien –afirmó él–. ¿Se va a quedar Blake?

–Preferiría llevármelo –contestó ella. Le molestaba separarse de su hijo.

–Meredith, está más seguro aquí conmigo y lo sabes. Además, está muy cómodo en la escuela. ¿Quieres volver a desarraigarlo de ese modo?

–Por supuesto que no, pero he estado separada de él en demasiadas ocasiones en los últimos años. Estuve a punto de perderlo y yo... Además, todo esto podría durar semanas.

–Puedes hablar con él por teléfono, como hacías antes. Además, esta vez nos tiene a su abuela y a mí y te prometo que no consentiré que se olvide de ti. Le hablaré sobre ti constantemente.

A Meredith no le gustaba ceder, pero todo lo que estaba diciéndole Cy resultaba muy lógico. Además, podría regresar con frecuencia para visitar a su hijo.

–Tienes razón. No puedo volver a sacarle del colegio. El señor Smith se quedará también.

–Tú estarás sola. Eso no me gusta. Llévate tú a Smith.

Aquella era una concesión muy importante porque Meredith sabía que Cy estaba celoso del señor Smith.

–Gracias –dijo sonriendo–, pero preferiría que se quedara con Blake. ¿No lo preferirías tú también?

–Supongo que sí –respondió él, recordando lo que Smith le había dicho sobre el intento de secuestro–. Sin embargo, voy a estar muy preocupado.

–Te llamaré todas las noches –prometió ella–. Estaré bien. Después de todo, Chicago ha sido mi hogar durante seis años. La empresa cuenta con un gran equipo de seguridad. Le pediré a Holmes que me acompañe. El señor Smith lo entrenó. ¿Te satisface eso?

–No tanto como tú lo hiciste ayer –comentó él con una cálida sonrisa.

–Te prometo que regresaré antes de que tengas oportunidad de echarme de menos.

–Eso no va a ser posible –afirmó él–. Ya te estoy echando de menos...

Meredith contuvo las lágrimas. Resultaba tan nueva y tan hermosa tanta comunicación entre ellos... Le dio las gracias a Dios por ello, aunque le preocupaba cómo iba a funcionar. Ella tenía mucho que hacer y que pensar. Minutos más tarde comenzó a hacer las maletas.

Lo peor fue tener que decirle a Blake que iba a marcharse. Se lo dijo cuando regresó de la escuela y el niño lloró amargamente. Meredith trató de explicárselo y de abrazarle, pero el pequeño estaba furioso. Cy tuvo que calmarlo prometiéndole comidas especiales y una llamada de teléfono de Meredith todas las noches.

–Tu madre puede venir los fines de semana –añadió, mirando a Meredith.

Ella accedió inmediatamente, aunque no estaba segura de poder cumplir con su palabra. Al final, Blake se convenció a medias. Cuando Meredith se marchó al aeropuerto, seguía malhumorado, pero al menos ya no estaba llorando. Ella se despidió tímidamente de Cy porque todo el mundo estaba mirando, pero, con la mirada, le dijo lo mucho que sentía marcharse. Recibió el mismo mensaje de él.

El viaje a Chicago pareció interminable, aún viajando en avión privado. Durante el trayecto, estuvo examinando cifras e informes que sus empleados leales habían preparado sobre los proyectos de Don. Muchos de ellos tenían que ver con los de Meredith e incluso se solapaban con los de ella. Meredith no se había dado cuenta de lo sutilmente que Don se estaba haciendo con las riendas de la empresa.

Había estado utilizando la venganza de Meredith contra Cy para sus propios fines, diciéndole a todo el mundo que ella se estaba dejando llevar por la historia y que estaba poniendo los intereses de la empresa y de sus trabajadores por detrás de los suyos. Aunque no estaba del todo acertado, sobre todo al principio no le había faltado razón.

Meredith se había puesto en contacto con McGee y con otros dos directivos que la apoyaron cuando asumió el papel de Henry en la empresa. Estos dos aún estaban de su lado, pero no bastaría con ellos. Tenía que evitar que Don acumulara más accionistas de Harden Properties que ella. A continuación, tenía que desbaratar su plan para deshacerse de ella. Debía contar con el voto de confianza de los directores. Sonrió. En los negocios, se decía que un tiburón se comía a otro. Se reclinó en el asiento y, figuradamente, empezó a afilarse los dientes.

Don la recibió en el aeropuerto; parecía asombrado e inseguro.

—No sabía que ibas a venir hasta que Harry McGee lo mencionó en una reunión esta mañana —dijo con un cierto tono acusador.

—Pensaba darte una sorpresa —replicó ella dulcemente, aunque la mirada de sus ojos era fría y calculadora—. Y lo he conseguido, ¿verdad?

—Mucho. En estos momentos las cosas están sobre la marcha y...

—No hay problema. Me he estado poniendo al día con la absorción mientras esperaba que Cy mejorara.

—¿Va a volver a caminar?

—Por supuesto. Se incorporará muy pronto al trabajo. Cy no abandona.

—Eso te lo dije yo desde el principio.

—Efectivamente —dijo ella, girándose sobre el asiento de la limusina para mirar a Don—. Y yo tampoco. No hay muchas cosas de las que no me dé cuenta, aun cuando estoy distraída.

—No comprendo —susurró Don con cierta intranquilidad.

—¿De verdad? —preguntó ella sonriendo ampliamente—. No importa.

Aquellas palabras provocaron que Don frunciera el ceño mucho antes de que llegaran a la casa de Meredith en Lincoln Park.

Ella se pasó tres ajetreadas semanas tratando de recuperar el terreno que había perdido en su empresa durante su ausencia. Le resultaba difícil estar lejos de Blake y de Cy, pero lo llamaba por teléfono todas las noches. Cy se puso furioso con ella cuando supo que no iba a regresar a Billings el siguiente fin de semana. Blake se mostró igual de desilusionado cuando habló con él. A excepción de la alegría de Myrna al escuchar su voz, se sentía como si fuera puro veneno para el resto de la familia. Le deprimía terriblemente y la distanciaba aún más cuando hablaba con Cy.

Él ya había vuelto a trabajar, aunque durante un horario muy restringido. Sin embargo, Meredith no lo sabía porque él había prohibido a todos que se lo dijeran.

Jordan se mostró muy sorprendido cuando entró en el enorme despacho de Cy y encontró a su jefe ocupando su puesto con aspecto serio y decidido.

—No deberías estar aquí —dijo Jordan.

—Ya lo sé —replicó él, secamente—, pero si me quedo en casa otra semana, tendré que despedirme de mi empresa. Millie, ¿dónde están esas cifras? —rugió.

La atribulada secretaria entró con un montón de papeles, con el rostro ruborizado y el cabello revuelto.

—Aquí tiene, señor Harden. ¿Ahora qué?

—Quiero a Sam Harrison al teléfono. Después, dile a Terry Ogden que quiero verlo. ¡Y pronto!

—Sí, señor —dijo la secretaria. Entonces, salió rápidamente del despacho y cerró la puerta.

—Pobre Millie —musitó Jordan.

—Sobrevivirá —le dijo Cy—. Está acostumbrada a mí. Ahora, escúchame. ¿Qué has descubierto sobre los progresos de Tennison International?

Jordan se sentó y empezó a explicarle lo que había averiguado. A pesar de sus heridas, Cy era como un torbellino. No hacía más que darles instrucciones a Jordan, Millie y el recién llegado Terry Ogden. Jordan casi sentía pena por Don y Kip Tennison.

Mientras tanto, en Chicago, Meredith sonreía al ver la cotización de las acciones de Harden Properties en el televisor. Cy no quería que ella supiera que estaba recabando apoyos, pero Meredith ya lo sabía. Había visto las transacciones no solo en televisión, sino también en el ordenador. No hacía falta mucha imaginación para descubrir la diferencia que había entre los poderes que Don estaba adquiriendo y los que Cy estaba obteniendo. Sin embargo, Meredith aún tenía las suficientes acciones para ganar a ambos en una votación. Evidentemente, Don estaba muy seguro de sus apoyos, porque no parecía haberse dado cuenta de que estaba perdiendo los apoyos que creía haberle arrebatado a Meredith. Ella les daría una buena sorpresa a ambos cuando se convocara una reunión en Harden Properties. Sin embargo, se había convocado una reunión urgente en Tennison. Meredith sabía instintivamente que había sido idea de Don. Estaba segura de que su posición en la empresa iba a verse desafiada.

La ironía de todo aquello era que ya no deseaba seguir a cargo de las operaciones nacionales de la empresa. Estaba muy cansada. Aún era dueña de un buen puñado de acciones, lo que le reportaría unos buenos dividendos de por vida, además de sus propiedades e inversiones. Muy a pesar de Don, Henry la había dejado muy bien situada. Don también tenía su dinero propio, pero deseaba poder. A Meredith no le importaría perder parte del que tenía, pero no iba a consentir que su artero cuñado se lo arrebatara con artimañas.

Blake seguía muy enojado con ella por su ausencia, al igual que Cy. Algunas noches, el niño colgaba el teléfono sin decirle que la quería. Solo le hablaba de su padre. Eso debería haberla agradado, pero solo le hacía sentirse más asustada. Los negocios no eran sustituto alguno de su hijo. ¿Por qué había tardado tanto tiempo en darse cuenta? Solo esperaba que no fuera demasiado tarde para reparar el daño que pudiera haber causado. No podría soportar que Blake se volviera en contra de ella.

Echaba a Cy a Blake terriblemente de menos. Sin embargo, cada día que pasaba estaba más cansada y dejó de realizar las llamadas a diario porque, en ocasiones, regresaba a casa demasiado cansada como para hablar por teléfono. La distancia que la separaba de los de Billings se iba haciendo cada vez mayor, pero ella no podía marcharse de Chicago hasta que tuviera lugar la reunión.

Echaba terriblemente de menos a su hijo y a Cy. Se sentía muy sola, sobre todo cuando recordaba la cercanía que había compartido con Cy y los profundos sentimientos que había descubierto en él. Todo parecía haberse desvanecido.

También echaba de menos a Myrna, al señor Smith e incluso los deliciosos platos de la señora Dougherty. Se había acostumbrado tan fácilmente a su vida en Billings... Su antigua vida le parecía artificial, sin sustancia, pero, a pesar de todo, se veía atada a ella de nuevo.

Lo peor de su obligada ausencia fueron las náuseas que empezó a sentir cuando entró en la cuarta semana de separación de Cy y Blake. Sabía muy bien lo que significaba y le hacía sonreír. Sus ojos grises parecían iluminados de una luz muy especial, que le daba a su rostro un resplandor que la hacía parecer más hermosa aún. Aquella podría ser la mejor rama de olivo que ofrecerle a Cy. Cuando él lo supiera, podría ser que se volviera a sentir cercano a ella. Ni siquiera se paró a considerar el miedo que iba a sentir si no era así.

—La reunión urgente es mañana —le recordó Don una semana después mientras Holmes esperaba para acompañarla de nuevo a su casa después de una cena en la que Meredith acababa de obtener el último voto que necesitaba para mantener su puesto en la empresa.

—No se me ha olvidado, Don —replicó ella, con una sonrisa que iba poniendo a Don cada vez más nervioso.

—Meredith, respeto verdaderamente el trabajo que has realizado durante estos años. Henry estaría orgulloso de las responsabilidades que te has echado sobre los hombros y los beneficios que le has reportado a nuestra empresa.

—Sé que lo estaría. Ha sido divertido.

A Don le pareció que era una manera de expresarse algo rara. Entornó los ojos. Parecía que Meredith sabía lo que iba a ocurrirle. Sintió el aguijonazo de la culpabilidad. Quería la empresa de su hermano, pero no le gustaba el modo en el que tenía que tratar a Meredith para conseguirlo.

—Esta absorción de Harden Properties...

—Ya hablaremos de eso mañana, Don. Estoy muy cansada.

—Lo he notado. Durante esta semana, te has estado marchando a casa muy temprano.

—Lo sé —susurró ella, colocándose un mano sobre el vientre—. Supongo que he perdido mucho sueño antes. Buenas noches, Don.

Don asintió y vio cómo ella se introducía en la limusina. No comprendía lo que estaba ocurriendo. Meredith estaba enamorada de Harden y él de ella, si los comentarios significaban algo. Blake aún seguía con los Harden en Billings, al igual que Smith. La última vez que la incansable Kip Tennison se había mostrado completamente agotada había sido cuando estaba embarazada de Blake. Había realizado algunas sumas y las respuestas resultaban de lo más interesantes. Ya no importaba. Todo habría terminado al día siguiente. Kip quedaría completamente fuera de la empresa. Entonces, podría ser que regresara a Billings para siempre. Así, él podría seguir con su propia vida.

Mientras tanto, Cy tenía promesas de los poderes que necesitaba para evitar la absorción por parte de Tennison de su empresa. La abstención le pilló desprevenido porque provenía de Bill. Sabía que Bill no sentía simpatía alguna por él, pero la empresa estaba bajo asedio y le molestaba que uno de sus directores no lo apoyara. Le daba mucho que pensar y lo intranquilizaba. A pesar de todo, se sentía lo suficientemente seguro como para proseguir con sus planes. No tenía ni idea de lo que estaba ocurriendo en Chicago, aunque había rumores de que se había programado una reunión y que uno de los líderes de la empresa estaba amenazado. Sonrió. Estaban a punto de echar a Meredith. Bien. Así podría regresar a Billings y alejarse de unos negocios que hacían que él se pusiera tan celoso. Ya estaba harto de su ausencia. A partir de entonces, Meredith tendría que dejar que el que se ocupara de los negocios en la familia fuera él.

Aquella noche, Meredith se acostó tarde, casi demasiado tarde. A la mañana siguiente, se vistió con un traje color crema y una camisa azul y, tras recogerse el cabello, bajó las escaleras. Ni siquiera se pudo tomar dos sorbos de café ni se atrevió a desayunar. Tenía que estar alerta aquella mañana. Todo dependía de ello.

La limusina la transportó al edificio de Tennison International. Tenía una sorpresa para Don. Esperaba que su cuñado no se sintiera demasiado desilusionado cuando su espada no lograra cortarle la cabeza.

Cuando ella entró en la sala de juntas, todo el mundo ocupaba ya sus asientos. Sonrió y se sentó. Don parecía muy nervioso. Sin embargo, Meredith estaba muy tranquila. Tenía todo lo que necesitaba en su maletín. Estaba preparada para todo lo que Don pudiera tener preparado.

Después de que se leyera el orden del día de la reunión, Don se puso de pie y se dirigió a todos los presentes. Antes de empezar a hablar, se dirigió a Meredith.

Describió su propia interpretación sobre la actuación de su cuñada en la absorción de Harden Properties. Detalló que todo había empezado por venganza, que había puesto en peligro a Tennison International ofreciendo una desorbitada suma por las acciones de la otra empresa y mostró los lugares de Arizona en los que se podrían haber obtenido los minerales que Tennison ansiaba sin riesgo alguno. Meredith se dio cuenta de que no mencionó los costes de transporte de aquella última opción. Por último, pidió un voto de no confianza para Kip Tennison.

Como Meredith tenía derecho a un turno de réplica, se puso de pie.

–Primero, dejadme que afirme que todo lo que ha dicho Don Tennison es verdad –dijo, sorprendiendo a Don y a los dos directivos a los que no se había dirigido para que la apoyaran–. Efectivamente, arriesgué la empresa cuando subestimé la situación financiera de Cy Harden y le ofrecí una suma exorbitada por sus acciones. Sin embargo, ahora tengo intereses en Harden Properties y os digo que no vamos a absorber la empresa. Sin embargo, si negociaremos los contratos de minerales.

–Pero si yo tengo los poderes –dijo Don, atónito–. Se me prometieron suficientes votos para echar a Harden y comprar la compañía a un precio considerablemente más bajo que el que se ofreció en un principio.

–Siento decirte que tu amigo Bill te ha vendido –afirmó ella–. Cuando llegó el momento, él no estaba dispuesto a ir en contra mía sin verse apoyado por una mayoría de los accionistas –añadió. Entonces, levantó un puñado de papeles en la mano–. Yo tengo los poderes con los que tú creías contar, incluso los que Lawrence Harden parecía dispuesto a darte. A pesar del hecho de que Cy te estaba ayudando, yo he sido capaz de anular tu influencia. Estoy segura de que Cy no se dio cuenta de que tú pensabas ponerle en su contra su propia estrategia, pero él no te conoce tan bien como yo.

–Que me aspen –dijo Don con voz ronca.

—Ahora, pasemos al voto de no confianza. Esta era la empresa de mi esposo. Él la fundó y la dirigió para convertirla en lo que era. Yo jamás le pedí un puesto de responsabilidad en la empresa. Henry me lo dio y me preparó para llevarlo a cabo. Desde que yo estoy al mando de las operaciones nacionales, los beneficios han subido un diez por ciento todos los años. Además, nuestra imagen mejora diariamente y nuestra clientela es cada vez mayor. Estamos derrotando a la competencia en todos los frentes. Mi cuñado Don os ha dicho que yo dejé que una venganza se interpusiera en lo que era mejor para nuestra empresa. Es cierto. Soy humana. Los sentimientos son capaces de cegar a una persona y los míos me cegaron a mí. Jamás quise poner en peligro la empresa, pero estuve a punto de hacerlo. Por eso, me disculpo. Ahora, tenéis que decidir si queréis que continúe como vicepresidenta de la rama nacional. Si creéis que me merezco una segunda oportunidad, bien. Si no, también bien. No obstante, me gustaría que supierais que los tratos ilegales y las políticas soterradas no tienen nada que ver conmigo —añadió, mirando fríamente a su cuñado—. Si hubiera ido a por ti, Don, me habrías visto venir. Preferí acorralarte pagándote con tu propia moneda. También lo siento. Henry jamás apuñaló a nadie por la espalda ni siquiera por el bien de esta empresa —concluyó. Don se sonrojó y bajó los ojos—. Ahora, os ruego que votéis. Tendréis que elegir entre dos gusanos rastreros y especializados en negocios sucios. Lo único que en realidad tendréis que decidir será el sexo del que queráis que se ocupe de los negocios nacionales de esta empresa.

Todos los presentes ahogaron una carcajada. A continuación, votaron.

El abogado de la empresa se encargó de contar los votos.

—Dos en contra. El resto a favor. Parece que el gusano va a ser la dama.

Meredith se echó a reír.

–Gracias, caballeros. No os podéis imaginar lo que esto significa para mí.

Don suspiró y se inclinó sobre la mesa. En aquel momento, uno de los directivos salió de la sala porque lo llamaban por teléfono. Meredith decidió esperar para dar su noticia hasta que el hombre regresara.

–Lo siento, Meredith. Tienes razón. Ha sido juego sucio. Henry estaría avergonzado de mí.

–De los dos –afirmó ella–. Ahora, antes de que se disuelva esta junta, tengo algo más que anunciaros –añadió, decidida a no esperar más. Todos se quedaron atónitos al ver que Meredith sacaba un sobre y lo colocaba en el centro de la mesa.

–¿Qué es eso? –preguntó Don.

–Mi dimisión –contestó ella con una sonrisa–. Dimito como vicepresidenta a cargo de los asuntos nacionales.

–Pero si te acabamos de dar un voto de confianza – exclamó uno de los directores.

–Lo sé y lo agradezco. Sin embargo, mis prioridades han cambiado últimamente. Estoy pensando en mudarme a Billings para aceptar una fusión de otra clase. Espero ser feliz y estar muy ocupada en los años venideros. Mantendré mi puesto en la junta de Tennison, a lo que me dan derecho la voluntad de Henry y las acciones que tengo en esta empresa. Sin embargo, la próxima vez que alguien acuda a Harden Properties con una OPA, quiero que sepáis que estaré en el lado opuesto.

–Que Dios nos asista –comentó Don entre risas.

–Tendrá que hacerlo –afirmó Meredith. Entonces, extendió la mano para que Don la estrechara–. Lo siento, pero tenía que marcharme en mis términos. A ti te irá bien. Solo tienes que delegar un poco más. Los negocios se han convertido en tu vida. Tienes que tomarte tiempo para poder mirar el mundo que te rodea.

–Los negocios son lo único que necesito. Gracias – dijo él, muy solemnemente.

–De nada.

—Solo veo un beneficio en todo esto —añadió, cuando estuvieron solos.

—¿De qué se trata?

—El señor Smith y su lagarto se irán a vivir contigo a Billings. Yo podré comprarme un perro.

Mientras se dirigía al coche, Meredith sonreía de felicidad. Sonrió al directivo que había salido de la sala de juntas y que aún estaba hablando por teléfono. Ella no se percató del repentino nerviosismo del hombre.

—Acaba de pasar —dijo él, a la persona que le escuchaba al otro lado del teléfono—. Te he llamado en cuanto he podido.

—Voy a una reunión y no estaré disponible durante el resto de la tarde. Menos mal que me has pillado —dijo Cy Harden—. ¿De qué se trata?

—Te tiene bien sujeto.

—¿Cómo?

—Kip Tennison. Ha mostrado suficientes poderes como para hacerse con el control de tu empresa y los ha utilizado para obligar a la junta a darle un voto de confianza. Evidentemente, ha decidido que el mejor modo de acceder a esos minerales es siendo la dueña.

Cy lanzó una maldición. Se sentía atónito, herido y dolido por la traición de Meredith. Se había adueñado de su empresa mientras estaba viviendo debajo de su propio techo. ¿Se habría acostado con él para distraerlo? ¡Maldita fuera! No había hecho nada más que tramar en su contra desde que había llegado a Billings. Por último, acababa de darle una puñalada en la espalda.

—¿No puedes detenerla? —le preguntó el directivo.

—No lo sé, pero te aseguro que necesitará una buena armadura cuando regrese aquí.

—En estos momentos se dirige al aeropuerto.

—Gracias. Cuando entre en mi casa, tendrá un recibimiento que no olvidará jamás. Te debo una.

Aquella noche, una cansada Meredith regresó a Billings en el avión privado de Tennison. Antes, había llamado al señor Smith para que él fuera a recogerla al aeropuerto. Jamás se había sentido tan feliz en toda su vida. Lo único que le quedaba ya por hacer era hablar con C y confesarle lo que había hecho. Al ganar el control de la empresa de Cy, podría haber fastidiado la fusión personal que tanto deseaba, pero esperaba y deseaba que no fuera así. Que Cy fuera lo suficientemente adulto como para aceptar la derrota y no dejar que el orgullo los separara.

22

Cuando el señor Smith aparcó la limusina junto al avión, Meredith se dio cuenta de que Blake no lo acompañaba.

–¿Ocurre algo en la casa? –le preguntó, justo antes de meterse en el coche.

–Lo de siempre. Pareces cansada.

–Lo estoy. Completamente agotada. Han sido unas cinco semanas muy largas. ¿Cómo está Blake? ¿Y Cy?

–Blake les está leyendo un cuento a todos los adultos de la casa.

–¿Y Cy?

–Se me ocurren varios adjetivos. ¿Quieres que te diga unos cuantos?

–¿Tan mal ha ido todo?

–Cuanto más mejora, peor carácter se le pone. Creo que el hecho de que tú estés en casa se lo suavizará un poco.

–Me reservo decir nada hasta que él descubra lo que yo he hecho. Les pedí a Don y a la junta que guardaran el secreto hasta que yo hubiera tenido tiempo de decírselo personalmente a Cy.

–Por lo que dices, has desbaratado los planes de Don.

–Así es –afirmó, sin explicar que había entregado su dimisión al mismo tiempo. Eso tendría que esperar hasta que viera cómo Cy reaccionaba–, pero, para conseguirlo, he tenido que hacerme con Harden Properties.

–Conozco a alguien a quien no le va a gustar eso.

–Ya lo sé. El agujero que me estoy cavando se va haciendo cada vez más hondo. Creo que, para empezar, debería haberme quedado en Chicago y no haber venido aquí para jugar a Dios.

–Vivir para aprender. Harden le ha comprado a Blake un perro. Un perro muy grande.

–Genial. Tal vez cuando regresemos a Chicago lo podamos poner en el jardín y hacerle una caseta –comentó con un cierto cinismo. Podría ser que tuviera que hacer precisamente eso. Cy se podría poner tan furioso que los mandara a Chicago con perro y todo.

–No lo comprendes. Las iguanas odian a los perros.

–Oh... En es caso, tal vez sea a Tiny a la que le tengamos que hacer la caseta propia –comentó con una sonrisa–. ¿Qué te parece un terrario con una fuente y árboles para que se pueda subir?

–¿De verdad? –comentó Smith muy contento.

–De verdad. No te preocupes. Nos las arreglaremos.

–¿Dónde? ¿Aquí o en Chicago?

Meredith no lo sabía. Eso iba a depender de Cy. A ella le preocupaba mucho, sobre todo por su posible embarazo. Se limitó a cerrar los ojos y a escuchar la radio mientras se dirigían a la casa de los Harden.

Al llegar, vio que todas las luces estaban encendidas. Temía lo que iba a tener que hacer, pero no le quedaba elección. El hecho de que estuviera casi con toda seguridad embarazada iba a complicarlo todo. Si Cy volvía a echarla, tras haber perdido su empresa a manos de Meredith, la historia volvería a repetirse. ¿Y Blake? ¿Se produciría una terrible batalla por su custodia?

–¡Mamá!

Y eso que se había estado preguntando si su hijo seguía enfadado con ella. Meredith empezó a reír al ver a su hijo. Extendió los brazos y lo abrazó cálidamente. Sin embargo, no trató de levantarlo. Si estaba embarazada, no le iría bien realizar esfuerzos.

–Oh, Blake, me alegro tanto de estar en casa –susurró con los ojos llenos de lágrimas–. Te he echado tanto de menos, hijo... No te puedes imaginar cuánto.

–Yo también te he echado de menos –dijo el niño–. Al señor Smith no le gusta mi perro. Mi papá me lo compró. Es blanco y negro y se llama Harry.

–El señor Smith va a conseguir un terrario para Tiny y, entonces, le gustará también Harry.

Entró al interior de la casa, dejando al señor Smith que se ocupara del equipaje y del niño. Se detuvo en la entrada de la cocina, en la que estaba Myrna.

–¿Cómo estás?

–Muy bien. ¿Y tú? Pareces tan cansada, Meredith. Ven. Haré que la señora Dougherty nos prepare un poco de café. ¿Has cenado?

–Tomé un bocadillo antes de marcharme de Chicago. Estoy agotada.

–Demasiado trabajo y poco descanso. Cy hace lo mismo.

–¿Cómo está? –le preguntó ella. Sus conversaciones telefónicas con Cy habían sido cada vez más breves, como si la distancia estuviera afectando a su actitud hacia ella.

–Bueno, ha vuelto a trabajar toda la jornada –dijo Myrna.

–Pero la espalda...

–Está curando bien. No puede levantar pesos, por supuesto, pero la mayor parte de su trabajo es mental o de escritorio. Lo único que ha tenido que dejar por el momento han sido sus caballos. ¿Es que no te lo ha dicho?

Aquello no auguraba un buen futuro. Volvía a haber secretos entre ellos.

–¿Está en casa? –dijo, ignorando la pregunta de Myrna.
–Estuvo, pero tenía una reunión tarde.
–¿También conduce? –preguntó Meredith, muy triste. El tiempo parecía haberlo borrado todo entre ellos.
–Sí.

Myrna se puso a preparar café mientras Meredith y el señor Smith llevaban a Blake a la cama. En el dormitorio del niño, el cachorro estaba durmiendo tranquilamente en una pequeña caseta. Aquello era tan solo una solución temporal, porque el animal aún no podía salir al exterior.

Después de arropar al niño, Meredith se dirigió al salón.

–¿Cómo te ha ido? –le preguntó Myrna.
–Le he dado una buena lección a mi cuñado –respondió Meredith–. Se lo pensará dos veces antes de tratar de volver a jugármela otra vez.
–¿Y tu trabajo?
–Yo... aún no he decidido lo que voy a hacer –mintió.

No quería que Cy supiera que había dimitido. Tras haberlo hecho, se estaba preguntando con fría aprensión si habría cometido un terrible error. Cy había estado muy mal herido y tal vez todo lo que le había dicho había sido producto de su propia vulnerabilidad. Tras haberse recuperado, podría haber descubierto que sus sentimientos no eran tan puros como había pensado.

–He tenido muchas cosas en la cabeza últimamente, tratando de evitar que Cy se excediera. Se entregó al trabajo de todo corazón cuando descubrió que Don Tennison estaba tratando de hacerse con los poderes que aún quedaban. Sabía que Don estaba en contra tuya. Don le ofreció los poderes si Cy se aliaba con él para ayudarle a echarte de la empresa.

–¿Y Cy accedió?
–No lo sé. Esta noche, cuando se marchó de aquí, estaba furioso. La empresa significa mucho para él, pero no sé si tanto como para ayudar a tu cuñado en contra tuya. Espero que no, Meredith.

Sin embargo, Meredith no estaba tan segura. Cy había cambiado en su ausencia. Con una gran preocupación, se tomó el café.

Las dos mujeres llevaban poco tiempo en el salón cuando la puerta principal se abrió y cerró de un portazo. Se oyeron unos pasos y, a los pocos segundos, Cy apareció en el umbral del salón, ataviado con un traje azul marino, con su sombrero en la mano y una mirada fría y acusadora en el rostro.

–Tienes los poderes, ¿verdad? –le espetó.

–Así es –respondió Meredith, sospechando que él tenía espías en Tennison que le habrían contado ya todo lo ocurrido.

–Incluso el de mi tío.

–No deberías haber confiado tanto en Don. Uno de tus directivos y él llevan semanas apuñalándote por la espalda.

–¿Qué directivo?

–Tu amigo Bill. ¿Es que no lo sabías? –le preguntó ella, furiosa por el modo en el que se había enfrentado a ella. Ni siquiera se había molestado en saludarla.

–No, no lo sabía. Y tú no me lo podías decir, ¿verdad? No se puede ayudar al enemigo, ¿no? –le espetó, sentándose al lado de su madre en el sofá.

–Al menos le podrías haber dado la bienvenida a Meredith –le dijo Myrna.

–¿Por qué? No va a estar aquí mucho tiempo. ¿No es así, Meredith? Ahora que tienes lo que querías, vas a volver a Chicago para ocuparte de la empresa de tu esposo. Sin embargo, tal vez no sea tan sencillo. ¡No voy a quedarme quieto mientras tú diriges mi empresa!

Aparentemente, no sabía que Meredith había dimitido. Recordó al directivo que había salido a hablar por teléfono y sumó dos y dos. Aquel hombre no habría sabido sobre su dimisión hasta después de que hubiera hablado con Cy y, evidentemente, este no le había llamado desde entonces.

–Sí, efectivamente tengo el control de Harden Properties.

–Ya veremos por cuánto tiempo. ¿De verdad crees que voy a quedarme quieto viendo cómo desmiembras mi empresa? Te aseguro que no será así. Mientras estés en Chicago, haré todo lo posible por recuperar el control. ¿Cuándo vas a marcharte? ¿O acaso has decidido quedarte aquí para tratar de dirigir mi empresa? Si ese es el caso, es mejor que regreses a la casa de tu tía, porque no tolero subversivos debajo de mi techo.

–Cy...

–Por supuesto, mi hijo se queda aquí. No te lo vas a llevar.

Meredith no podía creer lo que había escuchado. Lentamente se puso de pie. Se sentía furiosa. También estaba cansada y sorprendida.

–Eso ni lo sueñes. ¡Es mi hijo! ¡Hasta hace unas pocas semanas, ni siquiera sabías que existía!

–Ahora sí lo sé. Tenerlo en Chicago no me resulta conveniente. Quiero que se quede aquí para poder verlo. No pienso tener una relación a larga distancia con mi único hijo.

Aquello era una ironía, porque Blake no iba a ser su único hijo durante mucho tiempo. Sin embargo, Meredith no pensaba darle esa información.

–Tú no me vas a dar órdenes. Y, si no tienes cuidado, te echaré por la puerta de Harden Properties.

–Inténtalo.

–No –dijo Myrna, poniéndose de pie para colocarse entre ambos–. No pienso tolerar esto. Parad ahora mismo. Meredith acaba de llegar a casa después de estar varias semanas en Chicago y, antes de que pueda descansar del viaje, tú te le tiras a la yugular por negocios.

–Se lo merece. Dios mío, ¿es que no te das cuenta de lo que ha hecho? También se trata de tu pan.

–¿De verdad es tu empresa más importante que Meredith y tu hijo?

—Por supuesto que sí —respondió Cy. Se sentía traicionado—. No se puede comparar el trabajo de toda una vida con unas pocas horas de placer en la cama.

Meredith palideció. Bajó los ojos y guardó silencio. Se sentía agotada. En aquellos momentos, cuando estaba embarazada e indefensa, él le clavaba un puñal en el corazón. La ironía de todo aquello era que lo que había hecho había sido para salvar su empresa del control de Don. Sin embargo, Cy no lo sabía. Como siempre, había pensado lo peor de ella.

—Cy, ¿cómo has podido decir eso?

Él se levantó y miró a Meredith con frialdad. La había amado tan desesperadamente y ella lo había vendido. Le había derrotado en su propio terreno. No podía soportar lo que ella le había hecho.

—No te voy a echar esta noche, pero mañana quiero que tú y tu guardaespaldas os marchéis de aquí.

—Mi guardaespaldas y yo estaremos encantados de marcharnos con mi hijo —replicó ella.

Cy la miró lleno de furia e, inmediatamente, salió de la sala. Aparentemente, estaba ya en el piso superior porque Meredith lo oyó subiendo las escaleras.

—Voy a llevarme a Blake —le dijo Meredith a Myrna—. Siento mucho que a Cy no le guste.

—No sé qué se ha apoderado de él. Lo siento mucho, Meredith...

—No es culpa tuya. Es lo de siempre. Si ocurre algo malo, la culpable soy yo. ¿Por qué siempre espero que sea de otra manera? Sin embargo, es mejor que le digas que no pierda de vista a su amigo Bill. Don y él estaban mano a mano en el tema de la absorción. Yo evité que Don asumiera el control, pero Cy solo está a salvo mientras yo tenga esos poderes. Cuando yo los deje, está solo. Don no se echará atrás y es perfectamente capaz de reemplazar toda la junta de directivos de Harden solo para tener mano libre con esos minerales. Don no dudará, créeme. Y yo ya no estoy en posición de enfrentarme a él.

—¿Vas a dejar los poderes? ¿Por qué?

—No tengo elección.

Meredith no explicó que, cuando se votara su dimisión al mes siguiente y ella dejara de tener obligaciones en Tennison, ya no tendría el control sobre los poderes. De hecho, le quedaría muy poco aparte de su riqueza, su orgullo y Blake. Había apostado y había perdido. Se preguntaba por qué se habría molestado.

—Ve a tumbarte un poco —le suplicó Myrna—. Tienes muy mal aspecto, Meredith. Tal vez deberías ver a un médico.

—Ya iré. Ahora, solo quiero dormir. Buenas noches.

—Sí. Que duermas bien.

Estaba tan cansada que así fue. Pudo mantener los ojos abiertos lo suficiente para poder llegar a su dormitorio. Un segundo después de que su cabeza tocara la almohada, quedó sumida en un profundo sueño.

Meredith se levantó y se vistió rápidamente a la mañana siguiente. Hizo sus maletas. Si Cy quería que se marchara, no iba a discutir con él. Tenía su orgullo. Blake estaba ya vestido, pero, cuando le dijeron que se iban a marchar, se puso a llorar. Meredith tranquilizó al niño lo mejor que pudo mientras le pedía al señor Smith que se ocupara de recogerlo todo. Myrna estaba muy triste, pero Meredith le prometió que se aseguraría que el niño pasara mucho tiempo con ella... y con su padre.

Como no quería enviar a Blake al colegio en aquel estado, lo acompañó y le explicó a la profesora que su vida familiar andaba algo revuelta, sin entrar en detalles. Esta se mostró muy comprensiva y prometió llamar a Meredith si el niño no se mostraba contento.

A continuación, el señor Smith y ella regresaron a la casa de la tía Mary.

Pasó una semana, en la que Cy ni llamó ni realizó intento alguno por ponerse en contacto con ella. A través de Myrna, Meredith se enteró de que estaba ignorando por completo la situación, aunque parecía tener muchas excusas para no estar en casa. Por su parte, Meredith se encontraba muy triste y deprimida. Además, la náuseas iban empeorando día a día.

El sábado siguiente empezó a nevar. Blake y el señor Smith salieron a jugar en el jardín con la nieve mientras Meredith descansaba. Decidió hacer algunas llamadas telefónicas para asegurarse de que Don no se estaba aprovechando de sus poderes antes de que ella pudiera tirárselos a Cy a la cara. Planeaba que fueran un regalo de despedida, dado que estaba convencida de que él no iba a ceder. En ese caso, era mejor que se marchara a Chicago. Ya no quedaba nada para ella en Billings.

—¿Va todo bien? –preguntó el señor Smith al verla tumbada en el sofá.

—Solo estoy algo cansada.

—Necesitas ver a un médico. Tienes un aspecto muy pálido.

—No.

—Te concertaré una cita –dijo. A pesar de las protestas de Meredith, llamó al médico. Consiguió una cita con el doctor Bryner a la mañana siguiente–. E irás –añadió–. Aunque tenga que llevarte a cuestas.

—¡Ni te atrevas! –le espetó ella–. Estoy harta de los hombres. ¡Os odio a todos! No estaría así si no fuera por Cy.

—Tú eras la que quería evitar que Don...

—No me refiero a eso –rugió ella–. ¡Me refiero a esto! –añadió, colocándose una mano sobre el vientre.

—¿Otro niño? –preguntó el señor Smith, sonriendo de oreja a oreja–. Tal vez esta vez sea una niña, Kip.

Ella se echó a llorar. Lloró aún más al recordar lo tierno que Cy se había mostrado con ella la noche antes de que tuviera que regresar a Chicago. Era precisamente aquella ternura la que había esperado encontrar a su regreso. Así, le habría contado lo del embarazo. Sin embargo, todo había salido mal.

—Maldito sea...

Smith la tomó entre sus brazos y sonrió.

—Venga, venga... Tranquila.

—¡Lo odio!

—Sí, ya lo sé.

Alguien llamó a la puerta, pero el señor Smith no fue a abrir. La puerta no estaba cerrada con llave y sabía muy bien quién era.

—Hay alguien en la puerta –susurró ella.

—Es cierto.

Mientras hablaba, una puerta se abrió y se cerró. Cy entró en el salón, con un aspecto tan agotado y triste como el de la propia Meredith. Sin embargo, cuando la vio entre los brazos del señor Smith, la ira se le reflejó en la mirada.

—Suéltala –le espetó a Smith.

—Ni te atrevas a hablarle así –dijo Meredith, abrazándose con más fuerza a Smith–. ¡Vete al infierno, Cyrus Harden!

—¿Por qué estás llorando? –le preguntó Cy, con un gesto de arrogancia–. ¿Vuelves a tener la conciencia culpable?

—No tengo nada de lo que sentirme culpable.

—¿Acaso robarme mi empresa delante de mis narices no te parece razón suficiente?

—Si no te gusta, róbamela a mí.

—Gracias. Eso es precisamente lo que tenía en mente –replicó. Entonces, miró de nuevo a Smith–. Supongo que eres su nuevo interés amoroso.

—Esa suerte que tengo –repuso Smith.

—Suéltala y sal fuera –le ordenó en voz muy baja.

—Estaré encantando, pero lo haré cuando deje de nevar –dijo Smith, sin perder los nervios–. No quiero que te caigas de espaldas.

Cy avanzó hacia él con una ira que casi no podía contener.

—No te atrevas a tocarlo –le desafió Meredith–. Él me

quiere. No me grita ni duda de todo lo que le digo ni pasea a sus mujeres delante de mí. ¡Tampoco me utiliza para llegar a mi hijo!

—Yo jamás hice eso —dijo Cy.

—¿No? —preguntó ella con los ojos llenos de lágrimas—. Me sedujiste para poder tenerme en la casa y así ver a Blake. Sin embargo, cuando descubriste que yo tenía el control de Harden Properties dejaste de sentir cariño por nosotros. Eso me dijiste la semana pasada. Tal vez jamás nos quisiste. Lo único que te importa es tu maldita empresa —sollozó, ya abiertamente, antes de ocultar el rostro contra la camisa de Smith—. ¡Vete a dirigirla! ¡No la quiero! ¡No la quise nunca!

Cy no sabía qué decir. Jamás se había sentido tan indefenso. Probablemente Meredith tenía derecho a creer que aquellos habían sido sus motivos. Se había mostrado muy hostil con ella desde que regresó y la había acusado de haberlo vendido sin molestarse en conocer su versión de la historia. Le había dicho cosas terribles...

Se maldijo por su propia estupidez. La ausencia de Meredith lo había vuelto loco. Además, la maestría con la que se había enfrentado a su cuñado y había aguantado su posición le había herido en su orgullo.

—Meredith... Tal vez podríamos ir a dar un paseo en coche. Para hablar...

—Ve a hablar tú solo, Cy. Ya no pienso volver a hablar contigo. Mañana, nos marcharemos a Chicago. Si quieres buscarte un abogado para tratar de arrebatarme a Blake, hazlo. Sin embargo, espero que el abogado sea bueno y tengas mucho tiempo y dinero, porque tendrás que encontrarnos primero.

—No se trata de eso, Meredith —susurró. Temía que efectivamente pudiera huir y que él nunca pudiera encontrarla.

—Vete... —musitó ella, secándose las lágrimas con un pañuelo que le dio el señor Smith.

—¿Me vas a escuchar por lo menos?
—No.

–Mira, yo...
–¡Papá!

Blake entró corriendo y se arrojó a los brazos de Cy. Este cerró los ojos para saborear aquel amor tan puro y volvió a colocar al niño en el suelo.

–Papá, ¿has venido a verme? Harry está en el jardín. Ya sabe ir a por los palos. ¿Quieres verlo?

–Dentro de un momento, hijo.

–Tu papá tiene que marcharse, Blake –dijo Meredith–. Está muy ocupado.

Cy miró a Meredith y comprendió que todo era culpa suya. Tal vez más de lo que había pensado en un principio. De repente, sin saber por qué, miró a Meredith al vientre. Lo observó con mucha curiosidad.

Como Meredith se estaba secando los ojos, no se dio cuenta de aquella mirada, pero el señor Smith sí.

Cuando miró al guardaespaldas, vio que este le guiñaba un ojo. Cy comprendió inmediatamente lo que significaba y se sintió embargado por la sorpresa y el gozo.

Con un suave movimiento de cabeza, Smith le indicó que no se delatara. Conocía a Meredith. Si Cy mostraba que sabía su estado, Meredith saldría huyendo. Smith no quería que eso ocurriera. Ella amaba a Harden y, si aquella mirada servía de indicación, él se moría de amor por ella. Todo había sido un estúpido malentendido. No iba a consentir que los dos vivieran otros seis años de tristeza por una tontería.

No sabía qué hacer, pero tenía que pensar en algo antes de que Meredith tomara una desastrosa decisión por orgullo. Como su jefa no estaba en condiciones de pensar racionalmente, él iba a hacerlo en su nombre.

23

Cy no sabía qué hacer. Aunque había esperado que hubiera otro hijo, la realidad le resultó abrumadora. En silencio, Smith le estaba advirtiendo que no empujara a Meredith. Evidentemente, estaba fuera de control emocionalmente y lo que le había dicho la noche que regresó lo había empeorado todo.

Había estado tan cerca de conseguir que ella se marchara como hacía seis años... Entonces, él había permitido que sus dudas e inseguridades turbaran los sentimientos que tenía hacia ella. Jamás habría creído que perdería la batalla por conseguir los poderes. Aunque su propia junta de accionistas se aliara con Meredith y rechazara la absorción de Tennison, ella seguiría teniendo todos los ases en la manga. A pesar de todos sus esfuerzos, Meredith controlaba su empresa. Ella era su dueña. Su orgullo masculino se había llevado un duro golpe. Cuando ella se presentó en la casa no había podido pensar con claridad. Por eso la había echado. Tampoco se había imaginado que ella estuviera embarazada. Una vez más, la había rechazado. ¿Es que nunca iba a aprender de sus propios errores?

—Dios, soy un estúpido de primera clase —dijo en voz alta. Entonces, observó la sorpresa que se dibujó en los ojos de Meredith—. Sí, me has oído bien. No aprendo nunca. Si algo va mal, siempre es culpa tuya, no mía. Perdí los poderes y mi orgullo no pudo soportarlo. Tiré por la ventana todo en lo que habíamos estado trabajando y te mandé hacer las maletas. Ni siquiera con eso me bastó. Te dije que mi empresa significaba más para mí que Blake o tú y te amenacé con llevarte a los tribunales para conseguir la custodia del niño. Soy una joya. Si estuviera en tu lugar, haría que Smith me arrojara a la calle por la ventana.

Meredith no sabía qué decir. Estaba esperando más acusaciones, más ira. No había anticipado algo así. Lo miró atónita, sin poder hablar.

—Es mejor que esperemos hasta que te hayas curado —comentó Smith—. No queremos deshacer el duro trabajo del doctor Danbury. Además, tendríamos que sustituir la ventana y con este frío...

—Tienes razón —afirmó Cy.

Blake se había marchado al ver que los adultos empezaban de nuevo a discutir. El señor Smith miró hacia la puerta trasera y sonrió.

—Es mejor que vaya a ver qué está haciendo Blake. Si ha vuelto a salir al jardín, debería ponerse un abrigo más grueso.

—No puedes dejarme aquí con él —aulló Meredith.

—Venga ya, Kip —dijo Smith—. No puedes estar huyendo toda la vida. Mira, Cy. Ya ha empezado a hacer las maletas para marcharse de aquí. Si quieres hacer algo al respecto, es mejor que te des prisa.

—¡Traidor! —lo acusó ella.

Smith se limitó a dedicarle una sonrisa antes de marcharse. De repente, se quedaron solos. Meredith se sentía muy vulnerable con Cy, nerviosa y tímida. No podía mirarlo a los ojos y él no dijo ni una palabra.

Cy se sacó un cigarrillo del bolsillo y lo encendió. Entonces, miró el encendedor que ella le había dado hacía tanto tiempo.

–¿Sabes que llevo este mechero desde que te marchaste de Billings? Me lo diste tú, ¿te acuerdas?

–Sí. No tenía mucho dinero, pero compré el más caro que me pude permitir. Está chapado en plata. Pensé que se lo darías a uno de tus hombres o lo tirarías después de que yo me hubiera marchado. Cuando regresé, me sorprendió mucho ver que seguías utilizándolo.

–Era lo único que me quedaba de ti. Cada vez que lo tocaba, era como tocarte a ti. Como recordarte.

–Yo creí que eso sería lo último que desearías.

–¿De verdad? –preguntó Cy. Se acercó al sofá y se sentó enfrente de ella–. La semana pasada dije muchas tonterías. He venido para disculparme. Debería haber venido antes, pero mi orgullo no me lo ha permitido y ni siquiera estaba seguro de que me dejaras entrar después del modo en el que te traté. He venido a decirte que me gustaría que el señor Smith, Blake y tú regresarais a casa.

–Esa no es nuestra casa...

–Sí que lo es –susurró él, en un tono tan tierno de voz, que provocó de nuevo lágrimas en los ojos de Meredith–. La casa no es un lugar, sino la gente que vive en ella. Echo de menos a la iguana. La casa está muy vacía sin ella. No tengo marcas de las uñas en las cortinas ni escamas en la alfombra. Se me está rompiendo el corazón.

–Tal vez el señor Smith te la preste –afirmó ella, sin ceder ni un ápice–. O tú te podrías comprar una iguana para ti.

–Puede que tenga una recaída si no estás cerca –insistió–. Me obligo mucho.

–Tu madre está muy preocupada al respecto –comentó ella.

–Y tiene razón. Si tú regresaras a casa, seguramente me tomaría las cosas con más calma. Blake podría leerme cuentos y Smith y yo nos pelearíamos por ti.

–El señor Smith es mi amigo. Mejor de lo que tú lo hayas sido nunca.

–No lo dudo. Os cuida con la ferocidad de un mastín. Mientras él esté cerca, no os ocurrirá nada. He cambiado de opinión sobre él. Tendrá que quedarse con nosotros. Tal vez se pueda ocupar de la seguridad de mi empresa.

–El señor Smith se viene conmigo. Y yo me marcho a Chicago.

–Estarás sola. Como yo. Ni siquiera Blake o Smith podrían compensar eso.

–Llevo mucho tiempo sola, Cy. Estoy acostumbrada. Solo necesito mi trabajo.

–No lo creo.

–Lo creías cuando me echaste.

Cy dio una profunda calada al cigarrillo y soltó una nube de humo.

–Me porté como un idiota. Los hombres se portan así cuando se sienten amenazados.

–Si yo no hubiera conseguido esos poderes, Don te habría absorbido sin dudarlo. Habría despedido a toda tu gente y habría colocado a los suyos. Tú te habrías quedado en la calle. Es el hermano de Henry y él lo enseñó muy bien. Como a mí.

–Yo creía que tú te habrías adueñado de mi empresa para demostrarle a Don que no podía quedarse con la tuya.

–Estaba salvando tu preciosa empresa para nuestro hijo. Doy por sentado que tienes la intención de retirarte algún día. Alguien tenía que salvarte de Don...

Él no la estaba escuchando. No hacía más que pensar lo hermosa que era, con aquel largo cabello rubio, los ojos grises y la piel radiante.

–Cy, ¿me estás escuchando?

–Sí... Tu rostro tiene mejor color que la semana pasada, pero aún sigues muy pálida. ¿Comes bien?

–Sí. Cuando no te estoy maldiciendo.

Cy sonrió y apagó el cigarrillo.

–Si regresas a casa conmigo, te volveré a hacer el amor –susurró con voz profunda–. Ahora ya no nos tendremos que conformar con una vez, dado que tengo la espalda curada.

–Unas cuantas horas de placer... Eso es lo único que yo he significado siempre para ti. ¡No pienso volver a acostarme contigo! Y tampoco voy a vivir contigo.

–¿Te acuerdas de la noche antes de que te marcharas a Chicago?

–Basta...

–A mí no se me olvida. Fue lo más erótico que hemos hecho nunca juntos. Tan lento y suave...

–No pienso seguir aquí sentada escuchándote.

–Te sentaste mucho más cerca de Smith.

–Estaba muy disgustada. Él me había concertado una cita que yo no quería con el doctor Bryner.

–Me alegro. No tienes buen aspecto.

–Muchas gracias –replicó ella, enfadada–. Yo también te quiero.

–Claro que me quieres, ¿verdad? Me lo has dicho una y otra vez –musitó él. Sintió que había llegado el momento de decir la verdad–. Meredith, tú vales millones para mí. Eres vicepresidente de una empresa mucho más grande que la mía. Estás acostumbrada a tomar decisiones, a dar órdenes, a hacerte cargo... Yo te podría haber ofrecido el matrimonio cuando solo eras una camarera en mi restaurante y me habría sentido cómodo. Sin embargo, ofrecérselo a la viuda de Henry Tennison es algo muy diferente. ¿Qué puedo darte yo que tú ya no tengas? ¿Cómo te puedo pedir que dejes un imperio para venirte a vivir a Montana y conformarte con ser mi esposa y la madre de Blake?

–Pero me ofreciste matrimonio –dijo ella, asombrada.

–Sí, pero sabía que estaba soñando. Te deseo desesperadamente. No te miento. Cuando te veo con Blake, se me pone la piel de gallina pensando lo que podría ser tenerte en mi casa todo el tiempo. Sin embargo, sé que es solo un sueño. Como tú me has dicho en alguna ocasión, tienes obligaciones y responsabilidades. Estás acostumbrada a ser ejecutiva. Después de eso, quedarte en casa con tu hijo no te resultaría satisfactorio. Si quieres regresar a Chicago, no me opondré. Me gustaría ver a Blake de vez en cuando. Si me dejaras tenerlo algún fin de semana o tal vez durante unos días en verano... –concluyó él, poniéndose de pie. Tenía un dolor muy intenso reflejado en la mirada.

–¿Qué es lo que estás diciendo?

–Que por fin he comprendido lo que has estado tratando de decirme desde el principio. Que ya no eres la adolescente que yo conocía. Hasta hoy, no me he dado cuenta de lo egoísta que he sido. Sin embargo, no es demasiado tarde para corregir errores. Regresa a Chicago con Smith y Blake si eso es lo que quieres. Seguramente estás mejor sin mí –musitó. No quería pensar en el hijo que ella llevaba en las entrañas porque, si lo hacía, sabía que se volvería loco–. Adiós, mi niña...

Tras mirarla una vez más, se dio la vuelta para dirigirse hacia la puerta. Se le escapó un sollozo de la garganta al ver que el pasado se repetía de nuevo.

–¡No! –gritó ella–. ¡No! ¡Si te vuelvo a perder, no quiero seguir viviendo!

Cy se dio la vuelta con el rostro lleno de alegría.

–¿Qué es lo que has dicho?

Meredith extendió los brazos.

–Que te amo –musitó con el rostro lleno de lágrimas–. No me importa lo que tú tengas que ofrecerme. ¡Quiero vivir contigo! Por favor, no te vayas...

Cy regresó a su lado y se arrodilló ante ella. Meredith se apretó contra su cuerpo, temblando. Entonces, giró la cabeza para buscarle la boca. Cuando la encontró, gimió de placer cuando los cálidos labios de Cy le devolvieron la pasión que ella le transmitía.

Él levantó la cabeza y vio que Meredith tenía el rostro ruborizado y radiante. Le tocó la mejilla con dedos temblorosos y se sentó a su lado sobre el sofá. Entonces, volvió a abrazarla, de manera que ella tuvo que apoyar la mejilla sobre el firme torso y sentir así los latidos del corazón de Cy.

—Encontraremos la manera —dijo él, acariciándole suavemente el cabello—. Me puedes dejar a Blake cuando tengas que irte de viaje de negocios. Smith puede viajar contigo y cuidarte...

—No lo comprendes. Lo he dejado.

—¿Que has dejado qué?

—Mi trabajo —contestó, sonriendo a pesar de las lágrimas al ver la expresión de asombro del rostro de Cy—. Les he dicho que Don haría mucho mejor trabajo que yo y que presentaba mi dimisión. Les dije que tenía una fusión de otro tipo en mente.

—No me lo habías dicho...

—No me diste oportunidad. Desenfundaste las pistolas en cuanto llegué de Chicago. No pude conseguir que me escucharas.

—Recibí una llamada de teléfono...

—De uno de nuestros directivos. Sí, lo sé. Abandonó la reunión antes de que terminara.

—No puedo asimilarlo... ¿Lo has dejado todo por mí? ¡Esa empresa lo era todo para ti!

—No. Lo eres tú. Y nuestro hijo —afirmó ella—. Además... hay otra cosa, Cy —añadió con voz preocupada.

—Sí, claro que hay algo más —repitió él, colocándole la mano sobre el vientre.

—¿Lo sabes?

—Sí —respondió él, besándola muy dulcemente—. Esta vez no me voy a perder ni un segundo. Cuidaré de ti.

Meredith se sintió llena de felicidad. Le tocó los labios con la punta de los dedos y los delineó.

—Oh, te quiero tanto... No sabía cómo iba a seguir con vida si tú me dejabas escapar una segunda vez.

—Mi madre me ayudó a ver las cosas claras. Se puso furiosa porque yo te dejé marchar.

—Tu madre y yo nos hemos unido mucho —dijo Meredith sonriendo—. Entre las dos cuidaremos de ti.

–Te he echado tanto de menos... Todos los días, todas las noches... Cuanto más tiempo permanecías lejos, más te echaba de menos. Hasta que empecé a encontrar razones que no existían. Temía perderte. Cuando tenías dieciocho años, creía que eras demasiado joven para amar. Cuando descubrí quién eras realmente, me aseguré que tú no te conformarías con la única vida que yo podía ofrecerte. Llevo años luchando contra ti, Meredith, porque sabía que, si cedía, existía la posibilidad de que no pudiera tenerte para siempre.

–Yo creía que era porque odiabas el efecto que producía en ti.

–Eso también –admitió–. Me convertirse en una víctima de la lujuria sin un ápice de control. Sin embargo, el mundo comenzaba contigo. Eras como un arco iris. Cuando te marchabas, los colores desaparecían de mi vida.

–¿De verdad que quieres que estemos juntos? Si es por Blake, o por el bebé, o porque me deseas...

–Estás buscando palabras que no le he dicho a nadie –dijo él con voz ronca, tras besarle la mano–. Palabras que no he dicho en toda mi vida...

–No. Solo deseo saber que quieres un compromiso real. Me conformo con eso. No me queda orgullo. Me conformaré solo con eso, Cy, si es lo único que puedes darme.

–No... No lo comprendes. Es que nunca he dicho esas palabras...

Meredith sintió que se le paraba el corazón. Si no hubiera estado ciega, habría comprendido todo lo que él sentía. Estaba escrito en su rostro, en su respiración, en el modo en el que la tocaba... Le estaba diciendo que jamás había pronunciado las palabras, no que no las hubiera sentido. De repente, y sin duda alguna, supo que él la amaba. No solo eso, sino que era todo su mundo. Se lo estaba diciendo tan claramente como si lo hubiera gritado a los cuatro vientos.

–Oh...

—Sí. Me comprendes, ¿verdad? Lo comprendiste antes de que te marcharas de mis brazos, la última vez que hicimos el amor. Jamás había sido así. Compartimos algo tan especial que yo me ahogo solo con tratar de expresarlo. Hicimos al niño entonces, ¿verdad?

—¿Cómo sabes lo del niño si ni siquiera yo estoy segura?

—Te miré el vientre y Smith me guiñó el ojo. El pánico se apoderó de mí al pensar en lo que ocurriría si no te podía convencer para que no te marcharas. El pensamiento de vivir sin ti me aterra.

—Lo comprendo perfectamente —susurró ella. Entonces, le rodeó el cuello con las manos y tiró de él—. Bésame...

—¿Y si no puedo parar?

—Claro que podrás. Tienes que casarte conmigo muy rápidamente para que nuestro bebé tenga un apellido. El correcto en esta ocasión —afirmó ella.

—Me casaré contigo mañana mismo si podemos organizarlo.

—Blake es tu hijo. Tendremos que hacer algo sobre su apellido.

—Ya hablaremos de eso más tarde —musitó—. ¿Sabes lo hermosa que eres? Te miro y me duele el corazón.

—Yo siento lo mismo cuando te miro a ti, Cy. Últimamente he estado tan cansada... No duermo bien.

—De ahora en adelante, dormirás conmigo. Te acunaré entre mis brazos hasta que te duermas. Sería capaz de matar por ti. Moriría por ti. Tú eres mi vida...

Los ojos de Meredith se llenaron de lágrimas. Se aferró a Cy con fuerza.

—Pensaba que no eras capaz de decir las palabras —murmuró.

—La próxima vez que te haga el amor te las diré.

—Lo dices sin palabras, cuando me amas, Cy —dijo ella, sonriendo. Entonces, empezó a moverse lenta y sensualmente contra él de manera que el cuerpo se le endureciera con aquel contacto—. Me deseas, ¿verdad?

Sin decir nada más, Meredith bajó la mano y comenzó a acariciarlo. Cy se sobresaltó ante lo inesperado de aquel movimiento.

–¡No hagas eso!

–Eres un mojigato... –lo acusó ella, sentándosele en el regazo.

–¡De eso ni hablar! –replicó él–. Tú aún no sabes mucho de hombres, ¿verdad?

–Sé que cuando los hombres se ponen como estás tú ahora, están muy abiertos a las sugerencias –afirmó ella con picardía–. ¿Quieres oír una?

–No estamos solo...

–En ese caso, tendrás que llevarme a tu casa.

–¿Quieres venir?

–Por supuesto. Iremos todos. Si estás seguro de que eso es lo que deseas...

–Me preocupas, Meredith. Estás dejando tanto por mí...

–No he dejado mi asiento en la junta de accionistas de Don, ni mi herencia ni mis posesiones. Sin embargo, cuando los niños sean mayores, si tienes un puesto para mí en Harden Properties, tal vez sienta la tentación de volver.

–Tendrás que mantenerte al día para que no te oxides.

–¿Y los poderes? –preguntó ella, riendo.

–Si nos casamos, serán bienes gananciales. Lo que es tuyo es mío, señora Harden. Todo queda en familia.

–En ese caso, supongo que tienes todo lo que deseo... –susurró muy sugerentemente.

–¡Meredith!

–Supongo que estar embarazada me está afectando a las hormonas –susurró–, porque en lo único en lo que pienso desde hace días es en estar desnuda a tu lado.

–¡Por el amor de Dios, para!

–Si hago rápidamente las maletas, podemos estar en tu casa dentro de treinta minutos –musitó–. Y esta noche, yo puedo ir a tu dormitorio, o tú puedes venir al mío, para que hagamos dulcemente el amor. Será como si fuera la primera vez, porque ya no hay secretos entre nosotros.

–Te juro que te compensaré, Meredith –afirmó él, acariciándole suavemente el vientre.

Ella lo besó.

–Los dos tenemos que compensarnos. De hecho, estoy deseando hacerlo...

Cy sonrió antes de ceder a la tentación de los brazos y los labios de Meredith. Sin embargo, la pasión casi no había desaparecido entre ellos cuando Smith y Blake entraron por la puerta. Entonces, lo importante fueron las explicaciones, aunque el señor Smith no necesitaba ninguna. La alegría que veía en los rostros de Cy y Meredith lo decía todo. Con una sonrisa de oreja a oreja, Blake y él se fueron a hacer las maletas.

24

Meredith y Cy se casaron una semana más tarde en una íntima ceremonia en la iglesia presbiteriana. Myrna, el señor Smith y Blake fueron los testigos. Después, Meredith y Cy se montaron en un avión con destino a Canadá, donde pasaron una breve luna de miel de un fin de semana en Lake Louise, Alberta.

–Ojalá pudiéramos quedarnos más tiempo –dijo Cy, mientras contemplaban las montañas desde el balcón de su hotel.

–A mí también me gustaría, pero los dos tenemos tareas de las que ocuparnos.

Meredith le sonrió llena de dicha. La semana anterior, el doctor Bryner había realizado pruebas. Justo el día de antes de la boda, el médico había confirmado que Meredith estaba embarazada.

–No es demasiado pronto, ¿verdad?

–No seas absurdo.

Le rodeó el cuello con los brazos y sintió la inmediata respuesta del cuerpo de Cy al tenerla cerca. Se habían mantenido muy serios antes de la ceremonia, prefiriendo esperar a tener más intimidad después de estar legalmente casados. Aquella era la primera vez que Cy la había tocado desde la noche en la que ella accedió a casarse con él.

–Tal vez no habrías estado tan dispuesta a dejar tus responsabilidades si yo te hubiera dado opción.

–Venga ya, Cy. ¿De verdad crees que preferiría un trabajo cuando puedo tenerte a ti?

Cy apretó los dientes y cerró los ojos mientras Meredith lo besaba. No se lo merecía. No se merecía tal devoción ni amor.

–Te he hecho tanto daño –susurró él.

–Ahora bésame... Ámame... –musitó, frotándose contra él de un modo muy sensual. Cerró los ojos e, inmediatamente, sintió que el deseo prendía en el cuerpo de Cy–. Veo que ya puedes...

–No deberías haberlo notado –comentó él, mordisqueando los febriles labios de Meredith.

–¿Cómo? Tendría que ser insensible...

Cy la tomó en brazos a pesar de sus protestas y la llevó al dormitorio.

Se desnudaron acicateados por la premura y el deseo, tan ansiosos por unirse que el mundo empezó a desenfocarse a su alrededor para envolverlos en sensualidad. Cy la tumbó sobre la cama para admirar las dulces pruebas de su estado: los henchidos pechos, la creciente oscuridad de los pezones, la leve hinchazón del vientre...

–¿Tenías este aspecto cuando estabas embarazada de Blake?

–Sí. Siento que te lo perdieras, pero esta vez disfrutarás conmigo de cada momento. Ahora, no debes mirar atrás –dijo, al notar una profunda tristeza en sus ojos–. El pasado, pasado está. Ya no hay razón para que te arrepientas de nada ni para que tengas resentimiento hacia Henry.

–Al menos él cuidó de ti. Se lo agradezco.

–Te amo –susurró ella, colocándole una mano sobre uno de sus senos–. Tenemos el resto de nuestras vidas y un hermoso hijo. Y otro en camino. Tú puedes andar. La amargura y el odio han desaparecido. Tenemos tantas bendiciones, Cy... Tanto por lo que estar agradecidos...

–Muy bien. Dejaré de pensar en el pasado. Tócame...

Meredith siguió el suave vello que le unía torso y vientre. Lo acarició ligeramente, sintiendo cómo el cuerpo de Cy se tensaba.

–No, así no, cielo.

Meredith vio cómo él le tomaba la mano y le mostraba lo que tenía que hacer. Sin dejar de observarla, los músculos del rostro se le tensaron... Meredith gozó sintiendo aquella firme masculinidad entre los dedos.

–Jamás hicimos esto. Antes, no teníamos tiempo.

–Ahora sí –susurró él, doblándose para tomarle los pechos–. Voy a ser muy bueno contigo, niña mía. No habrá brusquedades. Esta noche va a ser como cuando hicimos al niño...

Cy se colocó muy lentamente encima de ella. Apoyó todo el peso sobre los antebrazos mientras acariciaba el cuerpo de Meredith con el suyo.

–¿Ves lo bien que me ha venido el ejercicio? –susurró, al verla temblar con aquella increíble y sensual caricia.

–¡Oh, sí! Sin embargo, ¿no sería mejor para ti de costado? Me preocupa la espalda...

–Puede que sí, pero en esta ocasión te quiero debajo de mí –afirmó, colocándose entre sus piernas–. Ayúdame a unirnos...

Cy notó que el cuerpo de Meredith aceptaba la potencia de su masculinidad. Ella tembló por la sensualidad de su profunda voz y de los deliciosos movimientos de su cuerpo. Movió las caderas para poder acogerlo mejor y cerró los ojos cuando sintió que él empezaba a llenarla.

–No, abre los ojos. Mírame mientras hacemos el amor –musitó con una voz tan dulce y tierna como los movimientos que estaba realizando con las caderas. Entonces, bajó el rostro y prendió la boca de Meredith con la suya–. Así. Nunca antes nos hemos mirado de este modo...

–Nunca hubo tiempo –gimió ella, al notar que él profundizaba los movimientos.

–Jamás así... Quiero besarte los pechos, pero no puedo hacerlo sin dejar de mirarte la cara. Quiero verte los ojos cuando pierdas el control.

Meredith tembló de placer. Cy la estaba poseyendo casi completamente. Su masculinidad era mucho mayor aquella noche que en otras ocasiones.

–Relájate... –murmuró él–. Acéptame lentamente, muy lentamente... Así...

Le besó la boca con tierna reverencia, pero la levantó enseguida para poder ver el tormento que se estaba reflejando en los ojos de Meredith. Entonces, ella comenzó a moverse al ritmo que él marcaba, gimiendo de placer a medida que su cuerpo iba acogiéndolo.

Cy gimió también al notar la completa unión de sus cuerpos.

–Tan profundamente... Vamos, cariño, vamos...

Cy comenzó a moverse con rápidos y cortos movimientos. Apoyó los puños a ambos lados de la cabeza de Meredith y notó cómo su rostro empezaba a contorsionarse.

Meredith le respondió con su cuerpo a medida que el ritmo de sus movimientos se iba profundizando hasta una unión inimaginable. Lo sentía como no lo había sentido jamás a medida que se fueron acercando dolorosamente hasta el fin, entregándose a una abrumadora sensación de gozo y plenitud.

Ella sintió que Cy se convulsionaba sobre su cuerpo y lo acompañó, dejándose caer en un abismo de placer en el que el éxtasis era el único ocupante.

No podía respirar. Los latidos del corazón le sacudían el cuerpo. Estaba cubierta en sudor. Abrió los ojos al sentir el cabello de Cy contra los senos.

–Te amo –susurró él. Meredith lo vio también en sus ojos, en su rostro...

Cy le había confesado que no había pronunciado jamás esas palabras. Los ojos se le llenaron de lágrimas.

—Ya lo sabía, pero esas dos palabras me han sonado a gloria.

—Dímelo tú.

—Te amo –dijo ella. Levantó el rostro y le mordió suavemente los labios, sonriendo al notar la respuesta inmediata de su cuerpo–. Vuelve a hacerlo...

—Eres muy optimista.

Meredith sabía que no era así. Sonrió y empezó a mover las caderas. La respuesta de Cy fue instantánea e intensa.

—Un hombre de cada veinte... –comentó ella, riendo.

—... es capaz de tener orgasmos múltiples –dijo Cy, terminado la frase por ella–. Yo puedo. ¿Y tú?

—Claro que sí. Toda la noche...

—Cuando hayas tenido bastante, dímelo.

Era casi el alba cuando Meredith se lo dijo. Para entonces, él también estaba agotado. Durmieron abrazados. No se despertaron hasta mucho después del atardecer.

Meredith casi no se podía mover cuando se despertó. En lo primero que pensó fue en la espalda de Cy.

Se sentó en la cama completamente horrorizada.

—¿Acaso creías que me habías matado? –preguntó él, al ver el gesto que ella tenía en el rostro.

—¡Tu espalda!

—Está bien. ¿Cómo está nuestro hijo? –susurró, acariciándole suavemente el vientre–. No le hemos hecho daño, ¿verdad?

—Él o ella está bien. Te amo...

—Lo mismo digo –afirmó él, estrechándola entre sus brazos–. Trata de escaparte ahora.

—No me atrevería a hacerlo. Podrías dejarme marchar.

—Jamás, a menos que yo me vaya contigo.

—Lo que hicimos anoche fue como morir un poco –murmuró ella, trazándole suavemente el vello del torso con un dedo.

—Cada vez que nos amemos será así de ahora en adelante porque, por primera vez, no hay secretos entre nosotros. Nos amamos plenamente.

–Así es. Me alegro mucho de haber regresado a Billings, Cy, aunque, en principio, fuera por motivos equivocados.

–Yo también. Había estado buscándote y, de repente, apareciste tú sola.

–Buscando venganza.

–Y la conseguiste, pero te salió el tiro por la culata.

–Yo no diría eso, Cy.

–No. ¿Qué dirías entonces?

–Que el bebé que estamos esperando es el producto de una fusión muy satisfactoria entre dos gigantes industriales.

Cy se echó a reír.

–Bueno, pues te aseguro que nos está dando muchos beneficios –dijo, antes de enmarcarle el rostro entre las manos y besarla apasionadamente.

Un poco más de siete meses después, nació Russell Lawrence Harden, a pesar de que su madre le preparó una canastilla de color rosa.

–Te dije que no te hicieras ilusiones. Por parte de mi padre, todos somos varones –murmuró Cy, muy orgulloso, con su hijo en brazos–. No hay ni una niña. Y es el padre quien determina el sexo –añadió con una imperdonable superioridad.

–Espera hasta que llegue a casa y me encuentre mejor para que te demuestre quién determina el sexo –le desafió Meredith con un brillo desafiante en los ojos.

–Eso sería la primera vez –musitó él–. Durante este último mes, casi me tuve que comprar un matamoscas para mantenerte alejada de mi cama.

–¿Qué puedo hacer si eres tan sexy? Me excito con solo escucharte por teléfono.

–Me alegra saberlo. Haré que pongan dos teléfonos más en casa.

–Hazlo –afirmó ella sonriendo.

Myrna entró a verlos. Cuando se le permitió tomar en brazos a su segundo nieto, esbozó una radiante sonrisa.

–¿Cómo está Blake? –le preguntó Meredith.

–Te echa mucho de menos, pero está deseando conocer a su hermanito. ¿No os parece precioso?

–Guapo –le corrigió Cy.

–Es un bebé, puede ser precioso si quiere –le riñó Meredith–. Gruñón...

–Tengo derecho a serlo. Estuviste durante horas en Reanimación y hoy es el primer día que tienes algo de color en el rostro. He estado muy preocupado.

–Estoy bien. Además, tú no me dejaste sola ni un minuto hasta que me llevaron al quirófano para hacerme la cesárea. Debes de estar muy cansado.

–Tú eres la única que tiene derecho. Te darán el alta dentro de cuatro días y podrás venir a casa.

–Eso será estupendo.

–Y Blake os podrá leer cuentos a vosotros –comentó Myrna.

Meredith se echó a reír. Observó a su esposo durante un instante antes de contemplar a su hijo y a la radiante abuela. Eran tres de las personas que más quería en el mundo, dos de ellas mostrándose tal y como eran después de haberse deshecho de las máscaras que ocultaban dolor, culpabilidad y dudas.

Entonces, cerró los ojos al sentir que la fatiga se iba apoderando de ella. Cuando por fin se quedó dormida, como el sol después de la tormenta, soñó con el arco iris.

SUEÑOS DE MEDIANOCHE

DIANA PALMER

1

1990

El ascensor estaba lleno de gente. Rebecca Cullen se las veía y se las deseaba para no derramar los tres cafés en vasos de plástico que llevaba en una caja. Seguro que si aprendía a mantener bien el equilibrio, se dijo, podría trabajar en un circo y presentar el espectáculo ante el público. Como de costumbre, las tapas de los vasos de polietileno no estaban bien cerradas. El hombre que trabajaba en la pequeña tienda de la esquina no se molestaba en mirar a las mujeres como Rebecca, y mucho menos en preocuparse de que el café no se derramara sobre el traje gris y pasado de moda de una mujer delgada y anodina como ella.

Probablemente, la consideraba una mujer de negocios, pensó Rebecca, una feminista radical con un montón de diplomas y títulos y una exitosa carrera profesional en lugar de una familia a la que cuidar. Seguro que se llevaba una buena sorpresa si la veía en casa, en la granja de su abuelo, con sus viejos pantalones vaqueros cortados y una camiseta sin mangas, la melena castaña clara salpicada de mechas rubias suelta hasta la cintura y con los pies descalzos. El traje que llevaba era simple camuflaje.

Becky era una chica de campo y la única fuente de ingresos para su abuelo jubilado y sus dos hermanos menores. Su madre falleció siendo ella una adolescente de apenas dieciséis años y su padre solo pasaba a visitarlos cuando se quedaba sin blanca y necesitaba dinero. Afortunadamente, el hombre se fue a vivir a Alabama hacía dos años, y desde entonces no habían vuelto a saber nada de él. Por Becky, como si no volvían a verlo nunca más. Ahora ella tenía un buen trabajo. De hecho, el traslado de las oficinas del bufete donde trabajaba desde el centro de la ciudad a Curry Station le beneficiaba, porque ahora el bufete estaba en un polígono empresarial a las afueras de Atlanta, a poca distancia de la granja donde vivía con su abuelo y sus hermanos. Había sido una especie de vuelta a casa, porque su familia llevaba más de cien años viviendo en el Condado de Curry.

Rebecca no tenía ninguna queja sobre su trabajo; el único cambio que deseaba era que sus jefes se acordaran de comprar una nueva máquina de café de una vez por todas. Estaba empezando a cansarse de tener que hacer varios viajes diarios a la tienda de la esquina para comprar cafés. En el bufete había otras tres secretarias, una recepcionista y dos asistentes legales, pero las tres tenían más antigüedad que ella, y a Becky le tocaba hacer el trabajo físico. Mientras atravesaba el vestíbulo hacia el ascensor, hizo una mueca, y cruzó mentalmente los dedos, deseando no encontrarse con el enemigo.

Sus ojos castaños recorrieron rápidamente el vestíbulo, y ella se relajó al ver que el hombre alto e imponente no estaba esperando delante de la puerta de ninguno de los ascensores. Además de tener una mirada como si fuera de hielo negro y de dar la impresión de que odiaba a todas las mujeres en general y a ella en particular, el hombre fumaba unos horribles puros finos y alargados que apestaban. En el ascensor sobre todo eran repugnantes. Ojalá alguien le recordara que las ordenanzas municipales prohibían fumar en lugares públicos y cerrados. A ella le gustaría hacerlo, pero siempre que lo veía estaban rodeados de un montón de gente, y a pesar de su fortaleza de espíritu, cuando estaba en público la timidez siempre se apoderaba de ella irremediablemente. Pero un día estaría a solas con él y entonces le dejaría perfectamente claro lo que pensaba de aquellos apestosos puros, se aseguró para sus adentros.

Mientras esperaba la llegada del lento ascensor, se recordó que tenía mayores preocupaciones que el hombre del puro. Su abuelo aún no se había recuperado por completo del infarto sufrido dos meses antes, un infarto que había puesto fin de forma repentina a su vida de granjero. Ahora todo el peso de la granja recaía sobre ella, y a menos que aprendiera a llevar el tractor y plantar los cultivos además de trabajar como secretaria en el bufete seis días a la semana, la granja del abuelo acabaría en la ruina. Su hermano Clay no la ayudaba para nada. Estudiante del último curso del instituto, siempre andaba metido en líos. Con diez años, Mack estaba en quinto curso y había suspendido las matemáticas. Pero aunque siempre estaba dispuesto a ayudar, todavía era demasiado joven. Becky por su parte tenía veinticuatro años y nunca había podido disfrutar de ningún tipo de vida social. Apenas había terminado el instituto cuando murió su madre y su padre desapareció de sus vidas.

Becky se preguntó cómo hubiera sido su vida en otras circunstancias. Fiestas, ropa bonita e invitaciones de jóvenes al cine y a cenar. Sonrió al pensar cómo sería su vida de no tener a nadie dependiendo de ella.

–Disculpe –murmuró una mujer con una cartera de ejecutiva pasando junto a ella y rozándola con el codo.

A punto estuvo de echarle el café por encima.

Becky volvió a la realidad y entró en el ascensor abarrotado, que ya subía desde el aparcamiento del sótano. Logró meterse entre una mujer que apestaba a perfume y dos hombres que discutían en voz alta las ventajas de dos ordenadores de marcas distintas. Fue un alivio cuando los dos hombres, y casi todo el mundo incluida la perfumada señora, bajaron en la tercera y la cuarta planta.

–Odio los ordenadores –suspiró Becky cuando las puertas se cerraron y el ascensor inició su lenta subida a la sexta planta.

–Yo también –masculló una voz gruñona y contrariada a su espalda.

Becky casi derramó el café al oírlo y volverse para ver quién hablaba. Había creído estar sola en el ascensor, y lo que no entendía era cómo no había advertido su presencia. Ella no era muy alta, pero el hombre medía casi un metro noventa y tenía una constitución fuerte y musculosa que podría ser la envidia de cualquier deportista profesional. Tenía las manos morenas, largas y esbeltas y los pies grandes, y cuando no olía a puro, usaba una colonia de hombre de lo más sensual. Pero la armonía del hombre terminaba en la cara. Becky no recordaba haber visto nunca a un hombre con un rostro tan tosco.

Era un rostro anguloso y duro, cargado de fiereza, de cejas negras y espesas y ojos negros y profundos, con una mirada penetrante e intensa. La nariz era recta y elegante, y tenía un hoyuelo en la barbilla, no excesivo pero perceptible. La cara era alargada y estrecha, de pómulos altos, y la tez bronceada, de un bronceado natural, no solar. La boca era ancha y estaba bien formada, pero Becky nunca la había visto sonreír. Tendría unos treinta y tantos años, pero en el rostro se marcaban algunas arrugas que hacían juego con la frialdad de su actitud. La voz era otra cosa. Grave y clara a la vez, era el tipo de voz que podía acariciar o cortar, dependiendo del estado de ánimo.

El hombre iba bien vestido, con un elegante traje mil rayas gris, una camisa de algodón inmaculadamente blanca y una corbata de seda. ¡Y ella que creía que aquella vez lo había evitado! Sería su destino.

–Oh, otra vez usted –dijo con resignación, recolocando los vasos de plástico en su sitio–. ¿No me diga que el ascensor es suyo? –preguntó con cierto desmayo–. Cada vez que lo tomo aquí está usted, todo serio y farfullando contra todo. ¿Es que no sonríe nunca?

–Cuando encuentre algo para sonreír, usted será la primera en verlo –dijo él, echando la cabeza hacia atrás para encender un puro.

Tenía el pelo más negro y liso que Becky había visto en su vida. Su aspecto era bastante italiano, a excepción de los pómulos altos y la forma de la cara.

–Odio el olor a puro –dijo ella, para romper el silencio.

–Pues contenga la respiración hasta que se abran las puertas –respondió él, sin inmutarse.

–¡Es usted el hombre más grosero que he conocido en mi vida! –exclamó ella, dándole la espalda furiosa y clavando los ojos en el panel del ascensor.

–Aún no me conoce –le aseguró él.

–Afortunadamente para mí –le espetó ella.

A su espalda oyó un sonido apagado.

–¿Trabaja en este edificio? –preguntó él.

–En realidad no trabajo para vivir –repuso ella, mirándolo por encima del hombro con una sonrisa venenosa en los labios–. Soy la querida de uno de los abogados de Malcolm, Randers, Tyler y Hague.

Los ojos negros del hombre se deslizaron por su esbelta figura, por el traje chaqueta convencional que llevaba hasta los zapatos de tacón bajo y por fin subieron de nuevo a su cara, donde no había ni rastro de maquillaje. La joven tenía unos bonitos ojos castaños que hacían juego con el pelo claro, los pómulos altos, la nariz recta, pero la cara era bastante serena. Rourke pensó que con un poco de esfuerzo resultaría mucho más atractiva.

–Debe de estar ciego –dijo él, finalmente.

Los ojos de Becky chispearon de rabia mientras sujetaba con fuerza la caja que llevaba y dominaba su ira. ¡Qué ganas le entraron de echarle el café por encima! Aunque eso podría tener consecuencias negativas, y ella necesitaba el trabajo. Seguro que el hombre conocía a sus jefes.

–No está ciego –respondió ella con altivez, medio volviéndose hacia él–. Compenso mi falta de atractivo con una técnica fantástica en la cama. Primero lo unto en miel –susurró ella, en tono conspirador–. Y después le echó hormigas especialmente entrenadas...

El hombre se llevó el puro a la boca y aspiró una bocanada, tras la que expulsó una densa nube de humo.

–Espero que primero le quite la ropa –dijo él–. Quitar la miel de los tejidos es prácticamente imposible. Yo me bajo aquí.

Becky se echó hacia atrás para dejarlo salir. Aquella no era la primera vez que se veían. El hombre le había hecho un sinfín de comentarios desagradables en ocasiones anteriores, y ella estaba hasta la coronilla de él.

–Que tenga un buen día –dijo ella, dulcemente.

Él ni siquiera se volvió a mirarla.

–Lo estaba teniendo, hasta que apareció usted.

–¿Por qué no se mete el puro por el...?

Entonces las puertas se cerraron interrumpiendo la última palabra y el ascensor continuó ascendiendo hasta el piso catorce, donde un hombre y una mujer esperaban para bajar.

Becky miró el número de la planta con un suspiro. El hombre le estaba arruinando la vida. ¿Por qué tenía que trabajar en ese edificio, cuando tenía todo Atlanta para perderse?

El ascensor bajó y esa vez la puerta se abrió en la sexta planta. Todavía furiosa, Becky entró en las elegantes oficinas del bufete y miró a Maggie y Jessica, las otras dos secretarias, concentradas en su trabajo en lados opuestos de la oficina. Becky tenía un cubículo adyacente al despacho de Bob Malcolm, que era el socio más joven y su jefe directo.

Sin llamar, entró en el amplio despacho donde encontró a Bob y dos de sus colegas, Harley y Jarard, esperando pacientemente el café mientras Bob hablaba por teléfono en tono irritado.

–Déjalo donde puedas, Becky, y gracias –dijo bruscamente, sin soltar el auricular. Miró a uno de sus colegas–. Kilpatrick acaba de entrar por la puerta. Más oportuno imposible.

Becky repartió los vasos blancos de café en silencio mientras Bob Malcolm continuaba su conversación telefónica.

–Escucha, Kilpatrick, solo quiero una reunión. Tengo nuevas pruebas que me gustaría enseñarte –tras un breve silencio el jefe de Becky dio un puñetazo en la mesa–. Maldita sea, ¿tienes que ser siempre tan inflexible? –suspiró irritado–. Está bien, está bien. Estaré en tu despacho en cinco minutos –colgó el auricular con brusquedad–. Dios, espero que no se presente a la reelección –comentó–. Solo hace dos semanas que tengo que tratar con él y ya estoy sudando sangre. Prefiero a Dan Wade con los ojos cerrados.

Dan Wade era el fiscal del distrito jurisdiccional de Atlanta, y Becky sabía que era un buen hombre. Pero en el Condado de Curry, el fiscal del distrito era Rourke Kilpatrick. Tan optimista como siempre, Becky pensó que quizá su jefe no había empezado bien su relación con Kilpatrick. Probablemente, cuando lo conociera mejor sería tan agradable como Dan Wade.

Estaba a punto de hacer esa observación cuando Harley habló.

–No se lo puedes reprochar. Ha tenido más amenazas de muerte en el último mes por su lucha antidrogas que cualquier presidente. Es un hombre duro, y no da su brazo a torcer. He tenido un par de casos con él antes, y conozco su reputación. No se le puede comprar. Es un hombre íntegro de la cabeza a los pies.

Bob se acomodó en el sillón de piel.

–Se me pone la piel de gallina al recordar cómo hizo trizas a una de mis testigos en el estrado. A la pobre mujer tuvieron que darle tranquilizantes después de testificar.

–¿Tan terrible es? –preguntó Becky, con curiosidad.

–Ya lo creo –respondió su jefe–. No lo conoces, ¿verdad? De momento está trabajando en este edificio, hasta que terminen las obras de remodelación de los juzgados. A nosotros nos viene fenomenal. Solo tenemos que subir una planta en lugar de desplazarnos a los juzgados. Pero por supuesto, a Kilpatrick no le hace ninguna gracia.

–A Kilpatrick no le hace ninguna gracia nada, y mucho menos la gente –sonrió Hague–. Dicen que lleva la crueldad de carácter en los genes. Es medio indio, cheroqui para ser exacto. Su madre vino a vivir con la familia de su padre cuando el padre de Kilpatrick murió. La mujer murió poco después, y Kilpatrick quedó bajo la tutela de su tío. Su tío era el cabeza de una de las familias fundadoras de Curry Station y obligó a toda la alta sociedad del condado a aceptar a su sobrino. Era juez federal –añadió con una sonrisa–. Supongo que de ahí le viene a Kilpatrick su amor por el Derecho. Su tío tampoco se dejaba comprar.

–De todas maneras cuando le vea pienso ofrecerle mi alma en nombre de nuestro cliente –dijo Bob Malcolm–. Harley, si no te importa, prepara los documentos para el caso Bronson. Y Jarard, Tyler está en el registro civil trabajando en la demanda inmobiliaria que tienes entre manos.

–De acuerdo, me pondré con ello –dijo Harley con una sonrisa–. Deberías mandar a Becky a trabajarse a Kilpatrick. A ver si lo ablanda un poco.

Malcolm se rio suavemente.

–Se la comería con patatas –dijo a los otros dos hombres. Después se volvió a Becky–. Si no te importa, ayuda a Maggie durante mi ausencia. Quedan algunos documentos por archivar.

–Está bien –dijo Becky, sonriendo–. Buena suerte.

Bob silbó y le sonrió a su vez.

–La necesitaré –dijo, camino de la puerta.

Becky lo siguió con la mirada y suspiró. Era un hombre agradable, aunque a veces se le ponía el mal humor de una barracuda.

Maggie le enseñó los documentos que había que archivar con una sonrisa indulgente. La mujer, de piel negra, pequeña y delgada, llevaba veinte años trabajando en el bufete, y sabía dónde estaban enterrados todos los cadáveres. Becky a veces se preguntaba si no sería el motivo por el que conservaba el trabajo, porque a veces era una mujer muy dura tanto con los clientes como con los nuevos empleados. Pero afortunadamente, ellas dos se entendían perfectamente e incluso comían juntas de vez en cuando. Maggie era, además de su abuelo, la única persona con la que podía hablar.

Jessica, la elegante rubia que ocupaba una mesa al otro lado de la oficina, era la secretaria de Hague y Randers. Además, era la acompañante de Hague fuera del horario laboral. Hague no estaba casado ni tenía intención de estarlo y a ella le gustaba ir con él, siempre bien vestida y arreglada. Tess Coleman era una de las asistentes legales, una rubia recién casada con una agradable sonrisa. La recepcionista era Connie Blair, una mujer de pelo castaño y rebosante de energía que no estaba casada ni pensaba cambiar de estado civil. Becky se llevaba bien con todas, pero Maggie era su favorita.

—A propósito, por fin van a instalar una cafetera nueva —le informó Maggie mientras ella empezaba a archivar documentos—. Iré a comprarla mañana.

—Puedo ir yo si quieres —se ofreció Becky.

—No, querida, iré yo —le dijo Maggie con una sonrisa—. De paso quiero comprar un regalo para mi cuñada. Está embarazada.

Becky sonrió, aunque sin mucho entusiasmo, sintiendo que la vida la estaba dejando de lado. Nunca había tenido una cita de verdad con un hombre. Solo en una ocasión fue a bailar con el nieto de un amigo de su abuelo, y la cita había sido un desastre. El joven fumaba marihuana y, como lo único que le interesaba era divertirse, no podía entender por qué a Becky no le interesaba en absoluto.

En el bufete todos pensaban que Becky era una chica anticuada que no hacía mucha vida social. Y eso era cierto. Pero incluso si encontraba a alguien de su agrado, ella sabía que no podría permitirse el lujo de entablar una relación sentimental seria. No podía dejar a su abuelo solo, ¿y quién se ocuparía de Clay y de Mack? Ilusiones, pensó con tristeza. Se estaba sacrificando para cuidar de su familia, y no le quedaba otra alternativa. Su padre lo sabía, pero le importaba bien poco. Eso también era difícil de aceptar: que viera la fuerte carga que recaía sobre sus jóvenes hombros y no le importara en absoluto. Además, llevaba dos años sin llamar para interesarse por sus hijos.

–Te has dejado dos documentos, Becky –dijo Maggie, interrumpiendo sus pensamientos–. Ten más cuidado, querida –añadió, con una afectuosa sonrisa.

–Sí, Maggie –dijo Becky, y se concentró en el trabajo.

A última hora de la tarde volvió a casa en su Thunderbird blanco. Era un modelo antiguo de techo de lona, pero sin duda el más elegante de cuantos había tenido, con la tapicería granate y elevalunas eléctricos, y a ella le encantaba, a pesar de las letras que debía pagar cada mes.

Tenía que ir al centro a recoger unos documentos de uno de los abogados que había dejado en las oficinas anteriores del bufete. Becky detestaba conducir por el centro de Atlanta, y se alegraba de no seguir trabajando allí, pero aquel día el tráfico parecía más frenético que nunca. Afortunadamente encontró un hueco para aparcar, recogió los archivos y salió a toda prisa, para evitar la hora punta.

El tráfico que se agolpaba en la salida de la Calle Décima era terrible, y empeoró aún más después del Hotel Omni. Pero cuando llegó a la altura del Hospital Grady, la circulación se hizo más fluida y para cuando pasó el estadio de béisbol y tomó la salida hacia el aeropuerto internacional de Hartsfield pudo relajarse de nuevo.

Veinte minutos después entró en el Condado de Curry y en cinco minutos estaba en la plaza de Curry Station, a poca distancia del enorme complejo de oficinas donde sus jefes habían trasladado el bufete.

Curry Station estaba prácticamente igual que en la época de la Guerra de Secesión. La obligada estatua del soldado confederado protegía la plaza con su uniforme y su mosquete, rodeado de bancos donde los ancianos todavía se sentaban los domingos por la tarde a ver pasar el tiempo. En la plaza había un pequeño supermercado, una frutería y un cine recién rehabilitado.

La ciudad todavía conservaba el magnífico edificio de ladrillo rojo que albergaba los juzgados del condado, con su enorme reloj de pared. Allí era donde se convocaban las reuniones del Tribunal Superior de Justicia y el Tribunal Estatal. También estaba allí la sede de la Fiscalía del Distrito, que por lo visto en ese momento estaba en obras de modernización. Becky sentía curiosidad por aquel hombre, Kilpatrick. Su nombre era muy conocido, por supuesto. El primer Kilpatrick había amasado una fortuna en Savannah antes de trasladarse a Atlanta. Con los años, la fortuna disminuyó, pero Becky sabía que Kilpatrick conducía un Mercedes Benz y vivía en una lujosa mansión, dos cosas que no podría permitirse con el salario de fiscal del distrito. Y, según había oído comentar, era curioso que hubiera elegido presentarse a ese puesto cuando, con su licenciatura en Derecho por la Universidad de Georgia, podía haber ejercido de abogado en el sector privado, donde se ganaban auténticas fortunas.

Pero Rourke Kilpatrick no fue elegido en unas elecciones, sino nombrado directamente por el gobernador del estado para ocupar el puesto dejado vacante por el anterior fiscal del distrito, fallecido inesperadamente. Al término de su mandato un año después, Kilpatrick sorprendió a todo el mundo ganando las elecciones y continuando en el puesto por derecho propio.

A pesar de todo, Becky nunca había prestado demasiada atención al fiscal del distrito. Su trabajo en el bufete no incluía participar en el drama de los juicios, y en casa estaba demasiado ocupada para ver las noticias, por lo que Kilpatrick apenas era un nombre más que sonaba en el bufete.

Iba conduciendo por la calle principal de Curry Station, casi sin fijarse en la hilera de elegantes mansiones en cuyos jardines se alzaban enormes robles centenarios y arbustos en flor que mostraban toda la belleza de sus pétalos de colores en primavera. Más allá, en las carreteras secundarias que salían de la ciudad, había algunas antiguas granjas cuyas destartaladas naves y casas daban testimonio del orgullo de los habitantes de la región, que habían mantenido sus hogares durante generaciones a costa de grandes sacrificios.

Una de esas granjas pertenecía a Granger Cullen, el tercer Cullen que la heredaba en una genealogía que se remontaba a los años de la Guerra de Secesión. Los Cullen habían logrado mantener la propiedad de unas cuarenta hectáreas, aunque el estado de conservación tanto de las tierras como de las naves y la vivienda era bastante deprimente. Tenían televisión, sí, pero no televisión por cable; era demasiado cara. Tenían teléfono, desde luego, pero una línea que compartían con otros tres vecinos que debían de pasarse el día colgados del teléfono porque la línea estaba siempre ocupada. Tenían agua corriente y alcantarillado, desde luego, de lo que Becky daba gracias al cielo, pero las tuberías solían helarse en invierno y el depósito de gas que alimentaba la caldera y garantizaba el agua caliente y la calefacción siempre parecía agotarse demasiado pronto.

Becky aparcó en el cobertizo que hacía las veces de garaje y, apoyando las manos en el volante, miró a su alrededor. La mitad de las vallas estaban rotas y oxidadas; los árboles no tenían hojas porque era invierno, y el prado, ahora cubierto de retama y arbustos, necesitaba un buen arado antes de la primavera para poder sembrar, pero Becky no sabía llevar el tractor y tampoco podía confiar en su hermano Clay. En el altillo del viejo granero había heno suficiente para alimentar a las dos vacas lecheras y demás animales que tenían. Gracias a los incansables esfuerzos de Becky durante el verano, el enorme congelador estaba lleno de verduras y frutas congeladas, y en los estantes de la alacena había un buen surtido de alimentos en conserva. Aunque cuando llegara el verano se habría terminado todo, y Becky tendría que preparar más. A veces tenía la sensación de que su vida era una larga e interminable secuencia de trabajo. Nunca había asistido a una fiesta, y mucho menos a un baile en un lugar elegante. Nunca se había puesto un vestido de seda, ni se había rociado con unas gotas de algún exquisito perfume. Tampoco se había hecho un corte profesional de pelo, ni la manicura, y seguramente tampoco lo haría nunca. Su destino era ocuparse de su familia y desear que el futuro le deparara algo mejor.

El rumbo que estaban tomando sus pensamientos despertó una profunda sensación de remordimientos en su interior. Quería a su abuelo y a sus hermanos, y no debía culparlos de su falta de libertad. Después de todo, la educación que había recibido en su familia le impedía disfrutar de un estilo de vida más moderno. No se acostaba con hombres porque iba en contra de sus principios; y tampoco tomaba drogas ni bebía alcohol porque a la mínima cantidad se dormía. Con un suspiro, abrió la puerta del coche y se bajó. Ni siquiera podía fumar, porque se ahogaba. Como animal social, era una inútil.

–Los aviones y los ordenadores nunca han sido para mí –dijo a las gallinas que la miraban desde el corral–. Lo mío siempre ha sido el algodón y la lana.

–Abuelo, Becky está hablando otra vez con las gallinas –gritó Mack desde el granero.

El abuelo estaba sentado en un sillón en el lado soleado del porche, sonriendo a su nieta. Llevaba una camisa blanca y un suéter con unos pantalones de faena, y parecía mucho más recuperado que en las últimas semanas. Para ser febrero, la temperatura era muy agradable, como si ya hubiera llegado la primavera.

—Mientras no le contesten, tú tranquilo, Mack —respondió el abuelo a su nieto.

—¿Has hecho los deberes? —preguntó Becky a su hermano menor.

—Oh, Becky, acabo de llegar. Tengo que dar de comer a mi rana.

—Excusas, siempre excusas —murmuró ella—. ¿Dónde está Clay?

En lugar de responder, Mack desapareció rápidamente en el granero. El abuelo desvió la mirada y empezó a jugar con el palo y la navaja que tenía en las manos, mientras Becky subía las escaleras del porche con el bolso en la mano.

—¿Qué ocurre? —preguntó, poniéndole una mano afectuosa en el hombro.

El anciano se encogió de hombros. Era un hombre alto, muy delgado y moreno tras años de trabajo en el campo, que desde el infarto se había encogido visiblemente. Tenía arrugas en las manos y profundos surcos en la cara. A sus sesenta y seis años, parecía mucho mayor. Su vida no fue fácil. La abuela de Becky y él perdieron a dos hijos durante una inundación, y a otro víctima de una neumonía. De los cuatro hijos nacidos del matrimonio, solo sobrevivió Scott, el padre de Becky, que había sido una fuente constante de problemas para todo el mundo. Incluida su esposa, en cuyo certificado de defunción decía que Henrietta había muerto de neumonía, pero Becky estaba segura de que su madre simplemente se había dejado morir, cansada de sufrir. La responsabilidad de tres hijos y un suegro enfermo añadida a un frágil estado de salud y la afición de su marido a las mujeres y al juego terminaron con su vitalidad.

—Clay se ha ido con los hermanos Harris —dijo por fin el abuelo.

—¿Con Son y Bubba? —dijo Becky con un suspiro.

Aunque tenían nombres de verdad, todo el mundo los conocía por sus apodos, bastante comunes en todo el sur del país. Bubba era un apodo corriente, al igual que Son, Buster, Billy-Bob y Tub. Becky ni siquiera conocía sus nombres de pila, pero sabía que los dos muchachos tenían carné de conducir, lo que en su caso era más bien un carné para matar. Los dos hermanos eran drogadictos y Becky había oído rumores de que Son también se dedicaba al tráfico. Conducía un lujoso Corvette azul y siempre tenía dinero en el bolsillo. Había dejado el instituto a los dieciséis años, y Becky estaba cansada de advertir a su hermano que no eran buena compañía. Sin embargo, Clay se negaba a aceptar sus consejos.

–No sé qué hacer –dijo Granger Cullen, sin alzar la voz–. He intentado hablar con él, pero no me hace caso. Me ha dicho que ya era mayor para tomar sus propias decisiones y que ni tú ni yo tenemos ningún derecho sobre él. Hasta me ha alzado la voz. Imagínate, un chico de diecisiete años alzando la voz a su abuelo.

–Eso no es propio de Clay –dijo Becky–. Nunca se ha portado así. Es solo desde Navidad, desde que empezó a salir con esos hermanos Harris.

–Hoy no ha ido al instituto –continuó el abuelo–. Hace dos días que no va. Ha llamado su tutor para preguntar dónde estaba. También ha llamado su profesora. Dice que si sus notas no mejoran, tendrá que suspenderlo y no se podrá graduar. ¿Y qué hará entonces? Acabar igual que su padre –dijo el abuelo–. Otro Cullen podrido.

–Oh, Dios mío.

Rebecca se sentó en los escalones del porche, dejando que la brisa le acariciara las mejillas, y cerró los ojos. Las cosas parecían ir de mal en peor.

Clay siempre había sido un buen chico, ayudando en la casa y cuidando de Mack, su hermano menor. Pero en los últimos meses había cambiado. Además de tener pésimas notas, estaba siempre irritado, salía por las noches y a veces ni siquiera podía levantarse por la mañana para ir al instituto. Una vez llegó con los ojos rojos y riendo como un adolescente, síntomas claros de que había ingerido algún tipo de sustancia prohibida. Becky no lo había visto nunca fumando marihuana, pero estaba segura de que lo hacía por el olor de la ropa y de su habitación. Él se lo había negado todo, y ella no pudo encontrar más pruebas.

Más tarde Clay empezó a resentir su intromisión. Solo era su hermana, le dijo apenas dos noches antes, y no podía mandarle ni decirle lo que tenía que hacer. Estaba harto de vivir como un pobre desgraciado y no tener nunca dinero, así que había decidido hacerse un lugar en el mundo, le había dicho.

Becky no dijo nada al abuelo. Ya era bastante difícil tratar de disculpar el mal comportamiento de su hermano y sus continuas ausencias. Su única esperanza era que no se convirtiera en un adicto. A pesar de que había tratamientos para ese tipo de problemas, ellos no tenían el dinero necesario para costearlos. Lo más que podía esperar era una breve estancia en algún centro público de desintoxicación, y aunque Clay accediera a ser ingresado, Becky estaba segura de que el abuelo se opondría. Su orgullo le impedía aceptar cualquier cosa que pareciera una obra de caridad.

Así que allí estaban, pensó Becky, contemplando la tierra que había pertenecido a su familia desde hacía más de cien años, con deudas hasta las cejas y Clay yendo por el mal camino. Ni siquiera un alcohólico podía recibir ayuda si no reconocía su problema. Y Clay no lo reconocía.

Desde luego no era el mejor final para un día que había empezado pésimamente mal.

2

Becky se puso unos vaqueros y una chaqueta roja y se recogió la melena en una coleta para preparar la cena. Mientras freía el pollo para acompañar el puré de patatas y las judías verdes, metió una tarta en el horno, pensando en cómo podría hablar con Clay. Probablemente, su hermano se iría, negándose a escucharla, o se pondría hecho un basilisco. Y para empeorar las cosas, últimamente se había dado cuenta de que faltaban billetes del bote donde guardaba el dinero de los huevos. Estaba casi segura de que era Clay, pero ¿cómo podía preguntar a su propio hermano si le estaba robando?

Al final, Becky decidió tomar el resto del dinero del bote y meterlo en el banco. Tampoco dejó nada que se pudiera vender o empeñar fácilmente. Aquella situación no la ayudaba a sobrellevar los remordimientos que tenía por resentir su enorme responsabilidad familiar.

Con la única que podía hablar de sus problemas era con Maggie, pero detestaba preocupar a la mujer con sus tribulaciones. Todas sus amigas estaban casadas o vivían en otra ciudad, y con su abuelo tampoco podía contar.

Con un precario estado de salud, decidió que ella se ocuparía de Clay. También pensó en hablar con su jefe y pedirle su consejo. Estaba segura de que podía confiar en su buen juicio.

Puso la cena en la mesa y llamó a Mack y al abuelo. Este bendijo la mesa y los tres comieron mientras escuchaban las quejas de Mack contra las matemáticas, los profesores y el instituto en general.

–No pienso aprender matemáticas –le prometió Mack mirándola fijamente con unos ojos que eran casi del mismo color que los suyos. Tenía el pelo más claro, casi rubio, y era bastante alto para sus diez años.

–Claro que aprenderás –le dijo Becky–. Tendrás que ayudarme con la contabilidad. Yo no podré hacerlo siempre.

–Eh, no hables así –dijo el abuelo, tajante–. Eres muy joven para decir esas cosas. Aunque –añadió con un suspiro–, supongo que más de una vez deseas poder escapar de aquí y hacer tu vida sin tener que cargar con nosotros...

–Deja de decir tonterías, abuelo –musitó Becky–. Si no os quisiera, no estaría aquí. Y cómete el puré. De postre hay tarta de cereza.

–¡Mi favorita! –exclamó Mack, con una sonrisa.

–Y puedes comer toda la que quieras. Después de hacer los deberes de matemáticas, y que yo te los corrija –añadió con una sonrisa igual de amplia.

Mack hizo una mueca de disgusto y apoyó el mentón en la mano.

–Tenía que haberme ido con Clay. Me ha dicho que podía.

–Si alguna vez vas con Clay, te quedarás sin canasta y sin balón de baloncesto –le amenazó ella, utilizando la única arma que tenía a su disposición.

Mack palideció. El baloncesto era su vida.

–Venga, Becky, solo estaba bromeando.

–Eso espero –dijo ella–. Clay no frecuenta buenas compañías. Ya tengo bastantes problemas con él.

—Es cierto –dijo el abuelo.

Mack tomó el tenedor.

—Vale. No me acercaré a Bill ni a Dick, pero no me toques el balón de baloncesto.

—Trato hecho –prometió Becky, tratando de no parecer demasiado aliviada.

Mientras el abuelo y Mack veían la televisión, Becky recogió la cocina, limpió el salón y puso dos lavadoras. Después corrigió los deberes de Mack, lo metió en la cama, ayudó al abuelo a acostarse, se dio un baño y se preparó para acostarse. Pero justo cuando estaba a punto de irse a su habitación, Clay entró en el salón dando tumbos, riendo y apestando a cerveza.

Becky sintió náuseas. Nada la había preparado para enfrentarse a algo así. Lo miró furiosa, maldiciendo la vida que lo había abocado a semejante trampa. Clay estaba en una edad en la que necesitaba el ejemplo de un hombre, y en lugar de utilizar a su abuelo de modelo estaba imitando a los hermanos Harris.

—Oh, Clay.

Físicamente se parecían mucho, con el mismo color de pelo y el mismo cuerpo alto y esbelto, pero Clay tenía los ojos verdes, no castaños como los suyos.

—No vomitaré –le aseguró él, sonriendo–. Antes de meterme la birra me he echado un canuto –dijo con una media sonrisa en los labios. Parpadeó un momento antes de continuar–. He decidido dejar el instituto, Becky, porque es para tontos y retrasados.

—No, de eso nada –dijo ella–. No me estoy matando a trabajar para ver cómo te conviertes en un vago profesional.

Clay la miró con los ojos entrecerrados, obviamente mareado.

—Tú solo eres mi hermana, Becky. No puedes decirme lo que tengo que hacer.

—Ya lo verás –dijo ella–. No quiero que vuelvas a salir con los Harris. Con ellos no tendrás más que problemas.

—Son mis amigos y saldré con ellos cuando me dé la gana —le aseguró él con arrogancia.

También había fumado crack y tenía la cabeza a punto de estallar. El subidón había sido magnífico, pero ahora que se estaba pasando, se sentía más deprimido que nunca.

—¡Odio ser pobre! —anunció.

—Pues busca trabajo —dijo ella—. Como hice yo. Yo empecé a trabajar incluso antes de terminar el instituto. Y seguí estudiando por las tardes para poder encontrar el trabajo que tengo ahora.

—Ya empezamos otra vez, Santa Becky —dijo él, burlón—. Solo trabajar. Qué bien. ¿Y de qué nos sirve? Somos más pobres que las ratas, y ahora que el abuelo está enfermo será todavía peor.

Becky era consciente de ello, pero que Clay se lo echara en cara de aquella manera era terrible. Se dijo que estaba borracho, que no sabía lo que estaba diciendo, pero de todas maneras le dolió igual.

—Eres un egoísta y un desagradecido —exclamó ella, furiosa—. Me estoy matando a trabajar y tú solo sabes quejarte de que no tenemos nada.

Clay se balanceó y se dejó caer pesadamente en el sofá. Respiró profundamente. Probablemente su hermana tenía razón, pero él estaba tan colocado que no le importaba en absoluto.

—Déjame en paz —masculló estirándose cuan largo era—. Déjame en paz.

—¿Qué has tomado además de cerveza y marihuana? —quiso saber ella.

—Un poco de crack —dijo él, adormecido—. Como todo el mundo. Déjame en paz. Quiero dormir.

Clay cerró los ojos y al momento estaba dormido. Becky lo miró sin poder creerlo. Crack. Nunca lo había visto, pero sabía muy bien lo que era, una droga fuertemente adictiva. Tenía que detenerlo antes de que se apoderara de él. El primer paso era mantenerlo alejado de los hermanos Harris. No sabía cómo lo haría, pero tenía que encontrar la manera de cortar su relación con ellos.

Lo tapó con una manta, porque era más sencillo dejarlo dormir en el sofá que intentar llevarlo a su cama. Clay casi medía un metro ochenta, y pesaba más que ella.

Crack. Se imaginaba perfectamente de dónde lo había sacado. Seguramente de sus amigos. Con suerte, se dijo, sería solo esa vez y ella lograría detenerlo antes de que fuera demasiado tarde.

Becky fue a su dormitorio y se tendió sobre la desgastada colcha de algodón, sintiéndose terriblemente vieja y agotada. Quizá por la mañana viera las cosas con más optimismo. Iría a pedir al padre Fox que hablara con Clay; quizá le hiciera entrar en razón. A veces los jóvenes necesitaban apoyarse en algo para superar los momentos difíciles. Las drogas y la religión eran los extremos opuestos de un mismo colchón de amortiguación, y desde luego la segunda era muy preferible a las primeras. Becky lo sabía porque su fe siempre la ayudó a superar momentos muy difíciles.

Por fin cerró los ojos y se durmió. A la mañana siguiente mandó a Mack al instituto, pero Clay se negó a levantarse del sofá.

–Hablaremos cuando vuelva –le dijo ella con firmeza–. No volverás a salir con esos dos.

–¿Qué te apuestas? –la desafió él–. Detenme.

–Espera y verás –respondió ella, rezando para sus adentros para que se le ocurriera algo.

Antes de ir a trabajar, ayudó al abuelo a levantarse y le pidió que hablara con Clay, pero el anciano parecía preferir meter la cabeza en la arena, quizá por sentirse responsable del rotundo fracaso primero con su hijo Scott y ahora con su nieto. El anciano era un hombre muy orgulloso.

En la oficina, Maggie la miró desde su mesa.

–¿Puedo ayudar en algo? –le preguntó en voz baja para que no la oyera nadie.

–No, pero gracias –respondió Becky con una sonrisa–. Eres una buena persona, Maggie.

–Solo soy un ser humano –la corrigió la mujer mayor–. La vida tiene tormentas, pero pasan. Lo importante es sujetarse fuertemente al árbol hasta que el viento deje de soplar. Ningún viento sopla eternamente, ni para bien ni para mal.

Becky se echó a reír.

–Procuraré recordarlo.

Y así lo hizo. Hasta aquella tarde cuando recibió una llamada del juzgado de guardia para comunicarle que Clay había sido detenido por posesión de drogas. El magistrado responsable de ese tipo de delitos, el señor Gillen, le dijo que había llamado al fiscal del distrito y que tras hablar con Clay habían decidido de manera conjunta enviarlo a un centro de detención de menores hasta que decidieran sobre su encausamiento. En el momento de la detención, estaba con los hermanos Harris, borracho y con una bolsa de crack en el bolsillo.

La decisión de presentar cargos por posesión de estupefacientes dependía del fiscal del distrito, le dijo el magistrado, añadiendo que si Kilpatrick tenía pruebas suficientes, buscaría la máxima condena. El fiscal era muy duro con los narcotraficantes.

Becky le dio las gracias por llamarla personalmente y entró inmediatamente en el despacho de Bob Malcolm a pedirle consejo.

Este la invitó a sentarse a la vez que cerraba la puerta del despacho para ahorrarle la curiosidad de la gente que había en la sala de espera.

–¿Qué hago? ¿Qué puedo hacer? –preguntó Becky–. Dicen que llevaba cuarenta gramos de crack. Eso es un delito grave.

–Becky, el que debería hacer algo es tu padre –dijo el abogado con firmeza.

–Ahora mismo está fuera de la ciudad.

Lo que era cierto. De hecho, llevaba dos años fuera de la ciudad y nunca se había ocupado de sus hijos.

—Y mi abuelo no se encuentra bien —añadió—. Hace poco tuvo un infarto.

Bob Malcolm sacudió la cabeza y suspiró.

—Está bien —dijo tras un minuto—. Iremos a ver al fiscal del distrito para hablar con él. A lo mejor podemos llegar a un acuerdo.

—¿Con el señor Kilpatrick? ¿No dijo que él nunca aceptaba tratos? —preguntó Becky, nerviosa.

—Depende de la gravedad de la acusación y de las pruebas que tenga. No le gusta malgastar el dinero del contribuyente en juicios que no puede ganar. Ya veremos.

Malcolm habló con la secretaria del fiscal, que le informó de que Rourke Kilpatrick tenía unos minutos libres y que los recibiría.

—Subimos ahora mismo —le dijo, y colgó—. Vamos, Becky.

—Espero que esté de buen humor —dijo ella, y se miró al espejo.

Llevaba el pelo recogido en un moño y tenía la cara pálida bajo el ligero toque de maquillaje, pero se notaba que la falda de punto roja y los zapatos negros habían visto unos cuantos inviernos. Los puños de la blusa blanca de manga larga estaban desgastados, y las manos finas y esbeltas mostraban los estragos del trabajo en la granja. No era una mujer ociosa, tenía arrugas en la cara que no deberían notarse en una mujer de su edad y temió no causar una buena impresión. Su aspecto reflejaba exactamente lo que era: una mujer de campo con exceso de trabajo y responsabilidades y una falta abrumadora de mundo y sofisticación. Quizá eso la favoreciera, pensó. Porque no podía permitir que Clay fuera a la cárcel. Se lo debía a su madre. Ya le había fallado demasiadas veces.

La secretaria de Kilpatrick era alta y morena, y muy profesional. Los recibió con amabilidad y señaló la puerta cerrada del despacho.

—Los está esperando. Pueden pasar.

—Gracias, Daphne —dijo Malcolm—. Vamos, Becky, anima esa cara.

Bob Malcolm llamó ligeramente a la puerta y la abrió, invitando a Becky a pasar primero. Una equivocación, sin duda. Porque esta se detuvo en seco al ver la cara que había detrás del enorme escritorio de madera a rebosar de documentos y papeles.

–¡Usted! –exclamó sin poder evitarlo.

Kilpatrick dejó el puro que estaba fumando y se levantó, haciendo caso omiso de la exclamación. Tampoco sonrió ni los saludó.

–No hacía falta que trajeras a tu secretaria –dijo a Bob Malcolm–. Si quieres hacer un trato, mantendré el acuerdo al que lleguemos después de oír todos los hechos. Siéntate.

–Es por el caso Cullen.

–Ah, el menor, sí –dijo Kilpatrick, asintiendo con la cabeza–. Anda en muy mala compañía. El menor de los hermanos Harris ha estado vendiendo drogas en el instituto. Su hermano trafica con todo, desde crack a heroína, y ya tiene una condena por intento de robo. Aquella vez entró y salió del centro de menores como Pedro por su casa, pero ahora es mayor de edad. Como vuelva a pillarlo, lo encerraré.

Becky estaba inmóvil en su silla.

–¿Y el joven Cullen? –preguntó en un ronco susurro.

Kilpatrick le dirigió una mirada helada.

–Estoy hablando con Malcolm, no con usted.

–No lo entiende –dijo ella–. Clay Cullen es mi hermano.

Los ojos castaños casi negros del hombre se entrecerraron y se clavaron en ella, mirándola como si fuera un insecto despreciable.

–Cullen, ese nombre me suena. Hace unos años hubo otro Cullen acusado de robo. La víctima se negó a testificar y él se libró. Si hubiéramos llegado a juicio, habría pedido cárcel sin posibilidad de libertad condicional. ¿Es familia suya?

Becky se estremeció.

–Mi padre.

Kilpatrick no dijo nada. No era necesario. Su mirada decía con toda claridad la opinión que tenía de su familia.

«Se equivoca», quiso decir ella. «No todos somos así».

Pero antes de poder decir nada, Kilpatrick miró a Malcolm.

–¿Debo asumir que representas a tu secretaria y a su hermano?

–No –empezó Becky, pensando en unos honorarios que no podía pagar.

–Sí –la interrumpió Bob Malcolm–. Es el primer delito y el chico ha tenido una vida muy dura.

–El chico es un arrogante huraño y resentido que se niega a cooperar –le corrigió Kilpatrick–. Ya he hablado con él. Y no creo que su vida haya sido tan dura.

Becky se imaginaba perfectamente la reacción de Clay con un hombre como Kilpatrick. Su hermano no sentía ningún respeto por los hombres, a los que juzgaba usando a su padre como patrón.

–No es un mal chico –suplicó ella–. Son las malas compañías. Por favor, intentaré trabajar con él...

–Su padre ya ha hecho un buen trabajo –la interrumpió Kilpatrick, ajeno a la verdadera situación de los Cullen y atacándola con saña, con los ojos clavados en ella y el puro entre los grandes dedos–. No hay motivo para dejar al chico otra vez en la calle hasta que la situación en su casa cambie. Volverá a hacer lo mismo.

Los ojos castaños de Becky se encontraron con los negros de él.

–¿Tiene hermanos, señor Kilpatrick?

–No que yo sepa, señorita Cullen.

–Si los tuviera, quizá sabría cómo me siento. Es la primera vez que mi hermano hace una cosa así.

–Su hermano estaba en posesión de drogas. Cocaína, para ser exactos, y no solo cocaína. Crack –Kilpatrick se inclinó hacia delante, pareciendo más indio que nunca, y la miró sin pestañear–. Necesita un modelo a seguir. Y es evidente que ni su padre ni usted son capaces de dárselo.

–Eso ha sido un golpe bajo, Kilpatrick –dijo Bob Malcolm tenso, dominando su ira al ver la dura actitud del fiscal.

–Pero certero –respondió él, sin disculparse–. A esta edad, los chicos no cambian sin ayuda. Debería haberla tenido desde el principio, y quizá ya sea demasiado tarde.

–¡Pero...! –dijo Becky.

–Su hermano tiene suerte de que no le hayamos pillado vendiendo ese veneno en la calle –continuó el fiscal implacable–. Odio a los camellos. Y siempre hago todo lo que está en mis manos para encerrarlos.

–Pero no es un camello –dijo Becky, con la voz ronca y los ojos llenos de lágrimas.

Hacía mucho tiempo que Kilpatrick no sentía compasión por nadie, y no le gustó. Desvió la mirada.

–Aún no –concedió. Suspiró irritado y miró a Malcolm–. Bien. Gillen, el magistrado de menores, dice que aceptará mi decisión. El chico niega posesión de narcóticos. Dice que no sabe cómo llegaron a su bolsillo, y los únicos testigos son los hermanos Harris. Ellos, por supuesto, secundan cada coma de la historia –añadió con una fría sonrisa.

–En otras palabras –dijo Bob, esbozando una sonrisa por primera vez–, que no tienes pruebas.

–De momento –accedió Kilpatrick–. Esta vez –añadió con una significativa mirada a Becky–, retiraré los cargos.

Becky suspiró aliviada.

–¿Puedo verlo? –preguntó con la voz enronquecida, sin poder decir nada más.

Además, el hombre la odiaba y de él no obtendría compasión ni ayuda.

–Sí. Quiero que Brady, del centro de menores, hablé con él, y habrá una condición para la puesta en libertad. Ahora largo. Tengo trabajo.

—De acuerdo, no te molestaremos más —dijo Malcolm, poniéndose en pie—. Gracias, Kilpatrick.

Kilpatrick también se levantó. Se metió una mano en el bolsillo y observó el rostro de Rebecca con emociones encontradas. Sentía lástima por ella, aunque no quería, y no entendía por qué su padre no había ido con ella. Estaba muy delgada, y la tristeza reflejada en su rostro era inquietante. Le sorprendió que le afectara tanto. Normalmente, pocas cosas le inquietaban. Y ahora ella no era la mujer divertida y respondona del ascensor. En absoluto. Su expresión era de total desesperanza.

Los acompañó hasta la puerta y después volvió a su despacho sin dirigir ni una palabra a su secretaria.

—Iremos al centro de detención de menores —le estaba diciendo Bob Malcolm a Becky mientras la hacía entrar en el ascensor—. Todo se arreglará. Si Kilpatrick no puede demostrar las acusaciones, no formulará cargos. Clay podrá venirse con nosotros.

—Ni siquiera ha querido escucharme —susurró Becky.

—Es un hombre duro. Seguramente el mejor fiscal del distrito que hemos tenido en este condado desde hace mucho tiempo, pero a veces es inflexible. Tampoco es fácil tenerlo enfrente ante un tribunal.

—Ya me lo imagino.

Al salir del trabajo, Becky fue al centro de detención de menores a ver a su hermano. Allí la hicieron esperar en una pequeña habitación durante quince minutos, hasta que apareció Clay, asustado y beligerante a la vez.

—Hola, Becky —dijo con una sonrisa chulesca—. No me han pegado, así que no tienes que preocuparte. Y no me mandarán a la cárcel. He hablado con un par de chavales que saben cómo funciona el cotarro. Dicen que el centro de menores es solo para asustarnos. Una tontería, vamos.

—Gracias —dijo ella, con los labios apretados y la mirada helada—. Gracias por pensar tan generosamente en tu abuelo y en mí. Es agradable saber que nos quieres lo bastante como para hacerte famoso en nuestro nombre.

Clay era un joven problemático, pero tenía corazón y las palabras de su hermana hicieron mella en él. Inmediatamente, bajó la mirada con gesto de contrición.

–Ahora explícame qué ha pasado –dijo ella poco después sentada frente a él, cuando el agente Brady se reunió con ellos.

–¿No te lo han dicho? –preguntó Clay.

–Dímelo tú –insistió ella.

Clay la miró largamente y se encogió de hombros.

–Estaba borracho –murmuró, retorciendo las manos sobre los vaqueros–. Han dicho que íbamos a tomar un poco de crack, y he ido con ellos. Pero me he quedado hecho polvo en el asiento de atrás, y no me he despertado hasta que ha llegado la policía. Entonces tenía los bolsillos llenos de coca. No sé cómo ha llegado hasta allí. De verdad, Becky, te lo juro –añadió.

Sus hermanos y su abuelo eran las únicas personas a las que Clay quería y odiaba lo que había hecho, pero era demasiado orgulloso para reconocerlo.

–El colocón se me ha pasado de golpe cuando ha venido a verme Kilpatrick.

–La posesión de drogas está castigada con hasta diez años de cárcel si el fiscal decide juzgarte como adulto –le informó Brady–. Y no creas que te has librado. A Kilpatrick, el fiscal, le encantaría crucificarte.

–No puede. Soy menor.

–Solo te queda un año para la mayoría de edad. Y no creo que un reformatorio juvenil te haga mucha gracia, jovencito. Eso te lo aseguro.

Clay hundió los hombros, un poco menos beligerante, y retorció las manos.

–No iré a la cárcel, ¿verdad?

–Esta vez no –dijo el agente de menores–, pero no infravalores a Kilpatrick. Tu padre se envalentonó mucho cuando la víctima retiró los cargos contra él y a Kilpatrick no le hizo ninguna gracia. Es un hombre muy recto, y no le gustan las personas que infringen la ley. Sigue pensando que tu padre amenazó a la víctima para que no hablara.

–¿A papá lo detuvieron? –empezó Clay.

–No importa –dijo Becky, tensándose.

Clay la miró y vio la tensión en la cara de su hermana, y la tristeza. No pudo evitar tener remordimientos de conciencia.

–Te lo diré una vez –dijo el agente a Clay–. Esta es tu oportunidad para no meterte en líos. Si no la aprovechas, nadie podrá ayudarte, ni tu hermana ni yo. Puede que mientras seas menor vayas saliéndote con la tuya, pero tienes diecisiete años, y si el delito es bastante grave, el fiscal puede procesarte como adulto. Si continúas tonteando con las drogas, tarde o temprano acabarás en la cárcel, y me gustaría enseñarte lo que eso significa. Las cárceles están a rebosar, e incluso las mejores son lugares terribles para los condenados más jóvenes. Si no te gusta que tu hermana te dé órdenes, te aseguro que mucho menos te gustará ser la nena favorita de algunos de los reclusos mayores –explicó mirando fijamente a Clay–. ¿Entiendes a qué me refiero, hijo? Te pasarían de uno a otro como un juguete nuevo.

Clay se sonrojó.

–¡De eso nada! ¡Me defendería!

–Perderías. Piénsalo. Entre tanto tendrás que asistir a una terapia de orientación –continuó el agente–. Tienes cita en la clínica de salud mental. La asistencia es obligatoria. Espero que comprendas que esto ha sido idea de Kilpatrick, y que él te controlará de vez en cuando. Mi consejo es que no te saltes ni una sola sesión.

–Maldito Kilpatrick –dijo Clay, furioso.

–Esa no es una buena actitud –le advirtió Brady–. Estás metido en un buen lío. Kilpatrick puede ser tu mejor amigo o tu peor enemigo. Y no te gustaría nada que fuera tu peor enemigo.

Clay masculló algo entre dientes y desvió la mirada, con una expresión que reflejaba el odio que sentía hacia el mundo en general y Kilpatrick en particular.

Becky sabía exactamente cómo se sentía, y quería llorar. Juntó las manos para evitar el temblor.

–Bien, Clay, de momento puedes irte con tu hermana. Volveremos a hablar.

–Está bien–dijo Clay, tenso. Se levantó y a regañadientes estrechó la mano del hombre–. Vamos, hermanita. Vamos a casa.

Becky no dijo nada. Caminó hasta el coche como una zombi y se sentó detrás del volante, sin apenas esperar a que Clay cerrara la puerta para arrancar. Sentía náuseas en el alma.

–Siento que me hayan detenido –dijo Clay, a mitad de camino a casa–. Supongo que lo estás pasando mal, teniendo que cargar con el abuelo, Mack y yo.

–No tengo que cargar con nada –mintió ella–. Os quiero a los tres.

Clay la miró de soslayo, con un astuto brillo en los ojos que Becky no vio.

–De verdad, Becky, no sabía en qué me estaba metiendo.

–Estoy segura de que no –dijo ella, perdonándoselo todo, como siempre. Incluso esbozó una sonrisa–. Pero no sé qué hacer. El fiscal del distrito es muy duro.

–Ese Kilpatrick –masculló el joven, en tono helado–. ¡Dios, cómo lo odio! Ha venido a verme al centro de detención y cuando me ha mirado me ha hecho sentir como un gusano. Me ha dicho que terminaré como papá.

–¡No! –exclamó Becky–. ¡No tenía derecho a decirte eso!

–No quería soltarme –continuó Clay, menos seguro–. Ha intentado convencer al señor Brady para internarme en un reformatorio, y cuando Brady le ha dicho que no, se ha puesto furioso. Dice que cualquiera que tontea con las drogas merece la cárcel.

–Que se vaya al infierno –dijo ella–. Nos las arreglaremos.

–Oye –empezó él–. Puedo buscar un trabajo, después del instituto. Para ganar algo de dinero...

–Lo que yo gano es suficiente –dijo ella–. No necesitas un trabajo –añadió sin dejar de mirar a la carretera y sin ver el destello de ira del rostro de su hermano–. Yo me ocuparé de ti, como siempre. Tú termina el instituto y ya trabajarás después. Solo te queda un año. No es mucho.

–¡Tengo diecisiete años! –exclamó Clay–. No necesito que me cuide nadie. Estoy harto de trabajar en la granja y no tener nunca un dólar en el bolsillo. Hay una chica que me gusta, pero ni siquiera se molesta en mirarme. Y tú tampoco me dejas comprarme un coche.

–No me grites así –le dijo ella–. ¡Ni se te ocurra!

–Déjame bajar –dijo Clay, con la mano en la palanca de la puerta–. Para o te juro que me tiro. ¡Para el coche y déjame bajar!

–Clay, ¿dónde vas? –quiso saber ella cuando el chico ya estaba en la acera.

–A algún sitio donde me apetezca estar –respondió él, con dureza–. No soy tu pequeñajo, Becky, soy tu hermano. No lo entiendes, ¿verdad? Ya no soy un niño, soy un hombre.

Becky se estiró hacia la puerta abierta del copiloto, con gesto cansado.

–Oh, Clay, ¿qué voy a hacer ahora? –exclamó, y por fin se desmoronó a la vez que las lágrimas se deslizaban por sus mejillas.

Clay titubeó, dividido entre luchar por su independencia y borrar aquella expresión de la cara de su hermana. No había querido herirla, pero últimamente apenas podía controlarse. Sufría unos violentos cambios de humor que...

Volvió a sentarse en el coche junto a Becky y cerró la puerta. La miró y de repente se sintió mucho más mayor, al darse cuenta de que parte de la fortaleza de su hermana no era real. Sintió el peso de los remordimientos como una losa.

–Oye, todo se arreglará –empezó, arrepentido de su comportamiento–. Becky, por favor, deja de llorar.

–Al abuelo le dará otro infarto y se morirá –susurró ella. Sacó un pañuelo de papel del bolso y se secó los ojos–. Se enterará, por mucho que intentemos ocultárselo.

–¿Y si nos vamos a vivir a Savannah? –sugirió el joven, y sonrió–. Podríamos construir yates y hacernos ricos.

El optimismo de su hermano la animó y Becky le sonrió.

–Papá se enteraría y vendría a buscar su parte –dijo ella, con un humor cargado de tristeza.

–Han dicho que estuvo detenido. ¿Lo sabías? –le preguntó él.

Becky asintió con la cabeza.

Clay se apoyó en el respaldo y miró por la ventanilla.

–Becky, ¿por qué nos abandonó cuando murió mamá?

–Nos había abandonado mucho antes. Tú no te acuerdas, pero siempre estaba por ahí, incluso cuando Mack y tú nacisteis. No creo que estuviera nunca cuando le necesitábamos. Mamá acabó por tirar la toalla.

–Tú no la tires, Becky –dijo él de repente, volviéndose a mirarla–. Yo te ayudaré, no te preocupes.

Clay ya estaba pensando en cómo ganar dinero para aliviar la carga económica que eran los tres para su hermana. Los hermanos Harris le habían sugerido un par de cosas, con las que se podía ganar un montón de dinero, y Becky no tenía que enterarse. Ojos que no ven, corazón que no siente, se dijo, y él tendría cuidado de no ser detenido de nuevo.

–Está bien –dijo ella, entrando por el sendero de la casa mientras se preguntaba cómo decírselo al abuelo y cómo enfrentarse al futuro.

Esperaba que Clay siguiera las indicaciones que le

había dado el agente de menores. Esperaba que la detención le hubiera asustado y volviera al buen camino.

No sabía qué hacer. La vida se había complicado demasiado, y solo deseaba huir y olvidarse de todo.

–¿En qué estás pensando? –preguntó Clay, como si le leyera el pensamiento.

–En la tarta de chocolate que voy a preparar para la cena –improvisó ella, y haciendo un esfuerzo casi imposible, le sonrió.

3

El abuelo se tomó la noticia de la detención de Clay mejor de lo que Becky esperaba. Afortunadamente, la detención tuvo lugar en la ciudad, no en casa, y a la mañana siguiente Clay no se hizo el remolón para levantarse ni protestó para ir al instituto. Se subió al autobús sin discutir, con Mack pisándole los talones.

Becky acomodó al abuelo en su sillón del salón, preocupada por su silencio.

—¿Estarás bien? —le preguntó, después de darle su pastilla—. ¿Quieres que le diga a la señora White que venga a hacerte compañía?

—No hace falta que te molestes —musitó el anciano. Con gesto cansado bajó los hombros—. ¿En qué le fallé a tu padre, Becky? —preguntó con expresión abatida—. ¿En qué he fallado a Clay? Mi hijo y mi nieto tienen problemas con la ley, y ese Kilpatrick no se detendrá hasta que los encierre a los dos. Me han hablado de él. Es implacable.

—Es el fiscal del distrito —le corrigió ella—, y hace su trabajo. Solo que con excesiva pasión. El señor Malcolm le aprecia.

El abuelo entrecerró un ojo y la miró.

–¿Y tú?

Becky se incorporó.

–No seas tonto. Es el enemigo.

–No lo olvides –dijo el anciano con firmeza, echando el mentón hacia delante–. No te dejes engañar. No es amigo de esta familia. Hizo todo lo que pudo para encerrar a Scott.

–¿Lo sabías? –preguntó ella.

El abuelo se irguió en el sillón.

–Lo sabía, pero no vi motivo para decíroslo. No habría servido de nada. De todos modos, Scott se libró. La víctima no quiso testificar.

–¿No quiso o papá le obligó a no querer?

El abuelo no la miró.

–Scott no era un mal chico. Era diferente; tenía una forma distinta de ver las cosas. Y él no tenía la culpa de que la policía lo persiguiera continuamente. Como tampoco la tiene Clay. Ese Kilpatrick va a por nosotros.

Becky fue a decir algo, pero no lo hizo. El abuelo no podía admitir que se había equivocado con Scott, y tampoco admitiría el mismo error con Clay, y una discusión ahora no serviría de nada.

–Becky, al margen de lo que haya hecho tu padre, sigue siendo mi hijo –dijo de repente el anciano, sujetándose con fuerza al sillón con dos manos huesudas y arrugadas–. Le quiero, y a Clay también.

–Lo sé –dijo ella. Se inclinó y depositó un beso en la mejilla curtida del anciano–. Tranquilo, nos ocuparemos de Clay. Ha entrado en un programa de apoyo y le van a ayudar –explicó, esperando que Clay asistiera a las sesiones por propia voluntad–. Lo superará. Es un Cullen.

–Tienes razón. Es un Cullen –el abuelo le sonrió–. Tú también lo eres. ¿Te he dicho alguna vez lo orgulloso que estoy de ti?

–Muchas veces –dijo ella, y sonrió–. Cuando sea rica y famosa me acordaré de ti.

—Nunca seremos ricos, y me temo que Clay es el único con posibilidades de ser famoso, aunque sea tristemente famoso —añadió, con un suspiro—. Pero no dejes que esto te deprima. A veces la vida se pone muy difícil, pero lo importante es mirar al futuro y pensar en tiempos mejores, porque eso ayuda. A mí siempre me ha ayudado.

—Lo recordaré —dijo Becky—. Será mejor que me vaya a trabajar —añadió ella—. Pórtate bien y hasta luego.

Becky condujo hasta la oficina temiendo lo que le esperaba. Tenía que hablar con Kilpatrick. La sugerencia de Kilpatrick de meter a Clay en un reformatorio la asustaba, y no podía descartar la posibilidad de que el fiscal del distrito decidiera continuar intentándolo. Por eso tenía que detenerlo. Por eso tenía que tragarse su orgullo y explicarle cuál era la verdadera situación en casa, a pesar de lo mucho que lo temía.

Su jefe le dio una hora libre y ella llamó a la oficina del fiscal en el séptimo piso y pidió una cita con él. Su secretaria le dijo que el fiscal estaba saliendo y que se reuniera con él en el ascensor para poder hablar mientras él iba a tomar un café.

Eufórica de que el hombre se dignara a dedicarle unos minutos, Becky agarró el bolso, se alisó la falda estampada y la blusa blanca, y salió corriendo de la oficina.

Por suerte, en el ascensor solo iba el señor Kilpatrick, con su acostumbrada mirada fría y huraña, la gabardina de color tostado a la altura de las rodillas, el pelo negro despeinado y uno de sus sempiternos y malolientes puros entre los dedos. El hombre la recorrió rápidamente con los ojos negros de la cabeza a los pies, con una expresión nada halagadora.

—Quería hablar conmigo —dijo el fiscal a modo de saludo—. Vamos.

Pulsó el botón de la planta baja y no dijo ni una palabra más hasta que entraron en la pequeña cafetería de la tienda de la esquina. Pidió un café solo para ella, otro para él, y un donut. Ofreció uno a Becky, pero esta estaba demasiado nerviosa para comer.

Se sentaron a una mesa vacía que había en un rincón y él la estudió en silencio mientras bebía el café a sorbos. Becky llevaba el pelo recogido en el moño de siempre, y la cara limpia de maquillaje. Su aspecto externo reflejaba cómo se sentía por dentro, agotada y deprimida.

–¿Hoy no hay sarcásticos comentarios sobre el puro? –la provocó él alzando una ceja–. ¿Ni observaciones mordaces sobre mis modales?

Becky alzó la cara pálida y lo miró como si no lo hubiera visto nunca.

–Señor Kilpatrick, mi vida se está desmoronando y lo que menos me importa son sus puros o sus modales.

–¿Qué dijo su padre cuando le contó lo de su hermano?

Becky estaba cansada de la farsa. Era hora de contar la verdad.

–Hace dos años que no sé nada de mi padre.

Él frunció el ceño.

–¿Y su madre?

–Murió cuando los chicos eran pequeños. Yo tenía dieciséis años.

–¿Quién se ocupa de ellos? –insistió él–. ¿Su abuelo?

–Nuestro abuelo está enfermo del corazón y ni siquiera es capaz de cuidarse a sí mismo –dijo ella–. Vivimos con él y lo cuidamos lo mejor que podemos.

La manaza del hombre cayó con fuerza sobre la mesa, sacudiéndola.

–¿Me está diciendo que usted los mantiene y se ocupa de los tres? –quiso saber el fiscal.

A Becky no le gustó la expresión de su cara, y se echó ligeramente hacia atrás.

–Sí.

–Cielo santo. ¿Con su sueldo?

–Mi abuelo tiene una granja –explicó ella–. Cultivamos verduras y hortalizas, y yo las congelo y hago conservas en los veranos. También tenemos dos vacas, y el abuelo cobra una pequeña pensión del ferrocarril además de la de la seguridad social. Nos las arreglamos.

–¿Cuántos años tiene?
Ella lo miró furiosa.
–Eso no es asunto suyo.
–Gracias a usted ahora sí. ¿Cuántos? –insistió el hombre.
–Veinticuatro.
–¿Y cuántos tenía cuando murió su madre?
–Dieciséis.

El fiscal dio una calada y volvió la cabeza para soltar el humo hacia otro lado. Cuando clavó los ojos en ella, Becky supo exactamente lo que sentían los acusados o los testigos en el estrado cuando eran interrogados por él. Era imposible no revelar lo que quería saber. La penetrante mirada y la voz fría cargada de autoridad eran suficientes para sonsacar toda la información deseada.

–¿Por qué no se ocupa su padre de ustedes?
–Ojalá lo supiera –respondió ella–. Pero nunca lo ha hecho. Solo aparece cuando se queda sin dinero. Supongo que de momento tiene suficiente; no lo hemos visto desde que se fue a Alabama.

Él la estudió en silencio durante un largo momento, hasta que Becky sintió que le flaqueaban las rodillas bajo el intenso escrutinio. Era muy moreno, pensó, y el traje de rayas azul marino le hacía parecer más alto y más elegante. Su ascendencia india se reflejaba en la cara, aunque el temperamento era típicamente irlandés.

–No me extraña que tenga la pinta que tiene –dijo él, ausente–. Exhausta. Al principio pensé que sería un amante exigente, pero ahora veo que es exceso de trabajo.

Becky se puso roja como un tomate y lo miró furiosa.

–La he ofendido, ¿verdad? –dijo él, con voz grave–. Pero usted misma dijo que era una mujer mantenida –le recordó con sequedad.

–Mentí –dijo ella, moviéndose inquieta en la silla–. Tengo demasiados problemas y muy poco tiempo para cualquier tipo de vida disoluta.

–Ya lo veo. Usted es una de esas chicas que las madres lanzan a las ruedas de los coches de sus hijos.

–Nadie me lanzará bajo las suyas, espero –dijo ella–. No lo quiero ni servido en bandeja.

Él arqueó una ceja y levantó el mentón, a la vez que sonreía con sarcasmo.

–¿Por qué no? ¿Le ha dicho alguien que soy mestizo?

Becky se sonrojó.

–No lo decía por eso –se apresuró a negar ella–. Es usted un hombre muy frío, señor Kilpatrick –le dijo, pero se estremeció al tenerlo tan cerca y sentir el calor que emanaba de su cuerpo.

Olía a colonia masculina y a humo, y la ponía nerviosa, dejándola sin fuerzas. Era peligroso sentirse así con el enemigo.

–No es frialdad, es cautela –dijo él, llevándose el puro a la boca–. En estos tiempos que corren, hay que tener cuidado.

–Eso dicen.

–Por lo que le recomendaría que dejara de untar con miel al hombre misterioso que la mantiene. Usted dijo que era la querida de uno de sus jefes –le recordó al ver la cara que puso Becky.

–No era verdad –protestó ella–. Pero usted me miraba como si fuera un monstruo horrible, y fue lo primero que se me ocurrió.

–Debí habérselo mencionado ayer a Bob Malcolm –murmuró.

–¡Ni se le ocurra!

–Claro que sí –respondió él–. ¿No le ha dicho nunca nadie que no tengo corazón? Dicen que soy capaz de acusar a mi propia madre.

–Después de lo de ayer, yo también lo creería.

–Su hermano será un caso perdido si no lo mete en cintura –dijo él–. Si he sido duro con él, es por su bien. Necesita una mano firme. Y sobre todo necesita un modelo masculino. Que espero que no sea su padre.

–No sé lo que Clay piensa de su padre –dijo ella, con sinceridad–. Ahora ya no me habla. Quería hablar con usted para que entendiera nuestra situación familiar. Pensé que sería más comprensivo si conocía su pasado.

Kilpatrick mordió el donut y lo tragó con un sorbo de café.

—Es decir, que quería ablandarme —dijo él, clavando de nuevo los ojos en ella—. Soy medio indio. No busque compasión en mí. Los prejuicios terminaron con ella hace mucho tiempo.

—También es usted irlandés —apuntó ella, titubeante—. De una familia acomodada. Seguro que eso ayudó un poco.

—¿Usted cree? —dijo él, con una sonrisa que era más bien una mueca—. Era único, eso desde luego. Un bicho raro. El dinero me facilitó las cosas, pero no apartó los obstáculos, y mi tío, que solo me toleraba porque era estéril y yo era el último de los Kilpatrick, lo odiaba. Además, mis padres nunca se casaron.

—Oh, es... —Becky se interrumpió y se sonrojó.

—Ilegítimo —asintió él, con una sonrisa fría y burlona—. Así es —la miró esperando, como retándola a hacer algún comentario, pero Becky no dijo nada y él se echó a reír con tristeza—. ¿Ningún comentario?

—No me atrevería —respondió ella.

Él apuró el café.

—No depende de nosotros. Nadie puede elegir, esa es la realidad —estiró una mano larga y morena desnuda de anillos y le rozó ligeramente la cara—. Asegúrese de que su hermano asiste a las sesiones de terapia. Siento haberme precipitado en mis conclusiones.

La inesperada disculpa de un hombre como Kilpatrick le llenó los ojos de lágrimas y Becky giró la cabeza, avergonzada de mostrarse débil ante él. Pero la reacción del hombre fue inmediata y un poco sorprendente.

—Salgamos de aquí —dijo, tajante, poniéndose en pie.

La levantó tomándola del codo y después de tirar los restos del café, la condujo fuera de la cafetería y la metió en uno de los ascensores vacíos que esperaba con las puertas abiertas en el vestíbulo del edificio de oficinas.

Cerró las puertas y cuando el ascensor estaba entre dos plantas lo detuvo de repente y la abrazó.

–Llore –le ordenó con brusquedad–. Lleva reprimiéndolo desde la detención del chico. Desahóguese, lo necesita.

La compasión era algo apenas inexistente en la vida de Becky. Nunca había habido brazos que la rodearan y consolaran. Era siempre ella quien abrazaba y reconfortaba. Ni siquiera su abuelo se había dado cuenta de lo vulnerable que era. Pero Kilpatrick vio más allá de la máscara, como si no la llevara.

Las lágrimas cayeron por las mejillas femeninas mientras la voz grave del hombre murmuraba palabras de consuelo, la mano masculina le alisaba el pelo y el brazo la apretaba contra su pecho. Becky se colgó de las solapas de la gabardina, pensando cuán extraño era encontrar compasión en aquel lugar.

Él era fuerte y cálido, y por una vez Becky se relajó y dejó que otro llevara la carga, sintiéndose indefensa y desvalida. Relajó su cuerpo y se apoyó en él. Una extraña sensación la recorrió. Como si tuviera brasas ardientes en la sangre, y algo en su interior se soltó y se estiró, tensándose de una manera totalmente al margen de los músculos.

Asustada ante la súbita y no deseada reacción que la embargó, Becky alzó la cabeza y fue a separarse. Pero los ojos negros estaban en ella cuando lo miró, y él no desvió la mirada.

Una intensa corriente eléctrica los unió durante un largo y exquisito segundo. Becky sintió que se quedaba sin aliento, pero si él sintió algo similar no se reflejó en su expresión seria.

Pero la verdad era que él también estaba tremendamente afectado. Conocía bien la mirada femenina y en la de Becky vio que para ella era algo totalmente nuevo. Si la inocencia de una mujer se podía reflejar en los ojos, estaba claramente en los ojos de Becky. Ella le intrigaba, lo excitaba. Algo extraño, dado que era una joven muy distinta a las mujeres duras y sofisticadas que solían atraerlo. Ella era vulnerable y femenina a pesar de su fuerza, y él deseó soltar la larga melena, abrirle la blusa y mostrarle cómo se sentía una mujer en sus brazos. Y eso fue lo que le hizo apartarla con firmeza de él.

–¿Se encuentra bien? –preguntó en voz baja.

–Sí. Lo... lo siento –balbuceó ella.

Sintió las manos delgadas apartarla de él, y se sintió como excluida. Quería seguir pegada a él y sentir su calor. Quizá fuera la novedad, intentó decirse para justificarse. Se retiró los mechones de pelo de la cara, y reparó en las manchas húmedas de la gabardina beis.

–Le he manchado la gabardina.

–Se secará. Tenga –le puso un pañuelo en las manos y la observó secarse los ojos.

Admiró su fuerza de voluntad y su valentía al echarse sobre los hombros unas responsabilidades que muchos hombres no tenían en toda su vida, y que ella soportaba con bastante éxito.

Por fin, Becky alzó la cara y lo miró con los ojos enrojecidos por el llanto.

–Gracias.

Él se encogió de hombros.

–De nada.

Ella esbozó una triste sonrisa.

–¿No deberíamos seguir subiendo?

–Supongo que sí. Creerán que se ha estropeado y mandarán a los de mantenimiento –estiró la mano y echó un vistazo al reloj plano de oro que llevaba en la muñeca–. Y tengo un juicio dentro de una hora –dijo, preocupado, a la vez que pulsaba el botón del ascensor.

–Seguro que en los juicios todos le temen –murmuró ella.

–Me las arreglo –dijo él. Detuvo el ascensor en la sexta planta y la miró–. No piense tanto. Le saldrán arrugas.

–En mi cara nadie se daría cuenta –Becky suspiró y

salió del ascensor–. Gracias de nuevo. Que tenga un buen día.

–Lo intentaré.

Kilpatrick estaba llevándose el puro a la boca cuando las puertas se cerraron. Becky se volvió y echó a andar por el pasillo en una nube. Apenas podía creer la inesperada amabilidad de Kilpatrick. Quizá estaba dormida y soñando.

Pero no fue la única que se sentía así. Kilpatrick no pudo dejar de pensar en ella. Durante el juicio tuvo que obligarse a apartarla de su mente. Solo Dios sabía cómo aquella mujer había conseguido meterse tan fácilmente bajo su piel. Él tenía treinta y cinco años y una mala experiencia con una mujer que logró helarle el corazón para siempre. Sus mujeres eran siempre pasajeras, y su corazón impenetrable, hasta que aquella joven anodina de cara cálida y pecosa y mirada herida de color castaño empezó a responderle con mordaces comentarios en el ascensor. De hecho, llegó a desear encontrarse con ella, y disfrutaba de la provocación de sus palabras, su forma de caminar y el brillo de sus ojos cuando reía.

Lo sorprendente era que siguiera teniendo ganas de reír, a pesar de todos sus problemas y responsabilidades. La mujer le fascinaba. Recordó la sensación de tener el suave cuerpo femenino en los brazos mientras lloraba, y sintió una tirantez en las extremidades que desterró todo sentimiento. O al menos, eso se dijo.

De lo que estaba seguro era de que no sería una provocadora. Era honesta y compasiva, dos cualidades que no la permitirían intentar acabar intencionadamente con el orgullo de un hombre. Kilpatrick frunció el ceño al recordar a Francine, a la que le encantaba despertar enfebrecidas pasiones en él para terminar riéndose de él y burlándose de su debilidad. Según los rumores, la mujer había huido a Sudamérica con un empleado del bufete, renegando de su compromiso. Lo cierto era que Kilpatrick la sorprendió en la cama con una de sus amigas, y entonces fue cuando entendió el placer que sentía su prometida en atormentarlo. Francine incluso admitió que odiaba las relaciones sexuales con hombres, y que nunca mantendría relaciones con él bajo ninguna circunstancia. Solo estaba jugando con él y disfrutando de verle sufrir.

Kilpatrick no sospechaba que pudieran existir mujeres así. Gracias a Dios no la amaba; de haber sido así, la experiencia le habría destrozado el corazón. En cualquier caso, su actitud con las mujeres era siempre distante. Su orgullo herido no le permitía otra cosa, y no podía permitirse el lujo de volver a perder el control de la misma manera deseando a una mujer hasta la locura.

Sin embargo, la joven Cullen parecía poder con él. Solo se dio cuenta de la sombría expresión de su cara cuando el testigo que estaba interrogando empezó a soltar detalles que no le había pedido. El pobre hombre pensaba que aquella cara era por él, y prefirió no arriesgarse. Kilpatrick interrumpió el monólogo del hombre y planteó las preguntas necesarias antes de volver a su silla. El abogado defensor, un hombre negro llamado J. Lincoln Davis, estaba muerto de risa y trataba de ocultar la cara tras unos documentos. Era mayor que Kilpatrick, un hombre de complexión alta y fuerte, tez color café con leche, ojos negros y un gran ingenio, y uno de los abogados más ricos de Curry Station, probablemente también el mejor. Era el único adversario que había logrado derrotar a Kilpatrick en los últimos años.

–¿Dónde estaba? –le preguntó Davis en un susurro cuando el jurado se retiró–. Dios, ese pobre hombre estaba desconcertado, y eso que era su testigo.

Kilpatrick esbozó una imperceptible sonrisa mientras recogía sus papeles.

–Se me ha ido el santo al cielo –murmuró.

–Toda una novedad. Deberíamos poner una placa para conmemorarlo. Hasta mañana.

Kilpatrick asintió ausente. Por primera vez había perdido la concentración en un juicio, y todo por una secretaria delgaducha con una melena castaña de lo más normal.

Debería pensar en su hermano. Había hablado con su investigador a la hora de comer, y por lo visto había rumores sólidos de que se estaba preparando una importante operación relacionada con el narcotráfico. Kilpatrick estaba trabajando en un caso de tráfico de crack. Tenía dos testigos, y el investigador le había informado de que estaba bastante seguro de la implicación de Clay Cullen con los narcotraficantes por su amistad con los hermanos Harris. Si el chico llevaba una cantidad tan importante de crack encima, existía la posibilidad de que estuviera empezando a traficar.

Presentar cargos contra el muchacho no le preocupaba, pero pensó en Rebecca y se preguntó cómo reaccionaría si su hermano terminaba en la cárcel gracias a él.

Tenía que dejar de pensar así, se dijo. Su trabajo era presentar cargos y meter a los delincuentes entre rejas y no podía permitir que interfirieran consideraciones de tipo personal. Solo le quedaban unos meses como fiscal del distrito, y quería hacerlo bien.

Volvió a su despacho muy pensativo. ¿Se arriesgarían los narcotraficantes a cualquier cosa para mantener su territorio? Si empezaban a cargarse a gente en su distrito, él sería el responsable de encontrar pruebas contra los asesinos y encerrarlos. Frunció el ceño y cruzó los dedos, con la esperanza de que el hermano de Rebecca Cullen no terminara otra vez en su despacho como parte de un enfrentamiento entre bandas por hacerse con el control de un territorio.

Rebecca estaba trabajando de forma automática, tecleando casi sin pensar en la máquina de escribir electrónica mientras Nettie pasaba los antecedentes de otro caso a ordenador. Nettie era asistente legal, y su formación le permitía realizar el trabajo preliminar de los casos. Becky la envidiaba, pero no podía pagar la formación necesaria para tener la categoría de asistente legal, a pesar de que eso significaría un aumento de salario.

Estaba preocupada por el abuelo. Su silencio a la hora

del desayuno la inquietaba. A la hora de comer llamó a la señora White, una vecina viuda, y le pidió que fuera a su casa a ver cómo estaba, algo que la mujer siempre estaba dispuesta a hacer. Además, era enfermera jubilada y Becky agradecía tener una vecina como ella.

Lo único que necesitaba era que Clay dejara las malas compañías. Ya era suficiente trabajo ocuparse de los dos muchachos sin tener que sacarlos de la cárcel. Mack adoraba a su hermano mayor, y si Clay seguía por ese camino, era solo cuestión de tiempo que Mack empezara a imitarlo.

Casi sin darse cuenta llegó la hora de volver a casa. Había tenido un día muy ajetreado, lo que era de agradecer. Así tenía menos tiempo para pensar.

Recogió el bolso y la desgastada chaqueta gris y se despidió de sus compañeras. Probablemente el ascensor estaría lleno a esa hora, pensó mientras iba por el pasillo, con el corazón acelerado. Aunque seguramente Kilpatrick estaría todavía trabajando unas plantas más arriba.

Pero se equivocó. El hombre estaba en el ascensor cuando ella entró, y le sonrió. Becky no podía saber si estaba allí a propósito. Kilpatrick sabía a qué hora terminaba su jornada laboral y salió de su despacho con la esperanza de encontrarse con ella. Era increíble, pensó con cinismo él, lo ridículamente que se estaba comportando por aquella mujer.

Ella le devolvió la sonrisa, y el corazón le dio un salto repentino, aunque no por el movimiento del ascensor.

Salió con ella en la planta baja y caminó a su lado, como si no tuviera nada mejor que hacer.

—¿Se siente mejor? —preguntó él, abriendo la puerta de la calle.

—Sí, gracias —dijo ella, que nunca se había sentido tan tímida y sin saber qué decir. Lo miró y se sonrojó como una adolescente.

A él le gustó ver el revelador detalle.

—Hoy he perdido un caso —observó él—. El jurado ha

creído que estaba intimidando a un testigo a propósito, y han decidido en favor de la defensa.

–¿Lo estaba intimidando? –preguntó ella.

–No. Al menos no era mi intención –respondió él, y le dedicó una sonrisa de oreja a oreja–. Estaba pensando en otra cosa y el pobre hombre se ha sentido intimidado él solito.

Becky conocía bien aquella mirada dura e implacable y podía entender perfectamente al testigo. Sujetó el bolso con fuerza.

–Siento que lo haya perdido.

Él se detuvo en la acera y la observó un momento desde su altura, pensativo. Titubeó un momento, debatiéndose entre invitarla a salir o no, pero enseguida se dijo que estaba loco por planteárselo siquiera. No podía permitirse una relación personal con ella.

–¿Cómo se tomó su abuelo la noticia? –preguntó por fin.

Para Becky fue una decepción. Había esperado otra pregunta, aunque probablemente sin motivo. ¿Por qué iba a querer él salir con ella? Sabía que no era su tipo. Además, su familia se subiría por las paredes, especialmente el abuelo.

–Con filosofía –dijo ella, esbozando una sonrisa–. Los Cullen somos gente dura.

–Asegúrese de saber dónde está su hermano los próximos días –dijo él de repente. La tomó del brazo, la acercó a la pared y bajó la voz–. Sabemos que pronto va a pasar algo, probablemente un golpe importante. No sabemos quién, ni cuándo, ni cómo, pero estamos seguros de que tiene que ver con drogas. Hay dos facciones enfrentadas por hacerse con la distribución, y los hermanos Harris están implicados. Si intentan utilizar a su hermano como chivo expiatorio, teniendo en cuenta los problemas que ya tiene... –Kilpatrick dejó el resto en el aire.

Becky se estremeció.

–Es como andar por la cuerda floja –dijo ella–. No me

importa cuidar de mi familia, pero nunca esperé algo relacionado con drogas –se arrebujó en la chaqueta y lo miró, vulnerable–. A veces es muy duro –susurró.

Él contuvo el aliento. La joven le hacía sentirse medio metro más alto cuando lo miraba así.

–¿Ha tenido alguna vez una vida normal? –preguntó.
Ella sonrió.

–De niña, supongo. Pero cuando murió mi madre todo cambió. Desde entonces mi vida son el abuelo y los chicos.

–Tampoco tiene vida social, supongo.

–Imposible. Siempre surge una cosa u otra. Un virus, las paperas, la varicela –se rio suavemente–. De todos modos, tampoco he tenido nunca una cola de pretendientes delante de mi casa –bajó la vista–. No es una vida mala. Tiene un sentido: ocuparme de gente que me necesita.

Kilpatrick pensaba lo mismo de su profesión: era un trabajo necesario y eso lo satisfacía plenamente. Pero aparte de con su pastor alemán, sus emociones no pasaban nunca de la ira o la indignación. Y nunca sentía amor. Su experiencia laboral se basaba en la justicia moral, en la protección de la sociedad y en la condena de los culpables. Un propósito noble, aunque quizá una vocación solitaria. Y hasta hacía muy poco ni siquiera se había dado cuenta de su soledad.

–Supongo –murmuró él, con los ojos clavados en los labios femeninos.

Estos formaban un arco perfecto de color rosa pálido y su expresión era tan delicada que despertó en él la imperiosa necesidad de sentirlos bajo su boca.

–¿Son las pecas? –preguntó ella, sin entender la intensidad de su mirada.

Las cejas masculinas se alzaron y él la miró y sonrió.

–¿Qué?

–Me estaba mirando de una manera rara –murmuró ella–. Seguro que es por las pecas. No debería tenerlas, pero mi abuela tenía el pelo como una zanahoria.

—¿Se parece a sus padres?

—Mi padre es rubio y tiene los ojos castaños, como yo. Nos parecemos mucho —explicó ella—. Mi madre era pequeña y morena, y ninguno hemos salido a ella.

—Me gustan las pecas —dijo él, pillándola desprevenida. Echó un vistazo al reloj—. Tengo que irme. Esta noche la Orquesta Sinfónica de Atlanta interpreta a Stravinsky y no quiero perdérmelo.

—¿*El pájaro de fuego*? —preguntó ella.

Él sonrió.

—Sí, esa. A casi nadie le gusta.

—A mí me encanta —dijo ella—. Tengo dos grabaciones, una vanguardista y otra tradicional, pero no me queda más remedio que escucharlas con cascos. A mi abuelo le gustan los discos antiguos de Hank Williams y mis dos hermanos solo escuchan rock. Yo soy una anticuada.

—¿Le gusta la ópera?

—*Madame Butterfly*, y *Turandot*, y *Carmen* —Becky suspiró—. Y me encanta escuchar a Plácido Domingo y Luciano Pavarotti.

—El año pasado vi *Turandot* en el Met —observó él—. ¿Le gusta ver los especiales en la televisión?

—Cuando consigo la televisión para mí —dijo ella—. Solo tenemos una, y es pequeña.

—Hay una grabación de *Carmen* con Plácido Domingo —dijo él—. La tengo.

—¿Es buena?

—Si le gusta la ópera, es maravillosa —dijo él.

Le buscó los ojos, sin entender por qué era tan difícil dejar de hablar y despedirse. Era guapa, tenía un cierto aire tímido, y a él le hacía hervir la sangre.

Ella lo miró, sintiendo que le flaqueaban las rodillas. Todo estaba ocurriendo demasiado deprisa, pensó, y a la vez que lo pensaba lo rechazaba. No podía establecer ningún tipo de relación con él. Kilpatrick era el enemigo. Y ahora, sobre todo, no podía permitirse ninguna debilidad. Sería una deslealtad con su familia. Sin embargo, su corazón luchaba contra la lógica. Se sentía sola y había sacrificado la mejor parte de su juventud a su familia. ¿No merecía algo más?

—¿Son pensamientos profundos? —preguntó él, viendo las distintas emociones que pasaban por su cara.

—Profundos y peligrosos —respondió ella, y entreabrió los labios con la respiración entrecortada.

Kilpatrick la miraba como mira un hombre a la mujer deseada. Eso la emocionó, la estremeció y la asustó terriblemente.

Él vio primero el miedo. Y lo sintió también. Al igual que ella, no quería nada personal. Era el momento de interrumpir aquella conversación, se ordenó con firmeza.

Se incorporó cuan alto era y se apartó de ella.

—Tengo que irme —dijo—. Vigile a su hermano.

—Lo haré —Becky asintió con la cabeza—. Gracias por avisarme.

Kilpatrick se encogió de hombros. Sacó un puro y lo encendió mientras se alejaba por la acera, la espalda ancha y firme, tan impenetrable como la pared.

Becky se preguntó por qué se habría molestado en hablar con ella. ¿Estaría interesado?

Mientras se alejaba hacia el aparcamiento subterráneo donde dejaba siempre el coche, vio su reflejo en una ventana. Oh, seguro que sí, se dijo, contemplando por un instante la cara demacrada y delgada que la miraba desde el cristal.

Ella era exactamente la clase de mujer que atraía a un hombre tan impresionantemente apuesto y seductor como él. Miró al cielo con impaciencia y siguió caminando hacia el aparcamiento, dejando atrás sus vanas ensoñaciones.

4

Era una bonita mañana de primavera. Kilpatrick miraba por la ventana de la elegante mansión de ladrillo donde vivía, en una de las zonas residenciales más exquisitas y tranquilas de Curry Station, con ciertos remordimientos por pasar un sábado por la mañana en casa en lugar de trabajando en su despacho. Pero Gus necesitaba hacer ejercicio y él había tenido un terrible dolor de cabeza que apenas empezaba a remitir. Lo que no era de extrañar, dado que se había quedado hasta tarde la noche anterior repasando los expedientes y la documentación de los próximos juicios.

Gus ladró. Kilpatrick bajó la mano para acariciar el cuerpo negro y plateado del enorme pastor alemán.

–¿Impaciente, eh? –le preguntó–. Ahora salimos a dar un paseo. Espera a que me vista.

Iba en vaqueros y descalzo. De cintura para arriba iba desnudo, con el pecho cubierto de vello negro y rizado y el estómago al descubierto. Acababa de desayunar una Coca-Cola *light* y un donut medio pasado que había encontrado en la nevera. A veces se arrepentía de haber despedido a Matilda, su antigua ama de llaves, por filtrar informaciones sobre él a los medios de comunicación. Era la mejor cocinera del mundo, aunque también la más cotilla que había conocido en su vida. La casa sin ella estaba muy silenciosa, y él estaba seguro de que tarde o temprano sus artes culinarias lo matarían.

Se puso una camiseta blanca, unos pantalones y las zapatillas de deporte y se pasó un peine por los cabellos negros. Miró su reflejo en el espejo con una ceja alzada. No, no era Míster Estados Unidos, aunque físicamente estaba bastante en forma.

Claro que tampoco le servía de mucho. Últimamente, ahora que tenía tanto trabajo, las mujeres eran un lujo que la falta de tiempo no le permitía. De repente pensó en Rebecca Cullen y trató de imaginarla en su cama, entre sus sábanas. Qué ridiculez. Para empezar, estaba prácticamente seguro de que era virgen, y en segundo lugar, su familia se interpondría siempre entre ella y cualquier posible pretendiente que quisiera apartarla de ellos. Además, los Cullen tenían muchas razones para no quererlo cerca. No, Rebecca era fruta prohibida, y él iba a tener que repetírselo una y otra vez.

Contempló por un momento el elegante salón que le rodeaba con una ligera sonrisa, pensando lo extraño que era que el hijo ilegítimo de un importante hombre de negocios y una mujer india de la tribu de los cheroquis hubiera terminado en una casa como aquella. Solo alguien con las agallas de su tío, el juez Sanderson Kilpatrick, podía tener el valor de obligar a la alta sociedad de Atlanta a aceptar a su sobrino mestizo e ilegítimo.

El bueno del tío Sanderson. Kilpatrick sonrió a pesar de todo. Nadie al ver el retrato sobre la chimenea de aquel anciano formal y digno sospecharía de su escandaloso sentido del humor o de su tierno corazón. Pero era quien había enseñado a Rourke todo lo que sabía sobre sentirse querido y deseado. Para él, la muerte de sus dos progenitores fue muy traumática, y su infancia se convirtió en una auténtica pesadilla, sobre todo en el colegio. Pero su tío siempre lo apoyó, y lo obligó a aceptar lo que era y sentirse orgulloso de sí mismo. Le enseñó la importancia de valores como la determinación, la valentía y el honor. El tío Sanderson era un juez de jueces, uno de los mejores ejemplos de la profesión. Fue su ejemplo lo que llevó a Rourke a la Facultad de Derecho primero, y después lo catapultó a ocupar el cargo público de fiscal del distrito. «Ve y haz algo bueno», le había dicho su tío Sanderson. «El dinero no lo es todo. Los delincuentes se están apoderando de la sociedad. Haz una labor que es necesario hacer».

Y lo estaba haciendo. No le gustaba ser un personaje público, y la campaña electoral que tuvo que llevar a cabo después de ocupar el puesto durante un año por el inesperado fallecimiento de su antecesor en el cargo fue un verdadero infierno. Pero, para su sorpresa, ganó, y le gustaba pensar que desde entonces había logrado encerrar a los peores criminales del condado. Lo que menos le gustaba era el narcotráfico, y además era muy meticuloso en la preparación de los casos. En sus expedientes no había resquicios ni lagunas. Su tío también le enseñó la importancia de una buena preparación y él no lo había olvidado, para desesperación de muchos abogados defensores, tanto de oficio como pertenecientes a importantes bufetes legales.

Su tío Sanderson sorprendió a Rourke cuando le enseñó a sentirse orgulloso de su pasado cheroqui. Siempre se aseguró de que su sobrino no lo ocultara ni disimulara, y cuando lo introdujo a la fuerza en la alta sociedad de Atlanta, pronto descubrió que para la mayoría de la gente el joven mestizo despertaba más interés que vergüenza. Además, tenía las mismas agallas que su tío para no permitir insultos de nadie. Los puños se le daban bien, y los había utilizado varias veces a lo largo de los años, dejando algunas cosas claras y poniendo a algunos atrevidos en su sitio.

A medida que se hizo mayor, empezó a entender mejor al orgulloso anciano. El abuelo irlandés de Sanderson Kilpatrick había llegado a Estados Unidos sin un centavo en el bolsillo y su vida había sido una larga serie de catástrofes y tragedias. Fue su hijo, el estadounidense de primera generación, Tad, quien abrió una pequeña tienda que con el tiempo llegaría a convertirse en el germen de la cadena de tiendas Kilpatrick. Sanderson fue uno de los dos únicos supervivientes de la familia.

Más tarde Sanderson supo que era estéril, un duro golpe para su orgullo, pero al menos el único hijo de su hermano había tenido un heredero, Rourke. La cadena de tiendas fue arruinándose poco a poco hasta declarar la quiebra, pero Sanderson ahorró lo suficiente para dejar una buena posición social a su sobrino. De todos modos, la suma total de la herencia era básicamente su nombre y el respeto de varias generaciones. Y como Rourke era un hombre callado, los secretos de la familia habían quedado en privado. Vivía cómodamente y sabía invertir, pero no era millonario. El Mercedes Benz del tío Sanderson y la elegante mansión familiar de ladrillo eran los únicos vestigios de un pasado más próspero.

Gus ladró justo antes de que sonara el timbre de la puerta.

–Vale, tranquilo –dijo Rourke volviendo al salón con pasos silenciosos sobre la exquisita alfombra beis.

Kilpatrick abrió la puerta principal y Dan Berry lo saludó con una amplia sonrisa.

–Hola, jefe –dijo su investigador con voz animada–. ¿Tienes un minuto?

–Claro. Déjame ir a buscar la correa de Gus primero y me lo cuentas mientras damos un paseo –dijo, mirando al hombre corpulento–. Un poco de ejercicio no te vendrá mal.

Dan hizo una mueca.

–Sabía que me dirías eso. ¿Qué tal el dolor de cabeza?

–Mejor. La aspirina y las compresas frías me lo han

quitado –le colocó la correa a Gus y abrió la puerta de par en par.

Las mañanas en primavera eran frescas, y Dan se estremeció. Los árboles seguían con ramas desnudas de las que pronto brotarían elegantes racimos de flores.

Kilpatrick fue hacia la acera, siguiendo a Gus.

–¿Qué ocurre? –preguntó a media manzana de la casa.

–Muchas cosas. En la oficina del sheriff han vuelto a recibir otra queja sobre el colegio de primaria de Curry Station. Ha informado una de las madres. Su hijo vio a uno de los camellos de marihuana discutiendo con Bubba Harris en la hora del recreo. De momento ha sido solo marihuana, que sepamos.

Kilpatrick se detuvo en seco.

–¿Crees que los hermanos Harris quieren meterse en ese territorio con crack?

–Eso creemos, sí –respondió Berry–. Aún no tenemos nada, pero voy a trabajar con algunos alumnos y ver lo que puedo averiguar. Hemos organizado un registro de taquillas con la ayuda de la policía local. Si encontramos crack, sabremos quién está implicado.

–Será un duro golpe para los padres –murmuró Kilpatrick.

–Sí, lo sé, pero lo superaremos –miró a Kilpatrick y los dos echaron a andar de nuevo–. Al chico Cullen lo han vuelto a ver con Son Harris en uno de los garitos del centro de Atlanta. Son uña y carne.

El rostro de Kilpatrick se tensó.

–Eso he oído.

–Sé que no tenías bastantes pruebas para ir a juicio –dijo Berry–, pero yo en tu lugar lo vigilaría. Si jugamos bien nuestras cartas, nos puede llevar directamente a los Harris.

Era precisamente lo que Kilpatrick estaba pensando. Entrecerró los ojos. Si estrechaba su amistad con Becky, sería más fácil vigilar a Clay Cullen. ¿Lo sería, se preguntó, o era una manera de justificar el deseo de verla de nuevo y estar con ella? Tenía que reflexionarlo bien antes de tomar una decisión.

–Hay otra complicación –continuó Berry hundiendo las manos en los bolsillos–. Tu rival está a punto de anunciar su candidatura.

–¿Davis? –preguntó el fiscal, porque él también había oído rumores. Davis no le había dicho nada en los juzgados sobre el asunto, lo cual era muy propio de él, sacarse el conejo del sombrero en el momento más inesperado–. Ganará –dijo con una sonrisa–. Hay muchos contendientes para el puesto, pero Davis es un auténtico tiburón.

–Se te echará a la yugular con todo lo que pueda.

–Todo paripé. Solo para la prensa –le aseguró Kilpatrick–. Aún no he decidido presentarme a un tercer mandato –se desperezó y bostezó–. Deja que haga lo que quiera. No me importa.

–Aún me queda otra noticia no muy agradable –murmuró Berry–. El lunes ponen en libertad a Harvey Blair.

–Blair –Kilpatrick frunció el ceño–. Ah, sí, lo recuerdo. Lo encerré hace seis años por atraco a mano armada. ¿Qué demonios hace fuera tan pronto?

–Su abogado le ha conseguido el indulto del gobernador –Berry alzó la mano–. No me eches la culpa. Yo no te escondo el correo. La culpable es tu secretaria. Me dijo que se olvidó de mencionártelo y que tú estabas demasiado ocupado con juicios para leerlo.

Kilpatrick masculló una maldición.

–Blair. El que menos se merece un indulto. Era culpable de la cabeza a los pies.

–Ya lo creo –Berry se detuvo y lo miró con expresión incómoda–. Amenazó con matarte cuando saliera. Más vale que tengas las puertas de casa bien cerradas, por si acaso.

–Blair no me da miedo –dijo Kilpatrick, entrecerrando los ojos–. Que lo intente, si quiere. No será el primero.

En eso tenía razón. El fiscal del distrito había sufrido dos atentados con anterioridad, uno con pistola de un acusado condenado gracias a él, y otro con una navaja de un acusado demente en la misma sala de juicios. Ninguno de los presentes en la sala aquel día olvidaría jamás la reacción de Kilpatrick ante el ataque. Esquivando diestramente el arma, sujetó a su atacante y lo echó sobre una mesa. No en vano, Kilpatrick había pertenecido a las fuerzas especiales y tenía un excelente entrenamiento. Berry sospechaba también que los genes cheroquis ayudaban. Los indios eran excelentes luchadores, lo llevaban en la sangre.

Kilpatrick y Dan se despidieron, y el primero continuó el paseo con Gus. Físicamente él estaba muy en forma. Iba al gimnasio con regularidad y jugaba al *racquetball*. El paseo con Gus era más por el perro que por él. El animal tenía diez años y llevaba una vida muy sedentaria. Con él trabajando seis días a la semana, y a veces incluso siete, el perro no conseguía hacer mucho ejercicio en el cercado vallado del jardín.

Kilpatrick pensó en lo que Dan le había dicho. Blair iba a salir en libertad, y lo buscaría. Eso no lo sorprendía, como tampoco la información sobre los hermanos Harris. Una guerra entre clanes por un territorio era lo único que le faltaba, con el joven Cullen en medio. Recordaba bien al padre, un hombre de ojos fríos, hosco y poco dispuesto a colaborar. Increíble que pudiera haber engendrado a una mujer tan cálida y dulce como Rebecca. Incluso más increíble era el abandono. Rourke sacudió la cabeza. Fuera como fuera, a la joven no le esperaba un camino de rosas, y menos con un hermano como el que tenía. Tiró de la correa de Gus y juntos regresaron a casa.

Era más de medianoche del domingo y Clay Cullen todavía no había regresado. Estaba hablando con los Harris de dinero, mucho dinero, encantado con todo lo que iba a sacar.

–Es fácil –le dijo Son con indiferencia–. Lo único que tienes que hacer es regalar un poco a los chavales con más pasta. Cuando lo prueben, les gustará y pagarán lo que sea. Es así de fácil.

–Sí, ¿pero cómo encuentro a los chavales adecuados? A los que tienen dinero, y a los que no hablarán –preguntó Clay.

–Tienes un hermano más pequeño en el colegio. Pregúntale a él. Incluso podemos darle una parte si lo hace bien –dijo Son, sonriendo.

A Clay no le gustó el comentario, pero no dijo nada. Pensar en tanto dinero fácil lo mareaba. Desde que se hizo amigo de los Harris, su prima Francine había empezado a hacerle caso. Francine, con la melena larga y negra y los sensuales ojos azules, podía elegir entre muchos pretendientes. Pero a Clay le gustaba mucho, y estaba dispuesto a hacer cualquier cosa para atraer su atención. Además, las drogas no eran tan malas, se dijo. Y la gente las conseguiría de otro si no se las proporcionaba él. Lo peor eran los remordimientos...

–Mañana le preguntaré a Mack –prometió Clay.

Son entrecerró los ojos.

–Solo una cosa más. Procura que no se entere tu hermana. Trabaja con abogados, y el fiscal del distrito está en el mismo edificio.

–Becky no se enterará –le aseguró Clay.

–Bien. Hasta mañana.

Clay bajó del coche. Aquella noche no había esnifado nada para que Becky no sospechara. No le costaría mucho, pensó. Su hermana le quería, y eso la hacía vulnerable.

A la mañana siguiente, mientras Becky estaba en su dormitorio vistiéndose para ir a trabajar, Clay arrinconó a Mack.

–¿Quieres ganarte un dinerillo? –preguntó al niño con expresión calculadora.

–¿Cómo? –preguntó Mack.

–¿Alguno de tus amigos se droga? –preguntó Clay.

Mack frunció el ceño y titubeó antes de responder.

—Pues no —dijo por fin, sorprendido por la pregunta.

—Oh —Clay estuvo a punto de continuar, pero oyó los pasos de Becky en las escaleras—. Seguiremos hablando en otro momento. No le digas nada a Becky.

Becky entró en el salón y se encontró a Mack tenso y silencioso y a Clay nervioso, moviéndose de un lado a otro. Llevaba un vestido de punto azul y unos zapatos de tacón negro. No tenía mucha ropa y la repetía con frecuencia, pero en el trabajo nadie lo mencionaba. Eran amables, y ella iba siempre arreglada, aunque no disponía del mismo presupuesto para ropa que Maggie y Tess.

Terminó de preparar la comida de Mack y el niño salió corriendo hacia la parada del autobús escolar. Becky frunció el ceño al ver que Clay no se iba con su hermano.

—¿Cómo vas a ir al instituto? —le preguntó.

—Francine viene a buscarme —dijo él—. Tiene un Corvette. Nuevecito. Mola un montón.

Becky lo miró con suspicacia.

—Espero que no sigas viéndote con los Harris.

—Claro que no —respondió él, inocentemente. Era más fácil mentir que discutir, y además su hermana nunca se enteraba de sus mentiras.

Ella se relajó ligeramente, a pesar de que no acababa de confiar plenamente en él.

—¿Y las sesiones de apoyo?

—No las necesito —respondió él, furioso.

—Puedes pensar lo que quieras, pero Kilpatrick dijo que tienes que asistir —dijo ella, con firmeza.

Clay se movió incómodo.

—De acuerdo —dijo, irritado—. Mañana tengo una cita con el psicólogo. Iré.

—Bien. Bien, Clay —dijo ella, y suspiró.

—Pero no me des órdenes, Becky. Soy un hombre, no un niño a quien puedes decir lo que tiene que hacer.

Sin darle tiempo a responder, Clay salió por la puerta justo cuando se acercaba el Corvette de Francine. Se montó en él y el vehículo se alejó a toda velocidad.

Unos días más tarde, Becky llamó al director del instituto para comprobar la asistencia de su hermano. Estaba yendo a todas las clases, y también a las sesiones de terapia, aunque Becky no sabía que ignoraba por completo los consejos del psicólogo.

Hacía tres semanas desde su detención y daba la impresión de estar portándose bien. Gracias a Dios. Después ayudó a su abuelo y fue a trabajar, sin poder evitar pensar en Kilpatrick.

Últimamente no había vuelto a encontrarse con él. Pensó que quizá había vuelto al edificio de los juzgados, hasta que lo vio un momento de espaldas cuando iba a comer. Se movía de forma curiosa, pensó ella, con pasos ligeros y elegantes. Le encantaba mirarlo.

Kilpatrick, ajeno al escrutinio femenino, se montó en su Mercedes azul y salió del aparcamiento en dirección al taller que el padre de los Harris, de nombre C.T., utilizaba como tapadera para sus operaciones de narcotráfico. Todo el mundo lo sabía. El problema era demostrarlo.

Harris tenía sesenta años, profundas entradas en las sienes y una prominente barriga. Iba siempre sin afeitar, y tenía unas profundas ojeras bajo los ojos que parecían salir de una nariz enorme que estaba siempre roja. Miró con ojos furiosos a Kilpatrick cuando este, más joven y alto, se bajó de su coche aparcado junto a la acera.

–El pez gordo en persona –dijo Harris, con una desagradable sonrisa–. ¿Busca a alguien, fiscal?

–No lo encontraría –dijo Kilpatrick. Se detuvo delante del hombre y encendió un puro con movimientos lentos y pausados–. Encargué a mi detective comprobar algunos rumores que no me han gustado nada. Y lo que descubrió me gustó aún menos. Así que he pensado venir para comprobarlo personalmente.

–¿Qué clase de rumores?

–Que Morrely y tú os estáis preparando para un enfrentamiento territorial, y que estás intentando hacerte con los chavales del colegio de enseñanza primaria.

—¿Quién, yo? Habladurías, eso son habladurías —dijo Harris, con falsa indignación—. Yo no paso a críos.

—No, tú no tienes que hacerlo. Lo hacen tus hijos —dijo Kilpatrick, y echó una bocanada de humo directamente a la cara del hombre—. Por eso he venido a decirte una cosa. Estoy vigilando el colegio, y a ti también. Si pillo a algún crío con unos gramos de cocaína o de crack, os crucificaré, a ti y a tus hijos. Cueste lo que cueste, lo haré. Quería darte el mensaje personalmente.

—Gracias por la advertencia, pero se equivoca de hombre. Yo no trafico con drogas. Tengo un taller. Lo mío son los coches —Harris miró el Mercedes de Kilpatrick—. Buen coche. Me gustan las marcas extranjeras. Podría arreglarle el suyo si quiere.

—No necesita arreglo. Pero no lo olvidaré —dijo Kilpatrick, burlón.

—Pásese por aquí cuando quiera.

—Puedes estar seguro de ello —Kilpatrick asintió secamente con la cabeza y se montó de nuevo en su coche.

Harris lo siguió con ojos furiosos.

Más tarde, Harris habló con sus dos hijos.

—Kilpatrick me tiene muy mosqueado —dijo—. No podemos permitirnos ningún desliz. ¿Estáis seguros de que ese Clay Cullen es de fiar?

—¡Ya lo creo que sí! —dijo Son con una perezosa sonrisa. Era más alto que su padre, de cabellos oscuros y ojos azules, y bastante más atractivo que su hermano menor, regordete y con las mejillas coloradas.

—Si el fiscal se acerca mucho, nos desharemos de él —continuó el padre—. ¿Os parece mal?

—Claro que no —dijo Son—. Por eso dejamos que lo pillaran con los bolsillos llenos de crack. Aunque no lo detuvieron, no se olvidarán de él. La próxima vez le podemos poner una soga al cuello si hace falta.

—No pueden usar sus antecedentes contra él en un tribunal de menores —les recordó el hermano más joven.

—Escuchad —dijo el hombre a sus hijos—. Si Kilpatrick

vuelve a detenerlo, lo juzgará como a un adulto. Estad seguros de eso. Vosotros procurad tenerlo bien metido en el bolsillo. Entre tanto –añadió pensativo–, tengo que quitármelo de encima. Puede que merezca la pena buscar un asesino a sueldo antes de que nos hinque el diente.

–Seguro que Mike el del Hayloft conoce a alguien –dijo Son a su padre.

–Bien, pregúntale. Esta noche –añadió–. El mandato de Kilpatrick termina este año; tendrá que presentarse a la reelección. No me extrañaría que quisiera usarnos como ejemplo para ganar votos.

–Cullen dice que no se volverá a presentar –dijo Son.

–Es lo que dice todo el mundo –respondió el padre, furioso–. Pero yo no me lo trago. ¿Qué tal va la operación en la escuela?

–La tengo en el bolsillo –le aseguró Son–. Cullen se está ocupando de eso. Tiene un hermano de diez años que va a ese colegio.

–¿Y crees que el hermano querrá seguirle el juego?

Son levantó la vista.

–Tengo una idea para obligarle. Vamos a llevar a Cullen con nosotros a hacer una compra, para que lo vea bien el proveedor. Después, será totalmente mío.

–Buen trabajo –dijo el hombre mayor, sonriendo–. Vosotros dos podríais jurar que él es el cerebro de la operación y Kilpatrick se lo tragaría. Adelante, seguid con el plan.

–Claro, papá.

Una tarde al volver del trabajo, Becky se dio cuenta de que Clay hablaba a Mack con mucha vehemencia. Mack respondió algo explosivo y se largó. Entonces Clay la vio y bajó los ojos.

¿Qué significaría todo aquello? Seguramente otra discusión. Últimamente, los dos hermanos no parecían llevarse demasiado bien. Becky puso una lavadora y preparó la cena. Entre tanto, soñó despierta con el fiscal del distrito y deseó ser guapa, elegante y rica.

—Tengo que ir a la biblioteca, Becky —le gritó Clay al salir por la puerta principal.

—¿Está abierta a estas ho...? —empezó, pero el portazo primero de la puerta y después de un coche dejaron la frase en el aire.

Corrió a la ventana. «Los Harris», pensó furiosa. Le había dicho que se alejara de ellos. El señor Brady también se lo advirtió, pero ¿cómo podía evitar que saliera a menos que lo atara? Tampoco podía decírselo al abuelo. El anciano había pasado un mal día y se había acostado pronto. ¡Cómo le gustaría tener a alguien con quien hablar!

Mack estaba haciendo sus deberes de matemáticas en la mesa de la cocina sin protestar, en silencio y nervioso.

—¿Necesitas que te ayude con algo? —le preguntó Becky, deteniéndose a su lado.

El niño alzó los ojos y volvió a bajarlos, demasiado deprisa.

—No. Clay me ha pedido que haga una cosa y le he dicho que no —giró nervioso el lápiz entre los dedos—. Becky, si sabes que va a pasar algo malo y no se lo dices a nadie, ¿eres también culpable?

—¿Algo malo como qué?

—Oh, no estaba pensando en nada en concreto —repuso el niño, evasivo.

Becky titubeó.

—Bueno, si sabes que se está haciendo algo malo, deberías decirlo. A mí no me gustan los chivatos, pero si es algo peligroso, hay que decirlo.

—Sí, tienes razón —dijo Mack, y volvió a concentrarse en sus deberes, sin revelar nada más.

Clay fue con los hermanos Harris a recoger una entrega de crack. En las últimas tres semanas, se había convertido en un experto en encontrar clientes para los hermanos Harris. Sabía qué chicos tenían problemas en casa, a cuáles les costaba hacer los deberes, y cuáles estaban descontentos por uno u otro motivo. Ya había hecho un par de ventas, y los beneficios eran increíbles, incluso con una pequeña comisión. Por primera vez, tenía dinero en el bolsillo y Francine no se separaba de él. Se había comprado algunas cosas nuevas, como pantalones y camisetas de marca, aunque tenía mucho cuidado y las dejaba en el armario del colegio para que Becky no lo supiera. Ahora quería un coche. Lo difícil sería ocultárselo a Becky. Seguramente tendría que dejarlo en casa de los Harris. Sí, esa era una buena decisión. O en la de Francine.

Todavía estaba enfadado con Mack. Le había pedido que le ayudara a encontrar clientes en el colegio de primaria, pero su hermano se había puesto furioso y le había dicho que no haría una cosa así. Incluso amenazó con decírselo a Becky, pero Clay lo amenazó a su vez. Sabía cosas de Mack, como las revistas de chicas que tenía en su armario, o la pequeña pero afilada navaja que había conseguido en el colegio, de la que Becky no sabía nada. Clay estaba bastante seguro de que su hermano no se chivaría, pero al verlo irse tan enfadado le asaltó la duda.

Estaban en el lugar de recogida, un pequeño restaurante de carretera desierto, con los dos proveedores en un todoterreno. A Clay le pareció que los hermanos Harris se comportaban de modo extraño, por cómo miraban a un lado y a otro. Además, también habían dejado el motor del coche en marcha y Clay temió que les estuvieran vigilando.

–Ve tú con el dinero –le dijo Son a Clay, dándole unas palmaditas en la espalda–. No te preocupes. Siempre tenemos cuidado, por si aparece la pasma, pero esta noche está todo despejado. Acércate a ellos y entrégales el dinero.

Clay titubeó. Hasta ahora, solo habían sido pequeñas cantidades de cocaína. Pero lo de ese día lo ponía en el club de compradores y camellos, y si lo detenían, la condena podía ser de varios años. Por un momento le entró miedo, intentando imaginar cómo afectaría eso a Becky y a su abuelo, pero inmediatamente se controló y levantó la bolsa de deporte en la que iba el dinero. No lo detendrían, se aseguró. Los hermanos Harris sabían cómo moverse. Todo saldría bien. Y el proveedor tampoco tendría muchas ganas de delatarlo, porque Clay le devolvería el favor.

Cuando llegó a la altura del hombre vestido de negro con una gabardina, de pie junto a un Mercedes de alta gama, Clay se movía con gran seguridad en sí mismo. No dijo nada al proveedor. Le entregó la bolsa, que el otro abrió para comprobar, y a él le dieron una bolsa de cocaína. En la televisión los camellos siempre probaban la mercancía, pero por lo visto en la vida real la calidad estaba asegurada. A los Harris no parecía preocuparlos en absoluto. Clay se hizo con la mercancía, hizo un movimiento de cabeza al proveedor, y regresó a donde Son y su hermano le estaban esperando, con el corazón a mil y la respiración casi imposible. El hecho de superar el miedo y hacer algo peligroso le había dado un increíble subidón de adrenalina, y cuando llegó al coche le brillaban los ojos.

–Bien –Son sonrió. Sujetó a Clay por los hombros y lo sacudió–. Bien hecho. Ahora eres uno de los nuestros.

–¿En serio? –preguntó Clay.

–Claro. Eres un camello, igual que nosotros. Y si no cooperas, Bubba y yo juraremos que eres el cerebro de la operación y que tú preparaste este trato.

–El proveedor sabe que no es así –protestó Clay.

Son se echó a reír.

–No es un proveedor –dijo, mirándose las uñas–. Es uno de los matones de mi padre. ¿Por qué te crees que no hemos comprobado la mercancía antes de entregar el dinero?

–Pero si es uno de los hombres de tu padre... –empezó a decir Clay.

–Hay una unidad de vigilancia al otro lado de la calle

–le dijo Son, con toda tranquilidad–. Te han visto. No te han detenido porque no tenían tiempo para pedir refuerzos. Pero te han grabado, probablemente con sonido, y solo necesitan el testimonio de un testigo ocular para tener una prueba sólida contra ti. Has comprado cocaína, mucha cocaína. Al hombre de mi padre no le importará ir a la cárcel a cambio de dinero. Siempre podemos dárselo más adelante. Pero tú no tendrás la misma consideración, por supuesto.

Clay se tensó.

–Creía que confiabais en mí.

–Es un seguro, tío, nada personal –le aseguró Son–. Queremos que tu hermanito busque clientes en su colegio. Si coopera, no irás a la cárcel.

–Mack me dijo que no. Ya me ha dicho que no –Clay estaba empezando a ponerse histérico.

–Pues más vale que le hagas cambiar de opinión, ¿no te parece? –le sugirió Son–. Porque si no vas a acabar entre rejas una temporada.

Y así de fácil fue como se hicieron con él. Clay no tenía manera de saber que la llamada unidad de vigilancia eran amigos de los Harris, no policías. O que a Francine la habían convencido para que fuera amable con él y así seguir teniéndolo trabajando para ellos. Sí, tenían al pobre Clay bien pillado, y él ni siquiera lo sabía. Todavía.

5

Becky estaba haciendo fotocopias para Maggie a la vez que pasaba a máquina un informe que Nettie, una de las asistentes legales, necesitaba con urgencia, y la doble labor la estaba sacando de quicio. Llevaba unos días de locura. Clay estaba más beligerante que nunca, todo el día callado, de mal humor y abiertamente antagonista. Mack también estaba callado, evitando a su hermano y negándose a contarle nada. El abuelo estaba muy nervioso, y Becky también. Iba a trabajar deseando poder ponerse al volante de su coche, pisar el acelerador y no volver la vista atrás.

—¿No puedes ir más deprisa, Becky? —le preguntó Nettie—. Tengo que estar en los juzgados a la una, y con el tráfico de mediodía tardaré por lo menos cuarenta y cinco minutos en llegar. Así no voy a poder ni comer.

—Lo intento —le aseguró Becky, tecleando más deprisa todavía.

—Yo haré las fotocopias, tranquila —dijo Maggie—. Relájate, querida. Tienes tiempo.

Becky sintió ganas de llorar ante la amabilidad de su

amiga; Maggie era encantadora. Apretó los dientes y se concentró en el informe, terminándolo con tiempo de sobra para que Nettie llegara al juzgado.

—Gracias —le dijo Nettie desde la puerta, y sonrió—. Te debo una invitación a comer.

Becky asintió e hizo una pausa para respirar.

—Tienes un aspecto horrible —le dijo Maggie al volver de la fotocopiadora—. ¿Qué ocurre? ¿Quieres hablar?

—No serviría de nada —respondió Becky, con una suave sonrisa—. Pero gracias de todos modos. Y gracias por las fotocopias.

Maggie alzó las copias.

—De nada. Y procura no hacer muchas cosas a la vez —le recomendó, en tono serio—. Eres la más nueva y eso te pone en una situación difícil. No tengas miedo a decir no si crees que no podrás hacerlo. Vivirás mucho más.

—Mira quién fue a hablar —le riñó suavemente Becky—. ¿No eres tú la que siempre se ofrece voluntaria para los proyectos de caridad del bufete?

Maggie se encogió de hombros.

—Vale, no sigo mi propio consejo —echó una ojeada al reloj—. Son casi las doce. Ve a comer. Yo lo haré en el segundo turno. Necesitas un descanso —añadió, con una mirada preocupada—. Y arréglate primero un poco, querida. No tienes muy buena cara.

Becky hizo una mueca de resignación y se fue. Bajó a la cafetería de la esquina, donde se encontró haciendo la cola junto al fiscal del distrito, el mismísimo Kilpatrick.

—Hola, letrado —dijo ella, tratando de hablar con una indiferencia que no sentía.

De cerca, el hombre era pura dinamita, especialmente con aquel traje gris que marcaba aún más los hombros anchos y la tez oscura.

—Hola —dijo él, mirándola con cierto interés—. ¿Dónde se ha estado escondiendo? El ascensor empieza a aburrirme.

Becky levantó la mirada con las cejas arqueadas.

−¿No me diga? ¿Por qué no prueba por las escaleras, a ver si puede sacar a los oficinistas de sus escondites?

Kilpatrick se echó a reír. En ese momento no estaba fumando, pero Becky estaba segura de que llevaba un puro en el bolsillo.

−Ya he sacado al mío de su escondite −confesó él−. Esta mañana he pillado el cubo de la basura en llamas. ¿No ha oído la alarma de incendios?

Becky la había oído, pero Maggie salió a comprobar que no era más que una falsa alarma.

−Hablaba en broma −dijo ella, sin saber cómo responder.

−No pasa nada. Estaba en el teléfono sin prestar mucha atención al cenicero. Un error que no volveré a cometer −añadió−. Mi secretaria ha llamado al jefe de bomberos para que me echara un buen sermón sobre el peligro de los incendios −apretó los labios y sus ojos brillaron−. ¿No será familia suya, por casualidad?

Becky se echó a reír.

−No lo creo, pero es el tipo de secretaria que me gusta.

Kilpatrick sacudió la cabeza.

−Con mujeres como usted un hombre nunca está a salvo −dijo él, y echó un vistazo primero a la cola que tenían delante con resignación y después al reloj de pulsera−. Cuando he venido me quedaban dos horas, pero tenía que pasar mis notas a máquina y recoger otro informe antes de salir a comer −sacudió la cabeza−. Tener el despacho tan lejos de los juzgados está empezando a resultar un serio inconveniente.

−Piense en todo el ejercicio que consigue, corriendo de un lado para otro todo el día −dijo ella.

−Estaría bien si tuviera que perder peso −dijo él, y recorrió el esbelto cuerpo femenino con los ojos−. Usted ha adelgazado. ¿Cómo está su hermano? −preguntó, serio de nuevo.

Cuando la miraba así se ponía nerviosa. Rebecca se

preguntó si tendría visión microscópica, porque desde luego parecía estar viendo bajo su piel.

–Está bien.

–Espero que mantenga las manos limpias –dijo él–. Todos los Harris están hasta el cuello. Mezclarse con ellos puede meterlo en un lío del que ni usted será capaz de sacarlo.

Becky alzó los ojos.

–¿Lo mandaría a la cárcel?

–Si infringe la ley, desde luego –repuso él–. Soy un funcionario público. Los contribuyentes esperan que me gane el sueldo que me pagan. Alguien ha debido de decirle lo que pienso de los camellos.

–Mi hermano no es un camello, señor Kilpatrick –le aseguró ella con vehemencia–. Es un buen chico. Pero se ha mezclado con malas compañías.

–Eso es lo único que hace falta. Las cárceles están llenas de buenos chicos que jugaron con fuego demasiadas veces. ¿Recuerda que le dije que se estaba preparando algo importante? ¿Quizá un golpe? No lo olvide. Procure que su hermano no salga por las noches.

–¿Cómo? –dijo ella abriendo las manos con un gesto que ponía de manifiesto su incapacidad para dar órdenes a su hermano–. Es más grande que yo, y ya no puedo hablar con él –se cubrió los ojos con la mano–. Señor Kilpatrick, estoy agotada de sostener el mundo –dijo, en voz baja.

Él la tomó del brazo.

–Vamos.

La sacó de la cola y la llevó hacia la puerta.

–¡Mi comida! –protestó ella.

–Olvídelo, comeremos en un Crystal.

Becky nunca se había montado en un Mercedes. Tenía asientos de cuero de verdad y un comodísimo reposacabezas. El salpicadero tenía paneles de madera, que probablemente era madera auténtica, y el interior estaba lujosamente tapizado.

—Parece sorprendida —murmuró él, al ponerlo en marcha.

—El motor ronronea, ¿verdad? —dijo ella, abrochándose el cinturón de seguridad—. ¿Y supongo que los asientos son de cuero de verdad? ¿Es automático?

—Sí, sí, y sí —respondió él con una sonrisa a las tres preguntas—. ¿Qué coche tiene usted?

—Un tanque Sherman de la Segunda Guerra Mundial —dijo ella—, o al menos esa es la impresión que tienes por las mañanas cuando vas a arrancarlo. No tiene que llevarme a comer —añadió, volviéndose a mirarlo—. Llegará tarde por mi culpa.

—No se preocupe. Tengo tiempo. ¿Pasa droga su hermano?

—¡No!

Él la miró a la vez que deslizaba el coche entre el tráfico con movimientos precisos.

—Está bien. Procure que siga así. Estoy detrás de la familia Harris, y los detendré antes de dejar la fiscalía, pase lo que pase. Vender drogas en la calle es una cosa, pero en un colegio de primaria, le aseguro que en mi condado no.

—¡No puede hablar en serio! —exclamó ella—. Quizá en algún colegio del centro, pero no en el de Curry Station.

—Hemos encontrado crack en la taquilla de un alumno —dijo él—. Tiene diez años y ya pasa —la miró con el ceño fruncido—. ¡Cielos, no puede ser tan ingenua! —exclamó él—. ¿No sabe que en Georgia cada año encerramos a cientos de alumnos por pasar drogas, o que uno de cada cuatro niños tiene padres adictos?

—No lo sabía —confesó ella, y apoyó la cabeza en la ventanilla—. ¿Qué ha sido de los niños que iban al colegio, jugaban con ranas, hacían concursos de ortografía y saltaban a la comba?

—Era otra generación, señorita Cullen. La actual juega con armas y los únicos saltos que dan es de beber cerveza que no sé cómo consiguen. Siguen yendo al colegio, por supuesto, donde aprenden cosas en la escuela primaria de las que yo no me enteré hasta el instituto. Aprendizaje acelerado –explicó él–. Queremos que nuestros hijos sean adultos tan pronto para no tener que preocuparnos de los traumas infantiles. Estamos produciendo adultos en miniatura, y los niños que pasan las tardes solos en casa son los primeros de la clase.

–Las madres tienen que trabajar –empezó ella.

–Cierto. La mitad de las madres trabajan mientras sus hijos están solos o terminan divididos entre familias divorciadas –encendió un puro sin preguntarle si le molestaba. Sabía que la respuesta era afirmativa–. Las mujeres no tendrán la igualdad hasta que los hombres puedan quedarse embarazados.

Becky sonrió.

–Tendrían un parto terrible, me imagino.

Él se rio.

–No lo dudo, y con mi suerte, seguro que el mío vendría de nalgas –sacudió la cabeza–. Llevo un día horrible. Esta semana he acusado a dos delincuentes juveniles como adultos y eso me pone enfermo. Quiero que haya más padres que se ocupen de sus hijos. Es mi tema favorito.

–Usted no tiene hijos, supongo –preguntó ella, tímidamente.

Rourke aparcó el coche en el aparcamiento de Crystal, un establecimiento de comida rápida.

–No. Soy anticuado. Para mí los niños tienen que venir después del matrimonio –abrió la puerta y salió. Después rodeó el coche y abrió la de ella–. ¿Qué le apetece, una hamburguesa o chile con carne?

–Chile –respondió ella al instante–. Con tabasco.

–Usted es una de esas, ¿verdad?

–¿Una de esas qué? –preguntó ella.

Rourke deslizó las manos para envolverle las suyas, y Becky contuvo la respiración. El hombre se detuvo en la puerta y la miró de nuevo, viendo la sorpresa reflejada en el suave rostro femenino y en los ojos castaños con destellos dorados. Parecía tan sorprendida como él por el contacto que le provocó un calambre que le recorrió todo el cuerpo, tensándolo con un inesperado placer.

–Manos suaves –comentó él–, y dedos callosos. ¿Qué hace en casa?

–Lavar, cocinar, limpiar, cuidar del huerto –dijo ella–. Son manos trabajadoras.

Él las alzó y las giró en las suyas, estudiando los dedos expertos y elegantes de uñas cortas y sin limar. Eran manos trabajadoras, sí, pero también alargadas y esbeltas. Impulsivamente, se inclinó hacia delante y le acarició los nudillos con los labios.

–¡Señor Kilpatrick! –exclamó ella, sonrojándose.

Él levantó la cabeza y la miró divertido.

–Es mi lado irlandés. El lado cheroqui, por supuesto, la tendría a lomos de un caballo y fuera del país al anochecer.

–¿Tenían caballos?

–Sí, algún día se lo contaré.

Cuando Kilpatrick entrelazó los dedos con los suyos y la hizo entrar en el establecimiento, Becky se sintió como si caminara en sueños.

Pidieron la comida, buscaron una mesa libre y se sentaron a comer, Becky el chile con carne mientras él daba cuenta de dos hamburguesas con queso y dos raciones de patatas fritas.

–¡Qué hambre tengo! –exclamó él–. Últimamente no tengo tiempo ni para comer. Trabajo casi todos los fines de semana, y también por las noches. Incluso sueño con los juicios.

–Creía que tenía ayudantes para eso.

–Estamos desbordados –dijo él–, a pesar de las declaraciones de culpabilidad y los tratos. Tengo gente en la cárcel que no debería estar, pero tienen que esperar la fecha de juicio. No hay suficientes juzgados, ni jueces, ni cárceles.

–¿Ni fiscales?

Él le sonrió.

–Ni fiscales –dijo él. Los ojos negros recorrieron despacio el rostro femenino y subieron de nuevo a los ojos. La sonrisa se desvaneció y la mirada se hizo más íntima–. No quiero tener una relación contigo, Rebecca Cullen.

Costaba un poco acostumbrarse a la franqueza de aquel hombre. Becky tragó saliva.

–¿No quiere?

–Todavía eres virgen, ¿verdad?

Becky se puso roja como un tomate.

–Y ni siquiera lo he tenido que adivinar –dijo él, y terminó su batido de chocolate–. Escucha, yo no seduzco a jóvenes vírgenes. Mi tío Sanderson quería que fuera un caballero, no un indio piel roja, y me enseñó modales exquisitos. Gracias a él, incluso tengo remordimientos de conciencia.

Becky se movió incómoda en su silla, sin saber si hablaba en serio o le estaba tomando el pelo.

–No me acuesto con desconocidos –empezó ella.

–Yo no soy un desconocido –dijo él–. Aunque de vez en cuando prendo fuego a mi despacho o le piso el rabo a mi perro, no soy un hombre tan raro.

Ella sonrió. Una sucesión de dulces estremecimientos la recorrieron de arriba abajo mientras lo miraba y apreciaba la belleza del rostro de pómulos altos y marcados y la fuerza y la elegancia de su cuerpo. Era un hombre muy sensual, que le estaba robando el corazón y ella no podía hacer nada para impedirlo.

–No soy una mujer liberada –dijo ella–. Soy muy tradicional. A pesar de mi padre, he tenido una educación muy estricta, y en la iglesia. Supongo que eso le parecerá arcaico...

–Mi tío Sanderson era diácono de la iglesia baptista –la interrumpió él–. A mí me bautizaron a los diez años y asistí a clases de catequesis hasta que terminé el instituto. Usted no es el único bicho arcaico que existe.

–Sí, pero usted es un hombre.

—Eso espero —suspiró él—. Si no, me he gastado una fortuna en ropa que no me puedo poner.

Ella se echó a reír, encantada.

—¿Es este el verdadero usted? Porque no puede ser el mismo hombre huraño y serio que conocí en el ascensor.

—Tenía muchas razones para estar serio. Me habían trasladado desde mi cómoda oficina del centro a un rascacielos en las afueras de la ciudad, me quitaron mi cafetería favorita, y me inundaron de trabajo. Por supuesto que estaba serio. Y además, estaba aquella joven irritante que no paraba de insultarme.

—Usted empezó —le recordó ella.

—Me limitaba a defenderme.

Becky recorrió el borde de la taza de café con el dedo.

—Yo también. Seguro que en los juicios muchos le temen.

—Eso dicen de mí, sí —dijo él. Recogió los restos de la comida—. Tenemos que irnos. Solo tengo media hora para llegar al juzgado.

—¡Lo siento! —exclamó ella, poniéndose en pie como impulsada por un resorte—. No me había dado cuenta de la hora.

—Yo tampoco —confesó él.

Se hizo a un lado para dejarla pasar primero y salieron del establecimiento.

Aunque la temperatura había aumentado ligeramente, seguía siendo un día frío, y Becky se cerró la chaqueta.

Kilpatrick vio que estaba desgastada y tendría al menos tres o cuatro años. El vestido tampoco era nuevo, y los zapatos de tacón negros estaban a punto de pasar a mejor vida. Le preocupaba ver lo poco que tenía, pero a pesar de todo era una mujer alegre y animada, excepto cuando se mencionaba la situación de su hermano. Él había conocido a mujeres con dinero que se pasaban el tiempo despotricando contra todo, pero Becky, que no tenía prácticamente nada, siempre mostraba un gran amor a la vida y a la gente.

–Ahora está más animada –comentó él de regreso al edificio de oficinas.

–Todo el mundo tiene problemas –respondió ella–. Yo normalmente llevo los míos bastante bien. No son peores que los de cualquiera –añadió con una sonrisa–. En general, disfruto de la vida, señor Kilpatrick.

–Tutéame, por favor, y llámame Rourke –dijo él. Le sonrió–. Es irlandés.

–¡No! –dijo ella, fingiendo sorpresa.

–¿Cómo esperabas que me llamara? ¿George «Roca Montañosa», Henry «Mejillas de Mármol», o algo parecido?

Becky se cubrió la cara con las manos.

–Oh, Dios –gimió.

–En realidad, mi madre se llamaba Irene Tally –explicó él–. Su padre era irlandés y su madre cheroqui, por lo que yo soy un cuarto, no medio cheroqui. Aunque da igual –añadió–. Estoy muy orgulloso de mis ancestros.

–Mack no para de insistirle a mi abuelo para que diga que tiene sangre india –dijo Becky–. Este semestre están estudiando a los indios cheroquis, y está loco por aprender a utilizar la cerbatana que usaban para cazar. ¿Sabías que los cheroquis eran la única tribu del sureste que cazaba con cerbatana?

–Sí, lo sabía. Soy cheroqui –le recordó.

–Solo una cuarta parte, tú lo has dicho, y esa cuarta parte podría no saberlo.

Rourke se echó a reír.

–Dile a Mack que los cheroquis no untaban los dardos con curare. Ese veneno solo lo conocían los indios sudamericanos.

–Se lo diré –Becky miró al bolso que llevaba en el regazo–. Le caerías bien.

–¿Tú crees?

Rourke tenía unas ganas enormes de invitarla a salir, de conocer a su familia. Además, eso le permitiría conocer mejor la relación de Clay con los hermanos Harris, pero no quería herir a Becky y sabía que lo haría. Era mejor dejarlo pasar de momento.

—Ya estamos aquí.

Becky tuvo que reprimir una protesta. Después de todo, Kilpatrick la había invitado a comer y debía sentirse agradecida por las migajas, y no resentida por no ser invitada al banquete. Por eso, aunque quería llorar, le sonrió.

—Gracias por la comida —dijo, cuando estaban los dos de pie junto al coche.

—Ha sido un placer —dijo él. Alzó la mano y recorrió con el pulgar el labio inferior femenino, con movimientos lentos y sensuales—. Si no estuviéramos en un lugar público, señorita Cullen —dijo, dejando que sus ojos se deslizaran hasta su boca—, te tomaría los labios con los míos y te besaría hasta que se te doblaran las rodillas.

Becky contuvo el aliento. Aquellos ojos la estaban hipnotizando y tuvo que hacer un esfuerzo para no arrojarse a sus pies y suplicarle que lo hiciera.

—¿Siempre te afectan así las hamburguesas con queso? —susurró ella, tratando de recuperar su orgullo.

Él soltó una carcajada y dejó caer la mano.

—Maldita seas, mujer —gruñó él.

Becky estaba orgullosa de sí misma. Había logrado recuperar el equilibrio sin ofender demasiado su orgullo. Incluso lo hizo reír, y se preguntó si era tan fácil como parecía.

—Vergüenza debería darte, maldecir a una mujer en público, señor fiscal del distrito —dijo ella, con severidad. Y sonrió—. Gracias por la comida, y por el hombro. Normalmente no me deprimo, pero últimamente las cosas en casa se han puesto más difíciles.

—No tienes que explicarme nada —dijo él, sintiendo la necesidad de protegerla, una sensación a la que no estaba acostumbrado.

—Será mejor que entre —dijo ella, tras un minuto.

—Sí.

Se quedaron mirándose a los ojos, y el tiempo pareció detenerse. Rourke vibraba con la necesidad de pegarla contra su cuerpo y besarla. Se preguntó si ella sentiría la misma necesidad.

–Bueno, ya nos veremos.

Él asintió.

Becky logró que sus pies se pusieran en movimiento, pero no estaba segura de que tocaran el suelo. Tampoco sabía que un par de ojos curiosos la habían visto salir con Kilpatrick y regresar de nuevo con él.

–Tu hermana se ha hecho muy amiga del fiscal, Cullen –dijo aquella noche Son Harris a Clay–. Ha comido con él. No podemos permitir que la situación continúe así. Podría llegar a nosotros.

–¡No seas tonto! –dijo Clay nervioso–. A Becky no le interesa Kilpatrick. Seguro que no.

–Su investigador y él están cada vez más cerca. Quizá tengamos que librarnos de él –dijo Son, clavando los ojos en Clay, que lo miraba con desconcierto–. Tenemos una entrega muy importante dentro de unas semanas. No podemos permitirnos complicaciones.

–¿No crees que matar al fiscal causaría complicaciones? –se rio Clay, porque a Son le encantaba exagerar.

–No si le echan la culpa a otro.

Clay se encogió de hombros.

–Conmigo no cuentes. No sé disparar.

Son lo miró serio.

–Estábamos pensando en algo menos peligroso. Como el coche –dijo, sonriendo al ver la dudosa expresión de Clay–. A ti se te dan muy bien las ciencias, ¿verdad? Y el año pasado hiciste un trabajo sobre explosivos. A ningún investigador le costaría mucho obtener esa información, te lo aseguro. Así que sé buen chico –añadió dándole unas palmaditas en el brazo–, y cúrrate a tu hermanito. O tendremos que ponerle una bomba al fiscal del distrito y echarte la culpa a ti.

–Mack no cambiará de opinión –dijo Clay.

Son ya estaba colocado. Seguro que no hablaba en serio. Sus palabras tenían que ser una broma. No, se dijo, era solo una forma de hablar. Tenían miedo de que Becky dijera algo a Kilpatrick y solo pretendían asustarlo. Cielos, no podían hablar en serio.

–Más vale que Mack cambie de opinión –insistió Son en un tono de voz falsamente suave y claramente amenazador. Miró a Clay con las pupilas dilatadas–. ¿Me has oído, Clay? Más vale que cambie. Queremos hacernos con el colegio, y lo tendremos. Así que ponte a currártelo ya.

Cuando Becky volvió a casa iba flotando en una nube, pensando únicamente en Kilpatrick, y no en sus problemas. Mientras preparaba la cena y su abuelo veía las noticias, tardó un rato en darse cuenta de que ninguno de sus dos hermanos estaba en casa.

Un poco más tarde, Mack entró en la cocina con la cara pálida, pero no le dijo nada. Murmuró algo de no tener hambre, pero no miró a Becky a los ojos.

Ella lo siguió a su dormitorio, secándose las manos húmedas en un trapo.

–Mack, ¿ocurre algo?

Él la miró y fue a decir algo, pero miró detrás de ella y bruscamente cerró la boca.

–No ocurre nada, ¿verdad, Mack? –dijo Clay y sonrió–. ¿Qué hay para cenar?

–¿Vas a cenar aquí? –preguntó Becky.

Él se encogió de hombros.

–No tengo nada mejor que hacer. Al menos hoy. He pensado en echar una partida de damas con el abuelo.

Becky sonrió aliviada.

–Eso le gustará.

–¿Qué tal el día? –preguntó Clay mientras volvían a la cocina, donde ella comprobó unos panecillos que tenía en el horno.

–Muy bien –dijo ella–. El señor Kilpatrick me ha invitado a comer.

–Vaya, así que el fiscal y tú hacéis buenas migas –preguntó Clay, entrecerrando los ojos.

–No tiene nada que ver contigo –dijo ella con firmeza–. Es un hombre agradable. Solo hemos comido.

–¿Kilpatrick agradable? –Clay se rio amargamente–. Ya lo creo que sí. Primero intentó encerrar a papá, y ahora me quiere encerrar a mí. Pero es agradable, claro.

Becky se puso roja de ira.

–No tiene nada que ver contigo –repitió–. Por el amor de Dios, tengo derecho a disfrutar un poco. Me paso el día limpiando, cocinando, y trabajando para todos. ¿No tengo derecho a ir a comer con un hombre de vez en cuando? Tengo veinticuatro años, Clay. Y apenas he tenido una cita en mi vida...

–Lo siento –dijo él, y hablaba en serio–. De verdad que lo siento. Sé que trabajas mucho por nosotros –añadió en voz baja.

Le dio la espalda y se alejó unos pasos, sintiéndose pequeño y avergonzado. Había muchas cosas que no le podía decir a su hermana, se dijo. Quería llevar dinero a casa para ayudar, pero sabía que no podía enseñárselo a Becky porque enseguida sospecharía su procedencia.

¿Cómo había podido meterse en aquel lío?

Son Harris lo tenía en sus manos. Clay tampoco quería ir a la cárcel. Suspiró y se asomó por la ventana. Quizá pudiera convencer a otro niño, alguien con menos escrúpulos que su hermano pequeño.

Clay miró a Becky. A ella le gustaba el fiscal del distrito, a él no. Pero pensar que los hermanos Harris habían hablado de asesinarlo...

¡Dios, qué desastre! Mientras ella continuaba con la cena, Clay fue al salón. Siempre podía llamar a Kilpatrick y avisarlo. Pero ¿y si era una broma? A Son le encantaba hacer bromas pesadas, y esa vez no estaba seguro de que no lo fuera. Después de todo, ¿dónde encontraría Son Harris a un asesino a sueldo? No, había sido una broma. Se estaba poniendo histérico por nada. Entonces se relajó, porque sin un matón, Son no podía hacer nada. No era más que una broma pesada, y él se la había tragado. ¡Seguro que se estaban riendo de él!

–¿Echamos una partida de damas después de cenar, abuelo? –preguntó al hombre mayor forzando una sonrisa.

Becky terminó con la cena y después se acostó, decidida a no reparar en el evidente abatimiento de Mack, la falsa alegría de Clay y la falta de entusiasmo del abuelo por la vida. Ya era hora de tener una vida propia, incluso si tenía que endurecer el corazón para conseguirlo. No podía sacrificarse eternamente. Cerró los ojos y vio la cara de Rourke Kilpatrick. Hasta ese momento nunca había querido a alguien lo suficiente como para plantarse ante los suyos. Pero ahora eso estaba cambiando.

6

A veces, Kilpatrick se preguntaba por qué seguía teniendo a Gus. El enorme pastor alemán saltó al interior del Mercedes, pero en lugar de acomodarse detrás volvió a saltar a la acera. Rourke tardó cinco minutos en meter al enorme animal en el coche, y ya iba con bastante retraso. Quería dejarlo en la perrera para unos cursos de obediencia y, a ese paso, tendría suerte si llegaba a su despacho antes de la hora de comer.

Gus ladró, inquieto, como si sintiera algo extraño. Kilpatrick no vio a nadie cerca del coche.

Buscó un puro con la mano, pero no encontró la cajetilla. Con un suspiro de frustración, salió del coche y fue a buscarla. Cerró la puerta y dejó al perro en el interior. En el momento en que llegó a la puerta principal, la bomba estalló, convirtiendo el elegante Mercedes en un amasijo de hierros y cuero carbonizado.

Becky se dio cuenta de que había ocurrido algo por el repentino ajetreo en la oficina. Vio un continuo ir y venir de policías y detectives de paisano, y el sonido de las sirenas era casi constante.

—¿Sabes qué ha pasado? —preguntó a Maggie mientras trataba de ver la calle desde la ventana.

Era la hora de comer, y todos los abogados estaban fuera, junto con los asistentes legales. Maggie y Becky eran las únicas que quedaban en la oficina, ya que las otras secretarias y la recepcionista habían salido a comer.

—No —dijo Maggie acercándose a ella—. Pero algo ha pasado. Esos son los artificieros —frunció el ceño—. ¿Qué estarán haciendo aquí?

En ese momento, Bob Malcolm entró en el bufete con pasos acelerados y expresión preocupada e inquieta.

—¿Han estado aquí? —preguntó.

—¿Quién? —preguntó Maggie.

—La unidad de artificieros. Están yendo por todo el edificio. Cielos, ¿no os habéis enterado? Han intentado matar al fiscal del distrito esta mañana. Le han puesto una bomba en el coche.

Becky se apoyó de espaldas en la pared, pálida. ¡Rourke!

—¿Ha muerto? —preguntó, y dejó de respirar mientras esperaba la respuesta.

—No —respondió Malcolm, mirándola con curiosidad—. Aunque su perro sí —fue hacia su despacho—. Tengo que hacer un par de llamadas. Tranquilas, no creo que tengamos que preocuparnos por nada aquí en el edificio. Aunque es mejor tomar precauciones.

—Sí, claro —dijo Maggie. Cuando se cerró la puerta de su despacho, rodeó a Becky con un brazo—. Vaya, vaya. Así que así es como están las cosas.

—No lo conozco muy bien —protestó Becky—. Pero ha sido amable con mi hermano, y lo... lo he visto varias veces por el edificio.

—Entiendo —Maggie la abrazó y la apartó—. Es indestructible, no lo dudes —le aseguró con una sonrisa—. Ve a arreglarte un poco.

—Sí. Claro.

Becky fue al cuarto de baño y se quedó allí mientras la unidad de artificieros registraba el bufete. No encontraron nada. Cuando terminaron ya era la hora de comer, pero Becky se quedó en el despacho con la excusa de terminar una carta. En cuanto Maggie desapareció, Becky subió a la planta superior y fue directamente al despacho de Kilpatrick.

Este estaba hablando con un grupo de hombres, pero al verla, pálida y con los ojos desmesuradamente abiertos y preocupados, se despidió de ellos y sin decir una palabra, la tomó del brazo, la llevó a su despacho particular y cerró la puerta.

Ella no pensó ni se detuvo a considerar las consecuencias. Se metió en sus brazos y se pegó a él, estremeciéndose, sin decir nada, deslizando las manos bajo su chaqueta, con los ojos muy cerrados y respirando la exquisita fragancia de la colonia masculina en el silencio que chisporroteaba a su alrededor.

Kilpatrick, a quien nunca le faltaban las palabras, enmudeció durante un largo rato. La llegada precipitada de Becky y el pánico de sus ojos le llegaron a lo más hondo, y sus brazos se contrajeron.

—Estoy bien —le aseguró él por fin cuando recuperó el habla.

—Eso me han dicho, pero tenía que verlo con mis propios ojos. Acabo de enterarme —se apretó más contra él—. Siento lo del perro.

Él respiró profundamente.

—Yo también. Era un pesado, pero lo echaré mucho de menos —apretó la mandíbula y bajó la cabeza hacia ella. La abrazó y pegó los labios a la garganta femenina—. ¿Por qué has venido?

—He pensado que... necesitarías a alguien —susurró ella—. Sé que parece una impertinencia, y siento haber entrado así...

—No tienes que disculparte —la interrumpió él con voz grave y pausada. Alzó la cabeza y la miró a los ojos—. Cielos, hace años que nadie se preocupa por mí —frunció el ceño y le retiró la melena de la cara—. No estoy seguro de que me guste.

—¿Por qué? —preguntó ella.

—Soy una persona solitaria —dijo él con absoluta franqueza—. No quiero ataduras.

Ella sonrió con tristeza.

—Ni yo puedo tenerlas. Mi familia es toda la responsabilidad que puedo asumir. Pero siento lo de tu perro y me alegro de que no hayas resultado herido.

—Los malditos puros que tanto detestas me han salvado —murmuró él—. Había vuelto a buscarlos cuando ha estallado la bomba. Por lo visto el mecánico que lo hizo no era muy experto. Había un cable suelto en el temporizador.

—Oh. ¿No estaba conectado a la puerta o al acelerador?

Él la miró.

—No sabes absolutamente nada de explosivos plásticos ni temporizadores electrónicos, ¿verdad?

—Bueno, como nunca he querido cargarme a nadie, no me he preocupado de aprender —respondió ella, más relajada ahora que había comprobado que estaba bien.

—Respondona —dijo él.

Los ojos castaños casi negros cayeron de repente en su boca. Sin pensarlo, se inclinó hacia ella y la besó con fuerza. Unos segundos más tarde se separó de ella, mucho antes de que Becky tuviera tiempo de saborear su calor, y la apartó con manos firmes y fuertes.

—Vete. Estoy hasta el cuello con los investigadores y los agentes federales.

—¡Agentes federales!

—Para delitos de terrorismo y crimen organizado —respondió él—. Esto ha sido un delito federal. Algún día te lo explicaré.

—Me voy. Espero no haberte avergonzado —empezó ella, más tímida ahora que se había recuperado del susto inicial.

—En absoluto. Mi secretaria está acostumbrada a que aparezcan de repente rubias histéricas y se me echen encima –dijo él, y se rio. Era la primera muestra de humor desde el terror y la angustia de la mañana. Seguía estando triste, pero le sonrió–. Vuelve al trabajo, señorita Cullen. No estoy hecho a prueba de bomba, pero alguien allá arriba me quiere.

–Yo diría lo mismo –dijo ella. Se acercó a la puerta y desde allí se despidió–. Adiós.

–Gracias –murmuró él, y le dio la espalda.

Rourke estaba profundamente conmovido por la visita. Le había emocionado intensamente saber que a ella le importaba si vivía o moría. Hacía mucho tiempo que nadie se preocupaba por él así. De hecho, nunca una mujer. Fue algo que le hizo pensar.

Todavía seguía pensando en ello cuando entró Dan Berry y cerró la puerta tras él.

–¿Esa que ha salido no era la hermana de Clay Cullen? –preguntó a Kilpatrick–. ¿Ha venido a ver si lo había conseguido?

Kilpatrick se quedó inmóvil.

–Explícame eso –ordenó con voz tajante.

–Clay Cullen es un mago de la electrónica –dijo Berry–. El año pasado ganó un concurso de ciencias con un explosivo con temporizador. Supongo que los hermanos Harris le han echado una mano. Estamos seguros de que estaban todos implicados, pero no podemos demostrarlo.

Kilpatrick encendió un puro y se apoyó contra la mesa, deprimido y frustrado. ¿Por eso había ido Becky tan deprisa a verlo? ¿Le habría contado Clay sus planes? ¿Sabía algo?

–¿Qué habéis descubierto?

–Era un temporizador muy rudimentario. Si lo hubiera hecho alguien más experto, estarías muerto. Tal y como estaba preparado, no tenía que haber explotado.

Kilpatrick soltó una bocanada de humo.

–Sigue trabajando con la policía y comprueba si pueden localizar los explosivos. Quiero tener a Cullen bien vigilado.

–¿Un micrófono?

Kilpatrick maldijo para sus adentros.

–No podemos pedirlo. Maldita sea, solo tenemos sospechas, pero no pruebas. Sin ninguna prueba que respalde nuestras intuiciones, no conseguiremos una orden judicial ni nada. Ni para Cullen ni para los Harris.

–¿Entonces qué hacemos?

–Dejar que se ocupen los federales –dijo Kilpatrick a su pesar.

–¿Con todo el trabajo que tienen? Seguro. Seguro que están encantados de perder el tiempo con un par de camellos aficionados en Atlanta.

Kilpatrick lo miró furioso.

–Ya se me ocurrirá algo.

Berry se encogió de hombros.

–Una lástima que no te guste nada esa chica, la hermana de Cullen. Sería una excelente fuente de información, sobre todo si tú le gustas a ella –miró al hombre con ojos expresivos–. Era solo una idea.

–Sigue trabajando –dijo Kilpatrick, tajante, sin mirar al otro hombre.

Había estado pensando lo mismo, pero era una estrategia que no tenía nada de limpia y honrada. Toda su vida había seguido un estricto código de honor y eso iba totalmente en contra. ¿Tenía derecho a intentar sacar información a Becky que terminara con su hermano en la cárcel? Volvió hacia su mesa con una exclamación de asco.

Becky, ignorante de la conversación que estaba teniendo Kilpatrick con su detective, volvió aquella tarde a casa aterrada. Ahora estaba muy preocupada. Si alguien había querido matarlo una vez, probablemente volverían a intentarlo.

El abuelo y sus dos hermanos se dieron cuenta de su callada actitud durante la cena.

–¿Qué ocurre? –preguntó Clay.

–Esta mañana han puesto una bomba en el coche del señor Kilpatrick –dijo Becky, sin pensar.

Clay se puso blanco como la pared. Se levantó, balbuceó una disculpa sobre un supuesto dolor de estómago y se fue. Mack siguió allí, con los ojos muy abiertos.

–Entiendo que sus enemigos puedan querer quitarle de en medio –dijo el abuelo–. Pero es una forma muy cobarde de matar a un hombre. Y matar a su perro, todavía peor.

–Sí –dijo Becky. Miró hacia el salón, por donde se había ido Clay–. Clay no tiene muy buena cara. ¿Se encuentra bien?

–Claro que sí –se apresuró a responder Mack–. Pero iré a preguntárselo, ¿vale?

–Mack, no te has comido las espinacas...

–¡Luego! –gritó el chaval.

–¡Cobarde! –gritó ella, a su espalda.

El abuelo miró a su nieta.

–Ojalá pudiera mantener a Clay lejos de los Harris –dijo.

–Yo también, pero ¿cómo? ¿Atándolo al porche? –Becky dejó la servilleta y apoyó la cara en las manos.

–¿Te estás ablandando con Kilpatrick? –preguntó de repente el abuelo, mirándola con ojos astutos–. Parecías muy afectada por lo que le ha pasado.

Becky alzó la cabeza. Aquello fue la gota que colmó el vaso.

–Tengo todo el derecho a que me guste –le dijo sin dejarse amedrentar–. Si me gusta el señor Kilpatrick, es asunto mío y de nadie más.

El abuelo carraspeó y desvió la mirada.

–¿Me pasas un poco más de maíz? Está muy bueno.

Becky empezó a sentir remordimientos por responder al abuelo de aquella manera. Pero cada vez le resultaba más difícil hacer tantos sacrificios por ellos y que ellos lo ignoraran. Y por una vez en su vida, le importaba bien poco que sus decisiones molestaran a los demás.

7

A la mañana siguiente, Clay estaba todavía en la cama cuando Becky asomó la cabeza en su habitación para recordarle que se levantara. Mack ya estaba en la mesa de la cocina comiendo tortitas, pero Clay murmuró que le dolía el estómago y que no se levantaría.

–¿Quieres que te lleve al médico? –preguntó ella.
–No, estoy bien. El abuelo está aquí.

Becky suspiró, pero prefirió no discutir con él. Clay estaba muy callado desde que ella mencionó el atentado con bomba contra Kilpatrick y ella no entendía por qué, a menos que su hermano hubiera deseado algo terrible contra él.

–Entonces, cuídate –le dijo, y cerró la puerta.

Después volvió a la cocina, deseando saber más sobre adolescentes.

–Estás muy guapa –dijo Mack de repente.

Becky alzó las cejas. Llevaba una falda de cuadros roja, una blusa blanca y una chaqueta negra, y el pelo recogido como siempre en un moño.

–¿Yo?

El niño sonrió.

—Tú.

Becky se inclinó y le dio un beso en la mejilla.

—Tú te llevarás a las niñas de calle dentro de cuatro años —le aseguró ella.

—A los monstruos de calle —la corrigió él—. Odio a las chicas.

Becky apretó los labios.

—Te lo recordaré dentro de cuatro años. Ahí está el autobús —dijo, señalando hacia la ventana—. Date prisa.

—¿Y Clay? ¿Se encuentra bien? —preguntó el niño desde la puerta.

—Le duele el estómago, pero se pondrá bien.

Mack titubeó un momento, pero se encogió de hombros y salió.

En el trabajo, Becky no podía dejar de pensar en la extraña actitud de sus dos hermanos.

—¿Algún problema? —le preguntó Maggie mientras recogían las mesas antes de salir a comer.

—Últimamente todo se hace una montaña —dijo Becky con un suspiro—. Mi hermano está en casa con dolor de estómago. Tiene diecisiete años y ya se ha metido en líos con la policía. No sé qué estoy haciendo mal. Es tan difícil…

—Todos los chicos son difíciles, en mayor o menor grado —le aseguró la mujer—. Yo he tenido dos, aunque supongo que eran de los empollones —añadió con una sonrisa—. Ya sabes, estaban en el club de ajedrez, la banda de música, el grupo de teatro, ese tipo de chicos. Gracias a Dios nunca se les ocurrió salirse del buen camino.

—Dale las gracias a Dios, sí. Mi hermano Mack es como tus hijos, pero debo decir que Clay compensa con creces su buen comportamiento.

—Hoy no ha habido tanto jaleo —observó Maggie—. Es agradable no tener por aquí a las brigadas de artificieros.

Becky asintió y miró de soslayo la bolsa de papel marrón que había llevado consigo. Dentro había una tarta de limón que había preparado para Kilpatrick. Todavía no sabía si acabaría reuniendo el valor necesario para dársela, pero había pensado que le vendría bien después del disgusto del día anterior y la muerte de su perro.

–Puedes irte si quieres –le dijo Maggie–. Son las doce menos diez, pero yo voy a terminar de hacer algunas cosas. He quedado para comer un poco más tarde con las hermanas de mi exmarido –explicó–. Es increíble lo bien que sigo llevándome con su familia después de tanto tiempo. Una lástima que no me llevara tan bien con él.

–Estaré de vuelta a la una –le prometió Becky, agradecida por poder salir antes. Quizá así pudiera dejarle la tarta a la secretaria de Kilpatrick sin decir de quién era.

–Claro –dijo Maggie, y le sonrió.

Había visto la bolsa de papel, pero no dijo nada.

Becky estaba segura de que tenía una pinta horrible. Se recogió dos mechones de pelo en el moño y se arregló la falda intentando tapar la carrera que llevaba en la media. Se detuvo delante de la puerta del despacho de Kilpatrick, y casi se dio media vuelta y salió huyendo. Después se dio cuenta de que su aspecto era la última de sus preocupaciones, así que abrió la puerta y entró.

La secretaria levantó la cabeza y sonrió.

–Hola. ¿Puedo ayudarla en algo?

–Sí –respondió Becky y se acercó al escritorio, donde dejó la bolsa marrón–. He traído un poco de tarta de limón –dijo–. Para él.

En la oficina trabajaban un detective, un asistente legal, y tres ayudantes del fiscal, pero la secretaria supo a quién se refería.

–Lo agradecerá –le aseguró la mujer–. Le encantan las tartas. Ha sido un detalle de su parte.

–Sentí mucho lo de su perro –murmuró Becky–. Yo también tenía un perro. El año pasado lo atropelló el cartero. Será mejor que me vaya.

–Él querrá darle las gracias...

–No hace falta. No hace falta –dijo Becky, retrocediendo hacia la puerta–. Que tenga un buen... ¡oh!

Tropezó de espaldas con un cuerpo alto y fuerte. Un par de manos grandes y firmes la sujetaron y una voz grave rio detrás de ella.

—¿Qué has hecho? —preguntó él—. ¿Robar un banco? ¿Atracar una tienda? ¿O has venido a declararte culpable?

—Sí, señor —dijo la secretaria—. Creo que quiere sobornarle. Con tarta de limón.

—Buena idea, señora Delancy —respondió él—. Me temo que voy a tener que tomarla bajo mi custodia, señorita Cullen. Hablaremos de los términos en la cafetería más próxima.

—Pero... —empezó Becky, pero no le sirvió de nada.

Kilpatrick ya la llevaba hacia la puerta.

—Estaré de vuelta a la una —dijo a su secretaria.

—Sí, señor.

Kilpatrick llevaba un abrigo color crema con pantalones claros de tela y parecía mucho más alto que de costumbre.

—Todo un detalle hacerme una tarta. ¿Es un soborno o crees que no como lo suficiente? —le preguntó él deteniéndose delante del ascensor y pulsando el botón de llamada.

—Pensé que te gustaban los dulces —respondió ella—. Supongo que eres mejor cocinero que yo.

Seguía estando tensa, pero verlo fue como montarse de nuevo en una montaña rusa.

—¿Porque vivo solo? —dijo él, y sacudió la cabeza—. No sé ni hervir un vaso de agua. Compro comida preparada y la caliento. Algún día tendré que contratar otra ama de llaves si no quiero envenenarme antes.

Becky lo estudiaba en silencio mientras esperaban la llegada del ascensor. De repente pensó que era increíble haberse salvado de un atentado y seguir tan normal y tranquilo.

—¿Estuviste en el ejército? —preguntó.

—En los marines —respondió él—. ¿Se nota?

Becky sonrió.

–No pierdes fácilmente la calma –dijo ella.

Kilpatrick se metió el puro en la boca y la miró.

–Tú tampoco. Viviendo con dos hermanos, seguro que has tenido un buen entrenamiento de combate.

–Viviendo con dos hermanos a veces tienes la sensación de que lo necesitas –dijo ella–. Sobre todo con Clay.

Kilpatrick tuvo que morderse la lengua para no preguntar. Desvió los ojos hacia el ascensor cuando este llegó. El ascensor iba lleno de oficinistas en su hora de comer y Kilpatrick hizo sitio para los dos. Becky sintió el brazo masculino en su cuerpo, rodeándola y pegándola a él de espaldas contra su pecho. Becky lo sentía respirando contra ella y sintió que le flaqueaban las rodillas. Afortunadamente, el ascensor bajó directamente hasta la planta baja y fue un alivio salir a la calle.

–¿Te apetece ir a la cafetería? –preguntó él–. Si quieres, podemos ir a otro sitio.

–Pero no tienes coche.

Él se detuvo y la miró a los ojos.

–Mi coche quedó siniestro total, pero gracias a Dios tenía las cuotas del seguro al día y me darán otro. De momento tengo un coche oficial. No es tan grande como el mío, pero es cómodo y funciona.

Becky bajó los ojos y tragó saliva.

–Me alegro de que fumes puros, Rourke.

Él alisó con la mano la manga desgastada de la blusa blanca.

–Yo también –dijo él, vacilante. De repente sus dedos se cerraron y sujetaron el brazo femenino con intensidad. Se inclinó hacia ella, tan cerca que Becky sintió el calor y el poder de su cuerpo de la cabeza a los pies–. Di mi nombre –dijo él, con voz ronca.

–Rourke –dijo ella, en un susurro sin aliento. Alzó los ojos y lo miró a la cara–. Rourke –repitió, intensamente.

La mirada masculina cayó sobre su boca y la mandíbula se tensó. Sin soltarla, Rourke tiró de ella hacia la cola que se estaba formando en la puerta de la cafetería.

—No puedo entender cómo te has librado de ser violada en el vestíbulo.

Becky abrió los ojos desmesuradamente. No estaba segura de haberlo oído bien.

—No lo entiendes, ¿verdad? —murmuró él, llevándose el puro a los labios—. Tienes los ojos más seductores que he visto en mi vida. Totalmente sensuales. Que me miran con una expresión que me hace desear... —sacudió la cabeza—. Olvídalo. Parece que hoy tenemos pescado, hígado, y pollo asado —murmuró mirando por encima de su cabeza para cambiar de conversación.

Su cuerpo se estaba tensando con una sensación absolutamente erótica y se sentía de lo más incómodo.

—Detesto el hígado —murmuró ella.

—Yo también.

Becky hizo una mueca al ver las volutas de humo del puro en el aire.

—¿No sabes que hay una ordenanza municipal que prohíbe fumar aquí? —le preguntó ella.

—Claro, soy abogado —le recordó él—. Nos enseñan esas cosas en la Facultad.

—No eres solo abogado, eres el fiscal del distrito —respondió ella.

—Estoy dando ejemplo —explicó él—. Si hay gente que todavía no sabe qué es fumar, cuando me vean lo sabrán —añadió, y metiéndose el puro entre los dientes sonrió.

—¡Eres imposible!

Cuando llegaron a las puertas de la cafetería él apagó el puro. A pesar de las protestas de Becky, él la invitó a comer.

—Por favor, no deberías... —protestó ella, sentándose a una mesa para dos junto a la ventana.

—Calla y come —dijo él, agarrando su tenedor—. No tengo tiempo para discutir contigo.

—Yo detesto discutir —murmuró ella entre bocados de pescado.

–¿Sí?

–Ya discuto bastante en casa –explicó ella, con una triste sonrisa.

–Hay formas legales de obligar a tu padre a ocuparse de sus responsabilidades –sugirió él.

–En este momento mi padre es la última complicación que necesito –dijo ella con un suspiro–. No te imaginas lo que es, que aparezca de repente y exija que le ayudemos a salir de cualquier embrollo. Es lo que he hecho toda mi vida, hasta hace dos años. Y desde que se fue a Alabama, ha sido como vivir en otro mundo. Espero que se quede allí y no vuelva nunca –dijo ella con un estremecimiento–. Con lo que tengo es más que suficiente.

–No deberías ocuparte tú sola –dijo él y dejó el tenedor–. Escucha, hay agencias sociales...

Becky le tocó la mano que descansaba sobre la mesa.

–Gracias, pero mi abuelo es demasiado orgulloso para aceptar ningún tipo de ayuda. Mis hermanos y mi abuelo prefieren vivir en la calle antes que ir a vivir a ningún otro sitio. La granja es todo lo que tenemos, y tengo que mantenerla lo mejor que pueda. Sé que tus intenciones son buenas, pero solo hay una forma de hacerlo, y ya lo estoy haciendo.

–En otras palabras –dijo él bruscamente–. Que estás atrapada.

Becky se puso pálida. Desvió la mirada, pero él volvió la mano hacia arriba y le sujetó la suya.

–No te gusta esa palabra, ¿verdad? –dijo él, mirándola a los ojos–. Pero es la verdad. Eres tan prisionera como cualquiera de los delincuentes que mando a la cárcel.

–Prisionera de mi propio orgullo, de mi sentido del deber, del honor y de la lealtad. Mi abuelo me enseñó que esos son los pilares de cualquier educación decente.

–Y tiene razón –dijo Rourke–. Pero no se pueden sustituir por los remordimientos.

–Yo no me quedo por remordimientos.

–¿No? –dijo él, sin soltarle la mano, acariciándola arriba

y abajo con los dedos con una intimidad que la hizo temblar. Rourke alzó los ojos y la miró–. ¿Alguna vez has tenido un romance?

–Incluso si creyera en esas cosas, no tengo tiempo –empezó ella, sonrojándose.

–Eres guapa. Podrías tener un marido y una familia si lo quisieras.

–No quiero –empezó ella.

Rourke dibujó círculos con el pulgar en la palma de su mano con movimientos sensuales.

–¿No quieres qué? –preguntó él, bajando la voz y dejando que sus ojos acariciaran los labios femeninos hasta que ella sintió que se ahogaba bajo su mirada–. ¿Nunca has tenido un amante, Becky?

–No.

Rourke sintió el temblor de la mano femenina y su cuerpo se tensó con un repentino y potente deseo. Becky era delgada, pero sus senos se erguían altos y firmes y la cintura se estrechaba exquisitamente justo antes de redondearse sobre las caderas y las largas piernas. Mientras seguía con los ojos el suave subir y bajar del pecho femenino, Rourke pensó que bajo la ropa tendría un cuerpo exquisito.

–Rourke –gimió ella, sonrojándose.

Rourke se obligó a mirarla a los ojos.

–¿Qué?

Becky tiró de la mano y él la soltó. Pinchó un trozo de pescado con el tenedor y casi se le cayó al llevárselo a los labios.

Kilpatrick la observaba con satisfacción. Ella también era tan vulnerable como él. Era guapa e inocente, y ganarse su confianza sería tan sencillo como ganarse la confianza de un niño.

En parte detestaba la idea de utilizarla para detener a su hermano y a través de él a los hermanos Harris. Pero por otra parte, ella lo excitaba y usó esa parte como excusa para convencerse de que estaba ayudándola a liberarse de su sofocante forma de vida.

—Podríamos volver a repetir esto mañana –dijo él, apoyándose en el respaldo de la silla–. No me gusta comer solo.

Becky estuvo a punto de ponerse a dar saltos de alegría. Un hombre como Kilpatrick deseando su compañía. No se cuestionó sus motivos ni sus intenciones. Le bastaba con su interés.

—Me gustaría comer contigo –balbuceó ella tímidamente. Y titubeando, añadió–: ¿Estás seguro?

—¿Por qué no iba a estarlo? –dijo él, mirándola–. A veces hablas como si fuera imposible que un hombre pueda sentirse atraído por ti.

—Bueno, no soy precisamente guapa –dijo ella con una leve sonrisa.

—Tienes un pelo y unos ojos preciosos –le aseguró él, midiendo sus palabras para no asustarla–. Un cuerpo sensual y encantador, y me gusta tu sentido del humor. Me gusta estar contigo –dijo él–. Y además me encanta la tarta de limón.

—Oh, entiendo –se rio ella ahora, relajando la tensión–. Ahora te vas a dejar sobornar.

Él asintió.

—Exactamente. No se me puede comprar con dinero, pero la comida es otra cuestión. Un hombre hambriento y una buena cocinera es una pareja que cualquier jurado puede entender.

—¿Lo dices por si te enveneno sin querer? –preguntó ella, divertida.

—Por supuesto.

—Esta noche me desharé de todo el cianuro que tengo –prometió Becky solemnemente llevándose una mano al corazón–. Solo lo tengo para dárselo a los viajantes que vienen vendiendo aspiradoras.

—Buena chica. Cómete el postre.

Becky así lo hizo, pero sin enterarse de lo que se estaba metiendo en la boca. Estaba demasiado ocupada mirando a Kilpatrick.

La joven pasó el resto del día flotando por la oficina, con la cabeza en las nubes. Maggie se dio cuenta de su estado e hizo algún comentario jocoso en broma, pero a Becky no le importó.

Al volver a casa, tuvo mucho cuidado de no mencionar el nombre de Kilpatrick. Solo traería problemas, y ahora ya sabía lo que la familia pensaba de él. Clay y su abuelo lo detestaban. El único aliado que podría tener era Mack, pero no sería suficiente.

Dio de comer a las gallinas y recogió los huevos sin apenas pensar en lo que hacía. El fuerte rugido de un motor la hizo volverse justo a tiempo para ver a Clay descender de un lujoso y carísimo coche deportivo, riendo mientras se despedía del conductor. Pero no era ninguno de los hermanos Harris. Era una chica. Y a Clay ya no le dolía el estómago. Lo miró furiosa.

Clay caminaba hacia la casa con pasos ligeros cuando vio a su hermana. El joven vaciló un momento y después se acercó a ella. Llevaba pantalones y camiseta de marca.

—Así que dolor de estómago, ¿eh? —preguntó ella, con voz helada—. ¿Y de dónde diablos has sacado esa ropa?

—¿Qué ropa? —dijo él.

Su cabeza todavía estaba en Francine y en la pasión que empezaba a haber entre ellos, sobre todo ahora que él tenía ropa de marca y un poco de dinero en el bolsillo. Sin embargo, acababa de estropearlo todo al dejar que su hermana lo sorprendiera vestido con las prendas nuevas.

—Ropa de marca —dijo ella, con desesperación—. ¡Oh, Clay!

—Lo he comprado con mi dinero —dijo él, pensando deprisa—. He encontrado trabajo por las noches en una tienda en Atlanta. Ahí es donde he estado. Quería darte una sorpresa.

Becky lo miró con clara incredulidad. A Clay no le gustaba trabajar, y mucho menos toda la noche.

—¿No me digas? ¿Y dónde estás trabajando exactamente?

A Clay no se le ocurrió una respuesta convincente. Estaba bastante seguro de que Mack no había dicho nada, pero él había encontrado otro contacto en el colegio. Ahora los hermanos Harris tenían una buena operación en marcha y Clay no quería permitirse el lujo de sentir remordimientos. Después de todo, si los chavales no conseguían la droga por él, la conseguirían por otra persona. Y él tampoco la estaba vendiendo directamente, se limitaba a entregársela a los camellos del colegio. Por eso no podía meterse en líos.

–¿Qué más da? –preguntó, beligerante–. Ahora que puedo comprarme ropa buena, tengo una chica.

Becky se tensó.

–Escucha, las chicas que se fijan antes en las etiquetas de la ropa que en lo que eres de verdad no te convienen.

–No digas chorradas –le respondió él, con la cara roja–. Las chicas se fijan en esas cosas. Antes Francine no me daba ni los buenos días, pero ahora es ella la que me invita a salir.

–¿La chica del deportivo?

–Sí, pero no es asunto tuyo –respondió él.

–¿Ah, no? ¿Quién te sacó de la cárcel? –dijo ella, furiosa–. Mientras vivas aquí, todo lo que haces es asunto mío. Y quiero saber más sobre ese trabajo tuyo.

–Maldita sea, se acabó. Voy a recoger mis cosas y me largo.

–Vale –dijo ella, volcando el cuenco de comida en el suelo–. Hazlo. Le diré a Kilpatrick que no has cumplido el trato de permanecer bajo mi custodia y que puedes volver a la cárcel.

Clay contuvo el aliento. Aquella Becky no era la que él conocía.

–Estoy harta de ti –dijo ella, temblando de rabia contenida–. Os he dado a los tres todo mi tiempo y todo mi esfuerzo desde siempre. ¿Y qué he sacado a cambio? ¡Un hermano que deja el instituto, que está entrando y saliendo de la cárcel, otro que cree que los deberes los hacen los duendes, y un abuelo que quiere decirme con quién puedo o no puedo salir! ¡Por no mencionar a un padre que no tiene ningún sentido del honor ni de la responsabilidad!

–¡Becky! –exclamó Clay.

–Pues os podéis ir todos al infierno. Tus amigos narcotraficantes y tú podéis terminar en la cárcel y arreglároslas solos también para salir.

Las lágrimas le bajaban por las mejillas en un reguero interminable. Clay se sentía culpable y furioso a la vez. No sabía qué decir.

Dejó escapar una maldición y salió hacia la casa.

–¿Dónde te crees que vas? –quiso saber ella.

–¿Tú dónde crees? –le gritó él desafiante sin detenerse.

Becky tiró el cuenco contra el suelo, temblando de rabia. ¡Si pudiera echar las manos al aire y descargar todas sus responsabilidades en otra persona! Pero la vida no era tan sencilla.

Sabía que no debían haber acusado a su hermano de narcotráfico, pero Clay no tenía que haber dejado el instituto para pasearse por ahí con chicas en lujosos coches descapotables y vestido de diseño cuando ella apenas podía permitirse comprar ropa de segunda mano para el resto de la familia.

Recogió el cuenco del suelo que, sorprendentemente, no se había roto. Aunque tampoco le hubiera importado mucho. En su estado de ánimo, lo único que deseaba era tener a alguien que pudiera ofrecerle ayuda y consejo sobre cómo evitar que su hermano se metiera en un problema de graves consecuencias.

«Pero hay alguien», se dijo, deteniéndose en seco.

Kilpatrick. La había invitado a comer, era amable y atento, y parecía sentir algo por ella.

Se animó al pensar en pedirle consejo, aunque se prometió no ponerse demasiado pesada. Kilpatrick había tratado con jóvenes problemáticos antes, y seguramente no le importaría decirle lo que pensaba. Si a Clay no le gustaba, peor para él. Era hora de ser menos indulgente con él y obligarle a tomar más responsabilidades.

Cuando puso la cena en la mesa, Clay había desaparecido sin decir una palabra. Becky no lo mencionó. Mack y el abuelo tampoco parecían tener muchas ganas de hablar de él, así que no tocaron el tema. A la hora de acostarse, Clay todavía no había vuelto y Becky se quedó despierta, preguntándose en qué se había equivocado con él. Lo único positivo era que últimamente parecía no tomar drogas. Quizá eso era una buena señal.

8

Kilpatrick recogió a Becky en el bufete para ir a comer, lo que provocó muchas miradas de sorpresa entre sus compañeros de trabajo. Él sonrió al ver la expresión ligeramente cohibida de la joven a la vez que sus ojos recorrían el cuerpo esbelto cubierto por un vestido estampado ceñido a la cintura y la melena suelta. Estaba más joven y guapa que nunca, y el rubor de las mejillas le daba un nuevo resplandor.

–¿No es tan sencillo como pensaste? –preguntó él, mirando hacia atrás, hacia una de las secretarias que estaba mirándolos descaradamente–. No tengo pareja estable –añadió–, y por tanto cuando empiezo a invitar a una mujer a comer, la gente se da cuenta.

–Oh.

Becky no sabía qué decir. Desde que lo conoció se preguntaba si Kilpatrick tenía pareja, o quizá una amante, pero le había dado miedo preguntarlo, por si la respuesta era afirmativa.

Todavía estaba pensando en eso cuando se sentaron en la cafetería con sus bandejas.

—¿Qué tal te va todo? —preguntó él, pinchando la ensalada.

—Bien —mintió ella, y sonrió, tratando de hacer un esfuerzo para no desahogarse con él y comentarle lo de Clay.

Mencionarlo podía darle la sensación de que ella tenía segundas intenciones con él; que salía con él por su hermano. Y no quería permitir que aquello sucediera, al menos en una fase tan frágil de su relación.

—¿Y tú? —preguntó ella—. ¿Ya sabes quién intentó matarte?

—Todavía no —dijo él, tras buscar en sus ojos durante un minuto—. Pero lo sabré —se llevó el tenedor a la boca.

Becky pensó en lo cerca que había estado de morir y se estremeció. Rourke vio el ligero movimiento y lo malinterpretó, pensando en la posible implicación de su hermano y en si ella sabía algo. Quizá si se ganaba su confianza, algún día se lo diría.

—La tarta de limón estaba deliciosa —dijo él, y sonrió—. Pensé que me duraría al menos una semana, pero la terminé anoche.

—¿Toda?

—Bueno, lo que quedaba de ella —corrigió él—. A mi secretaria y mi investigador también les gustó. De hecho, creo que la señora Delancy utilizó un trozo para atraer a su marido a una situación comprometedora.

—¡Qué escándalo! —dijo ella, sonriendo.

—Era un trozo especialmente exquisito —dijo él, terminando la ensalada.

—Me alegro de que les gustara —dijo ella, pinchando la ensalada—. ¿Crees que ahora estás seguro? —preguntó, mirándolo con expresión angustiada—. ¿No volverán a intentarlo?

—No lo creo —respondió él, mirándola a los ojos—. Ha salido en todos los periódicos y televisiones locales, e incluso en los teletipos de las agencias de prensa nacionales. A los asesinos a sueldo no les gusta tanta publicidad.

No volverán a intentarlo al menos hasta que la gente se olvide de lo ocurrido.

—Espero que para entonces ya los hayas detenido.

—¿Estás preocupada por mí, Becky? —preguntó él, con una perezosa sonrisa.

—Sí —respondió ella con sinceridad, las mejillas un poco pálidas—. ¿Miras al menos los bajos del coche?

—Cuando me acuerdo —murmuró él, secamente—. Deja de mirarme así. No soy un kamikaze.

—Perseguir a algunos narcotraficantes desde luego lo parece —insistió ella—. En el *National Geographic* había un artículo sobre un importante narcotraficante que mató a todos los que intentaron detener su operación. Tenía billones de dólares. ¿Cómo se lucha contra alguien con todo ese dinero y todo ese poder?

—Lo mejor es tratar de atajar los motivos por los que la gente se droga —dijo él—. Hay demanda porque a veces la vida es muy dura y la gente quiere escapar. El crack es barato, quince gramos cuestan unos cincuenta dólares, comparado con los ciento cincuenta dólares que se pagan por treinta gramos de cocaína en la calle. Es más caro que beber, pero está de moda. La marihuana es muy barata, y evita las náuseas de la cerveza y el vino —entrecerró los ojos—. ¿Cómo ayudas a un chaval a vivir con un padre alcohólico que pega a su madre, o a un niño que sufre abusos sexuales? ¿Cómo pones comida en la mesa de una familia de cinco personas que se mantiene con el sueldo de la madre que trabaja en una fábrica? ¿Cómo sacas a un vagabundo de la calle? Estamos hablando de desesperación, Becky. De gente que no puede soportar la realidad y que necesita una salida. Hay gente que lee, otros ven películas, otros la televisión. Muchos se refugian en la bebida o en la droga. La presión de la vida actual es muy fuerte para algunos segmentos de la sociedad. Cuando la presión es excesiva, estallan. Entonces es cuando caen en mi regazo.

—Por drogarse.

—Por hacer lo necesario para pagarse las drogas —la corrigió él—. Hasta el hombre más honrado tiene que robar para mantener un hábito de cien dólares al día.

—¡Cien dólares al día! —exclamó ella horrorizada.

—Eso no es mucho —continuó él—. Para algunos pueden llegar a ser mil dólares al día.

Becky sintió náuseas. Sabía que Clay había tomado cocaína porque se lo había dicho, y se preguntó si la estaba vendiendo para poder comprarse la ropa de marca que llevaba.

—¿Los camellos ganan mucho dinero, los camellos pequeños, quiero decir?

—Si te fijas en los hermanos Harris, el Corvette que conduce Son puede darte una idea del dinero que ganan.

—Lo he visto —dijo ella, cansada—. La cocaína es muy adictiva, ¿verdad?

Rourke apretó los labios.

—¿Sabes cómo se porta un alcohólico?

—Más o menos —mintió ella, porque había visto a Clay borracho un par de veces—. Se ríen por nada, tienen los ojos rojos y apenas pueden hablar. ¿Se puede curar?

—Si se pilla a tiempo, sí, aunque la tasa de éxito no es muy tranquilizadora. No es fácil vencer una adicción, como tampoco lo es reconocer que se tiene —explicó él, sujetando la taza de café—. Lo mejor es no empezar.

—Sí —dijo ella—. ¿Los niños también se hacen adictos, como los mayores?

—Algunos nacen con el síndrome de abstinencia —dijo él—. ¿Es un mundo terrible, no crees, cuando los padres no pueden cuidar de sus propios hijos?

—Es mucho peor cuando venden droga a niños de primaria. Mack me dijo que habían registrado las taquillas del colegio y que encontraron crack.

Rourke la miró con dureza.

—Hay una especie de guerra entre los camellos de marihuana y los de crack, que son mucho más duros —explicó él bajando el tono de voz.

–Oh, cielos.

Becky estaba arañando la servilleta con las uñas, prácticamente haciéndola trizas. Rourke le puso la mano encima para tranquilizarla.

–Hablemos de algo más alegre –propuso él.

Becky forzó una sonrisa.

–Por mí encantada.

–Este pobre ternero murió de viejo antes de llegar aquí –dijo él, clavando el tenedor en la carne–. ¿Lo ves? No se mueve. Casi prefiero comerme el postre.

Becky sacudió la cabeza y se echó a reír.

Durante la semana siguiente, comió con él todos los días. Nunca había sido tan feliz. El único inconveniente era tener que ocultarlo a su familia.

Entre tanto, Clay se iba todas las noches a su supuesto trabajo y pasaba los fines de semana en compañía de Francine, la belleza morena del coche deportivo. Clay nunca la invitaba a entrar en casa. Seguramente se avergonzaba del suelo agrietado de linóleo y la pobre pintura de las paredes, pensó Rebecca. Pero la joven iba a recogerlo para ir a trabajar y después lo llevaba a casa. Así al menos Clay no quería un coche que hiciera juego con su ropa de marca. Le había preguntado dónde trabajaba, pero Clay solo le dijo que en una tienda del centro, y ella no quiso insistir, porque si mentía, casi prefería no saberlo. Era más fácil creer que se había reformado y que su interés en Francine lo había ayudado a volver al buen camino. Pero una adolescente al volante de un lujoso Corvette nuevo le preocupaba, más aún desde que se enteró por casualidad de que los padres de Francine eran simples trabajadores.

Últimamente Mack también estaba bastante obediente. Estudiaba matemáticas y hacía los deberes sin tener que decírselo, pero evitaba siempre a su hermano. Rebecca se dio cuenta de eso, y de otras sutiles diferencias. Estaba preocupada, pero no sabía qué hacer. Además, ahora tampoco podía confiar en Kilpatrick, porque si mencionaba la compañía o la ropa de Clay, el fiscal sospecharía de sus actividades.

Dado que tampoco podía hablar con Clay, fingió que todo iba bien. Empezaba a sentirse viva por primera vez y no quería estropear su felicidad.

Kilpatrick empezaba a observarla con una mirada que a ella le resultaba deliciosamente excitante. Los ojos oscuros se detenían cada vez más en sus senos y en sus labios, e incluso el timbre de su voz parecía cambiar. Incluso Maggie se había dado cuenta.

–Cuando habla contigo parece que está ronroneando –le mencionó una mañana, sonriendo maliciosamente a su compañera–. Cuando ha llamado para quedar contigo en el aparcamiento, le ha cambiado la voz en cuanto te has puesto al teléfono. Oh, le gustas. Le gustas mucho. Imagina, nuestra tímida jovencita que nunca sale con nadie en brazos del guapísimo fiscal del distrito.

–Basta, por favor –pidió Becky riendo–. Solo estamos comiendo juntos. Además, le hice una tarta.

–Todo el mundo sabe que le hiciste una tarta –la informó Maggie–. Los que no se enteraron por él, se enteraron por su secretaria. Lo que me extraña es que no haya venido ningún periodista a hacerte una entrevista sobre tus habilidades culinarias.

–¿Quieres dejarlo de una vez? –le suplicó Becky.

–No cambies ese disco de sitio –le advirtió Maggie–. Y si yo fuera tú, esta tarde me quedaría en la ciudad a hacer unas compras. Tengo la sensación de que pronto vas a necesitar un buen vestido de noche.

Becky frunció el ceño y se echó el pelo hacia atrás. Ahora lo llevaba siempre suelto, porque a Kilpatrick le gustaba así. Dedicaba más tiempo a maquillarse y a arreglarse, y desde luego debía de haberle impresionado, porque últimamente lo sorprendía mirándola en silencio muchas veces.

–¿Un vestido de noche?

–A Kilpatrick lo están agasajando desde todos los lados, para que vuelva a presentarse a las elecciones a fiscal –le explicó Maggie–. Estoy segura de que serán cenas espléndidas.

–No soy bastante sofisticada para ese tipo de cosas.

–No tienes que ser sofisticada, hija. Solo tienes que ser tú misma –le aseguró Maggie–. No te das aires. Por eso caes bien a la gente. Siempre eres tú misma. No te preocupes, estarás perfecta.

–¿De verdad lo crees?

–Sin ninguna duda. Ahora ve a empolvarte la nariz y a comer. No queremos enfadar al fiscal del distrito, con todos los juicios que nos esperan el mes que viene –añadió con una maliciosa sonrisa.

Impulsivamente, Becky abrazó a Maggie antes de salir corriendo.

Kilpatrick estaba apoyado en un coche negro, con las piernas cruzadas, silbando suavemente. Llevaba unos pantalones de tela grises y una gabardina clara con una alegre corbata roja. Becky suspiró al verlo.

Él la miró sonriendo. Los ojos oscuros recorrieron la figura femenina enfundada en un traje blanco y una blusa rosa, con medias oscuras y zapatos blancos de tacón alto. Con la melena dorada larga y suelta sobre los hombros y la cara radiante de felicidad, estaba preciosa.

Kilpatrick le silbó, y se rio cuando ella se sonrojó.

–¿Dónde vamos? –preguntó Becky.

–Es una sorpresa. Sube.

Le abrió la puerta y después rodeó el coche para sentarse detrás del volante. Cuando metió la mano en el contacto, se detuvo al ver la expresión de su cara.

–Lo he comprobado –susurró él, inclinándose hacia ella–. Los cables, los bajos, todo. Tranquila.

Becky se tapó la cara con las manos.

–Soy una tonta.

–No, solo eres humana. Y si mi secretaria no estuviera con la mitad del cuerpo fuera de la ventana mirándonos, te besaría hasta hacerte perder la cabeza –añadió, con una pícara sonrisa.

A Becky se le encendieron las mejillas, y recordó el único beso que le había dado y cuánto lo deseaba otra vez.

–Tu secretaria me cae bien –dijo ella, para cambiar de conversación.

Kilpatrick se echó a reír, sin dejarse engañar.

–A mí también. Vámonos.

Arrancó el coche y apretó el acelerador.

Esa vez la llevó a una crepería. A Becky le encantó la carta. Era el lugar más elegante en el que había estado en su vida. En lo referente a restaurantes, apenas conocía la cafetería que había junto al trabajo y los distintos restaurantes de comida rápida de la zona.

–¿No has estado nunca en una crepería? –preguntó él extrañado.

–No –dijo ella, con una tímida sonrisa–. Mi presupuesto no da para lugares como este, y si lo diera, tendría que llevar a toda la familia, y sería bastante caro. Mack puede comerse lo tuyo y lo mío de una sentada y después pedir postre.

–¿Mack?

–Mi hermano pequeño –explicó ella–. Solo tiene diez años.

–¿Se parece a ti? –preguntó él.

–Oh, sí –respondió ella, sonriendo–. Le encanta ayudarme en el huerto. Últimamente es el único que me echa una mano. El abuelo no puede, y Clay... tiene un trabajo.

Él alzó una ceja.

–Me alegro por él.

–También tiene novia, pero no he tenido la oportunidad de conocerla –añadió nerviosa–. Nunca la invita a entrar.

–Quizá no sea la clase de novia que quiere invitar a casa –dijo él–. Becky, a su edad, el sexo es algo nuevo y excitante, y a los chicos no les gusta que los mayores sepan qué hacen. No debe sorprenderte que no quiera invitarla a entrar en casa.

Becky suspiró aliviada. Quizá Clay no quería que su hermana supiera que se acostaba con una chica. Su hermano sabía que ella en eso era bastante anticuada y que iba a la iglesia. Por eso no quería que conociera a Francine.

—Oh, sí, y yo que creía que se avergonzaba de nosotros.

—¿Avergonzarse? ¿Por qué?

Becky titubeó un momento y bajó los ojos.

—Rourke, somos gente de campo. La casa se cae de vieja, y dentro no hay nada bonito ni elegante. Si Clay quiere impresionar a su chica, quizá no quiera que sepa cómo vivimos.

—Estoy seguro de que cualquier casa donde vivas tú estará limpia y reluciente como una patena —dijo él tras un minuto, mirándola con ternura—. Y no imagino a nadie avergonzado de estar contigo.

Becky se sonrojó y después sonrió.

—Gracias.

—Lo digo en serio.

Se la quedó mirando durante un largo momento, y después se rindió por fin a la tentación que no podía continuar posponiendo.

—Me gustaría invitarte a cenar el sábado. ¿Es un buen día?

Becky se quedó inmóvil mirándolo.

—¿Qué?

—Quiero invitarte a salir. A cenar y al cine, o a bailar, si prefieres —explicó él—. Si no tienes miedo —añadió—. Podrían volver a intentar acabar conmigo. Lo entenderé si prefieres esperar hasta que pase todo esto.

—¡No! —lo interrumpió ella, casi sin respiración—. Oh, no, no... no tengo miedo. En absoluto. ¡Será un placer!

Rourke tomó la taza y bebió un largo trago de café solo.

—A tu familia no les hará ninguna gracia.

—Que piensen lo que quieran —dijo ella—. Tengo derecho a salir de vez en cuando.

—Me halaga que estés dispuesta a hacer eso por mí –dijo él, con un especial brillo en los ojos.

Becky se sonrojó.

—¿A qué hora?

—A las seis –murmuró él–. Ponte algo sexy.

—No tengo nada sexy –confesó ella–. Pero el sábado lo tendré –le aseguró, con una pícara sonrisa.

—Así me gusta –dijo él, y terminó el café–. ¿Te apetece un postre?

El resto de la semana pasó como un suspiro. Becky se quedó en el centro y fue de compras con Maggie, en busca del vestido perfecto para la cena. Lo encontraron en una pequeña boutique, con un cincuenta por ciento de descuento, y a Becky le costaba creer que era la propietaria de un vestido de fiesta tan elegante.

Era un traje largo negro, de tirantes con un corpiño ceñido muy escotado y una amplia falda de crepé. Era el vestido más atrevido que había visto en su vida.

—Tengo los zapatos perfectos a juego –le dijo Maggie–. Tú y yo calzamos el mismo pie, así que no hace falta que te compres un par nuevo cuando yo tengo uno prácticamente nuevo que te puedo prestar.

—¿Seguro que no te importa?

—También tengo un bolso de vestir que te quedará perfecto –continuó–. ¿Tienes joyas?

—Una cruz de oro que me dejó mi madre–dijo Becky.

—Perfecto –dijo Maggie–. El toque ideal para recordar a Kilpatrick que debe respetarte.

—¡Qué mala eres! –se rio Becky, ruborizándose.

—En absoluto. Los hombres toman todo lo que les des, por muy buenas personas que sean. No te dejes seducir a la luz de la luna.

—No –prometió Becky, sin mucha convicción.

Tenía el presentimiento de que si Kilpatrick le pedía algo, no podría negarse.

Maggie pasó por su casa a recoger un par de zapatos de tacón de aguja de terciopelo negro y un bolso negro de vestir con pedrería para Becky. Vivía en un espacioso apartamento en el centro de Atlanta, desde el que se tenía una magnífica panorámica de la ciudad.

–Me encanta la vista –dijo Becky–, pero no tu mascota –añadió señalando la pitón que Maggie tenía en un terrario.

–Tranquila, no muerde –le aseguró la mujer sonriendo–. Deberías ver la vista por la noche. Es mágica. Necesitas tener tu propio apartamento, Becky. Tu propia vida.

–¿Qué puedo hacer? –preguntó Becky–. Mi abuelo no puede con los chicos solo. Si me voy, no habrá nadie que pueda echarle una mano. No tenemos dinero para una enfermera o alguien que le ayude. Son mi familia y los quiero.

–El amor puede levantar prisiones, no lo olvides –dijo Maggie–. Lo sé muy bien. Algún día te lo contaré –añadió con expresión ensombrecida.

Becky sintió un fuerte afecto por ella.

–¿Por qué eres tan amable conmigo? –le preguntó.

–Es fácil ser amable con gente como tú, querida. No tengo muchos amigos. Soy demasiado independiente y me gusta hacer las cosas a mi manera. Pero tú eres especial. Me caes bien.

–Y tú a mí –dijo Becky–. Y no lo digo porque me hayas dejado los zapatos y el bolso.

–Me alegra saberlo –dijo Maggie, riendo–. Bien, más vale que te lleve a tu coche. Pero espero que vengas el sábado por la tarde para ir de compras conmigo. Te enseñaré dónde encontrar las mejores gangas de la ciudad.

–Será un placer –respondió Becky.

Maggie la dejó en el aparcamiento y Becky volvió a casa nerviosa. Le quedaba poco más de un día para decir a su familia que iba a salir con Kilpatrick. Quizá para entonces se habría armado de valor.

Preparó la cena, pero solo el abuelo y Mack estaban en casa.

–¿Y Clay? ¿Está trabajando?

El abuelo alzó una ceja. Mack se encogió de hombros.

–¿No ha venido todavía a casa? –preguntó Becky.

–Ha venido con su novia, a buscar algo. Ha dicho que vendría tarde, si venía –explicó Mack–. Esa chica no me gusta. Llevaba uno de esos pantalones vaqueros tan estrechos y una camiseta transparente, y lo ha mirado todo con desprecio.

–Por lo que tengo entendido, su familia tampoco tiene dinero.

–Ni falta que le hace –dijo el abuelo–. Es sobrina de Harris.

Becky sintió que le flaqueaban las rodillas.

–¿En serio?

El abuelo asintió y continuó cortando la carne.

–Clay se va a meter en un buen lío si no tiene cuidado. ¿Por qué no hablas con él, Becky? A ver si te hace caso.

–Ya lo he intentado –dijo ella–. Pero se pone furioso y hecho una fiera. Ya no puedo hacer más de lo que he hecho. No puedo protegerlo eternamente.

–Es tu hermano –gruñó el abuelo–. Se lo debes.

–Por lo visto estoy en deuda con todo el mundo –respondió ella, irritada–. No puedo estar siempre detrás de él.

–Si sigue por el camino que va, terminará muy mal. ¿Por qué no le preparas una fiesta e invitas a algunos vecinos?

–Ya lo hicimos una vez, ¿no te acuerdas? Y se fue a la mitad.

–Podemos volver a intentarlo. ¿Por qué no hablas con él mañana por la noche?

–Mañana por la noche no estaré aquí –dijo ella, despacio.

–¿Qué? –el abuelo la miró con incredulidad.

–Tengo una cita.

–¿Una cita? ¿Tú? ¡Qué alucine! –exclamó Mack, entusiasmado–. ¿Con quién?

El abuelo la miraba furioso.

—Yo sé con quién. Con ese maldito Kilpatrick, ¿verdad?—exigió saber.

—Becky, con él no, por favor. Después de lo que le ha hecho a Clay —le suplicó Mack.

—A Clay no le ha hecho nada —le recordó a su hermano menor—. Fue él quien lo puso en libertad, en lugar de presentar cargos.

—No tenía pruebas. No se hubiera atrevido a juzgarlo —le espetó el abuelo—. Escucha, hija. No vas a salir con ningún abogado...

—Mañana por la noche saldré con el señor Kilpatrick —le dijo al abuelo interrumpiéndolo con firmeza, aunque el corazón le latía con fuerza inusitada y le temblaban las manos de los nervios.

Era la primera vez que Becky desafiaba a su abuelo.

—Chaquetera —murmuró Mack.

—Tú cállate —dijo Becky—. No tengo que darte cuentas, ni a ti ni a nadie. Kilpatrick me gusta —añadió, mirando a su abuelo—. Tengo derecho a tener una cita cada cinco años. Incluso tú tienes que reconocerlo.

El abuelo titubeó al darse cuenta de que necesitaba otra estrategia para alejarla del fiscal del distrito.

—Escucha, cielo, tienes que pensarlo bien. Sé que necesitas salir de vez en cuando, olvidarte de la casa y del trabajo, pero ese hombre... es posible que te utilice para espiar a Clay.

No era la primera vez que el abuelo insinuaba esa posibilidad, pero esa vez Becky estaba preparada.

—Esta semana he comido con él todos los días. Ni una sola vez ha mencionado a Clay.

El abuelo estaba furioso, pero trató de camuflarlo. Fue a hablar otra vez, pero Becky se levantó y empezó a recoger los platos.

—Vale, como quieras —gruñó—. No puedo detenerte. Pero recuerda mis palabras, te arrepentirás.

—No, no me arrepentiré —le aseguró ella.

Llevó los platos a la cocina, con las mejillas encendidas de ira.

«Dios, espero que no», se dijo para sus adentros.

Clay llegó cuando estaba terminando en la cocina.

–Son más de las doce –le dijo ella–. ¿Has estado trabajando?

–Sí –le espetó él.

Aunque no era precisamente el tipo de trabajo que Becky pensaba, no era mentira, se dijo.

–¿Dónde exactamente?

–¿Para qué lo quieres saber, para controlarme? –dijo él, arqueando las cejas–. Mientras trabaje y vaya al instituto, no es asunto tuyo.

Becky apretó la mandíbula.

–Legalmente soy responsable de ti, así que sí que es asunto mío –dijo ella con voz helada–. No me gusta que te pongas tan arrogante y, por lo que he oído de tu novia, tampoco me gusta su actitud.

–Por mí puedes pensar lo que te dé la gana de ella, o de mí –le aseguró Clay–. Estoy harto de que intentes controlar mi vida. ¿Por qué no te buscas un hombre y te olvidas de mí?

–Ya lo he hecho –dijo ella, furiosa–. Mañana por la noche he quedado con el señor Kilpatrick.

Clay palideció.

–No puedes... –empezó, pensando en cómo iba a explicárselo a sus amigos–. Becky, no puedes salir con él.

–Claro que puedo –respondió ella–. Ya estoy harta de ser la madre y cuidadora de todos. También quiero divertirme un poco.

–¡Kilpatrick es mi peor enemigo! –gritó Clay.

–No el mío –respondió ella–. Y si no te gusta, lo siento. He intentado por activa y por pasiva hacerte ver con qué clase de gente te relacionas, pero no me haces caso. ¿Por qué te lo iba a hacer yo? ¿A tus amigos no les gusta que salga con el fiscal del distrito? ¿Es eso? –preguntó–. Pues lo siento. No podrás impedirlo.

Clay estaba perplejo. Su hermana no parecía la misma. Estaba... distinta.

–Te arrepentirás –la amenazó, retrocediendo–. ¿Me has oído, Becky? ¡Te arrepentirás!

–Eso dice todo el mundo –murmuró ella cuando él se metió en su habitación y cerró la puerta de un portazo–. Si pensara que mi futuro eran cincuenta años más de esto, me tiraba a las ruedas de un camión.

La vida se estaba complicando demasiado. A pesar de la atracción que sentía por Kilpatrick y el deseo de estar con él, el hecho de salir con él empeoraría considerablemente la situación con su familia. Pero como les había dicho, tenía derecho a divertirse un poco, aunque tuviera que ganárselo con uñas y dientes. Y lo haría, se prometió. Lo haría.

9

Al día siguiente Becky no vio a Clay en todo el día, y aunque ni el abuelo ni Mack estuvieron especialmente amables con ella, todo parecía indicar que no intentarían sabotear su cita con Kilpatrick.

Se puso el vestido negro y se recogió el pelo en un elegante moño.

Afortunadamente, pensó, Kilpatrick no vería lo que había debajo del vestido. La combinación tenía unos cuantos años, y era blanca, no negra. Además tenía manchas que no se iban ni con lejía, y la ropa interior, aunque limpia, era normal y corriente, de algodón y sin encajes ni adornos. Gracias a Dios no tendría que quitarse nada. No quería sufrir la vergüenza de que viera lo pobre que era.

El vestido había sido un dispendio del que estuvo a punto de arrepentirse hasta que llegó Kilpatrick a recogerla y al verla abrió los ojos con admiración y silbó suavemente.

–¿Voy bien así? –preguntó ella, sin aliento.
–Vas perfecta –murmuró él, y sonrió.

Rourke llevaba un esmoquin y la camisa blanca parecía incluso más blanca en contraste con su piel morena.

–Pasa –balbuceó ella, tan avergonzada por los muebles destartalados y la alfombra deshilachada como por la furiosa mirada de Clay, que acababa de aparecer hacía solo unos minutos y tenía cara de desear matar a Kilpatrick allí mismo.

Ni siquiera se molestó en saludar. Giró sobre los talones y salió.

A Kilpatrick no pareció molestarlo. Ni tampoco pareció prestar atención a la casa. Estrechó primero la mano del abuelo y después la de Mack con absoluta tranquilidad.

–La traeré de vuelta a las doce –le aseguró al abuelo.

El abuelo dejó que su nieta le diera un beso en la mejilla.

–Que te diviertas –le dijo tenso.

–Lo haré, gracias.

Becky le guiñó un ojo a Mack, que esbozó una reticente sonrisa y continuó mirando la televisión.

Kilpatrick cerró la puerta tras ellos. Becky sentía ganas de llorar. Sabía que la reacción de Mack y el abuelo estaba mediatizada por Clay, a quien querían mostrar su apoyo.

–Tranquila, no esperaba banderas ni fuegos artificiales –dijo él, mientras la ayudaba a sentarse en el coche–. ¿Te gusta? –preguntó, refiriéndose al coche.

Era un coche nuevo. No un Mercedes sino un Thunderbird cupé blanco con el interior tapizado en rojo.

–Me encanta –respondió ella. Él rodeó el coche para sentarse en su asiento–. De todos modos siento lo de mi familia –añadió ella, cuando el coche se alejaba de la casa.

–No tienes que disculparte –dijo él. La miró y sonrió–. ¿El vestido es nuevo? ¿Lo has hecho por mí?

Ella se echó a reír.

—Sí, lo he comprado para hoy, pero espero que no se te suba mucho a la cabeza.

—Cariño, un hombre con mi físico, con mi encanto y mi modestia tiene muchas cosas que se le pueden subir a la cabeza —la informó con una pícara sonrisa.

Becky se sintió flotando; todo aquello era como en un sueño.

—Oh, eres tan distinto a lo que creía —dijo ella, pensando en voz alta—. Siempre pareces tan estricto e inabordable.

—Esa es mi imagen pública —la informó él—. Tengo que mantener a los votantes convencidos de que estoy a un paso del enemigo público número uno. Un buen fiscal del distrito tiene que parecer peor que Scarface. Aunque no me apetece nada la idea de un tercer mandato en el puesto.

—¿Cómo llegaste a ser fiscal del distrito? —preguntó ella interesada.

—Me cansé de ver que las víctimas sufrían mucho más que los delincuentes —dijo él—. En el mundo hay muchas cosas que van mal.

—Ya me he dado cuenta —dijo ella, apoyando la cabeza en el reposacabezas y volviéndose a mirarlo—. Pareces cansado.

—Estoy cansado —dijo él—. Anoche la pasé casi entera en urgencias.

—¿Por qué?

Rourke se puso serio.

—Viendo cómo moría un niño de diez años de una sobredosis —dijo él con brutal sinceridad.

—¿De diez?

—De diez —repitió él, mascullando la palabra, con la expresión endurecida—. Estudiaba quinto en el colegio de primaria de Curry Station. Tomó una sobredosis de crack. Por lo visto sus padres tienen dinero y le daban una buena paga. No sacaba buenas notas, y los demás niños se metían con él. Es increíble cómo los chavales pueden encontrar las debilidades de otros y atacarlos.

—Mi hermano pequeño va a ese colegio –dijo ella, perpleja–. Y está en quinto.

—Se enterará el lunes –dijo Kilpatrick furioso–. La prensa se nos echará encima, y adivina a quién pillará justo en medio.

—¿A ti y a la policía?

Kilpatrick asintió.

—Solo era un niño. Sus padres están destrozados y les prometí que encontraría a los culpables aunque sea lo último que haga. Lo dije en serio –añadió con frialdad–. Los encontraré y cuando lo haga los encerraré para siempre.

Becky apretó las manos en el regazo, negándose a pensar que Clay podía estar implicado en ello. Cerró los ojos.

—Diez años.

Kilpatrick encendió un puro y bajó la ventanilla unos centímetros.

—Mack no toma drogas ¿verdad? –le preguntó.

Becky negó con la cabeza.

—No, es mucho más sensato, y se parece mucho más a mí. Yo nunca he tomado nada. De hecho, solo me he tomado una cerveza una vez y no me gustó nada –sonrió–. Soy una sosa. Supongo que me viene de vivir en un sitio tan apartado, casi sin contacto con el mundo moderno.

—No te pierdes mucho –le aseguró él, metiéndose por una bocacalle a la derecha–. Por lo que veo todos los días, el mundo moderno va directamente al infierno.

—Debes de pensar que hay esperanza, o lo habrías dejado hace tiempo.

—Puede que lo haga –la informó él–. Los poderes políticos insisten en que me presente una tercera vez, pero estoy harto. Persigo a delincuentes para que luego los jueces y los jurados los dejen en libertad. Al primer narcotraficante que acusé lo condenaron a cadena perpetua y salió a los tres años.

—¿Siempre funciona así?

—Todo depende de los contactos que tengan —dijo él—. Si trabaja para un tipo importante que lo considera valioso y lo quiere en la calle, el dinero puede abrir muchas puertas. La corrupción está mucho más extendida de lo que parece. Estoy cansado de la política, de los tratos, y de las cárceles y los juzgados a rebosar.

—Dicen que los juicios llevan mucho retraso.

—Es cierto. Yo tengo una media de varios cientos de casos al mes, de los que solo veinte o treinta llegan a juicio. No es broma —dijo él, al ver su expresión—. En los demás se llega a un trato o se retiran los cargos por falta de pruebas. No sabes lo frustrante que es intentar trabajar con tan poco personal. Y cuando por fin consigues llevar un caso a juicio, el sesenta por ciento de las veces tienes problemas con los abogados o con los testigos, por lo que hay que volver a suspender el juicio. Tengo un caso de un hombre cuyo juicio se ha retrasado en tres ocasiones y él sigue en la cárcel a la espera de que se celebre la vista —hizo un gesto malhumorado con la mano con la que sujetaba el puro—. Lo peor de todo es tener que encerrar a alguien que comete un primer delito con los delincuentes más experimentados. Así consigue una formación práctica que no se compra con dinero. Por no hablar de que a algunos los utilizan como si fueran mujeres —dijo mirándola—. Lo sabías, ¿no?

—Sí, el agente de menores lo mencionó cuando recogí a Clay.

—Supongo que quería asustarlo. Espero que haya funcionado. No es ninguna mentira.

—A veces Clay es imposible —murmuró ella, apretando con fuerza el bolso de Maggie—. No se asusta fácilmente.

—Yo a su edad tampoco —respondió él—. Es una pena que tu padre no haya ejercido de padre, Becky. Lo que ese chico necesita es un hombre que le sirva de modelo.

—Y el abuelo ya no es el hombre que era —dijo ella—. Lleva enfermo desde hace más de un año, y yo apenas puedo con un chico que es más grande que yo. No puedo ponérmelo sobre las rodillas y darle unos azotes.

Rourke se rio al imaginarlo y apretó el acelerador del potente coche cuando el semáforo se puso en verde.

–Me lo imagino. Pero a su edad, unos azotes no es la respuesta. ¿No puedes razonar con él?

–No desde que va con sus nuevos amigos. Ahora no tengo ninguna influencia sobre él. Ni siquiera va a las sesiones de terapia –se miró las manos–. Al menos tiene un trabajo. O eso dice.

–Me alegro por él –dijo Rourke, aspirando una bocanada de humo–. Espero que le vaya bien.

Pero Rourke prefirió no insistir. Pensó en la posibilidad de que el trabajo de Clay solo fuera una excusa para explicar sus actividades nocturnas y decidió comprobarlo.

Becky apoyó la cabeza en el reposacabezas y lo miró, sonriendo.

–Me alegro de que me hayas invitado.

–Yo también. Y todavía no me has dicho qué quieres hacer después –le recordó él–. ¿Ir al cine o a bailar?

–Me da igual –dijo ella, sacudiendo la cabeza.

Y lo decía en serio. Estar con él era más que suficiente.

–En ese caso iremos a bailar –dijo él–. Una película la puedo ver solo, pero bailar solo es muy comprometido. Todo el mundo te mira, y te hace trizas la reputación.

–Estás loco –dijo ella, riendo.

–Por supuesto –la informó él, entrando en el aparcamiento de uno de los mejores restaurantes de Atlanta–. Nadie en su sano juicio haría mi trabajo –aparcó el coche y apagó el motor. Después se volvió a mirarla con interés–. Me gusta ese vestido –observó–. Pero el pelo te quedaría mejor si lo llevaras suelto.

–No –protestó ella–. He tardado más de media hora en ponérmelo así.

–Se tarda mucho menos en soltarlo –murmuró él, con

una voz que casi la hizo sentir los dedos masculinos entre los mechones.

—Pero...

Rourke recorrió los labios femeninos con el dedo, haciendo estragos en su corazón y su maquillaje.

—Me gusta el pelo largo —murmuró.

Becky suspiró y con una sonrisa de resignación empezó a quitarse las horquillas que sujetaban el moño.

—Así está mejor —dijo él cuando ella terminó de pasarse el cepillo por los largos mechones que ahora bailaban suavemente sobre sus hombros desnudos. Los dedos masculinos, oscuros y esbeltos, lo alisaron con delicadeza—. Huele a flores silvestres.

—¿Sí? —susurró ella.

Teniéndolo tan cerca era difícil respirar. Rourke la miraba como si pudiera ver dentro de su alma.

Becky tenía algo que no había conocido en ninguna mujer, una simpatía exagerada, una forma de sentir el dolor de la gente que la rodeaba. Tenía fuerza y vitalidad, pero no era eso lo que le atraía de ella. Era su ternura y su calor, su capacidad para abrir los brazos al mundo entero. El amor siempre había escaseado en la vida de Kilpatrick. Excepto con su tío, nunca había tenido una relación cercana con nadie. La única relación sentimental con una mujer lo escarmentó durante mucho tiempo, pero Becky estaba abriéndole las puertas del corazón. Kilpatrick frunció el ceño, nervioso al pensar en ser vulnerable otra vez.

—¿Ocurre algo? —preguntó ella, sin entender la expresión de su cara.

Él buceó en silencio en los ojos castaños, hasta que por fin esbozó una sonrisa y retiró la mano de la sedosa melena rubia.

—Solo estaba pensando —dijo sin dar más explicación—. Será mejor que entremos.

Le abrió la puerta del coche y juntos entraron en el restaurante, un lugar tan elegante que para cada comensal había al menos una docena de cubiertos. Becky apretó los labios nerviosa y cruzó mentalmente los dedos para no poner al fiscal del distrito en ridículo.

La carta, para más inri, estaba en francés. Becky se sonrojó, y Kilpatrick, al verla, tuvo ganas de abofetearse.

Su intención era ofrecerle una noche especial, no hacerla sentirse fuera de lugar.

Le quitó la carta de las manos frías y nerviosas con una sonrisa.

–¿Qué prefieres, pescado, pollo o ternera?

–Pollo –respondió ella al instante, porque normalmente era el plato más barato.

Rourke se echó hacia delante y la miró fijamente a los ojos.

–He dicho que qué prefieres.

Becky se sonrojó ligeramente y bajó los ojos.

–Ternera.

–Está bien.

Rourke hizo una indicación al camarero, que se acercó inmediatamente, y pidió en lo que a Becky le sonó un francés impecable.

–¿Hablas francés?

Él asintió.

–Francés, latín, y un poco de cheroqui –dijo él–. Es un don, supongo que como saber hacer una deliciosa tarta de limón.

Ella le sonrió.

–Gracias.

–Lo creas o no, no te he traído aquí para que te sientas incómoda –dijo él–. Algo te preocupa, además de la carta –preguntó bruscamente–. ¿Qué es?

Era incapaz de engañarlo. Además, para qué, pensó ella. Ya había visto su casa y podía imaginarse la clase de educación que había recibido.

–Todos estos cubiertos –confesó ella–. En casa tenemos cuchara, tenedor y cuchillo, y solo sé dónde se colocan porque nos lo enseñaron en la clase de economía del hogar en el instituto.

Rourke soltó una risita.

—Bien, intentaré enseñarte —dijo él.

Y así lo hizo, divirtiéndola con los distintos usos de los tenedores de ensalada y postre, y la colocación de cucharas hasta que llegó el camarero con la comida.

Becky se fijó en él para saber qué cubierto utilizar. Cuando llegaron al postre, una exquisita tarta de nueces de pacana con helado de vainilla, Becky se sentía una experta en las artes gastronómicas.

—¿Qué hemos comido? —preguntó en un susurro después del postre y mientras disfrutaba de una segunda taza de café.

—*Boeuf bourbonnaise* —la informó él. Se inclinó hacia delante y bajó la voz—. No es más que un estofado de ternera francés.

Becky se echó a reír.

—¿No me digas?

—En serio. Lo hacen con las mismas especias que nosotros ponemos en las empanadas y lo toman con un buen vino tinto. Nada más.

—Tendré que sacar mis libros de cocina y prepararlo para la familia —dijo ella—. Seguro que el abuelo le da el suyo al perro.

—¿Tienes perro? —preguntó él.

Becky recordó al pastor alemán muerto en el atentado y sintió lástima por él.

—Teníamos, pero el cartero lo atropelló el año pasado. Siento lo de Gus. Supongo que lo echas de menos.

Rourke asintió con gesto pensativo, mientras movía la taza sobre el plato.

—La casa está muy silenciosa sin él. Ya no tengo que sacar a nadie de paseo.

—Rourke, ¿por qué no te compras otro perro? —sugirió ella—. En Atlanta hay un montón de tiendas de animales. Seguro que puedes encontrar la raza que más te guste.

Él la miró a los ojos.

—¿Qué raza te gusta a ti?

—Me encantan los collies, pero tengo entendido que aquí en el sur hace demasiado calor para ellos. Y como tienen el pelo largo te lo ponen todo perdido.

Rourke se echó hacia atrás en la silla.

—A mí me gustan los basset.

—A mí también —se rio ella.

—Tendrás que venir conmigo cuando vaya a buscarlo —dijo él—. A fin de cuentas, ha sido idea tuya.

—Iré encantada —dijo ella, feliz.

—A lo mejor el fin de semana que viene. Esta semana tengo mucho trabajo, pero encontraremos el momento.

Becky se preguntó qué diría Rourke si le dijera que se estaba enamorando de él. Probablemente sonreiría y creería que hablaba en broma, pero era la verdad.

—Vamos a ese club nuevo que han abierto en el centro de Atlanta —murmuró él, mirando la hora. Después alzó una ceja—. Una vez me dijiste que te gusta la ópera.

—Oh, sí.

—El mes que viene ponen *Turandot* en el Fox. Podemos ir.

—¿A una ópera en directo? —dijo ella, incrédula.

—Sí, y puedes ponerte ese vestido, la verdad —añadió él, con una mirada significativa—. Estás arrebatadora.

Becky sonrió.

—No es cierto, pero gracias de todos modos.

—Vamos.

Rourke se levantó y la observó con curiosidad mientras esperaba para pagar. A Becky el restaurante le resultaba fascinante, y a él ella le parecía lo mismo, y quería enseñarle un mundo de lujos y cultura aunque solo fuera unas pocas semanas. Le gustaba estar con ella. La soledad empezaba a pasar factura. Le gustaba tener a alguien con quien salir, y no había mejor compañía que la de Becky.

Solo un pensamiento desagradable amenazó con estropear la velada. Él se había convertido en blanco de asesinos, y todavía no habían descubierto a los responsables del atentado; si la veían con él, Becky también podría correr peligro.

La llevó al centro de Atlanta, a una discoteca recientemente inaugurada, y Becky se encontró en otro mundo. Esa era la Atlanta que no había visto nunca, la ciudad de noche, la vida nocturna de luces y sonrisas donde los desconocidos rápidamente se convertían en amigos.

—Es precioso —dijo ella, sentados a una mesa cerca de la pista—, aunque no creo que pueda hacer eso.

Señaló a unas cuantas parejas que se contorsionaban al frenético ritmo de la música.

—Yo tampoco —murmuró él con sequedad.

—¿No ponen música lenta? —preguntó ella.

Justo cuando lo dijo, la música calló y una melodía suave de blues empezó a sonar. Kilpatrick se puso en pie y le tendió la mano. Becky la tomó y lo siguió hasta la pista de baile.

Él era mucho más alto que ella, pero sus cuerpos encajaban como si hubieran estado diseñados especialmente el uno para el otro. Rourke colocó la mano femenina sobre su pecho y la mantuvo allí, sujetándola suavemente con la suya. Con la otra mano le rodeó la cintura y la pegó completamente a él, de tal manera que el cuerpo femenino descansaba contra el suyo mientras bailaba, con la mejilla apoyada en su pecho.

En sus brazos, Becky se sentía en el paraíso. Su cuerpo era suave y cálido, y despedía una suave fragancia a flores silvestres. Rourke la miró, tan vulnerable y confiada en sus brazos, y pensó que nunca se había sentido tan satisfecho. Pero esa plácida sensación dio paso rápidamente a otra más intensa y apasionada que despertó en él el deseo de bajar la cabeza y tomarle la boca con los labios.

Becky no era consciente del fuerte deseo masculino, pero estaba sintiendo el suyo propio. El cuerpo masculino era fuerte y firme, y provocaba en ella una sucesión de sensuales sensaciones aceleradas. Él olía a colonia y a jabón, dos olores masculinos que la afectaban como una droga. Hacía años que no bailaba con nadie, y desde luego nunca con nadie como Kilpatrick. Él la llevaba por la pista de baile como un bailarín consumado, como si bailar formara tan parte de su vida como respirar. Probablemente así era. Kilpatrick sabía mucho de mujeres, y en aquel club parecía sentirse como en su casa. Aquello significaba que probablemente había llevado a otras mujeres a lugares similares, y había bailado con ellas así; con la diferencia de que al final él no había llevado a la mujer directamente a casa. Al imaginarlo con otras mujeres, se tensó ligeramente en sus brazos.

–¿Qué ocurre? –preguntó él con los labios pegados a su frente, la voz grave, lenta y perezosa.

–Nada –susurró ella.

Con la mano que la sujetaba por la espalda la pegó más a él.

–Dímelo, Becky.

Becky suspiró suavemente y levantó la cabeza. No se había dado cuenta de que el rostro masculino estaba tan cerca. En la penumbra, parecía más moreno y más duro que nunca, y la diferencia de edad más marcada.

–¿Por qué me has invitado a salir? –susurró ella.

Él no sonrió. Le sostuvo la mirada en silencio y casi dejó de moverse.

–¿No se te ocurre nada? –preguntó él, en voz muy baja.

Los labios femeninos se entreabrieron y dejaron escapar un suspiro.

–¿Por la tarta de limón? –se aventuró.

Rourke deslizó la mano por la espalda femenina hacia arriba y la hundió bajo su melena, sujetándole la cara hacia él.

–Por esto –jadeó él.

Becky no podía creer lo que estaba pasando. Abrió desmesuradamente los ojos cuando los labios masculinos cerraron los suyos una, dos veces, en una lenta exploración que era pura seducción.

Los dedos masculinos se cerraron con más fuerza y ella suspiró, separando los labios. Con un gemido grave en la garganta, Rourke empezó a moverse de nuevo al ritmo de la música. No la tocó con la boca; se mantuvo a unos milímetros de sus labios mientras continuaban bailando lentamente.

Tímidamente, Becky lo miró a los ojos.

–Es excitante, ¿verdad? –susurró él mientras movía los dedos entre la melena femenina, acariciando y despertando apasionadas reacciones en su cuerpo–. Estamos delante de la mitad de Atlanta y te estoy haciendo el amor en una pista de baile.

–No... no –logró balbucear ella.

–¿No?

Rourke sonrió. Era una sonrisa diferente a todas las anteriores, una sonrisa amenazadora y seductora a la vez. Le apoyó la cabeza en el hombro y ejecutó un giro que metió una de sus piernas entre las esbeltas piernas femeninas, en un contacto que la hizo soltar un gemido en voz alta, y que él aspiró nada más salir de su boca. Becky apenas escuchaba la música. Rourke lo hizo otra vez, y esa vez usó su cuerpo como instrumento de la más exquisita tortura. Becky se colgó de su brazo cuando notó que las rodillas no la sostenían.

–¿Te vas a desvanecer en mis brazos, Becky? –susurró él, deslizando la mejilla contra la suya y hablándole con los labios casi pegados al lóbulo de la oreja–. Si este baile te afecta, imagínate cómo será más tarde en el porche de tu casa cuando te bese. Te prometo que no seré tan delicado.

Becky se estremeció. Él se echó a reír suavemente y se detuvo cuando terminó la canción. Abrumada por las sensaciones que se habían apoderado de ella, apenas podía mirarlo mientras volvían a su mesa. Para ella la sensualidad era una novedad, y lo mismo el deseo, pero eso era sin duda lo que recorrió su cuerpo ante la velada amenaza de las palabras masculinas.

–Mírame, cobarde –dijo él más tarde, cuando tomaban un par de piñas coladas.

Becky levantó los ojos y una ráfaga de placer recorrió su cuerpo al encontrar la mirada masculina en ella.

–Dime que no deseas mi boca, Becky –murmuró él, bajando los ojos a sus labios entreabiertos.

–Si no paras, me voy a derretir aquí mismo –dijo ella en un ronco susurro–. Vergüenza debería darte.

–Bendita inocencia –murmuró él–. Eres un buen cambio, Rebecca Cullen. Al menos esta vez sé con qué clase de mujer trato –añadió, casi como si hablara consigo mismo.

Ella lo miró con curiosidad.

–¿Qué quieres decir?

Él terminó la bebida y miró la copa.

–¿Sabías que estuve prometido una vez, hace años?

–Sí –dijo ella, que había oído algún comentario en la oficina.

Rourke levantó los ojos y la miró directamente a la cara.

–Era lesbiana.

Becky no sabía qué decir. Sabía qué era una lesbiana, pero no podía entender por qué se había prometido con una.

–¿Lo sabías? –preguntó por fin.

–Cielo santo, no –respondió él al instante–. Era preciosa, y sofisticada, y en mis círculos se consideraba un buen partido. Era de una familia de dinero, y yo estaba loco por ella –giró la copa vacía en la mano–. Me provocaba y me seducía hasta que yo estaba loco por acostarme con ella. Nos prometimos, y una noche me invitó a ir a su casa después de una cena a la que no me quedó más remedio que asistir.

Entrecerró los ojos, medio perdido en los recuerdos.

–Llegué con dos horas de retraso. Supongo que ella

pensó que ya no iría, pero la puerta no estaba cerrada y pensé que me estaba esperando. Yo pensaba que aquella noche sería mía, que todos mis sueños se iban a hacer realidad. Abrí la puerta de su dormitorio y me llevé la sorpresa de mi vida –dejó el vaso en la mesa–. Estaba en la cama con una secretaria de su bufete, y la situación hablaba por sí sola. Me quité el anillo, pero ella me suplicó que no la delatara –hizo una breve pausa antes de continuar–. Desde entonces no he confiado mucho en las mujeres. He tenido romances, pero no he dejado que nada me llegara al corazón. Fue una lección muy dura –concluyó con una triste sonrisa.

–Sí, me lo imagino. ¿Todavía... todavía la quieres? –preguntó ella.

Rourke sacudió la cabeza.

–Sería una pérdida de tiempo, ¿no crees? Las preferencias sexuales no cambian.

–Supongo que no.

Becky sentía su dolor, y al mirarlo vio la vulnerabilidad en su rostro.

–¿A eso te referías al decir que sabes qué clase de mujer soy?

Él asintió.

–Tu forma de reaccionar conmigo es reconfortante, Rebecca –musitó él, esbozando una sonrisa–. Al menos tus reacciones son normales en una mujer. Entonces yo no me di cuenta hasta después de roto el compromiso, pero ella siempre parecía tensa cuando bailábamos o cuando estábamos en una situación íntima. No creo que se hubiera acostado conmigo bajo ninguna circunstancia.

Becky se sonrojó. Aquel era un tipo de conversación franca que nunca había tenido con nadie.

–Ya.

–¿Te da vergüenza oírme hablar de eso? –dijo él con una risita–. Supongo que nunca habláis de estas cosas en casa.

–No –respondió ella esbozando una sonrisa–. Mi

abuelo es muy tradicional. Solo puedo hablar con Maggie de la oficina, pero no sobre estas cosas –añadió.

Rourke la estudió con franca curiosidad.

–¿Nunca has tenido citas con hombres?

Becky se encogió de hombros.

–¿Cuándo? –preguntó–. Siempre tenía un montón de cosas que hacer. Cocinar, limpiar, ayudar al abuelo con la granja. Y desde el año pasado, también cuidar de él. Y Clay... –bajó la vista y se interrumpió–. Eso solo complicaría las cosas. Antes solía preguntarme si la vida era así de complicada para todo el mundo. Las chicas del instituto solían hablar de sus familias y de las cosas que hacían juntos, pero nadie parecía tener tanto trabajo en casa como yo. Supongo que me hice mayor muy joven.

–No tenía que haber sido así –dijo él, odiando a su padre por ponerla en aquella situación–. Cielos, es demasiado para una mujer tan joven como tú.

–No lo creas. Estoy acostumbrada, y los quiero –dijo ella–. ¿Cómo se puede abandonar a la gente que quieres?

–Yo no tengo manera de saberlo –respondió él. Su expresión se endureció–. No sé mucho del amor. Vivo solo. He vivido solo desde hace mucho tiempo.

–Pero ¿quién cuida de ti cuando te pones enfermo o te haces daño? –preguntó ella preocupada de repente.

Su interés le hizo apretar los dientes.

–Nadie –repuso él.

Ella le sonrió con dulzura.

–Si te pones enfermo, yo te cuidaré.

–Becky –casi gimió él. Se echó el puño de la camisa hacia atrás y miró la hora. Aquella situación se le estaba yendo totalmente de las manos–. Será mejor que nos vayamos. He prometido tenerte en casa a medianoche.

Becky se levantó nerviosa. Había hablado demasiado. Tenía que haber anticipado su reacción. Quería disculparse, pero no sabía qué decir, por lo que no dijo nada.

Rourke pagó la cuenta y la llevó hasta el coche. La hizo entrar, pero estaba distraído, tratando de que las palabras femeninas no le afectaran tan intensamente como le estaban afectando. No quería su compasión ni su lástima, y por eso, en ese mismo momento, decidió no volver a invitarla.

La casa estaba a oscuras cuando aparcó delante del porche principal y la acompañó hasta la puerta.

–Lo siento –dijo ella rompiendo el silencio por primera vez desde que salieron del club–. No debía haber dicho nada.

Él suspiró y la miró, iluminada por la suave luz de la luna llena. Le enmarcó la cara con las manos.

–No importa –dijo él.

Se inclinó hacia ella y le rozó los labios con los suyos; el contacto recorrió su cuerpo como un rayo.

Separó un momento la boca, pero acarició de nuevo los suaves labios con cierta rudeza, mordisqueándolos. Le ardía todo el cuerpo. Hacía mucho tiempo que no tenía una mujer entre sus brazos. La oyó gemir y deslizó las manos hacia atrás, retirándole el pelo y sujetándole la cabeza. Becky olía a flores, a inocencia, y sabía a lo mismo. Lo volvía loco.

Con un jadeo, Becky dejó escapar un gemido mientras él le mordisqueaba el labio inferior con los dientes, y después la boca, aumentando gradualmente la presión y el contacto hasta que los dos compartieron la misma pasión. Ella susurró su nombre y se estiró hacia él, su cuerpo ardiendo con una pasión que la asustaba.

Rourke notó el momento en que ella se entregó a él y le rodeó el cuerpo con las manos, pegándola por completo a él. Entonces las caricias sensuales y juguetonas se convirtieron en un beso fiero e intenso. Rourke le separó los labios con la boca y la besó con una fuerza que la obligó a echar la cabeza hacia atrás.

A Becky nunca la habían besado así. Mientras él le daba lo que su boca había estado suplicando, ella temblaba de la cabeza a los pies. Sintió la posesión de los labios masculinos, el suave olor a tabaco en su aliento, todo ahogado bajo el desenfrenado fervor del beso. Gimió y se abrazó a él, respondiendo al beso con frenesí.

Rourke la sintió temblar y bruscamente se apartó, respirando entrecortadamente. Ella lo miraba perpleja, sin entender nada, y él tuvo remordimientos.

–Perdona –dijo él–. No debía haberlo hecho.

–No lo entiendo –susurró ella, agradeciendo las manos que la sujetaban por los brazos porque las rodillas apenas la sostenían.

–Becky, cuando un hombre besa así a una mujer, quiere llevarla a la cama –dijo él despacio, deslizando las manos arriba y abajo por la suave piel de los brazos femeninos–. No debería haberte besado así. Supongo que ha pasado más tiempo de lo que creía.

–No importa –dijo ella.

Rourke la soltó despacio, observándola con una mezcla de emociones que tenía que controlar. Becky no era mujer para satisfacer sus deseos carnales. Ella necesitaba un hombre para casarse, no un soltero empedernido y desconfiado como él.

–Gracias por la invitación –dijo ella después de un minuto–. Lo he pasado muy bien.

–Yo también. Buenas noches –dijo él, más bruscamente e irritado.

Becky lo observó bajar los escalones del porche y tuvo el presentimiento de que Rourke no volvería. Había sobrepasado los límites de su frágil relación al hablar de sentimientos, y su instinto le decía que Rourke no quería a una mujer capaz de traspasar su blindaje emocional. No, no volvería.

Lo vio subir al coche y alejarse sin volverse a mirarla.

«Cenicienta», pensó ella. «El reloj da las doce y el hechizo muere. Menos mal que no me he convertido en una calabaza», se dijo. Y con un largo suspiro dio la vuelta y abrió la puerta.

La casa estaba en silencio. Por un momento pensó en

Clay y quiso imaginar que estaba durmiendo, no por ahí con su novia o sus horribles amigos. Pero ella había tenido una noche maravillosa que recordaría siempre y la ayudaría a pasar los momentos difíciles del resto de su vida.

Se metió en la cama decidida a no llorar, pero lo hizo.

10

Kilpatrick apenas durmió en toda la noche. A veces los domingos intentaba ir a la iglesia, pero aquella mañana no era la más indicada. La noche anterior al llegar a casa se tomó dos whiskies escoceses con hielo y por la mañana tenía un impresionante dolor de cabeza.

Becky lo había mirado con tanta ternura en los ojos que no podía dejar de pensar en ella. Le había dicho que si se ponía enfermo, ella lo cuidaría. Ni siquiera su tío, que lo quería, había sido un hombre cariñoso, y él no sabía cómo reaccionar ante una muestra de afecto y cariño. Nunca había tenido que aprender, pero ahora Becky lo estaba cambiando y él no podía permitírselo. Él no era el tipo de hombre más apropiado para una mujer tan inocente. La deseaba con todas sus fuerzas, pero no podía seducirla. Becky ya tenía demasiados problemas sin él.

Se preparó un café y se lo tomó mientras leía el periódico. Ahora que Gus había muerto, la casa estaba muy silenciosa. Lo echaba terriblemente de menos. Quizá debería comprar un cachorro. Recordó el comentario de Becky sobre el basset y sonrió. Sí, le gustaría tener uno.

Podía darse una vuelta por las tiendas de animales, se dijo. Pero no con ella, por supuesto. La sola idea lo deprimió, pero no podía permitir una relación más estrecha entre ellos. Ella era muy vulnerable, y no el tipo de mujer capaz de superar sin más un romance pasajero.

Dejó el periódico y abrió la cartera, que estaba hasta arriba de informes y documentos. Si iba a estar todo el día pensativo, más valía aprovechar el tiempo y trabajar, se dijo con firmeza.

Becky se arregló para ir a la iglesia tras una noche en blanco. Sin duda lo mejor fue que Kilpatrick se hubiera ido sin volverse a mirarla, se dijo. Ahora su vida sería mucho menos complicada. Aunque eso no la alegrara en absoluto.

Sabía que el abuelo no estaba en condiciones de ir a la iglesia, y Clay no iba nunca, pero a Mack le gustaba asistir a las clases de catequesis y era el único que solía estar vestido y preparado cuando ella salía por la puerta principal.

Dio unos golpecitos en la puerta de Clay y asomó la cabeza.

–Cuida del abuelo, si puedes –dijo con frialdad al ver que tenía cara de resaca.

No quiso preguntarle a qué hora había vuelto a casa.

Su hermano se incorporó en la cama sobre un codo y la miró furioso.

–Eres una chaquetera, Becky –la acusó con frialdad–. ¿Cómo has podido salir con ese hombre después de lo que me hizo?

–¿Lo que te hizo? –repitió ella, incrédula–. ¿Por qué no lo que te hiciste tú a ti mismo, metiéndote en líos, o eso no cuenta?

–¡Como lo traigas a casa otra vez te...! –amenazó él.

–¿Me qué? –preguntó ella desafiándolo–. Si no te gustan las condiciones, ya sabes dónde está la puerta. Pero no esperes que vaya a sacarte de la cárcel la próxima vez. Y si te vas, te aseguro que lo comunicaré a las autoridades.

Clay palideció. Parecía una amenaza seria y sintió náuseas. Los hermanos Harris lo tenían en sus manos, y además tampoco quería perder a Francine ni el dinero que estaba sacando, aunque desde luego no quería a Kilpatrick detrás de él.

—Becky... —empezó él.

—Un niño de diez años del colegio ha muerto de una sobredosis de cocaína —dijo ella, observándolo con detenimiento.

Clay dejó de respirar y hubo un destello de miedo en sus ojos. Becky sintió ganas de gritar.

—¿Sabes algo de eso?

—¿Cómo quieres que lo sepa? Ya te lo dije, no quiero ir a la cárcel.

Becky no se tranquilizó. No podía. Se lo quedó mirando un largo minuto y después salió, cerrando la puerta.

De repente Mack apareció a su lado, con las mejillas sonrosadas y los ojos muy abiertos y preocupados.

—Era Billy Dennis —dijo—. El chico que murió. Era amigo mío. Anoche me llamó John Gaines y me lo contó —el niño bajó los ojos—. Billy nunca se metió con nadie, era un chico solitario. No le caía bien a mucha gente, pero a mí sí. Era mi amigo.

—Oh, Mack —dijo ella.

Mack miró hacia la habitación de Clay y fue a decir algo, pero guardó silencio.

Becky no se despidió del abuelo, y Mack y ella fueron a la pequeña iglesia baptista a la que había asistido desde su infancia. A Becky le encantaba la pequeña iglesia rural, con su alta y espigada torre, pero lo que más le gustaba era la paz y la seguridad que sentía entre sus paredes. Su madre, su abuela y sus bisabuelos estaban enterrados en el cementerio de detrás de la iglesia. Uno de sus tíos había donado una importante cantidad de dinero para construir la iglesia, que tenía unos setenta años.

—Estás muy guapo —dijo Becky a Mack cuando bajaron del coche y caminaban hacia la puerta de la iglesia.

—Tú también.

Mack llevaba pantalones de vestir, el único par que

tenía, con una de las dos camisas blancas y su única corbata. Llevaba zapatillas de deporte porque no tenían dinero para comprar zapatos de vestir.

Becky llevaba su único traje de chaqueta blanco, con un suéter de punto azul y zapatos blancos de tacón. Afortunadamente, a nadie le preocupaba la ropa que llevaran los demás, y nadie menospreciaba a los miembros menos pudientes de la congregación. Allí estaban los que corrieron a su casa cuando murió su madre, con bandejas llenas de comida y ofreciendo ayuda de forma totalmente desinteresada. Entre ellos Becky se sentía tan en casa como en el salón de su propia casa.

Mientras escuchaba el sermón, pensó en Clay. No sabía qué hacer. No podía hacer caso de sus amenazas, pero tampoco quería alejarlo de ellos y que terminara en la cárcel. Apretó los dientes. Si pudiera pedirle consejo a Kilpatrick... Lo había intentado, pero sin éxito. Ahora iba a tener que arreglárselas sola, como fuera.

El lunes por la mañana llegó enseguida, después de pasar el resto del domingo cocinando y preparando la ropa de todos para la semana, y viendo la televisión con Mack y el abuelo. A su regreso de la iglesia con Mack, Clay ya no estaba en casa, y no regresó hasta el domingo por la noche cuando todos se habían acostado.

–¿No vas a ir al instituto? –le preguntó Becky a la mañana siguiente, cuando estaba a punto de salir de la casa con Mack.

–Supongo que sí –dijo, un poco más apagado que de costumbre.

La muerte del niño lo había afectado profundamente. Jamás esperó una cosa así. Había preguntado a algunos chicos más mayores, y alguien era hermano de otro que conocía a Dennis. La venta en sí la había hecho Bubba, pero él no podía decir nada sin implicarse a sí mismo, y los hermanos Harris ya le habían amenazado con acusarle a él. Pero ahora Mack se negaba a dirigirle la palabra y lo miraba como si fuera un monstruo sin corazón. Becky también parecía pasar de él, y él se sentía cada vez más hundido y camino a un terrible y negro lugar.

La noche anterior Francine lo consoló, asegurándole que nadie se enteraría de su implicación. Pero eso no sirvió para tranquilizarlo. Y ahora tenía que ir al instituto porque si se quedaba en casa, se volvería loco.

Becky también fue a trabajar bastante desanimada. El abuelo parecía un poco más cansado, y estaba preocupada por él. Desde el sábado no había dicho nada sobre Kilpatrick, lo que no era muy propio de él, y solo podría significar que estaba demasiado enfermo para importarle.

—¿Qué tal fue? —preguntó Maggie cuando entró en la oficina.

—Fuimos a cenar y a bailar, y lo pasamos muy bien —mintió ella sonriendo. Le entregó una bolsa de papel con el bolso y los zapatos que le había prestado—. Muchas gracias por prestármelo. Estaba arrebatadora. Al menos eso fue lo que me dijo él.

—Me alegro de que lo pasaras bien. Tienes derecho a divertirte.

—Sí, aunque este es más mi estilo —dijo ella, recogiéndose un mechón suelto en el moño y alisándose el vestido camisero de cuadros que llevaba—. Más normal. Oh, Maggie, ¿por qué es la vida tan complicada?

—Tendré que explicártelo más tarde —susurró Maggie, señalando con la cabeza hacia el despacho del jefe—. Está de un humor de perros. Tiene dos casos, uno de ellos contra tu amigo Kilpatrick, y no para de darle vueltas intentando buscar otra estrategia, pero estoy segura de que Kilpatrick lo ganará. Él también piensa lo mismo.

A Becky le dio un vuelco el corazón al oír el nombre de Kilpatrick, pero de nada serviría entusiasmarse demasiado. El paréntesis del sábado había terminado, y ella tenía que vivir en el mundo real del presente, no en un sueño del pasado. Se sentó detrás de la máquina de escribir y empezó a trabajar.

Kilpatrick volvió de los juzgados a última hora de la

tarde. Se había ocupado de un caso de narcotráfico, mientras que sus colegas se ocupaban de uno de abuso de menores y otro de intento de asesinato. Estaba cansado y de mal humor, y no le hizo ninguna gracia encontrar a Dan Berry esperándolo.

Dejó la cartera junto a la mesa y se incorporó, estirándose para desentumecerse.

—¿Qué ocurre?

Berry se levantó y cerró la puerta.

—Es personal. Sobre la bomba.

Kilpatrick se sentó en el borde de la mesa y encendió un puro.

—Cuéntame.

—¿Te acuerdas que te comenté que Harvey Blair te amenazó con matarte y que ahora estaba en libertad?

Kilpatrick asintió.

—La policía ha seguido el rastro del temporizador hasta una tienda de electrónica. Da la casualidad de que el propietario era un buen amigo de Blair.

—Lo que no significa que este preparara la bomba ni ordenara su colocación. Y casi todas las tiendas de electrónica venden lo mismo —sacudió la cabeza, y frunció el ceño—. No, sigo pensando que han sido el viejo Harris y sus hijos. Estoy seguro.

—¿No has olvidado lo que te dije sobre el talento del joven Cullen para la electrónica?

—No lo he olvidado. Pero no creo que sea tan estúpido.

Berry entrecerró los ojos.

—Oye, todos sabemos que estás saliendo con la hermana de ese chico...

—Lo que no tiene nada que ver con mis decisiones profesionales —lo interrumpió Kilpatrick, implacable—. No cerraré los ojos a lo que haga porque me vea de vez en cuando con su hermana. Si él tuvo algo que ver, lo acusaré, ¿de acuerdo?

—¡De acuerdo! —dijo Dan, haciendo un saludo militar—. Me has convencido, de verdad.

Kilpatrick lo miró con curiosidad.

—Y tampoco creo que sea Blair. Pero si te vas a sentir mejor, iré a hablar con él.

—¿Desarmado? —preguntó Berry.

Los ojos de Kilpatrick brillaron.

—No me matará en su casa a plena luz del día. Tiene más cerebro que eso —se levantó y miró la hora—. Iré ahora. No tengo que estar en el juzgado hasta mañana. ¿Has seguido investigando el caso Dennis?

Berry asintió.

—He hablado con algunos chicos del colegio que lo conocían, incluyendo un joven llamado Mack Cullen, que era uno de sus amigos.

Kilpatrick apretó la mandíbula.

Berry vio la reveladora reacción.

—No lo sabías, supongo. Pensé que esa mujer, Cullen, te lo habría mencionado.

Kilpatrick sacudió negativamente la cabeza.

—Pero me ocuparé de preguntárselo —dijo Kilpatrick, accediendo a algo que había jurado no hacer.

Se había prometido dejar a Becky en paz y no volver a verla, pero la había echado terriblemente de menos el resto del fin de semana. Había echado de menos su compañía, su sonrisa, el sonido de su voz. Aquella misma mañana había estado a punto de llamarla por teléfono, pero logró tener la suficiente fuerza de voluntad para no hacerlo. Ahora parecía tener una buena excusa, y eso lo animó.

—Por favor, mira debajo del coche antes de montarte —le aconsejó Berry—. No quiero que te vuelen por los aires antes de saber quién lo intentó la primera vez, ¿vale?

—Haré lo que pueda —le aseguró Kilpatrick, metiéndose el puro entre los labios y sonriendo—. En mil pedazos tendría una pinta horrible.

Berry fue a decir algo, pero Kilpatrick ya estaba saliendo del despacho en dirección a la oficina de Becky. Al diablo con los buenos principios, se dijo.

Abrió la puerta y entró. Allí encontró a Becky inclinada sobre la máquina de escribir. Las otras mujeres dejaron de trabajar y lo miraron.

Kilpatrick se apoyó en la mesa de Becky y esperó a que ella levantara la cabeza y lo mirara. Cuando lo hizo, fue primero con estupefacción y acto seguido radiante de felicidad.

—¿Te alegras de verme? Yo también me alegro de verte a ti —dijo él, sonriendo—. Estaré toda la semana muy ocupado, pero podemos cenar el viernes. ¿Comida china o griega? A mí me encanta una buena *moussaka* con vino de resina, pero el cerdo agridulce tampoco me desagrada.

—Nunca he probado la comida griega, ni la china —confesó ella ruborizándose.

—Lo decidiremos sobre la marcha. No me puedo quedar. Tengo que interrogar a un hombre que amenazó con arrancarme las tripas y enrollarlas a un poste de teléfono.

Becky dio un grito ahogado.

—Tranquila —dijo él incorporándose—. No creo que fuera él. No sabe nada de electrónica, y tiene demasiadas ganas de estar en la calle como para complicar su futuro.

—¿Has mirado los bajos de tu...? —empezó ella otra vez.

—Berry y tú, los dos —murmuró Rourke—. Dime, ¿es que creéis que no me gusta vivir? Claro que compruebo el coche, y la puerta, y el cuarto de baño, y hasta tengo un gato que me prueba la comida. ¿Satisfecha?

Becky se echó a reír, y vio a Maggie contener una risita.

—He llegado solo a los treinta y seis —dijo él—. Tranquila, llegaré a los cuarenta. ¿Te han dado mucha la vara en casa?

—Lo intentaron, pero le dije a Clay que si no le gustaba, que se fuera a vivir a otro sitio y que se ocupara él mismo de su fianza. Ha estado todo el fin de semana muy callado, y Mack también ha estado cabizbajo. Conocía al chico que murió. Pobrecito, ha muerto sin motivo y demasiado pronto.

–Todos morimos demasiado pronto si es sin motivo –dijo él, estudiándole el rostro, viendo el dolor reflejado en sus facciones.

Y eso le preocupó. Empezaba a darse cuenta de que quería mucho más de Becky que su compasión.

–Tengo que irme –dijo bruscamente–. Ya nos veremos.

–Sí –dijo ella, con el corazón en los ojos.

Afortunadamente, él no volvió la cabeza para verlo.

Becky sonrió y después se echó a reír. Llevaba todo el fin de semana deprimida, pensando que él no volvería a llamarla.

–Vaya, vaya. Cenicienta, aquí mismo en mi oficina –se rio Maggie–. Creo que le gustas.

–Eso espero –dijo ella–. El tiempo lo dirá.

Los días siguientes pasaron deprisa a causa de la gran cantidad de trabajo que siempre originaban los juicios. Pero eso estaba bien, porque así Becky no pensaba continuamente en Kilpatrick.

En casa las cosas eran diferentes. Becky se pasaba la mayor parte del tiempo soñando despierta y pensando en lo luminoso y maravilloso que parecía ahora el mundo. El abuelo y Mack no dijeron nada cuando anunció que había quedado con Kilpatrick el viernes. Tampoco lo hizo Clay, aunque se le quedó la sangre helada. No sabía qué iba a pasar, pero tener al fiscal del distrito con su hermana le iba a traer muchos problemas. Cuando los hermanos Harris se enteraran, no quería ni imaginarse su reacción. Si las autoridades les daban problemas, del primero que sospecharían sería de él.

Kilpatrick estaba bastante seguro de que Harvey Blair no tenía ninguna intención de matarlo, y su convicción fue prácticamente total después de ver al exconvicto.

Blair, un hombre enorme de movimientos torpes, cabellos oscuros y ojos claros, ni siquiera mostró hostilidad al verlo en la puerta del apartamento del destartalado edificio donde vivía.

–No quiero problemas, Kilpatrick –dijo nada más verlo–. Leo los periódicos. Sé lo que le ha pasado. Pero yo no lo hice.

–Nunca lo pensé –respondió el fiscal–, pero por mi trabajo debo comprobar todas las pistas. ¿Cómo va todo?

El hombre se hizo a un lado y lo invitó a entrar. El apartamento estaba limpio y ordenado, pero no silencioso.

En el suelo había una mujer delgada con tres niños jugando a las construcciones. Lo miraron y sonrieron tímidamente antes de continuar con su juego.

–Mi hija y mis nietos –dijo Blair con una resplandeciente sonrisa–. Me dejan que viva aquí. Mi yerno murió en un accidente laboral el año pasado, y ahora me ocupo de ellos. Es increíble, ¿no? Lo mucho que te cambian las responsabilidades –dijo con un pesado suspiro. Hundió las manos en los bolsillos–. Tengo trabajo de camionero para el ayuntamiento. Pagan bien y no les importa que haya estado en la cárcel. Incluso tengo seguro y jubilación –sonrió a Kilpatrick.

–Me alegro de que las cosas te vayan bien –dijo Kilpatrick–. De todos los casos que he llevado a juicio, ganar el tuyo fue el que más me dolió.

–Gracias, pero era culpable, incluso si al final me han indultado. El caso es que quiero que las cosas salgan bien y llevar una vida respetable. No voy a perder esta oportunidad.

–Eso espero –dijo Kilpatrick, tendiéndole la mano.

El otro hombre se la estrechó y tras despedirse, Kilpatrick salió del apartamento, convencido de que no era el responsable de su intento de asesinato. Sin embargo, eso todavía dejaba a Clay Cullen como sospechoso, y no podía decirle a Becky que cada vez había más pruebas que indicaban su implicación, incluso si era solo como cómplice, tanto del atentado como de la muerte del pequeño Dennis.

El resto de la semana lo pasó interrogando a los distintos posibles jurados, repitiendo con todos ellos el mismo proceso y las mismas preguntas. ¿Tiene alguna relación con el acusado, con alguno de los testigos, o con alguno de los letrados? ¿Conoce el caso en cuestión? ¿Tiene familiares implicados? Una y otra vez las preguntas se repetían para cada uno de los cinco paneles de doce posibles jurados, y él estaba obligado a recordar el nombre de cada uno y tomar nota de cada detalle que pudiera perjudicarle ante el tribunal.

Pero era importante tener un jurado imparcial, y tan importante lo era también tener un juez imparcial. Tuvo la fortuna de tener como juez a Lawrence Kentner, un hombre mayor con un profundo conocimiento de las leyes y que gozaba de todo el respeto de la profesión y de Kilpatrick.

J. Lincoln Davis apareció en la sala durante uno de los descansos para presentar una moción de aplazamiento de uno de sus casos. Se detuvo junto a Kilpatrick, con cara de suficiencia.

–Supongo que ya sabes que voy a anunciar mi candidatura –le comunicó.

Kilpatrick sonrió.

–Lo sé. Buena suerte.

–Espero que seas un buen contrincante –murmuró Davis.

–Eh, Jasper, siempre lo soy, ¿no? –preguntó inocentemente.

–No me llames así –gruñó el otro hombre, mirando rápidamente a su alrededor para asegurarse de que nadie lo había oído–. Sabes que lo odio.

–A tu madre le encantaba. Vergüenza debería darte esconderlo detrás de una inicial.

–Espera a que nos enfrentemos en la tele en un debate

–dijo Davis, sonriendo–. He encargado a mi gente que repase todos tus casos.

–Diles que se diviertan –le dijo Kilpatrick.

–Para querer la reelección te lo estás tomando con una tranquilidad insoportable.

Kilpatrick no buscaba la reelección, pero prefirió no estropear la diversión al letrado y no desmintió sus palabras. Solo sonrió.

–Que tengas un buen día.

Davis hizo una mueca y se alejó con la cartera en la mano.

Kilpatrick se sintió ligeramente avergonzado por provocarlo. Davis era un buen hombre, y un excelente abogado, pero a veces podía ser un pesado y un presumido insufrible.

Recogió sus papeles y salió de la sala. Eran las cinco de la tarde. Todavía le quedaban dos horas de trabajo en su despacho, pero era viernes y había prometido a Becky llevarla a cenar. Sin embargo, no podía hacer nada. El trabajo era lo primero.

Antes de subir a su despacho pasó por el bufete de Becky. Todo el mundo se preparaba para salir, pero Becky seguía escribiendo. Kilpatrick intercambió unas palabras con Bob Malcolm y después se sentó junto a Becky.

–Todavía me quedan dos horas como mínimo –dijo, irritado–. Ha sido una semana horrible.

–Y hoy no puedes salir –adivinó ella, sonriendo y tratando de disimular la decepción–. No importa, de verdad.

–Sí, sí que importa –repuso él con un suspiro de hartazgo–. Ve a casa y da de cenar a tu familia. Si quieres –continuó él tras un leve titubeo–, puedes volver y esperarme hasta que termine. Después podemos ir a cenar.

A Becky le dio un vuelco el corazón.

–Me encantará, sí. A menos que estés muy cansado...

–De todas maneras tengo que comer, Becky –dijo él–. No estoy tan cansado. Cierra las puertas cuando vuelvas. Yo te seguiré a casa después.

—Está bien. No tardaré.

Rourke se levantó y le sonrió.

—No permitas que te encierren en un armario.

—Para nada —murmuró ella muy seria.

Becky fue a casa dispuesta a pelearse con quien fuera. Ya les había dicho la noche anterior que iba a salir con Kilpatrick. Pero esa vez, el abuelo sufrió una de sus crisis y gimió y gruñó sin cesar durante un buen rato.

A Becky le entró miedo. Lo ayudó a acostarse y se sentó a su lado, sin saber qué hacer. Si llamaba al médico, este iría, pero costaría un dinero que no quería malgastar si el abuelo estaba fingiendo.

Clay había salido hacía un rato y no sabía dónde estaba. Mack estaba viendo la televisión y todo apuntaba a que ella se iba a quedar sin su cena con Kilpatrick.

11

Becky estaba sentada junto a la cama del abuelo con la cara entre las manos. Cada vez que el anciano tenía una crisis, ella se ponía muy nerviosa. Le aterraba tener sobre los hombros toda la responsabilidad de una vida, y si tomar la decisión equivocada implicaba la muerte del anciano, no se lo perdonaría nunca. Por otro lado, no estaba segura de que no fuera una farsa más para mantenerla alejada de Kilpatrick.

–Estoy bien, hija –dijo el abuelo, haciendo una mueca al ver la expresión de su cara–. No me voy a morir.

–Lo sé. Es que... –encogió los hombros, cansada, y sonrió–. Nunca he tenido un pretendiente de verdad. Nunca se ha molestado nadie en mirarme y conocerme para invitarme a salir dos veces. Kilpatrick sabe que no soy moderna, y aun con todo le gusto –bajó los ojos–. Es agradable saber que quiere salir conmigo.

El abuelo suspiró irritado.

–Solo conseguirás que te rompa el corazón –dijo tenso–. Puede que te esté utilizando para detener a Clay. Clay está metido en algo, Becky. Los dos lo sabemos, y casi podría jurar que tu amigo Kilpatrick también. Tú eres la mejor manera de tenerlo controlado.

–Ya me lo has dicho, pero si es así, ¿por qué no me pregunta nunca por él?

–Eso no lo sé –el abuelo se sentó en la cama y se pasó una mano por el pelo canoso–. Ya estoy mejor, de verdad. Puedes irte. Mack irá a buscar al médico si me hace falta. Es un buen chico.

–Sí, lo sé.

Becky titubeó, sin acabar de decidirse.

–Te he dicho que estoy bien –insistió el abuelo–. No me gusta que salgas con ese hombre, pero debo admitir que me gusta verte sonreír. Solo asegúrate de que no te toma el pelo en ningún sentido –añadió con firmeza.

–Lo haré –dijo ella, con una resplandeciente sonrisa. Se inclinó hacia delante y lo besó–. Terminaré de preparar la cena antes de irme, y no volveré tarde.

–Eres una buena chica –dijo cuando ella ya estaba en la puerta–. Supongo que ha sido todo muy duro para ti.

–Alguien tiene que cuidaros –dijo ella–. No me importa. Os quiero –añadió, y sonrió.

–Nosotros también te queremos –dijo él, desviando la vista–. Incluso Clay, aunque todavía tiene que aprender qué es querer.

–Esperemos que no sea una lección demasiado dolorosa –comentó Becky, y salió cerrando la puerta.

Cuando terminó de preparar la cena se dio cuenta de que llevaba un retraso de una hora y de que sería difícil encontrar un sitio abierto para cenar, a menos que fuera una hamburguesa.

Sacó una vieja cesta de mimbre del armario y metió unas galletas de mantequilla, una ensalada de patatas, y el trozo de jamón asado que había quedado de la cena, junto con dos trozos de tarta de manzana y un termo de café.

Kilpatrick la estaba esperando y miró al reloj. Ya habían pasado más de dos horas.

–Lo siento –dijo ella al llegar, desde la puerta–. El abuelo ha tenido una crisis y he tenido que quedarme con él hasta asegurarme de que estaba mejor.

–¿Y lo está?

–Está bien, sí, pero siento llegar tarde. ¿Ya creías que no vendría? –preguntó, balanceando la cesta de mimbre que llevaba a la espalda.

–No, sé que de no poder venir me habrías llamado.

–Me conoces bastante bien –dijo ella con una carcajada.

–No tanto como me gustaría. ¿Qué te apetece, chino o griego?

–¿Qué tal comida casera? –preguntó ella con una sonrisa, y sacó la cesta–. Me ha parecido que ya sería muy tarde para encontrar un restaurante abierto, y he pensado que te podía apetecer un poco de jamón asado, ensalada de patatas, y tarta de manzana.

–¡Eres un ángel! –exclamó él mientras ella dejaba la cesta sobre la mesa y la abría–. Hm, huele delicioso. Es todo un festín.

–Las sobras de la cena –le corrigió ella, sacando un par de platos, cubiertos, tazas y vasos.

Lo vio fruncir el ceño al ver la vajilla irrompible y se sonrojó. No podía reconocer que no tenía dinero para platos y cubiertos de plástico, aunque Kilpatrick ya se había dado cuenta. Con una sonrisa, hizo sitio en la mesa para la comida.

–Está todo delicioso –dijo cuando llegaron a la tarta de manzana–. Becky, eres toda una cocinera.

–Me gusta –confesó ella–. Me enseñó mi madre. Ella era fantástica.

–Su muerte tuvo que suponer un golpe muy duro –observó él, mirándola.

–Entonces me pareció el fin del mundo –dijo ella–. Mack solo tenía dos años y Clay nueve. Mi padre nunca estaba en casa, iba y venía a su gusto. Fue el abuelo quien se ocupó de nosotros. Yo logré terminar el instituto. La señora Walter, una vecina, se quedaba con Mack. Entonces el abuelo todavía trabajaba en el ferrocarril –sonrió al recordar–. Era divertido cuidar de un niño. Mack y yo estamos muy unidos porque para él soy más una madre que una hermana. Pero Clay... siempre estaba metido en líos, incluso de adolescente. Y con el tiempo ha ido a peor. Odia la autoridad.

–Supongo que no le hace ninguna gracia que salgas conmigo –comentó él.

–Ninguna. Ni a mi abuelo tampoco. Mack es el único que parece pensar en mí –añadió mientras apuraba el café y la tarta.

–¿Eras muy chicote? –preguntó él imaginándola subiendo a los árboles y jugando al baloncesto.

Becky se echó a reír.

–Sí. Tener dos hermanos te predispone un poco –reconoció recordando otras épocas–. También sé recoger heno y conducir el tractor, aunque no me gusta –en ese momento recordó la siembra de primavera y dejó de reír–. Este año será más difícil, ahora el abuelo no puede ayudarnos. Siempre hemos tenido un huerto, pero este año no sé. Clay no ayuda nada, y Mack es todavía muy pequeño.

–¿Y tu padre no contribuye nada al mantenimiento de la familia?

Becky sacudió la cabeza.

–No tiene sentido de la responsabilidad. Siempre le ha gustado el dinero fácil.

Rourke jugó con la copa blanca que tenía en la mano.

–Lo recuerdo un poco. Se parecía mucho a Clay.

–Irrespetuoso, arrogante y nada dispuesto a colaborar –adivinó ella.

Rourke soltó una carcajada.

–Sí, más o menos.

–Así es mi padre –dijo ella, recogiendo los platos y las tazas–. Me alegro de parecerme a mi madre. Ella era honrada hasta la médula. Mack también se parece a ella. Se puso furioso cuando murió su amigo Dennis.

–¿Qué tal se lleva con Clay? –preguntó Kilpatrick.

–Últimamente no se llevan –respondió ella, recogiendo los restos de comida y cerrando la cesta de mimbre–. Desde el fin de semana Mack ni siquiera le dirige la palabra. Y no quiere decirme por qué.

–Los hermanos siempre se pelean, al menos eso dicen –dijo él, tratando de quitar importancia a las palabras de Becky.

Era demasiado pronto para empezar a sondearla.

–¿Tú no tienes hermanos? –preguntó ella.

–No, siempre he sido un solitario. Supongo que siempre lo seré –Rourke se levantó, estirando los brazos y desperezándose.

La camisa blanca se quedó pegada al musculoso pecho masculino, y bajo ella se adivinaba el vello oscuro y rizado que le cubría el pecho. Unos rizos se asomaban por los botones abiertos del cuello, y Becky apartó la vista con timidez.

–La próxima vez saldremos a cenar –dijo él, sonriendo perezosamente.

Los ojos masculinos cayeron sobre la suave boca de Becky y se quedaron allí, como si recordara el beso compartido una semana antes.

–Puedes venir el domingo a comer a la granja –dijo ella, y se sonrojó al darse cuenta de las implicaciones de la invitación–. Si quieres, claro. Será como entrar en campo enemigo desarmado.

–Yo nunca voy desarmado –le aseguró él–. Será un placer. ¿A qué hora?

–¿Qué tal sobre la una?

–¿Te dará tiempo a cocinar después de la iglesia?

–Si no, siempre puedes sentarte conmigo en la cocina mientras lo preparo todo.

–Para protegerme del resto de la familia, supongo –musitó él–. Está bien. Si sobreviví a dos años en Vietnam, supongo que puedo sobrevivir una tarde con Clay y tu abuelo.

—¿Estuviste en Vietnam? —preguntó ella.
—Sí, pero nunca hablo de eso —añadió.
Becky sonrió.
—Entonces no te preguntaré. ¿Te gusta el pollo asado?
—Mucho.
Rourke se acercó despacio hacia ella, con pasos lentos que eran en sí una amenaza, teniendo en cuenta la sonrisa y el suave calor de sus ojos. La tomó por la cintura y la pegó a su cuerpo, y su sonrisa se fue desvaneciendo a medida que su mirada pasó de los ojos femeninos a la nariz pecosa y hasta los sensuales labios.
—La otra noche no te asusté, ¿verdad?
Becky no fingió no saber a qué se refería.
—No —respondió, sintiendo el aliento a café en la boca, casi saboreándolo en el repentino silencio del despacho.
Las manos esbeltas le acariciaron la espalda y la apretaron contra su pecho.
—Me prometí no volver a verte —dijo él, mirándola serio a los ojos—. Tú y yo pertenecemos a mundos diferentes, y no me refiero solo a nivel económico.
—Pero has vuelto —susurró ella.
Él asintió, bajando la cabeza.
—Porque por muy imposible que sea —jadeó él contra su boca—, te deseo, Becky.
Becky contuvo el aliento a la vez que él abría la boca y le separaba hábilmente los labios. Cerró los ojos y rodeó con los brazos la espalda masculina. Era un hombre muy fuerte, y sentía los músculos y la fuerza del hombre contra ella mientras flotaba entre el cielo y la tierra y su cuerpo empezaba a tensarse con una dulce sensación que no había experimentado nunca.
Como si se hubiera dado cuenta, Rourke deslizó la mano hasta la base de la columna vertebral femenina y la apretó contra él, pegándola a sus caderas y haciéndola sentir por primera vez en su vida toda la realidad de la excitación física de un hombre.
Becky jadeó en la boca masculina. Él alzó la cabeza,

y ahora su mirada era más oscura, más intensa. Becky intentó echarse hacia atrás, pero él incrementó la íntima presión contra ella, sin soltarla.

Rourke vio el rubor que cubrió las mejillas femeninas pero continuó sujetándola contra él hasta que la sintió temblar.

Entonces bajó la cabeza y jugó y acarició sus labios con la boca hasta que ella se relajó contra él y se entregó por completo. Dejó de luchar contra él y abrió la boca, en un estado de completo placer.

Cuando Rourke volvió a alzar la cara para mirarla, Becky apenas podía mantener los ojos abiertos. Lo miró encandilada, con los labios hinchados y los ojos entornados.

Las manos de Rourke habían descendido hasta las caderas mientras la besaba, y ahora, sin dejar de sostenerle la mirada, la movía contra él a la vez que estudiaba la expresión de total entrega de su rostro.

–Da gracias al cielo de que tengo conciencia –dijo él–, porque cuando se llega a este punto, la mayoría de los hombres se inventan cualquier excusa para llegar hasta el final.

–¿Crees que te hubiera podido detener? –susurró ella.

–No habrías querido –le dijo él–. Pero ¿después qué? ¿Qué habría pasado después, Becky?

Becky entendió perfectamente a qué se refería. A los remordimientos. Al sentimiento de culpa. Al arrepentimiento. Y eso estaba segura de que vendría después, porque su código de honor particular no permitía las relaciones íntimas fuera del matrimonio. Para ella, el sexo, el amor y el matrimonio eran tres cosas unidas e indivisibles. Bajó los ojos y él la soltó, un poco a su pesar, y se alejó para encender un puro.

–¿Te habló tu madre de los riesgos de las relaciones con hombres? –preguntó por fin mirando por la ventana a las farolas de la calle.

–Entonces no salía con nadie, así que supongo que no

vio la necesidad. El abuelo siempre me decía que fuera buena y en el colegio nos hablaron sobre los peligros de la promiscuidad –se encogió de hombros–. Pero aprendí más de las novelas rosas que de nadie de mi familia, y algunas eran muy educativas –añadió, con una sonrisa.

Él se volvió a mirarla, y se rio divertido al ver la picardía en sus ojos.

–Pero aun con todo no quieres ser moderna y liberada.

Becky sacudió la cabeza.

–No cuando pienso con la cabeza –dijo ella, recorriendo con un dedo una de las flores del estampado del vestido–. No sé mucho de los hombres, pero sé lo que hay que saber para ser liberada.

–Te refieres a la prevención –dijo él.

–Sí.

–Yo tampoco querría engendrar un hijo, Becky –dijo él tras quedarse pensativo durante un minuto–. Estoy seguro de que sabes que un hombre puede evitarlo, igual que una mujer.

A Becky le ardían todas las células del cuerpo. Era un asunto muy íntimo y delicado para hablarlo en voz alta, y más con un hombre. Se sentó en una silla delante del escritorio.

–Dicen que nada es seguro al cien por cien. Y hay otras... cosas.

–Enfermedades.

Ella asintió.

–Eres tan cauta como yo –dijo él–. ¿Crees que a los hombres no nos preocupan esas cosas? Piénsalo. Yo no me acuesto con nadie.

Becky lo miró sorprendida. Había asumido que su experiencia se debía a sus muchas relaciones con mujeres.

–Antes sí –continuó él, acercándose al borde del escritorio y sentándose en él–. Pero con la edad te vuelves más prudente. El sexo sin sentimientos es tan satisfactorio como un pastel sin azúcar. Ahora tengo mucho cuidado, y no me acuesto con cualquiera.

–Quizá te gusto porque no tengo experiencia –se aventuró ella, mirándolo con ojos preocupados.

–Quizá me gustas porque eres tú –respondió él en tono serio y profundo, a la vez que dejaba que sus ojos resbalaran por el cuerpo femenino, desde la larga melena de color miel, pasando por los dulces ojos castaños y los labios tentadores hasta la curva de los senos y la cintura–. Creo que tú y yo terminaremos acostándonos juntos, Becky –continuó él–, pero al margen de eso seremos amigos. He estado solo mucho tiempo, y he llegado a una edad en que ya no me gusta. Al menos podemos salir juntos.

–Me encantará salir contigo –dijo ella, sonriéndole–, pero lo otro... –frunció el ceño preocupada–. Soy una cobarde. Si ocurriera algo, no podría abortar. Soy incapaz hasta de matar a una mosca.

Rourke le tomó la mano y la levantó de la silla, colocándola entre sus piernas, con sus ojos al nivel de los suyos.

–Yo tampoco creo en el aborto –dijo–. Creo en la prevención. Será mejor que lo vayamos tomando según venga, ¿vale?

–Vale.

La rodeó con un brazo y la atrajo hacia él. Le buscó los labios con la boca y la besó con ternura y delicadeza. Después la soltó, sonriendo, y se apartó.

–Será mejor que te siga a casa –dijo él–. Ha sido un día muy duro para los dos y necesitamos descansar.

–No tienes que venir hasta la granja –empezó ella.

–He dicho que te seguiré hasta casa –repitió él.

–No me extraña que seas tan buen fiscal –dijo ella levantando las manos–. Nunca te das por vencido.

–Cuenta con ello –respondió él, sin sonreír.

La siguió hasta la granja y no se fue hasta que la vio entrar en casa.

Becky se fue directamente a la cama. Por suerte, todos parecían estar ya acostados.

A la hora del desayuno anunció que había invitado a

Rourke a comer el domingo. Clay no dijo nada; se limitó a encogerse de hombros. Aquella noche había quedado con Francine y sabía que tendría que dar alguna explicación a los Harris sobre Kilpatrick. Encontraría la forma de convencerlos de que así era mejor. A fin de cuentas, podría saber los planes del fiscal del distrito a través de Becky. Claro que sí. Seguro que a los Harris les encantaba.

—¿A comer? —masculló el abuelo y suspiró—. Bueno, supongo que puedo soportarlo, pero no esperes una conversación animada —añadió al ver la expresión de felicidad de Becky.

—Gracias, abuelo —dijo ella, resplandeciente.

—Yo le enseñaré mi tren eléctrico —exclamó Mack, que estaba orgulloso del juego de trenes eléctricos antiguos que le había regalado un amigo del abuelo hacía tres años.

—Estoy segura de que le encantará —respondió Becky—. No es una mala persona —explicó al abuelo y a Clay—. Cuando lo conoces es divertido y, a su manera, se preocupa por la gente.

—Tengo que irme —dijo Clay poniéndose en pie—. Voy a ayudar al padre de Francine con el coche.

—Pásalo bien —dijo Becky—. ¿Qué tal el trabajo?

Clay la miró. La expresión de sus ojos era de preocupación, y su rostro vulnerable.

—Bien —mintió. Miró a Mack, que puso una mueca de desprecio—. Hasta luego.

Becky miró a Mack, sin entender su reacción.

—¿Has discutido con Clay?

—Me pidió que hiciera una cosa por él y le dije que no —respondió Mack, tajante—. No es mi jefe —añadió a la defensiva—. ¿Quieres que vaya a ordeñar? He estado aprendiendo, y soy muy bueno, Becky. Pregúntaselo al abuelo.

—Sí, lo es —admitió el abuelo—. Le he enseñado. Pensé que así podría ayudarte un poco.

—Claro que sí —dijo Becky, y besó al abuelo en la mejilla—. Gracias.

—Me gusta verte tan contenta –añadió el anciano sonriendo–. Estás radiante.

—Ya lo creo –dijo Mack–. Debe de ser el amor –canturreó con una sonrisa llevándose las manos al corazón–. Oh, Romeo.

—Vete antes de que te tire los juegos que quedan a la cabeza –dijo ella–. Seguro que Shakespeare está revolviéndose en su tumba.

—De celos –aseguró el niño, sonriendo a la vez que se hacía con el cubo de ordeñar y salía por la puerta de atrás.

Becky sacudió la cabeza y se levantó a fregar los platos. El abuelo, sentado en su sillón, parecía más frágil que de costumbre.

—¿Estás preocupado?

—Por Clay –reconoció él–. Mack y él solían estar muy unidos, y ahora apenas se dirigen la palabra –levantó los ojos–. Está metido en algo, Becky. Tiene la misma expresión que tenía tu padre cada vez que hacía algo malo.

—A lo mejor decide que ya es suficiente y lo deja –dijo ella con esperanza, aunque sin creer sus propias palabras.

—Ahora que tiene a esa chica no lo hará –dijo el abuelo sacudiendo la cabeza–. No sé por qué, pero estoy seguro de que está con él por los Harris. No sé qué se traen entre manos, pero tarde o temprano lo usarán de chivo expiatorio. Ahora él no se da cuenta, y cuando lo haga, puede que sea demasiado tarde.

—¿Qué podemos hacer? –preguntó Becky preocupada.

—No lo sé –respondió él, levantándose lentamente de la mesa–. Soy un anciano, me alegro de que no me quede mucho tiempo de vida. Este mundo ya no me gusta, Becky. Hay demasiado egoísmo y demasiadas cosas feas. Yo me crie en una época en la que la gente tenía principios como el honor y el orgullo, en la que la familia significaba algo. Entonces la gente trabajaba la tierra y dependía de Dios. Ahora trabajan con máquinas y dependen de sí mismos –se apoyó en la mesa y se encogió de hombros–. Las máquinas dejan de funcionar cuando se corta la luz, pero Dios está siempre ahí. Es algo que tienen que aprender solos –fue hacia la puerta–. Me voy a echar un rato.

–¿Te encuentras bien? –preguntó ella, preocupada.

El hombre se detuvo en el umbral de la puerta y le sonrió.

–Me recuperaré, a pesar de las pastillas que el médico y tú os empeñáis en darme. Aún no ha llegado mi hora.

–De eso estoy segura –dijo ella, sonriendo también.

–¿Cómo que el fiscal del distrito va a comer a tu casa? –preguntó Son furioso cuando se reunió con Clay y Francine en el garaje.

–Mi hermana le gusta –dijo Clay, tratando de hablar con indiferencia–. Es fantástico. Becky no para de hablar de él. El tío le dirá en qué está trabajando y ella me lo dirá a mí –miró a Son para ver cómo se tomaba la información–. Es como tener una fuente de información directa de la oficina del fiscal.

–¿No se te ha ocurrido que puede ser al revés, que el fiscal sepa lo que hacemos a través de tu hermana? –preguntó Bubba, con la cara más roja que de costumbre.

–Mi hermana no puede contarle nada –dijo Clay–. Está tan colgada por él que ya se le habría escapado.

–Escucha, Cullen, tienes suerte de que no te hayamos delatado por lo del coche del fiscal –dijo Son, en tono helado–. Tu hermano no ha querido colaborar. De no ser por ese amigo tuyo que nos dijo lo del colegio, podíamos haber perdido todo el territorio.

–Un niño murió de sobredosis –dijo Clay.

–Porque se pasó. La historia de siempre, no vengas a llorarnos ahora por eso –dijo Son, con inmenso desdén–. Si no tienes agallas para ensuciarte las manos, no nos sirves de nada. Y si decidimos entregarte, lo haremos con estilo, directamente al novio de tu hermana, para que no puedas ni respirar.

Francine apretó el brazo de Clay y se echó la larga melena negra hacia atrás.

–Dejadlo en paz. No es un chivato.

–No he dicho nada a nadie –asintió Clay–. Escuchad, me gusta tener dinero en el bolsillo y ropa decente que ponerme –dijo, con remordimientos de saber lo mucho que había trabajado Becky por todos.

–Entonces no muevas el barco y haz tu trabajo. Dentro de dos semanas hay algo gordo. Espero que nos ayudes a llevar la mercancía a los camellos pequeños.

–Claro, cumpliré con mi parte –dijo Clay, y sonrió, aunque no fue fácil.

Había descubierto que era más fácil infringir la ley que salir del embrollo en el que estaba metido; ahora se le habían cerrado todas las puertas.

Rodeó a Francine con el brazo y volvió con ella al coche.

–Tranquilo –le dijo ella cuando él le abrió la puerta–. No te delatarán.

–¿Estás segura? –preguntó él–. Cielos, si me delatan por la bomba del coche de Kilpatrick, mi hermana nunca me lo perdonará. Nunca creerá que no fui yo. Yo no fui, Francine, tú sabes que yo no fui.

La joven miró a sus primos por encima del hombro. Al principio quiso ayudarlos, pero ahora salía con Clay por motivos totalmente diferentes. Clay la trataba como a una dama; le compraba cosas y siempre era muy atento con ella. Nunca nadie la había tratado con tanta consideración y amabilidad.

–Escucha, yo te ayudaré. No sé cómo, pero te ayudaré. Pero, Clay, no hagas ninguna estupidez, por favor –le pidió–. No le digas nada a tu hermana. Si llegan a sospechar algo, los dos te acusarán a ti y te encerrarán de por vida.

–Y se estarán acusando a ellos mismos también.

–No. Ellos escaparán a tiempo. Tienen dinero para comprar a gente, Clay, ¿es que no te das cuenta? Pueden comprar a la policía, a los concejales, a los jueces, no hay nadie a quien no puedan llegar. Pero tú no puedes. Tú irías a la cárcel. Por favor, Clay, ten mucho cuidado.

Él sonrió.

–¿Preocupada por mí?

–Sí, idiota –dijo ella, furiosa–. Dios sabrá por qué, pero te quiero.

Lo besó con fuerza, se montó en el coche y arrancó sin darle tiempo a reaccionar.

Clay estaba en las nubes. Volvió al garaje a hablar con Son, pero apenas se enteró de la mitad de las indicaciones sobre la entrega de la mercancía.

Cuando regresó a casa seguía recordando las palabras de Francine. Hacía días que no tomaba ningún tipo de drogas, solo traficaba, porque desde que estaba con Francine no las necesitaba.

Allí encontró a Mack jugando con sus trenes. Se acercó a él, pero su hermano lo ignoró.

–Oye, ¿no puedes perdonarme? –le preguntó.

–Tú y los cerdos de tus amigos habéis matado a un amigo mío –le respondió Mack, mirándolo con ira.

–No fui yo –murmuró Clay, mirando hacia la puerta abierta del dormitorio para asegurarse de que no le oía nadie–. Escucha, me he metido en un buen lío. Dejé que me convencieran para hacer una compra, y ahora me amenazan con encerrarme para siempre. Yo no quería hacer daño a nadie. He ganado mucho dinero.

–El dinero no devolverá la vida a mi amigo –respondió Mack con una sorprendente madurez para sus diez años–. Y si Becky se entera de lo que estás haciendo, te echará de casa.

–Debería hacerlo, sí –dijo Clay.

Se sentía viejo. Un error le había conducido a tantos otros que ya no sabía si sería capaz de detenerlo. Metió las manos en los bolsillos.

–Mack, yo no vendí el crack en tu colegio. Tienes que creerme. Soy malo, pero no tanto.

Mack tomó la locomotora y empezó a darle vueltas entre las manos. Sentía náuseas.

–Eres un camello. No te quiero en mi habitación.

Clay fue a decir algo, pero prefirió no hacerlo y se alejó en silencio. No recordaba haberse sentido nunca tan solo ni tan avergonzado de sí mismo.

12

Becky se movía con torpeza mientras preparaba la comida del domingo. Acababa de volver de la iglesia y todavía llevaba el vestido de punto gris que utilizaba para asistir a los servicios religiosos. Sospechaba que Rourke llegaría antes de tiempo, y no se equivocó. Cuando oyó su coche, corrió a abrir la puerta, pero Mack ya estaba allí, recibiéndolo con inesperada cortesía.

–Está en la cocina, señor Kilpatrick –empezó el niño.

–No, estoy aquí –dijo Becky, sonriendo a Rourke, increíblemente apuesto con unos pantalones tostados de tela, un polo amarillo y una moderna gabardina de cuadros en tonos también tostados.

–Vuelve a vigilar la comida, hija. Mack y yo haremos los honores al señor Kilpatrick –gritó el abuelo desde su sillón en el salón.

–Puedes venir a la cocina conmigo –sugirió Becky esbozando una tímida sonrisa, invitándolo a entrar.

–Tonterías. Se te quemaría la salsa –la riñó el abuelo–. Siéntese, señor Kilpatrick. No es a lo que está acostumbrado, pero no se caerá de la silla. Todavía.

Kilpatrick observó al anciano con los labios apretados.

–Veo que no se anda con chiquitas –dijo aceptando la invitación a sentarse–. Bien. Yo tampoco. ¿Le dejan fumar o le ha dicho el médico que un puro puede matarlo?

El abuelo se quedó desconcertado y Becky se metió en la cocina sonriendo.

«Qué tonta», pensó. «Mira que preocuparme por la seguridad de Kilpatrick con el abuelo».

Preparó la comida lo más deprisa que pudo, escuchando las voces que de vez en cuando llegaban desde el salón, a veces más altas, a veces en un apagado susurro.

Cuando asomó la cabeza por la puerta para llamarlos a la mesa, el abuelo parecía irritado y Rourke fumaba tranquilamente un puro en silencio y sonriente, con las piernas estiradas hacia delante y los talones cruzados, y una expresión de profunda satisfacción. No hacía falta preguntar quién había ganado el primer asalto.

El abuelo bendijo la mesa. Clay no apareció; por lo visto había decidido que comer con el fiscal era más de lo que podía soportar. De todos modos, a Becky no le importó. Ya era bastante difícil solo con el abuelo.

Los cuatro comieron en silencio, a excepción de unos cuantos cumplidos de Rourke sobre la comida. Después, el abuelo se disculpó y se encerró en su dormitorio. Mack fue a dar de comer a las gallinas y la dejó sola con Rourke en la cocina mientras ella fregaba los platos.

–Lo siento –dijo ella con un suspiro, inclinando la cabeza hacia delante sobre el fregadero–. Creía que se iban a portar mejor. Supongo que era mucho pedir.

–Tienen miedo de perderte –dijo él–. Supongo que no se lo puedes reprochar. Están acostumbrados a que hagas casi todo el trabajo.

–Pero incluso las señoras de la limpieza tienen días libres –respondió ella, mirándolo a los ojos.

Rourke se acercó a ella y la besó.

–Tú eres mucho más que una mujer de la limpieza.

No quieren que caigas en las garras de un hombre que solo piensa en llevarte a la cama.

—¿Y es así? —preguntó ella, buceando en sus ojos.

«Esos ojos», pensó él. «Esos ojos sensuales y seductores» lo desarmaban por completo.

—Normalmente solo pienso en leyes —murmuró él—, aunque el sexo también tiene su sitio. Pero ya te he dicho que te he preparado un plan diabólico.

Ella se echó a reír.

—Es cierto. Sinceridad por encima de todo.

—Así es. Pienso llevarte a mi escondite secreto y aprovecharme de ti.

—Qué emocionante. ¿En tu coche o en el mío?

—Se supone que tú te resistes a venir —dijo él—. Tú eres una chica de principios y yo soy un truhan.

—Oh, lo siento —Becky alzó la barbilla—. ¿En qué vehículo deseas secuestrarme, en el tuyo o en el mío? —se corrigió.

Él le dio en la cabeza con el trapo.

—Vuelve a trabajar, mujer desequilibrada.

—Ya me has puesto en mi sitio —se rio ella.

—En serio, jamás pensé que intentaras seducirme junto a un fregadero lleno de platos sucios.

—¿Hay algún sitio mejor?

—Por supuesto. Algún día te lo explicaré. Te has dejado un plato.

—Es verdad.

Durante unos minutos, ella continuó fregando mientras él secaba la vajilla.

—¿Ha sido mi abuelo muy duro contigo?

—Sí. No le hace ninguna gracia tenerme aquí. Aunque no se lo reprocho. Soy responsable de haber desestabilizado su vida en varias ocasiones, a pesar de que era inevitable.

—Solo hacías tu trabajo. Yo no te lo reprocho —dijo ella.

Rourke le sonrió.

—Sí, pero a tu abuelo no le gusta besarme tanto como a ti, así que me lo reprocha más.

Becky se ruborizó y le dio un codazo.

–Eso no vale.

Él soltó una carcajada.

–¿Sabes que nunca me he reído con nadie como me río contigo? –dijo él–. Creía que había olvidado cómo. Ser fiscal es un trabajo duro. Y después de un tiempo es fácil perder el sentido del humor.

–Antes creía que no lo tenías –dijo ella.

–¿Porque te provocaba en el ascensor? –recordó él–. No sabes cómo disfrutaba. Llegó un momento que hacía lo imposible para encontrarme contigo. Era un cambio refrescante.

–¿De qué?

–De las mujeres que se me lanzaban desnudas por encima de la mesa –dijo él serio.

–¡Seguro! –exclamó ella incrédula.

–Fuiste un rayo de sol en mi vida, Becky –dijo él sin sonreír–. El día que me explicaste la situación familiar quería invitarte a salir, pero no quería complicaciones en mi vida.

–¿Y ahora las quieres?

Él se encogió de hombros.

–Tampoco, la verdad –la miró mientras secaba el último plato del montón–. Pero ya no tengo elección. Y supongo que tú tampoco. Estamos empezando a acostumbrarnos el uno al otro.

–¿Y eso es malo? –preguntó ella.

–Soy un objetivo –le recordó él–. ¿No se te ha ocurrido pensar que por estar conmigo puedes convertirte en objetivo también?

–No. De todos modos no me importa.

–También puede tener otro tipo de consecuencias –continuó él–. Los Harris podrían pensar que Clay me está pasando información a través de ti.

Becky contuvo el aliento. Aquella posibilidad no se le había ocurrido.

–Tranquila –dijo él–. Seguro que Clay puede convencerlos de lo contrario. Y además está la tensión que nuestra relación está creando en tu familia. Ni tu abuelo ni tus hermanos me aprecian, y eso hará que tu vida sea más difícil.

—Tengo derecho a salir cuando quiera, y se lo he dicho —dijo ella con firmeza—. Tú me has enseñado que la gente puede llegar a convertirte en su esclavo si les dejas. Yo he sido una esclava aquí porque he permitido que mi familia dependa totalmente de mí, y ahora estoy pagando las consecuencias. Hacerte sentir culpable por algo no es un arma agradable, pero la gente lo utiliza cuando todo lo demás falla.

—Tienes toda la razón —dijo él—. ¿Qué quieres hacer cuando terminemos aquí?

—Bueno, si nos sentamos delante de la tele, el abuelo volverá y protestará por todo lo que pongamos —Becky terminó el último plato—. Puedo enseñarte la granja. No hay mucho que ver, pero pertenece a la familia desde hace cien años.

Rourke sonrió.

—Será un placer. Me gusta pasear al aire libre, pero llevo mucho tiempo viviendo en la ciudad. Si no fuera una zona tranquila, me volvería loco. Doy de comer a los pájaros, y cuando tengo tiempo, cuido de los rosales.

—Ah, esa es tu sangre irlandesa —bromeó ella—. El amor a la tierra y a las plantas. Mi bisabuela era una O´Hara del Condado de Cork.

—Mis dos abuelas eran irlandesas —dijo él.

—Una de ellas era cheroqui, ¿no?

—Mi abuelo era irlandés. Se casó con una chica cheroqui y tuvieron a mi madre. Pero tenía más aspecto de cheroqui que de irlandesa. Yo apenas la recuerdo, y a mi padre tampoco. Mi tío Sanderson decía que estaban locos el uno por el otro, pero a mi padre no le iba eso del matrimonio —suspiró—. Ahora no me importa tanto ser hijo ilegítimo, pero cuando era un niño fue horrible. No me gustaría que eso le pasara a un hijo mío.

—A mí tampoco —respondió Becky—. Dame, colgaré el trapo. Podemos salir a dar un paseo.

—¿No quieres cambiarte antes? —preguntó él, mirando el vestido de punto que llevaba.

—¿Y dejarte a merced del abuelo?

—Tranquila, Becky, yo lo protegeré —se ofreció Mack desde la puerta—. ¿Le gustan los trenes eléctricos, señor Kilpatrick? Tengo un juego antiguo precioso que me regaló un amigo de mi abuelo.

—Me encantan los trenes —dijo Rourke, pensando en lo mucho que Mack se parecía a su hermana—. Gracias por sacrificarte por mí, jovencito.

Mack se echó a reír.

—No importa. Becky se ha sacrificado por mí muchas veces. Venga.

Becky los vio alejarse, contenta por la actitud de Mack. En su habitación se puso unos vaqueros y un suéter de punto amarillo que había visto mejores tiempos. Aunque ahora ya no le importaba. A Kilpatrick no parecía importarle la ropa que llevaba.

Mack puso en marcha los trenes que empezaron a deslizarse por las vías y Rourke se sentó en una silla junto a la mesa, observándolos.

—Cuando tenía tu edad, me encantaban los trenes —le dijo al niño—, pero a mi tío no le gustaba nada que pudiera alejarme de los estudios, así que no me compraba muchos juguetes.

—¿No vivía con sus padres? —preguntó Mack, curioso.

Kilpatrick sacudió la cabeza.

—Murieron siendo yo muy niño. Mi tío fue el único familiar que tenía que quiso ocuparse de mí. O él o me quedaba en la reserva cheroqui. No sé, a lo mejor habría sido más divertido vivir con la familia de mi madre.

—¿Es indio? —exclamó Mack con los ojos como platos.

—Cheroqui por parte de mi madre —dijo él—. El resto es puro irlandés.

—Nosotros estamos estudiando a los cheroquis en el

colegio. Usaban cerbatanas para cazar, y Sequoya les dio su propio alfabeto y lenguaje escrito —se puso serio—. Fueron expulsados de Georgia en 1838, según nuestro profesor porque en sus tierras habría oro y los codiciosos hombres blancos lo querían.

—Simplificado pero cierto. El Tribunal Supremo dictó una sentencia a favor de permitir a los cheroquis continuar en Georgia, pero el presidente Jackson hizo caso omiso y los obligó a marcharse de todos modos. El presidente del Tribunal Supremo, John Marshall, atacó públicamente al presidente por negarse a obedecer la ley.

—Y eso que al presidente Jackson le había salvado la vida un indio cheroqui llamado Junalaska —añadió Mack, sorprendiendo a Kilpatrick con lo mucho que sabía del tema—. Menudo desagradecido, ¿eh?

—Eres muy listo, Mack —se rio Kilpatrick.

—No lo crea —dijo el niño echando los hombros hacia delante y siguiendo con ojos ausentes el circular de los trenes—. Señor Kilpatrick, si sabe que alguien hace algo malo y no dice nada, ¿es tan culpable como el otro?

Rourke estudió al niño en silencio durante un largo momento antes de responder.

—Si alguien comete un delito y tú lo sabes, te conviertes en cómplice. Pero recuerda, a veces hay circunstancias atenuantes y un tribunal toma eso en consideración. Nada es únicamente blanco o negro.

—Billy Dennis era amigo mío —dijo el niño mirando preocupado al fiscal—. Yo no sabía que tomaba drogas. No parecía de esos.

—No hay que ser de ninguna manera en especial —le respondió Rourke—. Cualquiera puede estar en un estado emocional que le hace vulnerable a muletas como las drogas o el alcohol.

—Seguro que usted no.

—No lo creas, yo también soy humano. Cuando murió mi tío Sanderson me pasé la mitad de la noche en un bar del centro bebiendo y emborrachándome hasta perder el control. Normalmente no bebo, pero sentía mucho afecto por el viejo zorro, y él era la única familia que tenía.

–¿Quiere decir que está solo en el mundo? ¿No tiene a nadie?

Rourke se puso en pie y hundió las manos en los bolsillos, observando ausente el paso del tren.

–Tenía un perro, hasta que pusieron aquella bomba en mi coche –dijo–. Él era mi familia.

–Lo siento mucho. Nosotros nos pusimos muy tristes cuando el cartero atropelló a Blue. Era parte de nuestra familia.

Rourke asintió. Tenía muchas ganas de preguntarle a Mack lo que sabía, porque era evidente que el niño estaba preocupado por algo. Pero era demasiado pronto y no se atrevió a correr el riesgo.

–Estoy lista –llamó Becky desde la puerta.

Rourke la miró, y sus ojos sonrieron al ver a la joven con ropa más desenfadada y con la melena castaña clara suelta sobre los hombros.

–Al señor Kilpatrick le gustan los trenes –dijo Mack.

–Ya lo creo que le gustan. Hasta está pensando en comprarse un juego y montarlo en su casa.

Mack y Becky se echaron a reír.

Kilpatrick tomó la mano de Becky y la risa se tornó instantáneamente en una sensación más excitante.

–Vamos a dar un paseo por la granja –le dijo a Mack–. ¿Quieres venir?

–Me encantaría, pero tengo que quedarme con el abuelo –dijo Mack–. Cuando Becky no está, yo soy el médico. Sé cómo darle sus pastillas y todo.

–Sé que se alegra de tenerte cerca –dijo Rourke–. Gracias por enseñarme los trenes. Son muy bonitos.

–Cuando quiera –dijo el niño–. Y si se compra un juego –continuó, titubeando ligeramente–, ¿podré ir a verlo?

–Ya lo creo –le respondió Kilpatrick, y sonrió.

–No estaremos lejos –dijo Becky a Mack–. Llámame si me necesitas.

–Vale.

Becky llevó a Rourke a la parte de atrás, al establo donde estaban las gallinas y las dos vacas. En el suelo todavía quedaba heno del año anterior, aunque casi se había acabado. A Becky le preocupaba no poder cortar el heno ese año sin la ayuda del abuelo.

–¿Ordeñas las vacas? –preguntó Rourke.

–Sí. Mack me ayuda. Lo hace bastante bien. También hago queso y mantequilla.

Se detuvo y la miró sin soltarle la mano.

–¿Lo haces por elección propia?

Becky sonrió y sacudió negativamente la cabeza.

–Por necesidad. Tenemos que contar hasta el último centavo, incluso con la pensión del abuelo. Antes hasta me hacía la ropa, pero ahora es más barato comprarla hecha que comprar la tela. En verano hago conservas, y las guardo para el invierno. También hago el pan. Nos las arreglamos.

–Supongo que solo los uniformes del colegio de tus hermanos cuestan un dineral –dijo él.

–Los de Mack sí, pero ahora Clay se compra su propia ropa. De marca. Las cosas que yo le podía comprar ya no le gustan.

–Ya tiene edad de comprarse sus cosas –le recordó él–. Y es una carga económica que no tienes.

–Sí, pero...

Rourke entrecerró los ojos y la observó.

–¿Pero qué?

Becky lo miró. Quería confiar en él, pero no podía contarle sus sospechas. Por encima de todo, Clay era su hermano.

–Oh, nada –dijo ella, forzando una sonrisa–. El granero es de principios del siglo veinte. El original se quemó en 1898. Todavía conservamos una foto, y también tiene otra la Sociedad Histórica local. Este es una copia del original, pero no es tan antiguo.

Rourke le permitió cambiar de conversación sin discutir. Tenían mucho tiempo. Además, se estaba divirtiendo. Pasaba casi todos los domingos solo, trabajando, y aquel era un cambio refrescante.

Becky lo llevó a través de una pradera de arbustos y un bosquecillo de robles hasta un pequeño arroyo. Junto a la orilla había un tronco de roble caído.

–El sitio preferido de mi abuelo –dijo ella, sentándose y tirando de Rourke hacia abajo–. Lo cortó porque quería un sitio para sentarse a pescar, pero siempre nos decía que aquí era donde venía cada vez que se enfadaba con la abuela. Hasta que le entraba hambre y volvía a casa – añadió con una carcajada.

–¿Cómo era tu abuela?

–Se parecía mucho a mí –recordó ella–. No era guapa, pero tenía mucho sentido del humor y cocinaba como nadie. Cuando se enfadaba con el abuelo, le gustaba tirarle cazuelas y sartenes. Una vez le tiró un cuenco de harina y le dio en la cabeza. Lo dejó hecho un cristo.

Rourke echó la cabeza hacia atrás y soltó una carcajada.

–¿Qué hizo él?

–Bañarse –respondió ella–. Después la abuela y él se metieron en su habitación y allí estuvieron mucho rato – Becky suspiró–. Eran muy felices, y creo que ver lo mal que se llevaban mis padres les dolía inmensamente. Mi padre siempre tenía problemas con la policía, o con alguien a quien debía dinero, o con el marido de alguna mujer. Era un mujeriego, y creo que eso fue lo que mató a mi madre. Un día mi madre pilló una neumonía y se dejó morir. No tenía ganas de vivir.

–Hay hombres que no están hechos para el matrimonio, supongo –dijo Rourke, encendiendo un puro y expulsando una bocanada de humo–. Lástima que no se diera cuenta antes de pasar por la vicaría.

–Eso le decía mi abuelo –dijo ella, recordando–. Pero sigue siendo mi padre. Antes me daba miedo verlo aparecer. Siempre necesitaba dinero y nos lo exigía. A veces nos quitaba la comida de la boca, pero el abuelo nunca lo echó de casa. Supongo que yo haría lo mismo con mis hijos, así que no puedo reprochárselo.

Rourke no dijo nada, pero la miraba tratando de imaginar lo dura que había sido su vida. Sin embargo, ella nunca se quejaba de lo que le había tocado en suerte, e incluso podía defender a un hombre como su padre. Increíble. Él era menos indulgente y mucho menos comprensivo.

–Tú sí, supongo –dijo ella de repente, al ver la dura expresión del rostro masculino–. Eres un hombre de principios muy estrictos, señor fiscal.

–Sí, lo soy –dijo él–. Inflexible para muchos, pero alguien tiene que parar los pies a los delincuentes; si no serían los dueños del mundo. Vivimos en una jungla, y no tengo que decirte quién manda en cualquier jungla.

–El depredador más fuerte y más sanguinario –dijo ella sin pensarlo, y se estremeció para sus adentros–. A mí me resulta difícil imaginar al tipo de persona capaz de matar sin escrúpulos, pero supongo que tú te has encontrado con muchos.

Rourke asintió.

–Padres que violan a sus hijas, madres que estrangulan a sus propios hijos, un hombre que mató a otro por quitarle el espacio en un aparcamiento –sonrió al ver la expresión de incredulidad de su cara–. Es difícil de creer, ¿verdad? También lo es para mucha gente decente que forma parte de un jurado y que dan un veredicto de inocencia a casos como esos sencillamente porque no pueden creer que un ser humano sea capaz de hacer algo tan ruin.

–Debe de ser duro ver a personas así quedar en libertad –dijo ella–. ¿Por qué nadie hace nada?

–Esa es una buena pregunta. Algunos lo intentamos, pero es difícil cuando el poder y el dinero están en manos de las personas que intentas condenar.

–Empiezo a entenderlo.

–Bien. En ese caso, hablemos de algo más alegre –dijo él, aspirando una bocanada de humo–. ¿Dónde quieres comer mañana?

–¿A mediodía? –preguntó ella.

–¿Ya te has cansado de mí?

–Oh, no –exclamó ella al instante.

Rourke la miró a los ojos y se sintió atraído hacia ella. Eran unos ojos sensuales capaces de marcar a un hombre para siempre. Y él ya no tenía deseos de seguir huyendo de su fuerza.

Se levantó despacio y apagó el puro con el zapato. En el silencio que les rodeaba solo se oía el burbujeo del arroyo y los latidos desbocados del corazón de Becky cuando él la sujetó por los brazos. Ella se acercó a él y apoyó las manos en el pecho masculino, bajo la gabardina, sintiendo el calor de los músculos firmes y fuertes a través de la tela del polo de punto. También sintió los latidos de su corazón, tan fuertes y rápidos como los suyos. Alzó la cabeza, turbada por la intensidad de su mirada y la dureza de su expresión.

Rourke le clavó las manos en la cintura, sujetándola contra él a la vez que la miraba a los ojos.

–No, no desvíes la mirada –dijo él con voz ronca.

–No puedo soportarla –gimió ella temblando.

–Sí puedes. Casi puedo verte el alma –añadió él, en un jadeo.

–Rourke.

–Muérdeme –susurró él, tomándole la boca con la suya.

No era la primera vez que la besaba, pero nunca había sido como ahora. Y la intensa caricia despertó en ella algo que no había sentido nunca. Becky obedeció y mordisqueó el labio inferior atrapándolo con los dientes, a la vez que descendía con las uñas por el polo. Rourke se estremeció.

–Levántalo –dijo él–. Acaríciame –y le mordió la boca con una fiereza que una semana antes la habría asustado.

Pero ella estaba tan excitaba como él y deseaba conocerlo en todos los sentidos, empezando por aquel. Tiró del polo hacia arriba hasta sacarlo de los pantalones y metió las manos debajo, que subieron hasta encontrar el vello negro y rizado que le cubría el pecho. Becky gimió y se apretó más a él por propia voluntad, pegando las piernas a las de él y sintiendo en el vientre la repentina dureza masculina y la pasión de la boca que invadía la suya.

–Becky –gimió él.

Rourke deslizó las manos hasta las suaves nalgas redondeadas y la alzó en el aire contra él.

Becky jadeó pero no protestó. No podía. Era como si estuvieran unidos por un vínculo de pura electricidad que la hacía olvidarse de cuanto la rodeaba y temblar de placer en sus brazos.

Entonces Rourke la deslizó de nuevo hasta el suelo, le dio la espalda y apoyó las manos en el tronco de un roble centenario, estremeciéndose de deseo. Cada vez era más difícil dar marcha atrás. Nunca había tenido que hacerlo, solo con su maldita prometida, pero Becky no era como ella. Becky se entregaría a él por completo, allí mismo, en ese mismo momento, de pie incluso si era lo que él quería. Estaba totalmente a su disposición, pero ella no era de esa clase de mujer, y él no quería obligarla a hacer algo que luego la atormentaría.

Becky se sentó pesadamente en el tronco de árbol rodeándose el cuerpo con los brazos, y con los ojos clavados en el suelo. Sabía que iban encaminados hacia el desastre y sentía remordimientos. No era justo continuar con una relación que no iba a ninguna parte, se dijo. Rourke le había dicho que hacía tiempo que no estaba con ninguna mujer, por lo que la situación para él era cada vez más difícil.

–No deberíamos seguir viéndonos, Rourke –dijo ella sin mirarlo–. Esto no funcionará.

Él se apartó del árbol y se volvió a mirarla. Estaba pálido, pero mantenía el control de sí mismo.

–¿Tú crees? Creo que acabo de demostrarte lo contrario.

–No quiero que te tortures así, solo por mi compañía –continuó ella, con la mirada en el suelo–. Yo tengo muchas cosas entre manos. El abuelo, y Clay, y Mack. Si fuera yo sola, no creo que tuviera fuerzas para rechazarte, pero...

Rourke se sentó a su lado y la volvió hacia él con manos delicadas.

–No te pido nada, Rebecca –dijo él, despacio–. Nunca he disfrutado tanto de nada como disfruto de tu compañía. Excepto quizá de tus guisos –añadió con gesto compungido–. Pero puedo controlar mis hormonas, descuida. Cuando sea demasiado te lo diré.

Becky frunció el ceño, no muy convencida.

–Rourke, ¿crees que no lo sé? Soy un dinosaurio. Nunca he estado preparada para el mundo real, y todos estos años he vivido como una reclusa. Tú te mereces algo mucho más que yo.

–¿Tú crees? –le enmarcó la cara con las manos y la besó suavemente–. Tú me vales, gracias. Pero de ahora en adelante será mejor que no pasemos mucho tiempo los dos solos.

Ella lo miraba con el ceño fruncido, buscando en sus ojos.

–¿Estás seguro? –susurró.

Él asintió con solemnidad.

–Oh, sí, muy seguro –dijo–. Y ahora deja de sufrir por mí y empieza a pensar en servirme otra porción de la deliciosa tarta que has hecho para comer. Estoy muerto de hambre.

Becky se echó a reír y toda la tensión desapareció de su cuerpo.

–Vale.

Metió la mano en la de él y los dos caminaron de regreso a la casa. Durante el resto de la tarde no volvieron a mencionar lo ocurrido en el bosque.

Aunque Becky fantaseó con ello. Solo que en su imaginación no se detenían. Rourke la tendía sobre las hojas y le quitaba la ropa. Ella lo observaba desnudarse conteniendo la respiración. Esa parte estaba menos clara, porque nunca había visto a un hombre desnudo. Y también lo que iba después. Una vez había visto una película subida de tono con una amiga, en la que dos cuerpos se movían debajo de una sábana gimiendo y apretándose las manos. Pero ella tenía la sensación de que era mucho más que eso.

En mitad de la fantasía se quedó dormida.

13

A excepción del silencio de Clay en la casa, las siguientes semanas fueron las más felices de la vida de Becky. Comía con Rourke siempre que el horario de juicios y reuniones se lo permitía. La única nota discordante fue la finalización de los trabajos de renovación en los juzgados. Rourke tuvo que dejar el edificio de oficinas donde trabajaba Becky y volver al centro. Pero él estaba tan deprimido como ella, y le prometió que pasarían tanto tiempo juntos como antes. Al principio ella no lo creyó, pero así fue. Rourke se las arregló para que pudieran verse para comer al menos dos veces a la semana. También pasaban juntos los fines de semana. A veces a ella le inquietaba que él nunca la invitara a su casa. Ahora que lo conocía, sentía curiosidad por cada aspecto de su vida. Quería ver dónde vivía, qué clase de libros leía, qué tipo de cosas coleccionaba, e incluso qué muebles utilizaba. Los fines de semana Becky preparaba algo de comer y solían hacer excursiones. Una vez fueron al lago Lanier, en Gainsville, y otra a Helen, al norte del estado.

A ella le conmovía que él no comentara nunca nada

sobre su ropa, siempre la misma. Rourke sabía que sus ingresos eran limitados, y siempre la llevaba a sitios donde no se sintiera fuera de lugar. También se ocupaba de no estar completamente solos durante mucho rato seguido. Desde el día del apasionado beso en la granja apenas se habían tocado. Becky echaba de menos el placer sensual de sus caricias, pero no quería ponerle las cosas más difíciles. Le bastaba que él disfrutara de su compañía.

Y eso era evidente. El fin de semana fueron a una tienda de animales y compraron un cachorro. Como no pudieron encontrar un basset, al final eligieron un scottie negro al que Rourke bautizó casi en el acto con el nombre de MacTavish. Ahora, cada vez que salían de excursión, MacTavish los acompañaba.

Mack los acompañó en un par de ocasiones que Clay estaba en casa para hacer compañía al abuelo. El niño quedó tan encantado que se lo contó a todos sus amigos.

Rourke y él se estaban haciendo amigos. Mack escuchaba sus palabras y consejos con atención, una actitud muy diferente a la de Clay, que parecía tan preocupado por otras cosas que apenas prestaba atención a nada de lo que ocurría en la casa. Estaba atrapado entre las garras de los Harris y no veía escapatoria. Y desde entonces había cortado su relación con Becky. Nunca le decía nada, ni siquiera dónde iba cuando salía de casa. La trataba como a una desconocida.

El abogado J. Lincoln Davis anunció su candidatura a fiscal del distrito ofreciendo una gran barbacoa para celebrar la ocasión. Incluso invitó a Rourke, pero este le dijo a Becky que no le apetecía nada convertirse en el plato principal del festín y que no pensaba ni acercarse.

No sirvió de nada. Inmediatamente después del anuncio, Davis empezó a cortejar a la prensa. Sus primeros golpes fueron dirigidos directamente contra Rourke, afirmando que se estaba relajando con los narcotraficantes y que la investigación de la muerte del niño del colegio de primaria por una sobredosis de cocaína estaba estancada. Rourke ignoró los ataques y continuó haciendo su trabajo, aunque estaba frustrado por la falta de progresos en el caso de la muerte de Billy Dennis.

Hacía tiempo que había olvidado su motivo inicial para invitar a salir a Becky, que era tener controlado a Clay. Cada día estaba más encantado con ella, y aunque ella mencionaba a su hermano de vez en cuando, no era por nada relacionado con el caso.

Mack, sin embargo, le había confiado algo que no sabía ni Becky.

Había sido un fin de semana en la granja, un día que Rourke fue a buscar a Becky y entró a ver los trenes de Mack mientras esperaba a que ella terminara de arreglarse. Al verlo, Mack se levantó enseguida, se asomó al pasillo para comprobar que no había nadie y cerró la puerta sin hacer ruido. Después se sentó junto a él.

–No se lo puedo decir a Becky –empezó con gesto serio–. Ya está bastante preocupada, pero se lo tengo que contar a alguien, señor Kilpatrick –lo miró con expresión preocupada–. Clay me pidió que le dijera quién podía comprar drogas en el colegio –se mordió los labios–. Es mi hermano y yo lo quiero, aunque sea una rata. Pero no... no quiero que mueran más chicos –el niño dejó la locomotora que tenía en la mano–. Ahora no me habla, pero el otro día le oí hablar con Son Harris por teléfono. Ha quedado con ellos en el aparcamiento de Quick-Shop el viernes a las doce de la noche. Es algo importante, y me pareció que Clay no quería hacerlo. Intentó negarse, pero no pudo –Mack tenía lágrimas en los ojos–. ¡Es mi hermano! No quiero hacerle daño, pero parecía que Son le estaba amenazando.

Rourke abrazó al niño mientras este lloraba. No sabía mucho de niños, pero estaba aprendiendo deprisa. Este tenía un gran corazón y mucho coraje. No quería traicionar a su hermano, pero temía por él.

–Haré lo que pueda por Clay –le aseguró a Mack–, y nadie, y mucho menos Becky, sabrá de dónde he sacado la información. ¿De acuerdo?

Mack asintió.

–Vale. ¿He hecho bien? Me siento como un soplón.

–Mack, a veces hacer lo correcto requiere mucho valor. Es difícil elegir entre un miembro de tu familia y un principio, pero si esos camellos siguen con lo que están haciendo, habrá más muertes. Es la realidad. Los Harris son los responsables de casi toda la droga que hay en los colegios. Si los encerramos, salvaremos muchas vidas inocentes. Si tienes razón y los Harris han amenazado a tu hermano para que trabaje para ellos, podría ofrecerle un trato a cambio de su testimonio. ¿Te parece justo?

–Creo que sí –dijo el niño, que por un lado sentía que se había quitado un gran peso de encima, y por otro temía que su traición enviara a su hermano a la cárcel.

Rourke volvió al salón para que Becky no sospechara de la conversación, pero no pensó en otra cosa durante toda la semana.

Sentado a la mesa de su despacho, pasó toda la semana organizando los casos pendientes con su secretaria, fijando fechas, citando a testigos, y reuniendo pruebas.

Para cuando llegó el viernes, Rourke había avisado a un contacto en el cuerpo de la policía local sobre la reunión en el aparcamiento, un hombre en quien tenía plena confianza. También avisó a su investigador, y después fue a recoger a Becky.

Clay estaba en casa, terminando de cenar con la familia. Estaba más delgado y nervioso. Miró al fiscal con desconfianza y agresividad.

–¿Ya está otra vez aquí? –dijo levantándose de la mesa e ignorando la furiosa mirada de su hermana–. ¿Es que no tiene casa? ¿Por qué no se queda a vivir con nosotros?

–Lo estoy pensando –respondió Rourke imperturbable–. Me parece que a Becky no le vendría mal que alguien le echara una mano con todo lo que hay que hacer aquí.

Clay se puso rojo. Fue a decir algo, pero prefirió callar y salir de la casa por la puerta de atrás, que cerró de un portazo tras él.

–No tiene ningún derecho a meterse con mi nieto –dijo el abuelo acaloradamente, defendiendo a su sangre.

–¿Ah, no? –dijo Rourke –. ¿Ya ha olvidado quién ha tirado la primera piedra?

El abuelo se levantó de la mesa con evidente esfuerzo sin mirar a Rourke.

–Me voy a la cama, Becky. No me encuentro bien.

–¿Quieres que me quede contigo? –preguntó Becky preocupada–. ¿Te encuentras bien?

«Por el amor de Dios, basta», quiso decirle Rourke. «No sigas permitiendo que te manipulen tan descaradamente».

Pero no podía interferir. Becky tenía todo el derecho a ocuparse de su familia.

El abuelo la miró, y después miró a Rourke. Le hubiera encantado decirle que la necesitaba en casa, pero la expresión de su nieta se lo impidió.

–No. Solo estoy un poco cansado. Jugaré a las damas con Mack, ¿verdad, hijo?

Mack sonrió débilmente.

–Claro. Pásalo bien, Becky.

–Volveré temprano –prometió ella.

Afuera había refrescado y Becky se puso un suéter rosa por los hombros. Llevaba su viejo vestido estampado y zapatos planos, y el pelo suelto sobre los hombros. Cuando estaba con Kilpatrick se sentía muy joven, a pesar de que él solo tenía doce años más que ella. Aquella noche parecía preocupado, y no había mencionado todavía adónde iban.

La había llamado antes para decirle que no podría llegar hasta después de la cena, porque tenía algo pendiente. Cuando apareció por su casa, lo hizo en vaqueros, una camisa de cuadros y botas, una ropa mucho más desenfadada de lo normal.

—He estado ayudando a mi vecino con la mudanza –explicó mientras abría la puerta del coche blanco–. Se lo prometí hace un mes, y me ha llamado esta tarde. Espero que no te importe haber tenido que cancelar la cena.

—Claro que no –dijo ella–. Lo que me sorprende es que no te hayas cansado todavía de estar conmigo.

Él la miró arqueando las cejas.

—¿Qué demonios te pasa? –preguntó él, irritado.

—Si tú no lo sabes –respondió ella riendo–, no te lo voy a decir. ¿Adónde vamos?

—A mi casa –dijo él–. He pensado que te gustaría conocer dónde vivo.

Becky lo miró y se preguntó si él sentía la misma necesidad de intimidad física que ella. Becky ansiaba tenderse entre sus brazos y hacer el amor con él, una reacción natural para el estado emocional en que estaba. Lo amaba. Y lo más natural del mundo era querer mantener relaciones íntimas con él, aunque quería que él le dijera antes lo que sentía por ella y que empezaran a pensar en un futuro en común antes de dar un paso tan importante.

Rourke no había hablado de matrimonio ni de relación estable, pero Becky sabía que no se veía con nadie más. Y parecía quererla, aunque no lo reconociera en voz alta.

En una calle de una zona residencial, Rourke se metió por un sendero que conducía al garaje de una elegante mansión de ladrillo rojo con un amplio y cuidado jardín delante. En la parte de atrás había otro jardín mucho más espacioso decorado con puentes y estatuas clásicas. Becky pensó que a la luz del día la casa debía de ser magnífica, con los cuidados setos que la protegían de la curiosidad de los vecinos a ambos lados.

Rourke abrió la puerta dentro del garaje y la hizo pasar a un vestíbulo enmoquetado. Más allá había un salón formal, un comedor y un pasillo.

—Es enorme –comentó ella.

—Demasiado grande para mí –dijo él–, pero es mi hogar desde hace mucho tiempo. Hola, MacTavish –saludó al scottie, que llegó corriendo, ladrando con entusiasmo y saltando a sus piernas.

Rourke lo alzó en brazos, lo acarició y lo dejó de nuevo en el suelo riendo.

—Ven. Lo dejaremos en la cocina con el resto de su cena. Normalmente le obligo a acostarse antes que yo, para que me deje concentrarme en mi trabajo. Solo quiere que juegue con él —dijo, sin añadir que se había encariñado demasiado con él para no hacerlo.

—¿Sueles traerte mucho trabajo a casa? —preguntó ella, acariciando al perrito antes de que Rourke lo encerrara en la cocina con su comida, su agua y su cama.

—No me queda otro remedio —dijo—. Davis cree que quiere el puesto, pero cuando vea el poco tiempo libre que le quedará para disfrutar de sus amigas seguro que se arrepiente.

La llevó al salón, que estaba decorado con elegantes muebles antiguos y tenía una chimenea de mármol.

—Qué bonito —exclamó ella—. ¿Usas la chimenea en invierno?

—No. Son leños de gas —explicó él—. No tengo tiempo para almacenar leña cortada y encender la chimenea, por ridículo que parezca. ¿Qué te apetece tomar?

—¿Qué tienes? —preguntó ella.

—Me temo que en esta casa solo hay whisky y agua —dijo él, sacando dos vasos de cristal—. En el tuyo pondré casi todo agua, tranquila.

Rourke sirvió dos vasos y le entregó uno, y después se sentó a su lado en el amplio y cómodo sofá.

Becky bebió un sorbo e hizo una mueca. Incluso rebajado estaba bastante fuerte.

—Ya veo que lo de ser un truhan no se te da muy bien —dijo ella—. Se supone que tienes que emborracharme y aprovecharte de mí.

—¿De verdad? ¡Vaya! ¿Por qué no me lo has dicho antes?

—Te lo digo ahora —le aseguró ella, riendo.

Se quitó el suéter y los zapatos, y metió los pies bajo la falda del vestido con un suspiro. Era muy agradable estar allí con él, como si el resto del mundo y todas sus preocupaciones quedaran muy, muy lejos.

Miró a Rourke, pero este tenía la mirada perdida y estaba pensativo.

–¿Qué ocurre? –preguntó ella.

–Perdona –murmuró él–, pero a veces odio mi trabajo. Hoy me gustaría olvidar por qué lo hago.

–¿De verdad? –preguntó ella, buceando en sus ojos, con el corazón acelerado.

Dejó el vaso en una mesa lateral y luego le quitó a él el suyo de la mano. Después, con valentía, se sentó en su regazo y le rodeó el cuello con los brazos.

Rourke la miró, todavía pensativo, pero sintiendo todo el poder de seducción del cuerpo femenino. La deseaba desde hacía mucho tiempo, y aquella noche había llegado a su límite. Clay le preocupaba, ella le preocupaba, el trabajo le preocupaba, y había llegado a un punto en el que la deseaba tanto que era capaz de arriesgar cualquier cosa. Y no parecía ser él mismo. Aunque la mirada de Becky mostraba cierta aprensión, tenía los labios entreabiertos y la expresión de su cara hablaba por sí sola.

–Te sientes valiente, ¿eh? –preguntó él en un ronco susurro–. Bien, veamos si lo eres de verdad.

Empezó a desabrochar los botones del vestido. Primero el del cuello, después el siguiente, al principio de la curva de los senos. Después otro más. Ella le detuvo la mano nerviosa.

–No tanto como creías –dijo él.

–No... no es eso –Becky se mordió el labio inferior y bajó la mirada–. Supongo que estás acostumbrado a mujeres que usan ropa interior cara y elegante. Todo lo que tengo es viejo y usado. De algodón, ni de seda ni de encaje. No quería que la vieras.

Rourke no podía creer lo que estaba oyendo. Le alzó la barbilla y la obligó a mirarlo.

–¿De verdad crees que eso me importa? –preguntó él–. ¿O que me iba a dar cuenta? Cielo, lo que quiero ver son tus senos, no el sujetador.

Becky sintió que le ardían las mejillas.

–Te has sonrojado –susurró él apartándole la mano despacio para terminar lo que había empezado. Le desabrochó el vestido hasta la cintura, con movimientos lentos y sensuales, sin dejar de mirarla a los ojos ni un momento–. ¿Te escandaliza, dejarme hacer esto?

–Sí –susurró ella, excitada, y se movió ligeramente, deseando que él hiciera algo, lo que fuera.

A Rourke le ardía la sangre en las venas. Llevaba semanas pensando en aquello. Apenas había pensado en nada más. Becky era virgen. No había estado nunca con un hombre, pero ahí estaba, en sus brazos, esperándolo, deseando sus caricias. Le hacía sentirse como no se había sentido desde niño.

Entreabrió los labios, tratando de contenerse al máximo para saborear cada segundo.

–¿Te cuesta respirar? –preguntó él, con voz grave y aterciopelada.

–Sí –susurró ella.

Los dedos masculinos ascendieron por el cuerpo sedoso hasta el pecho y volvieron a bajar, atormentándola una y otra vez, a la vez que la observaba con arrogante placer, hasta que ella empezó a arquear el cuerpo hacia los dedos expertos que la provocaban. Intentó contener un gemido, pero no pudo.

Rourke le sujetó la cabeza por la melena, un poco más arriba de la nuca, mientras continuaba excitándola con la otra mano. Becky apenas sintió la presión en el pelo. Todo su cuerpo estaba concentrado en la otra mano, arqueándose hacia delante y buscando sus caricias.

Por fin la mano de Rourke le tomó el pecho y le acarició el pezón erecto, y ella gimió, a la vez que su cuerpo se convulsionaba de placer.

Rourke apenas podía creerlo. Nunca había pensado

que una mujer virgen pudiera excitarse tan fácilmente y ser tan sensual. Pero supo entender lo que se reflejaba en su cara, y eso lo excitó mucho más. Sin pensarlo, le bajó el vestido por los hombros e intentó desabrochar el sujetador, que ella terminó de hacer por él rápidamente sin dejar de jadear.

La boca de Rourke le acarició los senos, los pezones, despertando en ella una intensa sensación en la parte baja del estómago, una sensación cada vez más fuerte hasta convertirse casi en dolor. Becky le sujetó el pelo con las manos y lo atrajo más contra sí, sintiendo los dientes y los suaves mordiscos en la piel. Rourke le succionó un pezón hasta que ella se arqueó hacia arriba, entre espasmos de placer.

Rourke estaba ardiendo. Nunca había sentido nada tan incontrolable y tan intenso en toda su vida. La desnudó sin pensar en nada más que en hacerla suya. Con manos temblorosas le acarició la piel mientras la devoraba con la boca, saboreándola en el silencio del salón, solo interrumpido por los suaves gemidos de Becky y sus propios jadeos.

Los vaqueros le apretaban, y los maldijo mientras se los bajaba por las piernas. Se quitó la camisa y la ropa interior, los calcetines y los zapatos sin dejar de acariciar con la boca el cuerpo femenino.

Becky estaba ardiendo, y él continuó excitándola lenta e intensamente con manos y labios expertos, como no lo había hecho nunca nadie, con la boca entre los muslos, arrancándole gemidos de placer.

Tumbada sobre la moqueta, Becky se estremeció al sentir la boca y el cuerpo masculino moverse de nuevo sobre ella, por el vientre, los senos y por fin la boca. Rourke deslizó la lengua en ella, con delicadeza y ternura, mientras se colocaba encima de su cuerpo. Era un cuerpo con vello, y los rizos oscuros dejaban un rastro sensual por todo su cuerpo, excitándola aún más. Becky lo sintió entre los muslos y separó las piernas, demasiado excitada para negarle lo que ella deseaba tanto como él.

Con las manos tiró de él. Rourke alzó la cabeza y la miró a los ojos.

—Míranos —dijo él únicamente—. Mira nuestros cuerpos.

Becky bajó la mirada y entonces él la penetró, con fuerza.

El hecho de verlo suceder, de ver cómo los cuerpos se unían de forma tan íntima, restó parte del valor de la repentina penetración. Becky contuvo el aliento y él acabó de penetrarla de un delicado empellón.

Rourke se tendió sobre ella, apoyando el peso del cuerpo en los codos, y la miró a los ojos.

—Relájate —susurró él, acariciándole el pelo y tranquilizándola. La sentía tensa a su alrededor, lo que aumentaba su placer, pero sabía que terminaría con el de ella—. Relájate, Becky. Relájate. No volveré a hacerte daño.

Becky tragó saliva y fue entonces cuando se dio cuenta de lo que le había permitido hacer. Y ya era demasiado tarde para detenerse.

—Estás... estás dentro de mí —dijo ella en un ronco susurro—. Dentro de mi cuerpo.

Sus palabras lo desquiciaron. Rourke cerró los ojos y apretó la mandíbula, luchando por mantener el control, temblando.

—Sí —susurró él—. Dios, es maravilloso.

Se estaba moviendo. No había sido su intención, tan pronto, pero el comentario de Becky lo hizo perder el poco dominio que le quedaba. Se movió dentro de ella con un ritmo lento y profundo, con los dientes apretados, mirándola a los ojos en todo momento.

—Fiebre —susurró él—. Me consumes por completo. Te necesito, Becky, te necesito.

Becky sintió el embate y dejó escapar un gritito de placer.

—¿Ahí? —preguntó él, sin dejar de mirarla a los ojos mientras la embestía de nuevo.

—¡Sí!

—Aguanta —logró decir él—. Déjame llevarte hasta lo más alto.

Todo ardía a su alrededor, como si fuera una hoguera. Becky cerró los ojos a medida que la tensión aumentaba y de su garganta salieron sonidos que no había oído nunca: unos sonidos agudos que eran más gritos que gemidos. El placer se fue haciendo tan insoportable que Becky se arqueó hacia él y le suplicó que terminara, y acto seguido que no parara, que continuara.

Casi no podía respirar. El eco de los latidos de su corazón era tan fuerte que daba miedo, y no sabía si era solo el suyo o también el de Rourke. Estaba empapada en sudor, y él también. Le acarició la espalda con la mano y sintió el cuerpo masculino entre las piernas.

—¿Puedes perdonarme? —susurró él.

Becky le acarició los hombros. Rourke todavía era parte de su cuerpo, parte de su alma.

—¡Oh, Dios mío!

Rourke oyó la exclamación de incredulidad en la voz femenina y alzó la cabeza. Becky tenía el pelo tan mojado como el resto de su cuerpo, pero sus ojos reflejaban un ligero remordimiento. Las mejillas estaban encendidas y los labios hinchados.

—Te deseaba tanto que no he podido dar marcha atrás —dijo él—. Lo he intentado, pero he soñado con esto desde hace tiempo, demasiado tiempo. Y creo que nunca he deseado nada tanto como te he deseado a ti esta noche.

—Yo también —confesó ella, incapaz de mirarlo a los ojos.

Pero miró a sus cuerpos, fascinada por una intimidad que no había experimentado nunca, y Rourke la vio. Entonces se incorporó de repente, haciéndola ver algo que la dejó sin habla.

Riendo, Rourke se tumbó de espaldas a su lado.

—Más vale que te acostumbres —le dijo—. Pronto descubrirás que el sexo es peor que comer cacahuetes. Cuando empiezas, no puedes parar.

Becky se sentó, un poco cohibida y muy incómoda.

—El baño está por ahí —le dijo él, entendiendo su expresión.

Becky asintió, recogió su vestido y su ropa interior sin mirarlo. El sexo no tenía nada que ver con lo que ella había imaginado. Ahora conocía no solo sus mecanismos más íntimos sino también el deseo febril e incontrolable que lo precedía. Hasta aquella noche siempre se consideró capaz de reprimir sus propios deseos, pero ahora sabía lo que era la verdadera impotencia ante una situación como la que acababa de vivir. Se había entregado a él sin rechistar. ¿Qué pensaría ahora él de ella?

En el cuarto de baño dejó sus cosas y buscó una toalla y una esponja. ¿Le importaría que se diera una ducha?

Justo cuando acababa de sacar una toalla Rourke abrió la puerta y entró, sonriéndole al ver la instintiva y tímida retirada.

—Tranquila —le dijo abrazándola.

Y con el contacto de sus cuerpos, Becky sintió de nuevo toda la excitación de antes.

No podía creer lo que estaba sucediendo.

Rourke se echó un poco hacia atrás y la miró, acariciándole los pezones erguidos con satisfacción.

—Yo también te deseo otra vez —le dijo—. Pero antes nos ducharemos. Esta vez lo haremos en la cama y voy a hacerte disfrutar como no te imaginas. Quiero oírte gritar de pasión antes de hacerte mía otra vez.

Becky se estremeció con el impacto de las palabras, y antes de poder decir nada, Rourke la estaba besando. Ella gimió contra su boca, pegándose al sólido cuerpo del hombre y sintiendo la erección contra el vientre, enorgulleciéndose de su propio poder femenino.

Rourke abrió el agua y la metió en la ducha sin que ella protestara. Se lavaron el uno al otro en silencio, y después él la secó, deteniéndose en cada centímetro de su piel, susurrándole cosas que la hacían temblar de deseo.

Después la tomó en brazos y la llevó al dormitorio, y

allí él la tumbó con delicadeza sobre la colcha. Se quedó de pie, contemplándola durante un largo momento, y por primera vez ella lo miró también a él. Tenía la piel bronceada, no un bronceado solar sino natural. El pecho, ancho y musculoso, estaba cubierto por un espeso vello rizado que descendía en una fina hilera por el estómago plano. Era todo lo que un hombre debía ser, pensó ella, encontrando el valor para mirarlo íntimamente y no estremecerse al ver la violenta y elocuente reacción del cuerpo masculino.

Él también disfrutó contemplándola y dejando que sus ojos se deslizaran desde los pezones erectos por la estrecha cintura y las redondeadas caderas hasta las largas y esbeltas piernas. Desnuda era preciosa, pensó. Preciosa y deseable, y aquella noche la iba a satisfacer como nadie había satisfecho a una mujer.

Se tumbó a su lado en la cama, inclinándose hacia ella con una sugerente sonrisa.

—Las luces —susurró ella, mirando las lámparas de noche.

—Antes hemos hecho el amor con la luz encendida —le recordó él.

Deslizó la mano por el sedoso cuerpo femenino buscando un lugar que no había tenido tiempo o paciencia para acariciar antes. Becky dejó escapar un grito ahogado y le sujetó la mano, pero él sacudió la cabeza.

—Acabas de entregarte a mí —dijo él—. Es demasiado tarde para poner límites.

—Sí, pero... ¡Oh!

Becky se arqueó estremeciéndose cuando él encontró el punto más sensible de su cuerpo.

—Sí, así —susurró él, observando con placer cómo reaccionaba a sus caricias, primero tímidamente y después con total abandono, arqueándose, gimiendo y estremeciéndose—. Así, déjame darte placer. Quiero que sepas exactamente lo que te haré sentir esta vez. Así. Sí, así, así.

Becky gritó y los espasmos arquearon su cuerpo sin control bajo la mirada masculina, que la contemplaba con orgullo y excitación, hasta dejarla exhausta y temblando.

–¿Creías que antes has tenido un orgasmo? –susurró él–. Ahora sabes que no. Pero esta vez lo tendrás. Te lo prometo.

Bajó la boca hasta su pecho y empezó a besarla plácidamente, esperando a que ella se relajara de nuevo y reaccionara a las caricias de su boca. Ella empezó a tensarse, y los pezones se endurecieron una vez más bajo su lengua. Becky gimió y se estremeció.

Rourke se tomó su tiempo, excitándola y jugando con ella hasta tenerla totalmente loca de deseo y frustración. Por fin, se colocó sobre ella y la penetró con un movimiento largo y lento, en una caricia que la hizo alcanzar el clímax al instante. Rourke nunca lo había visto tan pronto en una mujer.

Se movió en ella, buscando su propia satisfacción, seguro de que ella ya había alcanzado la suya. Tardó un largo rato, pero Becky fue con él hasta el final, alcanzando nuevas cotas de placer una y otra vez, hasta el embate final que lo mandó arqueándose sobre ella y le arrancó un angustiado y profundo gemido de la garganta que no había experimentado nunca. El placer era tan intenso que casi le hizo perder el sentido.

Se desplomó sobre ella, sin fuerzas para moverse, sin fuerzas para respirar.

–Cielo –susurró rodando a un lado y llevándola con él, abrazándola. La miró a los ojos–. Dios, te necesito, Becky.

Ella le oyó pero no dijo nada. Rourke se preguntó si se daría cuenta de que él nunca había admitido necesitar a nadie, y que decirlo era prácticamente una declaración de amor.

Pero ella no se dio cuenta. Esbozó una sonrisa y se acurrucó contra él, besándolo en la garganta, sintiendo el sabor a sudor y sal, a colonia y a hombre.

—Te quiero —susurró ella medio adormecida.

A Rourke se le cortó la respiración. Nunca había oído nada tan dulce, incluso si lo decía para justificar haberse entregado a él. Se le contrajeron los brazos; no podía dejar de temblar.

—Nunca ha sido así —susurró como si estuviera hablando consigo mismo—. Nunca ha sido tan violento y tan descontrolado, con la sensación de estar al borde de la muerte.

—Me has torturado —murmuró ella.

—Te he excitado hasta la locura —la corrigió él, apretándola más contra su cuerpo—. Eso es lo que ha hecho que fuera tan fantástico para los dos. La primera vez no he podido contenerme, te deseaba demasiado. He perdido el control.

—Yo también —confesó ella—. Te deseaba y todavía te deseo, incluso ahora. ¡Rourke! —exclamó, moviéndose de nuevo contra él, sintiendo la fiebre otra vez.

—Yo también te deseo —gimió él—, pero no podemos. Cielos, eres demasiado nueva en esto. Te haría daño, cariño.

—Es la primera vez que me llamas cariño.

—Es la primera vez que he hecho el amor contigo —le susurró, besándola con ternura.

De repente frunció el ceño, al darse cuenta de algo.

—Becky —empezó.

—¿Qué? —susurró ella.

Rourke deslizó los labios por su mejilla.

—No he usado nada.

Tres cosas pasaron a la vez. Becky volvió de repente a la realidad y se incorporó de un salto al darse cuenta de que ninguno de los dos había tomado ninguna precaución. A él le pasó exactamente lo mismo, al darse cuenta de las implicaciones de lo que acababa de ocurrir, y en ese momento sonó el teléfono.

Rourke miró a Becky, frunció el ceño y alargó el brazo hacia la mesita de noche.

—Kilpatrick —dijo.

Escuchó atentamente durante un minuto, y se puso pálido. Miró a Becky con horror.

—Sí, sí, lo entiendo. Estaré allí mañana a primera hora. Exacto. Sí, lo era. Buenas noches.

—¿Qué ha pasado? —preguntó ella, casi con miedo.

Rourke no sabía cómo decirlo, especialmente después de lo que acababa de ocurrir. No quería hacerlo, pero no había forma de evitarlo.

—Acaban de detener a Clay —dijo—. Lo han acusado de posesión de cocaína, incluido un cargo de posesión con intención de distribuir. También lo han acusado de agresión con agravante.

—¿Agresión con agravante? ¿Qué significa eso? —preguntó ella, sin entender.

—En este caso intento de asesinato —dijo él—. La policía ha registrado el coche de su novia. Han encontrado algunos de los explosivos que utilizaron para volar mi coche por los aires —explicó, con los dientes apretados—. Lo han encontrado en una caja de herramientas que ella asegura es de Clay. Creen que fue él quien puso la bomba en mi coche.

Becky se puso de pie temblando. Fue a recoger su ropa, pero no llegó. De repente le flaquearon las piernas y se desvaneció a los pies de Rourke.

14

Cuando Becky recobró el conocimiento, Rourke estaba vestido y se inclinaba sobre ella con un vaso de whisky, observándola con preocupación.

Ella apartó el vaso y se sentó. Su ropa estaba junto a la cama, y empezó a vestirse con dedos torpes e inseguros. Después se puso en pie. Le temblaban las piernas y apenas sabía dónde estaba. El mundo acababa de caerle encima.

—Esto matará a mi abuelo —susurró.

—No, es más duro de lo que crees —respondió él—. Vamos, te llevaré a casa.

Becky se retiró el pelo hacia atrás y fue al salón, sonrojándose al ponerse los zapatos y recoger el suéter del suelo. No podía mirar al lugar donde habían hecho el amor la primera vez.

Se volvió hacia Rourke.

—¿Cómo han pillado a Clay? —preguntó, consciente de que no se lo había contado todo.

Rourke había prometido a Mack no traicionar su confianza, lo que solo le dejaba una alternativa: ser el único responsable.

—Yo les avisé —respondió—. Un día se le escapó algo en casa y le oí.

Becky cerró los ojos, a punto de llorar.

—¿Por eso me invitaste a salir, por eso has estado viéndome?

—¿De verdad tienes que preguntarme eso después de lo que ha pasado? —dijo él, recordando su propia voz susurrándole desesperadamente que la deseaba y la necesitaba.

Pero Becky estaba pensando en la detención de Clay, no en los apasionados susurros de Kilpatrick, que seguramente tampoco eran sinceros. Sabía que los hombres eran capaces de decir cualquier cosa para llevar a una mujer a la cama.

—No, no hace falta —dijo ella, totalmente abatida.

Se volvió y fue hacia la puerta. Kilpatrick la siguió, y cerró al salir tras ella. Su actitud le preocupaba. No se estaba portando como la Becky que conocía.

—Esas acusaciones son graves, ¿no? —preguntó ella ya en el coche camino de la granja—. La condena por tráfico de drogas es de al menos diez años de cárcel, además de una importante multa, ¿no?

—No te preocupes por eso en este momento —respondió él, tenso—. Ahora deben de estar leyéndole los cargos y no podrás hacer nada hasta que se presente ante el juez y se fije la fianza.

—¿No está en el centro de detención de menores? —preguntó ella, con la voz ronca.

—Dios, odio tener que decirte esto —respondió él, tras un minuto—. Becky, son acusaciones muy serias. No me ha quedado otra alternativa. Tengo que acusarlo como adulto.

—¡No! —exclamó ella, con las lágrimas rodando por las mejillas—. No, no puedes. Rourke, no puedes, solo es un niño. No puedes hacer eso.

Él se tensó y se volvió a mirarla.

—No puedo cambiar las normas. Ha infringido la ley. Tiene que pagar por lo que ha hecho.

—Él no intentó matarte. Sé que no fue él. No es un monstruo. Es un chico que no ha tenido nada, que no ha tenido un padre que lo ayudara. No puedes encerrarlo de por vida.

—No depende de mí —intentó razonar él.

—¡Diles que no es culpable! —dijo ella, frenética—. ¡Puedes negarte a presentar cargos contra él!

—Tienen pruebas, maldita sea. ¿Qué quieres, que les dé la espalda y lo deje en libertad?

El tono irritado de la voz masculina la devolvió a la realidad. Becky respiró profundamente hasta lograr controlarse. Miró por la ventanilla, temblando.

—Sabías que lo iban a detener esta noche, ¿verdad, Rourke? —dijo ella—. Lo sabías cuando has venido a la granja.

—Sabía que lo iban a intentar —dijo él, cansado.

Encendió un puro y bajó la ventanilla del coche. No había pensado en cómo se sentiría al tener a Clay en la cárcel. Ni tampoco en lo mucho que le dolería ver a Becky más preocupada por su hermano que por él. Clay estaba acusado de intentar asesinarlo, pero a Becky solo le preocupaba su hermano, no él. El hecho de que la bomba pudo haberlo matado a él no parecía importarle.

—¿No importa que intentara matarme? —preguntó él, tras un minuto.

—Sí —dijo ella, cegada por el dolor—. Tenía que haberse esforzado más.

Rourke sintió el impacto de las palabras como un puñetazo, pero no dijo nada y continuó conduciendo.

Cuando aparcó delante de la casa, Becky bajó y echó a andar hacia el porche sin decir nada. No se dio cuenta de que Rourke había aparcado el coche hasta que lo vio a su lado.

—¿Dónde vas? —preguntó ella con frialdad.

—Contigo —respondió él con la obstinación que lo caracterizaba, mirándola a la cara—. Necesitarás ayuda con tu abuelo.

Eso ya se le había ocurrido a ella, pero no quería la ayuda de Rourke y se lo dijo.

–Ódiame, si te sientes mejor –dijo él–, pero voy a entrar.

Becky le dio la espalda y abrió la puerta.

No tuvo que explicar a nadie lo que había ocurrido con Clay. El abuelo estaba tendido en el suelo, gimiendo y apretándose el pecho, y Mack se inclinaba sobre él con una pastilla blanca en la mano.

–Lo han dicho en las noticias, lo de Clay –dijo el niño, con las mejillas llenas de lágrimas y mirando indefenso a Rourke en lugar de a Becky–. Al abuelo le ha dado un ataque y se ha caído. No puedo darle la pastilla.

–¡Oh, no! ¡Oh, no! –gimió Becky.

Rourke la tomó por los brazos y la sentó en el sofá. Tenía la sensación de que estaba al borde del abismo. Después se arrodilló junto a Mack y le quitó la pastilla de las manos.

–Venga, señor Cullen –dijo levantando al hombre y apoyándole la cabeza en su rodilla–. Tiene que tomarse la pastilla.

–Déjeme morir –dijo el anciano.

–Y un cuerno –dijo Rourke–. Venga. Póngasela debajo de la lengua.

El abuelo abrió los ojos y miró furioso a Rourke, a pesar del dolor.

–Váyase al infierno –susurró.

–Donde usted quiera, por supuesto, pero tómese la pastilla. Tenga.

Sorprendentemente, el anciano obedeció. Se metió la pastilla bajo la lengua con gesto de dolor y Rourke pidió a Mack que le llevara un cojín, para apoyar en alto la cabeza y el pecho del abuelo.

–Tiéndase ahí y respire –le ordenó Kilpatrick–. Llamaré a una ambulancia.

–No hace falta –dijo el abuelo–. Se me pasará.

–Los dos sabemos que ya se le tenía que haber pasado

—dijo Rourke—. La nitroglicerina actúa al instante. Mi tío tenía angina de pecho.

—¡No iré!

—Ya lo creo que sí —dijo Kilpatrick, manteniéndose en sus trece. Se acercó al teléfono y descolgó.

Becky estaba anonadada, incapaz de creer lo que estaba pasando e incapaz de reaccionar. Incluso de protestar. La factura de la ambulancia y el hospital no eran nada. Lo peor sería la multa por posesión de narcóticos que el juez impondría a Clay. ¿A cuánto podía ascender? ¿A cincuenta mil dólares? Tendría que vender la granja, el coche, y dedicar parte de su salario durante los próximos años a pagar al abogado de su hermano, por lo que le sería totalmente imposible hacer frente a la multa y a los gastos hospitalarios del abuelo. Empezó a reír como una histérica.

—Lo siento, Becky.

La voz sonó muy lejos, pero ella sintió el contacto de una mano en la mejilla y se irguió en el sillón.

Rourke estaba de rodillas delante de ella.

—Tranquila —le dijo—. Todo se arreglará. No empieces a preocuparte de esto ahora. Yo me ocuparé mañana de todo.

—Te odio —susurró ella, y en ese momento lo decía totalmente en serio.

—Lo sé —dijo él, sin querer llevarle la contraria—. Quédate aquí y procura no pensar.

Rourke se puso de pie y se tomó un momento para rodear con un brazo a Mack antes de sentarse de nuevo junto al abuelo.

La ambulancia tardó una eternidad en llegar. Rourke abrió la puerta a los sanitarios y esperó mientras estos preparaban al abuelo en una camilla y lo metían en la ambulancia camino del Hospital General de Curry Station.

—Alguien tiene que ir con él —protestó Becky, débilmente.

—Puedes ir a verlo por la mañana. Les he contado lo

sucedido a los sanitarios y ellos informarán a su médico. Tienes que descansar –dijo él con firmeza–. Acuéstate.

–Mack –balbuceó ella, mientras él la ayudaba a ponerse en pie.

–Yo me ocuparé de él. Tú entra ahí.

Becky entró en el cuarto de baño y se puso el camisón, aunque estaba demasiado avergonzada para mirarse, porque no quería ver las marcas que Rourke había dejado en su cuerpo. Cada vez que recordaba lo que le había permitido hacer, se avergonzaba de sí misma. ¡Qué tonta había sido! ¿Por qué no se había dado cuenta de que Rourke solo la estaba utilizando para detener a Clay? El abuelo se lo había advertido, pero ella prefirió ignorar sus palabras. A Rourke lo único que le interesaba era encerrar a su hermano, y ella se lo había entregado. Y ahora acabaría en la cárcel el resto de su vida, por su culpa.

Lloró hasta que por fin se quedó dormida. Cuando Rourke fue a ver qué tal estaba, Becky dormía profundamente, con la larga melena extendida sobre la almohada.

Él la miró con una inmensa ternura.

«Una mujer tan dulce y tan maravillosa, y tan apasionada y generosa en la cama», pensó él, suspirando.

Becky era todo lo que él deseaba en una mujer, pero iba a tener que esforzarse para convencerla de la sinceridad de sus sentimientos después de aquella noche.

Cerró la puerta del dormitorio y volvió a acostar a Mack.

–Anímate –le dijo al muchacho, abrazándolo–. Seguramente le has salvado la vida, aunque supongo que ahora no puedes creerlo. ¿Estaréis bien si me voy? Quiero asegurarme de que tu abuelo está bien atendido en el hospital y su estado es estable. Os llamaré si hay alguna complicación.

–No tiene que hacerlo –dijo Mack.

Rourke apoyó las manos en los delgados hombros del chico y lo miró serio.

–Mack, ahora Becky es la única familia que tengo.

Ella me odia, y quizá lo merezco, pero no puedo permitir que se enfrente a esto sola.

Mack asintió.

–Está bien. Gracias.

Rourke se encogió de hombros.

–Cierra la puerta con llave cuando salga y después acuéstate. Nada de ver la tele. Mañana por la mañana Becky necesitará toda tu ayuda.

–Cuente conmigo, señor Kilpatrick. Buenas noches.

–Buenas noches.

Rourke caminó hasta su coche y encendió otro puro, sintiéndose cansado y dolido. Había sido una noche horrible, y era solo el principio.

Fue al hospital a asegurarse de que el abuelo estaba bien atendido y habló con su médico.

–De momento no puedo decirle nada –dijo el médico–. Es mayor y no le quedan muchas fuerzas. Si logra pasar las próximas setenta y dos horas, habrá esperanza, pero tengo que hacer unas pruebas y tenerlo ingresado unos días, lo que supondrá una factura importante para Becky. El seguro de su abuelo no cubre las hospitalizaciones.

–Yo me ocuparé de eso –dijo Rourke, sin pensarlo dos veces–. O de casi todo –añadió con una sonrisa–. Quiero que Becky crea que lo está pagando ella.

El doctor lo miró con incredulidad.

–Usted es el fiscal del distrito, ¿verdad?

Rourke asintió.

–He oído en las noticias que han detenido a su hermano. Supongo que presentará cargos contra él.

–Todavía no lo sé.

–Mala suerte. Para toda la familia. Los Cullen son duros, y el viejo es el hombre más honrado que he conocido. Y Becky también. Lo siento por ellos.

–Yo también –dijo Rourke–. Becky vendrá mañana a ver a su abuelo. Esta noche, estaba demasiado agotada.

–Me lo imagino. Sí, me lo imagino.

«No se imagina ni la mitad», pensó Rourke.

Volvió a casa sintiendo el corazón como si fuera de plomo. ¿Cómo podía haber hecho una tontería semejante, hacerle el amor sin tomar ninguna precaución? Ahora Becky, como si no tuviera suficiente, se enfrentaba también a una posible amenaza de embarazo, y todo porque él había perdido la cabeza y se había dejado llevar por el fuerte deseo que sentía por ella.

Sabía que al día siguiente ella lo odiaría. Y a sí misma también. Pero sobre todo a él porque creería que la había utilizado para detener a Clay. Quizá al principio aquella había sido su intención, pero ya no. Le había hecho el amor a ella porque la amaba, porque quería la unión de dos almas en una, y había sido la experiencia más maravillosa y profunda de su vida. Además, le había dicho que la amaba, y ella también se lo había dicho a él, aunque quizás solo lo dijo para tranquilizar a su conciencia al darse cuenta de lo que había hecho.

Sacudió la cabeza. No sabía qué iba a hacer, y quizá unas cuantas horas de sueño le ayudaran a ver las cosas mejor por la mañana.

Pero no fue así. A la mañana siguiente abrió el periódico y allí, en primera página, J. Lincoln Davis acusaba al fiscal del distrito del Condado de Curry de intentar ocultar el tráfico de drogas en el colegio de educación primaria del distrito para proteger al hermano de su novia.

Furioso, arrugó el periódico e hizo una bola que lanzó contra el suelo. Bien, si Davis quería jugar sucio, él estaba dispuesto a seguir el juego. Entró de nuevo en casa y llamó por teléfono al Atlanta Times.

La edición vespertina del periódico lucía otro jugoso titular en el que Rourke acusaba a Davis de utilizar una detención que había puesto a un anciano al borde de la muerte. Aquella misma tarde, el teléfono de Kilpatrick no dejó de sonar con llamadas para mostrarle su apoyo.

Becky no sabía si ir primero al hospital o a la cárcel. Decidió ir a ver primero al abuelo porque no sabía qué decir o hacer con Clay. Al recordar la noche anterior, le entraron náuseas de nuevo.

El abuelo dormía ajeno a todo y, a causa de los analgésicos, estaba pálido y su aspecto era de total indefensión. Becky se sentó junto a él en la habitación semiprivada de dos camas y lloró. Tanta angustia y sufrimiento en tan poco tiempo la habían derrumbado. Nunca se había zafado de sus obligaciones, pero tampoco nunca había recaído sobre sus hombros una carga tan pesada como la que llevaba en aquellos momentos. Permaneció junto al anciano unos minutos más y después decidió que Clay la necesitaba más.

Condujo hasta la cárcel del condado sabiendo que el enfrentamiento con su hermano podía ser terrible, ya que el joven culparía a Rourke y a ella de su situación.

Sin embargo, le sorprendió encontrarlo con una actitud muy sumisa. La abrazó suavemente, con la cara pálida y expresión herida, muy diferente al Clay de los meses anteriores.

−¿Cómo estás? −preguntó ella, mirando la celda desnuda, con apenas un camastro, una mesa y una pared de barrotes.

Se estremeció al oír las voces de otros prisioneros que llegaban por el pasillo.

−Bien −dijo Clay. Se sentó en el camastro y le indicó que se sentara a su lado. Llevaba un uniforme azul y parecía agotado y hundido−. Es casi un alivio. Así los hermanos Harris me dejarán en paz. Al menos aquí estaré protegido de ellos.

−¿Qué quieres decir?

−Primero me emborracharon y me drogaron y después me llenaron los bolsillos de cocaína, eso ya lo sabes −dijo él−. Después me tendieron una trampa para que me vieran comprar droga a uno de los colegas de su padre, y me obligaron a pasar crack. Pero no lo hice, aunque dijeron que jurarían que había sido yo si no les ayudaba a encontrar contactos en el colegio.

—Oh, Dios mío. Ese chico, Billy Dennis —exclamó Becky, tapándose la cara con las manos.

—Yo no les di su nombre, Becky, te lo juro —se apresuró a decir él—. No fui yo. Más vale que lo sepas todo. Intenté meter a Mack en esto, pero él se negó en redondo. Por eso no me dirigía la palabra. Cree que soy un cerdo. Me culpa de la muerte de su amigo, y quién sabe, a lo mejor tiene razón. Pero yo no puse la bomba en el coche de Kilpatrick, Becky. Soy un tonto y un idiota, pero no un asesino. Tienes que hacérselo entender.

—No podré —dijo ella—. Solo salía conmigo para detenerte.

—¡Ese maldito hijo de...! —maldijo Clay.

—Yo me dejé engañar. No es solo culpa suya —le interrumpió ella—. No sé cómo nos las arreglamos, pero siempre acabamos cavando nuestras propias tumbas, ¿no? —Becky respiró profundamente—. El abuelo está en el hospital. Creo que tuvo un infarto, aunque no ha sido muy grave.

Clay se tapó la cara con las manos.

—Lo siento, Becky. Lo siento muchísimo.

Ella le dio unas palmaditas en el hombro.

—Lo sé.

—La factura del hospital, la época de siembra sin que nadie te ayude, y ahora yo —la miró con un profundo dolor en los ojos—. Lo siento, te lo juro. ¿Cómo vas a poder con todo?

—Como he hecho siempre —dijo ella con orgullo—. Trabajando.

Él se sonrojó.

—Honestamente, quieres decir —Clay desvió la mirada—. Me convencí de que lo estaba haciendo para ayudarte, de que estaba ganando dinero para la familia, pero solo me estaba engañando. Cuando por fin me di cuenta de lo que estaba haciendo, estaba horrorizado. Pero no me dejaron salir. Me dijeron que me acusarían de todo, de vender droga en el colegio, y de poner la bomba en el coche de Kilpatrick. Estoy perdido, Becky.

–No, no lo estás. Hablaré con el señor Malcolm, y le pediré que te represente. Pagaré la fianza...

–No, no podrás pagarlo todo –la interrumpió él–. Escúchame, tengo abogado, un abogado de oficio. Es joven, pero es bueno. Es suficiente. Ninguna defensa evitará que me metan en la cárcel, Becky. Tienes que aceptarlo. Y en cuanto a la fianza, no la quiero.

–Pero no es justo.

–He infringido la ley y ahora tengo que pagar por ello. Tú ve a casa y descansa. Ya tienes bastantes preocupaciones con el abuelo. Yo aquí estoy a salvo. Más seguro que en la calle.

–¡Oh, Clay! –susurró ella, con los ojos llenos de lágrimas.

–Estaré bien. Francine va a venir a verme. Me apoya, a pesar de que sabe que tendrá que enfrentarse a la ira de su tío –sonrió–. No es una mala persona, cuando la conoces.

–No me has dado la oportunidad de conocerla –le recordó ella.

Clay se aclaró la garganta.

–La conocerás. Algún día.

Becky asintió.

–Algún día.

Se despidió con un beso y llamó al guardia para que la dejaran salir de la celda. El sonido de la puerta de la celda al cerrarse tras ella se repitió como un eco en su mente durante todo el trayecto hasta casa.

15

El domingo por la mañana Becky se levantó para ir a la iglesia.

Sin embargo, cuando acababa de vestirse, Mack entró con el periódico. Al leer el titular, Becky se sentó y rompió a llorar.

—No llores, por favor —le imploró el niño, sentándose a su lado e intentando consolarla—. No llores.

Becky no podía dejar de llorar. ¡Qué vergüenza sintió al ver las acusaciones de J. Lincoln Davis de que Rourke había ocultado el tráfico de drogas en el colegio para proteger al hermano de su novia! Prácticamente el periódico la llamaba su querida, y aseguraba que Rourke casi había paralizado la investigación de la muerte de Billy Dennis para proteger a Clay. Allí estaban sus nombres, el suyo y el de Clay, para que lo vieran todos, sus vecinos, sus amigos, y lo peor de todo, sus jefes.

—Me despedirán —dijo limpiándose las lágrimas con los dedos—. Mis jefes no querrán este tipo de publicidad. Tendrán que despedirme. ¿Qué voy a hacer?

—Becky, tienes que tranquilizarte —dijo Mack, asustado al ver llorar a su hermana. Ella era siempre la más fuerte, un pilar sólido donde apoyarse–. Han sido dos días horribles, pero todo se arreglará.

–Nuestros nombres en la portada del periódico –gimió ella–. El abuelo nunca lo superará, si es que sobrevive a esto.

–Sobrevivirá –dijo Mack, con firmeza–. Y Clay también saldrá de esta. Voy a vestirme y después iremos a la iglesia.

Becky lo miró sorprendida. Solo diez años y con tanta autoridad.

–Venga, la iglesia es una buena medicina, siempre lo dices –le recordó el niño.

Becky sonrió a pesar de todo.

–Sí, señor, a sus órdenes, ahora voy. Y estaré orgullosa de ir contigo.

–Así me gusta más –dijo él, y fue a ponerse la ropa de domingo.

Becky y Mack fueron a la iglesia, donde recibieron el apoyo de muchas personas. También les ofrecieron ayuda, y cuando volvió a casa, Becky se alegró de haber ido. Había encontrado la fuerza necesaria para enfrentarse a lo que se avecinaba.

El lunes por la mañana fue a trabajar. Cuando entró en el vestíbulo y llamó al ascensor, se alegró por primera vez de que Rourke hubiera vuelto a su despacho en el edificio de los juzgados. Así no tendría que hablar con él. No la había llamado. O quizá no llamó mientras estuvo en casa. La tarde anterior había ido con Mack al hospital.

Pero ¿para qué iba a llamar?, se preguntó. Solo salió con ella para detener a Clay. Ahora su objetivo estaba cumplido y ya no la necesitaba para nada. Además, el intenso deseo que supuestamente había sentido por ella había quedado satisfecho. No volvería a verlo, estaba segura. Se avergonzaba de lo fácilmente que se había entregado a él. De hecho, fue ella quien empezó, olvidando todos sus principios. ¿Y qué iba a hacer si se quedaba embarazada?

Entró en la oficina y, segura de que iba a ser despedida, fue directamente al despacho de Bob Malcolm.

—Aquí estás —la saludó su jefe sorprendiéndola con una amable sonrisa—. Esperaba tu llamada el sábado por la mañana. Me ocuparé encantado de la defensa de Clay, y puedes pagarme un dólar al mes si llegamos a eso.

Becky tuvo que contener las lágrimas. Pero ya había llorado bastante y tenía que ser fuerte.

—Oh, señor Malcolm, es muy amable. Pensé que iba a despedirme.

—¿Qué dices? —dijo él levantando las cejas—. ¿Tecleas ciento cinco palabras por minuto y crees que te voy a despedir?

—Los periódicos hablan de mí como si fuera una mujer fácil y de Clay como asesino de menores...

—Olvida los periódicos —dijo él—. Es el maldito Davis que quiere arrancarle la cabellera a Kilpatrick antes de llegar a las urnas. Y ya veo que no has visto la inmediata respuesta de Kilpatrick. Mira —añadió, empujando la edición vespertina del periódico hacia ella por encima de la mesa.

Becky leyó el artículo con fascinación. Rourke no se mordía la lengua y acusaba a su adversario de utilizar el caso con fines políticos y sensacionalismo. Mencionaba el infarto del abuelo y añadía que él estaba soltero y sin compromiso y que era libre de salir con quien quisiera. Además, declaraba que la señorita Cullen era toda una dama, y que si Davis no se retractaba de sus malintencionadas insinuaciones, estaría encantado de acusarlo de difamación ante un tribunal. Al final del largo artículo, se reproducían unas declaraciones de Davis en las que acusaba al periódico de malinterpretar sus palabras y pedía disculpas públicamente a la señorita Cullen.

—Nuestro Kilpatrick es formidable —dijo Malcolm con una sonrisa—. Aunque no me gusta enfrentarme a él en un tribunal, tengo que reconocer que a elocuencia no hay quien lo gane.

—Ha sido muy amable al defenderme —dijo ella, pensando que las insinuaciones de Davis eran mucho más certeras después de su comportamiento del sábado por la noche.

—Le gustas —observó Malcolm, sin entender la expresión de su cara—. Todos os vemos como pareja. Desde hace semanas sois inseparables.

Becky bajó los ojos al periódico, sin verlo.

—No creo que continúe. No volveré a verlo —aseguró.

—No tienes que hacer ese tipo de sacrificio —dijo su jefe—. Al menos para aplacar a Davis. Enseguida encontrará otro asunto para usar de arma arrojadiza contra Kilpatrick, ya lo verás. Dejar de salir con Kilpatrick por la detención de tu hermano no afectará a sus posibilidades de reelección, incluso si es una noble intención —añadió.

Malcolm había malinterpretado sus motivos, pero antes de que Becky pudiera aclarar la situación, sonó el teléfono y ella volvió al trabajo.

Becky no había pensado en las posibles consecuencias políticas de su relación con Kilpatrick y el comentario de su jefe le dio qué pensar. Claro que si el único objetivo de Rourke al salir con ella era tener vigilado a Clay, ¿por qué había sacrificado su posible reelección a fiscal del distrito relacionándose con ella?

Cuanto más lo pensaba, menos lo entendía y lo único que deseaba era que Rourke la llamara. Recordó que ella el sábado le dijo que lo odiaba, y a pesar de todo él se ocupó de todo y de todos, e incluso fue al hospital a ver al abuelo; y ella no le había dado ni las gracias. A pesar de lo ocurrido entre los dos, comer sola fue desgarrador. Era como si le faltara la mitad de sí misma. Si cerraba los ojos podía sentirlo, saborearlo, acariciarlo y sobre todo desearlo como aquella noche, pero él la había traicionado y no volvería a confiar en él. Clay podía ser condenado a la silla eléctrica o a cadena perpetua, y ella temía recordar que fue Rourke quien lo metió en la cárcel y que haría lo imposible por mantenerlo allí.

«Además», pensó con amargura, «si de verdad sintiera algo por mí, ya me habría llamado».

Terminó de comer y volvió a la oficina, agradecida de tener al menos trabajo.

–Kilpatrick es lo peor de todo, ¿verdad, Becky? –le preguntó Maggie a la hora de salir, entendiendo bien la situación–. Supongo que te has convencido de que solo salía contigo para detener a tu hermano.

–Es la verdad –respondió Becky–. Desde esa noche no ha vuelto a llamarme.

–Quizá también él tenga remordimientos –sugirió la mujer–. Quizá crea que no quieres saber nada de él, y es normal. Él fue quien ordenó la detención de tu hermano y quien lo llevará a juicio. Tiene que saber que tu abuelo está furioso con él, además de enfermo. Quizá no se ponga en contacto contigo para protegerte –añadió–. Los periódicos no dejan de hablar de él, gracias al señor Davis. Seguro que lleva un séquito de periodistas y cámaras detrás las veinticuatro horas del día, y no creo que quiera someterte a ti a lo mismo.

Era otra idea que a Becky tampoco se le había ocurrido, y que era la más reconfortante de todas.

Pasó una semana. Rourke presentó sus casos ante el juez con estoicismo y relativo malhumor. En uno de los casos, el abogado defensor era Davis, y la tensión en la sala se hizo tan insoportable que el juez tuvo que llamarlos a su despacho para recordarles dónde estaban.

Rourke no tuvo que esquivar a la prensa. Davis había captado todo el interés de los medios de comunicación con el talento de un *showman* nato, blandiendo estadísticas sobre delitos y condenas que siempre acababan favoreciéndolo e incluso en dos ocasiones lo entrevistaron para las noticias de la tarde.

Rourke, por su parte, bajo una apariencia relativamente tranquila, seguía dolido por las duras palabras de Becky. Por lo visto, para ella su familia era más importante que él, y no sabía cómo aceptar ser el último en su lista de prioridades. Había creído que estaban muy unidos, que su mundo giraba alrededor de los dos, pero la detención de Clay le demostró lo contrario. Becky puso inmediatamente el bienestar de Clay por delante del suyo, como si lo ocurrido en su casa no tuviera ninguna importancia.

Bebió un sorbo de café solo y miró con frialdad por la ventana. Hasta hacía poco ella era virgen y él había traicionado su confianza al permitir que las cosas fueran demasiado lejos. Claro que no lo había hecho solo. Ella también le había ayudado.

Se levantó y se sirvió más café, viendo cómo MacTavish se comía la hamburguesa que acababa de prepararle. Su relación con Becky se había hecho muy intensa, y siempre deseaba su compañía. Y después de la apasionada respuesta de ella en la cama, estaba seguro de que lo que sentía por él era amor. Aunque después, ese amor se había tornado en un profundo odio. Probablemente ahora estaba maldiciéndolo por seducirla y culpándolo de la detención de Clay.

Quería llamarla. De hecho, lo había intentado un par de veces el domingo por la tarde sin obtener respuesta. Después de eso, se convenció de que ella no quería saber nada de él. Sabía que leería los artículos de los periódicos, y si ella quería pensar que la había seducido para proteger su trabajo, que lo hiciera. Él continuaría solo, como había hecho siempre, y ella podía...

Suspiró pesadamente, cerrando los ojos. ¿Ella podía qué? Becky soportaba sobre sus hombros una carga muy pesada desde hacía mucho tiempo: la responsabilidad de toda su familia y ahora era la única que podía ayudar a Clay. Más aún, tendría que ir al hospital a visitar al abuelo todos los días, además de su jornada laboral en el bufete, llevar la casa y ocuparse de Mack. ¿Qué sería de ella si el abuelo moría, o si a Clay lo condenaban?

Rourke ya sabía que se iba a inhabilitar como fiscal para el caso de Clay. Pero si se lo daba a uno de sus colegas, Davis podría acusarlo de presionar a su gente para que fueran indulgentes con él.

Entornó los ojos y reflexionó sobre las posibilidades. Quizá había una salida: pedir al gobernador que designara un fiscal especial para el caso, alguien totalmente objetivo. Todavía quedaba la cuestión de la culpabilidad o inocencia de Clay. Mack le dijo que los Harris amenazaron y presionaron a Clay para cometer los delitos. Si eso era cierto, y si el muchacho no era el jefe del grupo, no podía permitir que fuera a la cárcel. Sin duda era posible que Clay no fuera responsable ni de su atentado ni de vender crack a Billy Dennis. Si eso era cierto, los Harris estarían utilizando a Clay como chivo expiatorio.

Quizá se debería investigar el asunto un poco más en profundidad. Aunque incluso si lo hiciera, los abogados de oficio tenían mucho trabajo y estaban muy mal pagados, así que Clay necesitaría un buen abogado defensor que Becky no podía costear. Se sentó de nuevo y se pasó la mano por el pelo. Encendió un puro y analizó la situación. La vista preliminar de Clay era dentro de dos semanas. En la vista incoatoria se había fijado la fianza, pero Clay renunció a ella. Por lo visto, no iba a permitir que Becky la pagara. Y de momento estaba a salvo de los hermanos Harris.

Maldijo en voz alta. Tres meses antes la vida era mucho más sencilla. Ahora su mundo estaba patas arriba, y todo por culpa de una chica de campo muy tradicional que le horneaba tartas de limón y le hacía reír. Se preguntó si volvería a reír algún día.

Becky fue a ver al abuelo cada tarde al salir del trabajo, pero él continuaba en el hospital sin mostrar el más mínimo interés por la vida. El médico sabía lo mucho que le costaría pagar la factura, incluso a pesar de que Rourke Kilpatrick había prometido ocuparse de la mayor parte. Al final, recomendó trasladar al anciano a una residencia.

–De momento será lo mejor –dijo el médico a Becky–. Creo que podré conseguirle alguna subvención. No está respondiendo tan deprisa como me gustaría, y no creo que ahora puedas tenerlo en casa.

–Puedo intentarlo –empezó ella.

–Becky, Mack está en el colegio. Clay en la cárcel. Tú tienes que mantener tu trabajo, y la verdad, no tienes muy buen aspecto –añadió, refiriéndose a su aspecto pálido y demacrado–. Me gustaría verte en mi consulta para hacerte un chequeo.

Becky tragó saliva, tratando de mantener la calma. Tenía muchas razones para no querer que el médico la examinara, y la principal era que llevaba dos semanas de retraso y aquella mañana había vomitado el desayuno.

–Ahora no puedo permitírmelo, doctor Miller –dijo ella.

–Lo pondremos en la cuenta, Rebecca –dijo él, obstinado–. No aceptaré una negativa.

–Estoy cansada, eso es todo –lo intentó ella otra vez.

–Yo te traje al mundo –la interrumpió él–. Sea lo que sea, quedará entre Ruthie, tú y yo –le aseguró.

Ruthie era su enfermera desde hacía treinta años, e incluso si conocía todos los trapos sucios de los pacientes de la consulta, nadie se lo podría sonsacar nunca. Su lealtad era totalmente a prueba de bomba.

–Está bien –accedió Becky por fin–. Pediré una cita.

–Bien –sonrió el médico–. Ahora, tu abuelo. Creo que puedo conseguir que lo admitan en la nueva residencia del condado que han inaugurado hace poco. Creo que podré conseguirte una subvención. Es moderna y no muy cara, y es el mejor sitio para las próximas semanas. Allí estará con gente de su edad, y quizá eso le dé ganas de vivir.

—¿Y si no es así?

El médico se encogió de hombros.

—Becky, las ganas de vivir no se pueden recetar. Ha tenido una vida dura y su corazón está débil. Necesita una razón para ponerse bien. Ahora cree que no la tiene.

Becky hizo una mueca.

—Ojalá supiera qué hacer.

—Tú y todos —dijo él—. Pero sobre todo tú cuídate, y espero verte el lunes en mi consulta. Te avisaré en cuanto sepa algo de las posibilidades de ingreso de tu abuelo en la residencia.

—De acuerdo —Becky sonrió—. Gracias.

—Aún no he hecho nada. Procura descansar. Estás agotada.

—Han sido dos semanas horribles —dijo ella—, pero lo intentaré.

—¿Cómo está Clay?

—Deprimido y muy abatido. He visto a su abogado de oficio —hizo una mueca—. Es joven y tiene mucha vitalidad, pero también muchísimo trabajo. No tendrá tiempo para preparar una defensa adecuada y Clay pagará por ello. Ojalá pudiera encontrar un buen abogado.

—Tus jefes —dijo él.

Becky asintió.

—Pero no puedo permitir que el señor Malcolm invierta tanto tiempo en él si no puedo pagarlo —apretó los puños a los lados—. Todo depende del dinero, ¿no? —dijo con amargura—. Si eres pobre, vas a la cárcel. Si eres rico, te pagas un buen abogado y quedas en libertad. ¿Qué clase de mundo es este?

El médico le pasó un brazo por los hombros.

—Háblame de Mack y alégrame el día.

Becky esbozó una sonrisa.

—Ha aprobado las matemáticas.

—¿Mack? ¡Increíble!

–Eso fue lo que pensé yo –dijo ella, sonriendo.

Pero por dentro se sentía hundida. Hablaba como una autómata, porque sus pensamientos estaban en el abuelo, en Clay y en el inevitable examen médico que iba a cambiar su vida. No sabía cómo lo iba a hacer. Fuera como fuera, tenía que encontrar la fuerza para sobrevivir a los siguientes meses.

Afortunadamente, cuando llamó a la consulta del doctor Miller para pedir una cita, le dijeron que tenía que esperar un mes. Por ella perfecto. Era una cobardía, pero hasta entonces no tendría que enfrentarse a la realidad. E incluso cabía la posibilidad de un milagro. Y que no estuviera embarazada. Ese nuevo rayo de esperanza le dio fuerzas para llegar al final del día.

Rourke no estaba seguro de por qué lo hizo, pero el lunes siguiente fue a la oficina de Becky. Bob Malcolm quería hablar con él sobre un trato, y aunque normalmente era este quien iba a ver a Rourke, hacía tres semanas que Rourke no veía a Becky, y la vista de Clay estaba fijada para el viernes. Quería verla y ver cómo llevaba toda aquella pesadilla.

Cuando Becky alzó los ojos de la máquina de escribir y lo vio, primero se puso roja, y después terriblemente pálida. Estaba demacrada, como si no comiera bien. Llevaba el vestido gris de punto que él conocía de otras ocasiones, el pelo recogido en un moño y apenas un poco de maquillaje que no lograba camuflarle las pecas.

Becky apenas podía respirar. Ni siquiera se le había pasado por la imaginación verlo en el bufete. Al principio no se podía mover; se quedó mirándolo fijamente, ajena a todo lo que la rodeaba, incapaz de reaccionar. Su aspecto era el de siempre, pensó ella, sin nada que indicara que la echaba de menos o estaba sufriendo por la separación. Estaba igual que siempre, imponente, sombrío y amenazador.

Rourke se sentó de medio lado sobre su mesa.

–La vista preliminar es el viernes –dijo–. Hay otros abogados de oficio.

Becky bajó los ojos hasta su boca y recordó con amargura la pasión de los besos compartidos aquella noche.

–Es un buen abogado –dijo ella–. A Clay le parece bien.

–¿Y a ti? –preguntó él con brusquedad–. La vida de tu hermano podría estar en juego.

–¿Qué más te da? –dijo ella dolida–. Tú eres quien quiere mandarlo a la cárcel. ¿Por qué te preocupa su abogado?

–Oh, me gusta pelear –respondió él tenso–. No me gusta ganar a un novato.

A Becky le temblaba el labio inferior. Desvió la mirada.

–No debe preocuparte. Clay será una estadística más para usar en tu campaña contra Davis. Quiso matarte, ¿te acuerdas?

–Tú no crees que fue él –dijo Rourke, dando vueltas entre los dedos a un clip de metal y ajeno a las miradas curiosas de las compañeras de Becky, que seguían con disimulado interés el encuentro.

–No –repuso ella–. Estaré ciega para muchas cosas, pero conozco a mi hermano y sé que no es capaz de matar a nadie.

Rourke no hizo ningún comentario al respecto.

–¿Cómo está tu abuelo?

–Lo hemos trasladado a una residencia –dijo ella–. No tiene ganas de vivir.

Rourke abrió el clip y después lo dobló hacia el otro lado. Por fin la miró.

–¿Cómo estás tú?

Becky sintió que le ardían las mejillas. Los ojos masculinos no reflejaban la calma de sus palabras.

–Estoy bien –dijo ella, evasiva.

—Si no estás bien, espero que me lo digas —dijo él, severo—. ¿Entiendes, Rebecca?

Becky apretó la mandíbula.

—Sé cuidarme sola.

Él suspiró con irritación.

—Oh, ya lo creo que sí. Los dos sabemos lo cautas que pueden ser dos personas, ¿verdad?

Becky se puso como un tomate. Retorció las manos con nerviosismo y no se atrevió a mirarlo ni a mirar a su alrededor.

—Por favor, vete —dijo ella.

—He venido a ver a tu jefe —dijo él con indiferencia, poniéndose en pie—. ¿Está?

Ella sacudió negativamente la cabeza.

—Hoy está en el juzgado.

—Bien, la próxima vez llamaré antes de hacer el viaje —Rourke se metió las manos en los bolsillos y la miró con ojos pensativos—. Dijiste que me odiabas. ¿Lo decías de verdad?

Becky no podía alzar la mirada. Cerró los puños sobre el regazo y apretó los labios.

—¿Acusarás a mi hermano como si fuera mayor de edad? —preguntó.

La expresión masculina se endureció.

—¿Esa es tu condición para un alto el fuego? —preguntó él, burlón—. Lo siento, Rebecca. Los chantajes no me van. Y sí, lo acusaré como a un adulto. Sí, creo que es culpable. Y sí, creo que conseguiré una condena.

Becky echaba chispas de desprecio por los ojos. Odiaba la sonrisa burlona y arrogante del hombre. Sin duda lo había subestimado desde el principio, y ahora Clay y ella lo estaban pagando muy caro.

—Quizá el jurado no piense lo mismo que tú.

—Es posible, por supuesto —dijo él, encogiéndose de hombros—, pero no probable. Un niño de diez años murió por culpa de tu hermano. Nunca lo olvidaré.

—Clay no fue —dijo ella con voz ronca—. Él no lo hizo.

—También intentó implicar a Mack, ¿lo sabías?

Becky cerró los ojos para ignorar la acusación.

—Sí —susurró—. Me lo dijo Clay.

—Puedes justificar su conducta como quieras —dijo él, después de un minuto—. Pero la verdad es que Clay sabía exactamente lo que hacía y conocía las consecuencias si lo detenían. Irá a la cárcel, se lo merece. No me disculparé por haber participado en su detención. En las mismas circunstancias, habría hecho exactamente lo mismo. Exactamente lo mismo, Becky —repitió con dureza.

—Clay no puso la bomba en tu coche —dijo ella—. Ni vendió las drogas a ese niño. Es culpable de otras cosas, pero no de eso.

—No te das por vencida, ¿verdad? —dijo él—. Hay cuatro testigos oculares que lo vieron, los hermanos Harris y otros dos. Y lo declararán bajo juramento. También hay otro testigo que lo vio vender crack a Dennis.

—Eso es mentira —dijo Becky mirándolo desapasionadamente—. Clay me dijo que él no fue. Puede mentir a cualquiera, pero yo siempre sé cuándo lo hace. Y no mentía.

—Dios, qué cabezota eres —masculló él—. Está bien, sigue engañándote y negándote a ver la realidad.

—Gracias por la autorización, señor Kilpatrick —dijo ella en tono suave—. Ahora, si me disculpa, tengo trabajo.

Becky volvió a teclear. Rourke se quedó de pie mirándola durante unos largos segundos. Había ido para arreglar las cosas y no había conseguido más que empeorar la situación. Becky nunca creería que Clay era culpable.

Salió de la oficina y volvió a su coche. Pero en el trayecto de regreso no pudo dejar de pensar en las palabras de Becky. Tanto que al llegar a los juzgados, en lugar de entrar en el aparcamiento, continuó conduciendo hasta la cárcel del condado, donde estaba detenido Clay.

No había pensado ir a verlo. Becky no sabía que él se había inhibido del caso, y aunque seguía convencido de que Clay era culpable, se dijo que quizá se estaba dejando llevar por el enfrentamiento con su padre unos años atrás. Quizá aquí la respuesta no era «de tal palo, tal astilla».

Al verlo, Clay se puso rojo y lo miró furioso cuando lo vio entrar en su celda con un puro humeante entre los dedos.

–¡Dios salve al gran conquistador! –exclamó el joven cuando el guardia lo dejó a solas con Rourke–. Supongo que estará satisfecho, ahora que me tiene donde quería. Me han dicho que me han acusado prácticamente de todo menos de asesinato. Y de ser un importante narcotraficante. ¿Por qué no me manda a un poli con una pistola cargada y le deja que ahorre una pasta a los contribuyentes?

Rourke ignoró la invectiva y se sentó en el camastro. Estaba acostumbrado a aquellas reacciones. Había pasado la mayor parte de los últimos siete años tratando con hombres furiosos.

–Vamos a poner las cosas en su sitio –le dijo–. Creo que eres culpable, aunque solo sea por asociación. He visto a muchos chavales como tú. Eres demasiado vago para trabajar por lo que quieres, y demasiado impaciente para esperar. Lo quieres todo y lo quieres ya, así que buscas dinero fácil. No te importa cuántas vidas destruyes, ni cuánta gente inocente sufre. Son tus necesidades, tu confort, tu placer lo que cuenta. Enhorabuena –dijo con una sonrisa carente de humor–. Has saltado la banca. Pero este es el precio.

Clay se apoyó contra la pared y suspiró enfadado.

–Gracias por el sermón. Ya me ha echado uno Becky, y el reverendo vino a clavarme otro clavo más en el ataúd –Clay apartó la mirada–. Ni mi hermano quiere hablar de mí.

–Eso no es cierto –dijo Rourke, despacio, con la mandíbula firme. Clay lo miraba con un rayo de esperanza en los ojos–. Mack intentó convencerme de que los Harris te amenazaron para hacer el último trato. Yo no le hice caso.

–¿Por qué iba a hacérselo? –preguntó Clay.

Al menos si Mack lo había defendido delante de Kilpatrick, quizá no lo odiaba tanto como creía. Clay clavó los ojos en el suelo sin ver nada.

–Al principio fue solo cerveza y un poco de crack –empezó. Necesitaba hablar con alguien y Kilpatrick parecía dispuesto a escuchar–. No tuve mucha suerte haciendo amigos en el instituto. Todo el mundo sabía que mi padre había tenido problemas con la ley, y muchos padres prohibieron a sus hijos relacionarse conmigo. Los hermanos Harris empezaron a invitarme a salir con ellos. Enseguida empecé a beber y a fumar. Las cosas en casa eran horribles –continuó–. El abuelo tuvo un infarto y estaba siempre enfermo. Becky no hacía más que trabajar y darme la vara con los deberes, y en casa nunca había dinero para nada. Siempre igual, trabajar sin parar y hacer malabarismos para llegar a fin de mes.

Calló un momento y miró hacia el techo.

–¡Dios, odio ser pobre! –exclamó antes de continuar–. Había una chica que me gustaba, pero ni siquiera se dignaba a mirarme. Yo quería tener cosas. Quería que la gente dejara de despreciarme porque mi padre era un delincuente y mi familia no tenía dinero.

Rourke frunció el ceño.

–¿No pensaste en tu hermana?

–Ya lo creo que sí, cuando me detuvieron –sonrió amargamente–. Pensé en lo mucho que trabajaba por nosotros, en todos los sacrificios que había hecho. Nunca ha salido con nadie hasta que apareció usted, pero eso también se lo estropeamos. Nos metíamos con ella, porque estaba seguro de que usted solo salió con ella para pillarme. Lo hizo por eso, ¿verdad? –le preguntó.

–Al principio quizá –admitió Rourke–. Después... –se quitó el puro de la boca–. Becky no es como la mayoría de las mujeres. Tiene un gran corazón y se preocupa por la gente que quiere. Te obliga a ponerte una chaqueta en invierno, y no deja que te mojes los pies cuando llueve. Te prepara sopa caliente cuando te encuentras mal, y te arropa por la noche –Rourke desvió la mirada–. Ahora me odia. Eso debería alegrarte un poco.

Clay no sabía qué decir. Vio los ojos de Rourke antes de que este desviara la vista y le sorprendió la intensa emoción, la profunda tristeza reflejada en ellos.

–Yo no atenté contra su vida –le aseguró Clay con voz vacilante–. Me gustan los perros. Nunca hubiera matado a un perro.

A regañadientes, Rourke sonrió.

–Menudo consuelo.

–Sé mucho de electrónica –continuó Clay–, pero los explosivos plásticos son muy traicioneros, y no sé manejarlos –miró a Rourke, deseando que lo creyera–. Tampoco vendí el crack a Billy Dennis. Mack cree que fui yo. Pero no es verdad. Es cierto que intenté convencer a mi hermano para que me ayudara a encontrar contactos en su colegio, pero yo no vendí nada –se encogió de hombros con desesperación–. No quería hacerlo, después de la primera vez cuando me tendieron una trampa como intermediario en una compra. Con eso me tenían pillado. Me dijeron que unos polis de paisano me habían visto entregar el dinero. Después pusieron la bomba en su coche y me dijeron que pondrían pruebas para que pareciera que había sido yo. Me dijeron que si Mack no les ayudaba, me entregarían y... Oh, es inútil –alzó las manos al aire y se acercó a la ventana–. Nadie me creerá. Nadie creerá que me obligaron a hacerlo, o que soy solo el chivo expiatorio. Los Harris han comprado testigos de sobra para mandarme a la silla eléctrica. Me van a freír, y usted pagará la factura de electricidad, ¿verdad?

Rourke continuaba fumando el puro y pensando.

–¿Qué hiciste exactamente?

–La primera vez hice de intermediario, y después entregué la mercancía a los camellos.

–¿Has llegado a realizar una venta alguna vez? –le preguntó mirándolo fijamente a los ojos.

–No.

—¿Alguna vez entregaste muestras para enganchar a futuros clientes?

—No.

—¿Has consumido alguna vez?

—Sí, al principio. Un poco. Más que nada beber cerveza y fumar porros. Solo he tomado un poco de crack unas cuantas veces, pero nada más. No me gustaba perder tanto el control y lo dejé.

—¿Alguna vez has estado en posesión de más de treinta gramos?

—La noche que me detuvieron. Ya lo recuerda. Me llenaron los bolsillos.

—Aparte de aquella noche.

Clay sacudió negativamente la cabeza.

—Nunca he llevado más que para un tiro. No sabe cómo me arrepiento de haberlo probado.

Kilpatrick dio otra calada y soltó una nube gris de humo, con gesto concentrado.

—¿Estabas normalmente presente en las operaciones de compra?

—Solo aquella vez, cuando me tendieron la trampa. Yo no sabía prácticamente nada de lo que estaban haciendo. Solo una cosa, y eso no con certeza: dijeron que iban a por usted. Pero yo pensé que era una forma de hablar, ya sabe. No me di cuenta de que lo decían en serio hasta que Becky llegó a casa y nos lo contó. Dios mío, nunca he estado tan asustado... Y aquella noche me dijeron que si no hacía exactamente lo que me decían, me lo cargarían a mí —miró a Rourke—. Eso me hace cómplice de intento de asesinato, ¿verdad?

—No —dijo Kilpatrick. Se puso en pie y paseó por la pequeña celda un par de minutos; después se detuvo junto a la puerta—. Pero a menos que consigas un buen abogado, toda tu sinceridad no te librará de la cárcel, incluso si deciden no acusarte de la muerte de Billy Dennis.

—No puedo pedir a Becky que se sacrifique más por mí —empezó Clay.

–Olvídate de tu hermana, yo me ocuparé –le dijo Rourke–. Pero esto que quede entre nosotros. No quiero que Becky sepa absolutamente nada de esto, ¿entendido? –añadió tajante–. No quiero que conozca los detalles.

–¡Pero usted no puede hacer nada! ¡Es el fiscal! –estalló Clay.

Rourke sacudió la cabeza.

–Me he inhibido. El gobernador ha designado otro fiscal para este caso.

–¿Por qué?

–Si lo pierdo, Davis jurará que lo hice por Becky –le explicó Rourke–. Lo mismo ocurrirá si lo llevara uno de mis ayudantes. Eso pondría a Becky en el ojo del huracán, y la prensa ya la ha hecho sufrir bastante por mi culpa.

Los ojos castaños de Clay se entornaron y estudiaron en silencio al hombre que parecía querer tenderle una mano.

–La quiere, ¿verdad?

La expresión de Rourke se cerró.

–La respeto –dijo–. Ya tiene bastantes problemas. No entiendo cómo se las ha podido arreglar todo este tiempo.

–Es dura, tiene que serlo.

–No es invulnerable –le recordó Rourke–. Si por algún milagro logras salir de esta, deberías pensar en echarle una mano.

–¡Ojalá lo hubiera hecho antes! –exclamó Clay–. Me dije que lo estaba haciendo para ayudarla, pero no era cierto. Era para ayudarme a mí.

–Al menos has aprendido algo –Rourke hizo una señal al guardia–. Alguien se pondrá en contacto contigo –le dijo antes de salir–. No le dirás a Becky que he estado aquí, ni que tengo nada que ver con esto. Esas son mis condiciones.

–De acuerdo. Pero ¿por qué?

–Tengo mis razones. Y por el amor de Dios, no hables con la prensa –añadió tajante.

–Esa promesa sí que se la puedo hacer –dijo Clay.

Rourke asintió y salió de la celda. Cuando ya se había ido, Clay se dio cuenta de que ni siquiera le había dado las gracias. Era increíble, que Kilpatrick intentara ayudarlo. ¿Sería por Becky? Quizá el fiscal estaba más pillado de lo que quería.

16

Era un día de poco trabajo para J. Davis, y el abogado lo aprovechó para ponerse al día con sus revistas especializadas de Derecho. Estaba bebiendo café y comiendo un donut con los pies apoyados en la mesa de su despacho cuando su secretaria le avisó de que Rourke Kilpatrick estaba en la sala de espera.

Davis se levantó y fue a la puerta. Tenía que verlo con sus propios ojos. ¿Por qué iba a verlo su peor enemigo político, a menos que fuera con un arma?

Abrió la puerta y miró a Rourke. Este lo miró a él.

–Quiero hablar contigo –dijo Rourke sin andarse con rodeos.

–¿Solo hablar? –dijo el abogado negro, que tenía más pinta de boxeador que de abogado, tanto por su físico como por su porte– ¿No vienes con navajas, pistolas o porras?

–Soy el fiscal del distrito –le recordó Rourke–. No me permiten matar a mis colegas.

–Oh. Bien, en ese caso puedes tomarte un café y un donut, ¿verdad, señora Grimes? –añadió, sonriendo a su secretaria.

—Ahora mismo, señor Davis —dijo ella.

Davis invitó a Rourke a sentarse en un cómodo sillón delante de su escritorio mientras se volvía a colocar en su posición anterior.

—Si no has venido a atacarme, ¿qué quieres? —preguntó.

Rourke sacó un puro del bolsillo justo cuando la secretaria entraba con un café y un donut para él. Dio las gracias a la mujer y guardó el puro de nuevo.

—No te lo vas a creer —dijo después de beber un sorbo de café.

—Vienes a reconocer tu derrota —dijo Davis con una amplia sonrisa.

Rourke negó con la cabeza.

—Lo siento, es demasiado pronto. Tengo que cuidar mi reputación.

—Oh.

—En realidad, quiero que defiendas a Clay Cullen.

El café y el donut de Davis salpicaron toda la mesa y el suelo.

—Justo la reacción que esperaba —dijo Rourke.

—Justo la reacción... ¡Cielos, Rourke! ¡Ese chico es culpable! —exclamó Davis, limpiando el café derramado en la mesa y las revistas con un pañuelo blanco—. Ni Clarence Darrow podría salvarlo.

—Seguramente no, pero tú sí —respondió Rourke—. Dice que los hermanos Harris lo obligaron a hacer una compra, y el resto de los cargos son fabricaciones para convertirlo en el chivo expiatorio de sus delitos.

—Escucha, Rourke, todo el mundo sabe que sales con la hermana de Cullen —empezó Davis.

—Y que por eso me he ablandado con su hermano. Eso fue lo que tú insinuaste a la prensa en tu afán por desprestigiarme —le interrumpió Rourke irritado—. Pero no es cierto. Soy un defensor de la ley. No hago tratos ilegales y no perdono a los narcotraficantes ni a los asesinos. Por si lo has olvidado, el intento de asesinato del que le acusan es el mío.

—No lo he olvidado, y no quería desprestigiarte –se defendió Davis–, solo tu puesto –añadió con una sonrisa–. Siento sinceramente haber metido a la señorita Cullen en esto. No era mi intención.

—Me lo imaginaba –respondió Rourke, y sonrió terminando el donut–. Para ser abogado defensor, no eres tan mala persona.

—Muchas gracias –respondió Davis con ironía–. Bien, dime, ¿por qué quieres que defienda a Cullen?

—Porque creo que dice la verdad sobre los hermanos Harris –respondió Rourke, encendiendo el puro que había guardado en el bolsillo unos minutos antes e ignorando la mueca de asco de su interlocutor–. Llevo años detrás de ellos porque sé que son los responsables de la mayoría de las drogas que se venden en los colegios, pero cuentan con el apoyo de gente importante, y por eso nunca he podido llevarlos a juicio. Cullen podría ser la clave. Creo que cooperará. Con su testimonio podríamos forzar a los Harris a largarse de aquí.

—Nadie les lloraría –dijo Davis–, pero aceptar ese caso sería un suicidio político.

—Solo si lo pierdes, cosa que no creo –dijo Rourke, y añadió con una astuta sonrisa–: Tú lo aceptas porque crees que el chico, pobre, sin recursos y con un padre que ha tenido problemas con la ley, es inocente. Es el caso que necesitas en este momento.

—Sí, claro, y por eso tú te has inhibido.

—Porque si lo perdía sabía que me acusarías de hacerlo a propósito. Y no le haría ningún bien a la reputación de Becky.

—Ni a la tuya –añadió Davis. Se quedó unos momentos pensativo–. Es una patata caliente, lo sé, pero si consigo que quede en libertad y relacionar a los Harris con el narcotráfico, podríamos limpiar las calles de esos indeseables de una vez por todas.

—Y tú conseguirías el apoyo incondicional de los electores –añadió Rourke.

—¿Por qué me lo ofreces? —preguntó Davis, desconfiando de nuevo de las buenas intenciones de Rourke.

—Si quieres que te diga la verdad, no sé si quiero presentarme a la reelección —le dijo Rourke, en serio—. Todavía no lo he decidido.

Davis se apoyó en el respaldo del sillón.

—Tendré que meditarlo bien.

—Pues hazlo rápido, la vista es el viernes.

—Muchas gracias —Davis lo miró con el ceño fruncido—. Los Cullen no tienen dinero. Tienen un abogado de oficio.

Rourke asintió.

—Yo lo pagaré.

—Y un cuerno —dijo Davis con una carcajada—. Todos los abogados aceptan un caso pro bono de vez en cuando. Este será el mío. Tenerte de jefe puede ser un infierno. Antes me arruino.

—Yo también te quiero —dijo Rourke.

—¡Puagh, prefiero no imaginarlo! —exclamó el abogado de color con una sonora carcajada—. ¿Por qué no te largas y me dejas trabajar? Soy un hombre muy ocupado.

—Ya me he dado cuenta —murmuró Rourke secamente.

—Leer revistas especializadas en Derecho es un trabajo duro.

—Sí, claro —dijo Rourke, y apagó el puro—. De todos modos, este es el último puro que me quedaba —extendió la mano a Davis, que la estrechó—. Gracias. Al principio no creía a Cullen, pero ahora sí. Me alegro de que tenga una oportunidad.

—Eso ya lo veremos. Hablaré con él esta tarde.

—Si necesitas información, te daré todo lo que tengo. Él te puede contar el resto.

—Eso bastará de momento —Davis siguió a Rourke a la puerta—. He oído que has cortado con la chica. Espero que no haya sido por lo de los periódicos.

—Ha sido porque creyó que la estaba utilizando —respondió él—. Y al principio así era.

—Lo olvidará cuando sepa lo que has hecho por su hermano.

—No lo sabrá –dijo Rourke–. Clay me ha prometido no decir nada, y tú tampoco hablarás. Esa es mi única condición.

—¿Puedo preguntar por qué? –preguntó Davis.

—Porque si vuelve conmigo, no quiero que sea por gratitud –respondió Rourke con sinceridad.

—Muy inteligente por tu parte. El amor ya es bastante difícil cuando no tienes dudas–dijo Davis–. Requiere mucho trabajo.

—Supongo que hablas por experiencia.

Davis hizo una mueca.

—No lo creas. No tengo mucha suerte con las mujeres. Digamos que Henry me mantiene soltero.

—¿Henry?

—Mi serpiente pitón macho –explicó Davis–. Mide cuatro metros y es imposible hacer entender a una mujer que es inofensivo. Las pitones no devoran a la gente.

—Solo la estrangulan –se rio Rourke–. No creo que tengas muchas citas, pero supongo que será buena compañía.

—Fantástica, hasta que necesitas arreglar algo –dijo con un silbido–. El tipo que vino a arreglarme la televisión cuando vio a Henry entrar en el salón se desmayó.

—Como corra la voz, no conseguirás que nadie vaya a arreglarte nada.

—Por eso el hombre y yo acordamos guardarnos mutuamente el secreto –dijo Davis, en un alto susurro–. Si él no habla de mi pitón, yo no hablaré de su desmayo.

Cuando salió por la puerta, Rourke todavía se estaba riendo.

Becky fue a los juzgados para estar presente en la vista de Clay. Se sentó en la sala hecha un manojo de nervios y de repente vio que nada era lo que había esperado.

Para empezar, al lado de Clay no estaba el abogado de

oficio, sino J. Lincoln Davis. En segundo lugar, Rourke no estaba en la mesa del fiscal; había un hombre mayor a quien Becky no había visto nunca.

—¿Dónde está el fiscal del distrito? —preguntó alguien en la fila de detrás que también se había dado cuenta—. ¿No era el encargado de este caso?

—Se inhibió —le explicó su compañero—. Ahora hay un fiscal designado por el gobernador. ¿Y has visto quién va a defenderlo? ¿No es ese J. Davis?

—Ya lo creo que sí —fue la respuesta del primero—. Ha sustituido al abogado de oficio esta mañana.

—Pues no es barato. No sé cómo pagará ese chico sus honorarios.

—Esos camellos se apoyan mutuamente —dijo el hombre con desprecio, y Becky sintió el mismo desprecio por él ante la insinuación de que Clay era culpable incluso antes del inicio del juicio—. Tienen mucho dinero.

—Ahí está el juez —susurró otra persona a poca distancia.

Becky unió las manos en el regazo y se levantó con todo el mundo. Clay acababa de entrar. No miró a su alrededor. Becky quiso verlo aquella mañana, pero no había tenido la oportunidad.

En parte deseaba ver a Rourke en la sala, pero no estaba allí. ¿Por qué no le dijo que se había inhibido en el caso? ¿Había sido una decisión repentina? Estaba tan confusa que todo el procedimiento terminó antes de que ella pudiera organizar sus pensamientos. Se fijó la fecha para el juicio de Clay en una corte superior, tal y como ella esperaba, y el joven renunció a la posibilidad de quedar en libertad bajo fianza.

Cuando Clay salió de la sala escoltado por dos policías, Becky se levantó y salió al pasillo sintiéndose cansada y destrozada.

No muy lejos de allí estaba el despacho de Rourke y ella no pudo evitar mirar por la puerta abierta cuando pasó por delante. Rourke la vio, pero no hizo nada. Ni un movimiento de cabeza, ni un gesto, ni una palabra. Deliberadamente bajó los ojos y se concentró en los papeles que tenía delante.

Becky aceleró los pasos furiosa. ¿Así que pensaba ignorarla? Pues ya podía esperar a que ella le dirigiera la palabra. Pero quería saber por qué se había inhibido del caso. Quizá porque, pensó cansada, por fin creía que su hermano era inocente. Pero esa no podía ser la razón. El verdadero misterio era por qué se ocupaba J. Davis de la defensa de Clay, y cómo iban a pagar los honorarios de uno de los abogados más caros del estado. Eran interrogantes cuya respuesta pensaba conocer ese mismo día, fuera como fuera.

Al terminar la jornada laboral fue a ver a Clay. Estaba más animado que nunca, y hablaba con entusiasmo de su nuevo abogado.

—¿Cómo lo has conseguido? —le preguntó Becky.

—No lo sé —confesó Clay—. Se ha presentado aquí esta mañana y me ha dicho que era mi abogado.

—El señor Malcolm dice que es el mejor. ¿Cómo vamos a pagarlo?

—Deja de preocuparte por el dinero —dijo Clay tenso—. Me dijo que de vez en cuando acepta un caso pro bono porque cree en la inocencia del cliente y renuncia a los honorarios. Cree que yo no lo hice, Becky —dijo Clay, enfatizando sus palabras con los ojos y el gesto.

Deseó poder contarle también la visita de Kilpatrick, y que el fiscal del distrito también creía en su inocencia, pero le había prometido no hacerlo.

—Yo nunca creí que fueras culpable —le recordó ella—. Y Mack tampoco.

Clay dejó escapar un suspiro.

—Pobre Mack, supongo que en el colegio se estarán metiendo todos con él.

—Solo unos cuantos, y las vacaciones empiezan la semana que viene —le recordó ella—. Me llamó tu profesora de lengua, para decirme que te anime a terminar el instituto cuando puedas, incluso aunque sea por correspondencia.

—Ya habrá tiempo para eso —dijo Clay—. Ahora mismo tengo que superar esto —se sentó junto a su hermana y le tomó las manos—. Becky, me han dicho que considere la posibilidad de dar pruebas y testificar contra los Harris.

Becky lo miró con ojos furiosos.

—Aunque ya no sea el fiscal de tu caso, me imagino a quién se le ocurrió.

—El señor Davis dice que si lo hago, tendré una sentencia reducida por la acusación de posesión y tráfico de drogas.

—Te matarán —dijo ella—. ¿No te das cuenta? Si lo haces, ordenarán a alguien que te mate, igual que intentaron matar a Rourke.

—Menuda chapuza. En eso metieron la pata y lo saben— replicó Clay—. A los peces gordos no les hizo ninguna gracia, porque les ha traído muchos problemas con la pasma.

—De todas maneras es un riesgo.

—Escucha, Becky, si no lo hago, puede caerme una sentencia de diez a quince años.

Becky palideció. Ya lo había oído antes, pero nunca de forma tan drástica y en una cárcel.

—Sí, lo sé.

—Le he dicho al señor Davis que lo pensaré —dijo él—. Si acepto, tendremos que buscar algún tipo de protección para vosotros. Para que no intenten amenazaros.

La posibilidad de que los Harris intentaran ir a por toda la familia le ponía los pelos de punta, pero era mejor que tener a Clay en la cárcel por un delito que no había cometido. Alzó la barbilla con orgullo.

—Los Cullen hemos sobrevivido a la Guerra de Secesión y a la Reconstrucción —dijo ella con orgullo—. Supongo que podemos sobrevivir a los Harris.

—Eso suena más a la Becky de siempre —dijo Clay, sonriendo—. Últimamente estabas muy abatida.

—Tenía muchas cosas en la cabeza —dijo ella—. Pero lo

peor ya ha terminado. Quiero tenerte en casa cuanto antes. Te echamos de menos.

—Yo también os echo de menos —le dijo él—. Pero si salgo de aquí, no volveré a casa.

—¿Qué?

Clay se levantó y se apoyó en la pared. Parecía mucho mayor que los diecisiete años que tenía.

—Ya he sido bastante carga. Tú tienes más que suficiente con ocuparte de Mack y el abuelo. Creo que deberías pensar en buscar unos padres adoptivos para Mack, y meter al abuelo en una residencia —sugirió el joven.

—¡Clay! —Becky se puso blanca—. ¿Qué estás diciendo?

—Tienes veinticuatro años —le recordó él—. Nos has dedicado toda tu vida. Y ninguno nos hemos dado cuenta hasta que casi es demasiado tarde, pero todavía hay tiempo. Tienes que empezar a pensar en formar tu propia familia, Becky. Quizá, con el tiempo, Kilpatrick y tú....

—¡No quiero saber nada del señor Kilpatrick! —exclamó ella furiosa—. ¡Nunca más!

Clay titubeó.

—Solo cumplía con su trabajo y su deber, Becky —dijo él—. A mí no me caía bien. Creía que era mi peor enemigo y no me gustaba verlo por casa. Pero lo importante es lo que tú sientes por él, Becky. No puedes pasar el resto de tu vida siendo la esclava de nosotros tres.

—Pero no es así —protestó ella—. Clay, os quiero a los tres.

—Claro, y nosotros a ti, pero tú necesitas algo que ya no te podemos dar —Clay sonrió—. Estoy loco por Francine, ya lo sabes. Me ha enseñado mucho sobre aceptar lo que somos. La quiero y quiero llevar una vida decente con ella. Tiene problemas con su tío y con sus primos por mi culpa, pero ya me ha prometido testificar a mi favor.

—Eso está bien —exclamó Becky.

—Me quiere —dijo él, como si no pudiera llegar a entenderlo—. Quiero ofrecerle el mundo, pero la próxima vez lo haré de forma más convencional.

—Me alegro de que quieras cambiar –dijo Becky–. Yo también te ayudaré.

—Ya me has ayudado bastante al creer en mí –dijo él. Cruzó los brazos–. Becky, ¿cómo está el abuelo?

—No ha cambiado. Es viejo y está cansado –dijo ella–. Mack y yo os echamos de menos a los dos.

—Supongo que este año no tendrás a nadie que te ayude a arar y sembrar. Ni tampoco a cortar el heno. Si se lo pides a Kilpatrick, seguro que te encuentra a alguien.

Becky lo miró con gesto serio.

—Prefiero morir de hambre antes que pedirle un favor.

—¿Por qué? –preguntó Clay–. ¿Porque me tenía vigilado y me pillaron?

Esa no era la razón. La razón era que Rourke la había traicionado. Primero la sedujo y después, una vez conseguido el objetivo de detener a Clay, la abandonó. A eso se añadía la creciente amenaza de embarazo. Aunque en eso no quería pensar, al menos de momento.

Se levantó del camastro y se alisó la falda del vestido de cuadros.

—Me alegro de que tengas un buen abogado –le dijo.

—Gracias por venir a verme –dijo Clay, abrazándola–, y siento haberte metido en esta situación. Va a haber más publicidad, me temo. El señor Davis se presenta a las elecciones a fiscal, y estoy seguro de que utilizará este caso. Seguramente por eso accedió a defenderme.

—Sí –dijo Becky–. Cuídate. Si necesitas algo, haz que alguien me llame, ¿vale?

—Vale. Y descansa, hermanita –añadió él–. No tienes muy buen aspecto.

—Estoy cansada –dijo ella, forzando una sonrisa–. Voy a ver al abuelo todos los días, aunque él ni siquiera se da cuenta. Y además tengo que ocuparme de la casa.

—Deberían encerrar a papá –dijo Clay de repente, con irritación–. Por habernos dejado a todos bajo tu responsabilidad.

–No pienses en eso. Ya es demasiado tarde para que importe. De todas maneras, creo que he hecho un buen trabajo con vosotros dos –añadió con una sonrisa–. Incluso tú has acabado bien.

–No tanto como querría –dijo él con un suspiro–. Piensa en lo que te he dicho, Becky. La vida te está dejando de lado.

–Lo pensaré, pero no pienso entregar a Mack en adopción. He invertido demasiado tiempo en él.

Clay sacudió la cabeza.

–Ningún hombre va a querer cargar con él –dijo Clay serio–. Sería mucho pedir.

Becky sintió un profundo estremecimiento en el corazón. Ella también había pensado en eso, con demasiada frecuencia desde que Rourke empezó a invitarla a comer. Él tampoco querría la responsabilidad de toda la familia, y probablemente era el motivo por el que no había vuelto. Una cosa era el sexo y otra un compromiso de años. Becky había aceptado hacía muchos años que tendría que ocuparse de su familia. Ahora casi se arrepentía de haber aceptado la primera invitación a café de Rourke; había pagado muy caro su deseo de libertad y amor.

Se despidió de su hermano con un beso y cuando salió de los juzgados, se aseguró de no tener que pasar por delante del despacho de Rourke. Un desaire por su parte era lo más que iba a conseguir.

17

Rourke salió del restaurante donde había comido solo tan malhumorado como cuando entró. Después de ver a Becky pasar por delante de su despacho y ver lo demacrada, delgada y pálida que estaba, los remordimientos no lo dejaban vivir. La echaba de menos y estaba dolido porque ella pensaba más en Clay que en él. Estaba celoso de la ferviente defensa de su hermano, y de su lealtad con su familia. Él quería esa clase de amor incondicional, pero sabía que lo había estropeado todo al seducirla. Pero aquella noche la deseaba con tanta intensidad que no fue capaz de reprimirse, y la respuesta de Becky tampoco sirvió de mucha ayuda. Claro que eso no era una excusa, y ahora le había añadido el peso de un posible embarazo que probablemente ella no quería.

Rourke había estado solo toda su vida, y aunque muchas veces deseó tener una familia, nunca encontró a la mujer adecuada. Hasta que conoció a Becky, con su carácter divertido y travieso, su sonrisa fácil y su generoso corazón, y empezó a pensar en cosas compartidas en lugar de en solitario. Incluso la noche que se acostaron juntos, pensó en la posibilidad del embarazo no con temor sino con ilusión, y su entusiasmo fue tal que se olvidó totalmente de tomar precauciones.

Decidió que no le importaría casarse con ella. No, no le importaría en absoluto. Lo difícil sería convencerla.

Solo habían pasado cuatro semanas desde la noche que hicieron el amor en su casa, y un embarazo, por lo que él sabía, se detectaba a las seis o siete semanas. Tenía tiempo para preparar una estrategia, se dijo mientras abría la puerta de su oficina.

La señora Delancey le había oído llegar y llamó a los demás trabajadores de la fiscalía. Cuando él entró, todos estaban de pie, delante de la mesa de la secretaria, agitando pañuelos blancos.

Rourke soltó una carcajada, algo que no hacía con frecuencia desde que dejó de ver a Becky. Sacudió la cabeza. No se había dado cuenta de lo insoportable que había estado las últimas semanas.

—Menudos idiotas —dijo riendo a su equipo—. Está bien, pillo el mensaje. Pero más vale que volváis al trabajo, porque incluso con una rendición incondicional no hago prisioneros.

—Sí, señor —dijo la señora Delancey sonriendo.

Rourke se sentó ante su escritorio. Tenía mucho trabajo retrasado, y ya había malgastado buena parte del día pensando en el futuro.

Dos semanas más tarde, Becky volvió de la consulta del médico al bufete con la mirada perdida.

Maggie, que tenía sus sospechas desde el principio, la tomó del brazo y la llevó al cuarto de baño. Allí cerró la puerta.

—¿Qué te ha dicho? —le preguntó.

Becky estaba muy pálida. Había intentado convencerse de que los síntomas se debían al cansancio, pero el doctor Miller lo desmintió por completo.

—Me han hecho pruebas y no tendrán los resultados hasta mañana —dijo Becky, ausente.

–¿Pero? –insistió Maggie.

Becky miró a su amiga a los ojos.

–¿No te lo imaginas?

Maggie sonrió.

–¿Lloramos o lo celebramos?

–No lo sé. No lo sé. Tengo mucho miedo –Becky se abrazó–. Lo que me preocupa no es el escándalo, sino la idea de ser responsable de un ser humano. Lo fui de Mack cuando murió mi madre, pero esto es diferente. Es parte de mí.

–Y parte de alguien más –dijo Maggie–. Aunque lo odies tiene derecho a saberlo.

Becky enrojeció de ira.

–Sabía que había un riesgo, pero no me ha llamado ni me ha hablado desde el día que vino aquí. No le importa, nunca le ha importado. Solo me invitó a salir por Clay, que fue lo que pensé al principio.

–No te confundas con él –dijo Maggie–. No es tonto. Me apostaría lo que sea a que sabe el día exacto que tendrás los resultados, y entonces te lo encontrarás sentado en el porche de tu casa cuando vuelvas después del trabajo.

Becky se odió por el vuelco de alegría que le dio el corazón al pensarlo. No quería que Rourke la llamara y fuera a verla. Era un traidor, se aseguró, y ella estaba mucho mejor sin él.

Pero entonces pensó en su hijo y se preguntó a cuál de los dos se parecería. ¿Tendría los ojos oscuros como él, o castaños como ella? Se obligó a apartar aquellas ideas de su mente. Pero cuando se imaginó meciendo al pequeño en brazos la invadió una inmensa alegría. Tener un hijo propio, amarlo, cuidarlo y criarlo era... un milagro.

Rourke pensaba lo mismo sentado en el balancín del porche de la casa de los Cullen. Habían pasado seis semanas, y ahora ella lo sabría con certeza. Además, había llamado a la consulta del doctor Miller y le habían confirmado la visita de Becky. Dio una bocanada al puro sintiendo una agradable sensación de felicidad. Becky lo odiaba, pero eso era un obstáculo perfectamente salvable. Él era muy testarudo y esperaría a que cambiara de opinión.

El coche de Becky se detuvo delante del porche, y Rourke vio el destello de sorpresa de sus ojos al verlo. Becky salió del coche, y Rourke se preguntó dónde estaría Mack.

Becky caminó hacia él. Llevaba un vestido suelto azul sin mangas con una camiseta de manga corta rosa debajo y el pelo recogido en una coleta. Se detuvo en el porche frente a él, sujetándose con la mano a la barandilla de madera, que necesitaba una mano de pintura.

–¿Quiere algo, señor Kilpatrick? –preguntó con frialdad.

Él sopló una nube de humo y recorrió el cuerpo femenino con los ojos con evidente placer.

–Lo de siempre –respondió él–. Un montón de dinero, una isla privada y un par de Rolls Royce o tres, pero me conformo con un café y un poco de conversación.

–No tengo café y no quiero conversar contigo –dijo ella, beligerante–. La última vez que nos vimos me dijiste unas cosas horribles, y cuando pasé por la puerta de tu despacho en el juzgado me ignoraste.

–Tenías una pinta horrible, y yo muchos remordimientos –dijo él–. Todavía los tengo.

–Gracias, pero no hace falta. Clay tiene un buen abogado, el abuelo está en una buena residencia y Mack y yo estamos bien.

–¿Dónde esta Mack? –preguntó él.

–Pasando el día con uno de sus amigos en el lago. Tienen un barco.

Rourke se levantó del balancín con el puro en la mano. Era un día de trabajo y todavía llevaba el traje tostado con una corbata en tonos marrones que se puso para ir a su despacho. El pelo negro estaba bien cortado, su aspecto era elegante y peligroso, y el olor, al acercarse a Becky, era de colonia cara que a ella le trajo recuerdos dolorosos.

—¿Por qué has venido? –preguntó ella.

Rourke le alzó la barbilla y buceó en sus ojos.

—Has ido a ver al doctor Miller. Quiero saber qué te ha dicho.

—Hasta ahora no has estado muy interesado –dijo ella con amargura.

—No habría servido de nada –respondió él, deslizando los ojos hasta el vientre plano.

Becky se apartó de él y abrió la puerta de la casa. Rourke la siguió al interior. Becky encendió las luces y fue directamente a la cocina a preparar café. Pero solo porque a ella le apetecía uno, se aseguró.

Rourke buscó un cenicero antes de dar media vuelta a una silla y sentarse en ella. Después observó a Becky moverse por la cocina y se dio cuenta de lo solo que había estado sin ella.

—No me has respondido –dijo él.

—Me ha hecho unas pruebas –dijo ella, después de poner la cafetera al fuego–. No tengo los resultados.

—Dios, qué cabezota eres –suspiró él, sacudiendo la cabeza–. Los dos sabemos que a estas alturas los análisis son una formalidad. Existen síntomas como el cansancio, las náuseas, ser incapaz de mantenerse despierta por la noche...

—¿Cuántas veces has estado embarazado? –preguntó ella irritada.

Él se echó a reír. Los dientes blancos brillaron sobre el tono oscuro de su piel.

—Esta es mi primera vez –murmuró él–. Pero he comprado un libro y describe los síntomas.

—Si estoy embarazada, es mío –le informó ella.

—Si estás embarazada, es nuestro –la corrigió él, sin inmutarse–. Yo te ayudé a concebirlo.

Becky se puso roja como un tomate.

—Es posible que no lo esté —murmuró ella desviando la mirada—. Hay muchas cosas con los mismos síntomas.

—Ya, claro. ¿Cuándo tuviste la última regla?

—¿Cómo te...? —Becky agarró una taza y se la tiró a la cabeza, aunque no llegó a darle.

La taza de cerámica se estrelló contra la pared y cayó hecha añicos al suelo.

—Como mínimo seis semanas de retraso, supongo por las pruebas —murmuró él, chasqueando la lengua y mirando los trozos en el suelo—. ¡Qué desastre!

—Ojalá estuviera tu cabeza también ahí —gritó ella, furiosa.

—Esa no es forma de hablar al padre de tu hijo—le dijo él—. ¿Cuándo nos casamos?

—¡No pienso casarme contigo! —le espetó ella, furiosa al ver que se tomaba algo tan importante con tanta ligereza.

No se le ocurrió que Rourke estaba tratando de ocultar lo encantado e ilusionado que estaba en realidad.

—Claro que sí —respondió él—. Ser hijo ilegítimo no es nada fácil. Lo he arrastrado toda mi vida.

—Me casaré con otro.

—¿Ah, sí? ¿Con quién? —preguntó él, sinceramente interesado.

Becky sirvió dos tazas de café solo. Estaba tan nerviosa que casi las volcó al ponerlas sobre la vieja encimera de madera.

—Gracias. Haces un café buenísimo —dijo él.

Ella no respondió. Bebió el suyo procurando no mirarlo. Tras un par de minutos, alzó los ojos.

—Casarte conmigo podría perjudicarte profesionalmente —dijo—. Por no mencionar que volvería a ponernos en el punto de mira. Además, tengo que pensar en mi familia. Tengo que cuidar de Mack y el abuelo.

Los ojos masculinos se encendieron de rabia.

—Tu familia puede cuidarse sola si les dejas. Pero no quieres que sean independientes, quieres que dependan de ti. Te resulta mucho más fácil que depender tú de alguien, ¿no?

—Nunca he tenido a nadie de quien depender —dijo ella—. Y tampoco existe nadie en quien confíe lo suficiente para depender de él, y mucho menos tú. Confié en ti, y mira lo que ha pasado.

Los ojos oscuros se clavaron en la cara encendida.

—Dime que tú no querías —dijo él—. Dime que te obligué.

—Podrías haber tomado precauciones.

En eso Becky tenía razón. Él no podía negarlo.

—Cometimos un error. Ahora tenemos que vivir con ello.

No era lo que ella quería oír. Ella quería oírle decir que la amaba, que quería tener a su hijo y a ella, y que estaba contento y feliz por ello.

—Tú no tienes que vivir con ello —dijo ella, orgullosa—. Yo puedo ocuparme del niño. No necesitas hacer ningún sacrificio por mí.

Rourke arqueó las cejas.

—No soy un monstruo. Cree al menos que estoy interesado en mi propio hijo.

Becky desvió la mirada.

—Lo siento. Sí, al menos puedo creer que sabes sacar partido de una mala situación. Supongo que tienes tan pocas ganas de tenerlo como yo —mintió ella.

Rourke se puso pálido. Tensó la mandíbula.

—Por supuesto que quiero tenerlo. Si tú no quieres, yo me ocuparé de él. Solo tienes que parirlo.

Becky se arrepintió de sus palabras en cuanto salieron de su boca. Y mucho más cuando vio la expresión de Rourke.

—No, no quería...

Él se levantó y la miró desde su altura.

—No soy totalmente insensible —refunfuñó él—. Sé que tu abuelo y tus hermanos son demasiada responsabilidad para ti y un bebé es lo último que necesitas —se metió las manos en los bolsillos y cuando la miró a los ojos, su expresión era terrible. No quería decirlo, pero ella también tenía derechos–. No puedo obligarte a tenerlo, claro. Tu cuerpo es tuyo –añadió tenso–. Así que si crees que la mejor solución es un aborto, si de verdad es lo que quieres, yo lo pagaré –añadió, entre dientes.

Dentro de los bolsillos tenía las manos tan apretadas que los nudillos estaban blancos.

–¡Oh, Dios mío! –murmuró ella con incredulidad, bajando la mirada a la mesa.

En ningún momento había querido darle esa impresión. Se dio cuenta de que Rourke quería ser justo con ella, pero la expresión de su rostro al decirlo le llegó al corazón.

–Ya me comunicarás tu decisión –dijo él volviéndose hacia la puerta–. Asumiré la responsabilidad económica de lo que sea. Como has dicho, no tomé las precauciones necesarias, así que es culpa mía.

Y se fue antes de que ella pudiera corregir la equivocada impresión que le había dado. Becky se cubrió la cara con las manos. Aunque todo había sido un error, quería al niño que llevaba en el vientre por encima de todo. Lo quería con todas sus fuerzas, y le habría gustado poder hacerle entender sus sentimientos. Pero él la miró con un desprecio tan infinito que en el futuro sería muy difícil enfrentarse a él.

Además, al día siguiente tuvo los resultados de los análisis y eran definitivos. Estaba embarazada.

Las visitas al tocólogo eran caras, así como las vitaminas que le recetó. Aunque tenía un seguro con la empresa con la que trabajaba, este no cubría el embarazo ni el parto. Además, ahora que Mack no tenía colegio, tendría que pagar a algún vecino para que se quedara con él mientras ella trabajaba. Y el coche necesitaba una revisión.

Desesperada, buscó un trabajo repartiendo periódicos por las casas por las mañanas. Para hacerlo tenía que levantarse antes del amanecer, pero era el único trabajo que podía compaginar con el horario del bufete. Cuando Mack se enteró se puso furioso, pero no estaba en posición de impedírselo.

El abuelo cada día tenía menos ganas de vivir y parecía dispuesto a dejarse morir.

Clay, por otro lado, iba dando información al señor Davis para su defensa. Todavía estaba nervioso sobre delatar a los hermanos Harris, y no había tomado una decisión. Becky tampoco podía aconsejarle, ya que en su actual estado, aunque no le importaba arriesgar su vida, no podía arriesgar la del bebé.

A medida que pasaban los días, el niño se convirtió en su razón para vivir. De no haber sido por los dos trabajos y la preocupación por Clay y el abuelo, probablemente habría podido superar el primer trimestre de embarazo sin problemas, pero lo cierto fue que empezó a adelgazar y por las tardes se encontraba mucho peor de lo que estaba por las mañanas.

Rourke se presentó el viernes por la tarde con un aspecto terrible. Despeinado, con unos vaqueros y un suéter blanco de punto con manchas de grasa, estaba furioso, irritado y muy tenso.

Pero cuando vio a Becky tumbada en el sofá, tan demacrada y delgada, toda la irritación se desvaneció.

–Dios mío, tienes un aspecto horrible –exclamó–. ¿Puedes comer una tortilla?

–¡No! –gimió Becky y hundió la cara en el trapo húmedo que Mack le había llevado.

–Pues la vas a tener que comer, porque es lo único comestible que sé cocinar. Mack me ha dicho que tampoco has comido.

Becky miró a su hermano, que estaba viendo un programa en la televisión.

–Traidor –le acusó.

–Era el único que se me ha ocurrido que le importaría si te morías –dijo él.

—¿Y por qué has pensado que le importaría al fiscal del distrito? —preguntó, furiosa.

—Venga, Becky. Es su hijo —dijo Mack.

Becky se sentó de repente, escandalizada.

—¿Qué has dicho? —preguntó sin respiración.

—Es fácil. Fuiste al médico y el médico te mandó al ginecólogo, y el señor Kilpatrick es el único hombre con el que has salido en tu vida —explicó el niño con un encogimiento de hombros—. No ha sido tan difícil de adivinar.

—¿Adónde vamos a llegar? —dijo ella, tapándose la cara con las manos.

—No lo sé —dijo Rourke, mirándola furioso—. Cuando una mujer no quiere casarse con el padre de su hijo, yo diría que el mundo está muy mal.

—¿Becky no quiere casarse con usted? —exclamó Mack sin poder creerlo.

—¿Lo ves? ¡Hasta has escandalizado a tu inocente hermano!

—El niño no tendrá nombre —suspiró Mack.

—Claro que lo tendrá —le aseguró Rourke pasando un brazo cariñoso por los hombros delgados de Becky—. Esperaremos a que empiecen las contracciones y colaremos a un sacerdote en el paritorio —sonrió—. Él nos casará.

—¡No! —protestó ella, y de repente sintió arcadas—. Oh, no.

Haciendo caso omiso a su negativa, Rourke la levantó del sofá y la llevó por el pasillo hasta el cuarto de baño. Allí se ocupó de ella, sosteniéndola hasta que se pasaron las náuseas. Después la ayudó a limpiarse con una esponja y, tomándola en brazos de nuevo, la llevó a su habitación y la tendió suavemente en la cama.

—Necesitas descansar —le dijo—. Mack me ha contado lo de los periódicos, pero lo siento, cielo, estás despedida. Le he dicho a tu jefe que en tu estado no podrás seguir haciéndolo.

—¡No es verdad! —exclamó ella.

—Claro que lo es. Yo me ocuparé del tocólogo y de los

gastos de la farmacia –le dijo–. He contratado a un hombre para que se ocupe del campo y de los animales. El huerto tendrá que esperar hasta el otoño, pero cuando llegue el momento me ocuparé de que se are y se fertilice para que esté listo para la siembra –miró a su alrededor, ignorando las débiles protestas de Becky–. La casa también necesita arreglos, así que me ocuparé también de eso.

–Rourke, escúchame un momento... –empezó ella.

Él la miró y le sonrió con ternura.

–Me alegro de que te acuerdes de mi nombre.

–No puedes –protestó ella.

–Sí, claro que puedo –se inclinó hacia ella y le acarició los labios con los suyos, cerrándoselos–. Voy a prepararle la cena a Mack. Tú intenta dormir un poco. Vendré a verte después.

–No puedes tomar el mando –lo intentó ella de nuevo.

–¿No? –él se rio suavemente–. Buenas noches.

Apagó la luz y salió, cerrando la puerta despacio tras él.

–Lo haces solo por el niño –murmuró ella antes de cerrar los ojos–. No por mí, yo no te importo nada. Pero esta vez no me volverás a engañar.

Y después de dejarlo bien claro, se quedó dormida.

18

Becky durmió hasta la mañana siguiente. Despertó vestida pero cubierta con la sábana. Rourke, sin duda, pensó amargamente. Bueno, al menos no la había desnudado.

Mack estaba sentado viendo la televisión cuando fue a la cocina a preparar el desayuno para el niño y para ella, pero casi se dio de bruces con Rourke, que estaba sentado en una silla con las largas piernas estiradas delante de él.

—¿Qué haces aquí? —preguntó ella—. ¿No te fuiste anoche?

—Evidentemente —dijo él, indicando los pantalones de tela gris y la camisa azul de rayas. Estaba recién afeitado y olía a colonia—. Desayuna y después iremos a ver al abuelo.

Becky abrió la boca horrorizada.

—¿Tú también? No, tú no puedes venir. Si te ve conmigo, le dará otro infarto.

—Claro que puedo —la informó él sin inmutarse—. Tienes un par de tostadas de canela en el horno, y café en la cafetera —dijo él, levantando la taza de café humeante que llevaba en la mano para demostrarlo–. Será un placer servírtelo, pero no me atrevo a ofrecerlo –añadió con una lenta sonrisa–. No quiero que me tires otra taza a la cabeza.

Becky se aclaró la garganta.

–No puedo permitirme el lujo de perder más vajilla –le dijo, y se cerró un poco más la desgastada bata azul–. Lo siento –se disculpó–. Últimamente estoy muy susceptible.

Él asintió.

–Según el libro, se debe a los cambios hormonales y metabólicos que se producen durante el embarazo –respondió él–. Come algo.

Becky prefirió no protestar y fue a servirse una tostada en un plato y una taza de café. Tenía el estómago revuelto y no estaba segura de no vomitar. Mordió un pequeño bocado y después de masticarlo y tragarlo muy despacio esperó a ver qué tal le sentaba.

–¿Qué tal? –preguntó él, moviéndose en la silla.

Becky asintió en silencio.

–Bien –Rourke bebió un trago de café y sacó un puro, pero no lo encendió, sino que lo dejó junto a su plato–. Esperaré a fumarlo fuera –dijo al ver la curiosidad en sus ojos–. No quiero que tengas más náuseas de las que tienes.

–Qué amable –murmuró ella.

–¿Has decidido lo que quieres hacer con el niño? –preguntó él sin mirarla, totalmente inmóvil en la silla.

Su actitud era más elocuente que mil palabras. Becky estudió el perfil del hombre y casi pudo sentir el dolor que emanaba de él. Parecía tan autosuficiente y tan acostumbrado a estar solo que ella nunca lo hubiera imaginado formando una familia, pero últimamente daba la impresión de ser un hombre con un intenso deseo de tener un hijo.

–Una vez intenté coser a una culebra que golpeé con la azada, a pesar del miedo que me dan las serpientes –explicó ella, mirando su reflejo en la taza de café, consciente de la penetrante mirada masculina clavada en ella–. No podría abortar. Algunas mujeres pueden, supongo, sobre todo si no quieren tener el niño. Pero yo quiero tenerlo. Mucho.

Un sonido profundo y desgarrador escapó de la garganta de Rourke, pero cuando Becky alzó la cabeza, este ya se había levantado e iba hacia el salón de espaldas a ella. No pudo verle la cara.

Rourke no volvió. Becky comió un poco más de tostada y después fue a vestirse, sin querer pensar en su reacción.

Cuando Mack fue a buscarlo, Rourke estaba sentado en el balancín del porche fumando un puro.

–Becky se está vistiendo –dijo, sin saber muy bien qué decirle. Su aspecto era muy diferente, pálido, como afectado–. ¿Se encuentra bien? –preguntó con cautela.

–Sí. Siéntate.

Mack se dejó caer en el balancín a su lado.

–¿Por qué está Becky tan enfadada con usted? –preguntó–. Es por el niño, ¿verdad?

–Probablemente –respondió Rourke, con un suspiro de cansancio, mientras se pasaba una mano por el pelo. Después miró al niño con una ternura que lo pilló totalmente desprevenido–. Espera a tener la edad de Clay y te lo explicaré.

–¿Se le pondrá la tripa grande, como en las películas? –preguntó Mack.

Rourke asintió.

–Como un globo.

–¿Será niño o niña?

–Aún no lo sabemos –dijo Rourke–. Aunque no creo que quiera saberlo. Me gustan las sorpresas –añadió.

–Pero Becky no se quiere casar con usted, señor Kilpatrick.

–Tranquilo, se casará –le aseguró él, totalmente convencido–. Aunque no lo haga por mí, lo hará por el niño.

–Eso significa que seremos familia –dijo el niño.

Rourke aspiró una bocanada de humo.

–Irrevocablemente.

Mack se miró los pies sin verlos.

–¿Y Clay? Yo le denuncié.

Rourke le puso un brazo por los hombros.

–Tú y yo somos los únicos que lo sabemos. Y nadie lo sabrá por mí, ¿de acuerdo?

–Pero...

Rourke volvió la cabeza hacia el niño y lo miró a los ojos.

–¿De acuerdo? –repitió.

–De acuerdo. Gracias.

–Un hombre tiene que cuidar de su cuñado más joven, ¿no te parece? –dijo Rourke con una sonrisa, sin querer pensar en lo que esa promesa podía influir en su futuro con Becky.

Dentro de la casa, Becky se puso un par de vaqueros que de repente le quedaban muy ajustados y una blusa ancha que le llegaba hasta la cadera. Se cepilló el pelo, se dio un poco de maquillaje y fue a reunirse con Mack y Rourke en el porche principal.

–¿Lista? –preguntó él poniéndose en pie al verla aparecer–. Yo conduciré.

–Buena idea –dijo Mack–. El coche de Becky a veces funciona y a veces no, nunca puedes estar seguro.

–Es un buen coche –protestó Becky.

–Más viejo que Matusalén –añadió Mack, que al sentarse en el asiento de atrás del coche de Rourke exclamó entusiasmado–. ¡Qué pasada! ¡Cómo mola!

Y empezó a examinarlo todo, desde los ceniceros a los reposabrazos.

–¿Está mejor tu abuelo? –preguntó Rourke a Becky, que estaba sentada a su lado.

El coche se deslizaba suavemente por la carretera. Becky miró a Mack, que miraba por la ventanilla, y después a Rourke y sacudió negativamente la cabeza.

–¿No tiene ganas de vivir?

—Ninguna —dijo ella, bajando la voz—. Cuando intento hablar con él, cierra los ojos y se niega a escucharme.

—Necesita algo que le anime —murmuró él.

—No. Necesita descanso.

—El descanso no lo sacará de allí —insistió Rourke, sin decir nada más y dejando hablar a un entusiasmado Mack que no calló en todo el trayecto hasta la residencia de ancianos donde estaba internado el abuelo.

Los tres entraron en su habitación. Había otra cama vacía, pero con los restos de una bandeja de desayuno, lo que indicaba que había otra persona. Becky se sentó en una silla y Rourke en la otra, mientras Mack lo hacía en la cama del abuelo y le tomaba la mano.

—Hola, abuelo —le dijo—. ¿Qué tal te encuentras hoy? En casa te echamos mucho de menos.

El hombre movió ligeramente las pestañas, pero no abrió los ojos.

—Es verdad, mucho —añadió Becky—. ¿Te encuentras mejor?

Tampoco obtuvo respuesta.

Rourke miró a los dos y después se levantó y se acercó a la cama.

—Se ha perdido un buen desayuno en casa —dijo él, y se llevó los dedos a los labios cuando Becky fue a hablar—. Por no mencionar el exquisito café que preparo.

Los pálidos ojos azules se abrieron y miraron furiosos a Rourke.

—¿Qué estaba... haciendo en mi casa? —balbuceó el abuelo evidentemente irritado.

—Cuidar a Becky y Mack —le respondió Rourke sencillamente.

El abuelo Cullen intentó incorporarse y sentarse.

—Oh, no, de eso nada, maldito sinvergüenza —exclamó con su voz ronca que de repente parecía haber cobrado nueva vitalidad—. No le permito que esté con mi nieta a solas. Ya ha hecho bastante daño a mi familia.

—Habla como si ya lo supiera, ¿a que sí? —dijo Rourke a

una Becky que lo miraba horrorizada sin dejar de espiar al anciano.

El abuelo se detuvo sin terminar de sentarse.

—¿Qué es lo que ya sé? —quiso saber.

—Lo del embarazo de Becky —dijo Rourke, dejando a Becky sin habla.

El abuelo se puso rojo de ira y miró furioso a Rourke.

—¡Cerdo! Si tuviera el bastón a mano, le daría un buen azote.

—Para eso tendrá que empezar a comer y recobrar las fuerzas —dijo el hombre más joven con aparente indiferencia—. Y venir a casa, por supuesto.

—Claro que volveré —murmuró el anciano. Y acto seguido miró a Becky—. ¿Cómo has podido? ¡Tu abuela se está revolviendo en su tumba!

Becky bajó la cabeza, sintiéndose avergonzada y cohibida. Ahora todo el mundo sabía lo que había hecho con Rourke. Ella era la prueba más evidente.

—No te pongas así —le dijo Rourke, mirándola con ternura—. Nunca hay que avergonzarse de un hijo. Y lo mismo le digo a usted —le dijo al abuelo, clavándole los ojos—. Becky y yo queremos a ese niño. Lo engendramos demasiado pronto, pero ninguno de los dos queremos deshacernos de él.

—Eso espero —dijo el anciano, e hizo una mueca—. No quiere casarse con usted, ¿verdad? —dijo, esbozando una sonrisa—. Usted la engañó para detener a Clay. Ella lo sabe.

—Al principio empecé a invitarla por eso, sí —reconoció él, odiándose por haber albergado aquellas intenciones.

—Me lo imaginaba.

Becky no podía mirarlo. Aunque lo había sospechado, era demasiado doloroso escucharlo con todas las palabras.

Rourke vio la expresión dolida en la cara pálida y pecosa y sintió haberla utilizado así. Sus sentimientos hacia ella fueron cambiando drásticamente a medida que la conocía mejor, y ahora se arrepentía de ello. Pero era mejor decir la verdad; tenía que ganarse de nuevo su confianza y hacerle ver lo que sentía por ella antes de hacer más confesiones. Y además, en ese momento, tenía otras prioridades: el abuelo y Clay.

Aunque el abuelo estaba empezando a dejar de ser un problema. O a ser uno más gordo, dependiendo de cómo se mirara.

—Quiero salir de aquí —gruñó el abuelo, luchando para ponerse en pie y jadeando por el esfuerzo—. No consentiré que se salga con la suya.

—¿Con qué? —preguntó Rourke educadamente mientras intentaba refrenar al abuelo y contener una sonrisa.

—¡Con comprometer a mi nieta! —dijo el abuelo en voz alta.

—Yo no la he comprometido, solo...

—¡Ni se te ocurra decirlo! —exclamó Becky al ver el brillo malicioso de los ojos masculinos.

Rourke se encogió de hombros.

—Está bien. Solo iba a decirle que tú me provocaste.

—¡No es verdad!

—Cariño, has arruinado mi reputación —insistió Rourke, emperrado, con una expresión tan cómica que Mack tuvo que contener una risita—. Ahora todos saben que soy un hombre fácil. Las mujeres escribirán mi teléfono en los baños públicos, y en el trabajo se me echarán encima, ya lo verás. Y todo por tu culpa. Tú sabías que no tengo nada de fuerza de voluntad.

El abuelo no sabía cómo tomárselo. En su época, ver el tobillo de una mujer era indecente. Ahora, Rourke y Becky hablaban de un hijo que habían engendrado y no estaban casados. El único consuelo era que los dos querían tener el niño. Y la forma en que Rourke miraba a Becky cuando ella no lo veía.

Se tumbó despacio, todavía furioso con la idea de que Rourke tomara el mando en su casa, pero era la primera vez que sentía ganas de vivir desde la noche de la detención de Clay.

–¿Te encuentras bien? –preguntó Becky.

El abuelo asintió y respiró hondo.

–Me han dicho que me recuperaré. Siento el dinero que te ha costado, Becky –añadió, un poco avergonzado de que su estancia no hubiera servido para nada.

–Olvídate del dinero –le dijo su nieta–. Todo se arreglará.

–Si ese es el caso, ¿qué tal si lo sacamos de aquí el lunes y lo llevamos a casa? –sugirió Rourke, cambiando de conversación.

No quería que el abuelo hiciera más preguntas sobre la factura, que podían llevar a Becky a cuestionarse la inexistente subvención gubernamental y descubrir que era él quien estaba pagando la estancia en la residencia. Todavía no le había dicho eso ni lo que había hecho por Clay.

–Quiero volver a casa, pero no quiero verlo por allí –dijo el abuelo con firmeza, mirando a Rourke.

–Lo siento, pero no le quedará otro remedio –dijo Rourke con una tranquilidad pasmosa–. La casa está que se cae. Tengo que pintar, arreglar las puertas, poner mosquiteras... Y no puedo permitir que mi futura esposa viva en una casa tan destartalada.

–¡No soy tu futura esposa! –exclamó Becky, furiosa.

–¡Es mi casa! –añadió el abuelo en un tono similar.

Rourke se volvió a mirar a Mack.

–No sé cómo lo aguantas –le dijo–. Cielos, pobre crío.

Mack se echó a reír. Rourke le caía bien, y tenía la impresión de que Becky no iba a poder librarse de casarse con él.

La discusión continuó un rato más, pero Rourke los ignoró hasta que la conversación volvió a Clay y el juicio.

–¿Quién es ese Davis que va a defenderlo? –quiso saber el abuelo.

–Un abogado negro... –empezó Becky.

–¿Negro? –explotó el abuelo.

–Negro –dijo Rourke en tono de desafío–. No es una palabrota. J. Davis es uno de los mejores abogados defensores del país. Gana medio millón de dólares al año, y es uno de los mejores. Esta vez ha renunciado a sus honorarios para defender a Clay, así que será mejor que piense en dejar a un lado sus prejuicios mientras dure el juicio.

Los ojos azules claros del abuelo se entrecerraron.

–Si dice que ese hombre es un buen abogado, eso es lo importante. No quiero que Clay vaya a la cárcel.

–Irá –le aseguró Rourke con serenidad–. Espero que lo entienda. Ha cometido varios delitos y hay pruebas suficientes para condenarlo.

–Me dan igual las pruebas –dijo Becky tensa, insistiendo en lo que había pensado desde el principio–. Conozco a Clay y sé que nunca haría una cosa así.

Por lo que Clay le había contado, Rourke estaba de acuerdo con Becky, pero todavía no estaba dispuesto a compartir esa información con ella.

–Es posible que pueda hacer un trato –continuó, como si Becky no hubiera hablado–. Teniendo en cuenta que es su primer delito, es posible que no esté mucho tiempo en la cárcel. Si ofrece pruebas contra sus cómplices, se le tendrá en cuenta de manera muy favorable, estoy seguro –añadió–. Y si podemos relacionar a los Harris con la muerte de ese niño, Dennis, esos desalmados acabarán una buena temporada a la sombra.

–¿Y qué pasará con Becky si lo hace? –preguntó el abuelo, preocupado–. Si han sido capaces de poner una bomba en un coche, nada les impedirá atacar a una mujer.

–Soy consciente de ello –dijo Rourke sin pestañear–. Pero para llegar a Becky tendrán que vérselas primero conmigo. No le harán daño. Se lo garantizo.

Becky sintió una agradable sensación de bienestar al oírlo y bajó los ojos cuando él la miró.

Al abuelo no se le pasó por alto, y apretando los labios, esbozó una sonrisa.

—¿Ha decidido algo Clay? —preguntó.

—Todavía no —dijo Becky.

—¿Has ido a verlo últimamente?

Becky hubiera preferido no tener que responder a esa pregunta, pero ahora no le quedaba otro remedio. Todos la estaban mirando.

—Tiene un nuevo compañero de celda —dijo hablando despacio—. Está acusado de intento de violación. No... no me dijo nada, pero me miró de una manera que se me puso la carne de gallina. Desde entonces no he vuelto. Sé que Clay lo entiende. A él tampoco le gustó nada.

—¿Por qué no me lo has dicho? —quiso saber Rourke.

La sangre le ardía en las venas al imaginar a Becky en esa situación.

Era un problema que él podía resolver con una simple llamada telefónica.

—¿Cómo iba a decírtelo? —respondió ella irritada—. ¡Hace semanas que no nos hablamos!

—Nos hablamos desde hace dos días —le recordó él, igual de irritado.

—No me lo has preguntado —dijo ella con arrogancia.

Él la miró furioso.

—No volverá a suceder. Diré que cambien a ese hombre de celda y los dos iremos a verlo.

—A Clay no le hará ninguna gracia.

—¿Por qué?

—No le caes bien —dijo ella frunciendo el ceño, como si fuera lo más evidente del mundo—. Tú lo delataste, por el amor de Dios.

Mack se puso pálido y fue a hablar, pero Rourke lo obligó a callar con la mirada.

—Cierto —dijo—. Será mejor que vayas a verlo sola.

La enfermera entró a comprobar las constantes vitales del abuelo y se detuvo en seco cuando lo vio sentado en la cama conversando con sus nietos y el otro hombre. No preguntó nada, pero cuando salió de la habitación iba sonriendo.

Poco después, Rourke se llevó a Mack y a Becky de la habitación tras prometer al abuelo que volvería el lunes por la mañana con Becky para llevarlo a casa.

—Pero yo tengo que trabajar —dijo ella, caminando hacia el coche.

—Yo también —dijo él, sacando las llaves del bolsillo—. Pediremos una hora libre, es todo lo que necesitamos.

—Pero no habrá nadie en casa para cuidar de él.

—Claro que sí —dijo Mack sonriendo—. Yo puedo darle las pastillas y acompañarlo. Así no tendré que quedarme con la señora Addington. Prefiero estar con el abuelo. Es mi colega.

Rourke sonrió.

—No sé... —titubeó Becky.

—Mack tiene ya casi once años —le recordó Rourke cuando estaban en el coche regresando a la granja—. Es inteligente y sabe mantener la calma. Tiene tu teléfono del trabajo, y yo le daré el mío. No tienes de qué preocuparte.

Becky se rindió. No tenía fuerzas para seguir peleando y estaba terriblemente agotada. Apoyó la cabeza en el reposacabezas y cerró los ojos.

—Está bien —murmuró sin fuerzas.

Cuando llegaron a casa estaba dormida. Rourke sacó la llave de su bolso y se la dio a Mack para que abriera la puerta mientras él la sacaba del coche.

Becky se despertó cuando Rourke estaba quitándole los zapatos en su habitación.

—Me he quedado dormida.

—Has tenido un día agotador —dijo él—. Y te cansas fácilmente. Ahora descansa, pequeña.

—¿Y Mack?

—Ha ido a ver a su amigo John —la informó él, mirándola—. Estás agotada de tanto trabajar. ¿A quién se le ocurre? Repartir los periódicos al amanecer.

—Era lo único que podía compaginar con mi horario de trabajo —dijo ella a la defensiva.

Los oscuros ojos masculinos fueron desde la cara pálida y pecosa al cuerpo frágil y delgado, y de nuevo a la cara, a las marcadas ojeras y las mejillas demacradas.

—No debí estar lejos de ti tanto tiempo —dijo él con voz grave—. Pero para mí las relaciones no son fáciles. He pasado casi toda mi vida adulta solo. Ver que te preocupabas más por Clay que por mí me enfureció, sobre todo porque la víctima del intento de asesinato era yo —hundió las manos en los bolsillos—. Quizá sea normal poner primero a tu familia. Yo no tengo familia, así que no lo sé. Pero no debería haber permitido que el resentimiento me mantuviera alejado de ti cuando me necesitabas.

—Yo también siento haber dicho lo de la bomba —dijo ella, buscando en su rostro—. No lo decía en serio. Me dolió que espiaras a Clay para detenerlo.

Rourke apretó los dientes. Era el mayor obstáculo para su futuro en común, pero no podía hacer nada sin incriminar a Mack. Desvió la mirada.

—No soy perfecto, cariño.

Ella asintió. Se tumbó sobre las almohadas con un suspiro cansado.

—Gracias por lo que has hecho por el abuelo —dijo—. Pero ahora nos las podemos arreglar solos.

—Me alegra oírlo, pero no te las arreglarás sin mí —dijo él, con su cabezonería habitual. Se acercó a la cama y la miró—. No quieres verme por aquí. Vale. Lo entiendo, pero necesitas a alguien, y a menos que puedas sacarte a otro hombre de la chistera, ese hombre seré yo. No puedes con todo esto sola.

—¡Hace años que lo hago sola!

—Pero no embarazada —respondió él.

—¡Rourke! —empezó Becky con irritación.

Él se sentó en la cama y se inclinó sobre ella.

—Nunca he conocido a nadie tan testaruda como tú —

le dijo. Sus ojos cayeron a los labios femeninos–. Ni tan encantadora. Estoy solo, Becky. Tan solo...

Desde luego sabía cómo retorcer la navaja, pensó ella, a la vez que aspiraba el aliento masculino con los labios entreabiertos. Rourke le apartó unos mechones de la cara y le besó los párpados. A Becky se le aceleraron los latidos del corazón al sentir los labios deslizarse hacia las mejillas y después, inevitablemente, a sus labios.

–¿Recuerdas lo intenso que fue aquella noche? –jadeó él en su boca entreabierta.

Un gemido ahogado escapó de la garganta femenina.

–Sí, lo recuerdas –dijo él–. ¿Recuerdas cómo nos aferramos el uno al otro en el suelo, tan excitados que no nos importó el lugar, ajenos a todo excepto al placer que compartían nuestros cuerpos unidos moviéndose al unísono en un ritmo frenético?

Rourke deslizó las manos por la garganta hasta los senos hinchados bajo la camiseta. Becky se tensó cuando se los acarició con los dedos.

–Me mordiste –susurró él, alzando la cabeza para verle los ojos–. Y al final recuerdo haberme alegrado de que las ventanas estuvieran cerradas, para que los vecinos no te oyeran gemir bajo mi cuerpo.

–Basta –susurró ella–. No sigas.

–Calla –dijo él sobre sus labios.

Le desabrochó el sujetador y le apartó la tela para poder acariciarle la piel y calmar el dolor que él mismo había creado.

–Por favor –gimió ella, a la vez que lo ayudaba con las manos, levantándose la camiseta y ofreciéndose a sus ojos y a su boca–. Por favor, Rourke, esto no es justo.

Él le tomó los senos con las palmas de las manos y se los llevó a la boca. Los acarició con una succión lenta que la llevó al borde del éxtasis. Becky dejó de protestar y cerró los ojos.

Rourke deslizó la otra mano a los vaqueros y encontró el botón de arriba desabrochado. Sonriendo, bajó la cremallera y tomó posesión con los dedos del vientre donde estaba su hijo.

—¿Ya puedes sentir al bebé? —preguntó en un susurro, alzando ligeramente la boca.

—Aún no —dijo ella con la voz entrecortada—. Es demasiado pronto.

—Es muy pequeño —dijo él—. Vi una foto en uno de los libros. A los dos meses, me cabe en la palma de la mano, pero está perfectamente formado.

—Has tenido muchas mujeres —dijo ella.

—Unas cuantas —admitió él—. Pero nunca como tú, aquella noche. Apenas pude quitarme la ropa. Por eso estás embarazada. Perdí por completo el control.

—Yo también —dijo ella—. Cuando empezaste a acariciarme la piel me ardía y quería sentirte pegado a mí.

La boca de Rourke se apoderó de la suya, a la vez que él se levantaba la camisa. Alzó a Becky en un suave arco y apretó los senos femeninos contra la piel cubierta de vello rizado de su pecho.

Ella se estremeció de placer.

—¿Y si entra Mack?

Rourke vio el deseo en sus ojos, la necesidad.

—Cerraré la puerta por si vuelve —dijo él, y mientras la cerraba se quitó la camisa y todo lo demás, hasta quedar desnudo y totalmente excitado ante ella.

Becky no pudo ni quiso protestar. Su cuerpo estaba tenso de deseo. Conocía el cuerpo masculino íntimamente y lo deseaba, tanto como la primera vez o más. Era el padre de su hijo y ella estaba enamorada de él. Se quedó muy quieta mientras él la desnudaba. Y cuando la boca masculina le acarició el vientre, ella gimió.

Rourke se tumbó a su lado. Su piel oscura contrastaba con la palidez del cuerpo femenino.

—Dios, cómo he deseado esto —gimió.

Se inclinó sobre ella y le besó los senos lentamente, disfrutando del tacto suave de su piel, y después, tendido a su lado, con la erección contra las caderas femeninas, deslizó las piernas entre las de ella e inició un lento ritmo que provocó un ligero temblor en todo su cuerpo.

Becky lo sintió acariciarla íntimamente con su cuerpo, mientras él apoyaba su propio peso en las manos, a ambos lados de la cabeza femenina y reía al notar la reacción de Becky.

—¿Me quieres dentro de ti? —susurró él provocadoramente, moviendo las caderas y viendo cómo Becky se arqueaba desesperadamente hacia él, buscándolo.

—Sí —jadeó ella—. ¡Por favor, Rourke, por favor!

—Aún no —susurró él, acariciándole la boca con los labios—. Tienes que quererlo más.

—Sí, te quiero dentro de mí —gimió ella.

Rourke le mordió el labio inferior y sus movimientos se hicieron más sensuales y provocadores, haciéndola estremecer.

—Tienes que desearlo más —susurró él, y la besó apasionadamente.

De repente, rodó sobre la cama y se tumbó de espaldas. Su erección era tan fuerte que Becky no podía apartar la vista.

—Si tanto lo quieres, tendrás que tomarme tú —dijo él, provocador, con una mirada profundamente sensual e intensa.

En su falta de experiencia, Becky no sabía cómo, pero su cuerpo ardía y lo necesitaba desesperadamente. Con más entusiasmo que otra cosa, se sentó sobre él e intentó unir sus cuerpos. Él sonrió con arrogancia y al final se apiadó de ella.

—Así, pequeña —susurró, alzándola y guiándola.

Becky dejó escapar un gemido cuando la invasión del miembro erecto no encontró resistencia, y él sonrió.

—Ahora —jadeó él, víctima de su propio placer—. Muévete sobre mí, así.

Rourke le enseñó, sujetándola por las caderas con dedos de acero y observándola con ojos posesivos. Esa postura nunca le había gustado con otras mujeres, pero con Becky era increíblemente excitante. Le encantaba la tímida fascinación de los ojos femeninos, el rubor de sus mejillas cuando la alzaba y la obligaba a mirar, y sobre todo le gustaban los gemidos que salían de su garganta a medida que el placer se iba apoderando de ella.

–Todavía no estás bastante fuerte para esto –susurró él cuando los músculos femeninos se rindieron. La tendió a su lado de costado a la vez que la sujetaba por las caderas–. Ahora mírame –susurró.

Becky abrió los ojos y los clavó en los de él, mientras él se movía y entraba en su cuerpo con un ritmo lento y estable.

–Siénteme.

–Ah –gimió ella, estremeciéndose.

Rourke bajó una mano y pegó las caderas femeninas a las suyas.

–Más fuerte –susurró roncamente–. Quiero estar tan dentro de ti que tendrán que separarnos a la fuerza. ¡Así! ¡Sí!

Rourke apretó los dientes y sujetándola con ambas manos se movió rítmicamente en ella, cada vez más deprisa, jadeando.

Becky oyó el ruido de los muelles bajo sus cuerpos, los atormentados latidos de su corazón, los jadeos masculinos, pero toda su atención se concentraba en la tensión que se iba acumulando en su cuerpo y empezaba a irradiar hacia fuera. Se aferró a los brazos musculosos de su amante y se movió con él a medida que el placer aumentaba, gimiendo ante la intensidad de la sensación.

–Mírame –dijo él con voz ronca–. Quiero verte los ojos cuando lo sientas.

Becky lo intentó, pero los espasmos se apoderaron de ella de repente y sus ojos se cerraron mientras toda ella se hundía en un laberinto de placer.

–Becky –gimió él un momento antes de detenerse una décima de segundo. Sus manos se contrajeron en los muslos femeninos y él se estremeció contra ella de éxtasis.

Rourke estuvo así un largo rato antes de aflojar las manos, pero no la soltó. La rodeó con los brazos y la acunó contra él, con el cuerpo todavía íntimamente unido al suyo mientras los dos trataban de recuperar la respiración.

–No deberíamos haberlo hecho –susurró ella, un poco avergonzada de su debilidad.

–Hemos engendrado un hijo juntos –dijo él, acariciándole con la boca las mejillas y el cuello–. Eres mía.

–Rourke...

Él rodó con ella en la cama y la tumbó de espaldas, con su potente cuerpo entre las piernas femeninas, sosteniendo su peso con los brazos. Sin dejar de mirarla a los ojos, empezó a moverse muy despacio. Becky se excitó de nuevo al instante y se entregó sin protestar.

Esa vez fue más lento y más tierno, y las explosiones tan dulces como los besos que intercambiaron. Rourke le mantuvo la boca en la suya mientras los estremecimientos recorrían simultáneamente y una vez más sus cuerpos unidos.

–Nunca lo hacemos dos veces de la misma manera –susurró él sobre sus labios–. Cada vez es nuevo, maravilloso y plenamente satisfactorio.

Becky escondió la cara en la garganta masculina, con el cuerpo agotado por el placer.

–Me has seducido.

–La seducción es egoísta, pero esto no. Mis intenciones son honorables. He hecho todo lo que he podido para conseguir que te cases conmigo y demos una familia decente a nuestro hijo, pero no quieres. Yo te deseo, y tú me deseas a mí.

Becky no podía negarlo, pero eso no la tranquilizaba.

–Tranquila –susurró él–. Cuando estás embarazada no puedes volver a quedarte otra vez.

–¡Qué bestia! –dijo ella golpeándolo en el pecho.

–No soy un bestia. Soy un hombre normal con apetitos normales, y no puedo vivir como un eunuco. Cielos,

¿tienes idea de lo hermosa que estás cuando tu cuerpo alcanza el máximo placer? –preguntó él con ternura–. La piel te brilla, las pupilas se te dilatan hasta que queda solo un pequeño resquicio de luz. Los labios se te hinchan y se abren, y pareces una sirena. Cuando te veo pierdo el control –jadeó él roncamente–, y no puedo contenerme más.

Becky giró la cara, ruborizada.

–Tú no me miras, ¿verdad? –murmuró él–. ¿Te cohíbe mirarme cuando estoy totalmente a merced de mi cuerpo?

–Sí –confesó ella.

–Te acostumbrarás a mí. Es algo muy personal, Becky. No hay reglas, ni requisitos, solo placer. Lo más importante de todo es compartir.

–Solo es sexo –gimió ella.

Rourke le volvió la cara hacia él.

–No vuelvas a decir eso nunca más. Lo que hay entre nosotros no es sexo, nosotros hacemos el amor. No lo degrades con palabras frías solo porque te dé vergüenza acostarte conmigo.

–No me gustan las relaciones pasajeras.

–Lo nuestro no es pasajero. Llevas a mi hijo en tu seno, y tarde o temprano nos casaremos –añadió.

–¡De eso nada! –exclamó ella–. ¡Tú no me quieres, solo quieres acostarte conmigo!

Rourke la miró furioso. Era ciega como un murciélago e ingenua como una niña. ¿Es que no podía verlo?

–Piensa lo que te dé la gana –dijo él, serio.

Se incorporó y se vistió mientras ella se ponía su ropa en la cama e intentaba no mirarlo.

Rourke la levantó de la cama y le enmarcó la cara con las manos. Con solemnidad, la miró a los ojos.

–Eres mía en todos los sentidos –le dijo sin alzar la voz–. No voy a desaparecer de tu vida ni voy a tirar la toalla. Puedes ir acostumbrándote a mí. Mack y el abuelo me necesitan, y tú también.

–No les caes bien –murmuró ella.

—A Mack sí, y a tu abuelo es cuestión de tiempo —le aseguró él, deslizando las manos hasta sus caderas—. Becky, llevas a mi hijo en tu cuerpo —susurró, escandalizándola una vez más, algo que hacía con muchísima frecuencia—. Si pudieras confiar en mí, aunque fuera un poco, podríamos tener una buena vida juntos.

Becky bajó la cabeza.

—Antes confiaba en ti, pero tú nos traicionaste.

Rourke no pudo responder a eso. Se incorporó cuan alto era.

—Hice mi trabajo —respondió—. Mi trabajo no tiene nada que ver con nosotros dos y nuestro hijo.

Becky se mordió el labio inferior.

—Está bien. Pensaré en lo que has dicho, pero no quiero que esto vuelva a suceder, por favor —susurró mirando hacia la cama.

Él le alzó la barbilla y buscó en sus ojos.

—Eso no te lo puedo prometer. Te deseo demasiado. Lo que hemos hecho en esa cama es tan natural como respirar —dijo él—. El deseo no es la peste. Tú y yo tendremos relaciones íntimas durante mucho, mucho tiempo, y compartiremos un hijo para siempre. Te ofrezco un compromiso de por vida. Si no te gusta hacer el amor sin casarte, cásate conmigo.

—Mi familia... —empezó ella, con desesperanza.

—Tienes que decidir quién es antes, ellos o yo —dijo él con firmeza—. Cuando decidas algo, me lo comunicas. Entre tanto, será mejor que me vaya a casa. ¿Estarás bien sola?

Becky asintió.

—Mack no tardará en volver.

Rourke la miró de nuevo, sereno.

—Sé que estoy obligándote a elegir, pero hay un motivo. Algún día lo entenderás.

Becky no respondió, y él, después de mirarla de arriba abajo una vez más, salió de la habitación.

Becky no lo acompañó hasta la puerta. Tenía mucho

que pensar. No sabía qué iba a hacer, especialmente después de lo ocurrido.

El domingo fue a la iglesia y a ver al abuelo, y no paró de darle vueltas. A la mañana siguiente, tenía los nervios destrozados.

19

El lunes por la mañana, Rourke se despertó sin apenas fuerzas para levantarse, y cuando pensó en todo lo que tenía que hacer, sintió ganas de volver a meterse entre las sábanas. Su único consuelo era que el abuelo se encontraría mejor, lo que sería una carga menos para Becky. Era agradable tener a alguien a quien cuidar, pensó, él que nunca había sido responsable de nadie excepto de sí mismo. Ahora tenía que pensar en Becky y en su hijo. Y en ellos también: en Clay, en el abuelo y en Mack. Sonrió al recordar las payasadas de Mack en el coche, el repentino ataque de ira del abuelo, y la nueva actitud de Clay hacia él. Eso de tener una nueva familia era una buena sensación, a pesar de que se había convertido inesperadamente en el cabeza de familia y la mitad de sus miembros lo odiaban.

Después pensó en la tarde del sábado con Becky en la cama, y su cuerpo ardió de nuevo. Hacer el amor con ella era pura magia. La deseaba por completo y tenía que hacerla entender que tenía derecho a su propia vida, que no estaba mal pensar en su propia felicidad.

Si la forma de abrirle los ojos era obligarla a elegir entre su familia y él, lo haría.

Después de ocuparse de los asuntos más urgentes en el trabajo, se encargó de buscar un nuevo compañero de celda para Clay.

–¿Qué te parece la gente que da cheques sin fondos? –preguntó a Becky mientras se dirigían a la residencia de ancianos a recoger al abuelo.

–Creo que no conozco a nadie que dé cheques sin fondos –dijo ella. Llevaba un vestido verde que le daba un aspecto mucho más juvenil, y aunque seguía estando un poco demacrada, su aspecto había mejorado considerablemente–. Aunque seguramente lo hacen por pura desesperación, ¿no?

–Lo hacen por codicia –le aseguró Rourke, y la miró–, pero son mejores compañeros de celda que los violadores. Puedes ir a ver a Clay cuando quieras. ¿Te encuentras mejor?

–Sí –confesó ella, mirándolo tímidamente un momento antes de desviar la mirada, al recordar las imágenes de dos días antes en su casa–. Le has dado a mi abuelo una razón para vivir.

–Ahora tiene una misión –dijo Rourke, sonriendo–. Salvarte de mis malvadas garras.

–Creo que llega un poco tarde, ¿no? –musitó ella–. Especialmente después del sábado.

–El sábado fue mágico –dijo él con voz ronca, apretando las manos sobre el volante–. No he parado de soñar con eso toda la noche.

–No me diste la oportunidad de negarme –dijo ella, tensa, sin mirarlo.

–No lo hice a propósito, Becky –dijo él–. Cuando empecé, ya no pude parar.

Ni ella tampoco, pero no estaba dispuesta a reconocerlo. Parecía indecente desear a alguien con tanta intensidad, sobre todo en su estado.

–Podías haber esperado a que accediera a casarme contigo.

—Para entonces me temo que ya seré demasiado viejo —dijo él arqueando una ceja—. Venga, adelante, arréame tú también. Todo el mundo se mete con el pobre fiscal del distrito.

—¡Yo lo hago con razón! —dijo ella—. ¡Mira lo que me has hecho!

—Te he dejado embarazada —dijo él sin inmutarse—. Y teniendo en cuenta que lo hice al primer intento, debo decir que me siento muy orgulloso de mí mismo.

A Becky le ardían las mejillas. Nunca había hablado de esos temas así con nadie; además estaba embarazada sin casarse y se había entregado a él con vergonzosa facilidad. ¡Y él, el culpable de todos sus males, fanfarroneando de su proeza!

—¡Yo nunca he...!

—Oh, sí, cuatro veces —la interrumpió él.

Becky se puso roja y prefirió no seguir discutiendo con él. No podía ganar. Con esa labia, no era de extrañar que fuera tan buen fiscal del distrito. Cruzó las manos sobre el bolso y decidió ignorarlo.

Pero Rourke no se lo permitió.

—¿Has pensado en nombres? —preguntó él, entrando en el aparcamiento de la residencia de ancianos—. A mí me gusta Todd para chico, y Gwen para chica.

—Es mi hijo —respondió ella—, y yo decidiré su nombre.

—La mitad es mío —le dijo él tras aparcar el vehículo y apagar el motor—. Tú puedes decidir la mitad de su nombre.

—Rourke... —empezó ella.

Rourke le puso el índice sobre los labios y la hizo callar.

—De todas las cosas que hacen dos personas juntas, tener un hijo es la más intensa y conmovedora —dijo él—. Quiero compartir cada momento contigo, desde las náuseas del embarazo a los dolores del parto —le acarició la mejilla con la mano sin dejar de mirarla a los ojos—. Nunca he tenido a nadie. No me dejes fuera, Becky.

Ella quería rendirse. Quería abrazarlo y decirle que haría lo que él quisiera, pero había habido demasiadas mentiras y demasiados engaños y no confiaba plenamente en él. Rourke quería al hijo que crecía en su seno, pero eso no significaba que la amara a ella. Además, no lo veía ocupándose de toda su familia solo por ser padre. Y ni una sola vez había mencionado la palabra «amor», ni siquiera en los momentos de mayor intimidad.

–Está bien, no te dejaré fuera –dijo ella–, pero tampoco permitiré que me avasalles.

–Me parece bien –dijo él con solemnidad después de rodear el coche, abrirle la puerta y ayudarla a bajar–. Ahora vamos a buscar a tu abuelo. Espero que no hayas olvidado las cuerdas ni las cadenas –añadió con picardía–. No sé si podremos meterlo en el coche si no es a la fuerza.

–Tranquilo –murmuró ella, caminando a su lado hacia la entrada de la residencia–. Mi abuelo respeta a las personas que no se dejan avasallar.

Él la miró con ternura, feliz y orgulloso de tenerla a su lado. Era suya y llevaba a su hijo en su vientre.

Mientras se dirigían por el inmaculado pasillo hacia la habitación del abuelo, Becky se dio cuenta de que las mujeres miraban a Rourke con innegable interés. Era un hombre fuerte y atractivo, con un halo salvaje y misterioso que la hacía sentirse pequeña y femenina a su lado. Por un momento pensó si el ser que llevaba en el vientre sería un niño, y si se parecería a su padre.

El abuelo los estaba esperando impaciente en su sillón. El doctor Miller ya le había dado de alta. En cuanto Becky firmara los documentos, podría salir de allí y arreglar las cuentas con el maldito Kilpatrick.

–Ya era hora –gruñó al ver a Becky, y miró furioso a Rourke al verlo aparecer tras ella–. ¿Usted otra vez?

–Yo también me alegro de verle –dijo Rourke sin inmutarse, con una sonrisa de oreja a oreja–. Si está listo, le diré a la enfermera que traiga la silla de ruedas.

—Odio estar en deuda con usted —refunfuñó el abuelo un rato más tarde, sentado en el asiento de delante del coche de Rourke.

Becky se había acomodado detrás con Mack, a quien habían recogido en casa de la señora Addington al regresar de la residencia.

—Ya me lo imagino —respondió Rourke con aplomo.

—Y odio esos puros que fuma sin parar —añadió el abuelo.

—Yo también —dijo Rourke, aspirando otra calada mientras conducía por la carretera que llevaba hasta la granja.

El abuelo lo miró furioso, buscando otro motivo de queja, pero enseguida se dio cuenta de que con Rourke cada vez era más difícil. Por fin suspiró y miró por la ventanilla.

—Bonito coche —murmuró.

—A mí me gusta —dijo Rourke—. Pero echo de menos a mi perro.

—Maldito canalla, mira que matar a un perro —masculló el abuelo entre dientes.

—Un canalla, sin duda.

—¿Cómo está MacTavish? —preguntó Becky desde el asiento de atrás.

—Bien —dijo él volviendo ligeramente la cabeza—. Echa de menos ir de excursión y al parque, pero se está adaptando a su nueva vida más solitaria.

Rourke detuvo el coche delante de la casa de la granja.

—Hay que hacer algo con ese tejado —comentó—. Las tejas del porche se vendrán abajo en cuanto sople un poco de viento.

—Yo no puedo subir al tejado —refunfuñó el abuelo.

—Yo sí —le dijo Rourke—. Tranquilo, yo me ocuparé. No podemos permitir que le caiga una a Becky encima, en su estado.

—Vergüenza debería darle —dijo el abuelo, abriendo la puerta del coche—, dejarla en ese estado y sin casarse.

—Estoy totalmente de acuerdo con usted. A ver si usa su influencia para convencerla de que tengo madera de buen padre y mejor marido –respondió Rourke, y esa vez Mack soltó una risita.

—Deberías casarte con él –dijo el abuelo a Becky cuando ya habían bajado todos del coche–. Tener un hijo sin marido es un escándalo.

—Además le gustan los trenes y el baloncesto –dijo Mack, apoyando la candidatura.

Becky miró a los dos Cullen con incredulidad.

—Hace apenas un mes lo odiabais –les recordó.

—Yo no he dicho que no lo odie –dijo el abuelo–. Solo he dicho que deberías casarte con él.

—Yo no lo odio. A mí me cae bien –dijo Mack.

—Gracias, Mack –dijo Rourke, poniendo una de sus manazas sobre el hombro del muchacho–. Es agradable saber que tengo al menos un amigo.

Más tarde, sintió que necesitaba más de un amigo. Becky estaba agradecida por lo que había hecho, pero de repente la notaba mucho más lejana. Quizá seducirla de nuevo había puesto más distancia entre ellos que nunca. Probablemente por los remordimientos de haber sucumbido a él con tanta facilidad. Rourke estaba casi seguro de que ella lo amaba, pero hasta que ella lo admitiera y él pudiera hacerle entender lo que sentía, estaban en un difícil callejón sin salida.

Rourke fue a visitar a Clay para ver a su nuevo compañero de celda. Era un joven un poco mayor que Clay de trato agradable.

—¿Qué tal va todo? –preguntó a Clay cuando los llevaron a una sala de interrogatorios.

—Lento, muy lento –respondió Clay–. ¿Es siempre así?

—Bienvenido al sistema judicial –dijo Rourke encendiendo un puro.

—Ojalá no me hubiera metido en este lío –murmuró el joven–. Esto es horrible. ¿Cómo está Becky? Supongo que no ha venido por el cerdo que pusieron conmigo, pero se lo han llevado esta mañana. ¿Está bien? ¿Y el abuelo y Mack?

Rourke se inclinó hacia atrás y apoyó las piernas en la mesa.

–El abuelo está en casa. Cuando se enteró de que Becky estaba embarazada se puso furioso y decidió no morir para obligarla a casarse conmigo. Cree que los hijos deben nacer en un matrimonio.

–¿El abuelo está en casa porque Becky está embarazada? –repitió Clay incrédulo.

–Exacto.

–¿Mi hermana va a tener un hijo? –exclamó otra vez con los ojos como platos.

–Sí –dijo Rourke.

–¿Es suyo?

Rourke se incorporó ligeramente hacia delante.

–¿Qué clase de chica crees que es tu hermana? ¡Claro que es mío!

–Pero Becky no hace esas cosas –insistió Clay, como si quisiera hacer entender al fiscal que su hermana no podía estar embarazada porque no tenía relaciones con hombres–. Ni siquiera sale con hombres.

–Ahora sí –dijo Rourke, metiéndose el puro entre los dientes.

–¿Y qué va a hacer ahora? –quiso saber el joven.

–Lo he estado meditando mucho –empezó Rourke hablando pausadamente–. Y teniendo en cuenta lo testaruda que es, creo que la única manera de llevarla al altar será preparar la boda con invitados y todo y llevarla a la fuerza delante del cura.

Clay se echó a reír, a pesar de que todavía no podía creerlo. Iba a ser tío, y la idea le encantaba.

–¿Cómo se lo tomó el abuelo? –preguntó.

–Se levantó de la cama y exigió que lo llevaran a la granja para salvar a Becky de mis garras. Pero cuando se enteró de que estaba embarazada, exigió que lo llevaran a la granja para obligarla a casarse conmigo.

–¿No quiere casarse con usted?

Rourke sacudió la cabeza.

–Y no se lo reprocho. Cree que empecé a salir con ella para espiarte. Y al principio así fue –reconoció con total sinceridad–, pero enseguida me encariñé con ella. Y lo del niño es un añadido maravilloso.

Clay suspiró. Nunca había pensado que Kilpatrick fuera un tipo paternal, pero nadie podía acusarlo de ser un mujeriego. Si solo quisiera a Becky para pasar el rato, no estaría tan entusiasmado con el embarazo ni tan dispuesto a casarse con ella.

–El señor Davis me habló de presentar pruebas contra los Harris –dijo el joven–. Por mí no me importa, pero ¿qué pasará con Becky, el abuelo y Mack?

–Eso fue lo mismo que dijo tu abuelo –dijo Rourke–. No puedo hacer promesas, pero quizá haya otra manera. Hablaré con Davis. Si convencemos a tus amigos de que confiesen haberte tendido una trampa, es posible que te caiga una sentencia suspendida.

–Es más de lo que merezco –dijo Clay. Había tenido mucho tiempo para pensar y ahora los últimos meses le parecían una pesadilla. Todavía no entendía cómo había podido ser tan insensible y cruel–. Si tengo que ir a la cárcel iré, señor Kilpatrick –dijo con resignación–. Supongo que aceptar las consecuencias de tus actos es parte de ser un hombre, ¿no?

Rourke sonrió.

–Sí. Es parte de ser un hombre.

Rourke no le habló a Becky de la conversación que había tenido con Clay ni de sus planes con los hermanos Harris. Cuanto menos supiera, mejor. Probablemente, los Harris ya estaban convencidos de que Clay los iba a delatar, y por eso se habían ofrecido a testificar en su contra. Le quedaba un as en la manga e iba a utilizarlo.

El abuelo tardó casi toda la semana en recuperar las fuerzas, pero comió como un caballo y maldijo a Rourke como diversión. Este iba y venía según le permitía su trabajo, ignorando la fría cordialidad de Becky y el antagonismo del patriarca de los Cullen. El sábado por la tarde aseguró las tejas del tejado, después de presentarse con una caja de herramientas y vestido con unos viejos y desgastados vaqueros, un suéter de algodón blanco y zapatillas de deporte.

Mack se quedó al pie de la escalera para ayudarle mientras hablaban con entusiasmo de baloncesto, una pasión que compartía con Rourke.

Becky procuró no reparar en su presencia, a pesar de los frenéticos latidos de su corazón cada vez que lo veía.

Rourke bajó una hora después, cuando terminaron los martillazos y las maldiciones. Se había hecho un corte en la muñeca, y se la enseñó a Becky como si llevaran veinte años casados y estuviera acostumbrado a que ella le curara.

–Tengo antiséptico y tiritas en la cocina –dijo ella.

–Acuérdate de darle un beso para que se cure, Becky –dijo Mack, que entró detrás de él y se sentó junto al abuelo delante del televisor.

Becky fue al botiquín que guardaba en uno de los armarios de la cocina. Rourke la siguió y discretamente cerró la puerta con llave antes de acercarse a ella.

–La sugerencia de Mack está bien –murmuró mientras Becky le limpiaba el corte y le ponía antiséptico a través del espeso vello que cubría la piel oscura.

–No hace falta –murmuró ella–. ¿Te duele?

–No –dijo él–. Los fiscales del distrito somos tipos duros. Depredadores, ya sabes.

Se inclinó hacia delante y le enmarcó la cara con las manos. Entonces le tomó la boca con los labios entreabiertos en un sensual beso que la excitó al instante.

Becky contuvo el aliento, sin poder creer la fuerza de las sensaciones que él era capaz de despertar en ella.

Rourke lo repitió otra vez, y otra, y otra, notando cómo el cuerpo femenino se iba tensando mientras deslizaba las manos a sus caderas y la apretaba contra él. Un profundo gemido salió de la garganta femenina, y esa vez su boca se apoderó de ella con insistencia.

Becky no podía ni quería fingir. Apenas la noche anterior sus sueños habían sido febriles y explícitos, y el recuerdo de otros momentos íntimos entre ellos estaba demasiado reciente en su mente. Su cuerpo sabía el placer que él podía darle, y se negaba a luchar contra la tentación.

Rourke la empujó hacia atrás hasta pegarla a la pared y apoyó ambas manos a los lados mientras se frotaba con descarada intimidad contra ella.

Becky gimió, y él aprovechó los labios entreabiertos para acceder más profundamente a su boca con la lengua. Cuando la fiebre prendió el cuerpo femenino de nuevo, Rourke sintió las uñas de Becky clavarse en su espalda, y cuando ella sintió las manos masculinas bajo la falda abrió los ojos y lo vio, con los ojos casi entornados, la cara rígida, y su erección presionando contra su vientre.

—¿Aquí? —jadeó ella, sin aliento.

—Aquí. Ahora —dijo él, sosteniéndole la mirada mientras le bajaba las bragas por las piernas esbeltas con una caricia tan sensual que ella se estremeció.

Rourke subió las manos acariciándole las piernas y levantando la falda y la blusa hasta la barbilla, con lo que dio a su boca total acceso a la piel ardiente. Le tomó los pezones endurecidos entre los labios y los atormentó, y después se colocó suavemente entre sus piernas, reajustando el peso, sin dejar de mirarla a los ojos. Entonces, la penetró.

—¡Rourke! —gimió ella, estremeciéndose.

—Aguanta —jadeó él, sujetándola con ambas manos y empezando a moverse—. Va a ser intenso y rápido, y te entrarán ganas de gritar, pero no lo hagas. Te oirán.

Rourke ignoró la protesta femenina y le cubrió la boca con la suya. Claro que era una locura, pero el deseo se había apoderado de él totalmente y no se podía detener.

—No podemos —protestó ella en un susurro, pero al decirlo arqueaba las caderas hacia él y se movía siguiendo el ritmo de las caderas masculinas.

–¡Dios! –jadeó él con los dientes apretados, estremeciéndose–. ¡Dios, Becky, no puedo parar! –gimió, totalmente fuera de control, cerrando los ojos y luchando por respirar–. Siente lo fuerte que es para mí –se detuvo un instante para mirarla a los ojos–. No me hagas sufrir más, Becky. Complétame.

Becky lo observaba sin comprender lo que estaba ocurriendo y deseando satisfacerlo desesperadamente.

–¿Te gusta? –susurró con voz ronca.

–Es el éxtasis –logró decir él entre estremecimientos–. Acaríciame –susurró sin aliento.

Rourke contuvo el aliento al sentir las manos tímidas en él, y las cubrió con la suya, enseñándole.

El placer se estaba apoderando también de ella, espoleado por los jadeos atormentados de Rourke, que continuaba moviéndose contra ella sin dejar de mirarla a los ojos.

–Mira –logró decir él al sentir el primer estremecimiento.

Esa vez ella no apartó la mirada. Rourke empezó a temblar y ella vio cómo su cara se contraía, a la vez que su propio estómago se tensaba y el placer se repetía en su cuerpo como un eco.

Los jadeos masculinos eran audibles, igual que los latidos de su corazón. De repente, un grito ronco salió de su garganta y apretó los dientes en una explosión angustiada de placer. Ver la intensidad del momento desencadenó el clímax en ella, y el placer la recorrió como una oleada de llamaradas de fuego mientras él continuaba convulsionándose sobre ella. Segundos más tarde el cuerpo masculino se desplomó sobre su cuerpo y la apretó contra la pared. Becky abrió los ojos y lo miró con incredulidad.

Tragó saliva, sorprendida por lo que acababan de hacer, y dónde.

Ninguno de los dos respiraba con normalidad, y

Becky podía oír y sentir los latidos del corazón masculino en sus senos desnudos.

—Ahora lo sabes —dijo él con un amago de humor—. Es posible hacerlo de pie cuando la desesperación te impide llegar a un lugar donde puedas hacerlo tumbado.

—No tiene ninguna gracia —dijo ella abatida y asqueada consigo misma por haberse rendido tan fácilmente ante él.

Él le acarició la mejilla.

—No me estaba burlando. Te deseo tanto que no importa dónde ni cuándo. Por eso no podía prometerte lo que me pediste. Y a ti te pasa lo mismo que a mí, que tampoco puedes reprimirte —añadió—. Es una fiebre tan fuerte y tan alta que ni el hielo podría enfriarla.

—Pero no está bien —susurró ella.

—¿Por qué? ¿Porque no estamos casados? —Rourke le acarició los párpados con los labios—. Yo no tengo la culpa. Quiero casarme contigo. Tú eres la que no quiere cooperar.

—¿O sea, que ahora te he seducido yo? —dijo ella, irritada.

Él arqueó una ceja, mirándola con una interrogación en los ojos que no precisaba de respuesta, y después se apartó. Ella se sonrojó y empezó a arreglarse la ropa a la vez que él.

—Menos mal que ya estás embarazada —murmuró él—. Así ya no tenemos que preocuparnos de eso.

Becky le dirigió una mirada fulminante.

—¡Esto no se puede repetir!

—No creas que no lo intento —le aseguró él—. ¿Qué voy a hacer si eres tan sexy que no puedo estar a dos metros de ti sin excitarme?

Era una pregunta de difícil respuesta. En su estado, no era precisamente un insulto que la considerara sexy, y tenía que reconocer que él llevaba tiempo pidiéndole que se casara con él. El único obstáculo eran sus motivos. Pero él se negaba a decirle cuáles eran sus sentimientos por ella, y ella no podía casarse sin conocerlos.

«Hombres», pensó ella furiosa.

–¡Menuda cara! –se burló él sonriendo a la vez que se bajaba la camisa y la besaba delicadamente en la punta de la nariz.

–En la cocina, de pie y con la puerta abierta –dijo ella.

–Estaban tan concentrados en la película que ni siquiera se han dado cuenta de que estábamos aquí –susurró él–. Pero aunque solo sea para tranquilizarte...

Rourke se acercó a la puerta, giró la llave de la cerradura y la abrió.

–¡La has cerrado! –exclamó ella a punto de desplomarse de alivio.

–Claro que la he cerrado –dijo él–. No soy un pervertido. O, al menos, no tan pervertido –añadió–. ¿Te he hecho daño?

–No, pero no puedes... –empezó ella.

–Si no quieres que te haga el amor en los sitios más inesperados e inverosímiles, cásate conmigo y lo haremos como todos los matrimonios, en la cama y por la noche –dijo él–. Te deseo. Es algo que no puedo encender y apagar como un televisor.

–¡Es solo sexo! –exclamó ella.

Rourke sacudió la cabeza muy despacio.

–Es profundo, intenso y duradero. No soporto estar lejos de ti. Y menos ahora que llevas a mi hijo en tu seno.

–No puedo dejar al abuelo y a Mack –susurró ella, desesperada–. Ni tampoco a Clay. ¿No lo entiendes? Cuando murió mi madre y mi padre se fue, el abuelo nos cuidó. Mack es tanto mi hijo como mi hermano. Los he cuidado y querido toda mi vida adulta. Son mi familia.

Él se acercó a ella y le enmarcó la cara con sus manos grandes y cálidas.

–Yo también –susurró–. El niño y yo también somos tu familia.

En los ojos de Becky se reflejaba todo el dolor que sentía. Rourke la ponía en una situación imposible. ¿Es que no podía darse cuenta?

–No puedo elegir –susurró y bajó la mirada–. Ojalá pudiera hacerte entender que no es una cuestión de elección. No puedes deshacerte de la gente cuando te impide hacer lo que quieres hacer. ¿No es ese el problema actual? ¿Que todo el mundo antepone primero sus placeres y sus deseos prescindiendo de quienes se interponen en su camino?

–¿Me estás diciendo que yo soy prescindible, Becky? –preguntó él.

–Rourke, si meto a mi abuelo en una residencia y a Mack en una casa de acogida, ¿cómo podré vivir con los remordimientos? –Becky bajó los ojos–. Si eso es lo que quieres, no tienes que sentirte obligado a hacer nada por nosotros.

Rourke deslizó los ojos por el cuerpo de Becky. Estaba satisfecho, pero solo verla podía excitarlo de nuevo. No le gustaba la sensación de perder el control, pero era lo que le ocurría cuando estaba cerca de ella. Por encima de todo necesitaba saber qué era lo que ella sentía de verdad.

–Es mi hijo. Tengo una responsabilidad con él, si no contigo por haberte dejado embarazada. Haré lo que sea para mejorar las condiciones de vida en esta casa –dijo–. Se lo debo a mi hijo.

–Becky, ¿y la comida? –gritó de repente el abuelo desde el salón.

Becky sintió náuseas.

–Tengo que preparar algo de comer –murmuró.

–Becky, ¿qué pasa con la comida? –volvió a gritar el abuelo.

–¡Eso digo yo! –respondió ella irritada–. ¿Qué pasa con la comida?

–¿Qué estáis haciendo ahí? –rugió la voz del anciano.

Becky se apartó de Rourke sin mirarlo.

–Estoy desnudando al señor Kilpatrick para meterlo en el horno –gritó ella–. ¿Qué te crees que estoy haciendo?

—Yo no quiero fiscal del distrito asado —interrumpió Mack desde la puerta de la cocina—. ¿Puedes prepararme un perrito caliente?

Becky alzó las manos al aire.

—Sí, ahora te lo preparo.

Rourke miraba a la rígida espalda femenina con ciertos remordimientos. ¿Cómo podía cargar con un peso tan grande?, pensó. Pero de repente se dio cuenta de que no había desayunado y le entró un hambre atroz.

—¿Puedes prepararme otro a mí?

Ella le dirigió una mirada asesina.

—Solo si puedo elegir dónde meterlo cuando esté hecho —dijo ella con voz helada.

Rourke fingió no haberla oído. Se sentó a la mesa y encendió un puro.

—A mí me gusta con mucha mostaza y ketchup. También me gusta con chile o con ensalada de col.

—No tengo chile y no pienso preparar ninguna ensalada.

—En la nevera queda chile de anoche —señaló Mack.

Becky no dijo nada. Preparó los perritos calientes y calentó el chile, todavía furiosa por la discusión con Rourke.

Ella no podía abandonar a su hermano ni a su abuelo, se dijo, y si él no se daba cuenta de eso, estarían mejor sin él. ¡Si no hubiera ido a trabajar nunca al bufete, seguramente nunca lo hubiera conocido!

—¿Qué estabais haciendo? —preguntó el abuelo cuando Becky lo llamó a la mesa.

—Imagine —murmuró Rourke dirigiendo una sensual mirada a Becky que no daba lugar a dudas.

Ella se puso como un tomate. ¿Cómo podía ponerla en evidencia así? Claro que más tarde se dio cuenta de que la impresión que había dado Rourke era de que se habían estado besando.

Rourke insistió en ayudar a recoger la cocina, y después sacó dos entradas para el partido amistoso que jugaban aquella tarde los Hawks, el equipo de baloncesto de Atlanta. Mack reaccionó con entusiasmo.

—¡Tienes que dejarme ir! —le dijo a su hermana, sujetándola por los brazos—. ¡Tienes que dejarme! ¡Si no me dejas me dará un infarto!

—¿Quieres la muerte de tu hermano sobre tu conciencia? —preguntó Rourke a Becky.

Esta sacudió negativamente la cabeza.

—Para nada. Está bien, puedes ir.

—Yo aún no he dado mi permiso —masculló el abuelo.

Mack se acercó al abuelo y lo sujetó por los brazos.

—¡Tienes que dejarme ir! —repitió el niño—. ¡Si no me dejas me dará un infarto!

—Ve, hijo, y tranquilízate —dijo el abuelo.

—Tengo que ir a casa a cambiarme —dijo Rourke al niño—. Volveré a buscarte a las seis.

—Estaré preparado —respondió Mack con entusiasmo.

—Gracias por arreglar el tejado —refunfuñó el abuelo sin mirar a Rourke.

—Ha sido un placer. Gracias por los perritos calientes —le dijo a Becky—. Algún hombre será muy afortunado de tenerte como esposa.

—Tú no desde luego —respondió ella tajante, todavía dolida por la discusión de un rato antes y su negativa a entender lo mucho que Mack y su abuelo la necesitaban.

Rourke la miró serio.

—No he dicho que ese hombre sea yo —le recordó—. Sé que no quieres casarte conmigo. No te preocupes, no te lo volveré a pedir.

Becky apartó los ojos, consciente de la dura mirada del abuelo.

—Es tu hijo —le recordó el abuelo tajante—. No llevará tu nombre.

—Becky lo sabe —dijo Rourke—. Si eso es lo que quiere, ¿quién soy yo para discutir? El pobre crío lo va a pasar fatal en el instituto. Igual que yo.

—¿Por qué? —preguntó el abuelo.

–Soy ilegítimo –le dijo al anciano, sin emoción–. Según me han dicho, mi padre no creía en el matrimonio.

–¡Qué idiota! –dijo el abuelo–. Todos los niños deben tener un apellido.

Becky se movió inquieta. Empezaba a sentirse fatal, pero la culpa era de Rourke, por obligarla a hacer elecciones imposibles.

–Voy a darle la ropa a Mack –dijo ella, dándoles la espalda y saliendo de la cocina.

Rourke la siguió con la mirada deseando no haberla arrinconado de aquella manera. No había hecho más que empeorar las cosas. Lo cierto era que no le importaba en absoluto ocuparse de su familia, pero en lugar de decírselo así le había dado a entender que para casarse con él debía abandonarlos a su suerte.

Nada más lejos de su intención. En realidad, lo único que quería de ella era su amor. Quería que su amor por él fuera tan fuerte y entregado que todo lo demás pasara a un segundo plano. Pero ella no le había entendido, y ahora él había creado un problema mucho peor.

Además, seducirla de nuevo complicaba más la situación. Tendría que controlar su cuerpo, así como su lengua si quería tener un futuro con ella.

Recogió la caja de herramientas y volvió a su casa para prepararse para el partido. Con tristeza comprobó que Becky no salió a despedirlo y que lo evitó el resto de la tarde. Cuando regresó a casa con Mack después del partido, el abuelo le informó de que su nieta se había acostado con un fuerte dolor de cabeza. Él también tenía la suya a punto de estallar, pero esa vez sabía que él era el único culpable y que no podía responsabilizarla a ella ni a su familia.

20

Becky trabajó como una autómata, porque en realidad apenas podía concentrarse. Tenía la sensación de haber dado un paso en falso en algún momento y de que todo había cambiado.

Rourke seguía presente en sus vidas. Había contratado a un hombre jubilado para que se ocupara del ganado y de las tierras y también mandó a un carpintero para reparar el porche y la puerta principal. Además, insistió en comprar una canasta de baloncesto para Mack, que colocó en la pared del destartalado garaje de la casa. Ahora Mack se pasaba todo el día jugando al baloncesto y repitiendo lo maravilloso que era Kilpatrick.

El abuelo estaba cada día más animado. Incluso fue con Becky a visitar a Clay, que seguía esperando juicio. Aunque la fecha inicial estaba fijada para dos semanas antes, tuvo que retrasarse debido a una emergencia que obligó a J. Davis a salir de viaje.

Rourke utilizó ese tiempo para visitar a Frank Kilmer, un viejo amigo de su tío y antiguo abogado de oficio que conocía a gentes de todo tipo y condición. Existía el rumor, no demostrado por supuesto, de que su jardinero había sido en tiempos un asesino a sueldo para una banda de mafiosos del norte.

—Me alegro de que vengas a verme, muchacho —se rio el hombre mientras paseaban por el espacioso jardín de su mansión—. Pero por la expresión de tu cara, creo que no se trata de una visita únicamente de cortesía. Normalmente no pareces tan preocupado.

—Necesito consejo —dijo Rourke volviéndose a mirar al hombre mayor.

—¿De qué se trata?

—Quiero que las mafias locales entreguen a dos de sus colegas más prescindibles. Tendieron una trampa a un amigo mío, y a menos que lo reconozcan, le puede caer una condena importante.

Kilmer asintió, con el ceño fruncido.

—Clay Cullen.

Rourke arqueó las cejas.

—¿Lo llevo escrito en la frente?

—Siempre estoy al tanto de todo lo que ocurre —dijo el anciano, y con una pícara sonrisa añadió—: También sé lo del niño, pero si lo prefieres, no haré ningún comentario.

—Dios mío.

—Lo que me pides no es tan difícil. Solo tengo que encontrar a un político que tenga vínculos con ellos y ponerlo en una situación comprometida —le aseguró el hombre mayor—. Y conozco al político perfecto. Un auténtico ludópata que se presenta a la reelección. También tiene vínculos con los caballeros a los que los Harris les deben el alma —levantó la cabeza y lo miró—. ¿Será suficiente?

—Ya lo creo —respondió Rourke con una sonrisa—. Gracias.

—No son necesarias, pero puedes invitarme al bautizo. Siempre he querido ser el padrino de alguien.

—No sé si es muy recomendable —se rio Rourke—. No sé si quiero ver a mi hijo o mi hija sentado en el regazo de un asesino a sueldo y jugando a la lotería clandestina.

–¿Qué dices? –exclamó el hombre ofendido–. Cielos, yo no tengo nada que ver con la lotería clandestina.

Un viernes por la noche, agradecida por el apoyo de su amiga desde el principio, Becky invitó a Maggie a cenar en casa. El abuelo ni siquiera abrió la boca cuando descubrió que la Maggie de la que su nieta hablaba sin parar era negra. Le sonrió con naturalidad y se portó como un perfecto caballero.

–¿Te vas a casar antes de que nazca el niño o no? –le preguntó Maggie después de cenar, sentada en el balancín del porche.

–Quería hacerme elegir entre mi familia y él –dijo Becky, con tristeza–. No pude hacerlo.

Maggie silbó.

–Difícil elección.

–Sí, lo es. No puedo dar a Mack en adopción.

Maggie cerró los dedos esbeltos y elegantes alrededor de la cadena que sostenía el balancín.

–¿No se lleva bien con Mack? –preguntó extrañada.

–Ya lo creo que sí. El otro día lo llevó a un partido amistoso de los Hawks y siempre le trae algo para sus trenes.

–Me temo que no lo has entendido bien, amiga mía –dijo Maggie mirándola–. Que quiera ser lo más importante en tu vida no significa que tengas que echar a tu familia a patadas a la calle. Kilpatrick no tiene familia, y por eso le cuesta entender los vínculos y las lealtades familiares. Quizá no sepa que el amor no es limitado, y que se puede querer a muchas personas a la vez sin que se agote.

–Oh, no –dijo Becky–. No es tan sencillo. Me dijo que entre nosotros no habrá futuro mientras ponga a otras personas por delante de él.

–Y tiene razón. Escucha, cuando me casé con Jack, yo tampoco tenía familia y estaba celosa de cada minuto que pasaba con sus padres y sus hermanos. Hice todo lo que pude para apartarlos de él, y al final el matrimonio se rompió porque le obligué a hacer una elección imposible. No le hagas eso a Kilpatrick. Haz que sea un miembro de tu familia.

–Si no es demasiado tarde –exclamó Becky, profundamente abatida–. Oh, Maggie, lo he estropeado todo.

–Tranquila. Un hombre que está dispuesto a aceptar una carga como la tuya tiene que quererte mucho.

–Eso fue lo que dijo Clay –recordó ella.

–¿Y no es lo que ha hecho Kilpatrick? –añadió Maggie, sonriente–. Date cuenta. Ha arreglado la casa, se ha ocupado de las facturas, ha conseguido un buen abogado para Clay...

–¿Qué?

Maggie levantó las cejas.

–Lo sabías, ¿verdad? Me lo dijo una de las chicas que trabaja media jornada en la oficina del fiscal. En esos días, no se hablaba de otra cosa.

–¿Él consiguió que Davis se ocupara de la defensa de Clay?

–Sí. Cosa difícil, pero lo convenció. Y también pagó el hospital y la residencia de tu abuelo. ¿No crees que lo habrá hecho por amor?

–¡Pero no me ha dicho nada! –exclamó Becky.

–Quiere tu amor, no tu gratitud. ¿Estás ciega o qué? –insistió Maggie, que veía la situación con una claridad meridiana.

–Creía que solo quería sexo.

Maggie soltó una carcajada.

–Todos quieren sexo, cielo –murmuró la mujer–. Pero si solo quisiera eso, ¿por qué seguir por aquí después de saber lo de tu embarazo?

–No sé, ya no entiendo nada –dijo Becky, apoyando la cabeza en las manos.

—No hay peor ciego que el que no quiere... —empezó Maggie, pero interrumpió la frase al reparar en el lujoso Lincoln Continental negro que se detenía delante de la casa—. Vaya, vaya, ¿qué es esto? ¿Tienes amigos que yo no conozco?

Becky frunció el ceño.

—No conozco a nadie que gane tanto dinero.

La puerta se abrió y un hombre alto y bien vestido se apeó. Tenía el cuerpo de un boxeador, las espaldas anchas y el pelo negro y rizado. Subió las escaleras del porche, dirigió una mirada rápida pero cargada de admiración a Maggie y después se volvió hacia Becky.

—¿Señorita Cullen? —preguntó educadamente—. Soy J. Lincoln Davis, el abogado de su hermano.

Becky se levantó y lo abrazó.

—¡Señor Davis! ¡Qué alegría!

—No sabía si sería bien recibido... —dijo el hombre.

—¡Cómo puede decir eso, después de lo que ha hecho por Clay! —exclamó Becky—. Claro que es bien recibido —le tomó de la mano y tiró de él hacia el interior de la casa—. Venga y le presentaré al resto de la familia. ¿Maggie?

—Te sigo —murmuró Maggie.

Maggie se levantó, comprobando que el recién llegado parecía encontrarla tan interesante como ella a él.

El abuelo apartó los ojos del televisor y miró al hombre negro que acababa de entrar. Llevaba un carísimo traje en tonos tostados, una corbata de seda y zapatos de piel. El abuelo estaba impresionado, pero enseguida imaginó quién era y se puso en pie.

—El señor Davis, supongo—preguntó formalmente, tendiéndole la mano.

Davis estrechó la mano del anciano.

—Señor Cullen —dijo—. Es un placer conocerlo. Clay me ha hablado mucho de su integridad y su honor.

El abuelo se sonrojó y lo invitó a sentarse. Este así lo hizo y cruzó las largas piernas delante de él.

—Siento presentarme a esta hora, pero he estado fuera.

Ha habido algunos cambios en el caso de Clay y quería comentarlos con ustedes personalmente si tienen unos minutos.

—Será mejor que me vaya —empezó Maggie.

—De eso nada—dijo Becky con firmeza y miró a Davis—. Maggie es mi amiga y quiero que oiga lo que tiene que decir. También quiero decirle lo orgullosos que estamos de que usted represente a mi hermano.

—Se lo debía, después de cómo se malinterpretaron algunas de mis declaraciones —dijo el hombre, mirando la incipiente barriga que empezaba a adivinarse ligeramente bajo el vestido de Becky—. ¿Puedo preguntar cuándo demonios piensa Kilpatrick casarse con usted?

Granger Cullen soltó una sonora carcajada.

—El pobre lo intenta, pero Becky sigue negándose.

—¿Por qué? —preguntó Lincoln—. ¡Está loco por usted!

—¡A mí él no me ha dicho eso! —dijo Becky juntando las manos sobre el regazo—. ¿Qué hay de Clay?

—Oh, sí. El juicio será dentro de dos semanas. Como saben, se va a declarar inocente de las tres acusaciones de posesión y venta de droga. Cada una de ellas lleva una sentencia de diez años, como mínimo. Después está la acusación de intento de asesinato, y si lo condenan, serán otros diez años.

—Oh, cielos —exclamó Becky, conteniendo las ganas de llorar—. Ni Clay ni Rourke me han dicho nada de eso.

—Será mejor que aceptemos la realidad —dijo el abuelo, con voz firme y serena, haciéndose con las riendas de la situación—. ¿Cuál es la situación de Clay?

—Hemos solicitado la supresión de ciertas pruebas —le informó el abogado—. El caso no es tan sólido como la fiscalía nos quiere hacer creer, y tenemos a Francine Harris, la prima de Son y Bubba, que está dispuesta a testificar a favor de Clay.

—¿Se lo permitirá su familia?

—Buena pregunta. No lo sabemos. De hecho, hace una semana que no ha ido a ver a Clay y nadie la ha visto —

Davis se echó hacia delante y apoyó las manos en las rodillas–. Pero tenemos algo más. No puedo contarles de qué se trata, pero si sale bien, es probable que haya problemas.

El abogado no se atrevió a mencionar el nombre de Kilpatrick. Su participación en la detención de la banda mafiosa de los Harris podía tener repercusiones muy graves.

–Un animal acorralado es peligroso, y los Harris pueden perder mucho más que Clay –continuó el hombre–. Quiero que permitan a Kilpatrick contratar a un guardaespaldas.

–¡Un guardaespaldas! –exclamó Becky.

Él asintió.

–Los dos creemos que es necesario. Además, tenemos a la persona perfecta. Trabaja para un viejo amigo del tío de Kilpatrick. Es una especie de... jardinero –dijo Davis tras una breve vacilación, sin entrar en más detalles–. Es un hombre duro que no permitirá que les ocurra nada. ¿Lo harán?

–Yo lo pagaré –dijo Becky.

–Deje que lo pague Kilpatrick. Fue idea suya –dijo Davis.

–Calla, Becky –dijo Maggie–. Hay momentos en que hay que rendirse, y este es uno de ellos.

–Un buen consejo –opinó Davis sonriendo a Maggie.

Ella le sonrió a su vez.

–Usted trabaja para el mismo bufete que Becky, ¿verdad? –le preguntó el abogado sin disimular su interés.

–Desde hace mucho tiempo –respondió ella.

–Me ha parecido reconocerla. Usted se casó con Jack Barnes.

–Nos divorciamos hace años –murmuró ella.

–¿De verdad? –los ojos de Davis brillaron y el hombre se inclinó hacia delante para preguntar–: ¿Qué opina de los reptiles?

«Oh, Maggie», rezó Becky para sus adentros, «no le digas lo de la pitón».

—Bueno —empezó Maggie mirando a Davis—, los lagartos no me gustan mucho, pero las serpientes... me vuelven loca. Tengo una pitón...

—¿Quiere cenar mañana conmigo? —le preguntó él, evidentemente encantado con la información.

—He dicho que me encantan las serpientes —repitió ella—. Tengo una en mi apartamento.

—Es verdad —dijo Becky, y se estremeció—. No me gusta nada ir allí.

—Yo tengo una pitón macho de cinco metros que se llama Henry desde que era una cría —explicó Davis con una amplia sonrisa—. Podemos hablar de herpetología durante la cena.

Maggie estaba encantada.

—Por supuesto que sí —aceptó con una radiante sonrisa.

—¿Puedo llevarla a casa? —preguntó él.

—He venido en mi coche —titubeó Maggie.

—Mandaré a alguien a recogerlo —dijo él poniéndose en pie—. En cuanto sepa algo de los Harris me pondré en contacto con ustedes. Entre tanto, Turk vendrá mañana por la mañana. Es muy agradable. Dele un sándwich de vez en cuando y lo tendrá a sus pies.

El abuelo se puso en pie y le tendió la mano.

—Gracias por lo que está haciendo por mi nieto.

El hombre negro estrechó la mano del anciano, pero no sonrió.

—Mi abuelo fue a la cárcel por un crimen que no cometió. Cuando se descubrió el error, llevaba entre rejas treinta años, y todo por no poder pagar un buen abogado. Por eso me hice abogado. Gano mucho dinero con algunos casos, sí, pero nunca olvido mi principal motivación. La gente pobre merece las mismas oportunidades que los ricos. En todo esto, Clay es básicamente una víctima, a pesar de los motivos que lo llevaron a hacerlo en un principio. Creo que es inocente de todos los cargos y voy a demostrarlo.

—Si alguna vez necesita algo, puede contar conmigo —dijo el anciano, totalmente en serio.

Davis estrechó la mano del hombre con firmeza.

—Lo mismo digo.

El hombre sonrió a Becky y después de despedirse de ella, tomó a Maggie por el brazo.

—Bien, hablemos de serpientes...

—Gracias por la cena, cielo —dijo Maggie.

—De nada. Adiós —dijo Becky, riendo.

Mack entró en el salón.

—¿De quién es ese coche? —preguntó con interés.

—Del abogado de Clay —le dijo Becky.

El niño frunció el ceño pensativo.

—Vaya. Creo que yo también podría hacerme abogado —dijo—. Cuando me haya retirado del baloncesto profesional, claro.

Becky sonrió y lo abrazó. A pesar de todo, la situación empezaba a mejorar.

Rourke apareció a la mañana siguiente con un hombre fornido con cara de basset hound, con los carrillos caídos y unos ojos que no revelaban ningún tipo de emoción. A pesar de su aspecto, Becky le sonrió e intentó hacerle sentirse bienvenido.

—Te presento a Turk —dijo Rourke—. Trabaja para un amigo mío. Es un manitas y uno de los mejores guardaespaldas del país.

—Encantado de conocerla, señora —dijo el hombre.

—Gracias por su ayuda, Turk —dijo Becky—. ¿Ha comido?

—El señor Kilpatrick me ha comprado una hamburguesa —respondió él—. Me gustan las hamburguesas. ¿Tiene huerto?

—Uno pequeño —dijo ella—. Aunque no está muy cuidado. Está detrás.

—¿Tiene una azada?

—Sí, en el granero —dijo ella.

—Gracias, señora.

El hombre salió por la puerta de atrás y Becky miró a Rourke.

—¿Seguro que es guardaespaldas? —preguntó.

—Seguro —le dijo él—. ¿Ha venido Davis?

—Anoche. ¿Qué está pasando? ¿Sabes algo?

—No tengo ni idea —mintió él—. ¿Cómo está el abuelo?

—Bien. Echando una siesta —dijo ella—. Mack está en casa de John.

—De acuerdo, pero llámalo y dile que Turk irá a buscarlo para volver a casa. No quiero que vuelva solo —dijo Rourke, sentándose en un sillón con un puro y un cenicero.

Parecía cansado, pensó ella, y empezaban a adivinarse canas entre los mechones de pelo negro. ¿Estaría preocupado por ella?, se preguntó. Probablemente sí. Después de todo, llevaba a su hijo en su seno.

Becky colgó después de hablar con su hermano y luego se sentó en el sofá, enfrente del sillón de Rourke.

—¿Te preparo un café? —preguntó ella.

Él negó con la cabeza.

—Tengo que estar en el juzgado a la una —dijo—. ¿Por qué no has ido a trabajar?

Becky bajó la mirada y contempló la falda desgastada que tantas veces había lavado y planchado.

—Esta mañana tenía muchas náuseas —dijo ella—. Pero es normal.

Él se inclinó hacia delante.

—Si te casas conmigo, puedes venir a casa.

—Conozco tus condiciones y no puedo cumplirlas —dijo ella tensa—. Pero de todos modos, gracias.

Rourke frunció el ceño y recordó lo que le había dicho sobre su familia. Fue a decir algo, pero decidió que no era el momento. Se encogió de hombros y se levantó.

—Tengo que volver.

Ella se levantó también.

—Rourke, ¿por qué no me dijiste que convenciste a

Davis para que se ocupara de la defensa de Clay? –preguntó, mirándolo a los ojos–. ¿O que pagaste buena parte del hospital del abuelo?

El rostro masculino se ensombreció.

–¿Quién te lo ha dicho?

–No te lo diré –respondió ella–, pero no ha sido Davis. ¿Por qué?

Rourke dio una calada al puro y giró la cabeza para echar el humo.

–Digamos que tenía un interés personal, dado que fui yo quien lo mandó a la cárcel. Quizá tenga remordimientos –añadió, con una sonrisa burlona–. Déjalo así.

A Becky se le encogió el corazón. Esperaba que reconociera que lo había hecho por ella.

–Bueno, gracias de todos modos –respondió.

Rourke le tomó la barbilla y le alzó la cara.

–No quiero tu gratitud.

–¿Qué es lo que quieres? –preguntó ella, con una tensa sonrisa–. ¿Mi cuerpo? Ya lo has tenido.

Rourke acarició los labios femeninos con el pulgar.

–¿Y eso es lo único que quería? ¿Estás segura?

Becky suspiró abatida.

–Quieres al niño –dijo ella bajando los ojos.

–Sí, desde luego, quiero al niño.

–Pero no a mí –añadió ella.

–Solo si estás enamorada de mí –respondió él–. Y eso es imposible, ¿verdad? –preguntó con amargura–. Porque soy el hombre que entregó a tu hermano.

Becky no podía negarlo, aunque no le parecía propio de Rourke utilizar información obtenida con subterfugios.

–Parece una tontería, supongo –murmuró ella–, pero no es propio de ti.

El rostro masculino perdió parte de su rigidez, y la miró con intensidad.

–¿No lo es, pequeña? –preguntó con ternura, y sonrió.

Becky alzó las manos y le enmarcó las mejillas.

—A veces creo que no te conozco en absoluto. Oh, ven aquí –susurró tirando de él.

Y lo besó en la boca con dulce pasión.

—¡Becky! –gimió él.

Rourke la rodeó con los brazos y la apretó contra su cuerpo, saboreando el beso hasta que su cuerpo protestó. Si seguía así, no sería capaz de detenerse.

La dejó deslizarse hacia el suelo pegada a su cuerpo, y sonrió al ver la expresión del rostro femenino cuando ella sintió la fuerza de su erección.

—Di que te casarás conmigo o te juro que te tiro al suelo y te hago el amor aquí mismo –la amenazó él.

—¡Qué atrevido, señor fiscal del distrito! –murmuró ella, apoyándose contra su pecho y cerrando los ojos, disfrutando de la cercanía–. Pero sí, me casaré contigo, si no me obligas a renunciar a toda la familia. Puedo buscar una enfermera para el abuelo, pero Mack...

Becky se tensó al pensar en llevar a su hermano a una casa de acogida.

—¡Dios santo, no quería decir que te deshicieras de ellos! –exclamó él–. Cuando tu abuelo pueda arreglárselas por sí mismo, buscaremos a alguien que viva aquí y se ocupe de él, pero Mack vivirá con nosotros. Qué tonta –susurró él sobre sus labios–. Solo quería saber que me querías –dijo, y le tomó la boca.

—¿Quererte? –susurró ella en sus labios, con lágrimas en los ojos y en las mejillas–. Moriría por ti.

Rourke la alzó en brazos y la mantuvo así en medio de la cocina, con el puro humeante olvidado entre sus dedos, y devorándola con la boca.

—¿Becky? –preguntó el abuelo con voz vacilante desde la puerta, mirándolos con los ojos como platos.

Ella lo miró, con ojos brillantes.

—Nos vamos a casar –susurró finalmente.

El abuelo sonrió con picardía.

—Ya era hora –murmuró sonriendo–. Odio interrumpir, pero ¿puedes prepararme un sándwich?

—Sí, enseguida —dijo ella, levantando la cara hacia Rourke—. ¿Quieres tú uno?

—He comido una hamburguesa con Turk —le recordó él. La besó de nuevo y después la dejó en el suelo—. El viernes que viene hay un banquete en honor del juez Kilmer. Puedes ponerte el vestido negro que compraste. Y después nos casaremos.

—Lo que tú digas, señor Kilpatrick —dijo ella—. Pero... ¿y Clay?

Él sonrió astutamente.

—Espera y verás.

21

Davis no sabía exactamente cómo Rourke lo había conseguido, pero al siguiente jueves por la noche fue convocado a una reunión en el despacho del fiscal. Allí estaban los hermanos Harris con su padre, el fiscal del distrito del caso Cullen, James Garraway, dos policías uniformados y Rourke.

–Creo que no conoces a Jim, ¿verdad, Davis? –dijo Rourke, presentando al otro abogado.

–Su reputación le precede, señor Davis –sonrió Garraway–. Encantado de conocerlo. Estos son los hermanos Harris y su padre –dijo, señalándolos con la cabeza–. Han confesado haber manipulado las pruebas del intento de asesinato para acusar a su cliente, así como varias infracciones de la Ley de Sustancias Controladas de Georgia.

–En otras palabras –dijo Rourke, en medio de una nube de humo–, Clay queda libre de los cuatro cargos. En cuanto tengamos terminado el papeleo, puede irse a casa.

–La confesión está grabada –dijo Garraway–. Lo tendré todo en la mesa del juez Kilmer a primera hora de la mañana.

—Por suerte, no te has quedado sin trabajo —dijo Rourke con una sonrisa—. Todavía puedes acusar a estos tres —señaló a los Harris sin ocultar su ira—. Será un placer testificar en favor de la fiscalía.

—No podrán retenernos —dijo el padre—. Estaremos fuera por la mañana.

—Bajo fianza, sin duda —dijo Rourke—. Pero han cometido muchos errores y sus amigos no se los perdonarán. No creo que les haya hecho mucha gracia toda esta publicidad. Y cuando estén en la calle, tendrán que defenderse solos.

—Podemos renunciar a la fianza —dijo Son—. Maldita sea, Kilpatrick, no tenía derecho a ponernos en esta situación.

—Y ustedes no tenían derecho a volar a mi perro por los aires —masculló Rourke con ira—. Ahora tendrán años para arrepentirse.

—Nos prometió un trato —dijo Son a Garraway con rabia.

—Desde luego —les prometió—. A cambio de su testimonio. Si quieren entregar pruebas contra sus proveedores, estoy seguro de que los federales estarán encantados de meterlos en el programa de protección de testigos.

—Ya saben, una nueva identidad y un nuevo comienzo para los tres —dijo Rourke—. Piénsenlo. Quizá no tengan otra oportunidad.

Salió al pasillo con Davis, dejando a los demás en el despacho.

—No preguntes —le dijo al abogado cuando este abrió la boca—. Es suficiente que haya funcionado. Llámalo un riesgo calculado. Creo que ahora Turk puede volver a casa.

—¿Vas a dejar a Becky sin protección?

—En absoluto —murmuró él—. Nos casamos mañana por la tarde. Después del banquete iremos a Nassau para dos días de luna de miel. Un ama de casa y una enfermera se quedarán con el abuelo, con Mack, y con Clay también, supongo.

—Bien, bien. Becky, el niño y tú —Davis sacudió la cabeza—. Eres más afortunado de lo que te mereces, Rourke. ¿Te vas a presentar a la reelección? —preguntó mirándolo fijamente a la cara.

—Mañana por la noche lo sabrás —dijo él, alejándose sonriente.

La cena de homenaje al juez Kilmer fue un éxito y Rourke, sentado junto a una radiante Becky enfundada en un vestido negro nuevo y más largo que el anterior y con un anillo de bodas en la mano, fue invitado a dar un discurso.

Elegantemente enfundado en un esmoquin y una corbata negra, su piel oscura resaltaba contra la camisa inmaculadamente blanca.

—Supongo que todos están esperando que anuncie mi decisión —dijo después de hacer algunos elogios al juez Kilmer—. Bien, pues voy a hacerlo, pero no es el anuncio que todos esperan. Me gusta mi trabajo. Espero haberlo hecho bien, pero en los últimos meses he aprendido mucho sobre el sufrimiento de las personas que se enfrentan al sistema judicial sin recursos financieros.

Hundió las manos en los bolsillos antes de continuar.

—La justicia solo es justa si se proporciona igualdad de oportunidades a los ricos y a los pobres. Una justicia que favorece a los ricos o restringe los derechos de los pobres no es justicia. Llevo siete años en el equipo ganador, pero ahora quiero ver el juzgado desde la otra mesa. Voy a dejar mi puesto de fiscal para dedicarme al ejercicio de la defensa privada, y espero especializarme en la defensa de los menores.

Hubo algunos murmullos y algunas protestas, aunque no de un sonriente J. Lincoln Davis que lo escuchaba desde una mesa en primera fila.

—Sus protestas me halagan —continuó Rourke—, pero

permítanme añadir que tengo una flamante esposa y un hijo en camino –dijo sonriendo a Becky–. Ahora mis prioridades han cambiado y tengo razones para querer pasar las tardes en casa con mi familia y no en el despacho rodeado de papeles.

Hubo risas y aplausos. Rourke guiñó un ojo a Becky, que estaba muy elegante con su vestido de noche, negro con la melena rubia cayendo sobre sus hombros y las mejillas sonrosadas.

–No ha sido una decisión fácil. El trabajo de fiscal me ha gustado mucho y he contado con el apoyo de un excelente equipo. Pero –añadió mirando a Becky, esa vez sin sonreír–, ahora mi futura esposa es todo mi mundo. No hay ningún otro ser en todo el planeta a quien ame tanto como la amo a ella, y de ahora en adelante seré un hombre de familia. Por eso espero que no les importe que ofrezca todo mi apoyo a J. Lincoln Davis, aquí sentado en una de las primeras mesas con una sonrisa que está a punto de salírsele de la cara.

Todo el mundo se echó a reír, Davis incluido, que estaba sentado junto a Maggie.

–También quiero darle las gracias públicamente –añadió–, por su ejemplar defensa de mi cuñado. Sé con toda certeza que no tendrá que volver a hacerlo.

Davis levantó el pulgar y asintió. Rourke continuó hablando unos minutos, pero Becky ya no le oyó. Estaba disfrutando de la pública confesión de amor de Rourke, algo que no había hecho nunca en privado y tuvo que hacer un esfuerzo para no llorar. Ya no había más barreras entre ellos. Ni siquiera la de Mack, que la noche anterior le había confesado entre lágrimas que fue él quien dio a Rourke la información que condujo a la detención de Clay. Becky tendría que decirle a Rourke que lo sabía, pero todavía no. Tenían otras cosas de que hablar.

Clay había vuelto a casa aquella misma tarde, con aspecto apagado pero contento. Francine estaba con él, y Becky pensó que podría llegar a apreciarla.

Becky apenas podía creer lo feliz que era. Se acarició la suave redondez del vientre y miró a Rourke, con una sonrisa radiante. Él la miró y le sonrió, y ella tuvo que sujetarse a la mesa para no salir flotando. La vida, pensó, estaba llena de sorpresas. Lo importante era superar las tormentas, porque al otro lado siempre estaba el sol esperando.

22

Becky siempre había pensado que la parte más aburrida de un juicio eran las instrucciones del juez al jurado. Eran incomprensibles, interminables y, con un bebé impaciente en brazos, acababan por hacerse irritantes.

Miró a Todd sentado a su lado que, con ocho años, observaba con admiración a su padre, pues aquella era la primera vez que se le permitía asistir a un juicio. Era un niño inteligente con el mismo carácter impulsivo e impaciente que Becky compartía con Rourke. No era de sorprender que el niño hubiera heredado esos rasgos. La pequeña Teresa, moviéndose en el regazo de su madre, parecía ir por el mismo camino.

Al lado de Todd estaban Clay y Francine. Llevaban un par de años casados y todavía no tenían hijos. Clay esperaba un ascenso en el supermercado donde era ayudante de dirección, y Francine casi había terminado su formación como esteticista.

Mack, sentado junto a Clay, era media cabeza más alto que su hermano. Estaba estudiando primero de Derecho en la Universidad de Georgia, siguiendo los pasos de su adorado cuñado. Becky estaba orgullosa de él. Rourke y él estaban muy unidos, lo que facilitaba mucho la convivencia en casa.

El abuelo estaba en una residencia, con algunos días lúcidos, y otros apenas consciente de lo que le rodeaba. Todos iban a visitarlo con regularidad, lo que hacía más llevadero el dolor de la separación. Él mismo había pedido que le llevaran a la misma residencia donde estaban internados un par de amigos suyos. Ahora era cuestión de tiempo. Las semillas viejas caían al suelo para dejar paso a otras más nuevas, y el invierno se llevaba los restos de vidas pasadas para dejar sitio a nuevos brotes. En otras palabras, el círculo de la vida en toda su belleza y con toda su crudeza no se cerraba nunca.

Rourke se lo había explicado a Todd unas noches antes.

—Venimos de una semilla –le explicó–. Crecemos, florecemos y producimos fruto. Después el fruto se seca y cae al suelo para producir la siguiente semilla. La planta vieja no muere sino que se entrega al suelo para alimentar la nueva planta. Y como la energía no se crea ni se destruye, solo se transforma, la muerte es la otra cara de la moneda de la vida, a la que no hay que temer. Después de todo, hijo mío, todos pasamos de este plano a otro. Es inevitable, como el arco iris después de la tormenta.

—Qué bonito –dijo Todd–. ¿Y el abuelo será un arco iris?

—Estoy seguro de que será el arco iris más espléndido de todos.

Mirándolos, Becky agradeció la elocuencia de Rourke. El niño se relajó por primera vez desde que les comunicaron que al abuelo no le quedaba mucha vida. Becky sonrió. Eso también le facilitaba las cosas, y Rourke seguramente lo sabía. Era un hombre muy sensible, que a veces parecía leerle el pensamiento.

Por fin el jurado se encerró en una sala para deliberar y el juicio se levantó hasta que llegaran a un veredicto.

Rourke estrechó la mano a un sonriente J. Lincoln Davis y se reunió con su familia.

—Quiere invitarnos a cenar esta noche —dijo Rourke a Becky, besándola en la mejilla—. Maggie y él quieren decirnos una cosa.

—Está embarazada —le susurró Becky al oído—. Increíble, ¿verdad? Ella está encantada, pero muerta de miedo.

—Todo irá bien, Davis se encargará de eso —se rio Rourke—. Bien, familia, ¿quién quiere unas hamburguesas?

—Para mí con queso —dijo Mack, casi tropezando con su hermano al salir—. Oye, ¿por qué no has protestado cuando Davis ha incluido la antigua escritura? Estoy seguro de que hubiera podido argumentar que en...

—Dios nos libre de los estudiantes de Derecho —murmuró Rourke—. Dos meses en la Universidad y ya te crees F. Lee Bailey.

—Tres meses —le corrigió Mack—. Y tengo un profesor muy bueno. Pero escucha, lo de la escritura...

—Francine y yo tenemos que volver al trabajo —dijo Clay, apretando la mano de su esposa y mirándola significativamente—, ¿verdad, cariño?

—Oh, sí, claro —balbuceó Francine—. Te llamo luego, Becky —añadió mientras su marido la arrastraba hacia la puerta.

—¡Qué cobardes! —les gritó Mack mirándolos.

—No todo el mundo tiene el mismo fervor que tú por el Derecho, hijo —se rio J. Lincoln Davis llegando a su altura—. ¿Qué tal vas?

—Genial. De momento tengo todo sobresalientes —le dijo Mack con orgullo.

—Más te vale, después de todo el tiempo que te hemos dedicado Rourke y yo —replicó el abogado—. Quiero hablar contigo sobre el caso Lindsey —dijo dirigiéndose a Rourke—. Quizá podamos llegar a un acuerdo.

—No mientras comemos —exclamó Becky, con Teresa en brazos mientras Todd jugaba con su tío Mack.

Davis miró a la niña y le tendió los brazos. Teresa se lanzó a ellos entre risas.

—La estás malcriando —le acusó Becky cuando él le dio un chupachups.

—Calla —dijo Rourke con severidad—. No le ofendas hasta que haya conseguido el trato.

—Oh, lo siento —exclamó Becky llevándose una mano a la boca.

—¿Vamos a comer o no? —gruñó Mack—. Estoy muerto de hambre.

—¿Y cuándo no? —se rio Rourke—. Vale, Todd, deja de practicar patadas de kárate con tu tío.

—Lo he aprendido en Karate Kid —protestó Todd, demostrándolo con otra patada—. Es genial.

—Ve a ver *Batman* —le aconsejó Mack—. Así aprenderás a volar.

—Cómprame una capa y lo intentaré —le prometió Todd—. Mamá, ¿puedo pedir un batido con la comida? ¿Por qué no vamos a un restaurante? Estoy harto de hamburguesas. Eh, mirad, ¿no es ese Big Bob Houser, el boxeador? —dijo, señalando a un hombre enorme que caminaba a lo lejos.

Todd y Mack continuaron discutiendo sobre la identidad del hombre mientras J. Lincoln Davis balbuceaba a la pequeña Teresa y Becky apartaba a Rourke a un lado y se apretaba contra él.

Él la miró con expresión posesiva y cargada de buenos y tiernos recuerdos. Después sus ojos descendieron hasta su boca.

—Aquí no —susurró ella riendo.

—Aquí sí —susurró él inclinándose hacia ella.

Y la besó.

TÍTULOS DE LA COLECCIÓN

DIANA PALMER

Corazones heridos
Antes del amanecer

Secretos
Inesperada atracción

Secretos entre los dos
Para siempre

Una vez en París
Rosa de papel

Corazones en peligro
Entre el amor y el odio

Entre el amor y la venganza
Sueños de medianoche

Lacy
Trilby

Nora
Magnolia

www.ingramcontent.com/pod-product-compliance
Lightning Source LLC
LaVergne TN
LVHW091610070526
838199LV00044B/748